BASTEI
LÜBBE

Über den Autor:

Alec Covin wurde 1970 geboren. Nach dem Studium der Literatur und der Filmwissenschaften machte er sich in Frankreich als »Nachfolger von Stephen King« einen Namen. Sein erster Roman »Die Augen der Angst« wurde in Frankreich ein Bestseller und lehrte die Leser das Grauen. Ein zweiter Thriller wird demnächst in deutscher Sprache erscheinen.

Alec Covin

DIE AUGEN DER ANGST

Thriller

Aus dem Französischen von
Barbara Schaden

BASTEI
LÜBBE

BASTEI LÜBBE TASCHENBUCH
Band 15776

1. Auflage: November 2007
1. + 2. Auflage: November 2007

Vollständige Taschenbuchausgabe

Bastei Lübbe Taschenbücher in der Verlagsgruppe Lübbe

Deutsche Erstausgabe
Für die Originalausgabe:

Titel der französischen Originalausgabe:
»Les Loups de Fenryder«
Originalverlag: Plon, Paris
Für die deutschsprachige Ausgabe:

Umschlaggestaltung: Tanja Østlyngen
Satz: hanseatenSatz-bremen, Bremen
Druck und Verarbeitung: GGP Media GmbH, Pößneck
Printed in Germany
ISBN 978-3-404-15776-1

PROLOG

Die Angst ist der Fluch des Menschen.
DOSTOJEWSKI

Tusitala, Louisiana, August 1970

Nachmittags gegen vier machte sie es sich wie üblich in ihrem Schaukelstuhl auf der kleinen Veranda ihres Trailers bequem, und der Junge kam, nachdem er seinen Imbiss verspeist hatte – zwei Scheiben Brot mit Skippy-Erdnussbutter und ein Glas Milch –, zu ihr auf den Schoß geklettert.

»Nein, Doug, du weißt nicht, was Angst ist.«

Mit alkoholschwerer Zunge nannte sie den Jungen Douglas, obwohl er gar nicht so hieß: Der Name war ein Andenken an einen ihrer Liebhaber, der sie innigst, bis tief in den Schlund hinein, geküsst hatte, ehe er sich für immer aus dem Staub machte.

»Doch, Grandma, das weiß ich! Das weiß ich genau!«, widersprach der Junge von der Höhe seiner neun Jahre herab.

Rose Holder stieß ein kurzes, kehliges Lachen aus, das ihren vom Alter und vom Bourbon fett gewordenen Leib in Erschütterung versetzte. Ihre aufgedunsenen Augen verengten sich zu schmalen Schlitzen. Nur die beiden kleinen schwarzen Spalten ließen erkennen, wo sich die Augen befanden – Augen, die einst in die verzerrten Gesichter nicht weniger Männer auf dem Höhepunkt der Lust geblickt hatten, Augen, die, lange davor, auch etwas anderes erblickt hatten, etwas Entsetzliches, Verhängnisvolles, das Rose vergeblich zu vergessen suchte.

Dabei hatte sie sich wirklich sehr angestrengt, zu vergessen; der

Alkohol und die Männer waren Teil der über das vernünftige Maß hinaus angewandten Therapie mit dem Ziel, sich um die Erinnerung zu bringen. Nichts hatte sie vergessen. Es war ihr nie gelungen. So wenig, wie sie vergessen konnte, dass sie als junge Frau schön gewesen war, sehr schön. Das war lange her, eine Ewigkeit. Vor dem Alkohol, vor den Männern. Vor dem Grauen, dem sie, mit gerade erst vierzehn, unerwartet begegnet war ...

Ihre Schönheit hatte sich verbraucht, nicht aber ihr Charakter, und die Männer waren die Ersten gewesen, die das zu spüren bekamen. Sie hatten ihre brutalen Liebkosungen erlebt, ihre Bisse ertragen, die Abgründe des gemeinsamen Lagers mit ihr kennen gelernt. Die vielen, die sich einbildeten, sie könnten sie besitzen, hatte sie überlebt; die anderen, die einsahen, dass von ihr keine Liebe zu erwarten war, hatte sie begraben. Joe Holder, ihr zweiter Ehemann, »Dougs« Großvater, hatte sie irgendwann nur noch »meine seltsame Gattin« genannt und sich damit unter die unglücklich Einsichtigen eingereiht. Sich aus Kummer oder Wut erschießen zu müssen blieb ihm erspart: Ihn hatte ein Kehlkopfkrebs sozusagen kalt erwischt. Und ihn auf elegante Weise ins Jenseits befördert, ohne dass er darum auf ein christliches Begräbnis hätte verzichten müssen. Von diesem Mann hatte Rose ihr einziges Kind: Mike, der sich bereits im zarten Alter von sechzehn so gründlich mit ihr verkracht hatte, dass er weit, sehr weit von Louisiana und seiner eindeutig »seltsamen Mutter« weggezogen war, nach Massachusetts. Dort hatte er geheiratet – eine astreine Bostonerin –, und es mussten erst viele Jahre vergehen, ehe er sich mit dem Gedanken anfreunden konnte, sie nicht nur wiederzusehen, sondern ihr sogar während der Schulferien seinen Sohn »Doug« anzuvertrauen.

»Nein, mein Lieber, du weißt nicht, was Angst ist«, sagte Rose und riss mühsam ihre geschwollenen Lider einen Spalt auf. »Und das ist auch gut. Besser so. Solche Sachen sollst du lieber nicht wissen. Jedenfalls vorerst nicht. Nein, vorerst nicht, nicht in deinem Alter. Bist noch zu jung, Doug. Sicher wirst du 's eines Tages erfahren. Es kommt früh genug, wirst schon sehen. Vorläufig schützt dich der Himmel, glaub mir, Doug, und man muss dem Herrn danken für Seine Güte. Vorläufig bist du Sein kleiner Schützling, und weißt du was, Doug? Ich glaub, der liebe Gott, das ist eine Sorte Katzenmutter. Ja, wie meine Miez ist Er, der Herr.«

»Wer war das, deine Miez, Grandma?«

»Meine Miez?«

Sie starrte durch ihn hindurch, als wäre er transparent geworden, ihr Blick verlor sich irgendwo weit hinter ihm, in einer abgrundtiefen Leere, in der ihre Erinnerungen umherschwammen wie Eiswürfel in einem großen Glas Whisky. Eine Zeit lang grübelte sie stumm vor sich hin, während sie sich mehrmals mit der Zunge über die Lippen fuhr, bis sie sich endlich entschloss zu antworten:

»Meine Miez, das war eine süße kleine Katze, Doug, aber jeden Wurf, den sie hatte, brachte mein Alter um. Mit dem Hammer. Er tat sie alle in einen Korb, ging hinter den Schuppen mit ihnen, und zack! schlug er den Kleinen den Schädel ein. Paf! paf! mit dem Hammer auf den Kopf. Da hat er sich nicht lumpen lassen, der Alte, oh nein! Kein einziges Junges entging dem Hammer des Alten, nicht eines. Und das noch bevor sie ihre Äugelchen aufmachten, um das Licht der Welt zu erblicken. Und dabei flennte er, mein Alter, er flennte, während er den Kleinen mit seinem Hammer den Schädel einschlug. Er hörte nicht auf. Er flennte und knallte ihnen den Hammer auf den Kopf. Paf! paf! mitten auf den Kopf.«

Rose stieß einen tiefen Seufzer aus, der Dougs Gesicht mit einer von Jack Daniels und Trauer gesättigten Atemwolke anwehte.

»Ich war vielleicht so alt wie du, Doug, als unsere Miez einfach verschwand, und glaub mir, wir waren felsenfest überzeugt, dass wir sie für immer verloren hatten. Wir haben sie überall gesucht, aber das war total für die Katz. Eines schönen Morgens kommt sie plötzlich zurück, stolz wie Oskar, mit steil aufgerichtetem Schwanz! Du lieber Gott, zaundürr war sie geworden, das Luder! Und rat mal, was sie im Schlepptau hatte? Drei süße kleine Kätzchen, die sie in irgendeinem Versteck auf die Welt gebracht hatte, weit weg vom Alten und seinem Hammer. Du kannst dir nicht vorstellen, wie selig sie war, uns ihre drei Kleinen vorzuführen. Sie hatte die ganze Zeit nichts gefressen, oder nur gerade so viel, um am Leben zu bleiben und sich um ihre Rasselbande zu kümmern. Weiß Gott, schlau war sie, die Miez! Sie wusste genau, wenn sie an ihren Futternapf heimkommt, holt der Alte gleich wieder den Hammer aus dem Schuppen und schleicht sich an sie heran, um mit seiner Trauerstimme zu behaupten: ›Ach, ich muss es doch tun, meine Kleine, es muss doch sein!‹ Deswegen hat sie 's diesmal anders gemacht, die Miez, sie hatte kapiert, wie es läuft, hat niemandem verraten, wo sie hingeht, um zu werfen, keiner Menschenseele, hat ihr Geheimnis bewahrt und damit ihre Kleinen. Und die Natur hat sie dem Alten nicht verraten, oh nein, man hätte glauben können, sie haben sich verbündet, verstehst du, die Natur und die Miez. Der Alte war diesmal immerhin so gerührt, dass er von den dreien nur zwei umgebracht hat. Als er wiederkam, hatte er immer noch genügend Wasser in den Augen, um zu beweisen, dass es wieder mal alles andere als ein Vergnügen war. Aber die Miez hatte gewonnen, eins ihrer Jungen blieb bei ihr. Gut, sehr schön, es vergehen ein paar Monate, und schon kriegt sie sich ständig wegen irgendwelcher Lappalien mit ihrem Winzling in die Wolle. Auf einmal konnte sie ihn nicht mehr ausstehen, verstehst du das, Doug? Sie hatte die Schnauze voll von ihrem Nachwuchs und fand es höchste Zeit, dass er sich auf die Socken macht, um sein Katzenleben zu leben. Der Arme, am Anfang hat er sich hinten und vorn nicht ausgekannt. Krallt sich in den Boden ein und duckt sich, während seine liebe Mama ihm eine nach der anderen reinhaut wie noch nie. Bis er 's schließlich einsieht, der Kleine, und sich davonmacht. Wir haben ihn nie wieder gesehen.«

Zwischen halb geschlossenen Lidern richtete Rose den Blick auf Dougs aufmerksames Gesicht.

»Was ich dir damit sagen will, Doug, mein Schatz: Dass sich der liebe Gott um seine Kleinen kümmert wie eine Katzenmutter. Solang wir seine lieben Kleinen sind, beschützt Er uns. Aber eines schönen Tages, zack!, alles vorbei. Raus mit euch! Mit dem Besenstiel verscheucht Er uns! Und husch! sind die Kleinen keine Kleinen mehr. Fort, raus, weg! Jawohl, mit dem Besenstiel schmeißt Er uns raus, der liebe Gott, mit einem verdammten, gemeinen Besenstiel. Zwar nicht mit dem Hammer auf den Kopf wie mein Alter, aber scheiße, eigentlich ist es doch dasselbe. Wenn man's genau betrachtet, Doug, wär einem ein ordentlicher Hammerschlag auf die Birne am Ende doch lieber …«

Sie verstummte, und ihre violetten Lider senkten sich über ihre müden Augen herab. Wieder versank sie in sich, zog sich in ihr Innerstes, bis an die Grenze ihrer Erinnerungen zurück. Allein ihr komatöser Atem verblieb, unter dem sich ihre massige Brust hob und senkte. Stoßweise kamen die Bourbonschwaden durch ihre halb geöffneten Lippen.

Der Junge legte seinen Kopf an den ihren, rieb sich an ihrer Nase, damit sie ihn witterte wie eine Katzenmutter ihr Junges, und protestierte noch einmal:

»Doch, Grandma, ich weiß sehr genau, was Angst ist!«

Wieder erschütterte ein kurzes, belustigtes, von gutmütigem Zweifel erfülltes Schnauben Roses faltige Kehle. Ihr Körper, der schwer in den Schaukelstuhl eingesunken war, begann sich vor und zurück zu wiegen, und das Holz knarzte unter ihrem Gewicht.

»Angst – ach nein, das weißt du nicht, Doug, mein Schatz, nein, nein, das weißt du nicht!«, murmelte sie vor sich hin wie eine Litanei.

»Aber wenn ich 's dir doch sage!«

Rose hielt inne und öffnete die Augen.

Doug rückte ein Stück von ihr ab und beobachtete aufmerksam die blauen Pupillen, die zwischen all den Furchen und Falten des Gesichts wieder zum Vorschein gekommen waren wie das heimliche Wunder einer an der zerklüfteten Flanke einer Felsschlucht erblühten Gebirgsblume – eine Form von Beharrlichkeit, verzweifelt und eisern.

»Verdammt, Doug«, sagte sie und seufzte tief. »Mir scheint, was du erlebt hast, das war keine Angst. Was echte Angst ist, weißt du nicht, glaub mir, denn wenn du 's wüsstest, würdest du nicht drüber reden. Du würdest lieber krepieren als ein Sterbenswörtchen zu verlieren, kapierst du, Doug?«

Der Junge riss bestürzt die Augen auf.

»Krepieren?«

»Ja, lieber krepieren als ein einziges Wort. Denn wenn sie dich packt, die Angst, dann ist es für immer, das kannst du mir glauben, Doug. Sie gönnt dir keine Pause, nein, im Gegenteil, sie lässt dich verdammt schnell altern, Douglas, ich schwör's dir. Sieh mich an! Sieh mich an, wie alt ich geworden bin. Das sind nicht nur die Jahre, nein, mein Junge. Das auch – aber vor allem ist es diese verdammte Angst. Glaub mir, Doug, wenn sie dich packt, die Scheißangst, die verfluchte, dann höhlt sie dich von innen her aus. Sie dringt in dich ein, dringt durch sämtliche Poren der Haut in dich ein und macht sich einen Spaß draus, dich nach und nach von innen heraus zu versauen, von den Füßen bis zum Kopf. Scheiße! Wenn sie dich packt, die Angst, lässt sie dich nicht mehr los, bis sie oben angelangt ist. Und vielleicht ist auch dann noch nicht Schluss, das wird man ja sehen, Doug, ja, vielleicht ist auch dann noch nicht Schluss …«

»Hast du denn mal Angst gehabt, Grandma?«, fragte Doug halb interessiert, halb ängstlich.

»Ja, und es hat mich um Jahre altern lassen. Weißt du, Doug«, setzte sie mit einer Grimasse des Abscheus hinzu, »ich war einmal ganz anders, nicht so faltig und fett wie heute. Nein, das kam mit einem Schlag. Wegen dieser verdammten Scheißangst, Doug, mein Schatz. Mit einem Schlag, paf! packt sie dich und ruiniert dich, die Drecksangst. Wenn du mich fragst, sieht das ganz nach Seiner, Gottes Handschrift aus, und ich sag dir eins: Wenn man's genau betrachtet, ist einem ein ordentlicher Hammerschlag auf die Birne vielleicht doch lieber.«

»Erzähl, Grandma.«

»Halt die Klappe, Dummkopf! Halt bloß die Klappe!«

Der plötzliche Zorn ließ ihre Stimme erbeben, und der Junge witterte die Schwäche, die sich womöglich dahinter verbarg: Die Großmutter würde ihm alles erzählen, das wusste er, es war nur noch eine Frage von Minuten.

»Ich will's aber wissen, Grandma! Grandma!«

»Ach, du willst es wissen, kleiner Wichser!«, sagte sie, ebenso plötzlich wieder besänftigt. »Na gut! Ich sag's dir, du kleiner Wichser. Und danach wirst du altern, wie noch kein Mensch auf diesem Planeten gealtert ist, so schnell, dass du in keine normale Hose mehr reinpasst, du kleiner Wichser von Douglas.«

Doug war entzückt. Er umschlang sie mit beiden Armen und bedeckte sie mit Küssen.

»Schon gut, schon gut«, brummte sie ärgerlich.

Ihr blauer Blick war stechender geworden, härter auch, und der Junge erkannte darin weniger Zorn als Besorgnis.

»Aber bevor ich zusehe, wie du vor meinen Augen zu altern anfängst«, fuhr sie fort, »musst du mir eines schwören, Doug: dass du nie, NIEMALS in deinem Leben, einer von diesen nichtsnutzigen Schreiberlingen wirst, die sich an irgendwelchen Horrorgeschichten aufgeilen, ohne das Geringste zu kapieren.«

»Warum denn, Grandma?«

»Weil das schlecht ist, Douglas, sehr schlecht, darum. Diese Taugenichtse wissen alle nicht, was echte Angst ist, glaub's mir. Also schwör's mir, Doug, du musst es schwören, dass du niemals einer von diesen schreibenden Wichsern wirst.«

Der Junge schwor es. Er hätte jeden beliebigen Schwur abgelegt, bloß um die Geschichte zu hören!

Es folgte ein langes Schweigen, das lange, angespannte Schweigen, das großen Entscheidungen vorausgeht. Rose fuhr sich mehrmals mit der Zunge über die Lippen, als suchte sie nach den richtigen Worten. Später schien es Doug, als hätte sie bis zum letzten Moment gezögert, ehe sie ihm ihr Geheimnis anvertraute – ein Geheimnis, das sie vierzig lange Jahre keinem Menschen zu verraten gewagt, ein Geheimnis, das sie zermürbt hatte bis an die Grenze des körperlichen und seelischen Verfalls.

Zwischen fast geschlossenen Lippen holte sie tief Luft; dann fing sie an.

Es war im Juli 1933, ein knappes halbes Jahr nach Hitlers Machtergreifung. Der Abend des 23. Juli, um genau zu sein. Der Holzmagnat Henry McNeice gab einen großen Ball zu Ehren seines Sohnes Charlie, der zwanzig wurde, und das gesellschaftliche Ereignis lockte alles herbei, was im Norden Louisianas und den angrenzenden Staaten Rang und Namen hatte. Das Fest fand in der prächtigen Sommerresidenz der Familie statt, in der Villa Grand Magnolia auf dem bewaldeten Anderson Hill, dem höchsten der drei Hügel über Tusitala.

Rose erzählte von einem Zauber aus einer anderen Zeit, der betörenden Eleganz der Herren, den Abendtoiletten und juwelenfunkelnden Dekolletés der Damen und ließ (ohne dass Douglas in dem Moment hätte sagen können, ob sie diesem goldenen Zeitalter nachtrauerte oder nicht) das einstige Tusitala wieder aufleben, das eine vollkommen andere Stadt gewesen war – bevor das Grauen über sie hereingebrochen und sie für immer verwandelt, sie für immer verurteilt hatte, dieses schäbige, dreckige, zwischen drei Hügeln vergessene Nest zu sein. Märchen gehen immer schlecht aus, bemerkte sie, am Ende ist alles Essig, und für Rose war dieser Essig ein schleichendes Gift. Für sie und ihre beiden jungen Freunde – »Dummkopf Norman« und »Tolpatsch Krebs«, der mit seinen nagelneuen Schuhen auf dem steilen Weg zum Anderson Hill ständig ausrutschte.

Sie waren alle sehr jung damals – sie selbst war gerade vierzehn geworden –, von den dreien war sie, obwohl das einzige Mädchen der Bande, bei weitem die Aufgeweckteste, und dies nicht nur weil sie ein oder zwei Jahre älter war: Das lag in erster Linie an ihrem stolzen und unabhängigen Charakter.

»Ich war's, die diese bescheuerte Idee hatte, wir könnten dort hingehen und schauen. Du kannst dir ja denken, Doug, dass die Kinder der Armen, wie wir 's waren, zu den Festen der Superreichen nicht eingeladen waren. Aber gut, sag ich, wenn's nur das ist, schauen wird man ja wohl dürfen, das schadet nicht, und deswegen ging ich mit meinen beiden kleinen Kumpeln auf den Hügel.«

Oben angelangt, drangen der Krebs, Norman und sie heimlich in den Park der Villa McNeice ein, wo entlang der Hauptallee in einer langen Reihe die Limousinen geparkt waren. Dort, hinter den

Autos, suchten sie Zuflucht, nachdem sie die Deckung der Bäume verlassen hatten. Rose aber war das noch nicht riskant genug: Sie ließ die beiden Knaben zurück, rannte quer über den Ehrenhof und schlich sich bis zu den Fenstern des Hauses. Was sie durch die Scheibe sah, entsprach ihren kühnsten Erwartungen: Unter den Kristallkaskaden der Lüster hielten hochgewachsene, pomadisierte Tänzer, lauter Rhett Butlers im Frack, blendend schöne Scarletts in den Armen, die sie zu atemberaubenden Walzerklängen durch den Saal wirbelten. Rose riss die Augen weit auf, und das Herz klopfte ihr bis zum Hals. Doch nach einer Weile erschienen oben auf der Freitreppe zwei Gestalten, und Rose musste schweren Herzens ihren Beobachtungsposten aufgeben. Geduckt sauste sie davon, so schnell sie konnte, und schaffte es, ohne die Aufmerksamkeit der beiden zu erregen, zurück in den Schutz der Autos. Aber es war knapp. Und je mehr sie darüber nachdachte, desto klarer wurde ihr, dass sie damals das Glück zum letzten Mal auf ihrer Seite gehabt hatte. Zum allerletzten Mal.

Aus ihrem Versteck hinter den Autos konnten die Kinder mühelos den einen der beiden Männer erkennen, die jetzt auf die Allee zusteuerten: Er war einer der vier, fünf Prominentesten im Staat Louisiana und zweifellos die bekannteste Persönlichkeit von Tusitala. Sein Begleiter hingegen war ein Fremder; niemand hatte ihn je hier in der Gegend gesehen, und es sah ihn auch nie jemand wieder. Mit flottem Schritt gingen sie zum Wagen des Fremden, einem schwarzen Rolls-Royce Silver Ghost, der auf halbem Weg der Hauptallee abgestellt war.

Die beiden Männer waren in lebhaftem Gespräch miteinander, und was Rose in ihrem Versteck hinter dem Kotflügel eines Duesenberg davon mitbekam, war, dass sie sich Fenryders Wölfe nannten: Diese Wölfe hätten alles in die Wege geleitet. Ihr dämmerte, dass gleich etwas Übles geschehen würde, just vor ihren Augen, und mit einem Schlag waren all ihre Kühnheit und auch ihre Neugier wie weggeblasen. Sie wünschte sich bloß eines: sehr weit fort zu sein, so schnell wie möglich. Doch im selben Moment ergriff sie ein Gefühl der Unabwendbarkeit, das ihr zuflüsterte: zu spät …

Nachdem der Silver Ghost des Fremden davongefahren war, lehnte sich der in ganz Tusitala bekannte Mann an einen Baum und begann das Schloss am Ende der Allee mit einem sonderbaren Blick zu fixieren. Und während drinnen das Fest in vollem Gang war, gingen draußen plötzlich die Mauern in Flammen auf, als wären sie zuvor mit Benzin begossen worden. Aber da war kein Benzin und auch kein Streichholz, das sie hätte in Brand stecken können. Rose war sich vollkommen sicher: Sie hatte nicht den geringsten Benzingeruch wahrgenommen, als sie durch die Fenster des Salons spähte. Und doch stand innerhalb von fünf Minuten das ganze Haus in lodernden Flammen, eine einzige riesige Fackel.

»Es hat von allein begonnen«, sagte sie mit whiskyheiserer Stimme und gehetztem Blick, während sie das fast vierzig Jahre zurückliegende, quälende Ereignis noch einmal durchlebte.

Das Feuer war von allein ausgebrochen. Exakt im selben Moment barsten Fenster und Türen und spien Flammen in den Nachthimmel. Ja, das Feuer war von allein ausgebrochen, urplötzlich – oder vielmehr aus der Ferne entzündet worden: von der tödlichen Kraft eines unheilbringenden Geistes. Der Mann hatte das Haus nur angesehen. Er hatte es angesehen, und es war in Flammen aufgegangen, so prompt und selbstverständlich wie ein benzingetränkter Fetzen.

Sheriff Marker und seinen Leuten fiel die heikle Aufgabe zu, die Leichen zu identifizieren. Während die meisten einen recht robusten Magen hatten, drehte er sich den anderen derart um, dass sie sich die Seele aus dem Leib spien: Sie hatten alle Mühen der Welt, an den aus den Trümmern geborgenen verkohlten menschlichen Überresten die kleinen weißen Zettel zu befestigen, auf denen die Namen einiger der wichtigsten Familien in den Südstaaten standen. Und hier stahl sich der Fehler ein – der angesichts des Zustandes selbst des robustesten Magens sowie der damaligen technischen Identifikationsmöglichkeiten übrigens verzeihlich war: Zu den Opfern wurde auch der Mann gezählt, der, wie die drei Jugendlichen wussten, durchaus keines war, sondern sehr lebendig und schuldig. Doch weder Rose noch Norman noch der

Krebs fühlten sich imstande, irgendjemandem, nicht einmal dem Träger eines Abzeichens und der damit verliehenen Befugnisse, zu gestehen, dass sie Augenzeugen waren. Deshalb hatte niemals jemand den ansonsten doch gewissenhaften Sheriff Marker darauf hingewiesen, dass er bei der Identifikation einer bestimmten Leiche vielleicht ein bisschen vorschnell gewesen war. So starb er reinen Gewissens an einem Februarmorgen des Jahres 1957 auf dem Heimweg vom Friseur in der Lamy Lane.

»Wir hatten eine Scheißangst, Doug, und diese Scheißangst hat dafür gesorgt, dass wir stillhielten wie gefangene Grillen in einer Streichholzschachtel.«

Denn keiner von ihnen hatte jemals den sehr realen, sehr furchterregenden Gedanken aus den Augen verloren, dass eben auch jener vierte Zeuge noch am Leben war. Und eingedenk seiner atemberaubenden Fähigkeiten und seiner totalen Skrupellosigkeit hatten sie sich leicht ausmalen können, was er mit ihnen anstellen würde, hätte er von ihrer Anwesenheit am Ort des Geschehens Wind bekommen. So waren Rose, der Krebs und Norman stillschweigend übereingekommen, kein Sterbenswörtchen verlauten zu lassen, und nicht einmal die entsetzlichsten Albträume, die sie Nacht für Nacht heimsuchten, vermochten ihr Schweigen zu brechen – ein Schweigen, das einem ruhigen Schlaf ebenso abträglich war wie der Freundschaft zwischen ihnen, die sie bis dahin für unauflöslich gehalten hatten.

»Das ist leider die Wahrheit, Doug. Die traurige Wahrheit. Wir haben seitdem nicht mehr miteinander gesprochen. Wie denn auch? Wir wären rot geworden bis über beide Ohren, hätten wir uns nur angesehen.«

Wochenlang beherrschte die Katastrophe die Schlagzeilen der Lokalzeitungen. Sprachlos erfuhren die Leser, dass alle an jenem Abend in den goldenen Salons der McNeices anwesenden Prominenten tot, in den Flammen umgekommen waren, Männer, Frauen, Kinder. Zunichte wurden damit auch Millionenvermögen, kolossale Finanzimperien, geplante Hochzeiten, mit denen Familien und Kapital vereinigt werden sollten, ebenso wie geplante

Bündnisbrüche, geplanter Verrat – die letzten Pläne blieben nun freilich für immer geheim. Von all diesen Verlusten aber war der für die Bewohner von Tusitala schlimmste und einschneidendste zweifellos der Ruin ihrer Zukunft. Viele beschlich beim Anblick der Flammen auf dem Anderson Hill die Ahnung, dass der Stadt düstere Tage bevorstanden, und sie kamen, die düsteren Tage, in großer Zahl, wie eine Schar Geier, die sich über die Trümmer eines zerschlagenen Imperiums hermachen. In Ermangelung gegenteiliger Erkenntnisse und eines Augenzeugen kam die polizeiliche Untersuchung unterdessen zu dem Schluss, die Ursache des Feuers sei ein Unfall gewesen – wie um der Pille damit etwas von ihrer Bitterkeit zu nehmen. Folglich konnte man einzig das Schicksal verantwortlich machen.

»Das Schicksal, ha!, da scheiß ich doch drauf!«, fluchte Rose vor sich hin.

Es war das Letzte, womit die Leute hadern konnten, während sie zusehen mussten, wie die McNeice-Sägewerke ebenso schlossen wie die vielen kleinen Unternehmen, die überall ringsum wie Pilze aus dem Boden gewachsen waren. Nachdem der Fall so rasch abgeschlossen worden war, schossen natürlich alle mögliche Gerüchte ins Kraut und nährten lange Zeit die Fantasie und den Groll der Tusitalier. Doch so absurde Blüten sie auch trieben – von der Wahrheit blieben all diese Gerüchte Lichtjahre entfernt.

»Niemand ist je draufgekommen, Doug, dass es ein Mensch war, ein Dreckskerl, der Grand Magnolia in Schutt und Asche gelegt hat! Niemand …«

Und an diesem Spätnachmittag im August 1970, auf der Veranda ihres Trailers sitzend, verriet sie dem Jungen, den sie unter Einfluss von Whisky und alten Erinnerungen Doug nannte, die Identität des Mannes, der das Massaker angerichtet hatte. Dann schob sie »Doug« von ihrem Schoß, schloss die Augen und blieb lange so sitzen, ohne ein weiteres Wort, und in der hereinbrechenden Dunkelheit begann trotz der auf der Stadt lastenden kupfernen Hitze ihr mächtiger Leib zu zittern.

ERSTER TEIL

Scotty Baldwin

I

TRÜBE GEWÄSSER

Wenn es Andrer Kunst gelingt,
Dass dich Zärtlichkeit bezwingt,
Will ich Herr sein durch das Grauen.
BAUDELAIRE

Wie ein monströser Fötus hatte sich die Furcht
in ihrem Schoß eingenistet.
STEPHEN KING

1

Mit fünfundvierzig Minuten Verspätung landete die Maschine der Delta Airlines auf dem Regionalflughafen Shreveport-Bossier. John und Laureen Baldwin hatten ihren Jungen in der Obhut ihrer guten Freundin Suzanne in Los Angeles zurückgelassen, einer alleinstehenden Frau, auf die man sich verlassen konnte; dennoch hatte es Laureen im Flugzeug den Appetit verschlagen: Es war nicht nur das erste Mal, dass sie Scotty allein ließ, sie fragte sich auch, ob die Idee, von L.A. fortzugehen, nicht der größte Fehler ihres Lebens war. Johnny studierte während des gesamten Flugs die verschiedensten Werbeprospekte über Louisiana. Monatelang hatte er zwischen New Orleans und den bewaldeten kleinen Tälern im Norden des Bundesstaats geschwankt. Den Ausschlag gab schließlich ein sehr interessanter Artikel über die wirtschaftliche Expansion von Shreveport, und er entschied sich für die Hügel.

Nie zuvor hatte Laureen ihren Mann derart zuversichtlich in die

Zukunft blicken sehen (auch nicht auf dem Gipfel ihres Glücks, als er mit Warner seinen ersten großen Vertrag als Sitcom-Darsteller unterzeichnet hatte), und sie musste – übrigens nicht ohne eine gewisse Bitterkeit – zugeben, dass die Idee, Hollywood endlich den Rücken zu kehren, zum großen Teil mit dieser plötzlichen Entschlossenheit zu tun hatte. Lange hatte sich Laureen gegen die großen Ausstiegspläne (soziale Wiedereingliederung, korrigierte er sie, und das war nur halb im Scherz) ihres draufgängerischen Ehemannes gewehrt. Sie war überzeugt, dass Johnnys Marotte sicher bald wieder verfliegen würde und sie in Los Angeles bleiben mussten, trotz allem, was sie dort erlebt hatten. Doch die Marotte war gar keine gewesen, wie sich zeigte, sondern durchaus ernst gemeint, und Laureen hatte ihm schließlich ihren Segen gegeben.

William Adam löste sich aus der wartenden Menge in der Ankunftshalle und kam ihnen entgegen. »Hatten Sie eine gute Reise?«, fragte er.

»Ausgezeichnet«, log Laureen.

In ihrem preußischblauen Hosenanzug kam sie William Adam geradezu schmächtig vor, und ihr Händedruck bestätigte diese Beobachtung. Mit strahlendem Lächeln begrüßte er Johnny: »Sie persönlich kennen zu lernen, Mr. Baldwin, wirklich, das ist was!«

Sie hatten telefonisch vereinbart, dass Adam sie vom Flughafen abholen würde. Er war ein großer, ziemlich fetter Typ, weitgehend kahl, mit einem letzten widerspenstigen Haarbüschel auf der blanken Stirn. Seitdem er trotz verspiegelter Sonnenbrille den einstigen Helden von *I love you etc.* unter den Passagieren des Flugs Nummer 118 erkannt hatte, zog ein breites Grinsen seine Hängebacken auseinander.

»Sie müssen sicher zur Gepäckausgabe, oder?«, fragte er.

Johnny vergrub die Hände in seiner Sommerjacke und antwortete widerstrebend: »Wir haben nichts dabei. Wir fliegen heute Abend nach L.A. zurück.«

»Ach so! Deswegen haben Sie wohl den Kleinen nicht mitgebracht«, sagte Adam und fügte mit einem Augenzwinkern zu Laureen hinzu: »Er wartet zu Hause auf seine Mama, stimmt's?«

»Ja«, bestätigte Laureen tonlos, denn ihr Magen war vor Beklommenheit wie zugeschnürt.

William Adam leitete die größte der drei Immobilienagenturen von Tusitala. Ein Kollege aus Shreveport, ein Vetter ersten Grades, hatte ihm die Telefonnummer der Baldwins in L.A. samt der Liste ihrer genauen Wünsche und Vorstellungen bezüglich ihres künftigen Hauses durchgegeben, und Adam hatte sich sofort mit ihnen in Verbindung gesetzt, um ihnen einen Besichtigungstermin für das Fortier-Anwesen auf den bewaldeten Anhöhen oberhalb von Tusitala anzubieten: Genau das Richtige, schwor er, beinahe mit der Hand auf der Bibel, um ein *Bed & Breakfast* gehobener Kategorie zu eröffnen. Das Erdgeschoss bestand aus einem großen Salon und einem geräumigen Speisezimmer, einer Küche sowie vier weiteren Räumen, die eine Privatwohnung für die »kleine Familie« bildeten. In der ersten Etage waren drei große Gästezimmer jeweils mit eigenem Bad, und in der zweiten Etage gab es noch ein viertes, sehr schönes Zimmer mit einem Gegenstück auf der anderen Seite der Treppe, der Wäschekammer. Außerdem ließ sich der Dachboden ausbauen. Hinter dem Haus erstreckte sich ein Park mit alten Eichen und Magnolienbäumen, und das gesamte Anwesen war vollständig von Wald eingeschlossen, geradezu ideal, wenn man, wie die Baldwins, Gäste ansprechen wollte, denen es in erster Linie um Natur und Ruhe ging. Der einzige Haken: Das prächtige Anwesen stand seit 1983 leer, und gewisse Restaurierungsarbeiten wären unvermeidlich. Der Sohn des letzten Besitzers, Virgil Fortier, hatte es rundheraus abgelehnt, das Haus renovieren zu lassen, um auf diese Weise einen besseren Preis zu erzielen, sondern Adam beauftragt, das Haus so schnell wie möglich zu verkaufen; dies zu einem äußerst anständigen Preis. Der kleine Fortier, wie er in Tusitala immer noch hieß, war ein notorischer Vabanquespieler, der sich vorzugsweise an den Spieltischen von Las Vegas herumtrieb und schon seit geraumer Zeit alle Anzeichen dringenden Nachschubbedarfs zeigte. Kurz und gut, das Grand Magnolia war eine einmalige Gelegenheit, und man tat gut daran, zuzugreifen.

Sie verließen das Flughafengebäude und gingen zum Wagen des

Maklers. Es war ein gewittriger, drückend heißer Tag im September. In der Ferne zogen dicke Wolken auf.

»Wie alt ist er denn, Ihr Kleiner?«, fragte Adam, als er ihnen die Autotür öffnete.

»Fünf«, sagte Laureen mit einem angestrengten Lächeln.

»Ach, dann ist er doch schon ein großer Junge!«

»Genau das versuch ich meiner Frau verzweifelt beizubringen«, rief Johnny begeistert über den unvermuteten Bündnisgenossen.

Die Baldwins nahmen auf der Rückbank des Fords Platz und sahen zu, wie der Makler seine wogenden Hüften rund um den Wagen wälzte und hinter das Steuer quetschte.

»Sie werden sehen, es ist, als kämen Sie in der Kalesche«, versicherte er ihnen, während er den Motor anließ.

Sie fuhren auf der Bundesstraße 79 Richtung Osten, und an der Ausfahrt Bossier fasste sich Adam ein Herz und bat Johnny um ein Autogramm: für seine Frau, die ein Fan der Serie sei. Er selbst, sagte er, sehe kaum fern, außer während der Baseballsaison, aber, Ehrenwort, einen großen Schauspieler erkenne er auf Anhieb, und John Baldwin scheine ihm fraglos zu dieser vom Aussterben bedrohten Gattung zu gehören. Johnny nahm das Kompliment hin, als gälte es nicht ihm. Tatsächlich war er nicht mehr der Mann, von dem hier die Rede war; inzwischen sprach er über ihn wie über einen brillanten, aber rätselhaften Bruder, den er früher oder später zweifellos aus den Augen verlieren würde. Adam respektierte natürlich seinen Entschluss, seine Karriere ein für alle Mal zu beenden, obwohl es ihm sichtlich am Verständnis mangelte: Er an Baldwins Stelle hätte sicher nie freiwillig das Scheinwerferlicht verlassen.

Hinter Minden bogen sie nach Nordosten ab, und der Makler nutzte die weitere Fahrt, um ihnen sein Leben zu erzählen: Ehemaliger Angestellter bei der Western Electric in Shreveport, geschieden und wieder verheiratet, sei er erst als Spätberufener ins Immobiliengeschäft eingestiegen: eine Entscheidung, die sich als recht positiv erwiesen habe.

Als sie den Sprengel Blackwell erreichten, hörten ihm die Baldwins nicht mehr zu, sondern vertieften sich in den Anblick der Landschaft, die ein einziges Auf und Nieder war: eine Flucht von Hügeln unter einer Last von Pinien und Kopalfichten; in den Tälern dazwischen, am Ufer der Flüsse und Altwässer, dösten Städte in der schwülen Hitze vor sich hin.

Am Fuß eines dieser Hügel verkündete ein Schild, bis Tusitala seien es noch zwei Meilen. Oben angelangt, blickten sie auf die ins Tal geschmiegte Stadt hinab. Adam hielt an und deutete mit dem Finger auf einen Punkt mitten im Wald direkt gegenüber, jenseits des gewundenen Grey River.

»Sehen Sie, dort drüben. Das ist es«, erklärte er.

Ganz allein stand sie auf der Kuppe des Anderson Hill, die alte Villa von Virgil Fortier: ein großes weißes, viktorianisches Gebäude mit einer umlaufenden Säulenveranda im Erdgeschoss und großen Erkerfenstern im ersten und zweiten Stockwerk. Laureen betrachtete eine Weile das Haus, und als sie sich zu Johnny umdrehte und sein seliges Lächeln sah, wusste sie sofort, was er dachte: Es war Liebe auf den ersten Blick.

Adam fuhr wieder los, und auf dem Weg nach unten tauchte bald die alte Mauer des städtischen Friedhofs mit seinen Grabsteinen, Grüften und weißen Kieswegen auf. Abergläubisch zwang sich Laureen, den Blick abzuwenden, und verbot sich den idiotischen Gedanken, dies sei kein gutes Omen.

»Die letzte Volkszählung hat eine Einwohnerschaft von zehntausendfünfhundert Körpern ergeben«, sagte der Makler lächelnd. »Seelen sind es sicher viel weniger.«

Im Schritttempo, den Ellenbogen im offenen Fenster, ließ er sie die Stadt besichtigen, die Geschäftsstraßen, die vier Kirchen aus rotem Backstein, zeigte ihnen den Park am Ufer des Grey River und weiter in der Ferne die Tennisplätze und das Schwimmbad. Nach einer Weile warfen sich Johnny und Laureen einen amüsierten Blick zu.

»Was denkst du?«, flüsterte er ihr ins Ohr. »Kaufen wir die Stadt? Ja oder nein?«

Mit hochgezogener Braue erwiderte Laureen seinen Blick, worauf beide einmütig zu lachen begannen. Da Adam soeben eine Anekdote über die Gegend erzählt hatte, hielt er sich selbstverständlich und mit unverhohlener Befriedigung für die Ursache ihres Heiterkeitsausbruchs.

»Jaja, gnä' Frau, die Leute hier sind alle so!«, verkündete er und warf ihr im Rückspiegel einen jovialen Blick zu.

Und nun begann William Adam zu lachen.

Dabei lief eine seismische Welle durch seine breiten Schultern, unmittelbar gefolgt vom Ausbruch eines verschnupften Asthmatikergelächters, das wiederum von einem wahrhaft furchterregenden Hustenanfall hinweggerissen wurde. Den karmesinroten Kopf zwischen die Schultern eingezogen, drohte der Makler einen Moment lang zu ersticken. Japsend rang er nach Luft, konnte aber weder zu lachen noch zu husten aufhören. Laureen hinter ihm war leichenblass geworden. Sie sah schon den Wagen mit einem bösen Schlenker seitwärts ausscheren und im nächsten Moment mit vollem Tempo einen der Sattelschlepper rammen, die ihnen ständig mit traubenbeladenen Anhängern entgegenkamen, sah sich und Johnny auf der Stelle tot und den armen Scotty bis ans Ende seiner Jugend in einem schäbigen Waisenhaus billiges Fruchtgelee essen.

Johnny indessen hatte den glücklichen Einfall, dem Makler auf den Rücken zu klopfen, und nach einem Augenblick, der Laureen wie eine Ewigkeit schien, kehrte wieder Normalität ein. William Adam wischte sich mit dem Handgelenk den Mund ab und reckte mit verlegener Miene seinen dicken, rot angelaufenen Kopf.

»Ich muss wohl mal zu einem Doktor, sonst kann meine Frau mit meiner Lebensversicherung ihre Garderobe erneuern«, sagte er mit immer noch pfeifendem Atem, während ihm ein Schweißbächlein den Nacken hinabrann.

Er erwies sich als dankbares Publikum seiner selbst, indem er vom einen Ohr zum anderen grinste. Zu lachen wagte er allerdings nicht mehr. Laureen atmete auf, und das Bild der billigen Fruchtgelees verblasste wieder.

Der Horizont hatte sich zugezogen, in der Ferne hinter den Hügeln grollte ein dumpfer Donner, doch wirkungslos wie Platzpatronen: Der Regen wollte offensichtlich nicht kommen. Am südlichen Ortsausgang bogen sie in die frisch geteerte Ruston Road ein. Durch dichten Wald fuhren sie den Anderson Hill hinauf, der mit seinen hundertachtundfünfzig Metern der höchste des Sprengels Blackwell war. Kurz vor der Kreuzung hielt Adam an der Tankstelle, um den Kassierer zu fragen, ob Arthur Kingston schon oben sei. Ja, lautete die Antwort.

»Das ist der Tankstellenboss, der die Schlüssel zum Haus hat«, sagte er, als er wieder eingestiegen war. »Er kümmert sich ein bisschen ums Haus, Sie wissen schon, macht hin und wieder die Fenster auf und zu, damit es halbwegs in Schuss bleibt. Sie werden staunen: Gut über achtzig Jahre ist er und eine Nummer für sich. Er erwartet uns oben. Keine Plaudertasche und höchst seriös.« Er zog die Brauen hoch. »Wie nennt man das gleich wieder – ein Mann für alle Fälle? Oder?«

An der Kreuzung bogen sie links ab. Wie ein Pfeil, der sich in den Köcher schiebt, führte die kleine Gemeindestraße schnurgerade in den Wald hinein. Ihr folgten sie etwa drei Kilometer weit, bis ein schmaler Feldweg, die Old Pine Lane, davon abzweigte. Sie bogen ab und holperten den Pfad entlang, als hätte der Wagen mit den letzten Spuren der Zivilisation auch seine Stoßdämpfer zurückgelassen. Der Weg, der gerade noch befahrbar war und so eng, dass zwei Wagen nicht aneinander vorbeigekommen wären, verlief zwischen zwei Kiefernreihen und verbreiterte sich am Ende zu einem kiesbestreuten, wie eine sonnige Lichtung wirkenden Vorplatz, und dort erhob sich das Haus. Die hohe Fassade stand vor der Kulisse eines zwei Hektar großen Parks, der sich tief in den Wald hineinschob. Die Fensterläden im ersten und zweiten Stock, von denen in grünlichen Schuppen die Farbe abblätterte, verliehen ihm etwas Melancholisches.

Vor dem Haus stand mit heruntergekurbelten Scheiben ein schmutziger weißer Toyota-Pick-up, dessen Schlüssel auf dem Armaturenbrett lagen.

Sie stiegen aus. Adam zog seine Hose zurecht und sagte: »Hier haben leicht zehn Autos Platz.«

Für das künftige *Bed & Breakfast* sei ein Parkplatz natürlich unverzichtbar – »natürlich nur, wenn das Geschäft zustande kommt!«

Die Eingangstür war abgesperrt, und nach einem kurzen Moment der Unschlüssigkeit umrundeten sie erst einmal das Haus, um einen Blick in den Park zu werfen und vielleicht den alten Kingston irgendwo zu entdecken.

»Ich hab Sie gewarnt, es ist alles renovierungsbedürftig, sehr sogar. In manchen Zimmern hat es Wasserschäden, wie Sie sehen werden. Das Dach muss man genauer untersuchen und auch den Heizkessel, der nicht mehr ganz taufrisch ist. Bei dem Preis, zu dem diese Schönheit verkauft wird, können Sie natürlich kein bezugsfertiges Haus erwarten. Mit gutem Werkzeug, Tatkraft und, na ja, ein bisschen Zeit wird das Anwesen freilich bald wieder im alten Glanz erstrahlen«, versicherte der Makler, während er, die Hände in den Taschen, schwerfällig den kleinen Weg an der Westflanke des Hauses entlangstapfte.

Ihm folgten die Baldwins nebeneinander und konnten nicht umhin, einander einen verschwörerischen, belustigten Blick zuzuwerfen. Dann, hinter einem Gestrüpp, breitete sich der Park vor ihnen aus. Verwildert war er, und das Unkraut wucherte ungehemmt, doch er hatte sich aus alter Zeit eine unübersehbare Erhabenheit bewahrt. Neben einem rostigen Gartenpavillon blieben sie stehen, und Johnny, der sich mit der Hand die Augen beschirmte, begann das weitläufige Gelände zu inspizieren. Ganz auf Perspektive ausgerichtet, war der Park auf eine breite Terrasse am oberen Ende des ansteigenden Hangs hin konzipiert. Von dort oben, in der Sichtachse am anderen Ende des Parks errichtet, blickte eine Gloriette herab, und in der Mitte, auf halbem Weg dorthin, stand ein nahezu hundertjähriger Eichenhain. Rings um das Gelände erhob sich der Wald wie eine unüberwindlich hohe Mauer, nur im Norden klaffte eine Lücke und bot einen unverbaubaren Durchblick auf das in der Talsohle eingeschlossene Tusitala.

Laureen schob eine Hand unter Johnnys Arm. Mit leichtem Erschaudern riss er sich von der Betrachtung der Umgebung los und wandte sich mit einem breiten Lächeln zu ihr.

Auch Adam lächelte, während er sich mit seinem Taschentuch den Nacken wischte.

»Ich war mir sicher, dass es Ihnen gefällt, Mr. Baldwin.«

In dem Moment tauchte aus dem Magnolienwäldchen, das in wucherndem Überschwang die Nordseite des Hauses einnahm, Arthur Kingston auf. Laureen hatte mit einem hinfälligen, wehmütig vor sich hinmümmelnden Greis im Rollstuhl gerechnet und musste wohl oder übel ihre Vorstellung vom Seniorentum in Tusitala radikal revidieren. Erste Korrektur: Kingston war alles andere als hinfällig. Lebhaft, hochgewachsen, eher hager, hatte er ein schmales, sonnengebräuntes Gesicht, trug eine Jeanskappe, ein weißes T-Shirt und eine olivgrüne Latzhose mit mehrfach geflickten Knien, und beim Anblick seiner schwarzen Augen und seiner Hakennase in dem messerscharf geschnittenen Gesicht hätte man geschworen, eine Inkarnation des wilden ländlichen alten Südens vor sich zu haben, eher einen Indianerhäuptling als einen Rhett Butler. Er hatte etwas Einschüchterndes an sich, und doch musste Laureen zugeben, dass er ihr keine Angst machte, sondern im Gegenteil ein Gefühl von Macht und Stärke ausstrahlte, das sie faszinierte und beeindruckte.

Zweite Korrektur: Arthur Kingston wirkte etwa so gesprächig wie ein Gefängnistor.

Die Stimmungskanone Adam stellte sie einander vor. Kingston drückte den Baldwins die Hand, während er erst ihn, dann sie mit scharfem Blick unter dem Mützenschirm hervor musterte. Adam, der gerade die Nummer »dicke Freunde« abzog, legte Wert auf die Feststellung, man könne sich im Leben keinen besseren Nachbarn wünschen, und gab dem Nachbarn einen sicher kumpelhaft gemeinten Klaps auf die Schulter. Kingston sah ihn ohne mit der Wimper zu zucken und ohne ein Wort der Bestätigung an, dann wandte er sein hageres, sonnenverbranntes Gesicht Laureen zu.

»Ham Sie Kinder, Ma'am?«

»Einen Sohn, Scotty«, antwortete sie, krampfhaft bemüht, entspannt zu wirken. »Warum?«

»Scheiße!«, stieß er zwischen den Zähnen hervor und verfiel wieder in Schweigen, die Hände tief in den Taschen seiner Latzhose, die schwarzen Augen unverwandt auf das Ehepaar gerichtet.

»Kingston hat den alten Fortier gut gekannt«, erklärte Adam rasch. »Einer von Fortiers Enkeln hat irgendwo hier im Wald, wie soll ich sagen, den Tod gefunden.«

Mit seinem schweißfeuchten Taschentuch deutete er auf den düsteren Wald, der das Grundstück hinter einer hohen Böschung umsäumte und überragte. Laureen war leichenblass geworden, während sie der Richtung folgte, in die der Finger des Maklers wies, und dass sie Kingstons bohrenden Blick unter dem Mützenschirm auf sich ruhen spürte, verstärkte ihr Unbehagen.

Adam versuchte den Eindruck zu korrigieren: »Nein, nein, keine Angst, Mrs. Baldwin, das war ein Unfall. Der arme Junge – wie hieß er denn überhaupt, Virgil, oder? Ja, ich glaube, er hieß ebenfalls Virgil, wie der Großvater – nun, der arme Junge ist dort hinten irgendwo vom Baum gefallen und hat sich an einem Ast den Schädel zertrümmert. Ein böser Sturz, so was kommt leider vor. Es heißt, der alte Fortier hat aus dem Schock heraus seinen Krebs gekriegt, und das ist vielleicht sogar die reine Wahrheit, meiner Seel. Jedenfalls ist er die letzten zwei Jahre, bevor er 1985 selber gestorben ist, von hier weggezogen und hat Kingston die Schlüssel anvertraut, stimmt's, Kingston? Der alte Virgil wollte wieder näher an Shreveport wohnen, eben weil er dort in medizinischer Behandlung war. Also wie ich schon sagte, das McNeice-Anwesen ist eine ganze Weile leergestanden und entsprechend heruntergekommen.«

»Sie meinen, das Fortier-Anwesen?«, hakte Laureen nach.

»Wie? Nein, nein, das stimmt schon, keine Sorge: alte Gewohnheit in Tusitala. Hier reden alle vom McNeice-Anwesen. Sehen Sie, Mrs. Baldwin, das Grand Magnolia war lange im Besitz des ›Holzmagnaten‹ Henry McNeice.«

»McNeice? Der Name sagt mir irgendwas«, bestätigte Johnny und versuchte sich zu erinnern, in welchem Reiseführer oder Prospekt er den Namen gelesen hatte.

»Wundert mich nicht. Zu Anfang des Jahrhunderts hat denen

das alles hier gehört«, sagte der Makler und deutete mit einer ausholenden Armbewegung auf den Wald. »Die Familie McNeice hat mehr als ein halbes Jahrhundert lang die gesamte Wirtschaft in Louisiana beherrscht. Um zu den Ursprüngen zurückzukehren, würde ich sagen, das Imperium ist in den letzten zwei Jahrzehnten des neunzehnten Jahrhunderts entstanden, bevor Mitte der dreißiger Jahre die Familie aus dem Gotha ausradiert wurde – korrigier mich, falls ich mich irre, Kingston, was?«

Doch Arthur Kingston, der offensichtlich wenig Lust hatte, über das versunkene Imperium der McNeices zu reden, erwiderte nicht einmal Adams Blick.

Adam ließ sich nicht beirren. »Sehen Sie«, setzte er seinen Vortrag fort, während er sich wieder den Schweiß vom Nacken wischte, »Henrys Vater, Nathan McNeice, war am Anfang nur ein *carpetbagger*[1] aus New York. Nach dem Bürgerkrieg begann er in der Gegend von Donaldsonville für einen Apfel und ein Ei jede Menge Zuckerrohrplantagen aufzukaufen, außerdem eine Flottille von uralten Raddampfern, die schon halbe Wracks waren, und ausrangierten Kanonenbooten. Das ganze Land war im Chaos versunken, aber er wusste genau, was er wollte. Er repariert also, was das Zeug hält, baut wieder auf, gibt allen wieder Arbeit, und bald unterstehen ihm mehrere tausend Hektar Zuckerrohr und die McNeice Company mit ihren Gloria-Dampfern, die er vor dem Verschrotten gerettet hat. Er wollte der nächste John Burnside des Zuckers werden und hat's auch geschafft, der Hund. Damals war er natürlich nicht gerade beliebt, wenn er in New Orleans aufkreuzte, um den Winter dort zu verbringen. Aber er war ein schlauer Bursche, unser Mann. Er war intelligent genug, sich zwei-, dreimal gegen seine Kumpel, die Yankee-Besatzer, zu stellen, und angeblich soll er bei dem Krawall auf der Canal Street sogar auf die Regierung geschossen haben. Das hat ihm bei den reichen Kreolen der Weißen Liga natürlich einen Riesenrespekt und ein Kapital an Sympathie eingetragen und, bitte sehr, nichts Geringeres als einen Platz im Boston Club. Unser ehrenwerter Mann akzeptiert und heiratet eine entfernte Verwandte der Weeks aus New Iberia. Oh, sicher nicht wegen ihrer Schönheit oder ihrem Vermögen, denn auf dem Gebiet hatte sie rein gar nichts zu bieten. Nein, sondern um sich gesellschaftlich zu verbessern, sehen Sie, was das für ein Hund war?« Dies wieder mit seinem kumpelhaften Augenzwinkern. »Gut, in New Orleans ersteht er ein Vorkriegs-Herrenhaus Typ Gallier in der Prytania Street und kauft überall Wälder zusammen – zwischen Mansfield und Benton, im Norden des Staats, entlang dem Red River. Immer noch mit seiner Idee der horizontalen Entwicklung, der weitsichtige Hund. Um den Zucker aus seinen Plantagen auf dem Mississippi zu befördern, braucht es Dampfer, sagt er sich, und um die Dampfer anzutreiben, braucht es Holz, sagt er sich, sehr viel Holz. Hätte Ford in Louisiana gelebt, hätte er 's nicht besser gemacht, so viel steht fest!

Noch was steht fest, nämlich dass er seine Nase für lukrative Geschäfte seinem einzigen Kind Henry vererbt hat, anscheinend ist so was genetisch. Als nach Nathans Tod Henry an der Reihe war, wurde ihm schnell klar, dass ihm die Wälder sehr viel mehr einbringen konnten als der Handel auf dem Fluss. Er war der Erste, der ahnte, was die Erdöl- und Erdgasrevolution bedeuten würde, und hatte jahrelang nur eines im Sinn: seinen Besitz rund um Shreveport zu vergrößern und noch mal zu vergrößern. In der Wirtschaftskrise 1929 konnte er seinen Grundbesitz um nicht weniger als ein Vierfaches vermehren! Natürlich hat er dafür nicht wenige kleine Grundbesitzer um ihr Vermögen gebracht, die sich verspekuliert hatten, so dass er ihnen sozusagen das Messer auf die Brust setzen konnte. Aber meine Güte, mit Ehrlichkeit und Menschenfreundlichkeit ist noch keiner reich geworden, stimmt's? Schauen Sie sich die Kennedys während der Prohibition an. Es hat sie nicht dran gehindert, zu werden, was sie geworden sind, ganz im Gegenteil!«

Adam brach wieder in sein schreckliches Gelächter aus und röchelte wie ein abgestorbener Motor, doch diesmal fing er sich rasch

---

1 Spitzname der Südstaatler für die Abenteurer, die nach dem Bürgerkrieg in den Süden kamen, um hier ihr Glück zu machen.

wieder und erklärte, das Grand Magnolia sei am Anfang bloß eine schlichte Jagdhütte gewesen. »Henry und seine Gäste kamen hierher, um Füchse zu schießen, angeblich war er aber schon damals verrückt nach der Gegend hier. So wurde die Jagdhütte nach und nach aus- und umgebaut, und am Ende war es eine Luxusvilla mit einem Haufen Säulenveranden und Schmiedeeisen an der Fassade. Er ließ sogar ein großes Stück Gelände roden, um einen Park anzulegen, der dem Reichtum der McNeices angemessen war.

Und wenn mich meine Erinnerung nicht täuscht«, fügte er hinzu, »ist Charlie, der einzige Sohn des großen Henry McNeice, hier geboren.«

In dem Moment begegnete Laureen für den Bruchteil einer Sekunde Kingstons Blick, der auf sie gerichtet war. Noch immer voller Unbehagen, wandte sie sich rasch ab. Dennoch meinte sie beim alten Kingston, als der Name Charlie McNeice fiel, ein kurzes Zusammenzucken bemerkt zu haben; es war nur ein Gefühl. Keinem außer ihr fiel es auf, und sie vergaß es auch sofort wieder. Um souveräner zu wirken, beschirmte auch sie ihre Augen mit der Hand und ließ den Blick den Waldrand entlangschweifen. Unterdessen spulte Adam im inspirierten Tonfall eines MP3-Players weiter die Familiensaga ab.

»Von New Orleans also zog Henry nach Shreveport, wo er sich in der Texas Street ein viktorianisches Stadthaus bauen ließ; das wurde sein Winterquartier, aber die heißen Monate verbrachte er im Grand Magnolia. Und so entstand Tusitala: eine Stadt, die praktisch über Nacht unterhalb des McNeice-Besitzes aus dem Boden wuchs, ungefähr so wie in Europa die mittelalterliche Stadt am Fuß der Burg.

Und dann, zack!, kommt der Sommer 1933. Henry veranstaltet einen Ball zum zwanzigsten Geburtstag seines Sohnes und designierten Alleinerben des großen Holzimperiums, des schönen und ungemein begehrten Charlie. Die Oberschicht von Shreveport ist geladen und erscheint juwelenbehängt, mit Mengen von Luxuskarossen und porzellanweißem Lächeln.«

Adam räusperte sich.

»Wie es passiert ist, wird man wohl nie erfahren. Tatsache ist, dass aus heiterem Himmel ein Feuer ausgebrochen ist und das ganze Gebäude vernichtet hat. Die gesamte Familie McNeice ist dabei draufgegangen und ihre Gäste mit ihnen. Es ist das große Mysterium unserer Gegend, stimmt's, Kingston?«

»Manche haben sich schon so ihre Gedanken gemacht …«, murmelte Kingston.

Er nahm seine Mütze ab, fuhr sich mit der Hand durch die Haare und setzte sie wieder auf. Immer wieder starrte er Laureen forschend an.

»Na klar, man schaut nicht einfach zu, wie die Creme des Kapitalismus in Rauch aufgeht, ohne sich einen Reim drauf zu machen«, bemerkte Adam. »Und die Leute haben natürlich knüppeldick aufgetragen, knüppeldick, wenn Sie verstehen, was ich meine. Zum Beispiel war die Rede von spontanen Selbstentzündungen, gleich mehreren in Serie. Aber Sie waren im Filmgeschäft, Ihnen brauch ich nicht zu erzählen, wie es ist, wenn den Leuten die Fantasie durchgeht, stimmt's? Sie bilden sich gleich allerlei Merkwürdigkeiten ein, machen sich ein eigenes Drehbuch der Ereignisse, Genre Gespensterfilm, mit mitternächtlichem Spuk und anderen Dummheiten mehr. Na ja, das ist alles nicht ganz ernst zu nehmen, da wirst du mir zustimmen, Kingston, oder?« Wieder zog er sein Taschentusch hervor, um seinen Nacken zu trocknen. »Wissen Sie, Mr. Baldwin, eine Gelegenheit wie diese, die finden Sie nicht noch mal, da können Sie ganz Louisiana zu Fuß durchkämmen, von Norden nach Süden und von Osten nach Westen, dreihundert Jahre und länger, wenn Ihnen danach ist, aber so was wie das hier finden Sie kein zweites Mal.«

Wie um ihn nach seiner Meinung zu fragen, drehte sich Johnny zu Kingston und hielt dem Blick des alten Mannes beharrlich stand. Dass er sich nicht einschüchtern ließ, schien Kingston zu imponieren: Seine Lippen verzogen sich zu einem angedeuteten Lächeln.

Laureen beobachtete die beiden und ließ sich nichts anmerken. Du liebe Güte, zwischen den beiden hat es schon gefunkt, dachte sie, nahe daran, ihrem Mann zu gratulieren. Im Grunde war es nicht weiter verwunderlich: Johnny hatte starke Persönlichkeiten schon immer geschätzt. Das galt ganz offensichtlich auch für Arthur Kingston.

»Und nach den McNeices?«, fragte Johnny, die Augen auf Kingston gerichtet.

»Am selben Tag, an dem unsere Jungs Nagasaki in Schutt und Asche gelegt haben«, erklärte Adam, »hat Virgil Fortier den Besitz aufgekauft, jedenfalls das, was davon übrig war. Er wollte das einstige McNeice-Juwel haben, um seine Kumpel dort zu empfangen, die hohen Tiere bei der Louisiana Oil Company. Fortier war ein Hai, wie McNeice senior und junior. Angeblich hat er für die Wahlkampagnen von Dewey, Eisenhower, von Nixon und dann seinem ›lieben Ronnie‹, wie er ihn nannte, ordentlich Kohle springen lassen.«

Fortier, erzählte der Makler, habe die 1933 niedergebrannten Mauern schleifen lassen, um das Haus in der heutigen Gestalt zu errichten. Nach einem halben Jahrhundert konservativer Politik verlor Virgil 1982, im Jahr des Attentats auf Reagan, seine Frau und starb selbst drei Jahre später im respektablen Alter von achtundachtzig Jahren an Krebs. Das Vermögen ging an die vermutlichen Erben, die beiden Fortier-Kinder. Die Tochter, die ein großes Unternehmen in Philadelphia leitet, wollte von dem Besitz nichts wissen, nachdem einer ihrer Söhne, der kleine Virgil, hier vom Baum gefallen und an den Folgen des Sturzes gestorben war. Sie ließ sich also die ihr zustehende Hälfte der Immobilien von ihrem Bruder – »diesem Vollidioten«, nannte ihn Adam – ablösen. Als »der kleine Fortier« sich von Las Vegas aus entschlossen habe, das Grand Magnolia zum Verkauf anzubieten, sei ihm, Adam, gleich der Anruf der Baldwins bei seinem Kollegen in Shreveport wieder eingefallen, und er habe Kontakt mit ihnen aufgenommen: allem Anschein nach eine gute Idee.

»Nicht wahr?«, fragte er.

»Eine sehr gute Idee«, räumte Johnny mit strahlendem Lächeln ein.

Auch Arthur Kingston lächelte. Was den Immobilienmakler in

höchstes Entzücken zu versetzen schien: Er ging ihnen jetzt voraus zum Sommerpavillon hinter dem wuchernden Eichenwäldchen.

Die Baldwins machten große, staunende Kinderaugen, als sie am Fuß des Pavillons, halb verborgen hinter einem Bollwerk der Vegetation, einen stillen, eingewachsenen See erblickten.

»Der ist selbstverständlich privat und gehört zum Grundstück«, versicherte William Adam und blieb stehen, um wieder zu Atem zu kommen. »Na, ist das nicht die ideale Erholung für Ihre Gäste, die sich hier ein bisschen im Angeln versuchen können? Stellen Sie sich das mal vor!«

Ein Steg aus Zypressenholz führte vom Pavillon aus über das Wasser zum Wald, der dicht wie eine Wand hinter dem See begann.

»Hält der?«, fragte Johnny.

»Na klar«, erwiderte der Makler.

Und um dem Wort die Tat folgen zu lassen, betrat er schwer schnaufend den Steg. Johnny und Laureen warteten eine Weile und folgten dann seinem schweißfleckigen Hemdrücken, während Adam kurzatmig auf den Waldrand zuwatschelte.

Kingston hingegen zog es vor, im Pavillon zu warten. Er stützte sich auf die Holzbrüstung, kaute auf einem Grashalm herum und beobachtete, wie sie den Steg entlanggingen. Laureen spürte diesen Blick schwer auf sich lasten, wie eine stumme Warnung, und empfand sofort wieder ein sonderbares Unbehagen, trotz – oder vielleicht auch wegen – des melancholischen Zaubers der Umgebung. Am anderen Ufer angelangt, drehte sie sich um. Hinter der hageren Gestalt des alten Mannes, in der Verlängerung des Eichenhains stand die aristokratische Fassade des Hauses, und Laureen war überzeugt, dass sie nichts mehr, wirklich gar nichts mehr davon abbringen konnte, den Besitz zu erwerben, mochten ihnen Adam und der alte Kingston noch so viele Horrorgeschichten von hier begangenen Gräueltaten, Wodu-Zeremonien, blutigen Versammlungen der Kamelienritter und was noch alles erzählen. Das Herz schlug ihr bis zum Hals, und sie hätte nicht sagen können, ob vor Entzücken oder vor Angst. Vielleicht war es eine Mischung von beidem …

2

Drei Monate später, gegen Abend

»Ja, damit geht es bestimmt schneller«, räumte Laureen ein und nahm den Heißluft-Lackentferner entgegen, den Arthur Kingston ihr gebracht hatte. »Wie nett von Ihnen, dass Sie daran gedacht haben.«

»An der Tankstelle ist nichts los, und das hab ich ausgenutzt, um Ihnen rasch das Ding vorbeizubringen. Schließlich sind wir ja Nachbarn, nicht?«

Arthur Kingstons Tankstelle, die Arbeitsstätte und Wohnung zugleich war, befand sich mehr als drei Meilen entfernt an der westlichen Ausfallstraße aus dem Wald und stellte die nächste menschliche Behausung im ganzen Umkreis dar. Laureen, die bis dahin eine hundertprozentige Städterin gewesen war, fragte sich nach wie vor, ob sie sich je an diese totale Einsamkeit gewöhnen würde; dass ihr einziger Nachbar kein anderer als Arthur Kingston war, fand sie allerdings beruhigend. Der alte Mann erfüllte seine Rolle wunderbar, und sie hatte ihm eigentlich nur eines vorzuwerfen: dass er sich hartnäckig weigerte, zum Essen zu kommen, obwohl Johnny und sie ihn immer wieder einluden.

»Johnny ist oben«, sagte sie. »Er schleift das Parkett ab.«

»Sehr gut. Stören Sie ihn meinetwegen nicht. Wir gehen einen heben, wenn Sie mit der Renovierung fertig sind.«

»Wollen Sie nicht wenigstens kurz reinkommen?«

»Ich muss in den Laden zurück«, sagte er und öffnete die Tür seines Pick-ups. »Der Tankwagen kommt heute noch. Und Sie sollten auch wieder reingehen, dem Kleinen wird bestimmt schon die Zeit lang.«

Laureen war damit beschäftigt gewesen, Scotty zu baden, als sie draußen vor dem Haus die Hupe gehört hatte. Sie hatte dem Kind eingeschärft, brav zu sein (eine rein formale Vorsichtsmaßnahme, denn sie wusste, dass er brav wäre – er war immer brav), und war hinausgegangen, um nachzusehen.

Kingston stieg ins Auto und zog die Tür zu. Mit einem leisen elektrischen Surren sank die Fensterscheibe herab.

»Hören Sie, mein Angebot fürs Frühjahr steht. Sie werden noch ein Paar Arme brauchen, um das ganze Gestrüpp hier zu roden. Ich komme mit meiner Motorsäge, das geht schneller.«

»Okay, aber ich warne Sie: Dann werden Sie sich nicht mehr um ein Essen bei uns drücken können.«

»Na gut, unter den Umständen kann ich die Einladung wohl kaum ausschlagen.«

»Meine beiden Männer mögen Sie sehr.«

Sie wollte hinzufügen, dass sie dieses Gefühl teilte, doch Kingston ließ ihr keine Zeit.

»Ich sie auch«, sagte er mit seinem schleppenden Akzent, die langen knochigen Hände über dem Steuerrad gekreuzt.

Von Natur aus nicht sehr gesprächig, fühlte er sich mit den Baldwins wohl. Ein Typ, der Hollywood den Rücken gekehrt hatte, um fortan körperlich zu arbeiten und wirklich tüchtig zuzulangen, konnte kein schlechter Kerl sein. Was Laureen betraf, so konnte Arthur sie nur bewundern, wie sie dieses Tohuwabohu bewältigte.

Er musterte sie wieder mit seinem scharfen Blick, dem nichts entging.

»War irgendwas? Sie wirken irgendwie durcheinander, kommt mir vor.«

»Nein, wieso?«, fragte sie, verlegen wie ein Kind, das beim Kaugummiklauen erwischt wurde. »Doch, ja, Sie haben Recht. Scotty ist heute Nachmittag was passiert, oben am See.«

»Hoffentlich nichts Schlimmes?«

»Nein. Gott sei Dank.«

»Ist er hingefallen?«

Ein böser Sturz, so was kommt leider vor. Das hatte William Adam im Zusammenhang mit dem Tod des Fortier-Enkels gesagt. Sie schluckte. Wie hatte er geheißen? Ja: Virgil, das war es. Virgil Fortier, wie sein Großvater.

»Johnny vermutet eher einen Albtraum. Scotty muss am Ufer eingeschlafen sein.«

»Aha.«

Arthur sah das Haus an, als könnte er durch die Mauern sehen, was darin passierte. Diesmal war es Laureen, die seinen Blick suchte, während er hartnäckig das Haus betrachtete. Dann ließ er den Motor an, der leise zu schnurren begann, und lächelte Laureen zu.

»Wenn Sie irgendwas brauchen – Sie wissen: Anruf genügt.«

»Danke, Arthur. Danke für alles«, sagte sie und winkte ihm mit dem Lackentferner nach, als er auf der gefurchten Erde des Parkplatzes wendete und davonfuhr.

3

Zwei Stunden später stand das Kind in seinem roten Frotteeschlafanzug vor seinen stumm und steif im Regal aufgereihten Stofftieren und flehte sie von ganzem Herzen um Hilfe an, doch es geschah nichts, weder der dicke blaue Pavian mit dem gelben Bauch noch die drei nebeneinandersitzenden Furbies konnten etwas für ihn tun. Was ihm bevorstand, war etwas Unausweichliches, ahnte er beklommen.

»Scotty?«

Laureen kam herein, erstaunt, ihn reglos mitten im Zimmer stehen zu sehen.

»Kommst du nicht Papa gute Nacht sagen?«

Der Junge stürzte zu ihr hin und vergrub sein hübsches Gesichtchen in ihrer weißen Schürze mit den violetten Blumen.

»Mama, ich will morgen nicht ins Schwimmbad«, weinte er und klammerte sich an sie.

Laureen kauerte sich zu ihm nieder und schlang die Arme um ihn. Der feine Duft seiner Haut stieg ihr in die Nase.

»Das könnt ihr doch unter euch Männern bereden, nicht? Es ist schließlich nur ein Schwimmkurs. Da machen wir jetzt kein großes Drama draus, okay, Scotty?«

Sie löste ihre Umarmung, legte ihm die Hände auf die Schultern und rückte ein Stück ab, um ihm ermutigend zuzulächeln.

»Dein Vater wird es bestimmt verstehen«, fügte sie im Aufstehen hinzu, obwohl sie sich da nicht so sicher war. Aber das ließ sie sich lieber nicht anmerken.

»Und wenn er deine Gründe nicht versteht, werd ich mit ihm reden, versprochen, mein Schatz.«

Scotty deutete ein Lächeln an und griff nach der Hand, die sie ihm reichte.

4

Im Salon saß Johnny halb dösend vor dem Fernseher und versuchte der Sendung *»Who Wants to Be a Millionaire?«* auf ABC zu folgen, die soeben begonnen hatte. Der Tag war anstrengend gewesen, doch er hatte ein ruhiges Gewissen. Kurz vor acht war er mit dem Abbeizen des Fischgrätparketts in der zweiten Etage fertig geworden, was bedeutete, dass jetzt bald sämtliche Zimmer im ersten und zweiten Stock – insgesamt vier Gästezimmer samt dazugehörigem Bad – demnächst bewohnbar wären. Am Vormittag, als Laureen in die Stadt gefahren war, um die Laura-Ashley-Tapeten zu bestellen, die sie sich ausgesucht hatten, war der Trupp Elektriker noch einmal da gewesen, um die Lichtschalter nach modernen Maßstäben neu zu verkabeln und die letzten Steckdosen im großen Speisezimmer zu montieren. Bald konnten sie sich ganz der Einrichtung der Zimmer widmen und auf der Suche nach Himmelbetten und alten Stichen die Antiquitätenhändler der Umgegend abklappern. Für ihre künftigen Gäste sollte ihnen nichts zu gut sein, hatten sie sich vorgenommen.

In den ersten Monaten nach ihrem Einzug im Grand Magnolia hatten sie sich vorwiegend mit der Sanierung des Hauses beschäftigt. Sie hatten die Wasserschäden und vor allem deren Ursache – undichte Stellen im Dach und alte Rohrleitungen – beseitigt und sämtliche Fensterscheiben austauschen lassen, die während der langen unbewohnten Zeit zu Bruch gegangen waren. Der Aufwand war ihnen uferlos erschienen, doch sie waren nicht verzagt, obwohl allein die Instandsetzung der Vordächer ein Vermögen verschlungen hatte und an verschiedenen Stellen des Mauerwerks umfangreiche Drainagen gelegt werden mussten.

Nachdem das einmal geschafft war, schienen ihnen die weiteren groben Arbeiten weniger schlimm. Die Mahagonitreppe musste abgeschliffen und neu lackiert werden, womit sie einen der besten Schreiner von Louisiana beauftragt hatten. Auch dies hatte eine Menge Geld verschlungen, doch das Ergebnis übertraf sogar noch ihre Vorstellungen. Nach und nach fand das Grand Magnolia seine einstigen Farben wieder, und obwohl sie beide das Anwesen nicht zu seinen Glanzzeiten erlebt hatten, empfanden Johnny und Laureen ebenso viel Stolz wie Erleichterung, denn die Renaissance ihres Hauses brachte auch sie beide einander wieder nahe, und das war die Krönung, für die sich alle Anstrengungen lohnten. Je mehr Johnny darüber nachdachte, desto klarer wurde ihm, dass sie sich, halb unbewusst vermutlich, diesen verwahrlosten Landsitz deshalb ausgesucht hatten, weil er genau für das stand, was ihr Familienleben in Los Angeles hatte sein können: ein brachliegendes, von Vandalen verwüstetes Glück, das es verdient hatte, dass man sich endlich seiner annahm. Die umfangreichen Instandsetzungsarbeiten waren für Johnny die beste Therapie gewesen. Leichter, als er zu hoffen wagte, hatte er sich von seiner Vergangenheit gelöst und endlich einen Schlussstrich unter seine enttäuschten Ambitionen, seine Fehler, die er für unauslöschlich gehalten hatte, und auch unter seinen Groll gezogen.

»Ist das Ihr letztes Wort?«, fragte Regis Philbin mit Grabesstimme die Kandidatin, eine Dame mit kastanienbraunem Haar, die unaufhörlich auf ihrer Unterlippe kaute.

Johnny lächelte dem Fernsehschirm zu. Er fühlte sich selbstsicher, beinahe unerschütterlich, und das war ein völlig neuartiges Wohlbehagen. Seine Zukunftsängste waren wie weggeblasen. Und den Studios konnte er kein bisschen nachtrauern.

In Hollywood Fuß zu fassen war ein langer, ein endloser Kreuzweg gewesen – man konnte es nicht anders sagen. Da er weder Geld noch Beziehungen hatte, spielte er Pizzalieferanten in TV-

Serien, und einmal – das war in dem Sommer direkt nach seiner Hochzeit mit Laureen – schwitzte er zwei Wochen lang in einem Power-Rangers-Anzug wie ein Malariakranker: Er erinnerte sich, als wäre es gestern gewesen. Zwei entsetzliche Wochen, dann setzten sie ihn wegen chronischer Disziplinlosigkeit an die Luft. Später synchronisierte er um des nackten Überlebens willen animierte japanische Cartoons, deren Dialoge der Gipfel der Idiotie waren, einer dümmer als der andere. Wenn er aus den Studios kam, fiel er wie ein Betrunkener, von Ekel erfüllt ins Bett. Seine Beziehung zu Laureen litt darunter, und Scottys Geburt brachte auch keinen Lichtblick, zumal angesichts der finanziellen Lage.

In dieser mageren Zeit rief Bill Turner ab und zu an, um sich zu erkundigen, ob er sich auch ordentlich abrackerte und ob er, sein Agent, noch irgendetwas für ihn tun könne, um ihm sein Scheißleben noch ein bisschen schwerer zu machen. Laureen, Bill und Johnny hatten sich als Studenten in Berkeley im Schauspielunterricht kennen gelernt und angefreundet. Bill war damals unsterblich in Laureen verliebt und schwärmte noch immer für sie, obwohl sie, wie er fand, den Fehler begangen hatte, nach dem Studienabschluss Johnny zu heiraten.

Als Johnny das Wasser schon bis zum Hals stand, organisierte ihm der barmherzige Bill Turner in letzter Sekunde eine Nebenrolle in einer Soap. Eine Finanzspritze, gerade genug, um ihn kurzfristig vor dem Ertrinken zu retten: Es war eine Ration Sauerstoff, eine – nicht mehr. Laureen würde schon noch begreifen, dass sie aufs falsche Pferd gesetzt hatte.

Bill war nicht der Einzige, der an Johnnys Fähigkeiten zweifelte.

Im Studio wurde er zwar für seine unleugbare Präsenz vor der Kamera geschätzt, in Erinnerung aber blieb vor allem, dass er so leicht zu lenken sei wie ein maultiergetriebenes Wasserschöpfrad. Sein Haupthandicap war sein Charakter schlechthin: Er war eine Art Klaus Kinski der Soaps, dem man mit ebenso viel Anerkennung wie Misstrauen begegnete. Doch Johnny war zu wild, um sich umkrempeln zu lassen, und er war zu verbittert, um sich zu beruhigen.

Dennoch gelang es ihm, etwas anspruchsvollere Rollen zu ergattern, wenngleich es nach wie vor nur Nebenrollen waren. Er spielte Bullen und Mörder, und es kam vor, dass sein Text aus so langen Sätzen bestand wie: »Ich muss Sie leider festnehmen« oder »Dich schlacht ich ab, Scheißkerl«. Im Vergleich zu den japanischen Animationen war das beinahe Shakespeare.

Im Alter von sechsunddreißig, während der kleine Scotty sich mit seinen Zähnchen abmühte, die nicht herauswollten, setzte Johnny beim Casting für die Komikserie *Ich liebe dich etc.* seine Ellenbogen ein – mit Erfolg. Wider alle Erwartungen kam seine Karriere endlich in Schwung. Und sie hob so steil ab wie ein Spaceshuttle auf dem Weg zu den Sternen.

Zwei Staffeln hindurch verkörperte Johnny den widersprüchlichen Joe W. Smith, einen Mann in den Dreißigern, der vor dem Altar Treue geschworen hatte und dennoch ein ewiger Schürzenjäger blieb. Verführerisch, doch von Schuldgefühlen gegenüber seiner Frau Kate geplagt, hatte Mr. Smith bei seinen ehebrecherischen Anwandlungen am Ende immer Pech und war in einer Episode auf köstlich komische Weise zwischen bitterer Reue und imaginären Gewissensbissen hin- und hergerissen.

Schon der Pilotfilm konnte sehr erfreuliche Einschaltquoten verzeichnen: Über acht Millionen Fernsehzuschauer hatten angebissen, und auf CBS liefen zwei Staffeln zur Hauptsendezeit, was Johnny und seiner Familie zum ersten Mal ein nennenswertes Einkommen verschaffte. Die Pizzaioli und Power Rangers waren endgültig überwunden, wie böse Phantome. Doch auf dem Weg zu den Sternen begegnete ihm Joyce Hanson.

Joyce die Fleißige, Joyce die furchterregende Rivalin von Stars wie Calista Flockhart und Sarah Jessica Parker. Sie war *der* Irrtum in seiner Karriere und hätte ihn beinahe auf direktem Weg ins Fach »Scheidung« geführt – samt astronomischen Unterhaltszahlungen und herber Reue bis ans Lebensende. In der Serie spielte Joyce Hanson die zweite Hauptrolle, Joes Ehefrau Kate Smith. Sie stellte darin all ihr Können und Talent unter Beweis, und ihre Leistung trug ihr einen Emmy Award ein, der ebenso erwartet wie verdient war. Gleichwohl konnte sich Johnny eine gewisse Bitterkeit nicht verkneifen: Er, der überwältigende Mr. Smith, war nicht einmal nominiert worden, weder für einen Emmy Award noch für einen Golden Globe, und sein kleiner Finger sagte ihm, dass niemals eine Auszeichnung seinen Kaminsims zieren würde. Die Branche kam einfach nicht mit ihm zurecht. Es war eine instinktive und, offen gestanden, gegenseitige Abneigung.

Hollywood war nicht nur ein hartes, es war auch ein undankbares Pflaster, schloss er angewidert. Hatte es Joyce Hanson alias Kate Smith nicht *vor allem* ihm zu verdanken, dass sie so gut ankam und so wahnsinnig witzig war?

Nun setzte sich der, wie er selbst sagte, Mr. Hyde in ihm durch, und als der *National Enquirer* und das *People Magazine* mit Fotos auf der Titelseite das Gerücht einer Affäre zwischen Joyce und ihm ausstreuten, drohte ihm Laureen, sie werde sich scheiden lassen und mit Scotty zu ihren Eltern nach Palmdale zurückkehren. Johnny schwor ihr, dass die Gerüchte aus der Luft gegriffen seien, es sei nichts zwischen ihm und Joyce. Das war nur die halbe Wahrheit: Irgendetwas an ihr zog ihn unwiderstehlich an, und diese Anziehung wirkte wie ein schwarzes Loch, das alle Materie in der Umgebung verschlang. Seine Reaktion auf diese obskure Besessenheit, die sich weigerte, ihren Namen zu nennen, und auf seine Verbitterung wegen der mangelnden beruflichen Anerkennung war, dass er die Serie zu hassen begann. Und je mehr er die Rolle, die ihm zum Durchbruch verholfen hatte, verabscheute, je unbeliebter er sich auf dem Set machte, desto besser kam er bei Joyce Hanson an, die ihn bezaubernd fand und sich intensiv um ihn bemühte. Joyce hatte schon immer eine Schwäche für böse Jungs gehabt, für Wracks aller Art und Durchgeknallte im freien Fall, und eines Tages lud sie ihn zu sich nach Hause, nach Beverly Hills ein. Mit einem seltsamen Lächeln nahm er die Einladung an.

Doch an jenem denkwürdigen Abend, als er schon vor ihrer Tür stand, fiel es ihm auf einmal wie Schuppen von den Augen, und er begriff, dass er sich zugrunde richtete, wenn er jetzt mit Joyce ins Bett ging. Er würde wie sein Vater enden, der eines schönen Tages (der freilich weder für Johnny noch für dessen Mutter schön gewesen war) Frau und Kind hatte sitzen lassen und jetzt irgendwo in Oklahoma von den Schecks der Sozialfürsorge und den Coupons für kostenlose Mahlzeiten sein Dasein fristete. Darin ähnelte Joyce Hanson seinem Freund Bill Turner: Beide litten unter dem zwanghaften Bedürfnis, sich überlegen zu fühlen, und befriedigten ihre Herrschsucht, indem sie sich mit Gescheiterten umgaben. Johnny kehrte auf der Türschwelle um, voller Entsetzen, als wäre er dem Tod persönlich begegnet. Niemals würde er in die Fußstapfen seines Vaters treten. Niemals. Das schwor er sich. Scotty und Laureen waren seine Familie, und er würde sie nie im Stich lassen.

Ein paar Wochen später stand die Verlängerung seines Vertrags für eine weitere Staffel von *Ich liebe dich etc.* an, und er lehnte ab. Als Bill Turner anrief – »Das meinst du doch hoffentlich nicht ernst?«, fragte sein Agent wie vor den Kopf geschlagen –, wusste Johnny, dass es Zeit war, reinen Tisch zu machen.

Das Telefonat erinnerte ihn an Regis Philbins rituelle Frage: »Ist das Ihr letztes Wort?« Ja, Mr. Philbin, ja, mein letztes Wort. Das war John Baldwins Antwort an den unerträglichen Bill Turner und die Koalition der Hollywood-Studios, die sich gegen das Wahre Talent verschworen hatten. Und diese Antwort aus dem Bauch heraus – das wusste er im selben Moment, in dem er sie aussprach – würde ihm keineswegs die berühmte Million einbringen, ja nicht einmal hundert Dollar, sondern etwas viel Besseres, nämlich den Stolz, Hollywood den Finger zu zeigen und einem gewissen Bill Turner endlich die Meinung zu sagen. Und wahrhaftig war es die reine Lust, sie alle zum Teufel zu schicken.

Es war aber nicht nur sein Jähzorn, der ihn getrieben hatte, seine Karriere hinzuschmeißen: Mit fast vierzig wollte er Laureen endlich ihrer gemeinsamen Zukunft versichern. Es war höchste Zeit für ihn, sich um seine Frau und seinen Sohn zu kümmern. Ihnen seine Liebe zu beweisen, indem er die Familie wieder zusammenschmiedete. Der Kauf und vor allem die Instandsetzung des Grand Magnolia war seine Resozialisierung, seine Erdung im wahrsten Wortsinn. Eine zweite Chance für ihn.

»Sie wissen, Sie haben keinen Joker mehr«, sagte die Stimme von Regis Philbin im Off, während sich auf dem Bildschirm die Kandidatin wieder einmal auf die Unterlippe biss.

In dem Moment kamen, verschwörerisch lächelnd, Scotty und Laureen ins Wohnzimmer, und Johnny lächelte ebenfalls, ohne genau zu wissen, wieso eigentlich, einfach aus purer Zufriedenheit darüber, dass er trotz seiner körperlichen Erschöpfung der glücklichste Mann der Welt war. Hatte er nicht eine reizende Frau und ein entzückendes Kind? Nur eines? Nun, wer weiß, vielleicht käme bald schon ein zweites … Damit musste man freilich noch warten, bis das gesamte Anwesen in Ordnung und der Pensionsbetrieb lief …

»Komm her, Cowboy«, sagte Johnny.

Er hob Scotty auf und setzte ihn auf seinen Schoß.

»Was hast du in deinem Zimmer gemacht?«

»Nichts, Daddy.«

»Ich denke, Scotty möchte dich um eine Ausnahme bitten«, warf Laureen ein.

»Aha! Worum geht's, Cowboy?«

Johnny lehnte sich im Sessel zurück und zog Scotty mit. Der Junge duftete nach Duschgel. Ein beruhigender Vanillegeruch.

»Na ja, weißt du, wegen morgen …«

»Nein, weiß ich nicht«, sagte Johnny und rieb sich seine schweren Augenlider. »Was ist denn so Schreckliches morgen?«

Scotty senkte den Kopf und verzog das Gesicht. Er konnte es nicht leiden, wenn sein Vater sich über ihn lustig machte. Dabei hielt er selbst sich für sehr mutig. Vor der riesigen Schlange, die er und sein Kumpel Dave gestern auf der Old Pine Lane entdeckt hatten, war er nicht davongelaufen wie ein Angsthase – nur Dave hatte Reißaus genommen. Dass sein Vater ihn verspottete, war wirklich ungerecht.

»Es geht um das Schwimmen. Der Kurs morgen macht ihm Angst«, antwortete an seiner Stelle Laureen, die mit verschränkten Armen am Türstock lehnte.

»Und was ist da anders als sonst?«

»Lighton will die Kinder ins tiefe Becken schicken. Um sie dran zu gewöhnen, nehme ich an. Seiner Meinung nach sind sie jetzt schon so weit.«

»Wo ist das Problem, wenn Lighton findet, das können sie?«

»Genau das ist das Problem, Johnny. Scotty versucht dir zu erklären, dass er ganz und gar keine Lust hat, ins tiefe Becken zu gehen.«

»Moment mal«, sagte Johnny, wieder an seinen Sohn gewandt: »Du schwimmst doch mit Schwimmflügeln, oder?«

Zur Bestätigung senkte Scotty nur den Kopf.

»Damit *kannst* du nicht untergehen, auf gar keinen Fall. Außerdem passt Lighton wie immer auf euch auf. Du kannst ihm hundertprozentig vertrauen, das hab ich dir schon gesagt. Harry würde sein Leben riskieren, um einen Hund zu retten, der am anderen Ende des Red River ein bisschen Wasser schluckt.«

»Bitte«, flehte Scotty, »ich will bloß morgen nicht!«

»Schau mich mal an, Cowboy.«

Scotty hob den Blick.

»Gehen David Dudley und Brett Sullivan morgen hin?«

Der Junge nagte an seiner Lippe und nickte knapp.

»Also wenn deine Kumpel hingehen, hast du keinen Grund, dich zu drücken. Jetzt komm, es ist spät«, sagte Johnny und richtete sich wieder auf. »Du gehörst ins Bett, Cowboy.«

»Aber …«

»Scotty, um Himmels willen! Wir haben alles besprochen!« Johnny rückte im Sessel ein Stück zur Seite, um dem Jungen in die Augen zu blicken. »Hast du Angst, Scotty? Ist es das – hast du Schiss vor dem Wasser?«

»Nein, nein.«

»Was ist es dann, Scotty? Was bedrückt dich?«

»Ach, nichts. Es wird schon gehen.«

»Na gut. Vernünftiger Junge. Und jetzt Abflug, Cowboy!«

»Gute Nacht, Daddy.«

»Gute Nacht, Scotty.«

Nachdenklich sah Johnny der kleinen Gestalt im roten Schlafanzug nach, die durch die Tür verschwand. Einer der Gründe für seinen Entschluss, sich in das Abenteuer eines *Bed & Breakfast*-Betriebs zu stürzen, war der Wunsch, seinen Sohn aufwachsen zu sehen, an seiner Seite zu sein, um ihn zu unterstützen, wo er es brauchte. Er hatte sich fest vorgenommen, Scotty die Umwege zu ersparen, die er selbst hatte gehen müssen. Von klein auf hatte sich Johnny als ein ebenso schüchternes wie stolzes Kind erwiesen, und dass sein Vater aus heiterem Himmel auf und davon gegangen war, hatte ihm das Leben nicht gerade erleichtert. Hätte er einen Vater gehabt, der diesen Namen verdiente, einen Vater, der sich um ihn gekümmert, ihm einen Weg durch die Klippen des Lebens gewiesen hätte, so wären ihm sicher viele Irrtümer erspart geblieben, davon war er überzeugt. Seine Mutter hatte ihn mit aller Liebe aufgezogen, hatte sich krummgelegt, um ihm seine Ausbildung zu finanzieren, doch sein wildes Wesen zu bändigen, die in ihm lauernde Gewalttätigkeit zu zähmen, das war ihr nicht gelungen. Johnny hatte sich geschworen, ein ganz anderer Vater zu werden. Scotty sollte nicht als Außenseiter aufwachsen, er *musste* sich integrieren: Anpassung war das Schlüsselwort zum Erfolg, und Johnny wollte sein Möglichstes tun, um ihm dabei zu helfen. Nur manchmal, wenn er ihn allein im Park spielen sah, erkannte er sich in seinem Sohn wieder und erschrak umso mehr, als Laureen dem Kind gegenüber eine ähnlich besitzergreifende Anhänglichkeit an den Tag legte, wie sie Johnny bei seiner Mutter erlebt hatte.

Auch in diesem Jahr hatte sie sich geweigert, Scotty in den Kindergarten zu schicken – mit der Begründung, dass die Kinder dort ohnehin nichts Wesentliches lernten und es ihm deshalb zu Hause viel besser erginge. *Ein* Zugeständnis hatte Johnny ihr allerdings abgerungen, nämlich Scottys Anmeldung zu Lightons Schwimmkurs am Samstagvormittag für die Kleinen. Johnny achtete sehr darauf, dass sein Sohn keine Unterrichtsstunde verpasste, und meistens brachte er ihn persönlich hin.

Vom nächsten Jahr an würde Laureen zum Glück nichts mehr verhindern können: Ob sie es wollte oder nicht, Scotty würde zur Schule gehen. Vermutlich würde sie in Tränen ausbrechen und noch unglücklicher sein als der Junge, doch die Welt war nun einmal unvollkommen, und je früher sich Scotty damit abfand, desto schneller würde er sich an die Hürden des Lebens gewöhnen. Es war nur zu seinem Besten.

5

»Lighton weiß sehr genau, was er tut«, begann Johnny wieder, als Laureen Scotty ins Bett gebracht hatte und ins Wohnzimmer zurückkam. »Wenn er findet, dass die Kinder groß genug sind, um sich ins Tiefe zu wagen, dann besteht keinerlei Gefahr für sie.«

Aus Laureens Gesichtsausdruck schloss er, dass sie nur halb überzeugt war.

»Du meine Güte! Harry Lighton ist der personifizierte Rettungsdienst«, rief er aus. »Einen besseren Schwimmlehrer für Kinder findest du in der ganzen Gegend nicht. Glaub mir, ich habe in meinem Leben genügend Hochstapler und Halsabschneider getroffen, um für Harry beide Hände ins Feuer zu legen.«

Neben Arthur Kingston war Harry Lighton einer der wenigen, die auf Anhieb begriffen hatten, dass man mit Johnny am besten zurechtkam, wenn man ihm nicht mit seiner Hollywood-Karriere auf die Nerven ging. Johnny war ihm dankbar dafür und wunderte sich nicht, als er hörte, dass Harry in der Gegend selbst eine Art Star war.

»Ich *weiß*, dass Lighton perfekt ist«, seufzte Laureen mit einem Anflug von Verzweiflung. »Außerdem weiß alle Welt, dass er ein Engel ist, der sich zufällig auf die Erde verirrt hat.«

»Endlich erkennst du sein wahres Wesen!«, gab Johnny schmunzelnd zurück.

»Hier geht es doch gar nicht um Harry Lighton.«

»Hör zu, Scotty fürchtet sich ein bisschen, was das Normalste der Welt ist. Wenn er morgen am Beckenrand steht und seine Kumpel mit Lighton im Wasser herumtollen sieht, sind seine Ängste wie weggeblasen. Bestimmt.«

»Es geht …«

»Laureen!«, seufzte Johnny.

Sie ging nicht darauf ein, sondern fuhr fort: »Es geht um diesen Albtraum, der ihm nicht aus dem Kopf geht.«

Bei der Erinnerung an die Ereignisse des Nachmittags schnürte es ihr wieder die Kehle zu.

Gegen zwei Uhr war Scotty in den Park hinausgegangen, um an dem See zu spielen, während sie dabei war, die Tür- und Fensterstöcke in der Küche zu streichen und Johnny im zweiten Stock das Parkett abzog. Bevor sie ihn gehen ließ, hatte sie ihm seinen Kapuzenmantel und seine gefütterten Gummistiefel angezogen, damit er sich keine bösen Mikroben einfing. Vorsorglich hatte sie ihm noch einmal eingeschärft, am Wasser ja vorsichtig zu sein, obwohl sie genau wusste, dass Scotty klug genug war, um sich nicht auf waghalsige Abenteuer einzulassen. Dann hatte sie, mit Pinseln bewaffnet, die Innentür zwischen der Küche und ihrer Privatwohnung in Angriff genommen. Die Zeit war wie im Flug vergangen, und als sie zum ersten Mal auf die Uhr über dem Kühlschrank blickte, hatte sie erschrocken festgestellt, dass es schon nach halb fünf und Scotty noch immer nicht heimgekommen war und Hunger hatte. Sie stellte ihre Pinsel in ein Glas Terpentin, wischte sich die Hände an dem alten Lappen um ihre Taille ab und verließ das Haus durch die Gartentür. Am anderen Ende des Parks sah sie seine kleine, zusammengekrümmte Gestalt am Seeufer kauern und rief ihn an, doch er reagierte nicht, so dass sie, plötzlich beunruhigt, mit klopfendem Herzen zu ihm hinrannte. Verstört und reglos hockte er da und starrte mit weit aufgerissenen Augen aufs Wasser. Seine Lippen waren bläulich angelaufen und wie zu einem stummen Schrei geöffnet.

»Laureen!«, protestierte Johnny noch einmal. »Das war ein kindlicher Albtraum, wie ihn Millionen von Kindern überall auf der Welt haben, das müsstest du wissen.«

Laureen hatte laut nach ihrem Mann gerufen, und Johnny hatte alles liegen und stehen lassen und war Hals über Kopf die Treppe hinuntergestürmt. Und nachdem er sich vergewissert hatte, dass dem Jungen nichts fehlte, hatte er eine gute halbe Stunde das Ufer abgesucht und nichts Verdächtiges gefunden. Der Steg war unversehrt, und im See, wo man stellenweise bis auf den Grund sehen konnte, war das Auffälligste ein abgestorbener Ast, der träge im Wasser dümpelte. Scotty war anscheinend eingeschlafen, ohne es zu merken, oder er hatte eine harmlose Schlange gesehen, die ins Wasser geglitten war, vielleicht hatte er auch den Ast für ein Ungeheuer gehalten ... Johnny fiel keine bessere Erklärung ein.

»Wenn du dir die Mühe gemacht hättest, ihn vom Seeufer zu holen«, fing Laureen wieder an, »hättest du immerhin gesehen, dass er von Kopf bis Fuß zitterte und ständig sagte: ›Ich will nicht dorthin, ich will nicht dorthin.‹ Er hatte eine Heidenangst, Johnny!«

»Himmelherrgott! Weißt du was? Du bist eine überfürsorgliche Mutter, und das ist nicht gut, ganz und gar nicht gut! Scotty ist ein Junge, Laureen, krieg das endlich in deinen Kopf! Er muss ein paar Dinge lernen, die er später im Leben braucht. Und insbesondere, dass ein alter Ast nichts anderes ist und nie was anderes sein wird als ein alter Ast. Das ist wichtig, glaub mir. Scotty ist sowieso schon viel zu labil und emotional, und wenn du ihn jetzt auch noch in deinem Sinn beeinflusst ...«

»... werden wir beide im Irrenhaus enden, wie mein Bruder Ben, ich weiß.«

»Das wollte ich nicht sagen. Du bist anders als dein Bruder, Laureen.« Johnny schlang die Arme um ihre Taille und legte seinen Kopf an ihre Halsbeuge. »Ben war ein bisschen schizo, das stimmt, aber du, meine Schöne, du spinnst total!«

Laureen gab ein kurzes, nervöses Gelächter von sich, im Grunde ihres Herzens aber haderte sie mit ihrem Mann: Er hatte nicht das Recht, die Ängste ihres Sohnes auf die leichte Schulter zu nehmen, nur um einen perfekt angepassten Jungen aus ihm zu machen – eine Vorstellung, die Laureen ein bisschen beunruhigend fand. Er war noch ein Kind, und wie alle Kinder seines Alters durfte er sehr wohl unters Bett schauen, ehe er sich hineinlegte, und verlangen, dass in seinem Zimmer so lange ein Licht brannte, bis er eingeschlafen war.

Und wieso durfte er nicht einen alten Ast für ein Ungeheuer halten?

Als sie im Bett lagen, war Johnny innerhalb von drei Minuten fest eingeschlafen. Laureen hingegen fand lange keinen Schlaf. Auf dem Rücken liegend, das Taschenbuch des Heimwerker-ABCs aufgeschlagen auf dem Bauch, starrte sie an die von Rissen überzogene hohe Decke ihres Schlafzimmers und lauschte dem regelmäßigen Atem ihres Mannes. Johnny lag neben ihr und schien ihr doch so weit fort, als weilte er in der Wildnis von Burkina Faso, und sie spürte, wie ihr Herz sich zusammenzog.

Beim Gutenachtsagen hatte sie Scotty versprochen, ihm eine Entschuldigung für Lighton zu schreiben, so dass er zwar mit seinen Freunden ins Schwimmbad gehen konnte, aber nicht im tiefen Becken schwimmen musste – was Scotty seinem Vater allerdings nicht verraten dürfe.

Scheiß auf die väterliche Autorität, sagte sie sich in plötzlichem Zorn. »Onkel« Bill – er war mehr als ein Onkel für Scotty – hätte ihn jederzeit von diesem verdammten Schwimmkurs freigestellt, der ihnen den ganzen Abend verdorben hatte. Aber sie hatte nun mal Johnny geheiratet, und er war Scottys Vater, nicht Bill Turner.

Entschlossen klappte sie das Buch zu und streckte die Hand zur Nachttischlampe aus, um das Licht zu löschen, dann lag sie wieder auf dem Rücken und starrte in die Dunkelheit.

Ja, Johnny hätte sich verständnisvoller zeigen müssen. Selbst wenn es nur ein Albtraum war, durfte man von Scotty nicht verlangen, dass er sich wie ein Erwachsener benahm. Sie selbst verstand ihn nur allzu gut. Mit Angstträumen kannte sie sich aus, seitdem sich ihr Bruder Ben in einem Anfall schizophrenen Wahnsinns mit Benzin übergossen und sich vor ihren Augen angezündet hatte. Sie war noch ein Teenager gewesen. Der Schock war vernichtend, das Trauma ein bodenloser Abgrund, und sie war sich bewusst, dass sie ohne die zahlreichen Besuche beim Psychoanalytiker, auf denen ihr Vater nach dem Drama bestanden hatte, geistig nicht unbeschadet davongekommen wäre. Nach Ben Powells verhängnisvoller Tat im Gartenpavillon der Familie im kalifornischen Palmdale hatten sie Nacht um Nacht, mit beängstigender Regelmäßigkeit, die Albträume heimgesucht. Sie bemühte sich, nicht an dieses Erlebnis zurückzudenken; wenn die Erinnerung sie doch wieder einholte, war ihr, als füllte sich ihre Kehle mit klumpigem, eiskaltem Beton, und wie ein Vorgeschmack auf den eigenen Tod stieg ihr der Gestank nach verkohltem Fleisch in die Nase.

Es war ihr vernünftig erschienen, vor einer Schwangerschaft noch einmal eine Analyse zu durchlaufen. Auf keinen Fall sollte ihr Kind unter dieser emotionalen Hypothek zu leiden haben. Die Therapie war mühselig, doch am Ende erfolgreich. Als Scotty zur Welt kam, hatte Laureen ihr Gleichgewicht gefunden, hatte sich im Griff und war in der Lage, die Vergangenheit aus der Distanz zu betrachten. Ihre Nächte waren nicht mehr von brennenden Ungeheuern bevölkert, die sie in ihre qualvolle Welt zu ziehen versuchten, und sie konnte sogar mit Johnny über Ben sprechen, ohne das entsetzliche Gefühl zu empfinden, an den Klumpen in ihrer Kehle zu ersticken …

Laureen drehte sich auf die Seite. *Wie wär's, mit dem sinnlosen Grübeln aufzuhören?* Es war ein Uhr dreiundzwanzig, und sie schlief noch immer nicht.

6

Um zwei Uhr fünfzig, kurz nachdem Laureen endlich eingeschlafen war, fuhr Scotty jäh aus dem Schlaf. Die Läden vor seinen Fenstern waren nicht geschlossen – sie standen immer offen –, und das Mondlicht schien herein. Er rollte sich unter der Decke zusammen und drückte seinen Stoffpavian, den ihm Onkel Bill zum dritten Geburtstag geschenkt hatte, als sie noch in Los Angeles gelebt hatten, fester an sich.

Als er schlafen gegangen war, hatte er nicht unter dem Bett nachgesehen, doch er hatte seine Mutter gebeten, das Licht noch eine Weile brennen zu lassen. Was sie gern getan hatte.

Auf der Bettkante sitzend, hatte sie seine Decke festgesteckt, ihm einen Kuss gegeben und mit einem liebevollen, tröstenden Lächeln versichert, er müsse am nächsten Tag nicht ins tiefe Becken. Ein Weilchen hatte sie ihn noch im sanften Licht der Nachttischlampe betrachtet, auf deren Schirm der urkomische Droopy sein zweifelhaftes *»I'm happy«* verkündete. Scotty war sehr schnell eingeschlafen, das Versprechen seiner Mutter hatte ihn ungemein beruhigt. Als sie eine Stunde später auf Zehenspitzen wiedergekommen war, um die Lampe zu löschen, hatte er sich nicht gerührt.

Jetzt lag er wach und ließ die Augen durch das mondhelle Zimmer wandern.

Bis zu diesem Tag hatte sich Scotty nie gefürchtet. Wenn er je schlecht geträumt hatte, so waren es die Albträume, wie sie jedes kleine Kind gelegentlich heimsuchen; es waren eben *nur* Albträume.

Was ihm aber an diesem Tag widerfahren war, konnte schon deshalb kein Albtraum sein, weil er keine Minute geschlafen hatte. Hellwach war er gewesen, als das Wesen ihm erschienen war.

Den ganzen Nachmittag über war der Himmel grau gewesen, doch das Wetter angenehm lau, und Scotty hatte seinen Mantel aufgeknöpft, um mehr Bewegungsfreiheit zu haben, hatte sich ans Ufer des Sees gesetzt, in dem sich der Waldessaum spiegelte, und sich im Weitwerfen von Kieselsteinen geübt. Nach jedem Wurf beobachtete er befriedigt, wie sich über die glatte Wasserfläche die Kreise ausbreiteten, die Wellen immer weiter und immer schwächer wurden, bis sie vergingen.

Das war lustig und lenkte ihn davon ab, dass er sich eigentlich langweilte. Seine Eltern waren von früh bis spät mit den Renovierungsarbeiten beschäftigt, und er hatte gemerkt, dass er nur störte, wenn er im Haus blieb. Deshalb vertrieb er sich die Zeit bis zum Essen lieber draußen im Park. Wahrscheinlich war es bald so weit, doch er wartete besser ab, bis seine Mutter ihn vom Küchenfenster aus rief.

Er suchte sich einen neuen Stein, holte mit angewinkeltem Arm aus, atmete ein, wie sein Vater es ihm beigebracht hatte, und als er spürte, dass er bereit war, schoss sein Arm jäh nach vorn und schleuderte den Stein. Mit den Augen verfolgte er seine Flugbahn über den See, bis das Geschoss mit einem kleinen *pluff!* im aufspritzenden Wasser verschwand. Gleich darauf breiteten sich um die Einschlagstelle kreisförmig die Wellen aus.

»Yeah! Guter Wurf!«, rief er mit seiner hellen Stimme.

Da ertönte ein zweites *pluff!*, und Scotty sah verblüfft, wie neue Kreise das Wasser kräuselten und die schon abgeschwächten Wellen des ersten Wurfs überlagerten, bis sie ihrerseits vergingen.

»Das war auch ein guter Wurf, oder?«

Neben ihm saß ein kleiner Junge mit bandagiertem Kopf.

»Hei!«, sagte Scotty überrascht und erfreut.

»Hei!«, antwortete der Junge.

Er war so groß wie Scotty und schien im selben Alter zu sein. Die elastische Binde umschloss seinen Kopf von den Ohren bis zur Stirn und bauschte die Haare, die in einzelnen halblangen Strähnen über den Verband fielen. Er lächelte freundlich.

»Ich bin auch gern hier«, erklärte er und warf wieder einen Stein.

Beide blickten ihm nach, bis er mit dem dumpfen *pluff!* ins Wasser plumpste, dann sahen sie wieder einander an.

»Kannst du aber weit werfen«, sagte Scotty.

»Och, das ist nichts Besonderes. Mit ein bisschen Übung schaffst du das auch.«

»Glaubst du?«

»Na klar. Ich heiße übrigens Virgil.«

»Und ich Scotty.«

»Weiß ich«, sagte der Junge, und sein Lächeln wurde breiter.

»Wollen wir Freunde sein?«

»Sind wir doch schon, Scotty.«

Er legte ihm einen Arm um die Schulter und zog ihn an sich.

»Früher waren hier Enten.«

Scotty riss die Augen auf.

»Echt, Enten?«

»Ja, bestimmt ein Dutzend. Sie gehörten meinem Großpapa. Ich hab ihnen gern beim Schwimmen zugesehen.«

Sie begannen wieder Kieselsteine zu werfen, allerdings mit geringerem Ehrgeiz als zuvor.

»Hat dein Großpapa hier gewohnt?«

»Ja, bevor ihr ins Haus eingezogen seid, du und deine Eltern«, sagte Virgil mit nachdenklicher Miene, die sich aber gleich darauf wieder aufhellte: »Wie wär's, wenn wir den Steg entlanggehen?«

Er sprang auf und klopfte sich mit beiden Händen Hosenboden und Knie ab. Scotty tat es ihm gleich, dann betraten sie den hölzernen Steg, der auf den Wald hinter dem See zuführte.

»Mama will nicht, dass ich allein in den Wald gehe. Warst du schon mal dort?«

»Ja«, murmelte Virgil mit knappem Nicken.

Ohne stehen zu bleiben, starrte er düster auf den Wald.

»Ich bin dort auf einen Baum geklettert und runtergefallen, und dabei hab ich mir am Kopf wehgetan. Deine Mama hat schon Recht, Scotty. Man muss aufpassen. Großpapa hat mich gewarnt, aber ich hab nicht auf ihn gehört, und heute tut's mir leid ...«

»Aber so schlimm war's wohl nicht, oder? Sonst wärst du nicht hier ...«

»Hm. Eben weil es schlimm war, bin ich hier. Aber reden wir nicht davon, gut? Es macht mich immer traurig.«

Auf der Hälfte des Stegs blieben sie stehen, drückten die Gesichter zwischen die hölzernen Streben des Geländers und starrten auf die Wasserfläche zu ihren Füßen. Als Scotty einen Seitenblick auf Virgil warf, sah er den ernsten, besorgten Ausdruck in seinem Gesicht, der ihn an den Ernst der Erwachsenen erinnerte, etwa wenn sein Vater aus seiner Kindheit erzählte, und er begriff, dass dieser gemeinsame Spaziergang mehr als bloß Zufall war, dass Virgil hier war, um ihm etwas mitzuteilen.

»Sag mal, Scotty, du willst doch morgen ins Schwimmbad gehen, oder?«, fragte er.

»Oh ja, unbedingt! Und du könntest auch mitkommen, dann lernst du meine Kumpel kennen.«

»Und ihr wollt ins tiefe Becken, stimmt's?«

»Ja, wir können's kaum erwarten!«

»Ich weiß, Scotty, ich weiß.«

Einen Moment lang schwiegen sie beide, dann löste sich Virgil vom Geländer und drehte sich zu Scotty.

»Hör mal. Ich halte es für besser, wenn du morgen nicht hingehst.«

Scotty starrte ihn überrascht und verständnislos an.

»Ich soll da nicht hin?«, fragte er verdutzt.

»Nein, morgen nicht und die nächsten Male auch nicht.«

»Aber wieso denn nicht?«

»Ich sehe, was andere nicht sehen, Scotty. Das liegt an … an meiner Befindlichkeit.«

»Was ist das, eine Befindlichkeit?«

Virgil sah zwar aus wie ein fünfjähriger Junge und sprach mit kindlicher Stimme, doch seine Gedanken und Worte waren seltsam erwachsen, das spürte Scotty sehr wohl.

Virgil lächelte traurig.

»Das ist, wenn man in einer Lage ist, mit der man sich abfinden muss, obwohl man sie weiß Gott nicht gewollt hat. Hör mir gut zu, Scotty, bitte. Es ist gefährlich, wenn du morgen in den Schwimmkurs gehst. Und zwar weil … weil Mr. Lighton … das Wesen herbeirufen wird. Oder vielmehr nicht Mr. Lighton, sondern etwas, das in ihm steckt. Etwas, das er fürchtet. Er kann nichts dafür. Seine Angst wird gegen euch verwendet werden, gegen dich und deine Freunde. Aber du kannst eben einfach wegbleiben. Vielleicht macht sich das Wesen dann gar nicht bemerkbar. Denn es geht ihm vor allem darum, die Aufmerksamkeit auf dich zu ziehen.«

»Auf mich?«, murmelte Scotty tonlos.

»Ja, weil du hier lebst. Tatsache ist, dass das Wesen dich benutzen wird, um jemanden hierher zu holen. Um diesen Mann anzulocken, wollen das Wesen und derjenige, der es beherrscht, dir was antun.«

»Hat das Wesen gemacht, dass du vom Baum gefallen bist?«

»Nein, keine Sorge. Das war ein Unfall. Ein ganz normaler Unfall. Morgen wird es aber kein Unfall sein.«

»Papa lässt mich bestimmt nicht zu Hause bleiben!«, rief Scotty verzweifelt.

»Du *musst* dir was einfallen lassen«, bedrängte ihn Virgil ungeduldig. »Denk dir irgendeine Ausrede aus, aber geh auf keinen Fall hin. Das Wesen wartet dort auf dich, verstehst du?«

»Was denn für ein Wesen? Sag, was ist das, dieses Wesen?«

Virgil nahm seine Hand.

»Na komm, ich zeig's dir«, seufzte er.

Scotty zuckte zusammen. In der Sekunde, in der Virgils Hand ihn berührte, hatte er das beängstigende Gefühl, dass gleich etwas passieren würde. Bleich stammelte er: »Nein, Virgil, nicht nötig, wirklich …«

Aber es war zu spät. Der Himmel hatte sich ebenso plötzlich wie unerklärlich verdunkelt, und es war pechschwarze Nacht geworden. Ein heftiger Wind erhob sich, der durch die Bäume fegte, die Blätter rauschen und die Äste ächzen ließ. Der Steg vor seinen Füßen erschien Scotty wie die dringende Aufforderung, so rasch wie möglich zum Haus zurückzulaufen, dessen Fassade hinter dem Holzpavillon als undeutlicher heller Schimmer gerade noch zu erkennen war.

Virgil war neben ihm und hielt seine Hand.

»Jetzt ist es da, Scotty«, flüsterte er. »Was du jetzt siehst, ist das Wesen, das morgen im Schwimmbad auf dich wartet. Aber hab keine Angst. Du hast nichts zu befürchten, nicht, wenn du morgen nicht im tiefen Becken bist.«

Trotz des beschwichtigenden Tonfalls spürte Scotty, dass auch Virgil Angst hatte, und er nickte, ohne den Blick vom Haus zu wenden. Nie war es ihm so fern erschienen, und er dachte, dass sie sehr schnell laufen müssten, um es zu erreichen. Doch seine Beine waren bleischwer, und über das Heulen des Windes und das Rauschen der Bäume hinweg hörte er sein Herz hämmern.

»Virgil, ist denn …«, begann er mit gepresster Stimme, doch als er sich umsah, war der Junge verschwunden.

Scotty stand allein mitten auf dem Steg.

Vom anderen Ende her betrachtete ihn der Wald mit missbilligender Aufmerksamkeit. Noch zögernd, legte Scotty zu beiden Seiten die Hände auf das ein wenig zu hohe Geländer und trat den Rückweg an.

Die schwarze Oberfläche des Sees kräuselte sich im Wind, der ihm um die Ohren pfiff, und auf einmal merkte Scotty, dass der Steg unter ihm nachgab und sich immer tiefer senkte, je näher er dem Pavillon kam.

»Virgil?«, flüsterte er besorgt, doch der Wind riss ihm die Laute vom Mund.

Der Steg begann zu schwanken und knarzte unheilverkündend. Die Planken berührten jetzt den See, stellenweise schwappte das dunkle Wasser in bösen kleinen Wirbeln darüber hinweg.

Scotty blickte noch einmal zurück. Der Wald hinter ihm war nur noch bedrohliche Finsternis.

Er wandte sich wieder nach vorn und ging weiter auf den Pavillon zu. Seine Füße wateten nun schon im schwarzen Wasser, das bei jedem Schritt platschend aufspritzte.

Im Pavillon peitschte der Wind die zwischen den Arkaden gespannten schmutzig grauen Vorhänge. Sie flatterten wie Hexenhaar knatternd im Sturm, und ihre großen Metallringe rasselten auf den Stangen hin und her.

Jetzt waren sämtliche Planken überspült, doch Scotty konnte sie immerhin noch erkennen. Anscheinend wollte der Steg nicht weitersinken, sondern trieb jetzt wie ein behelfsmäßiges Floß im Wasser.

Auf einmal glitt ein riesiger Schatten knapp über der Wasseroberfläche dahin und versetzte dem Steg einen dumpfen Stoß, ehe er sich wieder entfernte. Scotty musste sich mit beiden Händen am Geländer festkrallen, um nicht zu fallen.

Das war das Wesen, vor dem Virgil ihn gewarnt hatte. Es war da, im finsteren Wasser des Sees.

Ans Geländer geklammert, starrte Scotty panisch auf den verschatteten Pavillon. Er musste so schnell wie möglich das Ufer erreichen, bevor das Wesen zurückkam und abermals gegen den Steg schlug, um ihn dann auf den Grund des Sees hinabzuzerren und zu verschlingen.

Den Blick unverwandt auf den Pavillon geheftet, von dem ihn nur noch zehn Meter trennten, tastete er sich auf das rettende Ufer zu. Sein Atem ging stoßweise, und das Herz schlug ihm bis in die Kehle.

In dem Moment meinte er eine männliche Gestalt sich in dem Pavillon bewegen zu sehen.

Er versuchte sich einzureden, das sei bestimmt nur ein Vorhang, der sich um einen Pfeiler gewickelt hatte und sich hier und da bauschte, so dass er entfernt an eine menschliche Silhouette erinnerte, weiter nichts. Um sich zu vergewissern, musterte er im Gehen die anderen Vorhänge. Rechts war einer, der waagrecht im Wind trieb und wie eine Standarte knatterte, während der Vorhang gegenüber rasende Kreiselbewegungen vollführte. Der Vorhang an der Vorderseite hatte sich um eine Säule geschlungen und wand sich unter den Windstößen wie eine Boa constrictor. Sicher erging es dem Vorhang an der Rückseite nicht anders …

Scotty war nur noch drei Meter vom Ufer entfernt, als er, wie vom Donner gerührt und leichenblass, stehen blieb und sich ans Geländer klammerte. Vom linken Vorhang hatte sich etwas gelöst, das jetzt Seite an Seite neben ihm flatterte: Es war der vierte Vorhang, der sich in den anderen verdrillt hatte und in diesem Moment wieder freikam.

Also …

Scotty riss entsetzt die Augen auf, und sein Atem stockte.

Also befand sich der vierte Vorhang auf der linken Seite und nicht an der Stelle, wo er die Gestalt zu sehen meinte.

Sein Herz machte einen Satz, während sein Verstand das letzte *also* des Gedankengangs formulierte.

Also war da jemand. Jemand verbarg sich im Schatten des Pavillons.

»Papa? Mr. Kingston?«, fragte Scotty mit tonloser Stimme, die der Wind sofort verwehte.

Er wusste genau, dass es weder sein Vater noch der Tankstellenbesitzer war.

Und jetzt trat die Gestalt an die hölzerne Balustrade des Pavillons, und Scotty begriff mit Schaudern, dass dies der Mann war, den Virgil erwähnt hatte, der Mann, der über das Wesen im Wasser gebot.

Langsam wie in einem Albtraum breitete der Mann die Arme aus und legte die Hände auf die Balustrade. Seine Augen waren feurig rot und leuchteten wie glühende Lava durch die sturmgepeitschte Dunkelheit, und ihr starrer, grausamer Blick schien zu sagen: »Vergiss nicht, Scotty. Wir zwei sind morgen verabredet.«

Rechts von ihm platschte es im Wasser.

Scotty fuhr zusammen und drehte den Kopf in die Richtung, aus der das Geräusch gekommen war. Seine Zähne schlugen aufeinander, und seine Haare sträubten sich eines nach dem anderen, denn in dem Augenblick fuhr das Wesen direkt vor seinen Füßen unter dem halb versunkenen Steg hindurch. Es war eine riesige unförmige Masse, die das Wasser aufwühlte und eine Gischtspur hinterließ, deren Ausläufer sich am Ufer brachen.

Und im nächsten Moment ging der Steg, wie von einem unerklärlichen Mechanismus bewegt, vollends unter. Scotty wollte aufschreien, doch es kam kein Laut aus seinem Mund. Und sein Körper versank im schwarzen Wasser.

Zwei Minuten später war seine zu Tode erschrockene Mutter bei ihm. Er fand sich am Fuß des Pavillons wieder, genau dort, wo er vorhin Kieselsteine ins Wasser geworfen hatte. Er hatte keine Ahnung, wie er es ans Ufer geschafft hatte, nachdem der Steg versunken war, so wenig wie er sich erklären konnte, weshalb er nicht bis auf die Haut durchnässt war.

»Scotty!«, rief Laureen kreidebleich.

Sie hob ihn hoch und drückte ihn an sich, während sie sich beunruhigt umsah, als vermutete sie eine Schlange oder einen Sexualtäter in der Nähe. Oder einen Außerirdischen, der Roswell endlich bestätigte. Aber es war nichts zu sehen.

Scotty zwinkerte mit den Lidern und sog scharf die Luft ein, die leise rasselnd in seiner Kehle vibrierte. Es war wieder hell geworden. Der Wind hatte sich gelegt, die Vorhänge hingen ruhig an ihrer Stange. Über das stille Wasser des Sees spannte sich der Steg: ein solider, einladender Bogen aus Holz.

Mit einem Schlag fiel alle Anspannung von Scotty ab, und er brach in Tränen aus. Laureen drückte ihn an sich, bis er sich ein wenig beruhigt hatte.

»Virgil hat mir Angst gemacht, Mama«, erklärte er, als er wieder sprechen konnte.

»Virgil?«, wiederholte Laureen tonlos, und die angespannte Sorge in ihren Zügen wich jetzt unverhohlener Verständnislosigkeit.

»Das ist mein neuer Freund. Wir waren auf dem Steg, und dann … dann war er plötzlich wieder fort … und der Steg ist einfach untergegangen …«

Laureen warf einen raschen Blick über die Schulter auf den Steg, an dem nirgendwo die Anzeichen eines Absackens zu erkennen waren. Fragend sah sie ihren verstörten Sohn an.

»Bist du eingeschlafen, Scotty? Hast du was Schlimmes geträumt?«

»Nein, ich hab nicht geschlafen. Virgil war da, und er ist extra gekommen, um mich zu warnen.«

»Um dich zu warnen?«

»Ja. Vor morgen, Mama«, begann Scotty wieder zu schluchzen, »ich will nicht dorthin! Ich will nicht dorthin!«

Was, wenn Scotty verrückt wird wie Ben? Wie ein Giftpfeil schoss ihr der Gedanke durch den Kopf. *Sag das nicht! So was darfst du nicht mal denken!* Sie drückte den von Schluchzern geschüttelten kleinen Körper fester an sich.

»Schsch, mein Schatz, das war nur ein böser Traum. Mama ist bei dir und wird dich immer beschützen.«

»Auch gegen das Wesen im See?«

»Ja, auch gegen das … Wesen im See. Schau.« Resolut drehte sie sich um und stellte sich breitbeinig vor das spiegelglatte Wasser hin. »Geh weg, böses Wesen. Mir machst du keine Angst, und wehe, wenn ich dich erwische!« Dann wandte sie sich wieder dem Jungen zu. »Siehst du, mein Schatz, es ist fort. Es hat Angst gekriegt und sich verdrückt.«

»Und der Mann in dem Pavillon?«, flüsterte Scotty, der sich schaudernd an sie schmiegte.

»Der … – Was für ein Mann?«

Wieder packte sie die Angst, und eine Gänsehaut kroch ihr die Arme hinauf. Wieder suchte sie mit dem Blick das Seeufer ab.

»Er hatte ganz rote Augen, Mama! Die haben im Dunkeln geleuchtet!«

»Rote Augen?!«

Jetzt starrte sie Scotty an. *Du verlierst selber den Verstand, Laureen. Wie kannst du auf diese fantastischen Geschichten hereinfallen? Scotty hat ein Nickerchen gemacht und schlecht geträumt, Punkt, basta. Kein Grund, die Sache zu übertreiben.*

»Gehen wir ins Haus zurück, mein Schatz«, sagte sie nach einer Weile. »Später reden wir mit Papa, gut?«

Während er sich, in ihre Arme geschmiegt, von seiner Mutter heimtragen ließ, fasste er sich ein Herz und warf einen Blick auf den Pavillon. Doch der Mann mit den rot glühenden Augen war spurlos verschwunden.

Seufzend drehte sich Scotty im Bett um und schloss die Augen. Es vergingen fünf Minuten, dann weitere fünf. Ein leiser Lufthauch streifte sein Gesicht, und die bunten Federn des Traumfängers über dem Kopfende seines Bettes setzten sich mit zartem Klimpern in Bewegung.

Scotty schlug die Augen wieder auf.

Und blickte in zwei blutrot glühende Kreise in der Dunkelheit. Sie waren hier, in seinem Zimmer. Sie beobachteten ihn.

7

Harry Lighton war wie immer eine gute halbe Stunde vor den Kindern da. Während er auf dem noch leeren Parkplatz seinen Wagen absperrte, ließ er den Blick von Osten nach Westen über den bleiernen Himmel wandern. Tief hingen die dicken dunklen, in der Ferne von schrägen, unwirklich violetten Strahlen gestriemten Haufenwolken. Hier und dort fielen Sonnenstrahlen durch die schwärzlichen Massen, sie ließen den dunklen Kamm des Green Hill aufleuchten, auf dem wie mit Feder und Tusche gezeichnet die hohen Silhouetten der Bäume emporragten. Ein großartiger Himmel, eine Kulisse wie für Mariä Verkündigung – oder für die Apokalypse. Ein frischer Wind fuhr ihn von hinten an und zerzauste ihm die Haare. Es war eine Woche vor Weihnachten, und man musste sich jetzt wohl damit abfinden, dass es endgültig winterlich wurde. Die Sporttasche vor sich auf dem Boden, stellte Harry seinen Kragen auf und begann, den Blick immer noch auf den Himmel gerichtet, seinen Dufflecoat zuzuknöpfen.

Am Abend zuvor war er mit seiner Frau Karen bei Sheriff Steve Marker gewesen. Donnas Hammelkeule war ein bisschen angebrannt, doch im Großen und Ganzen war es ein recht nettes Beisammensein gewesen. Unter den Gästen war auch Sarah Widar, Journalistin bei den *Tusitala News*, was Karen und Harry gefreut hatte, obwohl er für seinen Teil sich in ihrer Gegenwart nie recht wohl in seiner Haut fühlte: Für ihn war Sarah ein wandelndes Rätsel. Weshalb schlug eine so intelligente Afroamerikanerin wie sie ihre Zeit in einer Kleinstadt in Louisiana tot? Ihr Platz war in New York oder Washington – sicher nicht in Tusitala. Manche hatten sich schon ihre Gedanken über sie gemacht und behaupteten, sie sei einfach zu hochmütig, um irgendwo Erfolg zu haben. Je länger Lighton darüber nachdachte, desto treffender erschien ihm diese paradoxe Erklärung für die undurchschaubare Situation, in der Sarah Widar ihr Dasein fristete. Hätte er sie mit wenigen Worten beschreiben müssen, er hätte, ohne lang zu überlegen, geantwortet:

eine klasse Frau, die mit ihrer Intelligenz und ihrem miesen Charakter nie begehrenswert sein kann …

Ein leises Motorengeräusch riss ihn aus seinen Gedanken. Aus dem Nichts war ein rubinrotes Karmann Ghia Kabrio mit schwarzem Verdeck aufgetaucht und hatte drei Reihen hinter seinem kleinen Honda mit Schnauze zum Schwimmbad geparkt. Ein Sammlerstück, dieser Wagen, und eine Seltenheit in dieser Gegend, doch Harry identifizierte das Modell auf Anhieb. Den Kennerblick verdankte er zwei Freunden, die Spezialisten in Sachen VW, vor allem VW-Oldtimer waren und ihn für den nostalgischen Charme des Käfers, des guten alten »Nasenbären«, des VW-Busses mit geteilter Frontscheibe, eingenommen hatten. Natürlich gehörte der Karmann Ghia ebenfalls zu ihren Göttern: Dieser hier stammte aus den sechziger Jahren, dafür hätte Harry die Hand ins Feuer gelegt. Chromblitzende Scheinwerferumrandungen, 5-Speichen-Empi-Felgen – er war in perfektem Zustand. Die getönten Scheiben, tiefschwarz wie ein Ölbohrloch, ließen nicht erkennen, welche originelle Type einen solchen Wagen fuhr. Auf jeden Fall war es niemand von den Eltern der Kinder in seinem Schwimmkurs: Deren Autos kannte er alle, und die Eltern setzten ihre Sprösslinge sowieso immer erst fünf Minuten vor Kursbeginn ab.

Harry Lighton blieb noch eine Weile stehen und betrachtete über das Dach seines Wagens hinweg den Karmann. Ein Auto wie dieses hatte er hier in der Gegend noch nie gesehen, und er brannte darauf zu erfahren, wem es gehörte, um ihm seine Bewunderung zu bekunden; dafür wollte er gern noch ein paar Minuten warten. Doch es öffnete sich keine Tür, niemand zeigte sich.

He, sitzt da überhaupt jemand drin?, juckte es ihn plötzlich zu rufen.

Wie wär's, wenn du endlich in die Gänge kommst, Mann!, riet ihm der rationalere Teil seines Gehirns.

Ein unangenehmes Kribbeln beschlich ihn, während er so dastand und den Wagen anstarrte, in dem sich nichts rührte. Wahrscheinlich genehmigte sich der Fahrer im Schutz der getönten Scheiben ein paar Linien Koks und kümmerte sich herzlich wenig um den vor Neugier berstenden Typen auf dem Parkplatz. Vielleicht saß auch ein knutschendes Liebespaar drin …

Amüsier dich doch, wie du willst, Mann. Ich jedenfalls muss jetzt an die Arbeit.

Er schloss den obersten Knopf an seinem Dufflecoat und behauchte seine eisigen Finger, dann bückte er sich nach seiner Tasche und setzte sich in Bewegung. Vor dem Eingang wechselte er sein Gepäck von der einen in die andere Hand und zog die schwere Glastür auf. Mit einem letzten Blick auf den verhangenen Himmel und dem Gedanken: *Das wird diesmal garantiert kein kurzer Schauer …*, trat er ein.

In der neonbeleuchteten Halle fuhrwerkte Dolly Ramirez energisch mit ihrem Scheuertuch und wischte die Flächen rund um die Kasse. Während er sich auf dem Läufer, der zur Kasse führte, die Schuhsohlen abstreifte, erwiderte sie seinen Gruß und bestätigte ihn zugleich in seiner Wetterprognose: Selbstverständlich war Regen zu erwarten, vielleicht mehr als nötig. Dollys unverkennbarer Missmut konnte nur daher rühren, dass sie die Wäsche im Garten ihres Häuschens an der Homer Road hatte hängen lassen und ihr nichtsnutziger Ehemann Pepon sicher nicht auf die glorreiche Idee käme, die Hemden und Laken hereinzuholen, ehe sie sich in triefende Schwämme verwandelten.

Mit einem mitfühlenden Gedanken an Dollys Wäsche und vor allem an den guten alten Pepon begab sich Harry in den Umkleideraum.

Hey, Harry, glaub ja nicht, Vietnam sei für alle vorbei, war einer von Pepons Standardsprüchen. *Glaub mir, Alter, Dolly ist für sich allein ein ganzes Bataillon Vietkong. Ich frag dich, Harry: Ist das vielleicht ein Leben, Harry?*

Nach dieser von einer nie erreichten metaphysischen Höhe herab gestellten Frage pflegte der ehemalige Sergeant und Vietnamveteran Pepon Ramirez mit der Miene intensiven Abscheus schwungvoll auf den Boden zu spucken: Nein, keine Frage, ein Leben war das wahrlich nicht …

Harry durchquerte den Duschraum, um mit seinem Generalschlüssel die Tür zwischen Garderobe und Schwimmhalle aufzusperren, und ließ sie weit offen stehen, während er am Becken entlang zu seinem verglasten Büro weiterging. Die Halle lag noch im trüben grauen Licht des Dezembermorgens.

Zu Schulzeiten war das Schwimmbad am Samstagvormittag ausschließlich den Kleinen vorbehalten, von denen etliche den Kindergarten und manche bereits die erste Klasse besuchten, während andere noch nicht eingeschult waren. In diesem Alter waren ihm die Kinder am liebsten, er wusste selbst nicht so recht, wieso. Vielleicht weil sie dann noch nicht vom Schulsystem verdorben sind, weil sie Mut, ja Unerschrockenheit beweisen. Angst zu haben lernt das Kind erst später – zu seinem Besten, wie die Gesellschaft unermüdlich versichert –, erst aus den Geschichten, die man ihm erzählt, dann durch das Leben; und manchmal mischt sich überhaupt die Geschichte schlechthin ein, um den jungen Menschen das Fürchten zu lehren.

So hatten es junge Leute wie Harry Lighton und Pepon Ramirez erlebt. Mit achtzehn war Vietnam die einzige Uni gewesen, die sie aufnahm. Eine umfassende Schule der Angst, mit Hörsälen unter freiem Himmel und Napalm-Beleuchtung, eine Art mehrjähriger Intensivkurs über den Großen Organisierten Nervenkitzel. Die Besten ihres Jahrgangs hatten dort im Handumdrehen das Fürchten gelernt und ihrer Lebtage nicht mehr vergessen, die Klassenletzten hingegen hatten sich die von Professor Geschichte persönlich erteilte Lektion nicht sehr gründlich zu eigen gemacht: Harry Lighton hatte zu den unverbesserlichen Faulpelzen gehört, und am Ende war er darauf sogar ziemlich stolz. Angst hatte er durchaus empfunden, aber nie in dem Ausmaß wie die anderen, nie so sehr wie Pepon Ramirez, der auf hundert Meter im Umkreis eine Gestankswolke aus Scheiße, Pisse, Angstschweiß verbreitete. Vielleicht lag es daran, dass Harry sich sehr schnell von der Person distanzierte, die er als GI in Stiefeln und Kampfanzug darstellte, und nicht anders konnte, als neben sich zu stehen und sich, so ironisch wie desillusioniert, dabei zuzusehen, wie er Minen legte, einen mit Vietkong vollbesetzten unterirdischen Stollen aushob, in einem der verfluchten Cu-Chi-Tunnels Pepon Ramirez aus einem Hinterhalt rettete. Er beobachteten den Soldaten Harry, der seinen Dienst versah, während die anderen, mit Pepon Ramirez in der ersten Reihe, nur Augen für ihren auf null gestellten persönlichen Angstmesser hatten. In Vietnam wurde er so gefühllos und unbeteiligt wie eine Videokamera. Und wie eine Kamera machte er sich nie vor Angst in die Hosen.

Nach Hause zurückgekehrt, fing Harry als Schwimmlehrer und Bademeister an, erst in Monroe, dann in Tusitala. Er brachte den Kindern der Umgegend das Schwimmen bei und rettete Jahr für Jahr mehrere Leben, im Schwimmbad ebenso wie sommers in den Seen der Region. Die Geretteten waren in erster Linie Erwachsene, die sich ins Wasser stürzten, nachdem sie für zwei gegessen hatten, um dann am eigenen Leib zu erfahren, was ein Kaltwasserschock ist. An seinen ehemaligen Schülern allerdings hatte er in zwanzig Berufsjahren weder eine Mund-zu-Mund-Beatmung noch die Nielsen-Methode anwenden müssen, was ihn in der Meinung bestätigte, dass er ein recht passabler Lehrer war. Zwar würde es ihm vielleicht nicht für immer erspart bleiben, erste Hilfe zu leisten, doch solange es nicht so weit war, dachte er lieber nicht daran.

Den ersten Knallkopf, der mir das antut, schmeiß ich ins Wasser zurück – soll er von mir aus absaufen, dachte er mit einem Blick auf die Uhr.

Das Schwimmbad war verwaist und vollkommen still, und Lighton genoss diese paradiesische Ruhe. Binnen einer Viertelstunde würde die lautstarke Ankunft der Kinder im Rhythmus der auf dem Parkplatz vorfahrenden Autos von Papa und Mama beginnen, dann würde ein Höllenlärm im Umkleideraum ausbrechen und sich gleich darauf als Gekreische und Gelächter ins Becken ergießen. Aber im Moment hallte nur das klirrende Echo der Schlüssel, die er auf den Schreibtisch geworfen hatte, von allen vier Ecken des Schwimmbads wider.

Während Lighton seinen Mantel auszog, musste er unwillkürlich wieder an Dollys Wäsche denken, der ein Wolkenbruch drohte, und an Pepon, der keinen Finger rühren würde, um es zu verhindern.

Mit Pepon verband ihn nicht nur Freundschaft, sie teilten auch eine Leidenschaft – und in seinen Augen war das eine vom anderen nicht zu trennen –, nämlich die Begeisterung für das Sporttauchen. Sie waren beide Fans von dem Schlag, der das ganze Jahr spart, um sich ein Flugticket in die Karibik oder nach Natal zu leisten. Ein paar Monate vor Harrys Urlaub begann Pepon wie wild zu jobben, um mit von der Partie zu sein. Dann machten sie sich mit Atemgerät, Neoprenanzug, Flossen und Videoausrüstung auf den Weg, um die warmen Meere nach atemberaubenden Unterwasseraufnahmen zu durchforschen. Eine ihrer Freakreisen hatte sie in die Korallengewässer von Aliwal Shoal vor der südafrikanischen Küste geführt. In fünfundzwanzig Metern Tiefe waren sie einem Leopard-Stechrochen bis in die »Kathedrale« gefolgt, ein Korallengewölbe, dessen Wände zum größten Teil abgesackt waren, und dort dem Schrecken ihres Lebens begegnet, als hinter Lighton plötzlich ein drei Meter langer Sambesihai, einer der gefährlichsten Tigerhaie, mit gefletschten Zähnen aufgetaucht war und sich auf die Sauerstoffflaschen gestürzt hatte – es hätte nicht viel gefehlt, und er hätte den Menschen zerfleischt. Harry kam mit der Angst davon, aber es war eine Todesangst, wie er sie in all den Jahren in Vietnam nicht erlebt hatte. Seine alte Halogenlampe trug seitdem, wie in Gips gegossen, die Zahnspuren des Räubers, und noch heute überlief ihn eine Gänsehaut, wenn sein Blick darauf fiel.

Seit diesem misslichen Vorfall konnte Harry keine Haie mehr sehen, und sein Abscheu galt unterschiedslos allen, egal, ob groß oder klein, ob Menschenfresser oder nicht. Vielleicht deshalb, weil ihm dieser Hai um ein Haar das Tauchen verleidet hätte. Vielleicht auch, weil der Kamera-Mensch an jenem Tag begriffen hatte, dass er aus Fleisch und Blut war.

Lighton trat an die Schalttafel, von der aus die Beleuchtung der Halle gesteuert wurde, und legte mehrere Kippschalter um. Mit einem kurzen Brummen flammten eine nach der anderen die in zwei

Reihen über dem tiefen Becken angeordneten blauen Neonröhren auf, und bald tanzten über die weißen Kacheln an den Wänden die von der Wasserfläche zurückgeworfenen sanften blauen Lichtreflexe wie geheimnisvolle Zeichen einer Geisterbeschwörung. In der riesigen Panoramascheibe am anderen Ende der Halle, die auf den weiten Parkplatz und den Peterson Hill in der Ferne hinausging, spiegelte sich jetzt, auf den Kopf gestellt, das menschenleere, hell erleuchtete Becken. Und in einer Ecke lauerte der Karmann Ghia wie ein regloses Reptil und schien Lighton mit seiner getönten Windschutzscheibe zu fixieren.

Harry trat an die Fensterscheibe und blickte hinaus.

Was will der Kerl bloß hier?, fragte er sich und legte die Hände auf das Metallgeländer, das die Scheibe entlanglief.

Plötzlich schreckte ihn das Schrillen seines Mobiltelefons auf. Es war Karen, seine Frau; er hätte sie beinahe angeschnauzt. Dabei wollte sie ihn nur daran erinnern, dass er nach dem Unterricht aus dem chinesischen Restaurant *Rising Sun* in der Canal Street das Mittagessen mitbrachte: *dim sum* mit Krabben und Amoy-Soße und ihre gemeinsame Leibspeise, gebratene Nudeln mit Gemüse, nicht zu vergessen ein Sixpack Tsingtao. Harry hörte zu, ohne recht zu verstehen: Magnetisch gesteuert wie Eisenfeilspäne waren alle seine Gedanken auf den Karmann Ghia gerichtet.

Irgendetwas an dem Wagen bannte ihn wie der Basiliskenblick eines Raubtiers.

Jetzt spinnst du wirklich, rief er sich zur Ordnung, *das ist ein Auto, Mann! Bloß ein Auto!*

Er versprach Karen, nichts zu vergessen, und trennte die Verbindung. Die Scheiben des Wagens, von Schatten erfüllte schwarze Abgründe, weckten eine dumpfe Erinnerung in ihm, doch er kam nicht darauf, woran. Vielleicht wollte er es auch gar nicht so genau wissen.

Das reicht jetzt. Es ist doch nur ein …

Etwas Totes, etwas Bedrohliches. Das zurückkehrte.

Blitzartig sah er, gestochen scharf, den Hai vor sich, der ihn wütend packte und schüttelte, ehe er für immer in der Dunkelheit verschwand. Lighton zuckte zurück, als hätte ihm die Fensterscheibe einen elektrischen Schlag versetzt.

Wieso, zum Teufel, denkst du ausgerechnet jetzt daran?

Der Vorfall lag acht Jahre zurück, die Umstände hätten nicht verschiedener sein können, und doch erinnerte ihn dieser Karmann Ghia an sein Unterwassererlebnis. Lighton spürte, wie es ihm kalt über den Rücken lief, und bemühte sich vergebens, die heranstürmenden Bilder zu verscheuchen. Die Sorgenfalten auf seiner Stirn vertieften sich beinahe schmerzhaft. Er atmete tief durch und nahm den Chlorgeruch in der Luft geradezu erleichtert wahr. Er drehte sich zum Becken um, warf einen forschenden Blick auf die sanft funkelnde Wasserfläche und sagte sich, dass hier wenigstens kein Tigerhai auftauchen konnte, um ihm den Spaß zu verderben. Und bei diesem Gedanken wurde ihm klar, dass er noch nie in seinem Leben derart ungeduldig die Ankunft der Kinder herbeigesehnt hatte.

Die ersten Autos mussten jeden Moment eintreffen. Wieder wandte er sich, diesmal mit fast beklommener Langsamkeit, dem Fenster zu. Erleichtert stellte er fest, dass der Karmann Ghia und sein Honda nicht mehr die einzigen Wagen waren: Jetzt überquerte der Chevrolet der Dudleys den Parkplatz und hielt direkt vor dem Eingang zum Schwimmbad. Der kleine David sprang heraus, schwang sich seine Harry-Potter-Badetasche über die Schulter und lief auf die Eingangstür zu. Der Vater drückte kurz auf die Hupe und winkte Lighton, der zur Antwort die Hand hob; dann wendete der Wagen und fuhr durch die Lafayette Street davon.

Magisch angezogen, kehrte Harry Lightons Blick zu den schwarzen Scheiben des Karmann zurück. Es war, als schnappten sie nach ihm. Je länger er sie anstarrte, desto mehr fühlte er sich in dem undurchsichtigen Schwarz der getönten Scheiben wie in einem Moorsee versinken. Saß der Fahrer noch immer im Wagen? War es ein Perverser, ein Spanner, der auf den Anblick kleiner Jungen in Badehosen lauerte? Es war absurd, und Lighton wusste nicht, wie er darauf kam, doch nach und nach setzte sich die fixe Idee in ihm fest, dass der hinter der schwarzen Scheibe verborgene Typ *ihn* anstarrte, Harry Lighton, den Meisterschwimmer von Tusitala.

8

Ungefähr um dieselbe Zeit, als Harry Lighton im städtischen Schwimmbad die Deckenbeleuchtung einschaltete, sah man Norman Jarrett und Nancy Cray Arm in Arm wie ein distinguiertes altes Ehepaar den örtlichen Supermarkt betreten. Die an dem Tag anwesenden bösen Zungen, allen voran Melinda Webster, Gattin von Elton Webster und Großmeister in diesem Fach, konnten sich nicht der Feststellung enthalten, dass Norman mit seinen von fünfundachtzig Lebensjahren versteiften Gelenken nicht etwa der grazilen Mrs. Cray seinen Arm lieh, sondern sich vielmehr von ihr stützen ließ. Im Vergleich zu ihm schien Nancy, obwohl nicht jünger als er, weitaus energischer und frischer, als wäre ihr das Alter, das sich über ihren Freund wie ein Eisregen ergoss, wundersamerweise erspart geblieben.

Das Pikante an der Situation erstaunte kaum. Schon seit einigen Wochen hatte sich der Verfallsprozess bei ihm dermaßen beschleunigt, dass besagte bösartigen Zeitgenossen, die sich auf die ständige Kommentierung seines Lebens spezialisiert hatten, durchaus Anlass zu erhöhter Sorge hatten. Von hier aus war es nur ein winziger Schritt bis zu der Behauptung, die plötzliche Verschlimmerung stehe in direktem Zusammenhang mit dem schrecklichen Drama, das sich am Thanksgiving Day mitten in Boston zugetragen hatte (man sprach hier von den »Vorfällen in Boston«), und die scharfsinnigsten Beobachter zögerten nicht, zwei und zwei zusammenzuzählen. Mit verschwörerischer Miene. Die alte Melinda Webster und ihr Mann Elton indes schlossen sich nur widerwillig dieser vorgefassten Meinung an. Sie stammten aus der glorreichen Zeit vor dem Fernsehen und Bill Gates und gehörten noch der alten Schule des Tratsches an, der zufolge Kabel und Internet Erfindungen der Marsianer waren und Tusitala der Mittelpunkt der Welt – nicht anders als Rom für die Römer der Antike. Die vor ihren Augen stattfindenden Ereignisse mit äußeren Ursachen zu erklären wäre für sie eine regelrechte kopernikanische Revolution gewesen, auf die sie nicht vorbereitet waren. Daher verkündeten sie weiterhin beharrlich, der galoppierende Verfall von Norman Jarrett habe in erster Linie moralische Ursachen. Er sei ein alter Sünder, der schon in seiner Jugend sämtlichen Lastern gefrönt habe und sich sogar jetzt, an seinem Lebensabend, am Arm einer verheirateten Frau auf die Straße wagte.

»Wie geht's Ihnen, Doktor?«, erkundigte sich der Geschäftsführer des Supermarkts und drückte ihm herzlich die Hand. »Guten Tag, Mrs. Cray.«

»Hallo, Bruce«, antwortete Norman mit breitem Lächeln.

Er war nicht wenig stolz, wenn die Leute sich erinnerten, dass er gut fünfzig Jahre lang, davon rund zwanzig in Tusitala, Arzt gewesen war, ein guter Arzt.

»Guten Morgen, Bruce. Plaudern Sie beide nur, ich habe zu tun«, sagte Nancy Cray, einen Einkaufskorb über dem Arm, und setzte ihren Weg fort.

Norman versenkte die Hände in den Hosentaschen und folgte ihr mit dem Blick, bis sie zwischen den Regalen verschwunden war. Mit ihrer schmalen Taille und der eleganten Kopfhaltung nötigte sie allen Jüngeren Bewunderung ab und erregte die Eifersucht von Melinda Webster und Konsorten. Eine wandelnde Werbung für DHEA, dachte er amüsiert, wohl wissend, dass Nancy nie einer hormonellen Verjüngungskur bedurft hatte, um sich so fit zu halten, wie sie war.

»Ich frage mich, was ihr Mann ihr wohl in den Kaffee tut«, überlegte er laut.

»Ja, Mrs. Cray ist tatsächlich in Hochform«, stimmte Bruce zu, auch er voller Bewunderung.

Die beiden Männer mussten einer dicken Frau in roten Leggings Platz machen, kamen dabei Seite an Seite zu stehen und betrachteten das Kommen und Gehen. Zu dieser frühen Stunde war nur eine der drei Kassen geöffnet, und dort saß die strahlende Rita Herbert.

Bruce beobachtete den pensionierten Arzt verstohlen und dachte, wenn er je alt würde (was derzeit für ihn kein Thema war), dann bitte bloß nicht wie Norman Jarrett, obwohl er grenzenlose Bewunderung und den größten Respekt für ihn hegte. Wenngleich Norman Jarrett einerseits der perfekte Gentleman war, ebenso geistreich wie gebildet, so war er andererseits der Inbegriff des Alters mit seinem stummen Gefolge unterschiedlichster Leiden.

Norman richtete seine Aufmerksamkeit von der Kundschaft des Supermarkts wieder auf den Geschäftsführer, der seinem Blick begegnete.

»Wie geht's den Kleinen, Bruce?«

Die »Kleinen« maßen beide mindestens einen Meter neunzig und waren vor gut fünfzehn Jahren von Tusitala an die Ostküste gezogen. Bruce hatte bei einem Autounfall vor nunmehr drei Jahren seine Frau verloren; seither waren die beiden Söhne, die in einer angesehenen Kanzlei arbeiteten, mit ihren Familien sein liebstes Gesprächsthema. Dass sich Norman stets nach ihnen erkundigte, rechnete er ihm hoch an; es wärmte ihm das Herz und gab ihm Halt.

»Danke, sehr gut. Weihnachten feiern wir alle hier, da wird die ganze Familie vollzählig versammelt sein. Na ja, fast vollzählig«, korrigierte er sich leise. Dann fasste er sich wieder: »Wissen Sie, dass mein ältester Enkel Arzt werden will wie Sie?«

»Oje! Ich dachte, ich hätte ihn davon abgebracht! Wie alt ist er denn jetzt?«

»Gerade neun geworden.«

»Neun Jahre! Donnerwetter! Wie die Zeit vergeht!«

Norman dachte daran, dass er nicht nur diesen Knaben in den Windeln gesehen hatte, sondern rund ein Vierteljahrhundert früher auch schon seine Eltern. Er warf einen resignierten Blick auf den Großvater Bruce. Auch ihn hätte er als Baby erleben können, hätte er damals nicht in Dallas praktiziert.

»Das stimmt, es geht alles viel zu schnell«, stimmte Bruce zu.

»Du hast sowieso keinen Grund zur Klage, du bist in den besten Jahren, und überhaupt …«

Norman Jarrett verstummte jäh, und seine Miene verdüsterte sich. Bruce folgte seinem Blick und entdeckte Arthur Kingston, den Besitzer der Tankstelle auf dem Anderson Hill, der an der Kasse anstand, einen hochgewachsenen alten Mann in grüner Latzhose. Mit seiner mürrischen Miene, seinem stechenden Blick und seinem hinterwäldlerischen Auftreten erinnerte er an einen dieser Cajun-Bauern, denen man heilende Hände zuschreibt. Nur dass Kingston nichts dergleichen war, weder Cajun noch Bauer noch Heiler. Nur Tankstellenbetreiber.

»Sie mögen sich nicht besonders, wie?«, bemerkte Bruce.

»Nancy und ich? Doch, sehr.«

»Ich meine Kingston.«

»Sagen wir so: Wir sind beide alt geworden, Arthur und ich.«

Bruce drehte sich zu ihm um und betrachtete ihn schweigend. Wann immer etwas eine schlechte Wendung nahm, schob Norman Jarrett die Schuld auf den Ablauf der Zeit. Hielt man ihm entgegen, dass schließlich auch seine Freundschaft mit Nancy Cray in die Jahre gekommen sei, antwortete Norman unbeirrt, Nancy und er seien im Herzen jung geblieben, und diese innere Einstellung habe ihre Beziehung vor dem Zahn der Zeit gerettet. Doch Bruce kannte den alten Herrn gut genug, um sich von solchen Erklärungen nicht täuschen zu lassen: Diese klang sehr nach Ausrede, und einer verbreiteten Ansicht zufolge diente sie nur dazu, eine seit Urzeiten festgewurzelte Misshelligkeit zwischen den beiden zu verschleiern, deren Ursache höchstwahrscheinlich eine Liebesgeschichte war. (Das größte Lästermaul der Gegend, der erwähnte Elton Webster, erinnerte gern und mit anzüglichem Augenzwinkern, dass Jarrett und Kingston einst beide bis zum Wahnsinn von der überwältigenden Schönheit der jugendlichen Rose Holder betört waren – »und die war ja auch so, dass du bis zum Jüngsten Gericht einen Steifen kriegst«. Doch leider zählten sie beide nicht zu den Erwählten der »schönen Schlampe«, und als sie dann die Letzten in der Region waren, denen sie ihre Gunst versagte, nahm die Sache eine schlechte Wendung. »Gehörnte Nichtehemänner«, spottete der alte Elton in seiner unnachahmlichen Weise.)

Indessen witterte der in den psychologischen Geheimnissen seiner Kundschaft recht versierte Bruce hinter Normans Verhalten – was immer der durchaus berufene Elton Webster davon halten mochte – einen Grund, der viel tiefer reichte als eine weit zurückliegende Nebenbuhlerschaft oder der Frust eines alten Mannes: Er meinte eine Scheu zu erahnen, die vielleicht auf eine uralte Furcht zurückging, auf etwas Unaussprechliches. Doch war Bruce viel zu höflich, um dazu eine Meinung zu äußern.

»Na gut, ich werd mal nach Nancy sehen, sonst kauft sie noch den Laden leer.«

»Was mir durchaus entgegenkäme«, bemerkte Bruce lächelnd.

Norman fand sie vor dem Gewürzregal.

»Melinda Webster ist eine astreine Idiotin«, erklärte sie, als sie ihn auf sich zukommen sah.

»Hat sie 's dir wieder mal bewiesen?«

»Als hätt ich das noch nötig!«

Die beiden Frauen waren einander vor dem Regal mit dem Feingebäck begegnet. Nachdem sie eine Weile über das Wetter und die Preise geplaudert hatten (»Nichts als Diebe, alle!«, so Melinda Websters Kommentar, begleitet von einer ausladenden Handbewegung, die sämtliche Händler der Stadt einschloss), setzte die Webster ihre scheinheiligste Mine auf. »Wie geht es denn dem *armen* Harvey?«, erkundigte sie sich zuckersüß mit besonderer Betonung des »armen«, als stünde Harvey Cray an der Schwelle des Todes. Nancys Antwort interessierte sie nicht. Melinda Webster war nicht von gestern, sie ließ sich nicht leicht etwas vormachen.

»Das Wichtigste im Leben ist doch ein guter Ehemann, nicht wahr?«, fügte sie hinzu und entschwand mit einem Lächeln, das mehr über den Ehebruch sagte als alle Evangelien zusammen.

»Na, das ist ja nichts Neues«, kommentierte Norman bloß, während er das Angebot an pikanten Soßen betrachtete.

»Der Schlag soll sie treffen! Ich weiß genau, worauf dieser Trampel hinauswill!«

Harvey Cray sah es selbst nicht sehr gern, dass seine Frau mit über achtzig noch immer diesem Fossil Dr. Jarrett den Haushalt führte und für ihn kochte. »Der bringt dich noch um, glaub mir!«, empörte sich Harvey allabendlich, eifersüchtig auf die Aufmerksamkeit, die sie dem alten Arzt widmete. Und natürlich entging

Harvey nicht, dass das Verhalten seiner Frau die Gerüchteküche des Ehepaars Webster am Brodeln hielt, was ihn am allermeisten erboste.

»Idioten kannst du nicht dran hindern, sich ihre Gedanken zu machen«, sagte Norman. »Außerdem ist das die einzige Methode, wie du sie überhaupt zum Denken bewegen kannst. Und schließlich ist das doch recht schmeichelhaft für uns beide, nicht?«

Nancy zuckte die Achseln und kehrte ihm samt Einkaufswagen den Rücken.

»Du bist auch ein Idiot«, warf sie ihm über die Schulter hin.

Nachdem alle Posten auf der Einkaufsliste abgehakt waren, stellten sie sich an der Kasse an.

Rita Herbert, noch immer die einzige Kassiererin, reichte einem großen Dunkelhaarigen, der direkt aus einem Superbowl-Match zu kommen schien, das Wechselgeld. Sein Einkaufswagen war mit Corona- und Budweiser-Dosen gefüllt, und sehr zu Nancys Missfallen musterte er unverhohlen die langen nackten Beine der jungen Frau.

Rita hob den Kopf, erblickte Norman am Ende der Schlange und warf ihm ein strahlendes Lächeln zu, das den Gedrängehalbspieler augenblicklich zu Staub zerfallen ließ.

Norman mochte »die kleine Herbert«, wie er sie nannte – sicher deshalb, weil sie ihn an die atemberaubende und perverse Rose erinnerte, die seine Kindheit und Jugend beherrscht hatte. Aus ebendiesem Grund konnte Nancy sie nicht ausstehen. Wie die meisten guten Seelen von Tusitala warf sie ihr vor, dass sie sich mit verheirateten Männern einließ.

Wie man hörte, war Ritas neueste Flamme ein Fernfahrer namens George Priest. Er wohnte in Ruston, war verheiratet und Vater zweier Kinder, vier und sechs Jahre alt. Er und Rita trafen einander im *Crazy Paul*, einem Autohof oberhalb der Stadt, den die Websters in »Neubabylon« umgetauft hatten. Norman bezweifelte nicht, dass sie ihm, hätte er Auskunft über die genaue Anschrift dieses Herrn oder seinen Kontostand zu einem bestimmten Zeitpunkt gewünscht, mit Vergnügen Einblick in ihre »Akten« gewährt hätten. Die Buschtrommel von Tusitala war immer verlässlicher und leistungsfähiger als die großen Ohren der NSA, sagte sich Norman.

Der Superbowl-Spieler überließ das Förderband an der Kasse einem kleinen Mädchen, das einen Mars-Riegel in der einen Hand und in der anderen einen Zehndollarschein hielt.

»Zu unserer Zeit waren die jungen Leute nicht das ganze Jahr hindurch brünstig«, bemerkte Nancy missbilligend, während sie dem Athleten mit seinem biergefüllten Einkaufswagen nachblickte.

Als Norman sich umdrehte, sah er Bruce auf sich zukommen.

»Ich schleuse Sie durch Kasse drei«, raunte der Geschäftsführer ihnen zu.

Bruce zückte bereits seinen klirrenden Schlüsselbund, doch Norman hielt ihn zurück.

»Lass nur. Wir Alten haben doch Zeit. Trotzdem danke, das ist nett von dir.«

Nancy musterte ihn pikiert. Ihr wäre es lieber gewesen, nicht mit der kleinen Herbert konfrontiert zu werden.

»Sicher?«, fragte Bruce und betrachtete sie nacheinander, lächelnd. »Na gut, dann bis bald, Doktor. Wiedersehen, Mrs. Cray.«

»Mach's gut, Bruce, Gott segne dich, Junge«, sagte Norman.

»Ich weiß nicht, was mich davon abhält, dich hier stehen zu lassen, Norman Jarrett«, murmelte Nancy, kaum dass Bruce sich abgewandt hatte.

Norman ließ wieder die Hände in den Hosentaschen verschwinden.

»Ich weiß noch immer nicht, was dich so besonders begehrenswert macht, Nancy – Zorn oder Eifersucht?«

Sie zog es vor, darauf keine Antwort zu geben, sondern sich stattdessen für das Angebot neuer Rasierklingen im Verkaufsständer vor den Kassen zu interessieren.

Schließlich waren sie an der Reihe.

»Guten Morgen, Dr. Jarrett. Guten Morgen, Mrs. Cray!«

Rita Herbert strahlte über das ganze Gesicht.

»Na, geht's gut, meine Hübsche?«

»Passabel«, sagte sie, während sie die auf dem Förderband ausgebreiteten Waren mit dem Strichcode über den Scanner zog.

»Und die Liebe?«, erkundigte sich Norman.

»Auch passabel.«

Dabei warf sie ihm einen kurzen, vielsagenden Blick von unten zu.

»Egal, was die Leute behaupten, du lebst in einer wunderbaren Zeit, meine Schöne. In meiner Jugend waren die Männer, wie mich Nancy gerade erinnert hat, ahnungslose Waschlappen. Heutzutage haben die jungen Leute bereits fünf, sechs Abenteuer hinter sich, wenn sie aus dem College kommen.«

Nancy Cray durchbohrte ihn mit Blicken, während Rita den letzten Artikel in der großen Einkaufstüte verstaute.

»Das ist alles?«, fragte die Kassiererin.

»Ob das alles ist?!«, rief Norman und reichte ihr seine Kreditkarte. »Du hast wahrhaftig keine Ahnung von unserer Zeit, meine Hübsche!«

9

Scotty Baldwin saß auf der Bank neben dem tiefen Becken, ließ die Beine baumeln und sah seinen Freunden zu, die mit jugendlicher Energie im Wasser tollten. Heute war der große Tag, den Scottys bester Freund, der gerade sechs gewordene Dave Dudley, um keinen Preis hätte verpassen wollen. David war als Erster hier gewesen, gefolgt von Thomas Keller und kurz darauf von Brett Sullivan, dem Sohn des Eisenwarenhändlers in der Park Avenue, der gleichzeitig mit Dan Cooker gekommen war.

Vor gut zwanzig Minuten hatte der Unterricht angefangen, und die Kinder hatten sich begeistert ins Wasser gestürzt. Lighton führte die einen ins Kraulen ein, während er den anderen, die auf die Schwimmflügel bereits verzichten konnten, die Wende am Beckenrand zeigte. Bis zur berühmten Hechtrolle rückwärts mit halber

Drehung würde es zwar noch eine Weile dauern, aber sie kamen gut voran, die Kinder lernten schnell, und Lighton war zuversichtlich.

Als Scotty in den Umkleideraum gekommen war, hatte er ihm mit leicht zitternder Hand die Nachricht seiner Mutter überreicht, in der sie bat, ihn wegen des Verdachts auf beginnende Mittelohrentzündung vom heutigen Schwimmunterricht freizustellen.

Nur für heute? Und die nächsten Male?, hatte sich Scotty beklommen gefragt.

Lighton musterte abwechselnd das Entschuldigungsschreiben und Scotty Baldwin und fragte sich, warum der Junge überhaupt hier war, wenn es ihm nicht gut ging. Wahrscheinlich wollte er seine Kumpel sehen und eine Stunde mit ihnen zusammen sein. Dass der Vater des Jungen größten Wert auf die Teilnahme seines Sohnes am Schwimmunterricht legte, war ihm bekannt. John Baldwin war nicht der Typ des autoritären Vaters, der Ohrfeigen austeilt und dem Nachwuchs brüllend Manieren einbläut; er achtete lediglich darauf, dass Scotty sich nahtlos in die Gruppen der Gleichaltrigen einfügte. Wenn John seinen Sohn im Kurs ablieferte, pflegte er auszusteigen, um sich kurz mit Harry zu unterhalten. Harry fühlte sich zu der Annahme berechtigt, dass seine von Anfang an empfundene Sympathie auf Gegenseitigkeit beruhte und sie irgendwann Freunde würden. Heute aber hatte Laureen den Jungen zum Unterricht gebracht, und die Entschuldigung, die sie ihm geschrieben hatte, war vielleicht ein Hinweis darauf, dass es ihr kein so großes Anliegen wie ihrem Mann war, ob Scotty ein perfekter Bürger der Stadt Tusitala wurde oder nicht. Harry Lighton war ein-, zweimal mit ihr ins Gespräch gekommen: Das Leben hier, in den Hügeln von Louisiana, schien ihr nicht ganz leichtzufallen; Los Angeles fehlte ihr – weniger Hollywood und die Boulevardpresse als vielmehr einfach die Großstadt.

Harry Lighton holte eine Badekappe für Scotty, die groß genug war, dass sie ihm über die Ohren reichte: Damit könne er trotz Ohrenentzündung ins Wasser, sagte er. Scotty erbleichte. Tränen stiegen ihm in die Augen und drohten überzuquellen. Lighton betrachtete ihn aufmerksam, dann legte er ihm seine großen Hände auf die Schultern und sagte:

»Du kannst natürlich genauso gut am Rand sitzen bleiben, wenn dir das lieber ist. Okay, Scotty? Was du heute versäumst, holst du nächste Woche leicht wieder auf.«

Hätte Scotty ihm um den Hals fallen können, er hätte es getan, tausend Mal, so groß waren seine Erleichterung und seine Dankbarkeit. Vielleicht konnte er Mr. Lighton eines Tages die entsetzlichen Dinge erzählen, die ihm passiert waren und ihn in Todesangst stürzten. Er war doch erst fünf Jahre alt, und es fehlten ihm die Worte, um dieses Grauen auszudrücken.

»He, Scotty, kommst du nicht ins Wasser?«

Das war sein Kumpel David Dudley. Dave war auf dem Klo gewesen, und als er aus dem Umkleideraum zurückkam, sah er Scotty allein auf der Bank neben dem gläsernen Büro sitzen.

»Heut nicht. Bin bisschen krank«, antwortete Scotty mit aufkeimendem Schamgefühl.

Auch David muss ich diese schlimmen Sachen sagen, damit er 's versteht – ja, später, später, wenn ich weiß, wie ich 's sagen soll. Dann werden sie 's auch verstehen, Mama, Papa, David und Mr. Lighton, sie werden alles verstehen und mich fest, fest umarmen, oh ja!

»Schade, Mann! Du verpasst was Supertolles!«

Scotty stieß einen tieftraurigen Seufzer aus, als sein Kumpel sich ins Wasser stürzte *(pluff!)* und ihn dabei mit einem Schwall Chlorwasser anspritzte. David hatte sichtlich einen Heidenspaß, und es war unübersehbar, dass die Jungen im Becken sich allesamt prächtig amüsierten. Wie eine wilde Horde hatten sie sich der Schwimmhalle bemächtigt und kreischten vor Überschwang um die Wette.

Aus Schuldgefühl, weil er seine Freunde versetzte, ohne ihnen erklären zu können, weshalb, hatte Scotty seine Badehose angezogen und feuerte sie vom Beckenrand aus an. Das Schwimmbad war beheizt, es bestand keine Gefahr, dass er sich erkältete. Er hatte sogar die gelbe Bademütze aufgesetzt, die Lighton ihm für den Fall gegeben hatte, dass er es sich noch anders überlegte.

Aus der Nähe betrachtet, schien das große Becken ziemlich einladend. Mit verlockendem Plätschern schlugen kleine Wellen an den Rand, und in Scotty keimte der Gedanke, dass es nicht schlecht wäre, zu seinen Kumpeln ins Wasser zu springen, die Scheußlichkeiten zu vergessen, die ihn die halbe Nacht gequält hatten und vielleicht überhaupt ganz kindisch waren, so wenig wahr wie die Hexengeschichten, die Daves kleine Schwester manchmal erzählte … Aber nein: Was er gestern erlebt hatte, war so entsetzlich real gewesen, dass ihm die Lust aufs Baden wieder verging. Auch die Worte seines Vaters kamen ihm in den Sinn, und obwohl er nicht recht verstand, was es bedeutete, zum Mann heranzuwachsen, ahnte er, dass es schwierig werden könnte und eigentlich auch nicht sehr erstrebenswert war, wenn es bedeutete, dass man gegen Ungeheuer aus den schlimmsten Albträumen kämpfen musste und sie nicht nur achselzuckend als Märchen von krummfingrigen Hexen abtun konnte.

Er riss den Blick vom Wasser los und richtete ihn auf Mr. Lighton, der in Badehose und makellos weißem T-Shirt, Stoppuhr und Trillerpfeife um den Hals, am gegenüberliegenden Beckenrand auf und ab ging. Sicher hatte er gegen sehr viele Ungeheuer ankämpfen müssen, um der Mann zu werden, der er jetzt war …

»Thomas, mach bloß keinen Scheiß, sonst kommst du auf der Stelle aus dem Wasser«, schimpfte Lighton auf einmal.

Thomas Keller hatte Dan Cooker getaucht und lachte sich krumm darüber, während Dan trotz Schwimmgürtels eine Menge Wasser geschluckt hatte und Thomas jetzt zornig anschrie, ob er von Natur aus ein Idiot sei oder extra dafür geübt habe …

Als Scotty wieder zu Lighton hinüberblickte, fiel ihm auf, dass seine Sandalen durch die Pfützen platschten, die vom Getümmel der Kinder im Becken über den Rand schwappten. Es waren Neoprensandalen mit Zehenriemen und dicken blauen Noppensohlen. Bei jedem Schritt spritzte ein Tröpfchenschauer auf, und es lief Scotty bei diesem Anblick kalt über den Rücken. Er musste daran denken, wie er selbst durch Wasser gewatet war, durch dunkles Seewasser auf dem halb versunkenen Steg, kurz bevor das Ungeheuer aufgetaucht war. Er lauschte beklommen und hörte auf einmal nur noch das *flick flack, flick flack* von Lightons Sandalen, während das Stimmengewirr der Schwimmer völlig in den Hintergrund trat. Mit verblüffender Deutlichkeit drang dieses rhythmische klatschende Geräusch an sein Ohr.

Flick flack, flick flack.

Auf seinen Schenkeln und Unterarmen sträubten sich sämtliche Härchen.

Flick flack, flick flack … PLATSCH!

Dieses laute *platsch!* riss Scotty aus seiner hypnotischen Erstarrung. Er zuckte zusammen und sah sich nach dem Geräusch um: Der kleine Michael Barnes, der Sohn der Apothekerin an der North Avenue, hatte die Bauchlandung des Jahrzehnts hingelegt und bekam sofort einen Rüffel von Lighton: Jesus Maria, man macht doch keinen Köpper, wenn man genügend Styropor um den Bauch hat, um einen Elefanten über Wasser zu halten!

»Hey, Scotty!«, rief plötzlich eine Stimme aus dem Becken.

Scotty wandte den Blick von Michael Barnes ab und sah Brett Sullivan prustend, mit weit aus dem Wasser gereckten Kopf auf ihn zuschwimmen.

Der jüngere Sohn des Eisenwarenhändlers in der Park Avenue war für sein Alter ziemlich groß. Er überragte alle anderen um Haupteslänge und stand gut im Futter, zumal im Vergleich zu Scotty, der zum Leidwesen seines Vaters so schmächtig war, dass der sich fragte, ob Scotty tatsächlich aß, wie es sich gehörte. Brett Sullivan drehte den Oberkörper und stemmte sich triefend vor Scotty am Beckenrand bis zur Hüfte aus dem Wasser. Aufgestützt wie eine dressierte Robbe, löste er sein Uhrenarmband und hielt es Scotty mit einer hochtrabenden Geste hin, die des mythischen ersten Marathonläufers vor seinem letzten Atemzug würdig gewesen wäre.

»Kannst du bitte auf meine Uhr aufpassen?«, fragte er. »Ich hab Angst, sie könnte kaputtgehen.«

»Ja, klar«, antwortete Scotty.

Mit erfreutem Lächeln stand er auf. Das Vertrauen, das ihm der große, bewunderte Brett Sullivan so unerwartet schenkte, schmeichelte ihm, und er bückte sich, um die Uhr entgegenzunehmen.

Doch ehe er sich versah, hatte ihn Brett am Handgelenk gepackt und ließ sich nach hinten fallen, so dass Scotty mit ihm kopfüber ins Wasser stürzte und wie ein Stein unterging.

Im selben Augenblick begannen die langen Neonröhren an der Decke zu flackern, wurden schwächer, erloschen, flammten noch einmal auf, um abermals schwächer zu werden – und explodierten plötzlich, eine nach der anderen. Ein Schauer von Glassplittern ging über dem Becken und dem gefliesten Boden nieder und verletzte etliche Schwimmer, auch Lighton, am Kopf, an den Schultern. Das Wasser färbte sich dunkel.

Einzelne Schreckens- und Schmerzensschreie schossen empor, dann senkte sich eisiges Schweigen über die Schwimmhalle. Nur hier und dort, wo sich Schwimmer zum Beckenrand flüchteten oder sich entsetzensstarr an die Bojen entlang dem Trennseil in der Beckenmitte klammerten, war ein kleines Prusten, ein Plätschern zu hören.

Gleich darauf aber wühlte etwas unter mächtigem Rauschen das Wasser auf und durchfurchte die Oberfläche. Mit aggressivem Klatschen schlug eine hohe Welle gegen die Beckenwände und spritzte, als sie brach, hohe, wütende Wasserfontänen über den Rand, die wie Muränen aussahen. Und auf dem Grund des Beckens zeichnete sich zwischen den grau-weißen, zitternden Lichtreflexen, die wie wimmelnde Maden in einem Kadaver über die Kacheln huschten, eine riesige schwarze Masse ab.

Das Wesen. Jetzt war es da.

Es hatte gewartet, bis Scotty im Wasser war. Es hatte auf ihn gewartet.

Er sah es, noch immer unter Wasser, in einer Ecke des Beckens lauern, und strampelte rasend mit Armen und Beinen zur Oberfläche hinauf, während er mit Grauen die Erscheinung anschwellen sah. In panischer Angst paddelte er immer wilder. Unwillkürlich riss er den Mund auf, um zu schreien, und ein Schwall Luftblasen glitt an ihm vorbei und nahm ihm die Sicht. Doch er wusste, dass das Wesen direkt auf ihn zuhielt. Es war aus dem Nichts – oder aus den Abgründen seiner Albträume – aufgetaucht und wollte *ihn.* Es hatte Brett Sullivans Uhr benutzt, um seine Beute in seine Welt zu holen: Nun konnte es das gesamte Ausmaß seiner Bosheit offenbaren und endlich die finstere Aufgabe erfüllen, deretwegen es entsandt worden war. Dabei hatte Scotty alles unternommen, was in seiner Macht stand, um es zu verhindern. Doch das Schicksal war stärker als die Entschuldigung seiner Mama, stärker als alle denkbaren Vorsichtsmaßnahmen: Jetzt war das Ungeheuer da, und Scotty war bei ihm.

So fest er konnte, kniff er die Augen zusammen, was ihn vielleicht rettete, denn er spürte das Wesen nur als ein langes Schaudern an sich vorbeigleiten. Es streifte ihn mit erschütternder Kraft und Geschwindigkeit.

Obwohl er das Gefühl hatte, die Zeit sei stehen geblieben, durchbrach Scotty die Wasseroberfläche nur wenige Sekunden, nachdem er untergetaucht war. Als er den Kopf über Wasser hatte, riss er die Augen auf und schnappte gierig nach Luft. Vor sich sah er eine der dicken Bojen an der Leine, die das Becken der Länge nach teilte. Er hängte sich mit angewinkelten Armen über das Seil, schloss wieder die Augen und hielt sich mit den Händen fest die Ohren zu, um Brett Sullivan nicht mehr zu sehen und zu hören, den Spaßvogel, dem das Lachen vergangen war: Brett schrie wie am Spieß, und sein aufgeschlitzter Bauch färbte das dunkle Wasser ringsum rot.

Die Panik erfasste jetzt alle Kinder. Schreiend stürzten sie blindlings auf die Ausstiegsleitern zu. In wildem Durcheinander versuchten sie dem Tod und den Blutteppichen zu entrinnen, die sich an verschiedenen Stellen des Beckens ausbreiteten.

An die Boje geklammert, den Kopf im Nacken, hin und her gepeitscht wie der Schwimmer an der Angelschnur, zwischen den Wellen, die ihm in den Mund schwappten und nach Luft ringen ließen, hielt Scotty allein inmitten des Aufruhrs stand. Wieder spürte er das Wesen ganz in der Nähe umherstreifen, sich entfernen und wieder zurückkehren – zweifellos wartete es, dass er endlich die Augen öffnete, um auch ihn in Stücke zu reißen wie den armen Brett Sullivan.

Bei Bretts erstem Schrei war Harry Lighton herumgefahren. Als Erstes fiel sein Blick auf Scottys Bademütze, die seltsam rot war (gelb, *die Mütze war gelb,* rief er sich in Erinnerung), und weil überall so viel Blut war, dachte er, dass sich Scotty an der Wand den Schädel aufgeschlagen und eine Platzwunde hatte. Doch wer da schrie, war nicht Scotty, der leichenblass am Seil hing, sondern der Sohn des Eisenwarenhändlers, der mit einem Arm ins Wasser schlug, während vom anderen Arm nur noch ein blutiger Stumpf übrig war.

Dem Schwimmlehrer stockte der Atem. »Scheiße!«, stieß er erstickt hervor.

Und jetzt sah er unter sich im Becken etwas Riesiges mit mächtigem Kielwasser dicht unter der Oberfläche dahinschießen und erkannte es auf Anhieb, obwohl sein Verstand sich weigerte, den Eindruck seiner schaudernden Sinne anzuerkennen. Auf seinen Armen stellten sich sämtliche Härchen auf, und sein Herz begann zu rasen. Zum ersten Mal im Leben spürte er seine Beine unter ihm nachgeben und die Angst sich in ihm ausbreiten wie eine tödliche Injektion Curare – ein Gefühl, das ihm in Vietnam, als Pepon und die anderen sich schon bei der Ouvertüre des Konzerts für M16 und Kalaschnikow in die Hosen gemacht hatten, fremd geblieben war. Ebenso wie hier in Tusitala, wenn er jedem in Not geratenen Schwimmer zu Hilfe kam und ohne Zögern ins Schwimmbecken sprang oder in den See, egal, wie schwer der zu Rettende war und wie weit die Distanz, die ihn von ihm trennte. Bis zu diesem Tag hatte er niemals an das eigene Risiko gedacht, sondern immer vollständig seinen Fähigkeiten vertraut. Dafür war er im ganzen Sprengel bekannt: Der blinde Instinkt des Lebensretters sei tief und unauslöschlich in ihm verankert, versicherten die Leute sich gegenseitig. Diesmal aber sprang er nicht.

Er sprang nicht ins Becken, um Brett, David, Scotty und die anderen, die wie verstörte Schafe schrien, herauszuholen und zu retten.

10

Harry Lighton sah, wie das Monster dem Sohn des Eisenwarenhändlers Sullivan den Bauch zerfetzte. Er sah, wie der kleine Michael Barnes neben ihm zu brüllen begann.

Wieso schreien sie heute bloß alle so?

Und ein Stück weiter sah er David Dudley, der, als er schon fast aus dem Becken war, sein rechtes Bein verlor, während die Wucht des Angriffs die Leiter aus der Wand riss.

Heilige Mutter Gottes, mach, dass das nicht wahr ist!

Und Jeremy Bolden sah er um Haaresbreite, nur an den Fersen gefährlich gestreift, dem mörderischen Gemetzel entgehen.

Spring ins Becken, Mann! Noch konnte er handeln. Noch war es nicht zu spät ... Er MUSSTE etwas tun! *Los, spring, Mann! Spring ...*

Und Thomas Keller, das Gesicht fassungslos verzerrt, hob seine bluttriefende Hand in die Höhe wie eine grässliche Trophäe: Vier Finger fehlten.

Gott im Himmel, ich kann nicht, ich kann nicht ...

Und draußen im Dezembergrau hatte der Karmann Ghia, der immer noch reglos unter den tief hängenden schwarzen Wolken stand, die Scheinwerfer aufgeblendet. Zur Feier des Tages, aus Anlass des großen Festes zu seinen Ehren.

Ich kann nicht, kann nicht, kann nicht ...

Harry Lightons panischer Blick flackerte vom einen Ende des Schwimmbads zum anderen und kehrte immer wieder zu Scotty Baldwin zurück, der in der Mitte des Beckens hing wie der Bug eines sinkenden Schiffes.

Oh Gott, lieber Gott, ICH KANN NICHT ...

Drei Minuten und fünfunddreißig Sekunden verstrichen zwischen Scottys Sturz ins Wasser und dem letzten Toten im Becken, Dan Cooker, siebeneinhalb Jahre alt. Während dieser drei Minuten und fünfunddreißig Sekunden namenlosen Grauens hätte alles möglich sein können, alles. Und sicher wäre alles besser gewesen als das, was sich in diesem Schwimmbecken abspielte. Saddam

Hussein hätte Präsident der Vereinigten Staaten werden, die Erde hätte ihre Richtung ändern und Tonnen und Abertonnen Antimaterie präsentieren können. Lighton für seinen Teil lernte die Angst kennen. Es war unmöglich und doch wahr: Trotz der Hilferufe, der Schreie, der Tränen rührte er keinen Finger, um den Kindern zu helfen. Seine Muskeln waren gelähmt, seine Gedanken liefen ins Leere. Der Bademeister war zu Stein erstarrt.

Dennoch schafften es etliche Kinder allein aus dem Becken. Einige waren verwundet, andere nur unter Schock. Angst, Schmerzen verstärkten die Schreie, die mit unheimlichem Nachhall durch das Schwimmbad schallten. Verschreckt an die hohen Fenster geduckt, so weit wie möglich vom Becken entfernt, zitterten die von Wasser und Blut triefenden kleinen Gestalten stoßweise, wie unter kurzen elektrischen Schlägen.

Jetzt war nur noch Scotty Baldwin im Wasser.

Noch immer kniff er die Augen zusammen und hielt sich krampfhaft die Ohren zu. Die Boje, an die er sich klammerte, hielt ihn mehr schlecht als recht an der Wasseroberfläche.

Wild peitschte das Wesen das Wasser, während es weite Kreise um den einsamen, verlorenen Jungen in der Mitte zog. Es hatte ihn in der Hand, und das sollte er ruhig wissen. Die ganze Welt sollte es sehen! Die Aufführung geschah ihm zu Ehren, er brauchte nur die Augen zu öffnen, um die ganze Schönheit des Schauspiels zu ermessen.

Dies war der große Tag, den man um nichts auf der Welt verpassen durfte …

Ganz allmählich ließen die Bewegungen des Wesens nach, und das blutige, aufgewühlte Wasser beruhigte sich. Das Becken war übersät von Styroportrümmern, auf dem Grund lagen Glasscherben und herausgerissene Leitern.

Scotty spürte, dass das Wesen sich nicht mehr rührte; dass es reglos irgendwo unter ihm lag und auf ihn lauerte, bedrohlicher denn je.

Und wenn jemand in diesem Moment ins Wasser hätte blicken können, hätte er gesehen, wie das Wesen sein mit Zähnen wie

Feuersteinklingen gespicktes Maul aufriss und die Haut zwischen den Kiefern sich dehnte und dehnte, immer weiter, als wäre sie aus Kautschuk, wie das Maul einer Python, die sich anschickt, eine Kuh zu verschlingen.

Dies war der große Tag …

Gelähmt vor Entsetzen begriff Scotty Baldwin, dass er an einer grauenhaften Zirkusnummer teilnahm: Ein Teil seines Körpers befand sich bereits im Maul des Wesens, das nur darauf wartete, dass er die Augen öffnete, und sei es nur für eine Sekunde, um die Reihen seiner Zähne mit einem scharfen Knacken um seine Brust zu schließen.

Der große Tag … Der große Tag …

Er öffnete die Lider einen winzigen Spalt.

Im flackernden grauen Lichtschein, der zwischen seinen Wimpern hereindrang, erkannte er Lightons Silhouette im Gegenlicht vor dem Panoramafenster.

Der Schwimmlehrer kniete am Rand, den Blick auf Scotty geheftet. Fassungslos wartete er auf das ebenso unausweichliche wie grausame Ende der Nummer. Und um des Kindes wie um der eigenen Nerven willen betete er, dass das Ende schnell käme, so schnell wie möglich.

Der große Tag, den man um nichts auf der Welt verpassen durfte …

Scotty schloss die Augen.

Der große Tag …

11

Ein Erlass des Stadtrats verfügte die Schließung des Schwimmbads bis auf weiteres. Lighton, der nicht rechtzeitig eingegriffen hatte, wurde mit sofortiger Wirkung sämtlicher pädagogischer Aufgaben enthoben, und eine gerichtliche Verfügung verbot ihm, sich allem, was auch nur entfernt einem Kind ähnelte, bis auf weniger als hundert Meter zu nähern. Nach der ersten Sprachlosigkeit wuchs die Wut. Jetzt konnten den Leuten von Tusitala die Worte nicht hart genug sein, um den Mann, dessen Mut man so oft gepriesen hatte, zu geißeln. Am Tag nach dem Drama schlug die Stimmung noch einmal um, nun wurde eine strafrechtliche Ermittlung gegen ihn eingeleitet. Nach Aussage der Zeugin Dolly Ramirez war er der einzige Erwachsene, der sich an dem Tag mit den Kindern in der Schwimmhalle aufhielt, und nach Ansicht der Spurensicherung kam als Urheber eines derartigen Gemetzels unter diesen Umständen niemand außer ihm infrage. Zumal man, nachdem man das blutige Wasser aus dem Becken abgelassen hatte, nichts darin gefunden hatte, weder ein Krokodil noch Piranhas noch …

Bevor der Sheriff von Tusitala, Steve Marker junior, zu ihm nach Hause kam, wo er sich seit der Katastrophe verschanzt hatte, um ihn festzunehmen, schluckte Lighton eine hohe Dosis Barbiturate und schoss sich mit seiner Winchester in den Kopf. Der Schuss ging nicht fehl. Auf dem Schreibtisch hinterließ er eine handgeschriebene Nachricht, in der er allen zum Trotz an seiner unwahrscheinlichen Version der Ereignisse festhielt, einer für die meisten Einwohner von Tusitala haarsträubenden Darstellung, die ihnen, sofern sie derlei noch brauchten, ein weiteres Indiz dafür war, dass Lighton schwer gestört war. Von der Waffe, mit der er seine Opfer niedergemetzelt hatte, sprach niemand, auch nicht von dem Ort, an dem er sie versteckt haben konnte. Es war die Rede von einer Motorsäge, gar von einem Flugzeugpropeller. Keine der Zeitungen, die über den Fall berichteten, schenkte der »Version Lighton« Glauben, denn für derart absurde Interpretationen, davon war die Mehrheit überzeugt, konnte es in unserer Welt keinen, auch nicht den kleinsten Platz geben.

Die überlebenden Kinder wurden unverzüglich ins Krankenhaus von Shreveport eingeliefert und vom ersten Augenblick an der Obhut erfahrener Psychologen anvertraut. Bei der Aufzeichnung ihrer Aussagen achtete man darauf, die irrationalen Aspekte, die man auf ihr junges Alter und das noch so frische Trauma schob, entsprechend den Kriterien der Vernunft zu übersetzen:

Folglich wurde aus einer »Rückenflosse« ein »Messer«, aus dem »Kiefer« eine »Klinge« oder ein »Blatt«.

Der Verstörteste unter den Überlebenden war zweifellos der kleine Baldwin, obwohl er wie durch ein Wunder körperlich unverletzt geblieben war. Unter dem Eindruck des Grauens hatte das Kind die Sprache verloren, und seine Augen bewahrten, wie tief in ihnen eingebrannt, ein unauslöschliches Abbild des entsetzlichen Spektakels, dessen Dreh- und Angelpunkt er gewesen war. Dr. Wellington, der seine Behandlung im Krankenhaus übernahm, hatte niemals in seiner ganzen langen Laufbahn eine derartige Verzweiflung bei einem so kleinen Jungen erlebt: Allein bis Scotty seine Sprache wiederfand, vergingen mehrere Tage.

John Baldwin machte sich die schwersten Vorwürfe, dass er es abgelehnt hatte, seinen Sohn von Lightons unvergesslicher Lektion in Sachen Massaker freizustellen. Wenn Laureen und er ins Krankenhaus kamen, sah das Kind ihn oft mit tränenfeuchten Augen an, und dann senkte Johnny den Kopf und murmelte: »Es tut mir leid, Cowboy, es tut mir so unendlich leid.« Aber es ließ sich nicht wiedergutmachen, das wusste er und litt umso mehr darunter.

Auch Laureen machte sich Vorwürfe, vielleicht noch heftigere als ihr Mann. Sie hatte Scotty ins Schwimmbad gebracht, obwohl sie wusste, dass er nicht wollte. Wäre sie eine aufmerksamere Mutter, wäre ihm an jenem verfluchten Samstag nichts passiert. Aber Johnny wollte ja nicht zulassen, dass Scotty vom Schwimmunterricht zu Hause blieb. Sie wollte doch wohl keine Memme aus dem Jungen machen, oder? Außerdem war Lighton ein fantastischer Bursche, sämtliche Kinder schwärmten für ihn. Warum nicht Scotty? Das lag natürlich nur an ihrer Überfürsorglichkeit – sicher hörte sie zu viel auf ihn. Sie musste aufhören, ihn dauernd zu bemuttern, Scotty wurde schließlich bald sechs …

An diesem Punkt ihrer Grübeleien pflegte Laureen innerlich zu explodieren:

Du lieber Gott, fünf Jahre, Johnny, das ist gar nichts! Scotty ist noch ein Kind. Du kannst von ihm nichts anderes erwarten als kindliche Reaktionen. Was kann ich dafür, was kann er dafür, dass du in seinem Alter unter der erstickenden Liebe deiner Mutter gelitten hast? Was geht es uns an, dass du schnellstens einen Mann aus ihm machen willst, weil das Leben kein Zuckerschlecken ist und man früh lernen muss, sich durchzusetzen, um auf ein Stück des vergifteten Kuchens hoffen zu dürfen. Johnny, du weißt, wie sehr ich dich liebe, aber deine Vorstellungen von Erziehung kümmern mich einen Dreck! Unser Sohn wäre beinahe draufgegangen, und daran, glaube ich, bist du genauso schuld wie dieser Scheißkerl Lighton. Wenn er gestorben wäre, hätte ich keine Sekunde mehr mit dir zusammenleben können. Alle Liebe wäre mir abhanden gekommen. Verflucht hätte ich mich. Vielleicht hätte ich dich sogar umgebracht. Ja, ich wäre dazu fähig gewesen.

So erging sich Laureen in schwarzen Gedanken, zwanghaft und unaufhörlich. Zwischendurch fürchtete sie den Verstand zu verlieren, wenn sie nicht damit aufhörte; und diesmal wäre es endgültig. Vielleicht war es besser so. Besser jedenfalls als ihren leichenblassen Sohn in einer Welt des Grauens gefangen zu sehen, zu der sie, seine Mutter, keinen Zugang hatte.

Wenn Scotty, der wieder zu Hause war, mitten in der Nacht mit markerschütternden Schreien aus dem Schlaf auffuhr, war sie als Erste aus dem Bett und stürzte in sein Zimmer, wo sie ihn umfing und ihm ebenso wie sich selbst immer wieder beteuerte: »Es ist vorbei, mein Schatz, es ist vorbei.«

Sie hielt ihn lange fest und zitterte nicht weniger als ihr Kind. In der Türöffnung stand Johnny mit nacktem Oberkörper, sah ihnen zu, die geballten Fäuste an die Schläfen gepresst, und sagte sich, es sei doch *ihrer beider Schatz,* der litt, und er selbst nichts als ein mieser Dreckskerl. In solchen Momenten strangulierte ihn sein Gewissen stärker als ein Hanfseil.

Dr. Wellington riet ihnen, mit ihrem Sohn möglichst über die Ereignisse zu sprechen, um in seinem verstörten Geist die Wahrheit wiederherzustellen. Mit ihm zu reden sei die beste Therapie, sagte der Psychologe. Außerdem solle man ihn so viel wie möglich zeichnen lassen. Laureen besorgte die Buntstifte. Und während sie im Supermarkt vor dem Regal ihre Wahl traf, konnte sie sich nicht vorstellen, wie ihnen Scotty mit diesen harmlosen, nichtssagenden Stiften Einblick in die Hölle, die er erlebt hatte, geben sollte. Johnny streichelte ihren Rücken, um sie zu beruhigen, brachte aber kein Wort über die Lippen. Er war nicht weniger aufgewühlt als sie und hätte gern geweint, so schuldig und unglücklich fühlte er sich. Doch er verbot sich das Selbstmitleid und schluckte seine Tränen hinunter.

Wie sie gefürchtet hatten, waren Scottys Bilder unerträglich. Spitze, scharfe Formen beherrschten die Blätter ebenso wie die Farbe Rot. Jeden Donnerstagvormittag begutachtete Dr. Wellington seine Zeichnungen mit dem geschulten Auge des Psychologen und verfolgte an ihnen die winzigen Fortschritte und ungestümen Rückfälle seines jungen Patienten. Eines Morgens gab der Arzt den Eltern am Ende einer Sitzung zu bedenken, dass die traumatischen Erlebnisse Scotty möglicherweise irreversibel geschädigt hätten. Zwar habe er die Sprache wiedergefunden, doch der Schock sitze immer noch sehr tief. Johnny wies diese pessimistische Diagnose nicht nur kategorisch zurück, sondern ergriff die Gelegenheit, um diesem Mel Wellington ordentlich die Meinung zu sagen, die er ihm in einer Schimpfkanonade von Beleidigungen auftischte. Der Arzt im weißen Kittel war ihm ein sehr willkommenes Ventil für seinen Zorn auf sich selbst.

Eines Nachts im Januar fuhr Scotty wieder einmal schreiend aus dem Schlaf, und Laureen war sofort in seinem Zimmer, barfuß und im hochgeschlossenen, rosafarbenen Schlafanzug. Wie in allen vorhergehenden Nächten saß sie auf der Bettkante, nahm ihn auf den Schoß und wiegte ihn, bis er sich allmählich von ihren geflüsterten Worten und geduldigen Liebkosungen ein wenig beschwichtigen ließ. Johnny, in Shorts und mit nacktem Oberkörper, immer noch voller Zorn auf sich selbst, stand abseits und sah hilflos zu.

Nach ein paar Minuten, als sie sah, dass es Scotty besser ging, beugte Laureen den Kopf zu ihm hinunter, hob sanft sein Kinn und suchte seinen Blick.

»Vielleicht wär's gut, wenn wir miteinander darüber reden, findest du nicht?«, fragte sie beklommen.

Scotty schüttelte stumm den Kopf und schmiegte sich fester an Laureens Brust. Sie begann ihn wieder zu wiegen.

»Scotty, mein Engel«, sagte sie nach einer Weile, »ich glaube, also dein Vater und ich glauben, es täte dir gut, wenn du uns alles erzählst. Wir könnten dir besser helfen, wenn du uns sagst, was du dort gesehen hast ... Ach Scotty, ich möchte dir doch so gern helfen!«, brach sie auf einmal in Schluchzen aus und drückte ihn verzweifelt an sich.

»Es ... es war da«, murmelte Scotty nach kurzem Schweigen.

Seine Lippen zitterten, sein Gesicht war kreidebleich. Mit den Augen flehte Laureen ihn an, weiterzusprechen.

»Mama, das Wesen ... Es hat auf mich gewartet.«

»Du meinst, dass ... Lighton dir was tun wollte, ist es das, mein Engel?«

»Nein, nicht er, Mama. Nicht Mr. Lighton ...«

»Scotty, sieh mich an«, schaltete Johnny sich vorsichtig ein.

Er kniete sich neben dem Bett, vor Laureens Füßen nieder und nahm Scottys kleine Hände in die seinen.

»Ich versprech dir, dass dir nie wieder jemand was zuleide tun wird. Ich versprech's dir, hörst du?«

Weil ich den nächsten Lighton schneller fertigmache, als er schauen kann, hätte er gern hinzugefügt, behielt es aber wohlweislich für sich.

»Versprichst du 's, Papa?«

»Großes Ehrenwort, Cowboy, und wenn ich lüge, soll mich der Teufel holen.« Saß er denn nicht längst in der Hölle und hielt verzweifelt nach einem winzigen Fünkchen Hoffnung in den Augen seines Sohnes Ausschau? »Ich schwör's dir, Scotty, ich schwör's dir. Mama und ich werden immer bei dir sein. Und ... und dieser Dreckskerl Lighton«, fügte er hinzu, ohne die Wut, die ihn verzehrte, ganz im Zaum halten zu können, »der ist weg, weit, weit weg und wird nie wieder zurückkommen, um kleine Jungen wie dich zu quälen. Es wird dir nie wieder jemand was zuleide tun, Scotty, nie wieder.«

Johnny drückte die kleinen Hände fester, wie um seinen verzweifelten Glauben an diese neue Gewissheit auf seinen Sohn zu übertragen. In der Gegenwart seiner Eltern beruhigte sich Scotty ein wenig und konnte nach einer Weile sogar wieder einschlafen. Als Johnny ihn betrachtete, wie er mit dem Daumen im Mund dalag, kamen ihm die Tränen, doch auch diesmal schluckte er sie hinunter. Laureen blieb noch eine Weile sitzen und streichelte Scottys Stirn, dann standen sie auf und verließen auf Zehenspitzen das Zimmer. Die Lichter ließen sie brennen, die Deckenleuchte ebenso wie die Nachttischlampe, auf der Droopy, weniger überzeugend denn je, mit schiefem Mund sein *»I'm happy«* verkündete.

Als sie wieder im Bett lagen, fasste sich Laureen ein Herz und sagte leise: »Ich glaube, dass Lighton nicht allein mit den Kindern war.«

Johnny richtete sich auf einem Ellenbogen auf und sah sie an. »Hm. Wie meinst du das?«, fragte er.

Sie lag auf dem Rücken. Auf der Decke über der Brust spielten ihre Hände nervös mit der Kante des Lakens. Sie schluckte schwer.

»Ich glaube, Scotty versucht uns klarzumachen, dass noch jemand anders im Schwimmbad war.«

»Scotty ist nicht der Einzige, der das glaubt. Weißt du, die Kinder können nicht verstehen, wie dieser Abschaum Lighton ihnen das alles hat antun können. Es ist normal, dass sie so reagieren. Er war schließlich ihr Held.«

Nicht nur der Kinder, wollte sie erwidern, warf ihm aber nur einen stummen Blick zu.

»Und diese Geschichte von … von diesem Wesen?«, fragte sie nach einer Weile mit angstverzerrter Stimme.

»Du meinst die Anwesenheit eines … Hais im Schwimmbecken.« Johnny empfand es als merkwürdige Erleichterung, das Wort Hai endlich laut auszusprechen, was sie beide die ganze Zeit tunlichst vermieden hatten. »Hör zu, es kann sehr gut sein, dass Scotty sich die Ereignisse so zurechtgelegt hat.«

»Aber die anderen Kinder erzählen alle dasselbe. Ein riesiger Hai, der das Schwimmbecken durchpflügt …«

»Lighton hat sie zweifellos mit seiner Version der Ereignisse beeinflusst. Wie ich schon sagte, die Kinder weigern sich, das Schlechte an der Person dieses Scheißkerls Lighton zu sehen, das ist normal. Also sind sie alle auf diese Monstergeschichte hereingefallen, die Lighton sich ausgedacht hat, um die Schuld von sich abzuwälzen. Im Grunde, glaube ich, hilft es ihnen sogar. Das böse Monster wird sie eines Tages vergessen lassen, dass ein Mensch all dieses Unheil anrichten kann.«

Er sank auf den Rücken zurück und verschränkte die Arme im Nacken.

»Letzten Endes sind sie der Wahrheit aber immer näher, als wir, die vernünftigen Erwachsenen, es je sein können. Es ist schon ein ›Hai‹, der das getan hat, nur eben einer in Menschengestalt, natürlich nicht ein Monster, nicht in dem Sinn, wie sie es verstehen, ein Frankenstein im Gewittersturm, sondern ein echtes Ungeheuer und umso monströser, als es im Gewand eines feinen Kerls daherkommt, dem man blind vertrauen konnte.«

Laureen hörte ihm erleichtert zu. Die wenigen Worte, die Johnny sagte, schienen ihr ebenso einfach wie tröstlich, und sie spürte, dass er auf dem bestem Weg war, ihr Herz zurückzugewinnen.

Bebend vor Dankbarkeit wandte sie sich ihm zu, und er öffnete ihr die Arme, um sie an sich zu drücken. Benommen und ratlos schliefen sie miteinander, ohne ein Wort zu wechseln; sie spürten, dass sie einander brauchten. Doch gegen vier Uhr morgens hallte das Haus abermals von Scottys Schreien wider, und sie begriffen, dass sie noch sehr lange mit Lighton als kinderfressendem Hai leben mussten.

II

Grand Magnolia

Das Haus ist nach wie vor nur eine Art Vorbau
vor dem Eingang zur Höhle.
THOREAU

1

Seit dem Tod seiner Großmutter, der jetzt knapp zwanzig Jahre zurücklag, war er nicht mehr in Tusitala gewesen. Er kam am warmen Abend des 10. Juni, einem Sonntag, unter einem scharlachroten, von Wölkchen überstäubten Himmel. Bevor er zum Grand Magnolia fuhr, wo ihn (für hundert Dollar pro Nacht, Frühstück inbegriffen) ein Zimmer erwartete, gönnte er sich eine Stadtrundfahrt am Steuer seines blitzenden BMW Z-3 Kabrio, um die Veränderungen zu begutachten, die mit der Stadt vor sich gegangen waren. Außerdem suchte er eine bestimmte Adresse.

Es gab ihm einen kleinen Stich ins Herz, als er feststellte, dass die Schule an der Trinity Lane mit ihrem roten Ziegeltor und dem vorsintflutlich wirkenden kleinen Innenhof hinter dem hohen Gitterzaun immer noch da war, als hätte sie auf ihn gewartet. Vielleicht rast die Zeit doch nicht so unbarmherzig dahin, dachte er, musste seinen Eindruck aber bald korrigieren, als er ein Stück weiter anstelle des »Captain«, des legendenumrankten Billardsaals, der dem damaligen Kind und seinen Ferienfreunden lange als Treffpunkt gedient hatte, einen »Burger King« auftauchen sah.

Die Zeit hat nichts Besseres zu tun, als uns Lügen zu strafen, dachte er bitter, als er in die Jackson Street einbog.

Hinter dem »Burger King« musste er zu den tiefgreifenden Veränderungen auch den Supermarkt am Ortsrand zählen (mindestens dreimal so groß wie der alte) und vor allem die zu beiden Seiten des Grey River aus dem Boden geschossenen Neubausiedlungen aus kreideweißen Einfamilienhäusern, die von unten her die Hügelflanken hinaufwuchsen.

Im Gefolge eines leeren Viehtransporters bog der BMW in die Lafayette Street ein, die am Fuß des Peterson Hill entlanglief. Dreihundert Meter nach der Kreuzung tauchte unvermutet, von der Straße ein wenig zurückgesetzt, das städtische Schwimmbad auf. Er blinkte und fuhr auf den Parkplatz, den ein ganz aus Rundhölzern bestehender niedriger Zaun umgab. Jenseits der Straße hüllte die untergehende Sonne den Hügelkamm in ockergelbes und purpurnes Licht. Langsam rollte der Wagen über den leeren weiten Platz mit den nutzlos gewordenen weißen Linien, die Parkbuchten anzeigten, und als er am anderen Ende angelangt war, wendete er und hielt an, die Schnauze zum Eingang des aufgelassenen Gebäudes gerichtet.

Stanley Holder – so hieß er – war nicht nach Tusitala zurückgekehrt, um eine nostalgische Wallfahrt an unbeschwerte Orte seiner Kindheit zu unternehmen, auch nicht um nach einem geeigneten Schauplatz für sein neuestes Buch zu suchen. Noch ein paar Monate zuvor hätte ihn die Idee gereizt, Tusitala als Kulisse für einen seiner Thriller zu verwenden; jetzt nicht mehr. Nicht nach dem, was hier, in diesem Schwimmbad und bei ihm zu Hause im Bostoner Viertel Beacon Hill geschehen war. Nicht nachdem er in das entsetzte Gesicht seiner Tochter Page geblickt hatte, die mit bebenden Lippen gefleht hatte: »Tu was, Papa, bitte, tu was.« Nein, vom Schreiben konnte in Stanley Holders durcheinandergeratenem Leben keine Rede mehr sein, und was die Vergangenheit betraf, so hatte er viel zu sehr darunter gelitten, als dass er sich freiwillig noch einmal mit ihr beschäftigt hätte.

Mit laufendem Motor, die Hände auf dem Steuer, betrachtete er die leicht spiegelnde hohe Glasfassade. Der recht neue, zwei, höchstens drei Jahre alte Bau dürfte für das Budget der Stadt keine geringe Investition gewesen sein. Beim Anblick der beiden Anschlagtafeln rechts und links des Eingangs, wo gleich mehrfach die trostlose Mitteilung hing, das Bad sei auf unbestimmte Zeit geschlossen, konnte sich Stanley den Ärger des Bürgermeisters lebhaft vorstellen. Vor der mit schweren Ketten und Vorhängeschlössern versperrten Tür hatte jemand vor nicht allzu langer Zeit als Geste anonymen Mitgefühls einen Blumenstrauß niedergelegt, an dem Stanley erkannte, dass die Stadt das Drama noch längst nicht verwunden hatte, auch wenn seither sechs Monate vergangen waren. Nach wie vor durchzogen schleichende, heimtückische Schwaden der Angst die Lafayette Street, die selbst der erstbeste Tourist so deutlich wahrnehmen musste, dass es ihm körperliches Unbehagen verursachte. Es war, als hingen die Ausdünstungen einer unsichtbaren verwesenden Leiche in der Luft, und Stanley musste zugeben, dass die schlimmste Fiktion, die ein Autor von Horrorgeschichten sich ausdenken konnte (und dass er wahrhaft grauenvolle Horrorgeschichten geschrieben hatte, konnten seine Leser bezeugen), verglichen mit der brutalen Realität und ihrer nackten, konzentrierten Gewalt letztlich nichts anderes sein konnte als ein von einem Kinderchor angestimmter Schrei nach Liebe.

Ein neugieriges Paar war an die Absperrgitter getreten. Das Mädchen hielt einen ungestümen jungen Schäferhund an der Leine, der bereits unruhig fortstrebte, während ihr Freund, ein Junge mit scharlachrotem, weiß gestreiften Piratentuch, sich auf die Zehenspitzen stellte, um besser durch die großen Scheiben spähen zu können. Doch es gab nicht viel zu sehen; die Kacheln waren geschrubbt, das Becken abgelassen, die drei großen Scheiben gründlich gereinigt worden, und so verloren die beiden nach einer Weile das Interesse und ließen sich von ihrem Hund weiterziehen, der, auf den Hinterbeinen stehend, so heftig an seiner Leine zerrte, dass er sich beinahe strangulierte.

Wie jeder normal entwickelte Amerikaner, der über zwei Augen, zwei Ohren und eine Fernbedienung verfügt, hatte auch Stanley von den Geschehnissen in dieser bis dahin für ereignislos gehaltenen Kleinstadt gehört, und den diversen Fernsehberichten über das Drama hatte er entnehmen können, wie sehr sich die Einwohner zu leugnen bemühten, dass es bei ihnen passiert war, dass diesmal sie das Ziel unsäglichen Grauens aus heiterem Himmel gewesen waren. Aber es half kein Verdrängen: Die Stunde X hatte für sie und niemand anderen geschlagen, und während sie alle keine Ahnung hatten, weshalb, kannte er den Grund dafür nur zu genau, denn er, Stanley Holder, war der eigentliche Adressat der Tragödie im Dezember. Daran bestand kein Zweifel.

Ohne den Blick vom Schwimmbad zu wenden, griff er nach dem großen weißen Umschlag auf dem Beifahrersitz und zog ein Foto im Format A3 hervor. In dem Umschlag steckte noch ein zweites, ebenso großes Foto, das zu betrachten er nach Möglichkeit vermied, denn es verursachte ihm noch größere Furcht, noch größeren Abscheu als das erste. Jemand hatte ihm die beiden Abzüge per Post geschickt. Der Sendung hatte die Visitenkarte eines *Bed & Breakfast* in Tusitala beigelegen (des neu eröffneten, sehr noblen Grand Magnolia auf dem Anderson Hill), auf deren Rückseite, von Hand geschrieben, die Nummer des auf seinen Namen reservierten Zimmers stand – abgezeichnet mit zwei Initialen, die er mühelos identifizieren konnte.

Er lehnte das Foto, das die Vorderansicht des städtischen Hallenbads zeigte, vor sich an das Steuer des Wagens. Während sein Blick zwischen dem Gebäude und der Aufnahme hin und her wanderte, musste sich Stanley ebenso beklommen wie erleichtert eingestehen, dass das Bild genau hier, an der Stelle, an der er sich befand, entstanden war: erleichtert, weil sein Verstand trotz allem, was er in den vergangenen Monaten erlebt hatte, immerhin gut genug funktionierte, um die richtigen Schlussfolgerungen zu ziehen; und beklommen, weil der Augenschein seine schlimmsten Ahnungen bestätigte.

Auf dem Foto war das inzwischen verwaiste Schwimmbad allen Anzeichen nach in Betrieb. Durch die Panoramascheibe war im Viertelprofil ein Mann zu sehen, in dem Stanley dank den Fotos in der Presse den zu trauriger Berühmtheit gelangten Harry Lighton identifiziert hatte. Beim ersten Blick auf die Aufnahme hatte er nicht gleich begriffen, was er da sah – bis ihm, mit wachsendem

Grauen, die Erkenntnis dämmerte: Es war das Schwimmbad von Tusitala, und es waren die allerersten Minuten des Dramas, die hier – eigens für ihn – festgehalten worden waren.

Zu Füßen des Schwimmlehrers sah man die aus dem Becken fliehenden Kinder, ihre verzerrten Gesichter – die einen vor Entsetzen, die anderen vor Schmerzen. Zweierlei fiel ihm auf, nachdem er begriffen hatte, worum es sich handelte, und ließ ihm den Atem stocken: Das eine war, dass etliche Kinder in Lightons Richtung flüchteten und folglich bei ihm Schutz suchten – was den Schwimmlehrer von den Gräueltaten, deren man ihn beschuldigte, nur entlasten konnte.

Das Zweite erkannte er mithilfe der Lupe, mit der er das Bild Zentimeter für Zentimeter betrachtete: Im Becken links von Lighton war zwischen aufspritzendem Wasser eine undeutliche Form zu erahnen. Und diese Form erinnerte an eine Haiflosse.

Zuerst war er wie vor den Kopf geschlagen: Seine Augen bestätigten, was sein Verstand sich noch zu glauben weigerte. Die höchst aufschlussreiche Aufnahme bewies, dass der Fotograf nicht einfach zufällig im richtigen Augenblick anwesend war, sondern schlimmer: dass er die Ereignisse von Anfang bis Ende inszeniert hatte, dass sie sein Werk waren. Was darüber hinaus erklärte, weshalb weder dieses noch das andere, nicht minder »sensationsträchtige« Foto dem Fernsehen, der Presse zugeleitet worden war, und dies, obwohl sich die Medien zweifellos darauf gestürzt und sehr viel dafür gegeben hätten.

Das zweite Foto war im selben Format, ebenso sorgfältig aufgenommen und so abscheulich wie das erste; für ihn persönlich war es allerdings noch mehr – es war vollkommen unerträglich.

Stanley und seine Tochter Page.

Hinter dem Horizont versank die Sonne in einem blutroten Lichtschweif.

Auf dem Parkplatz setzte der BMW sich wieder in Bewegung und nahm Kurs auf die Hügel.

2

Von Beginn des Pensionsbetriebs an hatten Johnny und Laureen die anfallenden Aufgaben zwischen sich aufgeteilt: Johnny war für die groben Sanierungs- und Renovierungsarbeiten, für die Pflege des zwei Hektar großen Parks und das Frühstück der Gäste zuständig (weil er der beste Muffin-Bäcker in ganz Amerika war); Laureen hingegen bediente bei Tisch, hielt die Zimmer in Ordnung und erledigte die Einkäufe in der Stadt. Ursprünglich hatten sie daran gedacht, Personal einzustellen, sobald sie genügend Zulauf hätten: zwei junge Frauen aus der Umgebung als Bedienung im Speisesaal und vor allem als Zimmermädchen – nicht zu jung und nicht zu hübsch, hatte Laureen gemeint, doch nach dem Drama mit Scotty war ihr das keinen Gedanken mehr wert – und, ebenfalls im Zuge ihrer hochfliegenden Erwartungen, einen alten Gärtner, der den Rasen mähen, die Büsche und Bäume stutzen und sonstige Arbeiten im Freien erledigen sollte – nicht zu alt, hatte Johnny seinerseits präzisiert, aber inzwischen kümmerten auch ihn solche Überlegungen keinen Deut: Im Augenblick waren sie einfach nur froh, dass sie keine Angestellten hatten. Es war schon schwer genug, vor den Gästen das Gesicht zu wahren.

In der ersten Maihälfte hatten sie eröffnet; seitdem lief das Geschäft ziemlich gut, so gut sogar, dass sie schon mehrfach Anfragen hatten ablehnen müssen. Wenn Johnny am PC die Reservierungen für die laufende Saison prüfte, rechnete ihm sein Programm einen Belegungsgrad aus, der seine kühnsten Hoffnungen übertraf. Ohne die Tragödie im Winter wäre das Glück der Baldwins vollkommen gewesen.

Solange ihr Sohn im Krankenhaus weilte, hatten Laureen und Johnny ihre gesamte Zeit damit zugebracht, zwischen dem Lincoln-Hospital in Shreveport und Tusitala hin und her zu fahren. Dadurch waren die Renovierungsarbeiten natürlich ins Stocken geraten und hatten sich um mehrere Wochen verzögert. Als Johnny sich wieder an die Arbeit machen konnte, hatte er, statt das noch ungeflieste Bad im zweiten Stock fertig zu stellen, die Privatwohnung der Familie im Erdgeschoss hergerichtet: für Scotty, wenn er aus der Klinik heimkam. Weihnachten stand vor der Tür, und Scotty sollte sich im Haus rundum wohl fühlen. Johnny legte Scottys Zimmer mit Teppichboden aus und verzierte anhand von Schablonen die hohen Wände mit fröhlichen Motiven in Pastelltönen. Diesen Arbeiten widmete er sich mit umso größerem Eifer, als sie eine Art persönliche Bußübung für ihn darstellten.

Zwei Tage vor dem Fest kam Scotty endlich nach Hause und erlebte das schönste Weihnachten seines kurzen Lebens. Der Weihnachtsmann überschüttete ihn mit Geschenken, und alles wäre perfekt gewesen, wäre seine Mutter nicht beim Nachtisch in Tränen ausgebrochen und hätte ihn verzweifelt an sich gedrückt. Die Pakete unter dem Christbaum waren wie Votivgaben an das unergründliche Schicksal, das erst Katz und Maus mit Scotty gespielt und ihm dann doch das Leben geschenkt hatte.

Mit der Schürze um den Bauch suchte sich Johnny aus Küchenschränken und Kühlschrank die Zutaten für Muffins zusammen und richtete sich auf der mit perlgrauem Laminat beschichteten Arbeitsfläche alles griffbereit her. Wie immer seit der Eröffnung war er vor allen anderen aufgestanden, um das Frühstück für die Gäste zuzubereiten. Und wie immer seit dem *Drama* war er barfuß und auf Zehenspitzen durch den Flur in die Küche geschlichen – alles Vorsichtsmaßnahmen, um Scotty nicht zu wecken, der am anderen Ende des Korridors schlief.

Johnny verrührte Eier, Joghurt und Haferflocken, als Laureen in einem Wickelkleid aus weißem Leinen, in dem sie entzückend aussah, in die Küche kam. Lautlos schloss sie die Tür zu ihrer Wohnung hinter sich. Johnny wischte sich die Hände am Schürzenzipfel ab und küsste sie auf den Hals.

»Was macht Scotty?«, fragte er.

»Alles in Ordnung. Er schläft noch.«

Johnny fügte seinem Teig Rosinen, Zucker und schließlich Mehl und Maizena hinzu und begann zu kneten.

»Die Nacht war ruhig, oder?«, fragte er nach kurzem Schweigen.

»Ja. Keine Albträume.«

»Ich glaube, er kommt allmählich drüber hinweg.«

»Hm«, stimmte sie mit halbem Lächeln zu.

In Wahrheit wusste sie nicht, was sie davon halten sollte. Sie hoffte von ganzem Herzen, dass Johnny Recht hatte und der Horror bald ausgestanden wäre. Doch eine dunkle, hartnäckige Ahnung ließ sie mehr als alles fürchten, ihre Hoffnung könnte sich als Illusion erweisen, und sie hütete sich davor, allzu früh sorglos zu werden – wer konnte sagen, ob nicht eine neue Gefahr auf Scotty lauerte.

Johnny warf ihr einen lächelnden Blick von der Seite zu, ehe er sich wieder seinem Teig zuwandte. Es war sieben Uhr, und die Frühaufsteher unter den Gästen kamen normalerweise gegen halb acht herunter. Laureen machte sich ihrerseits an die Arbeit. Sie band sich eine Schürze um, setzte einen neuen Filter in die Kaffeemaschine ein und löffelte Kaffeepulver hinein. Johnny füllte unterdessen mit geübter Hand den Teig in die Aluförmchen und stellte seine Muffins in mehreren Reihen auf das Backblech, das er ins Rohr schob; der Thermostat war auf 360° F, der Alarm auf eine Viertelstunde Backzeit eingestellt.

Zwanzig Minuten später duftete die Küche nach frischen Muffins, und die ersten Gäste, ein deutsches Pensionärsehepaar, erschienen zum Frühstück. Herr und Frau Steiner, neunundsechzig und fünfundsechzig Jahre alt, erschienen frisch und munter in Jogginganzügen, sie mit Lady Smith-, er in Tech Super-Sportschuhen, in der Küchentür und begrüßten die Baldwins mit strahlendem Lächeln, ehe sie an ihrem gewohnten Tisch nahe der Tür des Speisesaals Platz nahmen. Es war ihr vorletzter Tag im Grand Magnolia, und sie waren absichtlich ein bisschen früher als sonst aufgestanden, denn sie wollten die verbleibende Zeit nutzen, ehe sie nach Hause, ins Rheinland zurückmussten, wo ihre zwei Töchter (beides Lehrerinnen) und fünf Enkelkinder auf sie warteten, nicht zu vergessen die uralte Perserkatze Ulysses, von der keine positiven Nachrichten verlauteten.

In der Küche beeilte sich Johnny, die noch dampfenden Muffins aus ihren Förmchen zu lösen, während Laureen auf dem Servierwagen die kleinen aus Weide geflochtenen Tabletts auslegte und auf jedes Tablett eine Kaffeetasse, ein Milchkännchen und ein Päckchen Cornflakes mit je einem Schälchen Butter und Marmelade stellte.

Johnny fügte jedem Tablett einen Korb mit Muffins hinzu. Sichtlich zufrieden mit seinem Werk, trat er einen Schritt zurück und wischte sich die Hände an der Schürze ab.

»Klar zum Verspeisen, Ma'am!«, verkündete er.

»Attilas Erben werden auch bald runterkommen«, sagte Laureen, die Hände an die Wangen gelegt. »Mir scheint, ich habe ihr Gebrüll im Treppenhaus gehört.«

Johnny, der offensichtlich in bester Laune war, trat auf sie zu und küsste sie noch einmal auf den Hals.

»Johnny, sei doch vernünftig!«, kicherte Laureen und entwand sich ihm.

Er aber zog sie stürmisch in seine Arme und legte die Stirn an die ihre.

»Pass auf deinen hübschen Hintern auf, mein Schatz«, raunte er ihr zu. »Die haben ganz bestimmt das Zeug zu Kannibalen, diese *frenchies.*«

Wie zwei alberne Kinder brachen sie in Gelächter aus.

Es waren *ihre* ersten Franzosen der Saison, die in dieser Gegend sonst eher rar waren: Touristen aus Frankreich zogen es meist vor, auf der Suche nach entfernten Verwandten die Dörfchen Akadianas oder die malerischen Straßen von New Orleans zu durchstreifen. Dass *ihre* Franzosen sich bis ins Hügelland Louisianas gewagt hatten, war ein Beweis ihrer Unerschrockenheit; Johnny allerdings bereute es bitter, dass er die Bassours aufgenommen hatte – nicht wegen der Eltern, sondern wegen der beiden Gremlins, wie er die Sprösslinge nannte. In Fontainebleau, wo sie wohnten, mochten Vincent und Florence, sieben und neun Jahre alt, reizende Mogwais gewesen sein (für die pränatalen neun Monate gestand ihnen Johnny immerhin mildernde Umstände zu), die Atlantiküberquerung jedoch hatte dieselbe Wirkung auf sie ausgeübt wie ein über ihren Pelz gekipptes Glas Wasser: Sie hatten sich in hysterische Supervandalen verwandelt, die sich den lieben langen Tag bis aufs Blut stritten. Johnny brachte Laureen und Scotty zum Lachen, indem er mit heiserer Lautsprecherstimme die beiden Monster zu Weltmeistern mit gleicher Punktzahl infolge außergewöhnlichen K. o.s der Schiedsrichter erklärte. Zu ihrer bisherigen Beute zählten eine zerstörte Nachttischlampe sowie drei in winzige Scherben zerschlagene Teller. Der bereits beim Frühstück in seinen *Guide Michelin* vertiefte Vater hob von Zeit zu Zeit den Kopf, um seinen Nachwuchs ebenso hoffnungs- wie wirkungslos zur Ordnung zu rufen. Die Mutter, die eine schon von Natur aus unscheinbare kleine Frau war, ließ der Wirbel ihrer Sprösslinge als Person vollends in den Hintergrund treten: War sie nicht mit dem völlig verschmierten Vincent beschäftigt, bedurfte Florence dringend der Säuberung. Wenn sie alle vier in den Speisesaal kamen, fragte sich Laureen jedes Mal bang, wie lange das Panoramafenster den Stiefeltritten und Fausthieben der kleinen Monster wohl noch standhalten würde. Nach zehn Uhr jedoch pflegten die entsetzlichen Gremlins aus Übersee mit ihren Eltern nach Shreveport, Ruston oder Monroe zu fahren und kamen erst nach Einbruch der Dämmerung und einem auswärtigen Abendessen wieder zurück.

»Ich will versuchen, vorsichtig zu sein«, versprach Laureen.

Sie löste sich aus Johnnys Armen, zupfte das Oberteil ihres Kleids zurecht und verließ die Küche samt dem Servierwagen, den sie mit seiner Fracht dampfender Tabletts vor sich herschob.

Sie bediente zunächst Frau, dann Herrn Steiner, die sich die Hände rieben und über die in Schwaden aufsteigenden Dämpfe hinweg einen heißhungrigen Blick wechselten.

»Ihr Frühstück wird uns fehlen«, sagte Elfriede Steiner in tadellosem Amerikanisch.

Sie hatte fünf Jahre in den USA gelebt und an verschiedenen Universitäten der Ostküste europäische Literatur gelehrt, ehe sie nach Deutschland zurückgekehrt war, um in ihrer Heimatstadt Köln zu unterrichten und ihren Wohnungsnachbarn zu heiraten. Wenn sie jetzt nach Amerika kam, dann nur noch zum Vergnügen und um sich in Form zu halten: Im Jahr zuvor war es die Mesa Verde in Colorado gewesen, dieses Jahr war es der Norden von Louisiana, das mit Recht so genannte »Paradies der Sportler«.

Laureen stellte die beiden Muffin-Körbchen auf den Tisch und lächelte Frau Steiner zu.

»So weit ist es noch nicht – Sie reisen doch erst übermorgen ab!«

»Da haben Sie Recht, meine Liebe. Aber was wollen Sie, es ist nun mal die Macke alter Leute, dass sie immer schon das Ende vorwegnehmen, statt sich am Augenblick zu freuen. Das werden Sie schon sehen, wenn Sie erst mal so alt sind wie wir.«

Martin Steiner, der kerzengerde ihr gegenübersaß, nickte zu allem, was seine Frau sagte, obwohl er kein Wort Englisch verstand.

Laureen wünschte ihnen guten Appetit, und im selben Moment stürmten die Franzosen den Saal. Sie kamen in Wanderschuhen und Bermudashorts – sandfarben für Vater und Sohn, lavendelblau für Mutter und Tochter. Unter lautstarkem Stühlerücken nahmen sie den Tisch am Fenster in Beschlag, den sie sich innerhalb einer knappen Woche durch Gewohnheitsrecht ersessen hatten. Von hier fiel der Blick auf das majestätische Eichenwäldchen, dessen Abschluss der Sommerpavillon am Seeufer bildete, aber die Aussicht hätte ebenso gut ein Kernkraftwerk sein können, die Gremlins hätten ohnehin nichts davon wahrgenommen.

Laureen bediente alle vier und bemühte sich besonders bei den Kindern, ihr Lächeln zu bewahren. Madame Bassour wandte sich ihr zu und riskierte ein schüchternes *»Thank you very much«*, während der Ehemann sie mit ausgeprägtem Akzent wissen ließ, sie hätten die Absicht, den Tag im Mansfield Battle Park zu verbringen.

»Ausgezeichnete Idee«, stimmte Laureen mit aufrichtiger Freude über die Aussicht auf mindestens acht Stunden seliger, gremlinfreier Ruhe zu.

Auch für die Franzosen war es der vorletzte Tag im Grand Magnolia, und sie wollten wie die Steiners die Zeit nutzen. Ihre nächste Station war Alexandria, wo sie zweimal übernachten wollten, ehe ihr Urlaub in New Orleans zu Ende ging.

Laureen wendete ihren Servierwagen und sah Frau Steiner die Hand heben und um ein weiteres Kännchen Milch bitten.

»Kommt sofort«, versprach sie.

Als sie in die Halle hinaustrat, traf sie mit Stanley zusammen, der schon am Vorabend, jedoch zu so später Stunde angekommen war, dass er bisher nur Johnny kennen gelernt hatte. Er war ein hochgewachsener Mann um die vierzig mit ergrauendem Haar und tiefen Furchen auf der Stirn, dem Ergebnis nicht nur ausgiebigen Nachdenkens, sondern Spuren zehrenden Unglücks.

In Hemdsärmeln, eine helle Leinenjacke unter dem Arm, kam er die Treppe herab, während sie ihm mit dem Servierwagen von der anderen Seite entgegenkam.

»Herzlich willkommen, Mr. Holder. Ich bin Laureen, die Hausherrin.«

»Freut mich. Guten Morgen, Laureen«, antwortete er.

Über den Servierwagen hinweg reichten sie einander die Hand.

»Nehmen Sie Platz. Ich bringe Ihnen gleich Ihr Frühstück.«

Er trat wieder einer Stufe hinauf, um ihr Platz zu machen.

»Danke … und sagen Sie ruhig Stanley zu mir.«

»Okay«, erwiderte sie, schon auf dem Weg in die Küche. »Hoffentlich haben Sie gut geschlafen, Mr. Hol… ich meine, Stanley?«

»Sehr gut«, sagte er hinter ihrem Rücken, was eine Lüge war: Er hatte eine entsetzliche, schlaflose Nacht verbracht, in der er die Fotos studiert und sich gefragt hatte, weshalb der Mann, dessen Initialen auf der Rückseite der Visitenkarte standen, ihn ausgerechnet ins Grand Magnolia geschickt hatte.

Er betrat den Speisesaal, nickte der Familie Bassour und dem Ehepaar Steiner höflich zu und nahm an dem freien Tisch im hinteren Teil Platz. Sein Jackett warf er auf die mit dunkelrotem Velours gepolsterte Bank, das Gegenstück zu der Bank, auf der sich die Franzosen niedergelassen hatten, und setzte sich so, dass er dem Raum den Rücken zukehrte.

Schon als er hereingekommen war, hatte ihn Elfriede Steiner baff vor Erstaunen angestarrt. Sie wartete, bis er sich gesetzt hatte, klopfte dann eifrig ihrem Mann auf die Hand und wies mit dem Kinn auf den Neuankömmling.

»Hier ist Ihre Milch, Mrs. Steiner«, sagte Laureen und stellte das gewünschte Kännchen vor ihr ab.

»Sagen Sie«, flüsterte Frau Steiner, »der Herr dort – ist das nicht Stanley Holder?«

Mit gesenktem Blick deutete sie auf das Buch, das sie mit heruntergebracht und neben ihre Tasse gelegt hatte.

Promised Death stand in bluttriefender Frakturschrift auf dem Umschlag und darüber, in schwarzen Kapitälchen, aus denen dämonische Flammen schlugen, der Name »Stanley Holder«. Elfriede Steiner reichte ihr das Buch, und Laureen las unter dem Autorenfoto den Rückseitentext, der ihn als den Charon der modernen Hölle bezeichnete.

»So was! Sie haben Recht«, rief Laureen aus.

Aus Zeitmangel war sie in den letzten Monaten kaum mehr zum Lesen gekommen; doch angesichts dieses Umschlags musste sie sich insgeheim eingestehen, dass sie auf ein Buch dieses Genres, selbst wenn sie die süchtigste Leserin gewesen wäre, liebend gern verzichtet hätte. Für geplagte Mütter wie sie hielt das Leben schon genügend Ängste bereit, als dass sie auf die Idee gekommen wäre, um des reinen Vergnügens willen für teures Geld eine von Anfang bis Ende erfundene Horrorgeschichte zu erstehen.

Sie gab Frau Steiner das Buch zurück und fragte, ebenfalls in gedämpftem Ton: »Soll ich Sie miteinander bekannt machen, wenn Sie mit dem Frühstück fertig sind?«

»Nein, nein, vielen Dank, bloß nicht. Stören Sie ihn nicht.« Mit ihrer aufgeregten Miene erinnerte Elfriede Steiner an ein junges Mädchen, das dem umschwärmten Star, dessen Poster ihr Zimmer tapezieren, plötzlich leibhaftig gegenübersteht. »Stören Sie ihn bloß nicht! Ich habe nur einen Wunsch: dass Mr. Holder endlich ein neues Buch veröffentlicht!«

Laureen warf einen fragenden Blick auf den Rücken des Schriftstellers. »Schreibt er denn nichts mehr?«, erkundigte sie sich.

»So steht es jedenfalls auf seiner Website.«

»Vielleicht nur eine Inspirationsflaute?«

»Oh nein! Eher ein schreckliches Trauma.«

»Ein Trauma?«

Elfriede nickte wortlos.

»Sie meinen, er hat durch seine Bücher Probleme bekommen? Schwerwiegende Probleme?«

Elfriede Steiner senkte die Stimme noch mehr, so dass Laureen sich zu ihr hinunterbeugen musste, um die Antwort zu verstehen.

»Seine Tochter wurde getötet. Auf ziemlich grauenhafte Art«, flüsterte die alte Dame.

Laureen überlief ein nervöser Schauder. Plötzlich fiel ihr wieder ein, dass sie Stanley Holders Gesicht im Fernsehen gesehen hatte, nur wenige Wochen vor dem Drama im Schwimmbad von Tusitala. Vor einer Ewigkeit ... Die CNN-Reporter hatten von einem Gemetzel gesprochen und die Vermutung geäußert, einer von Holders Lesern könnte in sein Haus eingedrungen und in einem Anfall von Wahnsinn dieses unsägliche Verbrechen begangen haben. Die Mordwaffe war nie gefunden worden. Ebenso wenig der Mörder.

»So erstaunlich es sein mag, aber Mr. Holder ist einer meiner Lieblingsschriftsteller«, murmelte Frau Steiner. »Sie werden es nicht glauben, aber er hat mich wirklich das Fürchten gelehrt. Dabei habe ich in meinem Leben manches Schreckliche erlebt. Zu schweigen von der Ehe mit meinem lieben Martin.«

Als der Ärmste bei der Erwähnung seines Namens nickte, wechselten die beiden Frauen ein boshaftes Lächeln.

»Sagen Sie mir einfach Bescheid, wenn ich Sie beide doch noch miteinander bekannt machen soll«, sagte Laureen.

»Danke, Mrs. Baldwin, Sie sind ganz reizend, und auch Ihr Mann ist bezaubernd. Und dazu so gut aussehend! Er sollte lieber eine Karriere als Filmschauspieler machen, statt sich um alte Knochen wie uns zu kümmern, nicht?«

»Ach, finden Sie?«

Laureen lachte nervös auf, innerlich aber kochte sie. Es war wie verhext: Auch wer von John Baldwins Vergangenheit keine

Ahnung hatte, prophezeite ihm unweigerlich eine glänzende Zukunft beim Film. Am schlimmsten war es natürlich mit den amerikanischen Gästen, die ihn im Fernsehen gesehen hatten. Johnny konnte sich nicht zeigen, ohne dass man ihn erkannte und entweder um ein Autogramm bat oder nach den Gründen seines plötzlichen, unverständlichen Ausstiegs fragte. Doch nicht ihn, sondern Laureen packte in solchen Momenten die Wut. Hätte er eine weitere Staffel von *I love you etc.* gedreht, würden sie jetzt in Hancock Park, vielleicht sogar Beverly Hills leben, und Scotty wäre es erspart geblieben, schon jetzt das Böse in dieser Welt kennen zu lernen.

Vielleicht ... Genauso wenig konnte Laureen natürlich vergessen, dass es eine gewisse Joyce Hanson gegeben hatte. Und die Fotos im *National Enquirer* und im *People Magazine.* Johnny mochte noch so oft beteuern, dass nie etwas gewesen war zwischen seiner Kollegin und ihm, dass alles nur groteske Hirngespinste sensationslüsterner Skandalblätter waren – Laureen glaubte ihm nur halbherzig. Um ein Haar wäre ihre Beziehung daran gescheitert, und sie waren sich beide bewusst, dass sie, wären sie auch nur ein weiteres Jahr in L.A. geblieben, am Ende die Scheidung eingereicht und ihren Beitrag zu dem unzählige Male mit den verschiedensten Darstellern aufgeführten Epos von Ehebruch, Scheidungskrieg, Unterhaltszahlungen geleistet hätten. Das Leben eines Schauspielers stand offensichtlich in absolutem Widerspruch zum Status eines Ehemannes, wie Feuer und Wasser. Das wusste Laureen sehr genau, wie sie sich auch darüber im Klaren war, dass man von zwei Übeln das kleinere wählen soll. Und so hatte auch sie ihre Wahl zwischen Joyce Hanson und den abgelegenen Wäldern von Louisiana getroffen. Alles in allem war es ihrer beider Entscheidung gewesen. Dennoch nahm sie es Johnny übel, dass er sie vor die Entscheidung zwischen dem Verzicht auf ihr Leben in L.A. und dem unausweichlichen Ende ihrer Beziehung gestellt hatte; sie konnte es nicht verhindern. So wenig wie sie nicht verhindern konnte, dass sie ihm die Schuld an Scottys Zustand gab.

In der Küche stand Johnny, an die Arbeitsplatte gelehnt, neben dem großen Philips-Transistorradio, hörte die Acht-Uhr-Nachrichten und nippte an seinem Kaffee.

»Alles klar?«, fragte er.

»Sicher«, antwortete sie in einem Ton, der sie Lügen strafte.

Er stellte seine Tasse ab und streckte die Hand nach ihr aus, doch Laureen wich ihm aus. Mit hängenden Armen und verkrampfter Miene sah er ihr nach, während sie so schnell, wie sie gekommen war, mit einem Korb Muffins wieder verschwand.

Nachdem er seinen Kaffee ausgetrunken hatte, stand Stanley vom Tisch auf. Das köstlich aussehende Frühstück hatte er kaum angerührt. Draußen in der Halle traf er abermals mit Laureen zusammen. So wenig Appetit er selbst hatte, so gefräßig waren die Franzosen, dachte er, als er Laureen weitere Körbe mit Muffins bringen sah. Von einem Philosophen – Ludwig Feuerbach, um genau zu sein – stammt der Ausspruch: Der Mensch ist, was er isst; wenn das stimmte, dann bestand er selbst nur noch aus zwei Tassen schwarzem Kaffee.

»Wenn Sie sich die Gegend ansehen wollen, kann ich Ihnen das National Center of the Rose in Shreveport empfehlen.«

»Ein Rosarium?«, fragte er, während er seine Jacke anzog.

»Mit zwanzigtausend Rosenstöcken, heißt es. Ich hab natürlich nicht nachgezählt, aber es ist ein wirklich prächtiger Rosengarten.«

»Wissen Sie, ein englischer Dichter hat gesagt: Wer eine einzige Blume verstehen könnte, der könnte das ganze Universum verstehen. Ich fürchte, mir hat dieser Rosengarten ein paar Tausend Rosen zu viel.«

Laureen betrachtete ihn neugierig. Der Mann kam ihr ein wenig merkwürdig vor, so als hätte das Unglück ihm eine tragische Würde verliehen. Etwas Schweres, Verwundetes schwang in seiner Stimme mit.

»Und in Monroe?«

»Ach, dort!« Sie verschränkte die Arme und blickte zur Decke hinauf. »Sagen wir so: Dort gibt es das Joseph-Biedenharn-Haus –

Sie wissen schon, das Bibel- und Coca-Cola-Museum. Ist wohl auch sehenswert«, räumte sie lächelnd ein.

Stanley Holder erwiderte ihr Lächeln, das seine aber war angestrengt und resigniert. Eben dorthin müsse er, nach Monroe, vertraute er ihr an. Dass ein Museumsbesuch an letzter Stelle auf seiner Liste stand, verschwieg er.

3

Seit rund zwanzig Jahren verrichtete Steve Marker junior im Sprengel Blackwell das – häufig undankbare – Amt des Sheriffs. Vor nicht allzu langer Zeit war es nur Routine gewesen, hatte zur einen Hälfte aus Strafzetteln wegen Falschparkens bestanden und zur anderen aus Beschwerden griesgrämiger Mitbürger. Ich bin eher Schreibtischhengst als bewaffneter Ordnungshüter, pflegte Marker an guten Tagen zu scherzen. Außerdem litt er schon lange unter dem universalen Symptom aller Büroarbeiter: Er war kurzsichtig geworden, fast blind wie ein Maulwurf. Schuld daran waren die viel zu vielen Formulare für Erklärungen aller Art, und in seinen Träumen stellte er einen gewissen Gutenberg vor ein Hinrichtungskommando, ohne ihm auch nur sein Urteil vorzulesen. Seine Brillengläser waren nicht das Einzige an ihm, das von Jahr zu Jahr dicker wurde: Sehr zum Leidwesen seiner Frau Donna galt dasselbe für seinen Leibesumfang. Das waren allerdings die einzigen Risiken im Dasein des Sheriffs einer Kleinstadt mit zehntausendfünfhundert Seelen. Jedenfalls bis zu den Ereignissen im Dezember. Und jenen, die in der Luft lagen.

Sohn und Enkel eines Sheriffs (in den dreißiger Jahren hatte sein Großvater die Ermittlungen über den Großbrand auf dem McNeice-Anwesen geleitet), war Steve Marker jr. mit größtem Respekt vor Recht und Ordnung aufgewachsen. Jetzt war er ein Mann um die fünfzig, recht stämmig, mit einer dichten roten Bürstenfrisur. Neben der Brille zierten sein Gesicht ein struppiger Schnurrbart und ein energisches Kinn »wie Kirk Douglas, allerdings ohne das

Grübchen«: so Norman Jarrett, der ehemalige Allgemeinarzt aus der Forsythe Street. Im Allgemeinen sagten die Leute von Tusitala, wenn man sie nach ihm fragte, er sei ebenso breitschultrig wie engstirnig – beides Eigenschaften, die in dieser Gegend ziemlich gut ankamen. Marker gehörte dem Typ des überkorrekten Sheriffs an, der es mit der Sittlichkeit der Stadt ebenso genau nimmt wie mit der Moral der eigenen Tochter. Und zufällig hatte Marker auch eine Tochter, Jessie hieß sie und machte ihm in letzter Zeit mit dem Aufruhr ihrer siebzehn Lenze ordentlich zu schaffen – das ging so weit, dass er ihretwegen manch einen ungeduldig erwarteten Abend mit Baseballübertragung im Fernsehen hatte opfern müssen. Dass Jessie nur sehr wenig Verständnis für diese Art Überwachung hatte, versteht sich von selbst; die Stadt hingegen schätzte seine Wachsamkeit. Marker war zwar weder ein Inspektor Harry noch eine dieser feinen Spürnasen vom FBI, die bis an die Zähne bewaffnet aus der Akademie in Quantico hervorgehen, doch ein anständiger Typ, wahrscheinlich ein bisschen stur, aber grundehrlich, und darin stimmten alle überein, sogar seine Tochter.

Die Ereignisse im Dezember hatten seine bis dato unverrückbare Überzeugung von einer ausgeprägten, klar definierten Dualität zwischen dem Guten auf der einen und dem Bösen auf der anderen Seite auf eine harte Probe gestellt, ja ins Wanken gebracht. Harry Lighton hatte lange zum Kreis seiner engsten Freunde gezählt: Zu behaupten, dass Marker große Stücke auf ihn hielt, wäre eine starke Untertreibung gewesen. Der beste Typ, den die Erde je hervorgebracht hat, pflegte Marker jedem zu versichern, der nicht restlos davon überzeugt war. Lighton war mit mehreren Verdienstorden ausgezeichnet worden, weil er unter Einsatz seines Lebens eine Armada von Schwimmern aus der Gefahr gerettet hatte. Er war bei jedem Suchtrupp gewesen, der nach einem im Wald verirrten Kind fahndete, und war selbstverständlich auch bei der freiwilligen Feuerwehr. Zahlreiche Einwohner von Tusitala standen in seiner Schuld: Die einen verdankten ihm das eigene Leben, die anderen die Rettung eines Angehörigen, die Dritten ihr Dach über dem Kopf. Er war wie ein Schutzengel, der mit seiner Muskelkraft über die Stadt wachte und mehr (weil einfacher) von seiner Person gab als eine Schutzgottheit. Wenn Marker, wie in letzter Zeit geschehen, über den idealen Schwiegersohn nachdachte, fiel ihm nur einer wie Lighton ein: unerreicht und unerreichbar.

Daher war das Ausmaß seiner Enttäuschung grenzenlos, als er im Dezember das Schwimmbad betrat. Es hinterließ eine Bitterkeit in ihm, die heimtückischer und verheerender war als ein bösartiger Tumor. Er fühlte sich verraten, verhöhnt, beschmutzt, genau so, als wäre er vergewaltigt worden, und er entwickelte einen tödlichen Hass gegen sich selbst. Du lieber Gott! – er hätte doch merken müssen, dass etwas nicht stimmte mit dem guten Samariter, den Lighton allen vorgespielt hatte. Wäre er aufmerksamer gewesen, hätte er mit Sicherheit eine Schwachstelle entdeckt, einen Hinweis, der ihn hellhörig hätte werden lassen. Aber nein, er hatte dem Kerl aus der Hand gefressen und jahrelang zu Thanksgiving seinen Truthahn mit dem personifizierten Verbrechen geteilt. Ja, es war schlimmer als eine Vergewaltigung! Sein gesamtes Wertesystem war auf den Kopf gestellt, sein Verhältnis zu seinen Mitmenschen von einem Tag auf den anderen zutiefst gestört. Fortan wahrte er äußerste Zurückhaltung und traute nichts und niemandem mehr, keinem zu glatten Anschein und schon gar nicht seiner vermeintlichen Menschenkenntnis, die ihn so schmählich im Stich gelassen hatte. So war, kann man sagen, aus Steve Marker ein schwieriger Zeitgenosse geworden. Ein sehr schwieriger sogar.

»Was ist denn schon wieder?«, schnauzte er seinen Adjutanten an, als der ihn telefonisch beim Mittagessen im Kreis der Familie störte, um ihm aufgeregt mitzuteilen, er habe vor der Tür zum Büro einen menschlichen Schädel gefunden.

Dem Schädel, Jesus Maria!, lag eine Visitenkarte bei.

Paul Cooker war am Rande des Nervenzusammenbruchs, und während der Sheriff ihn zusammenstauchte, musste er sich eingestehen, dass der arme Junge wohl einen Urlaub nötig hatte.

An dem Tag verzichtete er auf seine Nachspeise, Donnas hausgemachte Krapfen. Donna wollte ihm ein paar mitgeben, die er im Büro mit Paul teilen konnte, doch als sie mit den Krapfen in

Alufolie aus der Küche kam, hatte ihr Sheriff von einem Ehemann bereits das Haus am Ufer des Grey River verlassen und marschierte zu dem nur dreihundert Meter entfernten Büro auf der anderen Seite der Johnson Street hinüber.

Donna Marker trat ans Fenster und blickte ihm grübelnd nach. Sie wusste, dass man sich hinter dem Rücken ihres Mannes erzählte, ihm seien anscheinend die Backenmuskeln amputiert worden. Tatsächlich hatte Steve seit Dezember nicht mehr gelächelt, keinen einzigen Scherz mehr gemacht. Er ging mit finsterer Miene umher und wirkte ständig sorgenvoll, ständig auf der Hut. Es wird ihm böse auf den Magen schlagen, dachte sie. Aber wie konnte es anders sein nach allem, was passiert war?

Während er die Straße überquerte, erwiderte Marker mit knappem Nicken den Gruß, den ihm der Immobilienmakler William Adam von seinem Wagen aus zurief, und betrat die Polizeidienststelle mit der trüben Vorahnung, dass der restliche Tag im Eimer wäre.

Durch die weit offen stehende Toilettentür sah er Paul Cooker vor dem Waschbecken stehen und sich so ausgiebig und verbissen die Hände waschen, als wäre er mindestens mit dem Ebola-Virus in Kontakt gekommen.

»Die Sauerei ist dort drüben, Chef«, sagte Cooker mit einer Kopfbewegung.

Marker trat an den Schreibtisch seines Adjutanten. Er hob die beiden Klappen des Pappkartons an, von dem Cooker die Klebebänder entfernt hatte, und spähte mit angewidert vorgeschobener Unterlippe hinein.

Kein Zweifel: Der Tag war im Eimer. In der Schachtel befand sich wahrhaftig ein menschlicher Schädel. Durch einen Riss in der Luftkissenfolie, die ihn einhüllte, sah man das ins Leere gerichtete Grinsen seines fleischlosen Kiefers. Es war ein berufsbedingter Reflex, dass Marker zuerst seine Latexhandschuhe überstreifte, ehe er nach der Visitenkarte griff. Er las sie, las sie noch einmal, drehte sie zwischen seinen dicken Fingern hin und her.

Breitschultrig, die Hände auf dem Koppel, stand jetzt Paul Cooker im Türrahmen und starrte stumpf zu ihm herüber. Cooker hatte eine ganze Rolle Papierhandtücher aufgebraucht, um sich die Hände zu trocknen, und schien fest entschlossen, sich seinem Schreibtisch nicht wieder zu nähern, solange das Paket darauf stand. Der grauenhafte Tod seines kleinen Vetters Dan Cooker im Dezember hatte ihn tiefer erschüttert, als er sich anmerken ließ.

Marker warf ihm über seine dicken Brillengläser einen raschen Blick zu. Mit kreidebleichem, angespanntem Gesicht wartete sein junger Adjutant auf eine Reaktion des Chefs. Der arme Junge hatte wahrhaftig einen Urlaub verdient, aber nachdem sie jetzt diesen neuen Fall am Hals hatten, musste das erst mal warten. Wahrscheinlich noch lange.

Markers Unterkiefer begann zu mahlen, wie es häufig geschah, wenn er in einen Mahlstrom von Hypothesen geriet (vor allem beim Schach oder wenn er über das Freiheitsstreben seiner Tochter Jessie nachdachte). Das Mahlen hörte gewöhnlich erst auf, wenn in seinem Hirn die ersten Schlussfolgerungen Gestalt annahmen. Auch diesmal hörte der Tick jäh auf, als ihm – unter Freisetzung eines Schwalls Adrenalin – klar wurde, dass dieser Schädel zweifellos nur ein Anfang war, ein Auftakt zu etwas, und dass nach dem vergangenen Dezember auch dieser Juni in die Annalen seiner reizenden kleinen Stadt eingehen würde.

Im Eimer, alles: der Tag, der Monat und wahrscheinlich das ganze Jahr. Mittagessen am Familientisch waren für ihn und seinen Adjutanten in Zukunft gestrichen. Adieu, gute alte Routine und Urlaubsträume.

»Paul«, sagte er, »ruf meine Frau an und sag ihr, dass Jessie heute Abend zu Hause bleibt, ob es ihr passt oder nicht.«

4

Scotty entfernte sich nicht mehr weit vom Haus. Wenn er doch einmal zum Spielen in den Garten ging, dann nie weiter als bis zu dem Rasenstück direkt hinter dem Haus vor dem großen Panoramafenster des Esszimmers. Dort war und fühlte er sich in Sicherheit. Seine Mutter ließ keine fünf Minuten vergehen, ohne vom danebenliegenden Küchenfenster aus nach ihm zu sehen. Sobald ihm irgendwas verdächtig vorkomme, hatten ihm seine Eltern hundertmal wiederholt, brauche er nur zu rufen, sie wären so schnell wie, nein, schneller als der Blitz zur Stelle und würden das Monster, das sich hierher wagte, um ihren Scotty zu belästigen, mit dem Scheuerlappen verjagen.

Am anderen Ende des Eichenwäldchens konnte Scotty den Sommerpavillon erkennen, und direkt hinter dem Hain, in der Verlängerung der Allee, schimmerte die Wasserfläche, in der sich das Licht spiegelte, doch wenn er in die Richtung blickte, überlief es ihn kalt, und er wandte sich schnell wieder ab. Besser war es, das Haus im Auge zu behalten.

Seine Freunde kamen jetzt auch nicht mehr zu Besuch. Jedenfalls diejenigen, die das Monster verschont hatte. David Dudley war knapp zwei Monate später mit seinen Eltern weggezogen. Er hatte versprochen anzurufen, sobald sie an der Ostküste wären, doch Scotty hatte nie mehr von ihm gehört, obwohl er gerade in der ersten Zeit oft stundenlang neben dem Telefon gewartet hatte. Eines Abends, als er wieder einmal nicht einschlafen konnte, hatte er die Eltern miteinander über David reden hören. Papa hatte gesagt, Mr. Dudley sei ein Riesenidiot und hätte seinem Sohn wenigstens ein einziges Mal erlauben sollen, Scotty anzurufen, woraufhin Mama geantwortet hatte, die Dudleys kämen wahrscheinlich nie über die Amputation von Davids rechtem Bein hinweg, und es sei ihr gutes Recht, dass sie diese entsetzliche Geschichte zu vergessen versuchten. Außerdem hätten sie selbst wohl kaum anders gehandelt als die Dudleys, wenn sie gekonnt hätten: Sie wären so weit wie möglich von Tusitala fortgezogen und hätten Lighton vergessen, so gut das eben ging. Immerhin hätten sie das Glück gehabt, Scotty lebendig und heil wiederzubekommen. Darauf hatte Papa nichts mehr gesagt, und nach einer Weile war Scotty schließlich eingeschlafen.

Scotty war traurig, dass er seinen Freund verloren hatte; er sah jedoch ein, dass seine Mutter Recht hatte: Es war besser, dass David die Sache zu vergessen versuchte, auch wenn das bedeutete, dass sie einander nicht mehr sehen und nie mehr miteinander spielen konnten. Scotty konnte nicht vergessen und würde sicher nie vergessen, auch wenn er seine Eltern glauben ließ, er denke nicht mehr an das Wesen auf dem Grund des Schwimmbeckens. Papa war froh darüber, Mama hingegen schien es nicht recht zu glauben, und er wusste, dass sie ihn oft mit Tränen in den Augen beobachtete, wenn er für sich allein spielte. Nein, Scotty konnte nicht vergessen.

Manchmal, wenn er gerade ins Spiel vertieft war und in Gedanken anderswo, hörte er aus heiterem Himmel die Entsetzens- und Schmerzensschreie seiner Freunde wieder und sah sich plötzlich selbst, als wäre er nicht mehr in seinem Körper, sondern zwei Meter darüber, in der Mitte des Beckens treiben. Aus dieser Höhe erkannte er eine riesige dunkle Gestalt, die durch das aufgewirbelte Wasser schoss und gleich darauf unter sich ausbreitendem Rot verschwand, das immer größer wurde, bis es über den Rand des Beckens schwappte und die Fliesen ringsum unauslöschlich einfärbte. In solchen Momenten wurde Scotty leichenblass und brachte keine Silbe mehr heraus. Mehrmals hintereinander öffnete und schloss sich sein Mund, stumm wie ein rundes Goldfischmaul. Zum Glück verflüchtigten sich diese schrecklichen Augenblicke der Lähmung ebenso schnell wieder, wie sie auftraten, und seine Eltern hatten bisher nichts von diesen Krisen mitbekommen.

Scotty empfand es als unglaubliche Erleichterung, als Anfang Mai die ersten Gäste eintrafen: Fortan würden Papa, Mama und er nicht mehr allein in diesem großen Haus sein, in dem sie nur den Westflügel im Erdgeschoss, hinter der Küche bewohnten. Wenn amerikanische Kinder unter den Gästen waren, freute sich Scotty, dass er ein paar Stunden mit ihnen spielen konnte. Die Kinder der Franzosen verstanden seine Sprache nicht, trotzdem war er froh über den Höllenlärm, den sie veranstalteten. Dann fühlte er sich nicht mehr völlig allein.

Das Feuerwehrauto, das Scottys Hand durchs sattgrüne Gras holpern ließ, war auf dem Weg zur Garage, einer seitlich aufgeschnittenen Schuhschachtel, um neben dem dort abgestellten pinkfarbenen Chevrolet Corvette zu parken, doch eine weitere gefährliche Aufgabe rief die Feuerwehrleute zum Einsatz, und wieder blies Scotty die Backen auf und ahmte mit vibrierenden Lippen das Brummen des Dieselmotors nach. Er ließ das Fahrzeug einen langsamen Halbkreis auf dem Rasen vollführen, und der kleine Lastwagen drang ratternd in einen Dschungel aus Grashalmen ein. Scotty hielt inne und betrachtete einen Moment lang die vor ihm ausgebreiteten Spielsachen, dann blickte er zur Küche, sah seine Mama, die ihm aus der Tür zum Garten zulächelte und mit einem Päckchen Kekse winkte. Er erwiderte ihr Lächeln, sprang auf und rannte zu ihr. Sie tippte ihm mit dem Zeigefinger auf die Nasenspitze.

»Alles in Butter, mein Schatz?«

Scotty nickte und stürzte sich auf das große Glas Milch, das neben den Keksen für ihn auf dem Tisch stand. Außerdem lagen dort ein halb gelöstes Kreuzworträtsel, ein pädagogischer Ratgeber, *Ihr Kind und der Schlaf*, aus dem eine eng bekritzelte Visitenkarte herausstand, ein Lexikon der Gartenkunde mit einer Unmenge gelber Post-it-Zettel als Lesezeichen und ein Stapel Zeitschriften, darunter die neuesten Ausgaben von *Metropolitan Home* und *Country Living*.

Scotty nahm Glas und Kekse und setzte sich draußen auf die Stufe vor der Gartentür.

»Komm lieber wieder rein, Scotty.«

»Ach nein, mir gefällt's gut hier, Mama.«

Er setzte das Glas an die Lippen und trank lange, dann riss er mit den Zähnen eine Kekstüte auf.

»Gut, wie du willst. Heute Abend gibt's ein saftiges Roastbeef, magst du das?«

Scotty nickte, den Blick zum Wald gerichtet.

Laureen öffnete die Kühlschranktür, nahm ein eingewickeltes Stück Rindfleisch und eine Steingutschüssel mit einem Dutzend Tomaten heraus und stieß mit dem Ellenbogen die Tür wieder zu. Sie breitete das Gemüse auf der Arbeitsplatte aus und schob das Fleisch ins Rohr.

»Papa wird sicher bald kommen«, sagte sie, während sie die Temperatur einstellte.

Vormittags war sie wie gewöhnlich mit Scotty in der Stadt beim Einkaufen gewesen. Und wie immer hatte sie darauf geachtet, das Schwimmbad großräumig zu umfahren. Beim Gemüsehändler in der Lafayette Street war sie seit Dezember nicht mehr gewesen, obwohl er ausgezeichnete Ware anbot, doch sein Laden befand sich gleich neben dem Schauplatz des Dramas, und sie brachte es nicht übers Herz, ihn aufzusuchen. Die Tomaten kamen aus dem Supermarkt wie alles andere. Und zu Hause mied Scotty den See wie die Pest, ja, er wagte sich nicht einmal mehr in die Eichenallee. Zweifellos hatten die Ereignisse im Dezember ihre Bewegungsfreiheit für lange Zeit eingeschränkt. Wenn das so weiterging, würden sie bald ein Einsiedlerdasein führen, dachte sie bitter, während sie aus der Besteckschublade ein kleines Sägemesser nahm. Was hatten sie bloß getan, um so ein Leben zu verdienen? Sie hatten niemanden umgebracht und waren keine gefährlichen Regimegegner unter einer kommunistischen Diktatur. Sie kehrte Scotty den Rücken und wandte sich wieder der Arbeitsplatte zu. Aber wenn man es recht überlegte, sann sie weiter, war es vielleicht gar nicht so falsch, von Mord und Opposition zu sprechen. Johnny hatte nichts Geringeres als seine Karriere auf dem Gewissen, und dafür hatte er wohl eine exemplarische Strafe verdient. Und ein Regimegegner war er obendrein, auf seine Art natürlich: Er hatte sich gegen Hollywood gestellt, das ihn nicht der Jack Nicholson des einundzwanzigsten Jahrhunderts hatte werden lassen, gegen Bill Turners Versace-Hemden und gegen das Glück, das ihm nicht hold gewesen war, jedenfalls nicht früh genug, um ihm die Bitterkeit zu ersparen, die sich unausrottbar in ihm festgesetzt hatte. Und wie ging eine große Demokratie wie Amerika mit dieser speziellen Sorte von Gegnern um? Ganz einfach: Man verbannte sie auf Lebenszeit auf einen abgelegenen Hügel in Louisiana. Ein Exil wie Gorki für Sacharow. Allerdings ein feuchtheißes Gorki. Und statt des guten alten Hausbesuchs von KGB-Leuten mitten in der Nacht schickte man einen Lighton, der mit ihren Kindern plantschen ging. Und schränkte ihre Bewegungsfreiheit noch ein bisschen mehr ein.

Du liebe Güte, Laureen, jetzt bist du allmählich völlig durchgeknallt, rief sie sich zur Ordnung und strich mit dem Handrücken über ihre Stirn.

In dem Moment begann das Wandtelefon neben dem Kühlschrank zu läuten. Laureen wischte sich die Hände an der Schürze ab und griff nach dem Hörer, während sie sich zu Scotty umdrehte, der noch auf der Stufe vor der Tür saß.

»Hallo, Sie sind mit dem Grand Magnolia verbunden …«, begann sie mit angestrengter Liebenswürdigkeit. »Oh, du bist es, Sue, wie schön! Wie geht's dir?«

Scotty auf seiner Stufe seufzte. Es war *nur* Suzanne, wie Papa in solchen Fällen mit einem Anflug von Gereiztheit sagte. In L.A. war Suzanne Laureens beste Freundin gewesen. Sie hatten sich bei einem Dreh kennen gelernt, als Laureen einmal mit Scotty gekommen war, um ihm Papa auf dem Set zu zeigen. Suzanne war das Skriptgirl. Die beiden Frauen hatten sich auf Anhieb sympathisch gefunden und einander häufig zu Hause besucht, obwohl Suzanne und Johnny schlimmer als Hund und Katz waren. Seit dem Umzug nach Louisiana war das Verhältnis zwischen Laureen und Suzanne zumindest sehr lose geworden. Sie telefonierten nur noch gelegentlich miteinander, und immer war es Suzanne, die anrief.

Scotty starrte wieder angestrengt in den Wald im Osten. Sein Papa verschwand dort jeden Nachmittag, und kurz darauf waren die Motorsäge und das Splittern und Krachen fallender Äste zu hören. Papa hatte ihm strengstens verboten, mitzukommen, er könne sich dort wehtun. Doch Scotty wusste, dass sein Papa ihn zwischen den Bäumen immer im Auge behielt (er hatte es versprochen), und manchmal, wenn Papa am Waldrand beschäftigt war, konnte auch er ihn sehen und ihm winken. Wenn er zurückkam, meistens vor fünf, setzte er sich Scotty auf die Schultern und galoppierte mit ihm um die ersten beiden Eichen der Allee, nie weiter, oh nein, und nie bis zum See. Scotty bog sich vor Lachen und schrie mit seiner hellen Stimme: »Schneller, Papa, schneller!« Für Johnnys strapazierten Rücken war das nicht sehr zuträglich, doch seiner Stimmung bekam es fantastisch. Erschöpft hob er Scotty nach einem längeren Ritt wieder von seinen Schultern und umarmte ihn mit einer Zärtlichkeit und Hingabe, bei der Scotty ahnte, was sie vielleicht an noch schlechtem Gewissen und Angst verbarg.

Scotty beugte sich zurück, um auf die Küchenuhr zu blicken. Es war nur noch eine halbe Stunde, bis Papa kam, um mit ihm herumzutollen, aber die Zeit verging im Schneckentempo. Mit einem Stich im Herzen begriff Scotty, dass er sich langweilte.

»Ja, genau, ich ruf dich an, sobald ich ein bisschen Zeit habe. Mach's gut, Sue!«

Laureen legte auf. An die Arbeitsplatte gelehnt, blieb sie einen Moment mit verschränkten Armen reglos neben dem Telefon stehen und betrachtete ihren Sohn.

»Das war Sue«, sagte sie. »Sie schickt dir viele Grüße. Und Papa natürlich auch.«

»Mama, wann besucht uns denn Onkel Bill mal?«

Wieder starrte er zum Wald hinüber.

Laureen biss sich auf die Lippen. Nach allem, was Johnny ihm vor die Füße geknallt hatte, war ein Besuch von Bill Turner so wahrscheinlich wie der Ruf eines Außerirdischen. Aber davon sagte sie lieber nichts. Scotty liebte seinen »Onkel« Bill heiß und innig, und Laureen hatte sich manches Mal bei dem Gedanken ertappt, sie hätte sich besser mit einem soliden Mann wie Bill zusammentun sollen, statt Johnny zu heiraten. Aber auch das behielt sie für sich.

»Onkel Bill hat zurzeit wahnsinnig viel zu tun, Schatz.«

Laureen schämte sich jedes Mal, wenn sie Scotty anlügen musste. Um ihr Unbehagen zu verbergen, wandte sie sich wieder den Tomaten zu.

»Er kommt uns besuchen, sobald er ein paar Tage Urlaub hat, gut?«

»Ja, Mama.«

Scotty schwieg einen Moment, dann fragte er: »Mama, warum ist er nicht ins Krankenhaus gekommen?«

Das Messer erstarrte in einer Tomate, und Laureen blickte geradeaus vor sich hin, als suchte sie auf der schwarz lackierten Wand des Kastens ihr gegenüber eine mit unsichtbarer Tinte geschriebene Antwort. Wie hätte Bill Turner auch nur anrufen können, nachdem es Johnny nicht für nötig gehalten hatte, ihm Bescheid zu sagen? Und selbst wenn er informiert gewesen wäre: Hätte er im Krankenhaus angerufen? Hätte er alles stehen und liegen lassen und wäre gekommen? Ja, ja, ganz bestimmt. Wegen Scotty. Und auch ihretwegen.

»Onkel Bill hat ein paar Mal angerufen, um sich nach dir zu erkundigen. Er wollte bloß nicht, dass man dich stört. Er wollte dich in Ruhe lassen, damit du ganz, ganz schnell wieder gesund wirst.«

»Damit wir wieder spielen können wie früher.«

»So ist es, Schatz«, sagte sie, immer weniger überzeugt.

Wieder biss sie sich auf die Unterlippe, und ihre Schultern fielen herab wie niedergedrückt von der Scham über diese neue Lüge. Eine unermessliche Trauer ergriff sie, und sie musste alle Kraft zusammennehmen, um nicht in Tränen auszubrechen.

Scotty merkte nichts davon, denn er starrte noch immer zum Wald hinüber, unermüdlich ließ er den Blick über die dunklen Stämme gleiten. Die Motorsäge in der Ferne war verstummt, und abgesehen von dem kurzen, scharfen Hacken des Messers, mit dem seine Mutter hinter ihm die Tomaten schnitt, herrschte eine seltsame schwere Stille. Scotty bemühte sich angestrengt, im Halbdunkel zwischen den Bäumen seinen Vater zu entdecken. Und dann spürte er, dass dort, bei seinem Papa, etwas war. Vielmehr jemand. Und dass dieser Jemand jetzt mit böser Aufmerksamkeit zum Haus herblickte. Und dass das, was er dort beobachtete, er selbst war, Scotty, auf der Stufe vor der Gartentür. Scotty spürte sein Herz schneller schlagen. Die Farbe wich aus seinem Gesicht, und er machte sich klein. Aber er konnte den Blick nicht von der Stelle wenden, wo das Wesen kauerte, einer dunklen Lücke zwischen zwei Baumstämmen nicht weit vom See, wie ein schwarzer Abgrund. Er hörte sein Herz in der Brust schlagen, und das

Atmen fiel ihm immer schwerer. Ein Tropfen Schweiß rann ihm über die Stirn, den Nasenrücken entlang und fiel dann weich auf den Boden. Er zwinkerte mit den Augen. Das Gefühl von Gefahr verschwand so rasch, wie es sich seiner bemächtigt hatte, denn in genau dieser Lücke tauchte jetzt sein Vater auf und winkte ihm fröhlich zu.

Selig sprang Scotty auf und begann auf der Stelle zu hüpfen.

»Da ist Papa! Da ist Papa!«, schrie er.

Was er zwischen den Bäumen zu sehen geglaubt hatte, war nur Schatten gewesen. Wirklich nur Schatten, weiter nichts.

5

Niemals hätte mein Mann einem Kind etwas zuleide getan, niemals. Harry hatte Angst vor …

Stanley Holder, der am späten Nachmittag aus Monroe zurückkam, klangen noch Karen Lightons Worte in den Ohren, und als er aus seinem Wagen stieg, war er so weit, dass er sich fragte, ob er die Eingebung, die ihn zu dieser Frau geführt hatte, nicht besser ignoriert hätte, statt sie sich bestätigen und mehr noch: höchst beunruhigende Dimensionen annehmen zu lassen.

Wie er aus der *Tusitala News* erfahren hatte, wohnte sie inzwischen in einem kleinen Haus an der Standifer Avenue. Erst nach mehrmaligem Läuten war eine ellenlange Frau mit fettigen graublond gesträhnten Haaren und violetten Tränensäcken unter den Augen in der Tür erschienen und hatte wie ein fahles Höhlenwesen geblendet ins Tageslicht geblinzelt. Sie war annähernd so groß wie Stanley und von derart erschreckender Magerkeit, dass es aussah, als hielte sie sich nur durch äußerste Willenskraft oder dank einem leicht morbiden, der menschlichen Anatomie und den elementaren Gesetzen der Schwerkraft trotzenden Wunder aufrecht. Die Depression hatte ihre Gesichtszüge verändert, hatte ihnen alle Kraft und einstige Schönheit genommen und nichts als eine geschlechtslose, kantige Härte zurückgelassen, die so ausgedörrt wirkte wie eine Lehmmaske kurz vor dem Zerfall zu Staub. Für ihn war dieses Gesicht der Inbegriff des Leidens.

»Diese Dreckskerle«, sagte sie. »Diese gemeinen Lügen, die sie über Harry erzählt haben, es ist zum Kotzen. Sogar seine besten Freunde haben sich von ihm abgewandt und hatten nichts Eiligeres zu tun, als im Fernsehen ihre Scheiße abzulassen. Diese Dreckskerle.«

Nur eine Journalistin namens Sarah Widar, berichtete sie weiter, habe ihre Arbeit gewissenhaft erledigt. Was ihrer Zeitung nicht wenige Hass- und Schmähbriefe eingetragen habe.

»Sarah ist zu intelligent für dieses Scheißkaff. Das sagte Harry oft, und er hatte Recht.«

Wenn Stanley für dasselbe Blatt arbeite wie Sarah, die *Tusitala News* nämlich, dann okay. Andernfalls solle er sich schleunigst aus dem Staub machen, bevor sie ihren Hund hole, dessen Leibspeise Zeitungsschreiberlinge seien. Stanley sagte, wer er sei, und beruhigte sie, was den Zweck seines Besuchs anging; dennoch musterte sie ihn argwöhnisch, und es dauerte eine Weile, bis sie sich entschloss, ihn hereinzulassen.

»Harry hatte Angst vor Haien«, berichtete Karen Lighton endlich mit tonloser Stimme. »Eine Heidenangst. Ich weiß nicht, *was* bei den Kindern im Wasser war. Aber niemals, niemals« – dabei begann sie zu zittern, und ihr Ton verhärtete sich, wurde beinahe aggressiv – »hätte Harry einem Kind etwas zuleide getan. Das *müssen* Sie mir glauben!«

Bei dieser inständigen Bitte trat für den Bruchteil einer Sekunde ein Funkeln in ihren erloschenen Blick wie eine letzte Spur Leben, ein mit Füßen getretener Rest von Stolz. Stanley begriff erst jetzt, wie verzweifelt sie war, wie bitter sie es nötig hatte, dass man ihr glaubte. So lange hatte sie an der Seite eines Helden namens Harry Lighton gelebt, dass es ihr physisch unerträglich war, ihn sogar von jenen verleumdet zu sehen, die in seiner Schuld standen.

Während er in das von Trauer und Zorn verwüstete Gesicht Karen Lightons blickte, musste er sich eingestehen, dass sie die Wahrheit sagte, dass sie ihm nur die Wahrheit sagen konnte. Diese Frau war wie trunken von ihrem Elend, aber verrückt war sie nicht. Schließlich war die Hypothese von einem Hai im städtischen Schwimmbad nicht abwegiger als das, was er mit eigenen Augen im Zimmer seiner Tochter gesehen hatte, als sie ermordet wurde. Er beneidete die Leute, die solche Geschichten als absurd abtun konnten, nur weil sie »unmöglich« waren. Nach den Erlebnissen des letzten halben Jahres war Stanley geneigt, das Reservoir an sehr realen Schrecken nicht mehr zu unterschätzen.

Auf dem Rückweg fiel ihm ein alter metallic-grauer Dodge Caravan auf, der ihn hartnäckig verfolgte, seitdem er sich von Karen Lighton verabschiedet hatte. Als er ihn beobachtete, begriff er, dass derselbe Wagen bereits auf der Fahrt nach Monroe hinter ihm her gewesen war. Der Dodge hielt die ganze Zeit einen gebührenden Abstand zu seinem BMW ein, groß genug, um sich nicht schon auf den ersten Blick bemerkbar zu machen, andererseits aber zu gleichbleibend, um nicht irgendwann aufzufallen. Die Beschattung endete, als Stanley von der Ruston Road zum bewaldeten Anderson Hill abbog. Er dachte an die beiden DEA-Agenten, die ihn in einem Motel in Hartford, Connecticut, verhört hatten und ihm so einnehmend erschienen waren wie ein elektrischer Stuhl. Doch wer sein Verfolger auch sein mochte, Stanley nahm sich vor, künftig wachsamer zu sein und seinen Rückspiegel besser im Auge zu behalten. Er durfte nicht das geringste Risiko eingehen.

Er betrat das stille Haus, dessen Gäste um diese Tageszeit alle ausgeflogen waren. Als er die Treppe zu seinem Zimmer hinaufging, kam Johnny Baldwin aus der Küche: Der Sheriff von Tusitala, ein gewisser Marker, wolle unbedingt mit ihm reden und habe Himmel und Hölle in Bewegung gesetzt, um ihn zu finden. Und nach dem Wenigen, was der Adjutant des Sheriffs am Telefon habe verlauten lassen, gehe es ihm nicht um eine gepflegte Unterhaltung über Literatur bei einem Cappuccino. Johnny zog ihn ein bisschen wegen etwaiger Temposünden auf, doch angesichts der plötzlich angespannten Miene des Schriftstellers beschlich auch ihn ein leises Unbehagen. Und es stimmte ja – was tat ein Mann wie Stanley Holder in einem *Bed & Breakfast* in den Wäldern von Louisiana?

Stanley dankte ihm für die Auskunft und wollte trotzdem erst in sein Zimmer, bevor er den Sheriff aufsuchte. Er hatte das dringende Bedürfnis nach einer Dusche, die erdrückende Hitze in Monroe hatte ihm schwer zu schaffen gemacht. Allmählich kam ihm zu Bewusstsein, dass die Situation sich zwar in dem Maß klärte, wie seine schlimmsten Ahnungen sich bewahrheiteten, zugleich aber zunehmend kritisch für ihn wurde. Jeder Tag bescherte ihm neue fatale Überraschungen – fast wie ein Tribut an seine einstige Fantasie. Wenn das so weiterging, würde er sich früher oder später zum Glauben an die Existenz kleiner grüner Männchen bekehren. Nach einer ordentlichen Dusche wäre sein Kopf hoffentlich wieder klarer.

Lange rauschte das kalte Wasser auf ihn herab, ohne dass sich die gewünschte Wirkung einstellte. Die bohrende, nagende Unruhe ließ sich nicht aus seinen Gedanken vertreiben. Was mochte dieser Sheriff so dringend von ihm wollen? Was, wenn der Sheriff von den Fotos wusste? Und wenn …

Tu was, Papa, bitte, tu was.

Pages Stimme. Angefleht hatte sie ihn …

Er tastete nach dem Wasserhahn und drehte ihn ab. Die blutigen Erinnerungen gingen ihm durch Mark und Bein, und er begann zu zittern wie Espenlaub, während das Wasser gluckernd im Abfluss der Duschwanne verschwand.

Als er später im Auto saß, versuchte er sich einzureden, dass der Sheriff von den Fotos nichts wissen *konnte,* ebenso wenig wie von der merkwürdigen Einladung nach Tusitala über eine Zimmerreservierung bei den Baldwins. Wie hätte Marker davon Wind bekommen sollen? Nein, völlig ausgeschlossen. Doch als Stanley die Polizeidienststelle betrat und sich am Empfang meldete, fühlte er sich so sonderbar schuldig wie ein Schüler, der aus einem ihm unbekannten Grund zum Direktor gerufen wird.

»Mr. Holder«, sagte eine heisere Stimme hinter ihm.

Eine Frage war das nicht, und Stanley sagte sich, als er sich umdrehte, es könnte vielleicht eine marginal höfliche Begrüßung sein. Wie es aussah, erkannte ihn der schwere Sheriff, der in einer der Türen am anderen Ende des Raums aufgetaucht war, so sicher wieder, wie er ihm nie hätte begegnen wollen. Instinktive Antipathie oder hündisches Wesen – Stanley, der in Markers Gesichtsausdruck nach einer Antwort forschte, konnte sich nicht entscheiden. Mit verschlossener Miene forderte Steve Marker ihn auf einzutreten.

»Sheriff«, grüßte Stanley seinerseits und machte sich nicht die Mühe, ihm die Hand zu reichen.

Der Sheriff deutete auf den Stuhl vor seinem Schreibtisch, und Stanley nahm Platz.

»Darf ich fragen, woher Sie wissen, dass ich in der Gegend bin?«, erkundigte er sich.

»Hören Sie, Holder, ich heiße zwar nicht Gary Morgan und fahre keinen Daytona, aber ein Fax habe ich und ein Telefon ebenfalls, wie Sie sich überzeugen können.«

»Ed.«

»Wie bitte?«

»Meine Figur heißt Ed Morgan, und als ich mich von ihm getrennt habe, fuhr er noch einen Porsche.«

»Pffff!«, kommentierte Marker und knabberte an einer Ecke seines Bürstenschnurrbarts.

»Aber Sie haben mich sicher nicht herbestellt, um über Bücher zu reden, oder? Zumal ich mit dem Schreiben aufgehört habe, aber darüber haben Ihnen Ihr Telefon und Ihr Fax vielleicht nichts verraten.«

»Nein, in der Tat.« Er schwieg einen Moment. »Mr. Shane, Ihr Verleger, hat mir verraten, wo ich Sie finde.«

»Roy war schon immer die reinste Glucke. Irgendwie kann ich 's ihm nicht übel nehmen …«

»Holder, lassen Sie mich Ihnen zwei, drei Dinge erklären.«

Der Sheriff richtete sich auf und legte die Hände flach auf die Tischplatte. Die Augen starr auf Stanley geheftet, fuhr er fort:

»Die Leute hier sind ruhige Menschen, die ein ruhiges Leben mit ruhigen Kindern in ruhigen Häusern führen. Wir alle haben es gern ruhig, verstehen Sie, wir hängen an unserer Ruhe. Ich war selber ein ruhiger Sheriff, bis ein widerlicher Dreckskerl dahergekommen ist und in meinem Schwimmbad die Kinder massakriert hat, die seiner Obhut anvertraut waren.«

Er lehnte sich wieder zurück und drehte sich mitsamt seinem Stuhl zu dem Regal hinter ihm. Erst dann stand er auf, zog den Karton hervor und stellte ihn vor Stanley hin.

»Ihr Verleger ist nicht der Einzige, der weiß, dass Sie sich in unserer kleinen Stadt aufhalten, Mr. Holder. Schauen Sie mal, was man uns da geschickt hat.«

Er setzte sich mit einer Hinterbacke vor Stanley auf die Schreibtischkante.

»Zu Ihren Händen. Heißt es auf der Karte.«

»Auf welcher Karte?«, fragte Stanley mit gerunzelter Stirn.

Er beugte sich vor und klappte den Karton auf. Beim Anblick des Schädels fuhr er zurück, als hätte er sich verbrannt. »Allmächtiger!«, entfuhr es ihm. Er starrte den Sheriff an und wartete auf eine Erklärung.

»Sie erkennen sie nicht?«, fragte Marker mit verschränkten Armen, die Hände unter den Achseln.

»Hören Sie Sheriff, ich habe mich genügend mit Makabrem beschäftigt und wirklich keinen Sinn mehr dafür. Wer soll das sein? Und was hat das alles zu bedeuten?«

»Der Schädel stammt von Rose Holder, Ihrer Großmutter, und ruhte bis gestern friedlich in Grab Nummer 443 C auf unserem ehrwürdigen Friedhof Green Hill.«

Stanleys Gesichtszüge sackten herab. Er hatte begriffen.

»Einer meiner Männer hat das Paket heute hier in Empfang genommen, und es tut mir leid, Ihnen gestehen zu müssen, dass es ihm vermutlich für den Rest des Tages den Appetit verschlagen hat. Während er versucht hat, Sie ausfindig zu machen, Mr. Holder, war ich auf dem Friedhof, um das Grab Ihrer verstorbenen Frau Großmutter in Augenschein zu nehmen. Der oder die Irren haben ihr abscheuliches Werk in der Nacht von gestern auf heute verrichtet. Die Schaufel, mit der sie die Erde ausgehoben haben, ist noch da. Auf dem Stiel waren gut erhaltene Fingerabdrücke, allerdings nur der linken, nie der rechten Hand, als hätte ein Einarmiger hier gegraben. Was recht mühsam gewesen sein dürfte. Der Grabstein Ihrer Großmutter ist umgekippt und das kleine Granitkreuz mit Schweineblut übergossen worden.«

Als Marker sich über das Kreuz gebeugt hatte, um eine Probe zu entnehmen, hatte er ein Stoßgebet zum Himmel geschickt, es möge kein Menschenblut sein – das Blut der Verstorbenen konnte es nach Lage der Dinge natürlich nicht sein: Sie lag hier schon seit Jahrzehnten. Sein Gebet war erhört worden: Eine Schnellanalyse hatte ergeben, dass es Schweineblut war. Doch es war keine echte Erleichterung für den Sheriff, der die Grabschändung als Ankündigung eines weiteren Gemetzels deutete.

»Der Friedhofswärter schwört, dass heute Nacht alles vollkommen ruhig war, er hat nichts gesehen und nichts gehört. Ich fürchte, dass ihn diese Ahnungslosigkeit bei der nächsten Stadtratswahl seinen Job kosten wird … Mr. Holder«, sagte der Sheriff und sah ihn fest an, »es ist das erste Mal in den zwei Jahrzehnten meiner Amtsausübung, dass man mir einen skelettierten Schädel schickt. Außerdem ist es das erste Mal, dass jemand es wagt, meinen Friedhof zu verwüsten.«

Bei der Formulierung »*meinen* Friedhof« musste sich Stanley ein nervöses Lächeln verkneifen, wie zuvor bei »*meinem* Schwimmbad«.

»Die Bewohner von Tusitala stehen unter meiner Obhut, von den Neugeborenen bis hin zu den Pflegefällen. Dass Sie sich zurzeit hier aufhalten, hat vielleicht manche – wie soll ich sagen – Freunde des Satanismus auf gewisse Ideen gebracht?«

»Verstehe«, stieß Stanley mit trockener Kehle hervor.

»Ach, Sie verstehen!« Marker beugte seinen umfangreichen Oberkörper vor, und sein Gesicht färbte sich karmesinrot. »Ich werd Ihnen mal sagen, wie es zugeht in der wirklichen Welt! Da gibt es Leute wie Sie, die einen Riesenhaufen Kohle machen, indem sie bis in die kleinsten Details die scheußlichsten Gemeinheiten erzählen, bei denen sogar die Hölle rot würde, wenn sie könnte, und auf der anderen Seite haben Sie eine Hand voll Schwachsinniger, die Ihre Sauereien für bare Münze nehmen. Meistens sitzen diese Irren in den Großstädten und lassen uns Provinzsheriffs, die sowieso fast zusammenbrechen unter der Last ihres Sterns und des schrecklichen Papierkrams, freundlicherweise in Ruhe. Sie verstehen, worauf ich hinauswill? Gut. Ausgezeichnet. Ich bin sicher, dass Ihre Anwesenheit hier in irgendeinem Zusammenhang mit dem Gemetzel im Schwimmbad steht. Vermutlich versucht der Herr Bestsellerautor sich seine Inspiration zurückzuholen, die ihm unter obskuren Umständen verloren gegangen ist, und will sich an dem Horror weiden, den das Drama im Dezember unter den anständigen Leuten hier ausgelöst hat. Sie sind hier, um an ihrer Verzweiflung zu riechen, um sich an ihrer Trauer und ihrem Entsetzen zu berauschen. Situationen wie diese sind für Leute wie Sie ein gefundenes Fressen, stimmt's? Sie sind ein Aasgeier der übelsten Sorte, Holder, und – Entschuldigung, dass ich das sagen muss – ein Schreibtischtäter, ein virtueller Irrer, der seine Verbrechen auf dem Papier begeht, weil er Schiss hat, zur Tat zu schreiten. Was mir persönlich scheißegal ist, unter uns gesagt. Aber Sie züchten natürlich eine Brut von Nachahmern heran, und einer Ihrer Fans hat Ihnen jetzt dieses Geschenk von Herzen gemacht.«

Der Sheriff deutete auf den Karton.

»Ist das alles, was Ihnen zur Erklärung eingefallen ist, Sheriff Marker? Durchgeknallte Fans, die auf Friedhofshorror stehen?«

»Allerdings! Und ich schwör Ihnen, dass ich den oder die Irren finde, die das getan haben. Was Sie betrifft, Holder, und das ist mehr als ein guter Rat, Sie tun gut dran, aus meiner Stadt schleunigst wieder zu verschwinden.«

»Moment mal, Sheriff. Nachdem ich keine Bücher mehr schreibe und folglich auch nicht mehr massenhaft Leser ins Verderben locke, wie Sie finden, sollten vielleicht *Sie* mit dem Schreiben anfangen! Zwecks Erbauung des Publikums. Dann sehen wir, ob Sie mehr Heilige zustande bringen, als ich, Ihrer Ansicht nach, Monster hervorgebracht habe.«

»Lächerliche Phrasen!«

»Für Sie gibt es nur Schwarz und Weiß, Sheriff. Auf der einen

Seite die anständigen Leute, zu denen natürlich auch Sie zählen, und auf der anderen die Perversen, die ›Sauereien‹ schreiben oder lesen. Sagen Sie mal, woher nehmen Sie bloß diese Gewissheiten?«

Das Argument saß: Dem Sheriff verschlug es erst einmal die Sprache. Mit seinen zwanzig Jahren Erfahrung in angewandter Psychologie hatte sich Steve Marker junior soeben wieder eines gewissen Harry Lighton erinnert. *Dabei warst du dir todsicher, dass er der anständigste Kerl der Welt ist, nicht? Ein guter Sheriff muss so viele Gewissheiten begraben, wie er Leichen ausgräbt, vergiss das nicht. Also fang schon mal damit an, die Gewissheit zu begraben, mit der du Holder verurteilst.*

Er setzte sich wieder hinter seinen Schreibtisch und mahlte eine Zeit lang stumm mit dem Unterkiefer.

»Es war eine Karte dabei«, sagte er schließlich und reichte Stanley die Plastiktüte mit der amtlich versiegelten Visitenkarte.

Sie war an Stanley Holder, Schriftsteller, gerichtet: mit den besten Empfehlungen des Absenders. Die Handschrift war dieselbe wie auf der Karte des Grand Magnolia. Es standen auch dieselben Initialen darunter.

»Haben Sie eine Ahnung, von wem das stammen könnte, Mr. Holder?«

»Nein«, antwortete Stanley.

Ohne mit der Wimper zu zucken.

Marker griff nach einem Kugelschreiber und drehte ihn zwischen den Fingern.

»Und Sie wissen auch nicht, zu wem die Initialen C. M. gehören?«

»Ich habe nicht die leiseste Ahnung.«

Die Hand des Sheriffs spielte weiter mit dem Kugelschreiber, den er geschickt von einem Fingerglied zum nächsten wandern ließ.

6

In flottem Tempo kehrte der BMW über eine kaum befahrene kleine Nebenstraße durch Wälder, die einen Umweg von mehreren Meilen darstellte, zum Grand Magnolia zurück. Die Strecke hatte Holder sich ausgesucht, weil er sich vergewissern wollte, ob sich der Dodge Caravan, der ihm nach Monroe und zurück gefolgt war, abermals an seine Fersen heftete, nachdem er das Büro des Sheriffs verlassen hatte.

In einer langgezogenen bergauf führenden Kurve löste Stanley mit einem raschen Griff den Sicherheitsgurt, ohne den metallicgrauen Caravan im Rückspiegel aus den Augen zu lassen. Unmittelbar hinter der Straßenbiegung vollführte er eine Vollbremsung und stellte sich quer zur Straße.

Im nächsten Moment bog mit hoher Geschwindigkeit der Dodge um die Kurve. Bremste mit quietschenden Reifen, geriet ins Schleudern, fand aber die Kontrolle wieder und kam endlich im Straßengraben zum Stehen. Auf dem Asphalt blieben rauchende Bremsspuren zurück.

Stanley war unterdessen aus dem Wagen gesprungen und marschierte entschlossen auf den Dodge zu, ein ziemlich altes, von rostigen Kratzern übersätes Gefährt. An einem Scheinwerfer war sternformig das Glas gesplittert und ließ die Glühbirne darunter sehen. Das Dach und die Motorhaube waren mit Vogelkot gesprenkelt. Die Sonne spiegelte sich in der Windschutzscheibe, so dass Stanley nicht sehen konnte, wer am Steuer saß.

Mit quietschenden Angeln ging die Tür auf.

»Als Fahrer sind Sie eher unkalkulierbar, Mr. Holder«, sagte eine helle Stimme aus dem Wageninneren.

Stanley trat an die offene Tür und erblickte eine sehr hübsche dunkelhäutige Frau mit halblangem, von einem roten Stirnband zurückgehaltenem Haar. Ein sportlicher Typ, um die dreißig. Gerade mal einen Meter sechzig – knapp, schätzte Stanley, als sie ausstieg.

»Sarah Widar. Freut mich, Sie kennen zu lernen«, sagte sie kaugummikauend.

»Sarah Widar?«

Er musste auf sie hinunterblicken und wiederholte ihren Namen wie einer, der überlegt, woher er ihn kennt, wo er ihn schon gehört hat. Die junge Frau hatte schöne große Augen; herausfordernd blickten sie zu ihm herauf. Sie hörte zu kauen auf.

»Moment mal. Wollen Sie etwa behaupten, Sie haben meinen Artikel über die Fortpflanzung der Welse nicht gelesen?«, fragte sie konsterniert, die Hände auf den Hüften.

»Ja, ich gesteh's«, sagte Stanley amüsiert über ihre Nummer.

Seine Anspannung war jäh von ihm abgefallen. Dass ihm eine Frau auf den Fersen war, hätte er nie und nimmer vermutet; er fand es eher witzig.

»Die *Tusitala News* muss man kennen! Seite fünf, ganze vier Spalten, bitte sehr. Samt vielsagender Illustration. Der Scoop des Jahrzehnts, konkurrenzlos.«

»Verstehe. Und Sie verfolgen mich seit heute Morgen, um mich an meine Pflichten als Leser zu erinnern, Miss Widar?«

Mit einem halben Lächeln begann sie wieder zu kauen.

»Nein. Natürlich nicht.«

»Natürlich nicht?«, wiederholte er mit fragend gerunzelten Brauen.

»Hören wir mit dem Scheiß auf, okay? Finden Sie mich vulgär? Macht nichts. Legen wir die Karten auf den Tisch. Ich weiß, wer Sie sind.«

»Na schön, dann können Sie mich ja aufklären. Ich bin ein bisschen ins Schwimmen geraten …«

»Was wollten Sie in Monroe, Mr. Holder?«

»War ich in Monroe?«

»Heute Morgen, elf Uhr siebenundvierzig, Standifer Avenue. Karen geht's hoffentlich einigermaßen.«

»Hören Sie, Miss Widar, ich bin ziemlich müde.«

»Ja, das sagen die Männer immer, wenn ich rede. Und kaum sind wir im Bett gelandet, bin ich diejenige, die von ihrem kontraproduktiven Gestöhne müde wird. Der Mann will die Frau am liebsten schweigsam haben, denn laut ist er selber, stimmt's?«

»Ich werde meiner Frau schöne Grüße von Ihnen ausrichten. Dass ich verheiratet bin, haben Sie nicht vergessen, oder?«

»Barbara, fünfunddreißig, geborene Spencer. Wartet in Boston auf Sie. Sitzt noch nicht gerade am Webstuhl, aber legt Puzzles als Geduldsübung. Was hat Karen Ihnen gesagt? Sie ist sicher noch sehr mitgenommen.«

Sein Blick fiel auf den Rücksitz ihres Wagens, auf dem ein halbes Dutzend Bücher kreuz und quer durcheinanderlagen. *Promised Death; Funeral Picnic; Silence, We Decapitate; Massacre in Manhattan; Make Your Farewell, Ed Morgan* … Einige seiner Romane. Sie folgte seinem Blick.

»*Funeral Picnic* hat mir nicht gefallen. *Promised Death* eigentlich auch nicht. Wenn ich ehrlich bin, ich finde sie alle nicht so toll. Eine Schicht Rockefeller, eine Schicht Roswell. Mag ich nicht. Zu biologisch. Auch Faulkner schlägt mir auf den Magen. Natürlich aus anderen Gründen. Was hat Ihnen Karen Lighton erzählt?«

»Hören Sie, wegen Faulkner – diese Reaktion ist eher beunruhigend, finden Sie nicht? Sie sollten mal einen Arzt aufsuchen.«

»Hören Sie auf. Mir geht's besser als Ihnen. Während Sie wirklich erbarmungswürdig aussehen. Bald können Sie als Ihr eigenes Umschlagbild auftreten.«

»Wie wär's, wenn wir lieber von der Literatur und anderen großen und kleinen Formen reden?«

»Ich hab in Grambling studiert. Ich wär gern die neue Ida Tarbell«, gestand sie, eine Hand auf der Hüfte.

»Verstehe. Eine, die Dreck aufwirbelt.«

»Yeah, und bis dahin übe ich schon mal mit dem Schlamm im Blackwell Lake. Darf ich Sie Stanley nennen?«

»Sind Sie immer so unerschrocken, Miss Widar?«

»Ich zittere nur vor meiner Textverarbeitung.«

»Das kenn ich. Die Angst vor der leeren Seite. Die Wörter entziehen sich einfach. Verlieren manchmal auch die Geduld. Was wollen Sie?«

»Die Ida Tarbell des einundzwanzigsten Jahrhunderts werden, sag ich doch.«

»Nein, was wollen Sie wirklich? Ich meine, von mir? Ich bin hier auf …«

»Ach was! Mir können Sie nichts vormachen!«

»… Urlaub«, schloss er trotzdem.

»Ich glaub Ihnen kein Wort.«

»Es stimmt aber.«

»Hören Sie auf. In einem *Bed & Breakfast*! Erzählen Sie das jemand anderem.«

»Gefällt Ihnen das Grand Magnolia nicht?«

»Doch, klasse. Sie und der hübsche Knabe aus Hollywood, Sie machen ein zweites Beverly Hills draus. Na gut, hören wir auf mit dem Scheiß. Ich glaub Ihnen nicht, Stanley. Die Wahrheit ist, dass Sie einen neuen Roman schreiben. Über das, was letztes Jahr kurz vor Weihnachten in dieser Stadt passiert ist. Und ich werd Ihnen dabei helfen.«

Sie hörte wieder auf zu kauen, kniff die Augen zusammen, versuchte überzeugend zu wirken.

»Das kann ich, Stanley, ich weiß, dass ich es kann.«

»Auf ein verlockendes Angebot folgen in der Regel sehr viel weniger interessante Bedingungen«, bemerkte Stanley.

»Ich helfe Ihnen, und Sie geben mir dafür ein Interview.«

»Und das ist alles! Warum auf einmal so bescheiden, Sarah?«

»Moment. Ein Exklusivinterview über Ihr entstehendes Buch und mehr … im Fall von Gemeinsamkeiten.«

Sie fingen beide zu lachen an.

»Also ja?«

»Vielleicht. Sagen Sie mir zuerst, woher Sie wissen, dass ich hier Ur…«

»Urlaub mache«, beendete sie den Satz an seiner Stelle. »Sheriff Marker. Er leitet das Tourismusbüro, wussten Sie das nicht? Er hat sich mächtig ins Zeug gelegt für diese Saison. Hat sich die verschiedensten Attraktionen einfallen lassen, vor allem auf dem örtlichen Friedhof, Aktionen nach dem Motto ›Grabschändung‹ oder auch: ›Schenken Sie einen Schädel!‹«

In Stanleys Gesicht zuckte es.

»Woher wissen Sie das?«

»Ich hab sein Büro verwanzt.«

Er musterte sie und kam zu dem Schluss, dass dieses Mädchen durchaus imstande sei, die ganze Stadt zu belauschen, bis hin zum Friedhofswärter und seinen Dauergästen. Unverkennbar eine neue »Ida Tarbell«.

Er massierte sich die Schläfen mit den Fingerspitzen. Ein stechendes Kopfweh hatte ihn plötzlich gepackt.

»Ach was«, wiegelte sie ab, »in einer kleinen Scheißstadt wie dieser erfährt man immer alles. Finden Sie mich vulgär? Sorry. Mein Spesenbudget ist beschränkt, wissen Sie. Sie wären entsetzt, wenn Sie wüssten, was eine Abhöranlage kostet! Mir werden ja schon die Fahrtkosten beschnitten – nur damit Sie eine Vorstellung haben. Wegen Ihrer Großmutter tut's mir leid. Es wird wohl in der Gegend hier ein, zwei Leute geben, die es nicht so gern sehen, wenn Sie ihre toten Kinder mit Ihren Fiktionen vermischen.«

»Ich bin nicht hier, um …«

»Klar, ich weiß schon, Sie machen hier Urlaub, Stanley. Kein Problem. Und um Ihnen den Urlaub in unserer netten kleinen Stadt zu versüßen, lade ich Sie zu mir nach Hause ein. Passt Ihnen morgen vierzehn Uhr? Ich muss einen Artikel schreiben und bin den ganzen Nachmittag daheim.«

»Eine Ablehnung meinerseits wäre der Beginn einer wunderbaren Feindschaft?«

»Im Prinzip«, antwortete sie lächelnd, »müsste ich unverzüglich Ihren Aufenthalt hier den lieben Lesern der *Tusitala News* mitteilen. Die Zeitung bezahlt mich schließlich nicht nur, damit ich über fickende Fische schreibe, sondern auch dafür, dass ich die Leserschaft über die angeblich wichtigen Geschehnisse in der Umgebung auf dem Laufenden halte. Außerdem bin ich durchaus in der Lage, über Fantasy-Literatur zu schreiben. Und über deren Folgen …«

»Antworten Sie: Wenn ich nein sage, wird dann das Feuer eröffnet?«

»Ich hab's doch schon gesagt: Im Prinzip. Na gut, fahren wir nach Hause – erholen Sie sich gut. Ich will Sie morgen gut in Form sehen.«

Sie reichte ihm ihre Visitenkarte.

»Ist das Ihre Vorstellung von Berufsethos, oder machen Sie das wegen Ihrer Vorliebe für trübe Gewässer?«

Statt einer Antwort hob sie spöttisch eine Braue.

»Schon gut. Morgen komme ich zu Ihnen und gebe Ihnen Ihr Interview, allerdings unter zwei Bedingungen: Erstens, sehen Sie zu, dass Sie Aspirin zu Hause haben, und zweitens, Sie spionieren mir nie wieder nach. Alles klar?«

»So machen wir 's, Stanley. Nichts für ungut?«

Er nickte ihr kurz zu und stieg wieder in seinen Wagen.

»Hey, Stanley«, rief sie ihm nach. »Sie könnten aber auch was wiedergutmachen bis morgen!«

Er drehte sich um und sah sie den Kopf aus dem Seitenfenster strecken. »Was hätte ausgerechnet ich wiedergutzumachen?«, fragte er.

»Na, mein Artikel über die Libido der Welse! Ich bilde mir ein, Carl Bernstein hätte es nicht besser machen können.«

7

Die Abendsonne spiegelte sich im See und ließ das in sanften Wellen bewegte Wasser wie tausend Diamanten funkeln.

Die Franzosen hatten sich des Salons im Sommerpavillon bemächtigt, wo sie ihr aus Sandwiches bestehendes Abendessen verzehrten. Die Kinder konnten wie immer keine Sekunde still sitzen und sprangen zwischen zwei Bissen auf den Steg hinaus, der unter dem Hin und Her ins Schwanken geriet. Ihr Geschrei hallte weit über den See und wurde erst in der Ferne von der Stille der dösenden Wälder verschluckt. Auch das deutsche Pensionärsehepaar hatte es sich hier gemütlich gemacht: Geschützt von einem breiten Sonnenschirm aus cremefarbenem Segeltuch, saßen sie in Klappstühlen am gegenüberliegenden Seeufer vor dem Waldrand, verspeisten den bei Laureen bestellten Salat und schienen ihre Mahlzeit und den diesmal relativ großen Abstand zu den Franzosen an ihrem letzten Abend auf dem Anwesen sehr zu genießen.

Stanley hingegen gönnte sich die milde Abendluft lieber abseits des Sees und hatte sich dazu einen der halbkreisförmig angeordneten Gartensessel aus Balauholz ausgesucht, die im Schatten eines Magnolienhains an einer Ecke des Hauses standen. Auf einem Bistrotisch vor sich hatte er seinen Laptop aufgestellt, einen alten Toshiba ohne CD-Laufwerk, auf dem er fast alle seine Romane geschrieben hatte.

Er hatte schon eine halbe Stunde so gearbeitet, als er zum ersten Mal vom Bildschirm aufblickte, sich die Augen rieb und sich umsah.

Die Sonne war noch tiefer gesunken und streifte schon die Wipfel der Bäume jenseits des Sees. Sanft und lau legten sich die abendlichen Schatten über den Park, und die Luft war von einem Heugeruch erfüllt, in den sich der betörenden Duft der Magnolien mischte.

Er wandte ein wenig den Kopf und sah Frau Steiner, die im Haus etwas geholt hatte, durch die Eichenallee zum See zurückkehren. Im Vorbeigehen winkte sie ihm mit verschwörerischem Lächeln zu. Er erwiderte den Gruß und dachte dabei, sie sei zweifellos überzeugt, er habe wieder zu schreiben begonnen. Mit Sarah Widar gab es also wenigstens zwei Personen in Tusitala, die sich einbildeten, er arbeite an einem neuen Buch. Was er indessen auf seinem Laptop schrieb, war Lichtjahre entfernt vom Trost frei erfundener Geschichten.

Frau Steiner überquerte jetzt den Steg. Gedankenverloren blickte er ihr nach, als er in seinem Kopf auf einmal wieder die Stimme raunen hörte:

Doug … Doug … Es werden schreckliche Dinge passieren …

Sofort schloss er die Augen und ballte die Fäuste, doch nichts half, um die Wucht des Schlages zu parieren. Seit er aus Neuengland fort war, verging kein Tag, ohne dass er sich daran erinnerte, was das Wesen in Pages Zimmer zu ihm gesagt hatte.

... du bist schuld, lieber Doug, du bist schuld ...

Die Stimme schwoll zu entsetzlicher Lautstärke an, wieder stand Pages angstverzerrtes Gesicht vor ihm, und er konnte nichts dagegen tun. Das schöne Gesicht seiner Tochter, verwüstet von Schmerzen, vom Schrecken, vom Tod.

... das hättest du nicht tun dürfen! Es war falsch, was du getan hast, du hättest das nicht tun dürfen ...

Die niederträchtige, widerliche Stimme wurde lauter und lauter und hatte bald die Grenze des Unerträglichen erreicht. Dann brach sie jäh ab und ließ Stanley wie betäubt, mit Ohrensausen und Herzklopfen zurück. Ein gnadenloser Kopfschmerz bohrte sich in seine Schläfen, und in der zurückgekehrten Stille – er hörte wieder das Geschrei der Franzosenkinder in der Ferne, das abendliche Vogelgezwitscher, den eigenen Herzschlag – begann das verzerrte Gesicht seiner Tochter zu verblassen.

Stanley kam wieder zu Atem. Unter dem Hemd rann ihm der Schweiß den Rücken hinab. Er stützte den Kopf in beide Hände und schüttelte sich, um die letzten Schauder zu verscheuchen. Und als der Kopfschmerz nach einer Weile abzuklingen begann, konnte er endlich die Augen wieder öffnen. Das Erste, worauf sein Blick fiel, waren die Worte auf dem Bildschirm, die er zuletzt geschrieben hatte: »Morgen muss ich Norman Jarrett anrufen. Er allein kann mir helfen. Er allein kann ein wenig Licht in all dieses Dunkel bringen.«

Du lieber Himmel, wie wahr!

Er kannte den Arzt, der damals noch praktiziert hatte, von den Ferien im Wohnwagen seiner Großmutter Rose her. Die meiste Zeit hatte Stanley damals mit Stevie Ringwood zusammengesteckt, dem jüngeren Sohn des Automechanikers in der Pine Row; oft hatten sie im Fluss geangelt, und wenn Dr. Jarrett von Hausbesuchen zurückkam, war er bei ihnen stehen geblieben, und sie hatten sich über dies und jenes unterhalten. Mit der Zeit merkten die beiden Jungen, dass er nicht ohne Hintergedanken mit ihnen plauderte, sondern immer in der Absicht zu ihnen kam, Stanley beiläufig über seine Großmutter auszuhorchen. Sie hatten hinter seinem Rücken über ihn gelacht und sich verschwörerisch zugeblinzelt, sobald der Arzt wieder fort war, und fanden dieses heimliche Interesse umso prickelnder, als Rose und Norman, wenn sie sich irgendwo begegneten, stets so taten, als sähen sie einander nicht. Erst viel später begriff Stanley, wie sehr diese Gleichgültigkeit vorgetäuscht war, welche Angst, welcher Groll sich hinter diesen Manövern verbargen, bei seiner Großmutter wie bei Norman Jarrett. In einer Kleinstadt wie Tusitala gab diese Haltung zwangsläufig Anlass zu wildem Klatsch. Geschürt von der Langeweile, von Schandmäulern und frustrierten guten Seelen und gesteuert von Elton und Melinda Webster, den Stars unter den Gerüchteköchen, blühten die Spekulationen. Am Ende liefen sie alle auf die Behauptung hinaus, dass Norman Jarrett noch immer in die fette Holder verknallt war. Dass sich Dr. Jarrett nach gut zwanzig Jahren in Dallas von seiner Frau, einer waschechten Texanerin, getrennt und sich wieder in seiner Heimatstadt niedergelassen hatte, um hier seine berufliche Laufbahn und wohl auch sein Leben zu beschließen, trug sicherlich ebenfalls zu den Spekulationen bei: Für die bösen Zungen von Tusitala war dies ein schlagender und, nach der Expertenmeinung der Websters, wahrhaftig degoutanter Beweis.

Doch in den Erinnerungen, die sich Stanley an das Tusitala seiner Kindheit bewahrt hatte, war dem Namen Dr. Norman Jarrett ein Ehrenplatz reserviert, der in jeder Hinsicht verdient und durch nichts anzutasten war. Kein Gerücht hatte ihn je beflecken können: Im Lauf vieler Sommerferien hatte der Junge den Arzt ins Herz geschlossen, und dieses Gefühl war sehr großzügig erwidert worden, ja, es ging so weit, dass Norman nach und nach eine Art Großvater für ihn geworden war. Wenn Rose dem Whisky zu sehr zugesprochen hatte – was wenigstens einmal in der Woche vorkam – und auf den Küchenfliesen ihren Rausch ausschlief, war es Norman, der Stanley half, sie ins Bett zu verfrachten. Wäre Rose ihnen auf die Schliche gekommen, hätten sie beide was erleben können, das war ihnen klar.

Viele Jahre später hatte ihm Stanley mit einer dankbaren Widmung seinen ersten Roman, *Promised Death,* geschickt, wie auch die sechzehn weiteren, und Norman hatte ihm jedes Mal voll väterlicher Zuneigung zurückgeschrieben, hatte ihm versichert, wie gern er das Buch gelesen habe, und ihn bestärkt, auf seinem Weg weiterzumachen.

Doch nach *Make Your Farewell, Ed Morgan,* dem letzten Roman der Serie, hatte er nichts mehr gehört, weder ein Dankeschön noch eine Kritik, nicht ein Wort. Totale Funkstille. Er hätte gefürchtet, dem alten Herrn sei etwas zugestoßen, hätte er nicht sicher sein können, dass ihn Nancy Cray in diesem Fall sofort benachrichtigt hätte – zweifellos überwältigt vor Kummer, doch unverzüglich, das hatte sie ihm versprochen. Sie passte auf Norman noch besser auf als auf ihren Ehemann, der etwa im selben Alter war. Nein, Norman war nichts zugestoßen. Er hatte *Make Your Farewell, Ed Morgan* erhalten, gelesen und es vorgezogen, sich tot zu stellen.

Nach wiederholtem Grübeln war Stanley irgendwann zu dem Schluss gekommen, dass Normans unerwartete Reserviertheit nicht an der Geschichte selbst lag, sondern an dem einzigen Interview, das Stanley anlässlich der Buchpräsentation gegeben hatte. Ja, es konnte nur dieses Interview sein, das Norman gekränkt hatte. Davon war Stanley inzwischen so fest überzeugt, wie er sich an die im Grunde ganz lächerliche Gewissheit klammerte, Norman sei der Einzige, der ihm jetzt helfen könne.

»Schließlich«, tippte er auf seiner klappernden Tastatur, »war Norman einer der beiden Jungen, die meine Großmutter zum Anwesen der McNeices begleiteten, wo an diesem Sommerabend im Jahr 1933 der große Ball stattfand.«

Wie um die Wirkung des Satzes zu ermessen, lehnte er sich im Sessel zurück.

»Stanley?«

Er blickte auf.

»Ach, Sie sind es, Laureen.«

Die Arme verschränkt und die Ellenbogen in den Handflächen, stand sie auf einmal lächelnd vor ihm, ohne dass er sie hatte kommen hören.

»Stör ich Sie? Johnny und ich haben uns gefragt, ob Sie wohl schon gegessen haben.«

»Gegessen?«, wiederholte er verwirrt.

»Ja. Essen Sie nicht?« Genau in diesem Moment erkannte er, wie viel Traurigkeit in Laureens Lächeln lag. »Wir haben kaltes Roastbeef mit Mayonnaise und Salat. Wenn Ihnen das zusagt, würden wir Sie gern einladen.«

»Aber ich möchte Sie nicht … Meinen Sie wirklich?«

Er hatte keinen Hunger, ließ sich aber überreden. Eigentlich hatte er ein großes Bedürfnis zu reden, sich zu unterhalten, sich wenigstens das Mindestmaß an Geselligkeit zu gönnen, das er sich seit Pages Tod versagt hatte. Er stand auf, beugte sich vor, um seinen Laptop auszuschalten und wies mit einer Kopfbewegung zum Sommerpavillon hinüber.

»Ich hab mich nicht getraut, den Grenzposten der Kannibalen am See zu überschreiten.«

Laureen lachte kurz auf.

»Johnny nennt sie die Gremlins«, sagte sie.

»Treffend! Aber eigentlich doch viel zu schwach.«

Gemeinsam gingen sie auf die Tür zur Küche zu.

»Sie müssten mal eine Runde durch den Park drehen, wenn Sie ein bisschen Zeit haben. Er ist wirklich wunderbar. Soll Ihnen Scotty … morgen vielleicht?«

»Morgen? Ja, warum nicht. Er ist bezaubernd.«

»Ja, er ist Johnnys ganzer Stolz. Aber wenn Sie wüssten, wie viel Arbeit er macht!«

»Ich habe Ihren Sohn gemeint.«

»Oh! Entschuldigen Sie!«

Sie hielt inne, und auch Stanley blieb stehen.

»Ja, Scotty ist ein reizender Junge, und das sage ich nicht, weil ich seine Mutter bin. Das heißt, nicht nur. Er ist so ruhig, so ernst für sein Alter. Ich glaube, er langweilt sich ein bisschen. Er hat kaum Freunde hier, vor allem seit … Johnny und ich versuchen so viel Zeit wie möglich mit ihm zu verbringen, aber vielleicht erdrücken wir ihn auch mit unserer Zuwendung. Manchmal frage ich mich, ob …«

Sie verstummte und starrte in die Weite.

»Es wäre mir ein Vergnügen, in seiner Gesellschaft die Gegend zu besichtigen«, versicherte Stanley.

»Das ist nett von Ihnen. Ich möchte nur nicht, dass … wie soll ich es sagen …?«

»Dass ich ihm Schauergeschichten von hakennasigen Hexen erzähle, die jedes unschuldige Opfer auf ihrem Weg packen und in ihren Kochtopf stecken?«

»Ja, genau«, stieß sie erleichtert hervor und lächelte ihn dankbar an. Sie gingen weiter.

»Wissen Sie«, fügte sie hinzu, »Scotty nimmt sich alles sehr zu Herzen.«

»Keine Angst, Laureen. Ich habe viel schlimmere Geschichten geschrieben als die von der Hexe am Herd, aber damit ist es vorbei. Das ist Vergangenheit. Und ich kann Ihnen versichern, dass meine Fantasie heute so flach ist wie das EKG eines Toten.«

»Ja, das hab ich gehört …«

Er sah sie erstaunt an.

»Von Frau Steiner. Sie ist ein Fan von Ihnen.«

»Ah, verstehe. Wissen Sie«, fuhr er nach kurzem Schweigen fort, den Blick in die Ferne gerichtet, »manchmal macht das Leben kurzen Prozess mit allen Plänen und Projekten, die man hatte. Und es fällt ihm nicht ein zu erklären, wieso.«

Laureen sah ihn ernst und aufmerksam an, und als er sich wieder zu ihr drehte, spürte er, dass sie verstand, was er meinte, dass sie ahnte, was er litt, und mit ihm fühlte. Er senkte den Blick als Erster.

Durch die Gartentür betraten sie die Küche. Johnny und Scotty saßen bereits am Tisch.

»Ihr müsst ein bisschen zusammenrücken, Jungs«, sagte Laureen.

»Setzen Sie sich doch hierher, Stanley. Ich nehm den Cowboy zu mir.«

Johnny hob Scotty von seinem Stuhl und zog ihn auf seinen Schoß. Es war nicht seine Idee gewesen, Stanley Holder zum Essen einzuladen, doch da es Laureen offensichtlich Freude machte, war er einverstanden – zumal ihn das, was sie ihm von Holders Tochter erzählte hatte, versöhnlicher gestimmt hatte.

Laureen legte ein weiteres Gedeck auf, während Stanley auf einem der zwei freien Stühle Platz nahm.

»Übrigens steht Ihnen die Küche jederzeit zur Verfügung, falls Sie sich was zu essen machen wollen. Fühlen Sie sich bitte wie zu Hause«, bot ihm Johnny an.

»Wenn Sie wollen, kann ich Ihnen morgen auch einen Feinkostsalat aus der Stadt mitbringen«, sagte Laureen, die sich jetzt zu ihnen gesetzt hatte. »Wir haben einen vorzüglichen Delikatessenladen. Die Steiners sind anscheinend auch sehr zufrieden.«

»Ja, gern«, antwortete Stanley und lächelte Scotty zu.

Laureen reichte ihm die silberne Platte mit dem aufgeschnittenen und mit Mayonnaise garnierten Roastbeef.

»Mit Sheriff Marker hat sich alles geklärt?«, fragte Johnny.

»Ja«, antwortete Stanley bloß, denn er hatte nicht die geringste Lust, sich über den Missbrauch der sterblichen Überreste seiner Großmutter zu äußern.

»Waren Sie früher schon mal hier?«, fragte Johnny und ließ zwei Finger über Scottys Bauch spazieren. Scotty zuckte zusammen und wand sich kichernd.

»Als Kind habe ich jedes Jahr die Schulferien hier verbracht. Meine Großmutter lebte hier, in einem Wohnwagen am Ende der Sunset Lane.«

Laureen schluckte, und man sah ihr an, wie peinlich es ihr war, dass sie ihn für einen simplen Touristen gehalten und ihm etwas so Banales wie die Besichtigung des Rosengartens empfohlen hatte. Sie hielt den Blick gesenkt, als er ihr die Fleischplatte zurückgab.

Johnny blieb beim Thema. »Na, dann kennen Sie die Ecke hier ja viel besser als wir«, sagte er. »Wir sind erst vor ein paar Monaten hergezogen. Die Leute hier sind, scheint's, ein bisschen reserviert, wie?«

»Das ist noch vornehm ausgedrückt! Aber sie haben auch ihre guten Seiten, glauben Sie mir. Zum Beispiel Norman – haben Sie den kennen gelernt? Norman Jarrett, meine ich? Schon er allein ist heute so etwas wie die Seele der Stadt.«

»Norman Jarrett? Der Name sagt mir was. Ist das nicht ein Doktor?«, fragte Johnny, die Gabel auf halbem Weg zum Mund in der Hand.

»War. Er ist seit langem pensioniert.«

Stanley dachte an den Tag, an dem ihm Norman seine Bibliothek gezeigt hatte, die er mit einem Anflug von Stolz den Turm von Babel zu nennen pflegte. Der Stolz war gerechtfertigt: Mit ihren mehreren zehntausend Bänden stellte sie die städtische Leihbücherei in den Schatten und war weit über die Grenzen des Sprengels Blackwell hinaus bekannt. Als Stanley den mythischen Ort zum ersten Mal betreten hatte, entdeckte er einen ungeahnten Kontinent, in dem Poe und Lovecraft, Melville und Stevenson wie aus undankbaren Schulbüchern geflohene Sträflinge als fesselnde Totempfähle fungierten. Für den jungen Stanley war diese Begegnung einschneidend und prägend gewesen: Normans Bibliothek hatte in ihm die Lust am Lesen und den Wunsch geweckt, eines Tages selbst Schriftsteller zu werden. Ohne dass seine Großmutter je davon erfuhr, hatte er das Angeln mit Stevie Ringwood zunehmend vernachlässigt, bis er schließlich jeden Nachmittag hier verbrachte und Romane und Novellen verschlang. Auch in Normans Abwesenheit durfte er herkommen: Nancy wusste Bescheid und ließ ihn ein.

»Er liebt Kinder und versteht sich prima mit ihnen. Ihr Sohn müsste ihn unbedingt kennen lernen, er wäre bestimmt begeistert.«

»Ja, sehr gern«, sagte Johnny. »Das machen wir, oder, Cowboy?«

Scotty begnügte sich mit einem Nicken.

Das Abendessen verlief in gelöster Stimmung. Nicht nur aus Höflichkeit nahm sich Stanley ein weiteres Mal Fleisch und Salat und akzeptierte auch ein zweites Dixie, das genau die richtige Temperatur hatte: So schlicht die Mahlzeit war, hatte er doch schon lang nicht mehr so köstlich gegessen und war den Baldwins wirklich dankbar. Stanleys Versuch, das Gesprächsthema auf Hollywood zu lenken, wusste Johnny wirkungsvoll auszuweichen. Auch der Gast wurde nicht mit Fragen nach seiner Vergangenheit behelligt: Johnny und Laureen wussten genug, um ihn nicht zu Erinnerungen zu nötigen, die nur schmerzhaft sein konnten. Sie waren selbst nahe daran gewesen, ihr Kind zu verlieren, und konnten besser als jeder andere nachfühlen, wie ihm zumute sein musste. Ihre Scheu, das leidvolle Thema zur Sprache zu bringen, mochte mehr oder minder unbewusst auch einer abergläubischen Abwehrhaltung entspringen – ein Versuch, das Schicksal, das beinahe auch ihr Leben zerstört hatte, zu bannen.

Unterdessen war die Sonne endgültig hinter dem Wald versunken, nur die Schäfchenwolken, die den endlosen blassblauen Horizont sprenkelten, leuchteten noch purpurn.

»Zeit fürs Zähneputzen, mein Engel«, sagte Laureen endlich.

Mit seinem flehentlichsten Blick zu seiner Mutter bettelte Scotty um Aufschub, doch es half nichts.

»Na los, Cowboy, gehorchen muss man, auch wenn's manchmal schwerfällt«, sagte sein Vater und ließ ihn von seinem Schoß gleiten.

»Oh ja! Schwer ist es, schwer!«, sagte Scotty mit einer bezaubernden Grimasse.

Die drei Erwachsenen sahen einander stumm an und brachen im nächsten Moment in einhelliges Gelächter aus, während Scotty, teils zufrieden mit der erzielten Wirkung, teils traurig, dass er nicht länger bleiben durfte, auf die Tür zusteuerte.

Johnny stand auf und begann den Tisch abzuräumen.

»Morgen kehrt hier wieder Ruhe ein«, sagte er froh. »Die Gremlins reisen ab.«

»Ach ja, die Gremlins«, wiederholte Stanley amüsiert, »passender Name.«

Johnny ließ kaltes Wasser über Geschirr und Besteck laufen, ehe er alles in der Spülmaschine verstaute.

»Wir haben jede Menge Versicherungen, die uns gegen eine unkalkulierbare Zahl von Risiken absichern«, fuhr er fort, »aber eine Gottesgeißel wie diese haben wir uns einfach nicht vorstellen können, wirklich nicht!«

»Auch für Herrn und Frau Steiner ist der Urlaub vorbei«, sagte

Laureen nachdenklich. »Komisch eigentlich, wie man sich an die Leute gewöhnt, auch wenn sie gerade mal ein, zwei Wochen hier sind.«

»Mama!«

In der Tür zwischen der Küche und der Privatwohnung der Baldwins stand Scotty, barfuß und im weißen Baumwollschlafanzug.

»Ich komme, Schatz«, sagte Laureen. Sie hob ihn hoch und küsste ihn auf die Stirn. »Sag Stanley gute Nacht.«

»Gute Nacht«, sagte Scotty, der die Arme um den Hals seiner Mutter geschlungen hatte und seine Wange an die ihre drückte.

»Gute Nacht, Scotty«, antwortete Stanley.

Johnny schloss den Geschirrspüler.

»Wenn die Mama dich ins Bett gebracht hat, komm ich noch zum Gutenachtsagen, Cowboy.«

»Und wir lesen die Geschichte von Peter Hase und Frau Tiggy-Wiggel fertig?«

»Na klar!«, antwortete Johnny mit breitem Lächeln.

Ohne sich überwinden zu müssen, freute er sich schon darauf, mit seinem Sohn wieder in die sanfte, heitere Welt von Beatrix Potter einzutauchen, fernab vom Geplärr der Gremlins … und noch um vieles ferner den echten Ungeheuern, die das Leben sich ausdachte – insbesondere in städtischen Schwimmbädern.

Als die beiden Männer allein waren, ließ sich Stanley von den umfangreichen Rodungsarbeiten im südlichen und östlichen Bereich des Grundstücks erzählen. Es war ein neuer, regenerierter Mann, der da redete: Dieser John Baldwin hatte nichts mehr mit dem gleichnamigen Schauspieler gemein, den man aus Sitcoms und Klatschblättern kannte. Er lebte jetzt auf einem anderen Planeten als Bill Turner, übrig war nur noch die leere Hülle des »amerikanischen Klaus Kinski«, der er gewesen war. Mit einer neuen Aufgabe im Leben, die ihm wie eine unverhoffte zweite Chance zugefallen war, genoss er die Freuden seines endlich wieder ins rechte Gleis gebrachten Familienlebens, nachdem sie um Haaresbreite Scheidung, Trauer, dem großen, alles vernichtenden großen Knall entgangen waren. Getröstet und erleichtert und mit dem Staunen des wundersam Geheilten erlebte er die Erde, die Wälder, das von Zwängen befreite, einfache, reine, schlichte Leben an der frischen Luft und im Rhythmus der Jahreszeiten. Obwohl er es nicht so deutlich aussprach, zeugte doch alles in ihm, bis hin zu seiner Art, wie er von Zeit zu Zeit den Himmel über dem See und den dunklen Wipfeln betrachtete, von der gelungenen Verwandlung, der Erleichterung über die Wiedergeburt in ein Leben, das echter Seelenruhe schon sehr nahekam, auch wenn es noch nicht vollkommen frei von seelischen Qualen war. Johnny Baldwin war reifer geworden, das spürte er im tiefsten Inneren. Er war gealtert, und das Erstaunlichste daran war: Er hatte es akzeptiert.

»Scotty wartet auf das Ende der Geschichte«, kündigte Laureen an, als sie in die Küche zurückkam.

Johnny entschuldigte sich und stand mit zufriedenem Lächeln auf. Stanley antwortete mit einem Seufzen, in dem nicht nur Verständnis, sondern auch eine Mischung aus Neid und Wehmut anklangen. Inzwischen war die Nacht hereingebrochen, allerdings ohne die geringste Abkühlung zu bringen. Am Himmel funkelten die Sterne, und aus dem undurchdringlichen Dunkel ringsum tönte der schrille Singsang der Grillen.

Stanley fragte, ob er rauchen dürfe, und Laureen holte ihm einen Aschenbecher. Eine Weile saßen sie schweigend beieinander.

»Schenken Sie mir denn eine?«, fragte Laureen schließlich.

»Aber sicher, bitte sehr.«

Sie zündete ihre Zigarette an der Flamme an, die er ihr hinhielt, und nahm einen tiefen Zug.

»Ah!«, seufzte sie und stieß den Rauch gegen die Decke. »Darauf hab ich lang verzichtet. Ich bin ein Opfer der Antiraucherkampagnen. Allerdings wird man natürlich auch gesundheitsbewusster, wenn man ein kleines Kind hat.«

Stanley sah sie durch die Rauchfahnen an und nickte. Er hatte selbst auf sein tägliches Päckchen verzichtet, weil Page in früher Jugend unter Asthma gelitten hatte. Im Dezember, nach ihrem Tod, hatte er wieder zu rauchen angefangen.

Noch erfüllt von der Geschichte, mit der er seinen Sohn ins

Land der Träume entlassen hatte, kam Johnny zurück und schloss leise die Tür zur Wohnung. Als er hinter seiner Frau vorbeiging, beugte er sich zu ihr hinunter und küsste sie auf den Nacken, dann reckte er sich und fragte den Gast, ob es ihm geschmeckt habe. Stanley bedankte sich noch einmal für den überaus angenehmen Abend und nahm den anstrengenden Tag zum Anlass, um sich zu entschuldigen und sich auf sein Zimmer zurückzuziehen.

ZWEITER TEIL

Page Holder

I

Blutiger November

Wie vielmehr jene, die in den leimenen Häusern wohnen
und die auf Erden gegründet sind,
werden von den Würmern gefressen werden.
Hiob 4, 19

Stanley Holders Aufzeichnungen

Ein *geträumter* Alb im Jahr 1885 hat dem genialen Stevenson die Geschichte von *Dr. Jeckyll und Mr. Hyde* eingegeben. Ein *gelebter* Alb an einem kalten Novemberabend des Jahres 2000 hat einen Schlussstrich unter mein gesamtes Werk gezogen. Nachdem er alle Abenteuer in meinen Romanen bravourös gemeistert hat, musste mein unermüdlicher Ed Morgan endgültig zu Boden gehen.

Meine Geschichte ist die eines Mannes, der im Leben sehr viel Glück hatte und dann jäh vom Glück verlassen wurde; eines Mannes, der alles sehr schnell, sehr früh bekam (zu schnell, zu früh; wahrscheinlich, ja) und alles innerhalb einer einzigen Nacht des Schreckens wieder verlor. In manchen Aspekten weist meine Geschichte daher Ähnlichkeiten mit dem biblischen Hiob auf, wobei ich allerdings den schwerwiegenden Nachteil habe, dass ich in einem privaten Universum abseits des Göttlichen existiere, einer materialistischen Welt, in der es keinen anderen Trost gibt als diese langsame, mühselige Trauerarbeit, wie sie jeder gute Psychoanalytiker empfiehlt – gegen teures Geld, versteht sich.

Was für ein Mann bin ich gewesen, in meiner glücklichen Zeit?

Mit zweiundzwanzig erschien bei Putnam völlig unverhofft, und das nicht nur für mich, mein erstes Buch, *Promised Death.*

Barbara, damals noch meine Freundin, bekam weiche Knie, als ich ihr mitteilte, dass mein Manuskript angenommen sei, und sagte nur: »Oh mein Gott, Stan!« Das Unverhoffte grenzte bald ans Wunderbare, als ich mit ebendiesem Roman den Jackpot knackte: dreihunderttausend Dollar für die Filmrechte, die Warner ohne zu feilschen kaufte. Und das sei erst der Anfang, hieß es. Bei der Neuigkeit sagte Barbara wieder: »Oh mein Gott, Stan!«, diesmal ohne weiche Knie, denn klugerweise hatte sie sich vorher hingesetzt.

Im Überschwang fragte ich sie gleich darauf, ob sie meine Frau werden wolle. Sie riss weit ihre Haselnussaugen auf, und diesmal riefen wir beide gleichzeitig: »Oh mein Gott!«, krümmten uns vor Lachen und konnten gar nicht mehr aufhören. Eine Woche später war Hochzeit. Unter wildem Gelächter. Aber schließlich gab es auch allen Grund zur Euphorie, nicht?

Von einem Tag auf den anderen hatte ich, Stanley Holder, einen schwindelerregenden Evolutionssprung vollführt: vom hungerleidenden, tagaus, tagein in der Unibibliothek sitzenden Studenten zum Besitzer eines viktorianischen Stadthauses im Nobelviertel Beacon Hill und Mitglied im gesegneten Stamm derer, die reich genug sind, um für den Rest ihres Lebens nicht mehr arbeiten zu müssen.

Zu arbeiten brauchte ich nicht mehr, aber schreiben musste ich, darin waren Barbara und ich uns damals einig.

Zusammen mit der Geburt unserer Tochter Page war diese Zeit eine der glücklichsten meines Lebens. Als sie an einem verschneiten Januarmorgen auf die Welt kam, brachte ich vor Rührung erst einmal keine Zeile mehr zustande. Aber in der darauf folgenden Woche, das weiß ich noch genau, schrieb ich *Silence, We Decapitate* in ausgelassener Freude zu Ende.

In *Promised Death* macht meine Kultfigur, Inspektor Ed Morgan, ihre ersten Schritte – verlegen und für meinen Geschmack auch recht unsicher, aber wie mein Agent Jack Foley so schön gesagt hat: Auch Helden müssen erst Laufen lernen. Und Ed Morgan hat es gelernt.

Manche Kritiker meinten, Ed habe viel von Dr. John Silence,

dem berühmten Detektiv von Algernon Blackwood, ein keineswegs abwegiger Gedanke. Nachdem er ständig die Schattenseiten der Existenz erlebt und das Grauen aus nächster Nähe kennen lernt, hat er zwangsläufig eine ziemlich schwarze Sicht auf die Welt und das menschliche Dasein – genau spiegelverkehrt zu dem Leben, das ich damals führte. Ein Paradox, das ich das Buster-Keaton-Prinzip genannt habe. Und es stimmt ja, diesen düsteren Existenzialismus habe ich nie so gut beschrieben wie damals, als ich in den Komfort meines Luxushauses in Beacon Hill und die liebevolle Gegenwart meiner Frau und meiner Tochter eingebettet war.

Das Glück ist eine harte Droge, kann ich nur sagen. Und je mehr man die Dosis erhöht, desto schwächer wird die Wirkung. Wenn der Nachschub dann ausbleibt, setzen alle Symptome des kalten Entzugs ein, vom größten Elend bis hin zum erbärmlichsten Schmerz, und vom einstigen Glück bleibt nur noch ein Nachruf. Ed Morgan wusste es bereits; die Ereignisse bekehrten auch mich zu seiner Überzeugung.

Und damit beginnt die schwarze Periode, das endlose Tal der Tränen, in dem ich zum Gespenst meiner selbst wurde.

Es war letztes Jahr im November, am 23., um genau zu sein, einem Donnerstag. An diesem Tag begann das erste Kapitel einer unfasslichen Geschichte, die mit Blut geschrieben ist. Meine Frau hatte die Dills zum gemeinsamen Thanksgiving-Essen bei uns zu Hause eingeladen. Ihre Tochter Alice, ein paar Monate älter als unsere Page, ging auf die sechzehn zu, und die Mädchen verstanden sich prächtig, sie waren fast wie Schwestern. Nach dem Essen blieben wir Älteren am Tisch sitzen, während Page mit Alice in ihr Zimmer hinaufging, wo die zwei ihre Ruhe hatten, fernab von den Alten, die immer nur dieselbe alte Leier herunterbeteten – die Politik der New Yorker Verlagshäuser, das elisabethanische Theater –, Auseinandersetzungen über definitiv überholtes Zeug, bei dem sich zwei junge Mädchen, die genau wussten, was angesagt ist und was nicht, zu Tode langweilten.

Wenn unsere öden Diskussionen einmal ins Stocken gerieten, hörte ich sie oben zeitgemäß und verschwörerisch kichern, was ich als beruhigend empfand. Samuel erzählte unterdessen mit dem ihm eigenen Sinn für Umwege und Abschweifungen von seinem Plan, direkt hinter seinem alten ein neues, in jeder Hinsicht gleiches Haus zu bauen. Und Barbara zog ihn mit seinem zwanghaften Bedürfnis nach Symmetrie auf, das ihrer Ansicht nach von seiner Leidenschaft für französische Gärten herrühre.

Das Telefon begann zu läuten, und ich ging an den Apparat in der Küche. Es war Roy Shane, mein Verleger, der mir die Neuigkeiten von der Front mitteilen wollte: *Make Your Farewell, Ed Morgan,* mein siebzehntes und letztes Buch, führe die Verkaufszahlen an und sei bereits die Nummer eins auf der Bestsellerliste der *New York Times.* Ein dicker Wälzer mit sechshundertachtundfünfzig Seiten, der mich drei lange Jahre Arbeit gekostet hat; Roy und mir erschien er auf Anhieb als gelungenes Buch – ein Renner, mit anderen Worten. Die zwei oder drei Kritiker vom *New Yorker* – darunter mein Freund Samuel Dill –, denen ich vorab ein Leseexemplar geschickt hatte, behaupteten einmütig, es sei zweifellos mein bester Roman seit *Massacre in Manhattan,* der seinerzeit den Horror Guild Critic's Award und den Bram-Stoker-Preis bekam. Insgeheim war auch ich von dem Buch hundertprozentig überzeugt. Und stolz obendrein.

Roy rief mich auch deswegen an, weil er mein Interview mit *Newsweek* gelesen hatte. Er kennt meine Vorbehalte gegen Interviews und hat mich bei jeder Gelegenheit ermutigt, über meinen Schatten zu springen; an dem Abend konnte er mir nicht überschwänglich genug gratulieren, so dass ich ihn am Ende schon fragte, ob er mich jetzt für den Silver Star vorschlage.

Wer Roy kennt, wird bereitwillig zugeben, dass er der beste Mensch auf Erden ist, und keiner, nicht mal seine Sekretärin, wird sich lang bitten lassen, ein aufrichtiges Loblied auf ihn anzustimmen. Es ist ja wahr – wer könnte je ein schlechtes Wort über Roy sagen? Er ist Afroamerikaner, ein hünenhafter, breitschultriger Mann, der elegant auf die sechzig zugeht und dessen unersättlicher Bildungshunger nur in seinem Appetit seinesgleichen findet – mit entsprechendem Übergewicht. Er strengt sich immer wieder mächtig an, sein goldenes Herz unter einer stacheligen Schale zu verbergen, und tritt gern als personifizierter Griesgram auf, aber alle, die ihn kennen, wissen, dass er sehr nah ans Wasser gebaut hat und sein Herz ein Tempel der Nächstenliebe ist. Im Grunde seines Wesens ist er gar kein Amerikaner, sondern ein Russe: meines Wissens die erste Dostojewski-Figur schwarzer Hautfarbe.

Am Telefon verhielt er sich sehr brüderlich. Ihm verdanke ich meinen letzten Augenblick wahren Glücks auf Erden, bevor die Finsternis über mich herfiel wie ein ausgehungertes Raubtier.

Als ich an den Tisch zurückkam, sah mir Barbara die guten Neuigkeiten sofort an. Sie wusste, wie sehr mir mein jüngstes Buch am Herzen lag, und freute sich mit mir, dass es ein Bombenerfolg war.

»Großmutter Rose hat mir Glück gebracht!«, sagte ich lächelnd.

Es war das erste Mal, dass ich mich hatte hinreißen lassen, eines meiner Bücher jemandem zu widmen, der mir nahestand. Normalerweise verzichtete ich grundsätzlich darauf, in der Öffentlichkeit meine Familie in irgendeiner Weise zu erwähnen – eine Vorsichtsmaßnahme, um niemanden zu gefährden, vor allem nicht meine bezaubernde Frau und unsere weizenblonde Page. Ich gab kaum Interviews, und kein einziges drehte sich ausschließlich um meine schriftstellerische Arbeit. Ich hatte zu früh den Erfolg kennen gelernt, und seit dem Fall Dorothy Fielding achtete ich sehr darauf, dass meine Angehörigen nicht eines Tages zur Zielscheibe irgendeines öffentlichkeitsgeilen Irren werden konnten. Um meine Großmutter brauchte ich mir diesbezüglich keine Sorgen mehr zu machen: Sie lag metertief unter der Erde und etlichen Topfchrysanthemen auf dem Friedhof Green Hill im guten alten Tusitala, wo sie nicht nur ruhige Tage verlebt hatte.

In dem Moment, als ich mich wieder an den Tisch setzte, fing Page oben zu schreien an.

Wie elektrisiert sprang ich auf, stieß dabei den Stuhl um und stürzte die Treppe hinauf. Die Tür zu ihrem Zimmer am anderen Ende des Flurs stand weit offen. Was ich hinter meiner vor Entsetzen gelähmten Tochter erblickte, ähnelte in nichts einer menschlichen Gestalt, sofern man diesen Begriff nicht auf jede beliebige Abscheulichkeit auf zwei Beinen erweitern will. Im ersten Moment glaubte ich, es sei eine Verkleidung, ein zweifelhafter Scherz, den sich Alice Dill hatte einfallen lassen – die Späße von Teenagern beweisen ja nicht selten einen kolossal schlechten Geschmack.

Besorgt, verwirrt ging ich den Gang entlang, während ich versuchte, dieses Wesen, das da stand, genauer auszumachen. Im nächsten Moment wurde mir klar, dass sich unter der Masse dunkler Gewänder unmöglich Alice Dill verbergen konnte: Alice lag reglos in einer Blutlache in einer Zimmerecke. Vor dem Fenster aber kniete Page bewegungsunfähig, in rückwärts gekrümmter Haltung und schluchzte um Hilfe. Instinktiv spürte ich, dass ich mich auf keinen Fall auf das Wesen stürzen durfte, das sie an den Haaren gepackt hielt, sondern versuchen musste, mit ihm zu reden, Zeit zu gewinnen, um seine offenkundige und unerbittliche Aggressivität ein wenig abzumildern.

Ich fragte, was es – er – bei uns wolle. Wenn es um Geld gehe, sei ich bereit, alles zu zahlen und mehr, als er sich je wünschen könne. Das Wesen schien nicht zu hören und kümmerte sich nicht im Geringsten um meine Anwesenheit. Es fürchtete nichts, weder von mir noch von sonst jemandem, das spürte ich mit unabweislicher Deutlichkeit und erschauderte: Es genoss diese Allmacht.

»Doug … Doug …«, begann die Erscheinung jetzt, beinahe unhörbar, in schleppendem Tonfall, und ich erstarrte für einen Moment wie vom Donner gerührt. Der Eindringling kannte mich; er nannte mich Doug. Das konnte nicht sein! Meine Großmutter Rose war der einzige Mensch auf Erden, der mich je so genannt hat – warum, weiß ich nicht –, und niemand sonst, nicht einmal meine Frau kannte diesen Spitznamen, den ich inzwischen längst vergessen hatte. Ich sagte mir, ich hätte mich verhört, und um die atembeklemmende Furcht niederzukämpfen, die sich meiner bemächtigte, versuchte ich mich ausschließlich auf den Irren zu konzentrieren. Er maß gut einen Meter neunzig und wiegte seinen Oberkörper mit langsamer Regelmäßigkeit vor und zurück. Lange schmutzige Haare hingen ihm wirr ins Gesicht, und jetzt fragte ich mich, ob es nicht vielleicht eine Frau sein konnte, eine Drogensüchtige auf Turkey.

»Doug … Doug …«

Allmächtiger, das Wesen nannte mich tatsächlich Douglas! Eine Gänsehaut überlief mich, doch ich bewegte mich stetig vorwärts, darauf bedacht, jede ruckartige Bewegung zu vermeiden. Ich war über die Schwelle getreten und keine sechs Meter mehr von meiner Tochter entfernt, als ich hinter mir Barbara und Samuel Dill die Treppe heraufkommen hörte.

»Stanley! Was ist los da oben?!«, rief Samuel, und in seiner Stimme, die durchs Treppenhaus hallte, schwang zornige Besorgtheit mit, so dass ich ihnen befahl, mich mit dem Eindringling allein zu lassen und keinen Schritt weiterzugehen. Ein Damoklesschwert hing an einem seidenen Faden über meiner Tochter, und ich begriff mit heißem Schrecken, dass jede überstürzte Geste fatal wäre, der erste falsche Schritt ein nicht wiedergutzumachender Fehler.

»Bitte, Papa«, begann Page zu stöhnen, »tu was, mir geht's schlecht. Bitte tu was.«

Mein innerer Geigerzähler schlug vor Angst wild aus, meine Hände zitterten, und mir war deutlich bewusst, dass das Leben meiner Tochter von unserer Konfrontation abhing, während ich dem Eindringling nicht zeigen durfte, dass ich die Situation in keiner Weise in der Hand hatte. Ich versuchte das Zittern zu bezwingen, aber es gelang nicht. Der Irre schien eine übermenschliche Kraft zu besitzen, mit der er Page mühelos den Hals brechen konnte.

»Page, Schatz, rühr dich nicht. Ich bring das in Ordnung. Ich werde …«

Ich schluckte, meine Kehle war zugeschnürt. Erwürgt zu werden kann sich nicht anders anfühlen. Ich machte noch einen Schritt nach vorn.

Gegen meine Anweisung war Barbara offensichtlich heraufgekommen, um zu sehen, was los war, denn ich hörte sie hinter mir vor Entsetzen nach Luft schnappen.

Wieder schrie ich zur Treppe hin die anderen an, sich fernzuhalten. Die Hölle hatte uns weit ihre Pforten geöffnet, und ich brachte sie nicht wieder zu. Ich ahnte, dass es irgendwo einen Ausweg gab – aber um ihn zu finden, brauchte ich Zeit, Zeit zum Nachdenken.

Als Allererstes musst du Ruhe bewahren, Douglas, sagte ich mir – weshalb ich mich ebenfalls Douglas nannte, war mir schleierhaft.

Zeit gewinnen, um jeden Preis! Wenn ich richtig vermutete, war Samuel Dill wieder auf dem Weg nach unten, um die Polizei zu rufen. Innerlich betete ich inständig, dass sie bloß nicht mit heulenden Sirenen kämen; und dass sie ihren tüchtigsten Unterhändler losschickten – der Eindringling, der meine Tochter in seiner Gewalt hatte, schien mir ohne einen Funken von Erbarmen.

Vorsichtig schob ich den rechten Fuß vor den linken, mein Herz schlug zum Zerspringen. Wie gingen diese Unterhändler vor? Wie es der Zufall wollte, hatte ich ein paar Wochen zuvor eine Reportage zu dem Thema gesehen. Reden, reden, immer nur reden schien ihre Devise zu sein. Kontakt mit dem Irren herstellen und aufrechterhalten, ihn beruhigen, an die Vernunft appellieren, um ihn unschädlich zu machen, das war die oberste Priorität. Aber ich konnte noch nie gut verhandeln, und in Lebensgefahr war kein Fremder, sondern meine Tochter, mein geliebtes Kind! Großer Gott! Ich kam mir vor wie einer, der dem Unterricht in erster Hilfe nur mit halbem Ohr zugehört hat und dann völlig hilflos vor einem Herzinfarkt in der eigenen Familie steht.

Deine Tochter ist diesem Wesen ausgeliefert – lass dir endlich was einfallen, schnell!

»Wer sind Sie?«, fragte ich und machte noch einen Schritt vorwärts. »Wir kennen uns doch, oder?«

Ich hatte keine Ahnung, ob solche Reden irgendeinen Nutzen hatten, war aber überzeugt, dass ich wenigstens einen Anschein von Kommunikation aufrechterhalten musste, egal wie. Zeit gewinnen. Die Spannung abbauen, so weit es ging. Die unmittelbare Todesgefahr abwenden. Falls es mir gelang, meine Tochter seinen Klauen zu entreißen, würde ich den Geisteskranken eigenhändig ermorden, ohne die geringste Gemütsbewegung. Es war, als hätte meine Angst mit gewaltigen Adrenalinschüben meinen Kampfeswillen verzehnfacht, als müsste meine Wut, sobald ich meine Tochter nur in Sicherheit wüsste, alle Dämme einreißen und dieses Scheusal wie eine Sturmflut überrollen. Dann würde ich mit Faustschlägen die Pforten der Hölle zuwerfen und Tag und Nacht darüber wachen, dass sie für immer verriegelt blieben …

»Lieber Doug, erkennst du mich denn nicht?«

Die Stimme war nichts als ein langes, hämisches Murmeln.

Dich zertrete ich, du Laus.

Noch einen Schritt, und noch einen. Gleich kann ich zum Sprung ansetzen, und dann kriegst du meinen Zorn zu spüren. Aber plötzlich hielt das Wesen inne, packte mit einer brutalen Geste Pages Haare fester und riss sie jäh zu sich her, so dass sie an seine Beine gepresst wurde. Sie begann zu stöhnen. Ich erstarrte augenblicklich, überzeugt, dass meiner Tochter der Hals gebrochen würde, wenn ich noch einen Zentimeter näher kam.

In meiner namenlosen Angst rasten Gedanken ohne Sinn und Logik durch meinen Kopf. *Er wird sie umbringen. Denk doch nach! Umbringen wird er sie, hier vor deinen Augen. Wieso nennt er mich Douglas? Ich vernichte ihn. Ich kreuzige ihn … Das kann doch alles nicht wahr sein, wie sind wir da hineingeraten, wie kommen wir wieder heraus aus dieser Hölle …*

Mit seiner freien Hand strich sich das Wesen die strähnigen Haare aus dem Gesicht, und mir stockte der Atem, als ich Dorothy Fielding erkannte. Ihre hervorquellenden, blutunterlaufenen Augen, ihre dicken, rissigen Lippen, ihre blau gestoßene breite Stirn, ihre gebrochene Nase, deren Rücken aufgeplatzt war wie eine alte Dachrinne aus Zink … Ich starrte sie entgeistert an.

Doug! Weißt du noch, wie man dir erzählt hat, dass sie in der Bostoner Anstalt für Geisteskranke keinen Schritt gehen konnte, ohne den Kopf an die Wand zu schlagen? Wie oft hat sie auf diese Weise die Mauern geküsst, bevor man sie fand, sag? … Was noch? Erinnere dich, DOUGLAS, das ist wichtig, sehr wichtig … Bevor was geschah?

Erschaudernd spürte ich, dass ich der Wahrheit nahekam.

Bevor Dorothy Fielding Selbstmord beging? Ja! Sie beging Selbstmord!

Fielding, die Irre, war schon sieben Jahre tot. Ich hatte es aus der *New York Times* erfahren. Ihre Leiche wurde in ihrer Zelle im Hochsicherheitstrakt gefunden. Sie hatte sich mit einer Plastiktüte erstickt. Die Leitung der psychiatrischen Klinik sprach von einem bedauerlichen Unfall.

Der Boden unter meinen Füßen begann zu wanken. Eisige Schauder überliefen mich, als stünde ich nackt im Polarwind.

»Dorothy Fielding?«, stieß ich endlich ungläubig stammelnd hervor.

Der massige, ganz und gar unweibliche Körper begann sich wieder zu wiegen wie ein eiskaltes Metronom, das meinem Tanz mit dem Tod den Takt vorgab.

»Dorothy Fielding?«, fragte ich noch einmal.

Sie hatte nie von sich reden gemacht – bis zu jenem 3. Mai 1988, an dem sie sich, mit einem langen Küchenmesser bewaffnet, Zutritt zu unserem Anwesen verschafft hatte. Bis dahin hatte sie ein unauffälliges Leben als Mutter und Hausfrau geführt, hatte sich hingebungsvoll um ihre damals zehn und zwölf Jahre alten Töchter und ihren Ehemann Charles, einen Taxifahrer, gekümmert. Eine zurückhaltende Person, die nach allgemeiner Auskunft nur einem einzigen Hobby frönte, der Lektüre von Horrorromanen. Sie verschlang alles, von Stephen King über Dean Koontz bis Stanley Holder, und kritzelte dabei sehr persönliche Kommentare an die Seitenränder wie: »Die Hölle gebären = Orgasmus des Blutes«.

Zufällig war ich an jenem 3. Mai 1988 nicht zu Hause, sondern mit meiner Frau und unserer damals dreijährigen Tochter in New York, um an einem Kolloquium über Bram Stoker teilzunehmen, den Mann, der einer seiner Figuren die Worte »Blut ist Leben« in den Mund gelegt hat. Nach dem Eintreffen der Polizei, die unser Gärtner verständigt hatte, ließ sich Fielding widerstandslos festnehmen und sagte nur, sie sei nach Beacon Hill gekommen, »um das Blut der Hölle zu brauen«. Verschiedene Psychologen, die als Sachverständige zu ihrem Prozess geladen waren, diagnostizierten eine psychotische Störung mit starken Mordfantasien, die sich zufällig gegen meine Person richteten. Sie wiesen das Gericht auf die jederzeit bestehende Gefahr eines Rückfalls hin, falls die Angeklagte nicht sofort in stationäre Behandlung käme. Daraufhin wurde sie in eine psychiatrische Anstalt für geisteskranke Straftäter eingewiesen.

Und jetzt hatte die Hölle sie ausgespien, und sie war in mein Leben zurückgekehrt.

»Doug, mein Lieber, das hättest du nicht tun dürfen! Es war falsch, was du getan hast. Nein, du hättest das nicht tun dürfen.«

Und dazu wiegte sie sich vor und zurück. Ein Rotzfaden tropfte auf ihre rissigen Lippen, und sie schniefte heftig.

»Papa, bitte tu was, mach, dass sie mich loslässt, mach, dass sie fortgeht«, wimmerte Page zu ihren Füßen.

»Sei ganz ruhig, mein Schatz, alles wird gut«, stammelte ich und machte mit ausgebreiteten Händen, wie um sie zu beschwichtigen, zwei weitere langsame Schritte auf sie zu.

»Es werden schreckliche Dinge passieren«, sprach Dorothy Fielding in einem Ton, als verkündete sie ein Todesurteil. »Und du bist schuld, lieber Doug, du bist schuld.«

»Ich wollte nicht, dass man Sie ins Gefängnis sperrt, Dorothy«, begann ich zu lügen, während ich mich um weitere Zentimeter näher schob. »Aber ich kann das geschehene Unrecht wiedergutmachen.«

Dorothy Fielding lächelte niederträchtig und schüttelte den Kopf.

»Das ist Schnee von gestern, Doug«, sagte sie und wiederholte es, schniefend: »Ja, Schnee von gestern. Mit mir bist du quitt, aber mit ihnen? Wirst du auch mit ihnen irgendwann quitt sein?«

»Mit *ihnen*?«

Unentwegt, mit möglichst sparsamen Gesten schob ich mich näher.

»Glaub mir, lieber Doug, wenn Worte Blut sind, ist Schweigen Gold.«

Drei Meter trennten mich noch von meiner Tochter. Und ehe ich mich versah, hatte sie mit der Geschicklichkeit eines höllischen Taschenspielers aus ihrem unförmigen schwarzen Gewand das lange Messer gezogen, das sie damals, vor dreizehn Jahren, bei ihrer Festnahme bei sich gehabt hatte. Einen Sekundenbruchteil blitzte die Klinge auf.

»Nie wird deine Tochter dich enttäuschen, Doug. Sie wird für immer dein sein, Doug, hörst du: für immer.«

»Nein, NEIN!«, brüllte ich – und musste hilflos zusehen, wie die Klinge sirrend durch die Luft fuhr und Page die Kehle durchtrennte. Noch einen Moment lang blieb ihr Kopf auf den schmalen Schultern, dann rollte er über den Teppichboden. Umwickelt von ihren langen blonden Zöpfen wie ein zu Boden gefallenes Wollknäuel.

Völlig von Sinnen stürzte ich mich brüllend auf das Ungeheuer, aber ich traf keinen Widerstand – da war nichts, absolut nichts, nur die Fensterscheibe, die klirrend in Scherben ging, als ich sie durchbrach. Dorothy Fielding hatte sich vor meinen Augen in Luft aufgelöst.

Kein Gesträuch fing meinen Sturz aus mehreren Metern Höhe ab. Mit dem Kopf schlug ich auf dem Mäuerchen um die Terrasse vor dem Haus auf. Das war das Letzte, was ich mitbekam.

Die Beerdigung unserer Tochter auf dem North-End-Friedhof fand ohne mich statt. Roy hielt die Grabrede – und konnte vor Schluchzen kaum sprechen, hat man mir berichtet. Ein kalter Wind fegte zwischen den Grabsteinen hindurch, dann begann es zu regnen und durchnässte die zahlreichen Trauergäste bis auf die Haut.

Barbara wurde von ihren Eltern und ihren beiden Schwestern begleitet, die aus Pennsylvania gekommen waren. Nachher, als die Trauergemeinde versammelt war, brach sie weinend in den Armen ihrer Mutter zusammen und wurde für einen Moment wieder die junge Barbara Spencer, die sie gewesen war, bevor wir einander kennen gelernt hatten – nur weinte sie nicht mehr um ihre geliebte Bassethündin Julie, sondern um ihre Tochter. Das grenzenlose Leid des einstigen Mädchens versank vor der abgrundtiefen Trauer der verwaisten Mutter.

Um zwei Uhr nachmittags wurde der Leichnam beigesetzt. Und

als wäre das unheimliche Echo der ersten auf den Sarg geworfenen Schaufel Erde bis zu mir durchgedrungen, erwachte ich genau um diese Zeit aus mehrtägigem Koma und öffnete die Augen. Nach weiteren fünfzehn Minuten konnte ich die überraschte Schwester mit heiserer Stimme um ein Glas Wasser bitten.

Professor Kight, der sogleich verständigt worden war, kam in mein Zimmer und teilte mir mit, ich befände mich im Bostoner Medical Center, wo er die traumatologische Abteilung leite. Mit liebenswürdigem, professionellem Lächeln, das mir zu breit für sein mageres Gesicht schien, begann er mich zu untersuchen. Er fragte mich nach meiner Identität und wichtigen Ereignissen meiner Vergangenheit, um sich zu vergewissern, dass ich tatsächlich wieder bei Sinnen war und keine Amnesie hatte. Fünf Tage hätte ich im Koma gelegen und könne mich glücklich schätzen, sagte er ohne einen Anflug von Ironie, dass ich nur mit einer Gehirnerschütterung und ohne schwerwiegende neurologische Schäden davongekommen sei.

Wie betäubt, mit hämmerndem Schädel und zugeschnürter Kehle ließ ich den Blick durch das weiße Zimmer gleiten, in dem ich mich befand. Ich lag mit verbundenem Kopf in einem Klinikbett, mein rechtes Bein hing mit einem offenbar komplizierten Oberschenkelbruch in einem Streckapparat – aber »nach einem kleinen Routineeingriff« könne ich bald wieder beschwerdefrei gehen, versicherte mir der Arzt. Die Aussichten seien hervorragend. Auch in dieser Hinsicht hätte ich Glück gehabt.

»Natürlich dauert es eine Weile, bis Sie im Hundertmeterlauf gegen Maurice Green antreten können, aber ich bin guter Hoffnung«, fügte er jovial hinzu, als könnte er mich damit für die bevorstehenden Rehamaßnahmen motivieren.

Dann stellte er mir noch ein paar Fragen, und nach einer letzten Untersuchung übergab er mich mit zuversichtlichem Lächeln wieder den beiden recht ansprechenden Krankenschwestern.

»Ich sage Ihrer Frau Bescheid, dass Sie wieder unter den Lebenden weilen«, fügte er hinzu. »Ruhen Sie sich unterdessen ein bisschen aus.«

Ich sah ihm nach, als er die Tür hinter sich schloss, und hatte das dumpfe Gefühl, dass etwas nicht stimmte, aber ich kam erst nicht darauf. Dann dämmerte mir, dass er Page mit keinem Wort erwähnt hatte. Er hatte mich nach dem Geburtsdatum meiner Frau, nach den Vornamen meiner Eltern und allerlei sonst gefragt, aber meine Tochter kam in unserem Gespräch nicht vor. Warum?

»Was ist mit meiner Tochter?«, stammelte ich endlich. »Bitte, sagen Sie mir, wo meine Tochter ist.«

Die Krankenschwestern wechselten einen verlegenen Blick über mein Bett hinweg, während die eine mein Kopfkissen zurechtklopfte und die andere mir riet, ein wenig zu schlafen. Tatsächlich konnte ich kaum die Augen offen halten und versank kurz darauf in einem traumlosen, bleischweren Schlaf.

Als ich wieder erwachte, kam Kight mit meiner Frau und Roy ins Zimmer. Draußen war es schon dunkel, und mein Herz schlug so schnell, dass es fast wehtat. Ich griff nach Barbaras Hand.

»Was ist mit Page?«, fragte ich bang und spürte, wie ihre Hand sich verkrampfte, und mit einem Mal war die Erinnerung wieder da. Alles. Für den Bruchteil einer Sekunde kreuzten sich unsere Blicke, und ich las Zorn, Vorwurf, Abscheu und Hass in ihren Augen, dumpf und ohnmächtig unter dem grenzenlosen Schmerz, doch unverkennbar.

Mit einer dem Anlass angemessenen Beileidsmiene begann Kight auf mich einzureden, aber ich verstand nichts. Ich glaube, Roy fragte mich nach einer Weile, ob ich meine Ruhe haben wolle. Wie eine Endlosschleife liefen die letzten Lebensmomente meiner Tochter vor mir ab, während ich in eisige Finsternis sank. Ich sah und hörte nichts anderes mehr als dies: meine Tochter, die vor meinen Augen geköpft wird. Von Dorothy Fielding, einer Geistesgestörten, die seit sieben Jahren tot ist. Ein Grauen, wie selbst ich es mir nicht hätte ausmalen können.

Grace, Barbaras ältere Schwester, kümmerte sich darum, Pages Zimmer auszuräumen. Sie verpackte alle Kleidungsstücke und Habseligkeiten in Umzugskartons, auf die sie mit schwarzem Filzstift PAGE schrieb. »Könnte ich nur mehr für euch tun«, sagte sie traurig, als sie mich drei Tage nach der Beerdigung im Krankenhaus besuchte. Sie musste nach Philadelphia zurück, wo ihre Tochter einen vier Kilo schweren Jungen geboren hatte, ihren ersten Enkel: Grace lächelte unter Tränen, als sie es mir erzählte.

Barbara und ich werden nie erleben, wie unsere Tochter zur Frau wird. Wir werden nie den Mann, die Kinder kennen lernen, die sie hätte haben können. Nie wird uns ihre Familie an Wochenenden und zu Feiertagen besuchen. Nie werden wir fragen, ob sie gut und störungsfrei nach Hause gekommen ist, ob die Kleinen gesund sind, wie ihr erster Schultag verlaufen ist. Mit Page ist alles gestorben, was wir hätten werden können.

In der Nacht nach der Beisetzung verfolgte mich im Traum Pages abgeschnittener Kopf durch den Flur zu ihrem Zimmer. Er rollte mir nach wie ein blutiges Wollknäuel, und ich floh wie von Sinnen die Treppe hinunter und schrie: Fass mich nicht an!, während der Kopf von Stufe zu Stufe polternd hinter mir hersprang und Teppich und Tapeten mit Blut bespritzte. Lass mich, Page, ich flehe dich an!, schrie ich, bis ich stolpernd und wankend die Tür erreichte und aus dem Haus stürzte. Mit einem letzten Aufprall landete der Kopf auf dem Fußabstreifer, wo er endlich, das Gesicht mir zugewandt, mit bösem Lächeln vor dem Eingang liegen blieb wie ein Zerberus. Und jetzt war es nicht mehr Page, sondern Dorothy Fielding, der anstelle des Mundes eine wutschäumende, zähnefletschende Wolfsschnauze gewachsen war. Als ich erwachte, war ich schweißüberströmt, und mein Kissen war nass von Tränen.

Der Traum zeigte mir unmissverständlich, dass der jähe Einbruch des Grauens in unsere wohlsituierte, bürgerliche Existenz unserem bisherigen Leben radikal ein Ende gesetzt hatte. Dass Barbara und ich, wie sehr wir uns auch bemühten, nie wieder zusammenleben konnten wie zuvor. In mir wuchs ein derart unmäßiger Zorn auf die Welt, die etwas so Entsetzliches zugelassen hatte, dass ich gar nicht erst versuchen wollte, an mein früheres Leben wieder anzuknüpfen. Und Barbara? Sie war vor Schmerz wie versteinert.

Ich wusste, dass sie nicht anders konnte, als mir die Schuld an dem Desaster zu geben, und sie hatte ja Recht – ich hatte nichts tun können, um Page zu retten. Und auch wenn sie vorerst noch schwieg, war mir klar, dass sie ihre Vorwürfe und ihren Hass für später aufsparte, wenn die grenzenlose Trauer uns zu Gegnern machen würde, die sich gegenseitig zerfleischen wie ausgehungerte Hunde.

II

Enthüllungen

Denn seine Zuversicht vergehet,
und seine Hoffnung ist ein Spinnweb.
Hiob 8,14

1

1. Dezember

Eine Stunde lang dauerte das polizeiliche Verhör an meinem Bett im Krankenhaus.

Von Hauptinspektor Stapleton erfuhr ich, dass seine Leute in der Tat am Abend des Dramas von Samuel alarmiert worden waren, nach ihrem Eintreffen aber nur noch den Tod der beiden Mädchen feststellen konnten. Der Täter sei »spurlos verschwunden«, die Mordwaffe habe er mitgenommen. Natürlich habe die Spurensicherung ihr Bestes getan, um Fingerabdrücke und DNA-Proben zu gewinnen und durch das National Crime Information Center auswerten zu lassen, doch dabei sei leider nicht das Geringste herausgekommen. Deshalb sei ich der Hauptbelastungszeuge und meine Aussage entscheidend. Also berichtete ich die Ereignisse so, wie sie sich abgespielt hatten. Es war eine Qual, aber es musste sein.

Als ich den Namen der Mörderin nannte, fragte Stapleton zweimal nach, ob ich mir ganz sicher sei; dann nahm er weiter wortlos meine Aussage auf. Als ich fertig war, erhob er sich, dankte mir für meine »wertvolle Mitarbeit« und schien es sehr eilig zu haben, das Krankenhaus wieder zu verlassen. Zum Abschied versicherte er mir, er werde Himmel und Hölle in Bewegung setzen, um »den oder die Schuldigen« zu finden. Sein Gesichtsausdruck verriet mir, dass er mir nicht glaubte.

*

3. Dezember

Wieder ein Besuch von Barbara und Roy. In ihren abgehärmten Mienen die Spuren der Strapazen. Innerhalb weniger Tage sind sie um zehn Jahre gealtert. Ich sehe vermutlich nicht anders aus.

Roy setzte sich zu mir und nahm schweigend meine Hand. Barbara hingegen blieb am Fußende des Bettes stehen. Fern, abweisend. Sie gibt mir die Schuld, und ich kann es ihr nicht verdenken; ich weiß, dass ich sie nie vom Gegenteil werde überzeugen können.

»Ach, Stan«, murmelte Roy und drückte meine Hand.

An seinem schweren Seufzer erkannte ich, dass es Neuigkeiten bei der Ermittlung gab, und bedrängte ihn, mir nichts zu verschweigen, aber Roy schüttelte nur immer wieder konsterniert den Kopf und blieb stumm: offensichtlich hin- und hergerissen zwischen seiner Freundespflicht, mir die Wahrheit zu sagen, und seinem nicht weniger dringenden Wunsch, mich zu schonen. Er blickte hilfesuchend zu Barbara hinüber, doch sie wandte sich ab und trat wortlos ans Fenster.

»Roy, was ist es, sag's mir.« Ließ unser Unglück sich noch steigern? Nein. Ich war mir sicher, dass es Schlimmeres in unserem Leben kaum geben konnte. Weit gefehlt.

»Es geht um Page«, begann er widerstrebend. »Der Coroner hat eine toxikologische Analyse der entnommenen Blutproben angeordnet, und dabei stellte sich heraus, dass Page und Alice Dill …«

»Was, Roy?«, fragte ich alarmiert und blickte ihn beschwörend an.

»Dass die Mädchen an dem Abend Drogen genommen hatten.« Er sagte es mit gesenktem Kopf, als brächte er es kaum über die Lippen.

»Drogen?!«, wiederholte ich. »Page? Niemals! Das ist völlig un…«

Möglich?, beendete ich den Satz in Gedanken und wurde mir auf einmal bewusst, wie hinfällig die Kategorien von möglich und unmöglich in der letzten Zeit geworden waren, wie sehr die Grenzen verschwommen waren.

Die toxikologischen Analysen lagen schließlich vor und bestätigten Schwarz auf Weiß, dass die beiden Mädchen wenige Minuten vor ihrem Tod Ketamin genommen hatten. Wie der zuständige Staatsanwalt Daniel Wells gegenüber der Presse hatte verlauten lassen, wirkt die Droge, die ursprünglich ein Narkosemittel war, extrem halluzinogen, stärker als LSD und PCP; in der bei den jungen Mädchen nachgewiesenen Dosis habe sie durchaus Wahnvorstellungen mit der Folge dissoziativer Störungen und schwerwiegender Verhaltensänderungen bis hin zu Gewalttätigkeit hervorrufen können. Mit Abscheu begriff ich, was damit angedeutet wurde: dass die Mädchen sich womöglich gegenseitig getötet hätten.

Roy fühlte sich sichtlich unwohl in seiner Haut. Wie um die unvermeidlichen Enthüllungen abzuschwächen, hielt er dauernd meine Hand fest. Er wusste, dass ich es ihm übel genommen hätte, wenn er mir die Wahrheit, so schwer verdaulich sie sein mochte, verschwiegen hätte. Ich drehte den Kopf zu Barbara und suchte ihren Blick, doch sie stand reglos am Fenster und war in die trübsinnige Betrachtung der Bäume vor dem Krankenhaus vertieft.

Mein Herz hämmerte. Ich war wie vor den Kopf geschlagen, vernichtet.

»Das ist doch nicht wahr, Barbara? Sag, dass es nicht wahr ist! Nicht unsere Tochter!«

»Es ist die Wahrheit«, murmelte sie nach einer Weile, ohne sich umzudrehen. »Roy hat die Wahrheit gesagt. Aber das ist jetzt sowieso nicht mehr wichtig.«

Nicht mehr wichtig!?

Sprachlos starrte ich sie an, ihr Profil, das die Bitterkeit hart, abweisend, unzugänglich hatte werden lassen. Was konnte ich tun? Aus dem Krankenhaus fliehen, zum Friedhof fahren, von der Leiche unserer Tochter Erklärungen verlangen? Übelkeit ergriff mich, als ich erkannte, dass Barbara Recht hatte: Es spielte keine Rolle mehr. Und doch war ich im ersten Moment gegen meinen Willen wütend auf Page, fühlte mich verraten und gekränkt – was völlig idiotisch war: Selbst wenn ich erfahren hätte, dass meine Tochter heimlich auf den Strich gegangen wäre, hätte es doch nichts an ihrem tragischen Ende, an unserem Schmerz geändert. Ihr Tod nahm uns alles, sogar unseren Zorn, und er schmerzte doppelt im Licht dieser neuen Erkenntnisse, weil er uns nicht nur unserer Tochter beraubt hatte, sondern auch ihres Idealbildes in unserem Herzen, ihrer Unschuld.

»Hat die Polizei Neuigkeiten über Dorothy Fielding in Erfahrung bringen können?«, fragte ich endlich nach quälend langem Schweigen. Tränen standen mir in den Augen, aber ich riss mich zusammen.

Roy war nur zu gern bereit, das Thema zu wechseln.

»Stapleton hat das Personal der psychiatrischen Klinik vernommen, in der sie interniert war, um sich zu vergewissern, ob eine Verwechslung vorliegen könnte. Du weißt doch – als Dorothy Fielding vor sieben Jahren mit einer Plastiktüte über dem Kopf in ihrer Zelle gefunden wurde, war ihr Gesicht praktisch unkenntlich. Wie ich gehört habe, hat sie sich bei jeder Gelegenheit verstümmelt, indem sie mit dem Kopf, dem Gesicht gegen Wände und überhaupt alles schlug, was sie verletzen konnte. Vielleicht war die in ihrer Zelle gefundene Leiche mit dem verwüsteten Gesicht gar nicht ihre. Sondern jemand anders, ein unbekanntes Opfer, das den Zweck hatte, ihre Flucht aus der Anstalt zu verschleiern.«

»Ja, das wird wohl so sein«, murmelte ich. »Muss ja. Jemand anders.«

Meine Stimme hörte sich an wie aus dem Jenseits.

*

Die Hölle existiert, und ich weiß jetzt, dass ihr Schrecken darin liegt, dass sie aus nichts anderem als Bruchstücken des Paradieses besteht. Oder aber sie liegt in der vernichtenden Erkenntnis, dass dieses Paradies nie eines gewesen ist, dass wir selbst nie der Liebe fähig und die uns teuren Menschen, die wir zu ihren Lebzeiten zu kennen glaubten, in Wahrheit nur unglückliche, von unaussprechlichen Geheimnissen niedergedrückte Schemen waren.

Allmächtiger Herrgott. Ich habe in einer Seifenblase gelebt, und die ist mir zerplatzt.

Wie konnte ich so blind sein, so überheblich, so selbstgerecht, mir einzureden, wir seien glücklich gewesen? Ich fühle mich wie einer, der egozentrisch vor sich hingelebt hat, ohne seine Mitwelt wahrzunehmen, wie einer, der jede Menge versprochen und am Ende kein einziges Versprechen gehalten hat.

Dabei war ich sicher, alles in meiner Macht Stehende getan zu haben. In der Überzeugung, dass vom Erfolg meiner Bücher der Komfort und die Sicherheit der Meinen abhingen, hatte ich mich hinter dem Schreiben verschanzt. Und bis zu einem gewissen Punkt war es mir ja auch gelungen, unser Glück zu garantieren – derart planmäßig, dass es wie auf Millimeterpapier gezeichnet schien! Für Page, das wird mir heute bewusst, war es sicher schwer zu ertragen. Ich verschweige nicht, dass ich die Ordnung und Sicherheit brauchte, um schreiben zu können, und dies im selben Maß, wie ich schreiben musste, um diese Randbedingungen herzustellen. Mein Werk war das Werkzeug unseres Glücks – und zugleich unseres Untergangs. Meine Arbeit fraß mich auf, ich war benebelt von meinen Figuren, ließ mich von ihren Dramen total in Anspruch nehmen. Wir drei kannten kaum noch gemeinsame Mahlzeiten, ich nahm am Leben – an *ihrem* Leben – nicht mehr teil, innere und äußere Wirklichkeit klafften weit auseinander. Ich arbeitete nachts und schlief tagsüber. Meine Stimmung war abhängig davon, ob ich gut vorankam oder blockiert war. Nur noch gelegentlich, selten, war ich Vater und Ehemann.

Ich lebte mit Page unter einem Dach, doch mit ihr gelebt habe ich im Grunde nicht. Sie wuchs neben mir auf, und ich bekam es kaum mit. Ich war wie ein Fremder, der in diesem seltsamen, zugleich nahen und fernen, tröstlichen und beunruhigenden Land, dem Schreiben lebte. Und die Zuwendung, die ich meinen Romanen schenkte, stahl ich meiner Tochter. Ich war wie dieser selbstsüchtige, vollkommen in seine Kunst verliebte Maler in Poes *Das ovale Porträt,* der sein Werk auf Kosten des Lebens schafft, und als er es merkt, ist es zu spät: Seine Geliebte ist tot.

Die Welt, die ich mir vom Leib zu halten geglaubt hatte, ist in all ihrer Grausamkeit über mich hereingebrochen. Und es ist eine düstere, eine erbarmungslose Welt, eine Welt, in der die Engel Drogen nehmen und die Toten zurückkehren, um die Lebenden anzugreifen.

Inspektor Stapleton schien mir heute Morgen peinlich berührt, dass er mich noch einmal am Krankenbett vernehmen musste, aber später erfuhr ich, dass ich den Grund seiner Verlegenheit falsch gedeutet hatte: Es lag nicht am Ort unserer Unterredung, sondern an seiner Besorgnis hinsichtlich seiner Zukunft. Er fürchtet, dass ihm der Fall entzogen wird. Die DEA droht, in die Sache einzusteigen, und wird ihm dann zwangsläufig ins Gehege kommen. Dass meine Tochter vor ihrer Ermordung Drogen genommen haben könnte, scheint ihn über die Maßen aufzuregen.

Am späten Nachmittag kam Barbara, diesmal allein. Sie strengt sich sehr an, vor mir nicht zu weinen, aber mit dieser Versteinerung kann ich viel schlechter umgehen als mit Tränen. Sie stand wieder lange am Fenster und starrte schweigend in den Park hinaus. Und ich spürte die ganze Missbilligung, mit der dieser Blick alles und jedes betrachtete und jedes noch so geringe Anzeichen von Leben der Schamlosigkeit und Lüge bezichtigte. Nachdem unsere Tochter tot war, hätte auch die übrige Welt zu existieren aufhören sollen, nicht wahr? Aber die Welt ist ja tot. Sehen wir doch genauer hin, dann erkennen wir, dass alles an ihr im Gewand des unheimlichen, grotesken Zombies daherkommt.

*

16. Dezember

Bei der Nachricht im Fernsehen blieb mir die Luft weg, und ich musste mich auf die Bettkante setzen, um nicht samt meinen Krücken umzufallen. Es war später Vormittag, ich wollte aus dem Zimmer, um draußen im Flur das Gehen zu üben, und in dem Moment brachten sie als Sondersendung auf allen Kanälen die Nachricht von einem Massaker im städtischen Schwimmbad von Tusitala, Louisiana. Es ist von nichts anderem mehr die Rede. Die Reporter sind bereits zur Stelle und versprechen die ersten Bilder vom Schauplatz des Dramas. Vier Kinder sind tot, zerfleischt. Ein Blutbad. Überlebt haben außer dem Schwimmlehrer Harry Lighton fünf Kinder, die jetzt in mehr oder minder lebensbedrohlichem Zustand sind. Ein Krisenstab tritt zusammen, um die psychologische Betreuung der Opfer und ihrer Eltern sicherzustellen.

Vor Ort eine brodelnde Meute von Journalisten, in Schach gehalten von vier Polizeibeamten hinter den gelben Absperrungsbändern, die im Wind knatternd den Eingang zum Schwimmbad versperren.

Es werden die ersten Spekulationen laut: Ein Krokodil!!! sei ins Becken eingedrungen. Andere erwähnen, freilich mit großer Skepsis, die Rückenflosse eines Hais, die das Schwimmbecken durchpflügt haben soll … Erste Beschuldigungen gegen den Schwimmlehrer werden erhoben, weil er nicht eingegriffen habe, um die seiner Obhut anvertrauten Kinder zu schützen. Man stellt bereits Fragen, was für ein Mensch er sei, nimmt seinen beruflichen Werdegang unter die Lupe. Wer ist Harry Lighton wirklich? Und wieso hat er nichts unternommen?

Der Kommentar verstummt. Auf dem Fernsehschirm sieht man die entsetzten, zerquälten Mienen der Eltern, die den Schauplatz des Massakers verlassen. Die sie eskortierenden Polizeibeamten sind kaum in besserer Verfassung. Die Fotoreporter rempeln sich gegenseitig auf der Jagd nach Bildern.

Ein heftiger Schwindel erfasst mich, mir wird übel. Im Spiegel sehe ich mein Gesicht, das weiß ist wie die Wand. Ein Glück, dass keine Krankenschwester in der Nähe ist; sie hätte den Fernseher ausgeschaltet.

Im Bildausschnitt erscheint jetzt der Chef der örtlichen Polizei, Steve Marker. Mit rot geränderten Augen durchpflügt er im Blitzlichtgewitter die Meute der Journalisten. Dann bleibt er stehen, drängelnd und stoßend scharen sich die Reporter um ihn. Er wird eine Erklärung abgeben. Mikrofone werden ihm entgegengestoßen. Die Kamera wankt unter dem Ansturm der Menge. Von der Erklärung ist kein Wort zu verstehen. Ich wechsle den Kanal. Dasselbe Gesicht in wackeliger Großaufnahme: Windböen zerzausen seine Haare, die sich büschelweise aufstellen, dann wieder flach an die Stirn heften. Er macht sich nicht die Mühe, sie in Ordnung zu bringen. Er ist den Tränen nahe. Beißt die Zähne zusammen – man sieht seine angespannten Kiefermuskeln. Sein Blick ist erloschen, wie tot, als wäre etwas in ihm gestorben. Vielleicht ein Grundvertrauen ins Leben (oder in jemanden?).

»Keine weiteren Einzelheiten«, sagt er jetzt.

»Hat man den oder die Täter gefunden?«, schreit ein Journalist über das allgemeine Stimmengewirr hinweg.

»Wir lassen derzeit das Wasser im Becken ab. Das wird eine Weile dauern.«

»Sie geben also der Hypothese eines tierischen Angriffs den Vorzug?«

»Ich kann Ihnen momentan nicht mehr sagen, meine Damen und Herren. Wir werden später eine Pressekonferenz geben und Sie über den Stand der Ermittlungen informieren. Vielen Dank.«

Mit seinen breiten Schultern pflügt er abermals durch die Menge, zurück zum Schwimmbad. Er hebt das Absperrungsband, duckt sich darunter hindurch und verschwindet im Gebäude.

Beim Anblick der Bilder erfasst mich tief in meinem Inneren das beängstigende Gefühl, dass diese Inszenierung mir persönlich gilt. Erneut packt mich die Übelkeit, ein Kribbeln läuft über meine Kopfhaut. Dorothy Fieldings Worte fallen mir wieder ein: *Das hättest du nicht tun dürfen, lieber Doug! Es war falsch, was du getan hast, du hättest das nicht tun dürfen. Es werden schreckliche Dinge passieren. Und du bist schuld, lieber Doug, du bist schuld.*

Mein Gott! Was geschieht hier?

*

22. Dezember

Seit dem 18., als ich aus der Klinik entlassen wurde, wohne ich im Fairmont Copley Plaza.

Ich habe Barbara angelogen, als es um meine Rückkehr nach Hause ging. Sie brauche mich nicht abzuholen, habe ich ihr gesagt und stattdessen Roy gebeten, mich mit meinem BMW abzuholen. Eine Zeit lang fuhren wir schweigend dahin, er am Steuer, ich neben ihm. Mir war klar, dass er mich verstohlen beobachtete und auf Anzeichen von Verzweiflung oder Depression lauerte. Auch ihn habe ich angelogen – ich tat, als hätte ich mich wieder einigermaßen gefangen. Vor seinem Hotel verabschiedeten wir uns, er wollte am nächsten Morgen nach New York zurück. Ob ich auch wirklich fahren könne, fragte er besorgt. Ja, absolut, versicherte ich. Geplant war, dass ich mit dem BMW nach Hause fahre. Roy wollte im Lauf des Abends anrufen und sich erkundigen, ob wir irgendwas brauchten. So war es vereinbart.

»Und ich soll wirklich nicht noch ein bisschen bleiben?«, fragte er ein letztes Mal und sah mich forschend und kummervoll an.

Aber ich hatte ihm klargemacht, dass Barbara und ich vor allem eines nötig hätten, allein zu sein, und das respektierte er.

Ich bin allerdings nicht nach Hause gefahren, weder an diesem Abend noch an den folgenden Tagen. Die Wahrheit ist, dass ich nie wieder dorthin zurückkehren werde. Ich habe dieses Haus in der Thanksgiving-Nacht für immer verlassen, als ich durch das Zimmerfenster meiner Tochter sprang. Nachdem Page tot ist, wird mich nichts und niemand auf der Welt dorthin zurückbringen. Nichts und niemand. Es übersteigt ganz einfach meine Kräfte, körperlich und seelisch.

Nachdem ich Roy abgesetzt hatte, hielt ich mich zunächst noch an den vereinbarten Plan und fuhr nach Beacon Hill. Ich wollte mich wenigstens verabschieden.

Dann aber saß ich eine Stunde draußen vor dem Haus im Auto und starrte auf die Fassade. Alles schien völlig ruhig, unverändert, als wäre nichts geschehen. Die zerbrochene Scheibe im ersten Stock war ersetzt worden. Und durch den Garten sah ich hinter den erleuchteten Scheiben im Erdgeschoss Barbaras schemenhafte Gestalt unruhig zwischen der Küche, wo sie hin und wieder ein Käsestück von einer Platte nahm, und dem Salon, wo sie sich vor dem laufenden Fernseher die Augen trocknete, auf und ab gehen. Sie wartete auf meine Rückkehr, so einsam, so unglücklich, und ich war draußen und beobachtete sie beim Warten. Mit einer wirren Mischung aus Liebe, Bitterkeit und Grauen im Herzen.

Ach Barbara! Wie bringst du es fertig, in diesem verfluchten, diesem jetzt leeren Haus zu leben!

Irgendwann blickte sie durchs Küchenfenster auf die Straße und muss die Silhouette des BMWs vor dem Haus gesehen haben. Hat sie auch mich gesehen, wie ich zu ihr hinüberblickte? Ich weiß es nicht, es war schon ziemlich dunkel. Tatsache ist, dass ich, als ich sie zur Haustür laufen sah, mit zitternder Hand den Zündschlüssel herumdrehte und davonfuhr. Ich wusste nicht, wohin, ich wusste nur, dass es nicht anders ging, ich musste fort, weit fort von unserem leeren Haus und unseren Erinnerungen, die mir wie Messerklingen in die Seele schnitten.

Man kann mir vorwerfen, dass ich davongelaufen bin, dass ich feiger nicht hätte sein können. Man kann es so sehen; es ist vielleicht nicht ganz falsch. Ich für meinen Teil bin aber überzeugt, dass es eigentlich die Flucht gewesen wäre, noch einmal einen Fuß in dieses Haus zu setzen. Denn dann wäre ich zurückgekehrt, um eines Tages einen Schlussstrich ziehen zu können. Ich hätte mit der »Trauerarbeit« angefangen. Ich hätte Barbara umarmt; wir hätten von allem gesprochen, nur nicht von dem, was uns innerlich zerfrisst wie ein heimtückischer Krebs; ich hätte mich neben sie vor den Fernseher gesetzt, ein Glas Cognac in der Hand, und darauf geachtet, nicht allzu oft ihren verweinten Augen zu begegnen; wir wären in unser himmelblau tapeziertes Schlafzimmer hinaufgegangen, genau gegenüber von Pages Zimmer, ich hätte das Licht gelöscht und mit schwerem Herzen aufgeseufzt: Leistung vollbracht, die erste Nacht zu Hause ohne Page, erster Schritt auf dem Weg zum Vergessen …

Morgen will ich aus diesem Hotel ausziehen und Boston verlassen. Wohin? Keine Ahnung. Nicht sehr weit vermutlich, aber weit genug. Ja, ich will jetzt abseits des Hauses leben. (Leben? Hat es denn noch einen Sinn, dieses große Wort eines Außerirdischen?) Und doch weiß ich, dass mich, egal, wo ich mich befinde, die heulende Meute meiner Erinnerungen im Geist immer wieder dorthin zurückschicken wird, auf die Straße vor dem Haus in Beacon Hill, wo ich auf die Fassade starre wie in das undurchschaubare Gesicht meines Schicksals.

*

23. Dezember

Die polizeilichen Ermittlungen treten auf der Stelle, und Inspektor Stapleton hat den Fall abgegeben. Es haben sich bis heute keinerlei stichhaltige Ansatzpunkte ergeben. Alles nur vage Vermutungen oder, schlimmer, unauflösliche Widersprüche.

Ein Nachbar soll am Abend des Dramas ein altes, rot-schwarzes Karmann Ghia Kabrio vor unserem Anwesen gesehen haben. Es wurde eine landesweite Suche nach dem Wagen eingeleitet: bisher ohne jedes Ergebnis.

Hingegen ist das Ergebnis des gerichtsmedizinischen Labors, das vergangene Woche den 1993 als Dorothy Jane Fielding begrabenen und jetzt exhumierten Leichnam untersucht hat, eindeutig: Die an den Gewebeproben durchgeführten DNA-Analysen bestätigen, dass es sich zweifelsfrei um die »blutige Leserin« handelt.

Angesichts dieser jüngsten Wende hat meine Aussage in den Augen der Polizei natürlich jede Glaubwürdigkeit verloren. Zumal in Pages Zimmer außer unseren und denen der Mädchen keinerlei fremde Fingerabdrücke gefunden wurden. Und obschon der Tod meiner Tochter durch eine scharfe, messerartige Waffe herbeigeführt wurde, weiß niemand, was aus dem Küchenmesser wurde, das ich angeblich gesehen hätte. So gesehen, ist es kein Wunder, dass ich eine Zeit lang im Verdacht stand, meine geliebte Tochter in einem Anfall von Wahnsinn (oder schriftstellerischer Inspiration, wer weiß?) selbst geköpft zu haben. Habe ich mir nicht schon früher ein Enthauptungsszenario ausgedacht, einen monumentalen Stoff aus blutigen Gräueltaten, der sich in der weltweiten Horrorszene fünf Millionen Mal verkauft hat? Jaja, so einer ist wahrscheinlich zu allem fähig und ganz besonders dazu.

Ohne die Aussage der Dills säße ich heute vermutlich in der Todeszelle.

Ich fahre Richtung Cape Cod.

2

24. Dezember, Sandwich, Massachusetts

Einsames, freudloses Weihnachten. Die ganze Welt feiert, die Nacht ist mit bunten Lichtern hell erleuchtet, und ich sitze im seelischen Keller. Dazu kommt, dass ich das Gefühl nicht loswerde, es könnte eine Verbindung zwischen Pages Tod und dem Massaker von Tusitala bestehen. Ja, es geht noch weiter: Allmählich macht sich die erschreckende Vorstellung in mir breit, dass *ich* diese Verbindung bin. Nicht umsonst hat mir die Erscheinung der Dorothy Fielding zu verstehen gegeben, die entsetzlichen Dinge, die sich ereignen werden, seien meine Schuld. Aber welche Schuld habe ich auf mich geladen? Und wem – oder was – gegenüber? Für mich haben beide Dramen den abscheulichen Geruch nach Rache. Kann es sein, dass die unvorstellbare Brutalität der Morde als Strafe gedacht ist? Der Ausdruck eines erbarmungslosen, perversen Willens?

Da ich meinem Verstand selbst nicht mehr traue, möchte ich diesen verrückten Ideen nicht allzu viel Raum geben. Aber etwas in mir (Ein Instinkt? Eine plötzliche hellseherische Begabung?

Oder ganz einfach die Verdrängung von Pages Tod?) zwingt mich, der Sache auf den Grund zu gehen.

Was, wenn die Theorie eines Hais im Schwimmbad von Tusitala zuträfe? Sie wäre auch nicht haarsträubender als die Rückkehr der toten Dorothy Fielding und ihr Eindringen in Pages Zimmer. Weil ich entsprechende Erkundigungen angestellt habe, weiß ich, dass Harry Lighton, der Schwimmlehrer, sich von seiner Version der Ereignisse bis zuletzt, bis zu seinem Selbstmord nicht abbringen ließ. Die verzweifelte Beharrlichkeit, mit der er an seiner Geschichte festhielt, spricht in meinen Augen für die Unschuld des Mannes. Wäre er der Täter gewesen, hätte er sich wohl kaum die Mühe gemacht, eine Nachricht zu hinterlassen; oder er hätte die Gelegenheit für ein Geständnis in aller makabren, genüsslichen Ausführlichkeit genutzt. Dass ein Verbrecher dieser Sorte Selbstmord begeht, ist allerdings selten. Aufgrund eines moralischen Paradoxes ist Gewissen immer die Last der Unschuldigen.

Es sieht so aus, als hätte alles mit dem Erscheinen meines letzten Buchs angefangen, mit Ed Morgans Lebewohl, und je länger ich darüber nachdenke, desto plausibler scheint mir, dass mein Interview mit *Newsweek* die Ursache von allem sein könnte. Nein: *ist.*

Ich lese es wieder und wieder. Die anfängliche Skepsis ist einer wachsenden Furcht gewichen, die sich ihrerseits zur grauenhaften Gewissheit wandelt. Du lieber Gott! – sollte ich tatsächlich Geheimnisse aufgedeckt haben, die niemand hätte erfahren sollen – um des Wohlergehens und der Sicherheit aller und in erster Linie um des Wohlergehens und der Sicherheit meiner Familie willen?

Ach Page, Page, was für ein entsetzlicher Albtraum.

*

Wer mich kennt, weiß, dass ich es noch nie leiden konnte, mich dem lästigen Ritual des Interviews zu beugen, diesem unmöglichen Palaver zwischen Narziss und Echo, aber wie ich einsehen musste, ist es schwieriger, ein Interview abzulehnen, ohne das Gesicht zu verlieren, als sich zu fügen und sich nachher dafür zu verfluchen. Wenn ein Buch es nötig hat, erklärt zu werden, ist es schlecht geschrieben. Alles andere ist nichtssagend und überflüssig, das ist meine Meinung. Aber wenn man das Pech hat, mit seinem Verleger und mit seinem Agenten auf bestem Fuß zu stehen, ist es kaum möglich, sich der schwierigsten Aufgabe zu entziehen, die jedem berühmten Schriftsteller blüht. Zur Beruhigung meines Gewissens habe ich mich deshalb verpflichtet, bei jedem neu erscheinenden Buch von mir der Presse ein Interview zu geben, nur eines: frei nach dem Prinzip des russischen Roulettes, wie ich es nenne – ein einziger Versuch, der allerdings tödlich sein kann. Mit diesem Risiko verbunden, schien mir das Ritual weniger öde, erträglicher, ja beinahe anregend.

Als *Make Your Farewell, Ed Morgan* herauskam, habe ich lange mit der Idee geliebäugelt, gar kein Interview zu geben. Aber Jack Foley, mein Agent, hat mir mit sanfter Pädagogik (»Man soll nie jemanden vor den Kopf stoßen, der einen mit in den Abgrund reißen kann«, pflegt er achselzuckend zu sagen) und unter Aufbietung sämtlicher Überredungskünste klargemacht, wie notwendig und begründet ein Dialog dieser Art in einer fortgeschrittenen Zivilisation wie der unseren sei. Er presste mir das Ehrenwort ab, noch ein weiteres Mal der nette Schriftsteller zu sein. Teils aus Mitleid, teils aus Mangel an schlechten Ausreden gab ich nach. Mein Reservoir diplomatischer Krankheiten war ausgeschöpft, und Jack hatte den Zivilisationsfreund in mir geweckt, der sich um den schönen Schein sorgt und auf dem öffentlichen Parkett gut dastehen will.

Das Interview fand genau drei Tage nach der Auslieferung meines Buchs statt. Den Journalisten, einen kleinen Typen mittleren Alters namens Rodney Meyers, hatte ich vorher nie gesehen. Er baute sein Aufnahmegerät auf meinem Schreibtisch auf, schaltete es ein und machte sich's mit verschränkten Armen, die Hände in den Achselhöhlen, mir gegenüber im Sessel bequem. Er war ohne eine Liste mit vorformulierten Fragen gekommen, wofür ich ihm insgeheim sogar dankbar war. Er hatte alle meine Bücher gelesen und sich mit meiner Biografie beschäftigt, machte aber keinen Versuch, mich mit seinem gesammelten Wissen zu beeindrucken. Aus dieser demonstrativen Lässigkeit schloss ich erleichtert, dass er nicht die Absicht hatte, sich an einem vorab festgelegten Angriffsplan zu klammern oder eine nach der anderen die Fragen abzuhaken wie die Posten auf einem Einkaufszettel. Rodney Meyers zeigte sich offen fürs Gespräch, offen für Überraschungen. Seine Bereitschaft zuzuhören war sozusagen das Käsestückchen in der Mausefalle. Meine Vorbehalte fielen in sich zusammen, und ich redete frei von der Leber weg, ohne an mögliche Folgen zu denken. Ich sah nur das Stückchen Käse – das Gespräch.

– Sag Lebwohl, Ed Morgan *ist der neueste Band Ihrer Horrorserie. Darin muss Ihr Protagonist, Inspektor Ed Morgan, schreckliche Prüfungen bestehen. Das werden seine nächsten Abenteuer ja kaum überbieten können, oder?*
– Keine Sorge, Ed hat noch viele düstere Tage vor sich.
– *Sie sind einer der meistgelesenen Autoren in den USA, doch Sie persönlich bleiben ein Rätsel. Kaum jemand kennt Sie wirklich.*
– Ich rede nicht gern über mein Leben.
– *Der Fall Dorothy Fielding ist allen noch lebhaft in Erinnerung. Das war bestimmt eine traumatische Erfahrung für Sie.*
– Für mich und für meine Familie, ja. Wissen Sie, wo viel Licht ist, da ist auch viel Schatten. In gewisser Weise haben Sharon Tates Schönheit, John Lennons Genialität auch einen Charles Manson, einen Mark David Chapman auf den Plan gerufen. Seit den Anfängen der Massenkultur hat Berühmtheit Psychopathen erzeugt, das ist eine ihrer Begleiterscheinungen – es hieße, den Kopf in den Sand stecken, wenn wir das leugnen.

Normalerweise beantworte ich solche Fragen nicht – aus dem einfachen Grund, weil ich es nicht ausstehen kann, ein ganzes Gespräch lang bis zum Überdruss auf unangenehmen Erlebnissen herumzureiten. Und selbst wenn es Dorothy Fielding an diesem Nachmittag im Mai 1988 geschafft hätte, in mein Haus einzudringen, wäre das noch lang kein Grund, um hinzunehmen, dass Journalisten genau dasselbe tun: in meine Privatsphäre eindringen und die voyeuristischen Instinkte des Publikums bedienen. Das war immer meine Meinung. Außerdem habe ich immer, kaum dass irgendein Presseausweisbesitzer das Thema anzuschneiden versuchte, im Geist die 22er Longrifle hervorgeholt und ihn damit hinter die Absperrung zurückbefördert. Warum zum Teufel habe ich mich diesmal darauf eingelassen?

Weil Rodney Meyers seine Fragen ohne Umschweife gestellt und dabei auf alle gespielte »Betroffenheit« verzichtet hat. Er hat sich wie ein Journalist verhalten, nicht wie ein mieser Schauspieler. Das ist der Rodney-Meyers-Effekt, sachlich und direkt, und in dem Moment sprang ich rückhaltlos drauf an. Keine Papiere auf dem Tisch, nur das kleine Aufnahmegerät. Und vor mir ein unvoreingenommener Mann mit offenem Lächeln, der den Eindruck machte, als hätte er gar nichts vorbereitet, der seine Fragen ohne Umschweife stellte. Ja, das war es, damit hat er mich geködert; und ich bin ihm in die Falle gegangen, ohne die Alarmglocken zu hören. Das war die Kugel, die einzige Kugel in der Trommel des Revolvers.

– *Gewidmet haben Sie Ihren Roman »Der Frau, die keine Bücher mochte …«.*
– »Der Frau, die keine Bücher mochte, Rose Holder, meiner Großmutter, die mir fehlt«.
– *Wer war sie? Wollen Sie uns von ihr erzählen?*
– Als Kind habe ich alle großen Ferien bei ihr verbracht. Meine Großmutter lebte in Tusitala, einer kleinen Provinzstadt in den Wäldern im Norden von Louisiana. Sie war eine in jeder Hinsicht überwältigende Frau: starker Körperumfang und ebenso starke Persönlichkeit. Die Leute aus der Gegend pflegten zu sagen, man täte besser daran, ihr nicht zu nahe zu kommen, wenn man sich selber und seine Illusion vom Ewigweiblichen bewahren wolle, aber für mich war sie immer die ideale Großmutter. Sie lebte in einem Wohnwagen – sehr gemütlich, ganz in Pastelltönen eingerichtet; im Winter heizte sie mit Kerosin. Ich hatte dort ein kleines Zimmer ganz für mich allein. Es war praktisch mein zweites Zuhause.

– *Hatte Ihre Großmutter irgendeinen Einfluss auf Ihre Berufswahl?*
– Ihr verdanke ich 's, dass ich heute bin, wo ich bin! *(Lacht.)* Einmal – ich muss damals etwa neun gewesen sein – hat sie mir eine schauerliche Geschichte erzählt, die Anfang der dreißiger Jahre passiert sein soll, in der Glanzzeit von Tusitala. Der Rahmen der Geschichte war der große Ball, den die Familie McNeice alljährlich im Juli in ihrer prächtigen Sommervilla auf einem Hügel hoch über der Stadt zu geben pflegte. Die McNeices waren eine der reichsten Familien im Staat Louisiana, ihr Vermögen hatten sie mit Holz gemacht. Sie galten als die Gebieter der Stadt, und Tusitala lag ihnen buchstäblich zu Füßen – im konkreten wie im übertragenen Sinn. Der Ball bei ihnen war *das* Highlight des Jahres, und alles, was in der Region Rang und Namen hatte, traf sich dort.
Wenn man allerdings ein vierzehnjähriges Mädchen aus einer Arbeiterfamilie war, wie eben meine Großmutter, brauchte man selbstverständlich nicht auf eine Einladung zu hoffen. Meine Großmutter war aber eine ziemlich unternehmungslustige Person und entschlossen, sich über solche Formalitäten hinwegzusetzen. Und als der große Tag kam, machten sie sich zu dritt auf den Weg – sie und ihre beiden besten Freunde, zwei Knaben aus Tusitala, die ebenfalls aus der Arbeiterschicht kamen und unerschrocken waren wie sie – und schlichen sich heimlich auf das Anwesen der McNeices. Sie wollten die Ankunft der Herrschaften sehen, die mit ihrem schönsten Schmuck, ihren prächtigsten Kleidern ausstaffierten Damen bewundern, aber was sie dort oben tatsächlich miterlebten, war etwas ganz anderes, zu ihrem großen Unglück …
In der Abenddämmerung sahen sie zwei Männer im Frack aus dem Haus kommen und zu ihren Wagen gehen, die in der Hauptallee geparkt waren. Meine Großmutter und die beiden Jungen hatten sich ausgerechnet hinter einem Auto versteckt und bekamen von dem Gespräch der beiden Männer ziemlich

viel mit. Darin ging es um eine Geheimgesellschaft, die sich Fenryders Wölfe nannte: Um ihr als vollwertiges Mitglied beitreten zu dürfen, hatte der Eingeweihte eine Prüfung zu bestehen, indem er eine bestimmte Handlung ausführte. Die drei Jugendlichen in ihrem Versteck mussten bald erfahren, welche Handlung für diesen denkwürdigen Abend vorgesehen war: Für sie war es der Schrecken ihres Lebens. Aus dem Haus tönte die Musik der Tanzkapelle, das Fest war in vollem Gange, und auf einmal begann ein Donnergrollen, Glas zerbarst klirrend, und im nächsten Moment schlugen aus allen Fenstern gleichzeitig und mit unerhörter Wucht helle Flammen. Binnen weniger Minuten war aus dem Ball des Jahrzehnts der Scheiterhaufen des Jahrhunderts geworden. Das ganze Haus brannte lichterloh – es war so blitzschnell und leicht in Brand geraten wie eine petroleumgetränkte Fackel, nur dass die Brandstifter weder Benzin noch Streichhölzer benutzt hatten. Darin war sich meine Großmutter absolut sicher.

– *Aber wie kann denn Feuer aus dem Nichts ausbrechen und derart rasch um sich greifen?*

– Das ist das erste Geheimnis der Geschichte. Die Polizei konnte nie die Ursache des Unglücks ermitteln. Niemand hat auch nur eine Spur von Benzin oder anderen feuergefährlichen Stoffen gefunden. Was den Brand ausgelöst hat, ist nach wie vor ein Rätsel, zumal sämtliche Räume gleichzeitig von den Flammen erfasst wurden, und zwar von innen her, was noch heute unwahrscheinlich klingt. Wenn nicht unmöglich! Äußerst merkwürdig ist außerdem, dass nur das Haus den Flammen zum Opfer fiel: Überall ringsum war Wald, und der blieb völlig verschont. Kein Zweig war auch nur angesengt! So viel hätte es gar nicht gebraucht, um in einer Kleinstadt wie Tusitala die Fantasie anzuheizen und am Ende, nachdem alle rationalen Erklärungen versagten, den Teufel persönlich ins Spiel zu bringen.

– *Welche Erklärung hatte denn Ihre Großmutter? Sie war immerhin Augenzeugin. Sie hat doch gesehen, was passiert ist, oder?*

– Wollen Sie wirklich ihre Version der Ereignisse wissen? Na gut. Meine Großmutter hat ihr Leben lang eisern an der Vorstellung festgehalten, dass es Zauberwerk war, das den Brand hat ausbrechen lassen. Genauer gesagt, eine heimliche mentale Kraft, die diesen so genannten Wölfen zu Gebot stand, ein Schadenszauber, der aus der Ferne wirkte, über den Blick. Dafür sprach in ihren Augen die Geschwindigkeit, mit der das Feuer um sich griff. Sie war noch ziemlich jung und in keiner Weise auf ein grauenhaftes Ereignis wie dieses vorbereitet – aber wer ist schon auf so was vorbereitet?

– *Und was geschah nach dem Feuer?*

– Die drei Neugierigen waren gelähmt vor Furcht und Entsetzen. Als sie endlich die Flucht ergreifen konnten, wagte keiner zu berichten, was sie dort oben beobachtet hatten. So kam es, dass niemand in Tusitala je etwas davon erfuhr. Im Lauf der Jahre haben die drei gelernt, mit der Last ihres Geheimnisses zu leben – und sicher auch mit der Furcht, einem der beiden Verbrecher eines Tages wieder zu begegnen.

– *Die Identität der beiden Männer verraten Sie uns nicht?*

– Damit kommen wir zum zweiten Rätsel der Geschichte, und das ist das eigentlich Erschreckende. In Ermangelung von Zeugen hat die Polizei einen Unfall als Ursache der Katastrophe angenommen. Doch den Beobachtungen der drei Jugendlichen zufolge lag kein Unfall, sondern ein Verbrechen vor, an dem zwei Männer beteiligt waren. Der eine war allem Anschein nach ein reicher, in der Gegend unbekannter Fremder. Der andere war ebenfalls reich, aber weder unbekannt noch ein Fremder, ganz im Gegenteil, denn es war kein Geringerer als Charlie, der Sohn und Erbe der McNeices.

– *Charlie McNeice soll den Familiensitz angezündet haben?*

– In der Tat. Und damit hat er den Tod seiner Eltern sowie sämtlicher Gäste verursacht, die Hausangestellten eingeschlossen. Von den gut hundert Anwesenden hat keiner überlebt. Ich habe keine Ahnung, welche Motive McNeice gehabt haben könnte, neige aber zu der Annahme, dass tatsächlich er der Täter ist und dass diese Bruderschaft der Wölfe bei der Ausführung des Verbrechens eine nicht unerhebliche psychologische Rolle gespielt hat.

– *Was ist denn aus Charlie McNeice geworden, weiß man das? Hat ihn die Polizei festgenommen?*

– McNeice wurde nie behelligt, und das im Wesentlichen aus zwei Gründen. Der eine ist, dass ihn ja niemand je verdächtigt hat, denn, wie ich schon sagte, meine Großmutter und die beiden Jungen haben aus Furcht vor Repressalien nie eine Aussage gemacht. Und der andere Grund liegt ebenfalls auf der Hand: Die Polizei ging davon aus, dass Charlie McNeice unter den Opfern des Feuers war. Offensichtlich hat er sich nach dem Drama mit seinem Komplizen aus dem Staub gemacht und keine Spuren hinterlassen. Man hat nie wieder von ihm gehört. Es ist nicht unwahrscheinlich, dass er inzwischen längst tot ist – das ist ja alles schon lange her; vielleicht war er schon 1970 tot, als meine Großmutter sich entschlossen hat, mir ihr Geheimnis anzuvertrauen. Nichtsdestoweniger ist die Geschichte durch meine Kindheitsträume gespukt. Meiner Großmutter habe ich es zu verdanken – obwohl sie selbst es ganz und gar nicht gewollt hätte –, dass ich heute ein Schriftsteller bin, der seine schrecklichsten Albträume zu Papier bringt.

– *Was hätte Ihre Großmutter nicht gewollt – dass Sie Schriftsteller werden?*

– Sie hätte es nicht ausstehen können, offen gestanden. Zum Glück, wenn ich das so sagen darf, ist sie gestorben, bevor ihr klar werden konnte, dass sie gegen ihren Willen das Denken und die Fantasie eines Autors populärer Romane mitgestaltet hatte. Ich glaube, sie wäre stolz auf meinen Erfolg gewesen, gleichzeitig aber hätte es ihr wehgetan, dass ich diesen Beruf ausübe. Sie hatte keinen Sinn für Wörter; sie traute der Sprache nicht. Hundertzehn Kilo Lebendgewicht – aber im Umgang mit Worten war sie die reinste Asketin und bedauerte, dass nicht auch alle anderen, auch die dünneren, so sparsam im Reden waren wie sie. Für die Plaudertaschen, die Phrasendrescher, die Schriftsteller aller Couleur – übrigens die mittelmäßigen ebenso wie die »Genies« – hatte sie nur Verachtung übrig. Ihre treuesten Gefährten waren der Whisky und das Schweigen. Der eine ließ sie Schlaf finden, und dem anderen verdankte sie – davon war sie fest überzeugt – ihr Überleben. Schweigen war nach ihrer Auffassung zuallererst eine Sicherheitsmaßnahme, später wurde es ihr zur Lebensregel schlechthin, zur Gewohnheit.

Wissen Sie, sie hat von den Ereignissen im Sommer 1933 nie ein Sterbenswörtchen verraten, nicht mal meinem Vater, ihrem einzigen Sohn. Die beiden standen zwar nicht sehr gut miteinander, aber er war immerhin ihr Sohn. Auch die diversen Männer, die durch ihr Leben gingen, haben nichts erfahren. Ihre Angst war wie ein Schatz, den sie eifersüchtiger bewachte als die Nibelungen ihr Gold. An dem Tag, an dem sie mir diese Geschichte anvertraute, war mir nicht klar, wie sehr sie mich geliebt haben muss – das habe ich erst im Nachhinein verstanden. Es war sehr wichtig für mich.

– *Haben Sie mal Recherchen über diese angebliche Geheimgesellschaft angestellt?*

– Ja. Aber sie ist derart unbekannt, dass man sich fragen darf, ob diese Gemeinschaft der Fenryder überhaupt je existiert und tatsächlich ihr Unwesen getrieben hat. Sie wird nirgends genannt. Kein noch so gelehrtes Buch, keine noch so spezialisierte Zeitschrift hat sie je erwähnt. Ich neige zu der Annahme, dass sie, wenn überhaupt, dann nur in den verschrobenen Hirnen einer Hand voll okkultismusvernarrter Verbrecher existiert hat.

– *Jedenfalls wär's ein guter Stoff für einen Roman.*

– Ein ausgezeichneter Stoff sogar!

Als wir uns voneinander verabschiedeten, schien Rodney Meyers mit seinem Interview recht zufrieden. Die Themen, die in solchen Gesprächen normalerweise abgehandelt werden – mein eben erschienenes Buch, meine Gesamtverkaufszahlen, meine Beziehung zum Internet, die Politik, der Mikrokosmos der amerikanischen Schriftsteller etc. – waren praktisch nicht zur Sprache gekommen, und das freute ihn. Ich für meinen Teil war ebenso zufrieden: Meyers war ein Mann mit ausgeprägtem Sinn für das Ungewöhnliche, für Nebensächlichkeiten mit geheimer Bedeutung, für Wege abseits der eingefahrenen Piste. Er hatte mich auf meine Großmutter und den ominösen Ball im Jahr 1933 gebracht: Das war die Urerzählung, von der meine Neigung zu fantastischen Geschichten herrührt. Keine schlechte Leistung.

Seitdem ist Page ermordet worden, und in Tusitala haben mehrere Kinder den Tod gefunden.

Offensichtlich gibt es Geheimnisse, die nicht aufgestört werden wollen. »Weil du mich freigelassen hast, will ich dich töten«, sagt in den *Märchen aus Tausendundeiner Nacht* der Geist, nachdem der Fischer den Stöpsel aus der Flasche gezogen hat, in der er gefangen war. Ich muss auch an den Mann denken, der vor einigen Jahren mit dem allergrößten Ernst mir gegenüber behauptet hat, Freuds Gaumenkrebs, an dem er schließlich starb, sei das unverkennbare Zeichen einer Strafe. Freud habe das Unterbewusstsein des Menschen ans Tageslicht gezerrt, das große Geheimnis der Seele gelüftet, und dafür habe er zahlen müssen. Das Dunkel ist exklusiv, es verzeiht nicht den geringsten Lichtstrahl.

Kann es also sein, dass tatsächlich ich für all dieses Grauen verantwortlich bin? Ist das viele vergossene Blut die katastrophale Strafe für ein schlichtes Interview? Ein Schuss, der nach hinten losging? Eine späte Strafe für die Neugier dreier Jugendlicher in längst vergangenen Tagen, die ich dummerweise ausgeplaudert habe?

Das läuft freilich auf die folgende Frage hinaus: Gibt es die Geheimgesellschaft, die sich Fenryders Wölfe nennt, tatsächlich, oder dient sie ein paar Okkultisten als Vorwand, um ihre niedrigen Instinkte auszuleben? Sollte sie tatsächlich irgendwo in Amerika existieren, so muss man sich vor ihr in Acht nehmen, denn sie gebietet über wahrlich furchterregende Kräfte.

*

Zwei Punkte sind zu bedenken:

1. Niemand, auch nicht die mir am nächsten Stehenden, kannte den Spitznamen »Doug«, mit dem meine Großmutter mich anredete.
2. Dorothy Fielding ist seit Jahren tot und begraben.

Also? Wer oder was ist dieses Wesen, das in Dorothys Gestalt meine Tochter ermordet hat und von »Doug« wusste? Das ist die große Frage. Es kannte mich besser, als Fielding zu ihren Lebzeiten es sich je hätte wünschen können. Wie soll man das nennen, ohne in geschmacklosen Mystizismus abzugleiten? Eine erstaunlich bösartige Kraft, eine heimtückische Macht, die es fertigbringt, sich in meine Gedanken einzuschalten und persönliche Elemente zutage zu fördern, die mir einerseits nahegehen (Doug) und mich andererseits vernichten können (die Angst um meine Familie, die mir Dorothy Fielding einflößte)? Den schlimmsten Albtraum eines Menschen Wirklichkeit werden zu lassen, ist das die tödliche Kraft von Fenryders Wölfen?

Falls ich es richtig sehe, fürchte ich, dass diese Sorte Raubtier gern noch eine Weile mit der Beute spielt, bevor es sie tötet. Was meiner Tochter und den Kindern von Tusitala zugestoßen ist, soll mir vielleicht nur einen Vorgeschmack auf das geben, was mich selbst erwartet …

*

1. Januar

Ankunft im Royal Inn, Providence, Rhode Island.

Von Hotel zu Motel ist mein Leben ein einziges endloses Umherirren in Erwartung eines Zeichens der Wölfe …

Ich schreibe nicht mehr und werde nie mehr schreiben, das weiß ich. Bis ans Ende meines Lebens werde ich gegen alle Literatur gefeit sein, trotz der geduldigen Ermunterungen und freundschaftlichen Drohungen, mit denen Roy mich mit hartnäckiger Güte überschüttet und die er klugerweise gleich wieder vergisst. Im Grunde seines Wesens hat Roy sehr genau begriffen, dass ich für die Literatur gestorben bin. Wenn er das nicht wahrhaben will (er leugnet es umso heftiger, als er weiß, dass die Sache verloren ist), dann nur aus Freundschaft zu mir – zu dem, was ich mal gewesen bin.

Eine Reihe gezielter, wirksamer Vokabeln in gruseliges Erschauern zu verwandeln war der Effekt, den ich mit meiner schriftstellerischen Arbeit zu erzielen suchte. Wohlige, manchmal auch lehrreiche Schauder, wie die Moritaten aus früheren Zeiten, die Märchen unserer Kindheit. Alle mehr oder minder gelungenen Romane, die ich geschrieben habe – im Ganzen sind es immerhin siebzehn geworden –, alle mehr oder minder originellen Ideen, die ich darin unterbringen konnte, habe ich wie alte Latschen am Straßenrand liegen lassen. Seitdem sind gerade mal fünf Wochen vergangen. Mir kommt es vor wie prähistorische Vergangenheit.

Mein Leben hat sich von Grund auf und für immer gewandelt. Aus einem Star des Horrorgenres ist eine Art Gespenst geworden, das Jagd auf andere Gespenster macht – übrigens viel furchterregendere Gespenster als die fiktiven Gestalten aus meinen Romanen. Ich spule keine weitere Fiktion ab. Nein, es ist mein Leben, das sich in eine todlangweilige Geschichte verwandelt hat. Das ist es vermutlich, was man Ironie des Schicksals nennt, und ich muss sagen, dass ich den hohen Preis bezahlt habe, um dessen Bitterkeit voll auskosten zu können. Dabei hatte ich mir doch geschworen, nie dem Klub der von der Angst Verfolgten beizutreten, dem verfluchten Klub der William Denbroughs und der Don Wanderleys …

*

24. Februar, Newport, Rhode Island

Seit sechs Tagen wohne ich im Newport Club Hotel.

Habe heute Roy wiedergesehen und in ihm mich selber, und das war schmerzhaft. Ich habe mich wiedergesehen, als ich noch Stanley Holder, Bestsellerautor, war. Mich selber, ja, und ich habe

Barbara gesehen, die mich lächelnd, in einem hellen Pullover, die Arme unter ihren wohlgeformten Brüsten verschränkt, an der Tür unseres Hauses in Beacon Hill empfängt, und ich habe Page wiedergesehen …

Als ich nach dem Essen in mein Zimmer heraufkam, sah ich ihn. Er wartete hier auf mich, saß vor meiner Tür auf der Treppe zur nächsten Etage, stützte die Arme auf die gespreizten Schenkel, ließ den Kopf hängen und verschnaufte: Hier angelangt, wird er gut zehn Minuten gebraucht haben, um wieder zu Atem zu kommen, denn die geringste körperliche Anstrengung bringt die Mechanik dieses Mannes, der den geistigen Genüssen ebenso zuspricht wie den leiblichen, von Grund auf durcheinander.

Als er jemanden die Treppe heraufkommen hörte, erhob er sich mühsam, unter Zuhilfenahme des Geländers, und lächelte mir entgegen.

»Hey, Stan«, sagte er schnaufend. »Du spielst zwar den Touristen und reist durch die Lande, aber Farbe bekommen hast du nicht, Alter.«

Wir umarmten uns, klopften uns stumm gegenseitig auf den Rücken, zu bewegt, um zu reden. Ich war nicht weniger aufgewühlt als er, hatte mich aber als Erster wieder in der Gewalt:

»Wollen wir was trinken, Kumpel?«

Ich suchte in meinen Taschen nach dem Zimmerschlüssel und sperrte auf. Roy beobachtete mich mit besorgtem Ernst, als wäre ich ein lebender Toter, der die Tür zu seiner Gruft öffnet. In seiner Miene sah ich mich selbst: ausgelaugt, vorzeitig gealtert. Er sagte aber nichts – vielleicht hätte es ihn noch mehr beunruhigt, wenn er es laut ausgesprochen hätte –, sondern schwieg peinlich berührt, teils aus abergläubischer Furcht vor den Worten, teils aus mitfühlender Feigheit.

»Na, das ist ja nicht schlecht, dein Versteck«, rief er mit gespielter Fröhlichkeit beim Anblick meines Zimmers.

Ich hängte meine Jacke über eine Stuhllehne. Dann nahm ich aus der nussholzfurnierten Hausbar eine Flasche Wild Turkey und schenkte uns zwei große Gläser ein.

»Weißt du«, sagte Roy, »dass ich meine Zeit damit verbringe, meinen Autoren nachzulaufen, damit die ärmsten nicht Selbstmord begehen und die reichsten nicht bei der Konkurrenz unterschreiben? Glaubst du, das ist ein Leben? Sag, Stan, ist das ein Leben? Auf meinen Alten hätte ich hören und als Catcher Karriere machen sollen. Die Catcher tun wenigstens nur so, als täten sie sich gegenseitig weh, im Verlagsgeschäft hingegen …«

Roy hängte seine Jacke über meine und trat ans Fenster, von wo aus er mich mit einer Mischung aus Sorge, Zuneigung und ratloser Trauer musterte. Es kam mir vor, als suchte er die Zauberworte, die er sich vorher auf der Treppe zurechtgelegt hatte, um mich zu überzeugen, dass ich meine Flucht aufgab und nach Beacon Hill zurückkehrte. Aber tief in seinem Inneren hatte er sich der Erkenntnis gebeugt, dass es vergebliche Liebesmüh war. Und wenn er sich vor mir auf die Knie geworfen hätte – mich bringen keine zehn Pferde mehr nach Hause.

»Stan, dürfte ich erfahren, was du hier tust? Gib's zu, du schreibst ein neues Buch, ja? Nein, im Ernst, was machst du hier?«

»Ich versuche herauszufinden, warum Page sterben musste. Ich suche … eine Erklärung.«

»Eine Erklärung?«

Roy drehte den Kopf zum Hotelgarten und ließ seinen müden Blick über die kahlen Bäume im Februargrau schweifen. Sein Atem war ein leises Pfeifen, das fast wie ein Röcheln klang. Er hob die Schultern.

»Eine Erklärung. Dafür sind die Bullen da. Du rennst Schimären nach, grausigen Schimären. Du rennst Page nach, aber Page ist tot, Stan, verdammt! Tot, verstehst du? Und weder du noch ich können irgendwas dran ändern. Du musst jetzt an Barbara denken und auch an dich selber, an dein Leben, an deine Karriere. Ich habe kürzlich dieses fantastische Science-Fiction-Werk unseres guten alten Platon noch mal gelesen, seine *Politeia.* Ich weiß nicht, ob du dich an den Athener erinnerst, der beim Anblick eines Leichenbergs am Piräus ebenso entsetzt wie fasziniert ist. Um sich sein morbides Interesse für immer auszutreiben, springt der Mann auf den Haufen zu und schreit: ›Das ist für euch, böse Geister, seht euch nur satt an dem schönen Spektakel!‹«

Bei diesen Worten drehte er sich wieder zu mir um und lächelte mich traurig an. Ich stand neben der Bar und erwiderte seinen Blick: Wie über einen unüberbrückbaren Abgrund hinweg sahen wir einander lange an.

»Komm doch mit mir, Stan, gleich heute«, sagte er schließlich.

»Ich kann nicht, Roy. Es tut mir leid ... Ich will wenigstens versuchen zu verstehen. Und das wird mir in Boston sicher nicht gelingen. Dort erinnert mich viel zu viel an Page.«

Roy leerte seinen Whisky in einem Zug, verzog das Gesicht und stellte sein Glas ab.

»Wenn du von den Leichen am Piräus genug hast, denk an deinen alten Freund und Verleger. Dann gehen wir im Bryant Park Grill einen Happen essen, wie in alten Zeiten, okay? Aber wart nicht zu lang, Stan. Ich bin nicht unsterblich.«

Er griff nach seiner Jacke und zog sie wieder an.

»Fährst du schon wieder?«, fragte ich.

»Ich hab deiner Frau versprochen, sie in eine Ausstellung zu begleiten. Barbara muss endlich mal wieder raus. Sicher gehen wir anschließend noch was essen. Das wird ihr guttun. Ihre Schwestern haben sich rührend um sie gekümmert, und du solltest ihnen verdammt dankbar sein. Es geht doch nichts über die Familie, wenn man in Not ist.«

»Ich weiß, Roy, ich weiß. Das musst du mir nicht unter die Nase reiben. Ich bin mir darüber im Klaren, dass ich die Erwartungen nicht erfüllt habe.«

»Ich hab sie gern, als wär sie meine Tochter, Stan, und dich mag ich auch, verdammt. Ihr könnt alle beide auf mich zählen, aber nicht, wenn's drum geht, euch fertigzumachen. Dafür nicht. Scheiße, ich hau lieber ab, bevor wir zwei uns noch anschreien.«

An der Tür drehte er sich mit einem tiefen Seufzer noch einmal um: »Und was soll ich Barbara sagen? Was soll ich ihr sagen? Sie ist verzweifelt, Stan. Weißt du das? Sie liebt dich und wartet auf dich.«

»Sag ihr … Sag ihr, dass ich sie auch liebe und dass ich herauszufinden versuche, wer uns Page weggenommen hat.«

»Stan! Das Scheißleben hat euch eure Tochter genommen!«

Kopfschüttelnd trat er hinaus auf den Flur. Ich war zur Tür gekommen und hörte ihn wiederholen: »Das Scheißleben. Nichts anderes. Das Scheißleben.«

Er stieg drei Treppenstufen hinab, hielt inne, und als wäre ihm noch etwas eingefallen, drehte er seinen mächtigen Catcher-Leib noch einmal um und sagte: »Vergiss uns bitte nicht ganz, Stan. Wir hängen an dir, Alter, verstehst du?«

Schweren Herzens sah ich ihm nach und hörte seine Schritte leiser werden. Mein letzter Freund.

Später, nachts

Traurig erkenne ich, dass von uns beiden nicht ich, sondern Roy das große Gespenst war. Ja, das aufwühlende Gespenst, das mir uralte, schmerzhafte Gerüche entgegenhaucht. Für einen Moment hat er eine Welt wieder aufleben lassen, die für immer versunken ist.

3

14. April, Hartford, Connecticut

Der Gast in Zimmer 28 im Motel Eva, der ich seit vier Tagen bin, hat wieder einmal Besuch von der DEA bekommen. Zwei vierschrötige frostige Kerle in tadellosen Anzügen füllten den Türrahmen aus, als ich aufmachte. Das Gesetz in Person oder einfacher: die Bundesbeamten Terry Collins und Malcolm Weekley. Mir war sofort klar, dass es für keinen der Beteiligten ein Vergnügen würde.

»Können wir reden?«

Nachdem sie mir ihren Ausweis gezeigt hatten, bewegten sie ihre massigen Körper watschelnd ins Zimmer und ließen sich aufs Bett plumpsen, dessen Sprungfedern unter dem Gewicht knarzten.

Nach vorn gebeugt, begann der korpulente Collins auf einem Zahnstocher herumzukauen. Neben ihm zog Weekley aus seiner Sakkotasche ein abgegriffenes Buch voller Eselsohren und aus einer der Innentaschen einen Kugelschreiber und ein Stück Papier. Das Buch benutzte er als Unterlage für seine Notizen.

»Das sollten Sie kennen, oder?«, fragte er und hob das Buch ein wenig an, damit ich den Titel lesen konnte.

Es war die *Gradiva* in Freuds Interpretation.

Ich nickte kurz und setzte mich ihnen gegenüber in den einzigen Sessel im Zimmer.

»Mein Kollege und ich, wir schwören drauf.«

»Irgendwann kann man gar nicht mehr anders«, bestätigte der andere, »als die Leute, die man trifft, durch die Psychobrille zu sehen. Faszinierend, sag ich Ihnen, total faszinierend.«

Terry Collins schien sich selbst am meisten darüber zu wundern, wie etwas derart faszinierend sein konnte.

»Nehmen Sie zum Beispiel den Geschäftsführer Ihres Motels. Ein äußerst interessanter Fall!«

»Hast du schon eine Diagnose, Malcolm?«

»Neurotiker mit Neigung zur Zwanghaftigkeit, würde ich sagen.«

»Ja, nicht wahr? – Das Arrangement der Zimmerschlüssel! Gut beobachtet. Und sonst?«

»Gewisse Hinweise auf eine manisch-depressive Störung. Glaubt ans Schicksal, personifiziert in der autoritären, züchtigenden Vaterfigur. Dazu ausgeprägte Schuldgefühle und eine Spur von homosexueller Gehemmtheit. Ein Kandidat für Masochismus.«

Sie verstummten, und wir sahen einander wieder nur an. Ich hatte das Gefühl, im falschen Film zu sein, und schwankte, ob ich mich vor Lachen krümmen oder vor Zorn explodieren sollte.

»Kennen Sie den Unterschied zwischen einem wie Ihnen und Leuten wie uns, Mr. Holder?«, fragte der Agent Terry Collins nach einer Weile und ließ den Zahnstocher vom einen Mundwinkel in den anderen wandern.

»Ich denke schon, ja«, antwortete ich.

»In freudianischen Begriffen?«, fragte er mit gerunzelten Brauen und ohne einen Anflug von Ironie. »Echt? Das interessiert mich.«

»Nein, nicht in freudianischen Begriffen.«

Er musterte mich wie ein Schlauberger, der doch nicht so schlau ist, und nach einer spannungsgeladenen Pause antwortete er: »Ich sag's Ihnen. Der Unterschied ist derselbe wie zwischen Sublimierung und Reaktionsmuster.«

»Moment, das versteh ich nicht ganz, Terry«, schaltete sich sein Partner ein. »Auch das Gesetz ist doch Sublimierung, nicht?«

»Nein«, sagte Collins, ohne mich aus den Augen zu lassen. »Romane schreiben, das ist Sublimierung. Dem sakrosankten Gesetz Geltung verschaffen ist hingegen ein Reaktionsmuster.«

»Ein Reaktionsmuster«, wiederholte der Agent Malcolm Weekley nachdenklich.

»Yeah. Und ein ziemlich klassisches noch dazu.«

»Jesus und der Miranda-Code anstelle des Arsches, wie?«

»Genau, Malcolm. Ganz genau.«

Wieder verstummten sie, dann hörte der dicke Collins zu kauen auf, nahm den Zahnstocher aus dem Mund und deutete damit auf mich.

»Mr. Holder, sagen Sie uns, ob wir uns täuschen, aber wir haben irgendwie den Eindruck, dass Sie uns über den Tod Ihrer Tochter nicht die volle Wahrheit erzählt haben.«

»Sie verschwenden Ihre Zeit«, antwortete ich und machte Miene, aufzustehen.

»Page Holder, fünfzehn Jahre alt«, las der andere von seinem Blatt ab.

Was er da mitgebracht hatte, waren also Auszüge aus den Polizeiberichten. Ich versank wieder im Sessel.

»Enthauptet ... Die Mordwaffe noch immer nicht gefunden. Aber Stapleton hat ja auch miserabel ermittelt, nicht wahr, Mr. Holder?«

»Was die Beschreibung der Waffe betrifft, scheint der Bericht des Gerichtsmediziners Ihre Aussage zu bestätigen. Ein Messer, ziemlich scharf.«

»Sagen Sie mal, warum waren Sie denn nie am Grab Ihrer Tochter?«, fragte Weekley, ohne von seinem Blatt aufzublicken.

Das war seine Art, Banderillas zu werfen.

Treffsicher. »Was geht Sie das an?«, fuhr ich auf. »Ist das ein Verbrechen?«

»Nein, aber in dem Fall ist es schon recht seltsam«, bemerkte er mit einem kurzen Blick von unten.

Terry Collins hingegen ließ die Augen durch das Zimmer wandern wie eine Katze auf der Suche nach einer Maus.

»Leben Sie jetzt so? In einem Motel nach dem anderen?«

Weekley startete zum nächsten Angriff: »Was hält denn Ihre Frau von dieser Art des Trauerns?«, erkundigte er sich mit gleichgültiger Miene.

»Hören Sie, meine Herren«, sagte ich. »Sie werden hier doch nicht die Nummer des bösen und des guten Cop aufführen?«

»Oh nein, keine Sorge, Holder«, sagte der wuchtige Collins. »Ganz und gar nicht. Sondern er ist Fiesling, und ich bin Superfiesling.«

»Was wollen Sie eigentlich von mir?«

»Mr. Holder, kennen Sie 10–13?«, warf mir Weekley nach einem raschen Blickwechsel mit seinem Partner hin.

»Sollte ich?«

Terry Collins zeigte mit dem Finger auf mich: »Er kennt Sie! Und das ist ein ziemliches Problem für Sie.«

»Ein Riesenproblem sogar«, korrigierte der andere, der sich wieder in seine Notizen vertieft hatte.

»Wer soll das denn sein?«, fragte ich.

»10–13? Das ist der aufsteigende Stern unserer Verbrecherkarteien«, begann Collins.

»Amerikaner asiatischer Herkunft«, setzte Weekley fort. »Alter: fünfunddreißig. Größe: einsfünfundsechzig. Sammelt Haftbefehle.«

»Seine Laufbahn ist eindrucksvoll. Aufgewachsen in New York. Hat in den achtziger Jahren mit Drogen angefangen. Später hat er seine Aktivitäten diversifiziert und sich auch dem Waffenhandel zugewandt. Unterhält Beziehungen mit dem Gotha der Unterwelt. Der 14K und dem Cali-Kartell, unter anderem.«

»10–13 ist natürlich nur sein Spitzname.«

»Man nennt ihn so nach dem Funkkode des NYPD.«

»Sie wissen schon, der Notruf. Wenn ein Kollege ein Problem hat, mit dem er nicht mehr klarkommt, funkt er 10–13. Mehrere Polizisten wurden umgelegt, nachdem sie kurz zuvor 10–13 gefunkt hatten. Verstehen Sie den Witz, Mr. Holder?«

»10–13 jedenfalls will sich mit Ihnen in Verbindung setzen.«

»Sein Revier ist New York. Aber anscheinend ist er seit kurzem in Boston.«

»Das NYPD ist natürlich entzückt.«

»Und wieso?«, fragte ich. »Ich meine: Wieso sucht mich dieser 10–13?«

Weekley blickte ausnahmsweise von seinem Blatt auf: »Sie haben da was aufgeweckt, Mr. Holder.«

»Wie bitte?«

Ich war sprachlos. Aber dann fielen mir Dorothy Fieldings rätselhafte Worte wieder ein. *Es werden schreckliche Dinge passieren. Und du bist schuld, lieber Doug, du bist schuld …*

»Ja, Sie haben was aufgeweckt, Mr. Holder. Etwas in 10–13s kaputtem Gehirn, das nur in Ruhe gelassen werden wollte. Einen alten Groll.«

»Oh ja, das ist wahr, er ist rasend nachtragend«, bestätigte Collins mit fast bewunderndem Nicken.

»Ich kann Ihnen beim besten Willen nicht folgen, meine Herren.« Und das war noch geschönt: Ich verstand nur Bahnhof. »Wieso will dieser 10–13 mich sehen?«

Wieder wechselten sie einen Blick miteinander, dann sagte Collins ungnädig: »Zu seiner Bande hat ein gewisser Matthew Beals gehört. Ein sechzehn- oder siebzehnjähriger Knabe. Vor ein paar Jahren hat 10–13 diesen Knaben in seiner Bude aufgefunden. Den Mund weit aufgerissen, die Augen nach hinten verdreht, Pisse und Scheiße in nicht unerheblicher Menge in der Hose.«

»Todesangst … im wahrsten Sinn des Wortes«, erklärte sein Partner bereitwillig.

»Dabei war das keiner von dieser zartbesaiteten Sorte, die an Halloween aus den Latschen kippt. Der Knabe wurde wegen zweifachem Mord plus bewaffnetem Raubüberfall gesucht.«

»Er wusste die Menschen zu nehmen, dieser Matthew Beals. Ich würde sogar sagen, dass ihm alle Türen offen standen. Nicht nur alle Türen: ein breiter, lukrativer Boulevard.«

»Was wird er also in seiner Bude erblickt haben, dass es ihm gleich den Garaus gemacht hat? Ein Rätsel.«

»Tatsache ist, dass 10–13 geschworen hat, seinen Tod zu rächen. Mit seinen ganz speziellen Methoden hat er Nachforschungen in verschiedenen Milieus angestellt. Wir wissen, dass er jetzt eine Liste mit Namen hat und dass auf dieser Liste neben anderen die Namen Lucius Ewel Fenryder und Charlie McNeice stehen.«

»Ist das nicht komisch?«, bemerkte Collins zu mir, und sein Zahnstocher erbebte zwischen seinen Lippen. »*General* Lucius Fenryder, um genau zu sein. Und das Komischste ist, dass Sie in Ihrem Interview mit *Newsweek* ausgerechnet diesen überaus seltenen Namen erwähnen.«

»Ein nicht unwichtiges Detail: Der Südstaatengeneral L. E. Fenryder ist nach Auskunft der Meldeämter 1826 geboren und 1865 in einer der allerletzten Schlachten in Texas gefallen. Seine Leute, heißt es, hätten ihn sehr verehrt und als ›neunten General der Konföderierten‹ bezeichnet. Er sei angriffslustiger als Hood und ein besserer Stratege als J. E. Johnston, vielleicht sogar als Robert Lee persönlich gewesen.«

»In West Point wurde er zum Major befördert und war zusammen mit Kirby Smith der Letzte, der seine Waffen abgegeben hat. Das heißt, abgegeben ist das falsche Wort: Eine Kugel in den Kopf hat sie ihm aus der Hand geschlagen.«

»Der ›neunte General‹ hat sich Lincolns Truppen also nie ergeben. Aber was anderes: Unseren Informationen zufolge hat Lucius Fenryder vor dem Krieg in diversen Mystikerkreisen verkehrt. Seine Korrespondenz zeugt von einer morbiden Faszination, die alles Übernatürliche und Paranormale auf ihn ausübte.«

»Um 1850 begab sich unser Mann nach Hydesville im Staat New York, um sich mit Kate und Margaretta Fox zu treffen; anschließend ging er zu den Jivaro-Indianern, um deren Schamanenriten zu studieren, und schließlich kehrte er nach Louisiana zurück und mischte sich unter die Voodoopriester am Congo Square.«

»Tja, und nachdem er 1865 das Zeitliche gesegnet hat, konnte er schwerlich weder Ihren Charlie McNeice kennen lernen, noch konnte er letztes Jahr Matthew Beals in seiner Bude heimsuchen.«

»Was Charlie McNeice betrifft, so erinnere ich daran, dass er bis zum Beweis des Gegenteils bei dem unfallbedingten Brand auf dem Anwesen seiner Eltern im Jahr 1933 umgekommen ist.«

Collins legte einen besonderen Akzent auf die Worte »unfallbedingt«, »1933« und »umgekommen«, während sein Partner mich mit besorgter Miene musterte und mir die denkwürdige Erkenntnis mitteilte:

»Lügenmärchen sind nichts anderes als eine fetischistische Tendenz, die Kastration zu dementieren. Die Realität wird mit Netzstrümpfen verschleiert. Der Mann ist ein Kastrat auf Bewährung, merken Sie sich das, Mr. Holder.«

»Ja, und Ihre kleinen Kastratengeschichten, die Sie sich da so zusammenspinnen, Sie und 10–13, die gehen uns allmählich auf den Wecker«, präzisierte Collins, woraufhin sein Kollege hinzufügte:

»Fenryder wird bloß ein Name sein. Ein politisches Emblem. Eine paranoide fetischistische Erfindung.«

»So wie Fenryders Wölfe auch nur eine Phantombruderschaft sind. Politisch-symbolische Strumpfhalter. Fetischistisches Talmi.«

»Am Anfang dachten wir, dass sich 10–13 vielleicht ein Buch über den Bürgerkrieg reingezogen und den alten Südstaatler kurzerhand wieder hat aufleben lassen. Dass er sich mit dem Thema reichlich befasst hat, wissen wir. Obskure Heftchen, Dissertationen, Wälzer, die längst nicht mehr im Buchhandel sind.«

»Da setzt der Kerl uns auf ein Gespenst an! Natürlich nur um uns wahnsinnig zu machen.«

»Tja, und dann Ihr Interview in *Newsweek.*«

»Und da ist er schon wieder, der berüchtigte General Fenryder, und wieder im Zusammenhang mit einem gewissen Charlie McNeice. Haben Sie sich abgesprochen, oder was?«

»Wie auch immer, Ihre Geschichte ist 10–13 irgendwie zu Ohren gekommen, und wir wissen jetzt aus sicherer Quelle, dass er mit Ihnen reden will. Persönlich.«

»Wir warnen Sie, Holder. 10–13 ist kein Typ, mit dem man sich manierlich zusammensetzt und mit abgespreiztem kleinen Finger Tee mit Zitrone trinkt. Der Kerl ist der Inbegriff aller Neurosen.«

»Genau gesagt: ein detaillierter Katalog der Perversionen.«

»Als er das letzte Mal eine kleine Unterredung mit jemandem hatte, hat der Typ sich glatt in die Hose gemacht.«

»Entzückend, der Typ.«

»10–13 wird also versuchen, sich mit Ihnen zu verabreden, Holder. Er sucht Sie, und wenn er Sie gefunden hat, werden Sie Ihr Blut in Geysiren verspritzen.«

»Der Kerl gehört zur Kategorie Irre erster Güte, Mr. Holder. Wenn Sie ihn sehen, nehmen Sie am besten die Beine in die Hand und stellen einen neuen Hundertmeterrekord auf, ohne sich umzuschauen. Aber sehen Sie zu, dass Ihnen noch genügend Luft bleibt, damit Sie uns sofort anrufen können. Hier ist unsere Nummer.«

Weekley reichte mir eine Visitenkarte, räusperte sich dann und fuhr fort:

»Mr. Holder, seit sechs Jahren suchen wir 10–13 wegen zahlreicher Morde, Konsum und Handel mit Drogen und Waffenschieberei. Letztes Jahr hätten wir ihn beinahe geschnappt. Einer von unseren Leuten hat seine Bande infiltriert, aber er wurde enttarnt, und wir mussten ihn schleunigst wieder zurückschleusen. Unser Agent war in akuter Lebensgefahr, und wir gewährten ihm und seiner Familie Personenschutz. Die dankbare Regierung sagte ihm sogar ein komplett neues Gesicht zu. Unser Agent nahm das Angebot an und suchte zu einem Vorgespräch vor dem großen Umbau den Chirurgen auf. Seine Leibwächter blieben im

Wartezimmer und studierten den neuesten Klatsch über Tom Cruise und Nicole Kidman. Sie haben nichts mitgekriegt, die beiden Zerberusse.«

»Nach einer Stunde Gesellschaftsklatsch mussten sich die zwei von Sarah Michelle Gellars Ehe erholen und kamen endlich auf die Idee, dass irgendwas nicht stimmte.«

»Nicht mit Sarah Michelle Gellars Ehe, sondern mit dem Doktor, und nachdem sie angeklopft hatten und sich drinnen nichts rührte, stürmten sie mit dem Revolver in der Hand ins Sprechzimmer.«

»Der Mann, den sie hätten schützen sollen, lag unter einem weißen Tuch auf der Untersuchungsliege und rührte sich nicht mehr. Der Arzt war verschwunden.«

»Das heißt, es war gar nicht der Arzt. Der echte.«

»Ganz vorsichtig hoben sie das weiße Tuch hoch, wie den Schleier der Braut zum Hochzeitskuss.«

»Der Körper unseres Agenten ...«

»... jedenfalls das, was davon noch übrig war ...«

»... war mit Spanngurten an die Liege gefesselt und hatte ein großes Heftpflaster über dem Mund. Gestorben war er daran, dass er bei lebendigem Leib gehäutet worden war, Fetzchen für Fetzchen. Ein schönes Anschauungsmaterial für jeden Anatomiekurs.«

»Sein Tod war alles andere als kurz und schnell.«

»10–13 wollte nicht zulassen, dass unser Agent seine Haut rettet, und hat sich geschworen, sie sich zu holen. Sehen Sie, er ist unheimlich nachtragend, dieser Typ, und er meint immer alles so furchtbar wörtlich.«

»Der Arzt – der echte – wurde bei sich zu Hause gefunden. Ermordet. Mit einer Stichwaffe.«

»Der Frau des Arztes haben sie nichts getan. Auch nicht seinem Schäferhund.«

»10–13 tut keinem Hund was. Nie.«

»Das einzige Mal, dass 10–13 eine Träne vergossen hat, das war beim Tod seiner Dogge.«

»10–13 überweist jeden Monat eine sehr großzügige Spende an den Tierschutz.«

»Falls einer seiner Leute aus Versehen einen Köter umlegen sollte, wär das sein Freifahrtschein zur Leichenhalle. Express natürlich!«

»Tieren tut man nichts zuleide. Nie.«

»Einmal hat er nur deswegen eine ganze Gang fertiggemacht. Wissen Sie, die Gang veranstaltete Wetten auf Kämpfe zwischen ausgehungerten Bluthunden. In einem Hinterhof in der Bronx.«

»Er legte alle Gangmitglieder um, einen nach dem anderen. Ihre Leichen waren das Festmahl der Köter.«

Malcolm Weekley lehnte sich zurück, um seinen Freud wieder einzupacken, und erkundigte sich angelegentlich: »Sie haben keinen Hund, oder?«

»Fassen wir zusammen«, sagte Collins mit einem Blick auf die Uhr. »10–13 liebt Tiere. Vor allem Hunde.«

»Unterhaltungen hingegen liebt er nicht besonders.«

»Aber 10–13 will sich mit Ihnen unterhalten. Also Holder, seien Sie so gut und halten Sie uns nicht für blöd. Sie machen die Fliege, sobald Sie seine Witterung aufnehmen, und setzen sich subito mit uns in Verbindung. Dieser Kerl frisst Wessons, säuft Anakondas und vögelt Uzis. Er ist eine komplette, wandelnde Waffenkammer. Er hält sich selbst für eine Kanone. Ein gut geölter Mechanismus, der nur dazu da ist, Schädeldecken zu perforieren. Ein Megaphallus.«

»Die Hirnschale randvoll mit hässlichen Gedanken, und bestimmte Wörter fungieren als Abzug. Wenn er zu Ihnen sagt: ›Das Vergnügen ist ganz meinerseits‹, sind Sie tot.«

»Und wenn er sagt: ›Wir sehen uns‹, haben Sie Galgenfrist. Vorbereitungsphase für ein Kaltmachen nach allen Regeln der Kunst.«

»Jedenfalls mehr oder weniger schnell ›kastriert‹.«

»Sind Sie jetzt fertig mit Ihrer Nummer, meine Herren?«, fragte ich schließlich, am Ende meiner Geduld.

Sie wechselten einen Blick, dann standen sie gleichzeitig auf und ließen das Bett ein letztes Mal knarzen.

»Sie denken dran, Holder, ja?«, schärfte mir Collins an der Tür noch einmal ein. »Sie hauen ab, sobald Sie seinen Schatten entdecken.«

»Und Sie rufen uns sofort an«, sagte Weekley, der ihm folgte.

Ich schloss die Tür hinter Fiesling und Superfiesling, die durch den Flur davongingen. In meinem Schädel hämmerte es, meine Hände zitterten.

Das hättest du nicht tun dürfen! Es war falsch, was du getan hast, du hättest das nicht tun dürfen.

Dorothy Fieldings Stimme ging mir nicht aus dem Kopf. Eine düstere Häme schwang darin mit.

4

2. Juni, Fortune Hotel, Mystic, Connecticut

Seit zwei Monaten warte ich jetzt. Ich bin ganz sicher, dass mich früher oder später einer von Fenryders Wölfen aufsuchen wird. Ich *weiß*, dass ich diesen Tag erleben werde, aber wann?

Ich fühle mich verfolgt, Beutetier eines unbekannten und mächtigen Räubers, der sich durch nichts beirren lässt. Dunkel ahne ich, dass er mich belauert, dass ihm nichts von meiner Irrfahrt durch Neuengland entgeht, dass es ihn amüsiert, wie ich, zur Untätigkeit verdammt, dasitze und warte, bis er das Signal für unseren Zweikampf auf Leben und Tod gibt. Er wird den für ihn passenden Ort und Zeitpunkt bestimmen. Auch das weiß ich.

Lieber Gott, lass ihn mir ein Zeichen geben, und ich werde nicht mehr Beute sein, sondern Jäger.

*

8. Juni

Das Zeichen ist da.

Die Empfangsdame reichte mir heute Morgen einen Umschlag, auf dem nichts anderes stand als mein Name in großen schwarzen Buchstaben. Als ich ihn aufriss, fand ich zwei Fotos.

Das erste zeigt den Bademeister Harry Lighton (ich erkannte ihn an seinem T-Shirt, auf dessen Rücken »Hallenbad Tusitala« steht) und die Kinder während des mysteriösen Angriffs im städtischen Schwimmbad. Entsetzlich: Der Schwimmlehrer hat anscheinend die Wahrheit gesagt – auf dem Foto meine ich eine Rückenflosse zu erkennen. Es war tatsächlich ein Hai im Becken!

Das zweite Foto wurde in der Straße vor unserem Haus in Boston aufgenommen: exakt in dem Moment, in dem ich durch die Fensterscheibe in Pages Zimmer stürze.

Bei diesen Bildern verlor ich den Boden unter den Füßen, mein Herz raste, Übelkeit packte mich, und ich war nahe daran, mich zu übergeben. Ich schloss die Augen und zwang mich, tief und ruhig zu atmen, bis ich mich wieder unter Kontrolle hatte.

Die Kombination dieser Fotos bestätigt die von Anfang an geahnte, immer befürchtete unheilvolle Verbindung zwischen den beiden Katastrophen – zwei scheinbar ganz unabhängigen, zeitlich und räumlich getrennten Ereignissen, die jedoch aus demselben Beweggrund, aus derselben Geisteshaltung heraus begangen wurden: aus Rache. Ich komme zu dem Schluss, dass es besser ist, der Polizei nichts von diesen Fotos zu sagen. Lieber abwarten und versuchen, das Rätsel selbst aufzuklären.

Bebend zog ich die den Abzügen beiliegende Visitenkarte aus dem Umschlag. Es ist die Adresse des Grand Magnolia in Tusitala, Louisiana, heute ein Hotel garni. Jemand hat von Hand eine Zimmernummer darauf geschrieben und zwei Initialen daruntergesetzt: C. M.

C. M., wie Charlie McNeice.

Der Verfluchte ist also noch am Leben. Ist er jetzt ein gehässiger weißhaariger Greis, oder hat er sich das Aussehen des Zwanzigjährigen bewahrt, der er 1933 war, als er Fenryder und dessen Wölfen seine Seele verkaufte? Ist er in derselben Zeit gealtert wie meine Großmutter, oder hat er sich im Verein mit seiner mörderischen Macht auch die ewige Jugend bewahrt? Ich weiß nicht, welche Annahme unerträglicher ist, aber ich werde es wohl bald erfahren.

Die Stunde, in der wir einander gegenübertreten werden, rückt näher.

Ich habe die Hotelrechnung beglichen und werde heute noch abreisen.

*

Tusitala, 10. Juni

Spätabends traf ich im Hotel ein. Dort logieren nur Touristen, harmlose, geschwätzige Leute. Ein altes deutsches Ehepaar und eine französische Familie mit ziemlich lebhaftem Nachwuchs.

Von Charlie McNeice vorerst keine Spur. Warum hat er mich ins Grand Magnolia bestellt? Weil der Ort so schön abgelegen ist, auf einem Hügel mitten im Wald, fernab der Stadt?

*

Tusitala, 11. Juni

Morgens eine kurze Unterhaltung mit Laureen Baldwin, der Pensionswirtin.

Man sieht ihr an, dass sie nicht so glücklich ist, wie sie glauben machen möchte: Ihre aufgesetzte Heiterkeit hat etwas Gezwungenes. Sie wirkt wie eine hübsche Maske über einem angstverzerrten Gesicht.

*

Später Nachmittag

Zurück aus Monroe, erhielt ich die unangenehme Nachricht, dass mich der lokale Sheriff, ein gewisser Marker, zu sich zitiert.

In seinem Büro erwartete mich der exhumierte Schädel meiner Großmutter. Die dem Paket beigefügte Karte adressiert die Sendung an mich und ist mit C. M. unterzeichnet. Die Handschrift ist dieselbe wie auf der Karte in dem Umschlag mit den Fotos. Das soll wohl eine Art Willkommensgeschenk sein – man lässt mich wissen, dass man mein pünktliches Erscheinen zum Stelldichein zu schätzen weiß und erinnert mich zugleich auf makabre Weise an die Mitschuld meiner Großmutter an den jüngst stattgehabten Ereignissen. Erschreckend souverän, wie sich Charlie McNeice der Ironie bedient: Wie ich im Rahmen eines Interviews eine knapp siebzig Jahre zurückliegende Geschichte wieder ausgegraben habe, gräbt er jetzt eine Tote aus …

Ich weihte den Sheriff nicht in meine Erkenntnisse ein, sondern behalte sie bis auf weiteres lieber für mich. Er hätte mir ohnehin nicht geglaubt. Außerdem hätte ich meine, nach Markers unverblümtem Kommentar zu urteilen, sowieso nicht rosige Lage nur verschlimmert: Er verdächtigt mich, mit dem Teufel im Bunde zu sein, und so gesehen, kann man sich leicht vorstellen, dass er nichts sehnlicher wünscht, als »seine« Stadt von Gesindel wie mir zu säubern. Darin scheint er übrigens nicht der Einzige zu sein: Ehrlich gesagt, hat auch die DEA mich nicht ins Herz geschlossen. Mir erscheint es wie der Gipfel des Hohns, dass mein Verhältnis zur Polizei ausgerechnet jetzt, wo ich Hilfe so nötig hätte wie nie, derart angespannt ist.

Karen Lighton, die ich heute Morgen in Monroe besuchte, bestätigt meine Ahnungen hinsichtlich der Tragödie im Schwimmbad. Harry Lighton hatte seit einem Tauchurlaub in Durban, Südafrika, panische Angst vor Haien. Er fürchtete sich vor ihnen so, wie ich mich immer gefürchtet habe, es könnte eines Tages der Tod in Gestalt einer Dorothy Fielding auftauchen und sich meine Tochter holen …

Von Karen Lighton erfuhr ich auch, dass der Sohn der Baldwins am Morgen des Dramas im Schwimmbad war. Ihr Mann sagte, das Ungeheuer habe dem Jungen eine sehr auffällige Aufmerksamkeit geschenkt und ihn dabei nicht angerührt – »als wollte es sich ihn für später aufsparen«. Das erklärt natürlich Laureens schlecht verhehlte Sorge. Sie hätte um ein Haar ihren einzigen Sohn verloren, und dass sie ihn jetzt kaum noch aus den Augen lässt, ist nur natürlich.

Noch etwas hat mir Karen Lighton anvertraut: Am Morgen des Dramas fiel ihrem Mann ein ungewöhnlicher Wagen auf dem Parkplatz vor dem Schwimmbad auf, ein rotes Karmann Ghia Kabrio mit getönten Scheiben, in tadellosem Zustand. Das Auto, das ein Zeuge am Abend des 23. November vor unserem Haus sah, entspricht dieser Beschreibung. Morgen muss ich Norman Jarrett anrufen. Er allein kann mir helfen. Er allein kann ein wenig Licht in all dieses Dunkel bringen. Schließlich war er einer der beiden Jungen, die an jenem 23. Juli 1933 mit meiner Großmutter zusammen waren.

Wieder in meinem Zimmer, nachdem ich mit Laureen und John Baldwin zu Abend gegessen habe. Ihr Sohn ist ein bezaubernder kleiner Junge. Mit seinen halblangen Haaren und seinen zarten Gesichtszügen lässt er mich manchmal an Page im selben Alter denken – ich muss mich dann abwenden, es zerreißt mir das Herz.

Wenn ich 's recht bedenke, ist Norman vielleicht nicht der Einzige, der mir weiterhelfen kann. Als ich nachmittags von Sheriff Marker zurückkam, lernte ich die unerschrockene Journalistin Sarah Widar von *Tusitala News* kennen – dieselbe, der das Meisterstück gelungen ist, von den Schmähungen der Witwe Lighton gegen den gesamten Journalistenstand ausgenommen zu werden: was in meinen Augen sehr fur sie spricht. Ich frage mich allerdings, was eine von ihrem Schlag in einem hoffnungslosen Provinzkaff wie Tusitala treibt. Ein weiteres Rätsel auf meinem Weg. Gut oder schlecht für mich? Die Zukunft wird es weisen – sofern es überhaupt noch einen Sinn hat, von Zukunft zu sprechen.

Ich habe ihre Einladung, morgen auf ein Glas bei ihr zu Hause vorbeizukommen, angenommen. Ich bin ja fast neugierig auf ihre Geschichte.

DRITTER TEIL

Charlie McNeice

I

Gärung

Denn wo euer Schatz ist,
da ist auch euer Herz.
Matthäus 6, 21

Der Nichttote ist immer der Stärkere.
Bram Stoker

1

Als Stanley nach dem Frühstück in sein Zimmer zurückkehrte, begegnete er Frau Steiner im Treppenhaus. Einen Koffer neben sich, stand sie vor ihrer Zimmertür, den Schlüssel in der einen, ein dickes Buch in der anderen Hand. Beim Frühstück hatte er die Steiners diesmal nicht gesehen, die wegen ihres Rückflugs nach Deutschland früher aufgestanden waren – auch Johnny hatte zeitig aufstehen müssen, um ihnen ihre letzte Mahlzeit im Grand Magnolia zu servieren. Als sie Stanley die Treppe heraufkommen sah, sperrte sie rasch ihr Zimmer ab und fasste sich ein Herz.

»Verzeihen Sie, Mr. Holder«, sagte sie und trat einen Schritt auf ihn zu, »dürfte ich Sie vielleicht um eine Widmung bitten?«

Schüchtern reichte sie ihm ihr Exemplar von *Make Your Farewell, Ed Morgan.* Sie hatte zweifellos auf ihn gewartet, während ihr Mann sich unten vor dem Haus abmühte, das Gepäck im Kofferraum des Leihwagens zu verstauen.

»Eine Widmung? Ja, sicher, gern«, sagte er.

Stanley tastete die Brusttasche seiner Jacke nach einem Stift ab, schüttelte den Kopf und fragte: »Haben Sie vielleicht was zu schreiben?«

Sie reichte ihm einen Kugelschreiber.

»*Funeral Picnic* hat mir schon ausgezeichnet gefallen«, sagte sie begeistert, während er das Vorsatzblatt aufschlug. »Aber dieses hier ist wirklich fantastisch. In meinem ganzen Leben habe ich mich nicht derart gefürchtet!«

»Ach«, sagte er mit gerunzelter Stirn.

Der Stift lief über das Papier.

»Ich hab mich tatsächlich ein paarmal dabei ertappt, wie ich im Wandschrank und unter dem Bett nachgesehen habe«, gestand Elfriede Steiner lächelnd, »ob da auch bestimmt niemand ist. Das ist mir seit meiner Kindheit nicht mehr passiert!«

Er erwiderte ihr Lächeln und gab ihr Buch und Stift zurück.

»Danke, das erfreut mein Herz«, sagte er aufrichtig.

»Die Franzosen reisen ebenfalls heute ab, zwar erst am Nachmittag, aber Sie werden jedenfalls bald Ruhe zum Schreiben haben. Hoffentlich sind die nächsten Gäste weniger umtriebig.« Sie zögerte kurz, dann legte sie ihm mit einer Geste der Sympathie die Hand auf den Unterarm. »Sie müssen unbedingt weiterschreiben, Mr. Holder, unbedingt. Die Rettung liegt im Tun – das hab ich meinen Studenten immer gesagt, aber das gilt für uns alle.«

Tu was, Papa, bitte tu was.

Er wandte den Blick ab, dachte an die 9-mm-Pistole, die er sich vor der Fahrt nach Tusitala gekauft hatte, eine SIG Sauer P230 mit sieben Schuss. »Damit sind Sie gut bedient«, hatte ihm der Verkäufer versichert, ein schmaler und hochgewachsener Typ, der irgendwie an Anthony Perkins in *Psycho* erinnerte.

Die Rettung liegt im Tun, wiederholte er innerlich. Ja, das stimmte wohl.

Sein Blick fiel auf den mit Lufthansa-Aufklebern verzierten kleinen Koffer.

»Kann ich Ihnen helfen?«

»Das ist sehr lieb von Ihnen, aber es geht schon. Das schwere Gepäck hat Martin getragen.«

Augenzwinkernd hob sie den Koffer auf, wie um ihre Kraft zu beweisen, und stellte ihn wieder ab. Sie schüttelten einander herzlich die Hand.

»Auf Wiedersehen, Mr. Holder, und denken Sie dran: Die Rettung liegt im Tun.«

»Ja, das werd ich hoffentlich nie mehr vergessen. Auf Wiedersehen, Frau Steiner.«

Er sah ihr nach, wie sie die Treppe hinunterging, und stieg dann in den zweiten Stock hinauf. In seinem Zimmer holte er sein Mobiltelefon hervor und tippte Norman Jarretts Nummer ein. Die kleinen Tonsignale bildeten eine Melodie.

Sein Schlaf in dieser Nacht war alles andere als erholsam gewesen, und die Erinnerung an die vier kurzen, nutzlosen Stunden haftete seit dem Erwachen als bitterer Geschmack in seinem Mund. Natürlich war der exhumierte Schädel seiner Großmutter durch seine Träume gegeistert und hatte sich bald in Pages zartes Gesicht verwandelt, das mit bleichem Erschaudern flehte: »Tu was, Papa, bitte tu was.« Immer wieder liefen die Bilder seiner kurzen Nächte auf diese Szene hinaus, um ihn stets aufs Neue in dieselbe unauslöschliche Qual zu stoßen wie in eine vergiftete Brühe.

Zuvor aber hatte er von Norman Jarrett geträumt. Er war zu Roses Beerdigung gekommen, stand neben ihm am offenen Grab, und seine weißen Haare flatterten im Wind, während der Pfarrer betete: »Gott, sei mir gnädig nach deiner Güte, und tilge meine Sünden nach deiner großen Barmherzigkeit. Wasche mich rein von meiner Missetat, und reinige mich von meiner Sünde.«

Stanley hielt seine Tochter an der Hand, die doch am Tag der Beerdigung noch gar nicht auf der Welt gewesen war. Obwohl ihm auch im Traum klar war, dass hier etwas nicht stimmte, war er selig, sein Kind wieder bei sich zu wissen. Page war neun Jahre alt und trug ein rotseidenes Halstuch, das sie reifer, beinahe wie ein junges Mädchen wirken ließ. Mit aufmerksamem Ernst, in dem Stanley einen Anflug von Angst wahrnahm, beobachtete sie die Zeremonie.

»Weißt du, Stanley, wir haben sie immer zu beschützen versucht«, sagte Norman fassungslos. »Unser Schweigen war nicht nur von Angst, sondern auch von Liebe bestimmt.«

Er sprach von Rose, deren Sarg jetzt an Seilen ins Grab hinabgelassen wurde.

»Ich weiß schon, Norman, ich weiß.«

Stanley legte dem alten Mann den Arm um die Schulter.

»Gib mir den Klang der Freude und des Feierns zurück«, sprach der Priester. »Lass mich hören Freude und Wonne, dass die Gebeine fröhlich werden, die du zerschlagen hast. Verbirg dein Antlitz vor meinen Sünden, und tilge alle meine Missetat.«

Unter den wenigen Trauergästen bemerkte Stanley eine männliche Gestalt, die sich abseits hielt, und er begriff, dass sich Normans »wir« auch auf diesen Mann bezog: Er war der »Krebs«, der dritte im Bunde, der 1933 das Massaker mit angesehen hatte. In seinem Traum aber blieb der Mann eine undeutliche, ferne Silhouette ohne Gesicht.

»Nie hätte ich gedacht, dass es so enden könnte«, flüsterte Norman, der in die Grube hinabstarrte. »Wir wollten doch nur eine Ballgesellschaft sehen! Eine Ballgesellschaft!«

In Normans Gesicht stand ein gramvolles Lächeln, und seine Augen waren feucht.

Oje, gleich wird er in Tränen ausbrechen, lieber Gott, mach, dass er nicht weint!, flehte Stanley innerlich. Norman musste durchhalten, trotz seiner abgrundtiefen Trauer, trotz aller Verzweiflung, er musste durchhalten. Stanley brauchte ihn noch.

Auf dem Grund des Grabes war der Deckel des Mahagonisargs kaum noch zu erkennen.

»Die Gerechten werden mich umringen«, betete der Pfarrer, »wenn du mir wohlgetan hast.«

In dem Augenblick fiel Stanley auf, dass die Zeremonie in Wirklichkeit anders verlaufen war, dass auch der Priester ganz andere Worte gesprochen hatte – sein träumender Geist mischte Verse aus verschiedenen Psalmen durcheinander.

»Amen«, schloss der Priester und hob einen gütigen Blick zum Himmel. »Amen«, wiederholte die Trauergemeinde.

Dann segnete der Pfarrer den Sarg, und die Leute stellten sich in einer Reihe auf, Norman an der Spitze bückte sich, um eine Hand voll Erde aufzuheben. Mit verstörtem Blick sah er sie zwischen seinen Fingern zerkrümeln.

Jetzt war das Grab auf einmal eine undurchdringlich schwarze Grube und vom Sarg nichts mehr zu sehen.

Mit gerunzelter Stirn warf Norman den kargen Rest Erde ins Grab, aus der kein Laut eines Aufpralls heraufdrang, als wäre der Schacht bodenlos. Verwundert beugte Norman sich vor und spähte hinab, doch auf einmal verzerrte sich sein Gesicht vor Grauen, und er stieß einen markerschütternden Schrei aus.

Stanleys Herz setzte sekundenlang aus. Er drehte sich zu Page um und war auf einmal wieder zu Hause in dem dunklen Flur zum Zimmer seiner Tochter. Page starrte ihn vom anderen Ende her mit angstgeweiteten Augen an. Mit bebenden Lippen sagte sie: »Tu was, Papa, bitte tu was.«

Er war aus dem Schlaf aufgefahren und hatte sich verwirrt umgesehen. Eine ganze Weile wusste er nicht, wo er war, bis er nach und nach in die Wirklichkeit zurückfand: Er war in Tusitala, nicht in Beacon Hill, und es war helllichter Tag.

Lange ließ er das Telefon läuten. Endlich meldete sich am anderen Ende der Leitung jemand mit einem knappen »Hallo?«.

»Dr. Norman Jarrett?«, fragte Stanley.

»Am Apparat.«

»Hier ist Stanley ...«

Am anderen Ende blieb es still, Stanley hörte nur den pfeifenden Atem seines Gesprächspartners. Sicher hatte er sich sehr beeilt, um den Anruf noch zu erwischen.

»Stan!«, stieß Norman endlich hervor wie einer, dem es vor Überraschung die Sprache verschlagen hat.

Hoffentlich kriegt er keinen Herzinfarkt, dachte Stanley beklommen.

»Ich rufe vom Grand Magnolia aus an.«

»Wie bitte? Das darf nicht wahr sein! *Woher* rufst du an?!«, polterte der pensionierte Arzt am Rand des Schlaganfalls.

»Aus dem *Bed & Breakfast* auf dem Anderson Hill ...«

»Ja, ja! Ich *weiß*, wo das ist«, fiel ihm der alte Mann ins Wort. »Aber was, um Himmels willen, tust du da, Stan?«

Stanley zögerte einen Moment, dann fasste er sich ein Herz: Es war besser, das Terrain zu erkunden.

»Es ist wegen der Fotos.«

»Fotos?«

»Ja, Fotos.«

»Was für Fotos?« Norman schrie fast. »Stan, von was für Fotos redest du?«

»Haben Sie keine Fotos bekommen?«

»Aber nein, nie im Leben, was denn für Fotos?«

Die Reaktion war so vehement und entschieden, dass sich Stanley – mit einem Seufzer der Erleichterung – von ihrer Aufrichtigkeit überzeugte. Wenigstens wusste Charlie McNeice nichts von Roses Jugendfreund, sonst hätte er sicher auch ihm die Fotos geschickt – bevor er ihn ebenfalls umbrachte. Wieder trat ein Schweigen ein.

»Es ist genau dort passiert, Stanley.«

»Was?«

»Das Feuer im Sommer 1933. *Exakt* dort, wo heute das Haus der Baldwins steht.«

Wieder trat ein nur von leisen, rasselnden Atemzügen erfülltes Schweigen ein. Stanley schloss für einen Moment die Augen. Wieso war er nie selbst auf die Idee gekommen? Natürlich hatte ihn McNeice an den Ort bestellt, an dem er ins Verbrechen großen Stils eingestiegen war.

»Hör zu, Stan, du kommst am besten so bald wie möglich her. Es geschehen zunehmend seltsame Dinge, die mir ganz und gar nicht gefallen.«

»Da gebe ich Ihnen völlig Recht, Norman«, antwortete Stanley, der sich seine stechende Schläfe massierte. »Ich wette, wir haben uns einiges zu erzählen.«

»Was hältst du von einer Schlemmerei bei mir zu Hause?«

Sein Tonfall klang jetzt betont munter und unternehmungslustig: als wäre auf einmal ein ganz anderer Mensch am anderen Ende der Leitung, väterlicher und jovialer – der Norman, den Stanley immer gekannt hatte.

»Ich muss am Nachmittag jemanden besuchen.«

»Na gut, dann sagen wir heute Abend?«

»Sehr gern! … Norman, kennen Sie zufällig eine gewisse Sarah Widar?«

»Sarah? Ja, klar. Eine Schönheit und eine Nervensäge, du meine Güte«, sagte er herzlich und, wie Stanley herauszuhören meinte, mit einem gewissen Stolz. »Sie hat neulich einen recht witzigen Artikel veröffentlicht …«

»… über das Liebesleben der Welse, ich weiß«, unterbrach ihn Stanley. »Das hat sie mir erzählt.«

»Hast du ihn gelesen?«

»Nein, muss ich zu meiner großen Schande gestehen. Sollte ich ihn auswendig lernen, bevor ich zu ihr gehe?«

»Wär nicht schlecht. Sarah ist eine Männerfresserin, weißt du. Na gut. Ich mache mich an die Vorbereitung des Abendessens. Sagen wir achtzehn Uhr bei mir, okay?«

»So machen wir 's, Norman. Um achtzehn Uhr.« Er wollte das Gespräch beenden.

»Stanley?«, fragte Norman noch.

»Ja?«

»Sei vorsichtig, Junge. Sei bitte sehr vorsichtig.«

Aus der Stimme am anderen Ende der Leitung war die Angst jetzt deutlich herauszuhören.

2

Kurz darauf nahm ihn Scotty mit zu seinem Versteck. In Schnürstiefeln, Shorts aus ausgewaschenem Jeansstoff und weißem *Tigers-T-Shirt* trottete der Junge vor ihm her, ohne sich um den Gast zu kümmern, der mit den Händen in den Taschen in größerem Abstand folgte. Sie hatten, immer im Gänsemarsch, das Haus umrundet, den in praller Sonne liegenden Parkplatz überquert und erstiegen jetzt eine kleine Anhöhe, auf deren Kuppe zwischen zwei Kiefern die Hütte stand, die Johnny für seinen Sohn gebaut hatte. Es herrschte eine dumpfe Schwüle. Im Schatten der Bäume war es eine Spur weniger drückend und roch nach Harz. Stanley, der längst die Hemdsärmel aufgekrempelt hatte, war außer Atem – dieser kleine Hügel hatte ihn regelrecht erschöpft. Schweißtropfen bildeten sich auf seiner Kopfhaut und ließen seine Haare in schwarzen Strähnen an der Stirn haften. Einen Moment lang musste er sich mit ausgestreckten Armen am Giebel der Hütte abstützen, um zu verschnaufen.

Scotty hingegen, dem die Hitze und die Anstrengung des Aufstiegs nicht das Geringste ausmachten, sprang in der Hütte herum und suchte seine verteilten Schätze zusammen.

»Schau, das da, das sind Goldklumpen«, rief er und zeigte seinem Gast ein mit steiniger Erde gefülltes Eimerchen.

»Da hast du ja ein Riesenvermögen zusammengetragen!«, stieß Stanley, der durch die Tür spähte, keuchend hervor.

Er atmete zweimal tief durch, zog die Hose ein Stück über die Knie und kauerte sich in der Türöffnung nieder, so dass er mit Scotty auf einer Höhe war. Sie waren allein, und Stanley war sich darüber im Klaren, dass die Gelegenheit für ein Gespräch jetzt oder nie war.

»Papa sagt, es gibt eine dicke Schicht in der Gegend hier, und jemand muss sie wohl mal ausbeuten.« Es brauchte zwei Anläufe, bis das letzte Wort heraus war, was Stanley ein Lächeln entlockte: Auch Page war in dem Alter über komplizierte mehrsilbige Wörter gestolpert. »Man muss den Indianern sagen, dass ich der Erste war. Glaubst du, das ist okay für sie, für die Indianer im Wald?«, fragte er mit köstlichem Ernst.

»Ich glaub schon.«

Je länger Stanley das Kind ansah, desto mehr überfielen ihn die Erinnerungen an Page. Auch sie hatte ihr Versteck gehabt – keine schöne, sauber zusammengenagelte Bretterhütte, sondern einen Winkel in einem Türmchen, der ihr allein gehörte, und auch sie hatte stundenlang selig dort spielen können.

»Sag mal, kennst du Los Angeles?«, fragte Scotty unvermittelt, den Blick auf den Eimer in seinen Händen gerichtet.

»Nicht besonders gut, ich weiß aber, dass es eine Stadt ist, in der es sich sehr angenehm lebt.«

»Wenn ich genug Gold habe, dann gehen wir alle wieder zurück, Mama, Papa und ich. Dort war's viel schöner«, fügte er leise und ein bisschen traurig hinzu.

Stanley betrachtete ihn ratlos. Am liebsten hätte er ihn in die Arme genommen und ihm versichert, dass er gekommen sei, um den Albtraum zu beenden, der durch seine Schuld über Tusitala hereingebrochen war, doch er tat nichts dergleichen, denn seine Kehle war zugeschnürt. Stattdessen richtete er sich wieder auf, wandte sich ab und starrte durch die Bäume auf den sonnengleißenden Parkplatz hinab. Er wollte Scotty nicht anlügen, wie er Page hatte anlügen können. Er war sich ganz und gar nicht mehr sicher, ob er imstande wäre, den entsetzlichen Erscheinungen ein Ende zu machen. Norman Jarretts besorgter Ton vorhin am Telefon hatte ihm kalte Schauder über den Rücken gejagt: Seitdem fühlte er seine Hoffnung, Charlie McNeice tatsächlich unschädlich machen zu können, rapide schwinden. Außerdem sah er das Grand Magnolia jetzt, nicht ohne Befürchtungen für die Zukunft, als riesiges Spinnennetz, dessen erste Fäden am 23. Juli 1933 geknüpft worden waren und in dem sich nun auch er und die Baldwins verfangen hatten.

»Weißt du, Scotty«, begann er langsam und starrte gedankenverloren in das Dickicht der Bäume jenseits des Parkplatzes, »ich hatte eine Tochter … Sie hieß Page, und … und ich hab sie angelogen … und das tut mir jetzt entsetzlich leid, du kannst dir nicht vorstellen, wie sehr! …« Er drehte sich zu Scotty um, der ihn unverwandt ansah. »Weißt du, ich … ich hab ihr weisgemacht, es gebe keine Monster … oder nur ganz wenige, und die seien so weit von uns weg, dass sie ihr nichts tun könnten … Eigentlich war ich nie bei ihr, um ihr helfen zu können. Ihr helfen, die Monster zu bekämpfen, die es sehr wohl gibt und die nicht so weit weg sind, wie ich behauptet habe. Ich hatte immer sehr viel zu tun und hab jahrelang gar nicht gemerkt, dass ich nicht an ihrer Seite war, um ihr zu helfen, die Monster zu besiegen. Wir wohnten im selben Haus, aber ich war nie wirklich bei ihr.«

Stanley kauerte sich wieder nieder und legte die Hände auf Scottys Schultern.

»Aber du – du hast mehr Glück als Page. Du hast deine Eltern ständig um dich. Sie haben dich sehr lieb, Scotty. Sie werden dich beschützen. Das musst du glauben.«

»Und du, bist du gekommen, um ihnen dabei zu helfen?«

»Ja. Irgendwie schon, ja ... Ich werde alles tun, damit hier nichts mehr passiert.«

»Wirklich wahr?«, fragte das Kind halb getröstet.

»Ja, aber das bleibt ein Geheimnis unter uns, okay, Scotty?«

Scottys Gesicht leuchtete auf, und das rückhaltlose Vertrauen, dessen nur Kinder fähig sind, lag in seinem Lächeln. Im nächsten Moment rief Laureen vom Fuß der Anhöhe herauf. Scotty kam mit einem Satz aus der Hütte und rannte den Hügel hinab auf seine Mutter zu. Sie fing ihn im Sprung auf, und beide lachten ausgelassen, als sie ihn zweimal im Kreis in die Luft fliegen ließ. Als dann auch Stanley herunterkam, schenkte sie ihm, Scotty an die Brust drückend, ihr strahlendstes Lächeln, entzückt, dass die zwei sich so gut verstanden.

»Wollen Sie nicht mit uns essen? Ich würde mich sehr freuen!«, sagte sie.

Stumm sah Stanley erst Scotty, dann Laureen an. Beide blickten ihn erwartungsvoll an.

»Na gut, okay, wenn ich so nett eingeladen werde!«

»Klasse!«, riefen Mutter und Sohn wie aus einem Mund, woraufhin alle drei in ein fröhliches Lachen ausbrachen.

»Johnny ist wirklich ein begabter Schreiner«, sagte Stanley. »Die Hütte ist sehr gelungen.«

»Scotty zufolge ist sein Vater außerdem Goldsucher, großer Indianerhäuptling und gelegentlich Zauberer. Ich für meinen Teil bin für Hütten weniger zu haben«, gestand sie, während sie mit einer Hand ihre Augen beschattete und zu Scottys Versteck hinaufspähte. »Das kommt aus meiner Kindheit – mein Bruder Ben ...«

Sie verstummte und schien irritiert, als hätte sie schon zu viel gesagt. Sie ließ Scotty wieder auf den Boden.

»Wie wär's mit Händewaschen vor dem Essen, Cowboy?«

Scotty betrachtete die erdigen Krusten an seinen Händen. Er musste seiner Mutter Recht geben und schoss wie der Blitz ins Haus.

»Ein wirklich reizendes Kind«, sagte Stanley, der ihm mit den Augen folgte.

»Ach, ich hab ihn schrecklich lieb. Nicht sehr originell, dass eine Mutter ihren Sohn liebt, oder? Er ist mein ganzer Daseinszweck. Ich wäre verrückt geworden, wenn ich Scotty verloren hätte, können Sie das verstehen?«

Stanley sah sie an. Laureen war den Tränen nahe. Sie zog ein Kleenex aus der Tasche und betupfte ihre Augenlider.

»Sicher wär's mir ergangen wie meinem Bruder.«

»Sie haben einen Bruder?«, fragte Stanley und lächelte sie ermutigend an.

»Hatte«, verbesserte sie mit belegter Stimme. »Ben war schizophren. Ich war sechzehn und er neunzehn, als es passierte. Bei uns zu Hause, in Palmdale, wo wir mit unseren Eltern wohnten, vor der Hütte im Garten, an einem Nachmittag im Mai. Die Eltern waren mit dem Auto unterwegs, sie mussten irgendwas besorgen und hatten uns allein gelassen. Es war schön und warm, der Himmel sehr blau, wir waren beide im Garten. Ben ging in den Schuppen hinten im Garten und kam fünf Minuten später völlig durchnässt wieder heraus. Ich sah ihn auf mich zukommen, er lächelte irgendwie schuldbewusst, und ich verstand nicht, was los war – es hatte doch nicht geregnet –, hatte er sich einen Eimer Wasser über den Kopf geschüttet, um sich abzukühlen? Ich hab nur gesagt: ›Ben, du bist ja ganz nass, jetzt musst du dich umziehen‹ – nur das. Und dann … Dann fiel mir plötzlich der Geruch auf, und schlagartig war mir alles klar, ich hab noch gemurmelt: ›Nein, Ben, tu das nicht!‹, aber vergebens. Er stand drei Meter vor mir und lächelte mich unentwegt an. Es war zu spät. Er hatte sich mit Benzin übergossen, und im nächsten Moment stand er in Flammen, in unserem Garten, unter einem Himmel, der so blau war, dass es etwas Unwirkliches hatte. Mein Bruder verbrannte sich, wie ein Mönch, der gegen die Invasion Tibets protestiert. Lächelnd. Er hat gelächelt! Dieses verfluchte Lächeln macht mich heute noch wahnsinnig, wenn ich nur dran denke.«

Sie senkte die Augen, und ihre Mundwinkel zitterten.

»Ich weiß, ich hätte mit ihm reden sollen, hätte versuchen sollen, ihn zurückzuholen, ihm sagen, dass wir ihn nicht verlieren wollen. Trotz des Geschreis, trotz des Leidens, trotz der materiellen und seelischen Probleme, die er uns machte. Dass wir ihn liebten, trotz allem, trotz aller Anstrengung, aller Erschöpfung, aller Verzweiflung. Ja, wir liebten ihn. Aber nichts davon hab ich gesagt. Nur ein kaum hörbares Murmeln von mir gegeben als Antwort auf sein Lächeln und seine traurige Miene. ›Nein, Ben, tu das nicht!‹ Hätte ich nur irgendwas anderes gesagt, hätte ich bloß einen Finger gerührt! Ich liebte ihn, obwohl unser Leben zur Hölle geworden war. Aber nein, ich hab nur gemurmelt: ›Nein, Ben, tu das nicht!‹ Wissen Sie, Stanley, insgeheim bin ich noch heute überzeugt, dass ich sehr einverstanden war mit seinem Vorhaben, dass mein unhörbares Murmeln eine Ermutigung war. ›Mach nur, Alter, zünd dich an. Dann sind wir alle Probleme los. Dann haben wir unseren Frieden und können endlich zu leben anfangen. Unser eigenes Leben führen. Ohne dich, Ben. Ohne dich.‹ Können Sie das verstehen, Stanley?«

»Ja, das kann ich«, sagte er. »Aus der Sicht eines jungen Mädchens war Ihre Reaktion im Grunde völlig gesund – egoistisch, aber gesund. Alle Eltern verspüren doch wenigstens einmal im Leben die wahnsinnige Lust, ihren Nachwuchs aus dem Fenster zu werfen, und ein Kind erträgt den Gedanken an eine qualvolle Situation, die sich auf unabsehbare Zeit hinzieht, noch viel weniger als ein Erwachsener. Sie wollten einfach, dass es aufhört – wie übrigens auch Ihr Bruder.«

Sie erwiderte seinen Blick. Er las Dankbarkeit darin.

»Wenn Sie wüssten, wie meine Mutter es mir nachgetragen hat. Wie sie mich dafür gehasst hat! Natürlich haben wir nie offen darüber geredet. Es war immer so viel Unausgesprochenes zwischen uns, und nichts als Andeutungen – es hätte nicht schlimmer sein können, wenn sie mir direkt ins Gesicht gesagt hätte: ›Du, Laureen, bist schuld am Tod deines Bruders. Du hattest die Pflicht, ihn zu beaufsichtigen, aber du bist viel zu egoistisch, um dich um ihn zu kümmern, du hast ihn einfach machen lassen. Weil's dir ganz recht war, dass er so endet, jetzt bist du ihn für immer los. Du wolltest unsere Aufmerksamkeit für dich allein. Nicht mehr mit Ben teilen, keine Zeit mehr mit ihm verschwenden.‹ Ja, es hätte nicht schlimmer sein können, wenn sie es ausgesprochen hätte. So hat sie es nur gedacht.«

»Jeder von uns trägt einen dunklen Schatz mit sich herum, der für ihn ebenso kostbar wie schrecklich ist, weil er aus seinen eigenen Gespenstern besteht.«

»Ja, da haben Sie Recht«, murmelte sie und sah ihn mit feuchten Augen an. »Das stimmt, es ist ein Schatz, an dem sehr schwer zu tragen ist.«

Von einem plötzlichen Schauder durchrieselt, verschränkte sie die Arme vor der Brust.

»Stanley, sind Sie wegen … wegen der Ereignisse vom vergangenen Winter in unserem Schwimmbad hier?«

»Wer hat Ihnen das denn eingeredet?«

»Oh, niemand Bestimmtes. Johnny denkt eigentlich, dass Sie in der Absicht hergekommen sind, unsere Geschichte aufzuschreiben, um … um Ihr eigenes Drama zu bewältigen.«

»Hm, verstehe.«

»Verraten Sie uns nicht, Stanley.«

Beinahe flehentlich sah sie ihn unter ihren langen schwarzen Wimpern an.

»Nein, keine Sorge, ich bin ganz bestimmt nicht hier, um aus Ihrer Geschichte einen widerlichen Reißer zu machen. Oder eine private Therapie. Ich gebe Ihnen mein Wort drauf, Laureen, obwohl es mir, muss ich gestehen, eigentlich ganz recht ist, dass manche glauben, ich hätte diese Absicht. Es wäre ja viel menschlicher, auch viel logischer!«

Mit einem müden Lächeln zuckte er die Achseln. Laureen runzelte die Stirn.

»Aber wen wollen Sie denn hinters Licht führen, Stanley? Und warum?«

»Sagen wir so: Mir ist eine gewisse Sarah Widar auf den Fersen, und ich ziehe es vor, ihren Scharfsinn auf eine falsche Fährte zu lenken.«

»Und welche ist die richtige?«

Er betrachtete sie schweigend. Einen Augenblick lang hatte er das Bedürfnis, ihr alles zu erzählen: von der Geschichte seiner Großmutter, dem Ball bei den McNeices, genau hier, auf diesem Anwesen, von Fenryders Wölfen und ihrem tödlichen Werk. Aber es schien ihm verfrüht, wenn nicht sogar gefährlich: Je weniger die Baldwins wussten, desto besser war es für sie. Stattdessen antwortete er mit einer Gegenfrage.

»Laureen, was denken Sie denn über die Ereignisse im Schwimmbad? Haben Sie eine Ahnung, was dort passiert sein könnte?«

»Was passiert ist?« Wieder schauderte sie, und es kostete sie sichtliche Anstrengung, weiterzusprechen. »Sie meinen: Was meiner Ansicht nach dort passiert ist? Ja?«

Er nickte, ohne den Blick von ihr zu wenden. Sie musterte ihn ihrerseits mit schmerzlicher, beinahe aggressiver Eindringlichkeit.

»Sie wollen wissen, ob ich Harry Lighton für den Täter halte? Also nein, ich glaube, es war ein … es war etwas anderes im Becken.« Sie wagt nicht, *ein Hai* zu sagen, dachte Stanley, und das war in seinen Augen wie ein Eingeständnis. »Etwas war hinter Scotty her, hat ihn aber nicht umgebracht. Wie um ihm mitzuteilen, dass es sich seine Beute für später aufspart … Wie bei einem grausamen Spiel …«

3

Norman Jarrett, der trotz der Last seiner acht Jahrzehnte noch immer größten Wert auf eine klassisch elegante Erscheinung legte und sich darum vor dem großen Spiegel seines Schlafzimmerschranks mit seinen feinen Schnürschuhen abmühte, verlor allmählich die Nerven. Seine alten Lendenwirbel riefen sich ihm unaufhörlich in Erinnerung und brachten ihn ins Wanken, doch statt über sein Schicksal zu stöhnen, zog Norman die griesgrämige Wut vor: eine Ablenkung – der letzte Versuch, das wusste er – von der Depression, die im Hintergrund lauerte und ihn mit sich reißen würde, wenn er seinen Widerstand aufgab.

»Norman, allmählich pressiert es«, rief Nancy Cray von unten herauf.

»Ich komme«, stieß er zwischen den Zähnen hervor, während er den zweiten Schuh zuband. »Kreuzdonnerwetter, ich komm schon, Nancy!«

Mühsam richtete er sich auf, rot und atemlos, und zog die Weste seines leinenen Dreiteilers zurecht; dann strich er mit einer Handbewegung eine in die Stirn gefallene weiße Strähne zurück.

Jämmerlich.

Ungestüm wie eine Beleidigung kam ihm das Wort in den Sinn. Er sprach es aus, murmelnd, müde, drehte und wendete es in Gedanken hin und her, um auf diese Weise vielleicht den Hohn abzuschwächen, aber es änderte nichts daran. Ja, jämmerlich war sein Leben geworden, hatte diese welke Färbung angenommen, diesen bitteren Aschegeschmack, und dass es ihm ständig bewusst wurde, verdammte ihn zu ohnmächtiger Wut.

Was bist du für ein altes Wrack geworden, Norman!, sagte er zu seinem Spiegelbild, während von unten wieder Nancys Stimme rief.

Nancy, eine Einkaufstasche über dem Arm, wartete seit gut zehn Minuten an der Haustür. Ungeduldig trat sie von einem Fuß auf den anderen, stieß leere Drohungen aus und sagte sich ständig, sie wäre besser allein einkaufen gegangen, wenn sie mit der Zubereitung des Abendessens rechtzeitig fertig werden wollte. Dennoch wartete sie. Norman lag sehr viel daran, sie zu begleiten, und dies war, das wusste sie, ebenso sehr ein Mangel an Vertrauen gegenüber seiner Haushälterin wie ein Ausdruck der Zuneigung für seine beste Freundin. Insgeheim fühlte Nancy Cray sich geschmeichelt. Ein weiterer Grund – von dem sie allerdings nichts wusste – war, dass Norman nichts so sehr liebte wie Arm in Arm mit ihr durch die Stadt zu spazieren, gerade weil er damit den anständigen Bürgern von Tusitala wieder reichlich Anlass zu Tratschereien gab und diesen »Dummkopf« Harvey, Nancys »inkompatiblen« Ehemann (beides Normans Worte), auf die Palme brachte.

Doch Norman war schon seit einigen Monaten der Sinn für solche Albernheiten abhandengekommen. Abhandengekommen war ihm auch die sanftmütige Gelassenheit, die ihn so lang selbst in den heikelsten Momenten seiner beruflichen Laufbahn nicht im Stich gelassen hatte – etwa damals, als er in einem Nobellokal in Dallas, in dem er mit seiner Gattin zu Abend speiste, an einem Tischnachbarn eine Notoperation hatte vornehmen müssen, einen Luftröhrenschnitt mit einem schlichten Taschenmesser. Jetzt – genauer gesagt, seit den »Vorfällen in Boston«, so die verbreitete Bezeichnung für die Tragödie, die Stanley Holder zu Thanksgiving zugestoßen war – kam es häufig vor, dass er aus geringfügigsten Anlässen die Geduld verlor und mit der ganzen Welt haderte, und gerade für diejenigen, die ihn, wie Nancy, seit einer Ewigkeit kannten und in seinen guten Zeiten erlebt hatten, waren seine Wutanfälle schwer zu ertragen.

Wie nicht anders zu erwarten, war es mit seiner körperlichen Verfassung bald ebenso bergab gegangen wie mit seiner Stimmung. Die Gründe dieses doppelten Verfalls ließen sich mit zwei Worten zusammenfassen: das Alter. Oder genauer: die Vergangenheit. Seine Vergangenheit.

Tatsächlich war das hohe Alter für Norman zu einem sehr dunklen Labyrinth geworden, in dem er sich tastend vorwärtsbewegte und dauernd über Erinnerungen stolperte, die ihn ohne Vorwarnung überkamen und zwangen, auf sein Leben zurückzublicken. Weil er als Gefangener darin umherirrte, wusste er ziemlich genau, wie es in seinem inneren Irrgarten aussah. Die Wände zierten Bilder, die wohl sein Leben gewesen waren. Die eingangs insgesamt noch recht hellen und freundlichen Bilder zeigten einen beinahe glücklichen Norman Jarrett, Ehemann der um zwei Jahre jüngeren Betty Caroline Head und Vater zweier prächtiger Kinder, Ian und Rachel, der in seinem Anfang der fünfziger Jahre erstandenen stattlichen Haus in Dallas als Allgemeinarzt praktizierte und ein recht behagliches Leben führte. Ein Stück tiefer im Labyrinth verloren die Bilder ihre Leuchtkraft, verschwammen, wurden düsterer: die Trennung von Betty nach zwanzig wirren Ehejahren – Trennung, nicht Scheidung (Wir *werden uns doch in unserem Alter nicht mehr scheiden lassen,* hatte er ihr lächelnd hingeworfen, während er die Koffer packte), die schleichende, aber irreparable Entfremdung von seinen Kindern und vor allem die Rückkehr nach Tusitala im Oktober 1971, um hier seine letzten Berufsjahre und seinen Lebensabend zu verbringen. Je mehr sich die Erinnerungen dem Zentrum des Labyrinths näherten, desto enger drehten sie sich um diese kleine Stadt, in der er zur Welt gekommen und aufgewachsen war, und desto öfter leuchtete aus den dunklen Bildern das Gesicht der jugendlichen Rose hervor. In diesen inneren Kreisen des Irrgartens war Rose die einzige Lichtquelle, in mancherlei Hinsicht aber auch ein unergründliches und qualvolles Rätsel.

Noch ein Stück tiefer, im Zentrum der verschlungenen Windungen, befand sich das Herz der Finsternis. Norman war sich irgendwann bewusst geworden, dass sein Geist sämtliche Erinnerungen um und über dieser Kammer der Schrecken aufgetürmt hatte, genau so wie die Russen den Reaktor von Tschernobyl unter einem Sarkophag aus Beton begraben hatten. Seine »peripheren« Erinnerungen schirmten zwar nichts ab, dienten aber immerhin dazu, die tödliche Strahlung aus dem inneren Kern halbwegs einzudämmen.

Page Holders Tod war der erste Sprung im Sarkophag gewesen, ehe die Tragödie im Schwimmbad einen weiteren Riss im Gebäude klaffen ließ, aus dem das gefährliche Gesicht von Charlie McNeice und das Höllenfeuer aus dem Sommer 1933 wieder hervorlugten.

Normans Gesundheit und Stimmung waren nun dauernder ungehinderter Strahlung ausgesetzt und trugen bleibende Schäden davon, und zweifellos hätte die Finsternis ihn unter sich begraben, hätte sich nicht auch für ihn, wie für andere im Labyrinth Verirrte, eine aufmerksame und geduldige Ariadne gefunden, die ihn in der Gestalt Nancy Crays mit ihrer Lebensfreude und ihrer überbordenden, an eine burschikose Zärtlichkeit grenzenden Energie immer wieder ans Licht der Welt zurückholte. Norman war ihr unendlich dankbar dafür.

Ihre Freundschaft bestand schon sehr lange: Sie kannten einander von der Grundschule an der Trinitiy Lane her. Seit dieser Zeit liebte sie ihn, obwohl sie wusste, dass Normans Herz immer nur für Rose schlagen würde. Im Lauf der Jahre hatte sie sich natürlich damit abgefunden, aber das war nicht immer so gewesen, vor allem in jungen Jahren hatte sie unter quälender Eifersucht gelitten. Rose war ja auch ein umwerfendes und unwiderstehliches Mädchen gewesen, dem die Herzen so schnell zuflogen, wie es sie brach; in Nancys Augen hatte die Freundschaft, die Rose mit Norman und seinem Kumpel, dem Krebs, verband, etwas Schreckliches und Wildes, wie ein Satanskult. Als naives, religiös erzogenes junges Mädchen stand Nancy dieser Freundschaft völlig verständnislos gegenüber, zumal sich Rose ein bösartiges Vergnügen daraus machte, die beiden Jungen an der Nase herumzuführen und sie beim geringsten Anlass zusammenzustauchen. Trotzdem bildeten die drei zu Nancys Leidwesen lange Zeit eine unzertrennliche Bande, die man oft gemeinsam durch die Stadt streifen sah. Und unzertrennlich waren sie wirklich bis zu jenem Tag im Sommer 1933, an dem sie sich für immer trennten, nie wieder ein Wort wechselten und einander mieden wie die Pest. Unter allen Einwohnern der Stadt war Nancy die Einzige, die einen ursächlichen Zusammenhang zwischen dem plötzlichen Zerwürfnis und dem schrecklichen Brand auf dem Anwesen der McNeices vermutete. Doch nie wagte sie es, das Thema gegenüber Norman anzuschneiden – in der hundertprozentigen Gewissheit, dass sie eine Abfuhr bekäme.

Kurz vor dem Krieg schaffte es Norman, nicht zuletzt dank einem Stipendium, sich von Tusitala loszureißen; er schrieb sich als Medizinstudent an der Universität von Dallas ein, und Nancy weinte, weil sie überzeugt war, ihn nie wiederzusehen. Mehr als dreißig Jahre vergingen, bis Nancy einsah, dass sie nur teilweise Recht gehabt hatte: Im Herbst 1971 kehrte Norman nach Tusitala zurück. Inzwischen hatten sie beide geheiratet, er eine Texanerin, sie einen Elektriker und Heizungsmonteur aus der Gegend – und dies nur, weil er eines Tages im Jahr 1951 ihr gegenüber eine Lobeshymne auf einen gewissen Dr. Jarrett angestimmt hatte (was Harvey Cray, nachdem er die Zusammenhänge durchschaut hatte, fortan tunlichst vermied).

Wieder in Tusitala, erstand Norman das schöne Haus an der Lamar Avenue, das er seither allein bewohnte, und stellte schon im ersten Jahr Nancy als Sprechstundenhilfe ein; später, nachdem er seine Praxis aufgegeben hatte, wurde sie seine Haushälterin. Nancy, die ihm schon in der Jugend nahe gewesen war, stand ihm also auch auf seine alten Tage zur Seite. Und obwohl sie nicht unter einem Dach lebten, wurden sie gemeinsam alt, wie es ein langjähriges Paar zu tun pflegt: mit einer Mischung aus Zärtlichkeit und Ungeduld.

»Nancy, du wirst mich noch am Tag meiner Beerdigung zur Eile antreiben«, hielt er ihr vor, als er endlich mit geschnürten Schuhen die Treppe herunterkam.

»Hör auf zu meckern, Norman, spar dir lieber deinen Atem – wir müssen heute bis zu Ralph.«

Ralphs Feinkostgeschäft, ein Stück die Forsythe Street abwärts, war keine fünfzig Meter entfernt.

»Das Wrack kann durchaus noch laufen, aber danke sehr«, erwiderte er erbost.

»Gut. Worauf warten wir dann? Auf den Startschuss?«

Energisch hatte sie die Haustür geöffnet und blickte ihm, aufrecht auf der Schwelle stehend, mit ihren kleinen lebhaften Augen entgegen. Norman betrachtete ihre Erscheinung und empfand wider Willen, wie so oft bei ihrem Anblick, eine Mischung aus Bewunderung und Neid. Den Jahren nach war sie so alt wie er, doch sie bewegte sich noch immer so leichtfüßig und gelenkig, als wäre sie dreißig – er hingegen …

»Hör mal, Nancy, ich glaube, es ist vernünftiger, wenn ich dich heute allein gehen lasse.«

Nancys Hand ließ den Türknauf los und legte sich auf das kleine Kreuz, das sie um den Hals trug.

»Was ist los, Norman?«, fragte sie besorgt.

»Nichts, nichts«, antwortete er und rieb sich den Nacken.

»Es ist wegen Stanleys Anruf, oder? Ja, diese Erinnerungen, das wühlt einen auf.«

»Das wird es wohl sein. Die Erinnerungen. Ich fühl mich auf einmal uralt, Nancy.«

»Du bist uralt, mein Lieber«, stichelte sie mit boshafter Zuneigung.

Sie wäre gern auf ihn zugegangen, um ihn in die Arme zu nehmen und zu trösten – er kam ihr in dem Moment so ratlos vor. Aber sie wusste auch, dass der alte Griesgram sich mit Händen und Füßen dagegen gesträubt hätte. Also blieb sie, wo sie war, und begnügte sich mit einem fragenden Blick.

»Es geht schon«, versicherte er, doch sein angestrengtes Lächeln erlosch gleich wieder.

Nancy quittierte die fromme Lüge mit Schweigen und sah ihn abwartend an.

»Ich sag doch, es geht. Na komm, lauf, Gazelle. Ich setz mich für einen Moment in den Salon, dann machen wir zusammen das Abendessen.«

»Oh nein, das nicht, so wahr ich Nancy heiße! Du hältst dich von meinen Töpfen fern, und wenn ich dafür ganz allein Fort Alamo verteidigen muss. Dich alten Nörgler will ich nicht in der Küche haben!«

»Nancy Cray, ich erinnere daran, dass der General in diesem Haus …« Die Tür fiel hinter ihr zu, und er stand allein in der Diele. »… immer noch ich bin«, schloss er ungehört.

Seufzend wandte er sich ab und begab sich in den Salon gegenüber dem Eingangsbereich. Dort schenkte er sich einen ordentlichen Schluck Hendrick's ein, dem er drei Eiswürfel hinzufügte, und während er daran nippte, ließ er den Blick über seine Bibliothek hinter dem ausladenden Chesterfield-Kanapee schweifen.

Ich bin zwar ein Tattergreis, aber immerhin weiß ich einen guten Gin noch zu schätzen. Und meine Bücher.

Es waren etliche Tausend in diesem Raum. Natürlich waren zahlreiche medizinische Fachbücher darunter, aber auch Gedichtbände, Abenteuerromane, philosophische Abhandlungen ... Die Eichenregale, die drei Wände des großen Raumes bis an die Zierleiste unter der Zimmerdecke ausfüllten, bogen sich unter der Last.

Sein bibliophiler Stolz gründete auf einigen Raritäten, außergewöhnlichen Ausgaben von Werken Herman Melvilles und Joseph Conrads, die er in einer Zeit, als er noch in Auktionshäusern verkehrte, nach und nach bei Sotheby's ersteigert hatte. Zärtlich glitt sein Blick über die Rücken der kostbaren Bände, während er sacht sein Glas schwenkte und die Eiswürfel klimpernd kreisen ließ.

Und das alles soll nach meinem Tod an die städtische Bücherei gehen ...

Das hatte er bereits testamentarisch verfügt, und in einer Mußestunde hatte er sich schon ertappt, wie er sich die Gedenktafel zu Ehren des edlen Spenders vorstellte, musste sich aber sehr bald eingestehen, dass es ihm herzlich egal war. Er hatte lediglich der Bibliotheksleiterin Miss Delaware eingeschärft, er werde aus dem Jenseits zurückkehren und ihr das Fell über die Ohren ziehen, sollte ihr im Text der Gedenktafel ein einziger Rechtschreibfehler unterlaufen. Und hinzugefügt: Eine rachsüchtige Auferstehung dieser Art sei durchaus möglich, schließlich sei sie, Delaware, selbst ein Beweis für die Existenz von Wundern, nachdem sie es geschafft habe, diesen Posten zu ergattern, obwohl alle Welt wisse, dass sie halbe Analphabetin sei. (Tatsächlich hatte er ihr nie verziehen, dass sie Charlie Marlows *unschlüssige* Wechselfälle nicht zu schätzen wusste, was seiner Ansicht nach von krasser Unbildung zeugte.)

Wenn er seine Bücher betrachtete, kam ihm oft der Gedanke, seine Bibliothek sei im Grunde nichts anderes als ein fragiler

Wandschirm – vielleicht weil er sich schon früh unter dem Einfluss deutscher Philosophen den Gedanken zu eigen gemacht hatte, Zivilisation sei nur ein »dünner Film über einem brodelnden Chaos«. Auf die menschliche Schönheit dieser Membran konnte er stolz sein – freuen würde er sich nie darüber. Es war eben nur eine hauchdünne Schicht und als solche naturgemäß prädestiniert für durchgescheuerte Stellen und besorgniserregende Risse.

Er leerte sein Glas auf einen Zug und stellte es auf dem Marmorsims des Kamins ab. Dabei fiel ihm auf, dass seine Hände zitterten.

Du zitterst, altes Gerippe.

Es war nicht Parkinson, nein. Es war Angst.

Ganz einfach nur dein alter Kumpel Schiss.

Er nahm sich zusammen und trat an das Regal, in dem neben der kleinen Zahl zeitgenössischer Romane, die er gelesen hatte, Stanleys Bücher standen. Das Zittern verstärkte sich, als er aus der Mitte den neuesten Holder hervorzog, *Make Your Farewell, Ed Morgan.*

Irgendwann im November des vergangenen Jahres hatte er dieses Exemplar mit Widmung erhalten. Trotz der räumlichen Distanz und des Altersunterschieds waren der Bostoner Autor und der Arzt aus Tusitala immer in Kontakt geblieben, und jedes Jahr, wenn wieder ein neues Buch erschien, dachte der Schriftsteller an den alten Südstaatendoktor und schickte ihm ein Exemplar, immer mit einer sehr herzlichen Widmung, und Norman freute sich, dass ein so berühmt gewordener Mann darüber nicht seine alten Bekannten vergaß.

Er setzte seine in Gold gefasste Lesebrille auf und schlug den Buchdeckel auf. Auch diese Widmung war voller Zuneigung: »Für Sie, lieber Norman, in Erinnerung an einen gewissen Pickman, dessen *Vorbild* Sie mir offenbart haben«. Das bezog sich auf eine der besten Novellen von H. P. Lovecraft, mit der er Stanley bekannt gemacht hatte – eine Ewigkeit war das her. Wenn ihm sein Gedächtnis keinen Streich spielte, musste es der erste Sommer gewesen sein, in dem er Stanley in seine Bibliothek eingelassen hatte. Sehr deutlich erinnerte er sich jedenfalls, dass er dem Jungen das Versprechen abgenommen hatte, Rose niemals etwas von seinen Besuchen bei ihm und den Büchern, die er dort las, zu verraten. Hätte sie davon erfahren, wäre sie imstande gewesen, ihren Karabiner hervorzuholen und Norman über den Haufen zu schießen.

Er klappte das Buch wieder zu und stellte es ins Regal zurück.

Make Your Farewell, Ed Morgan war seiner Ansicht nach Stanleys gelungenster Roman; Norman hatte, als er ihn las, geradezu väterlichen Stolz empfunden. Es war wirklich eine gute Arbeit. Der Plot war überzeugend, hielt die Spannung durch und stellte die Nerven der Leser auf eine harte Probe. Doch Normans Begeisterung kühlte sehr schnell ab, als er nur Tage später das Interview in *Newsweek* las. Nancy hatte ihn darauf aufmerksam gemacht, und an ihrer Miene konnte er ablesen, dass die Enthüllungen für sie nur halbe Enthüllungen waren. Sie erwähnten das Interview mit keinem Wort, auch nicht, als sie kurz danach von Pages Ermordung hörten. Nancy mochte zwar eine feine Spürnase haben, doch sie war nicht fein genug, um zu erraten, dass es noch weitaus schlimmer war, als sie sich vorstellte.

Er setzte sich an seinen Schreibtisch. Die *Newsweek*-Ausgabe hatte er aufbewahrt, sie lag neben der alten ledernen Schreibunterlage. Mit ernster Miene, die Brille auf der Nasenspitze, schlug er die Seite mit der umgebogenen Ecke auf.

Warum um Himmels willen hatte Stanley diese alte Geschichte erzählt? Aber nein, es war ja nicht seine Schuld. Man konnte nicht ihn dafür verantwortlich machen: Er hatte schließlich keine Ahnung, was er da aufgedeckt hatte. Nein, die Frage war vielmehr, weshalb Rose ihm ihr Geheimnis verraten hatte.

Der Journalist Rodney Meyers hatte, inspiriert von Stanleys gedruckter Widmung, seinem Interview den Titel gegeben: »Die Frau, die keine Bücher mochte«. Der Untertitel verkündete: »Stanley Holder hebt den schrecklichen Schatz seiner Großmutter.« In der Seitenmitte zeigte ein quadratisches, von oben aufgenommenes Foto den Schriftsteller vor seinem Computer, in seinem Haus in Beacon Hill bei der Arbeit. Direkt darunter stand, fett gedruckt: **»Ihr habe ich es zu verdanken, dass ich heute ein Schriftsteller bin, der seine schrecklichsten Albträume zu Papier bringt.«**

Norman erinnerte sich sehr genau, welchen Schlag ihm diese wenigen Worte versetzt hatten. Mit bösen Vorahnungen hatte er dann das Interview gelesen – mehrmals, ungläubig zuerst, als könnte er seinen Augen nicht mehr trauen, doch als der erste Schock vorbei war, musste er wohl oder übel Rose die Schuld geben.

Sie hatte geredet.

Sie hatte das Geheimnis ausgeplaudert, ihr *gemeinsames* Geheimnis, denn sie waren doch alle drei seine Hüter, Rose, der Krebs und Norman. Sie hatte alles erzählt. Und was noch viel schlimmer, noch viel unsäglicher war: einem neunjährigen Kind hatte sie es erzählt!

Allein beim Gedanken daran packte ihn wieder der Zorn. Seine Hände ballten sich zu Fäusten und zerknitterten das Papier. Er überflog die ersten Absätze und verharrte bei diesen Zeilen:

»– Hatte Ihre Großmutter irgendeinen Einfluss auf Ihre Berufswahl?

– Tatsächlich verdanke ich 's ihr, dass ich heute stehe, wo ich bin!«

Das war leider völlig zutreffend, man hätte es nicht besser ausdrücken können. Zutreffend – und prophetisch. Er übersprang wieder ein paar Zeilen, bis er bei der Passage war, die ihn interessierte:

»Die diversen Männer, die durch ihr Leben gingen, haben auch nichts erfahren. Ihre Angst war wie ein Schatz, den sie eifersüchtiger bewachte als die Nibelungen ihr Gold.«

Die diversen Männer! Netter Euphemismus, um ein ganzes Regiment zu bezeichnen. Bis zum Alter von vierzig Jahren hatte Rose eine Unmenge Liebhaber gehabt, kleine Halunken, deren einziger Vorzug ein ordentlicher Knüppel gewesen war. Aber mit ihm, Norman, hatte sie sich nie eingelassen, niemals. Auch nicht mit dem Krebs.

Ja, mit all diesen Männern hatte sie geschlafen, doch sie hatte ihnen nie etwas *offenbart,* nie etwas *gegeben.* Mit ihrem Körper war sie freigebig gewesen, doch das jungfräuliche Gold ihres fürchterlichen Geheimnisses hatte sie stets bewacht.

Norman schlug die Zeitschrift wieder zu und lehnte sich mit schmerzverzerrtem Gesicht zurück – diese verfluchten Lendenwirbel ließen ihm in letzter Zeit keine Ruhe mehr.

Schon beim ersten Lesen des Interviews war ihm auf Anhieb klar gewesen, dass dies nichts Gutes verhieß. Das Geheimnis hätte mit seinen drei Verwahrern zu Grabe getragen werden müssen, hatte er sich gesagt, und es dauerte nicht lang, bis seine Befürchtungen wahr wurden: zuerst der Tod von Page, dann die Tragödie im Schwimmbad. Es fing also wieder an. Mehr noch, genau hier fing es wieder an, wie vor neunundsechzig Jahren auf dem Hügel über der Stadt. Und noch eines wurde ihm klar: Er hatte immer gewusst, lang vor Stans Interview, dass es irgendwann wieder anfangen würde. Nur deshalb, aus dieser tief in seinem Inneren verankerten Vorahnung heraus, war er nach Tusitala zurückgekehrt.

Mit einem resignierten Seufzer nahm er die Brille ab und massierte sich die Augenlider. Er fühlte sich müde, deprimiert. Die Entdeckung dieses Interviews im November hatte Erinnerungen in ihm geweckt, denen er lieber weiter aus dem Weg gegangen wäre – vergessen konnte er sie nicht, denn sie saßen im Zentrum seines höchst privaten Labyrinths und bildeten dessen zentrale Kammer, sein Herz der Finsternis. Nun hatte sich die Tür zu dieser dunklen Kammer wieder geöffnet wie eine unheilbare Wunde, und seither liefen die Bilder aus dem Sommer 1933 in all ihrer Brutalität, mit den Todesschreien der Opfer, mit dem grellen Leuchten des todbringenden Feuers als endlose Schleife in seinem Geist wieder ab.

Das alles, ahnte er an diesem frühen Sommernachmittag, sagte ihm, dass auch sein Tod nahe war. Bald würde auch sein Name auf der heimlichen Liste der Opfer von Fenryders Wölfen stehen – denn diesmal hatte Norman nicht mehr die Beine eines Dreizehnjährigen, um sich aus dem Staub zu machen. Und er hatte auch gar keine Lust zu fliehen.

Aber vielleicht sah er ja alles zu schwarz. Stan war gekommen, und inzwischen war ihm das ganze Ausmaß der Gefahr bewusst.

Gemeinsam würden sie es vielleicht schaffen, dem blutigen Wahnsinn ein Ende zu machen. Alles in allem war die Situation vielleicht gar nicht so aussichtslos, wie es auf den ersten Blick aussah. Ja, vielleicht gab es tatsächlich noch eine ganz kleine Chance …

Aus dem Augenwinkel sah Norman etwas auf dem Magazin sich bewegen und senkte den Blick. Es war seine Hand. Sie zitterte immer noch.

4

Auf dem Glastisch im Salon warteten, gut gekühlt in großen Whisky-Gläsern, zwei Bloody Bulls[1].

»Sehen Sie, Stanley, es gibt nicht nur Hinterwäldler in diesem Kaff«, verkündete Sarah herausfordernd und reichte ihm das eine Glas. »Auch wir zeigen uns hin und wieder offen für Neues. Nicht nur in Sachen Drinks …«

Diesmal hatte sie sich die Haare mit einem purpurfarbenen Schal zurückgebunden, was ihre feinen Gesichtszüge vorteilhaft zur Geltung brachte. Sie trug eine ausgewaschene 501er zu einer lachsfarbenen, mit schwarzen Mäandern bedruckten Bluse und sah aus wie eine Studentin, die ihrer Doktorarbeit den letzten Schliff hat angedeihen lassen und sich zur Feier des Tages ein Glas genehmigt.

»Ich begrüße Ihre Modernität von ganzem Herzen, Miss Widar.«

Stanley war ihr gegenüber in einem taubengrauen Sessel versunken und musste sich wieder aufrichten, um das Glas entgegenzunehmen.

»Viel lieber würde ich aus Ihrem Mund meinen Vornamen hören, Stanley.«

Sie wohnte in einem Cottage außerhalb der Stadt, auf halber Höhe des Green Hill, an der Straße zum Friedhof, der sich auf

[1] Blutroter Cocktail aus Wodka, Tomatensaft und Rinderbouillon.

der Hügelkuppe befand. Die Wände waren kahl und weiß, die in Grautönen gehaltene Einrichtung minimalistisch. Das einzig ungeordnete Element war eine Anhäufung von Büchern jeglichen Formats und zum Bersten gefüllter Aktenmappen, die den hinteren Teil des regallosen Raums überwucherte. Auf dem Boden stand ein alter Motorola-Fernseher.

»Was tun Sie heute Abend?«, fragte Sarah. »Wir könnten vielleicht zusammen essen, wenn Sie nichts vorhaben? Es kommt nicht alle Tage vor, dass sich ein Schriftsteller Ihres Kalibers in Tusitala aufhält.«

»Würde ich gern, aber …«

»Sie sind bei Norman Jarrett eingeladen«, fiel sie ihm ins Wort.

»Wieder einer Ihrer mysteriösen Informanten?«

»Nein, nur Kombination. Wen sollten Sie sonst hier besuchen, wenn nicht Norman?«

»Das ist jemand, den ich sehr mag«, fühlte er sich zu einer Erklärung gedrängt.

»Diese Sympathie verbindet uns. Was halten Sie von ihm?«

»Von Norman? Das Allerbeste. Leute seines Schlags sind umso kostbarer, als sie so selten sind.«

»Ich weiß, dass er Sie sehr bewundert. Für das, was aus Ihnen geworden ist. Ungefähr so werden sich diejenigen fühlen, die dem jugendlichen Stephen King unter die Arme gegriffen haben, bevor er der große Weltschriftsteller wurde.«

»Kennen Sie Norman denn näher?«

»Als ich jünger war, durfte ich seine Bibliothek benutzen – nicht anders als Sie, aber Sie waren zehn Jahre vor mir dort. Als ich in der Highschool und später im College war, bin ich jeden Samstagnachmittag hingegangen, um dort meine Aufsätze zu schreiben. Norman hat mich aufgenommen, als gehörte ich zur Familie, und das werd ich ihm nie vergessen. Bei meinen eigenen Eltern kam ich mir wie eine Fremde vor, bei Norman dagegen hatte ich das Gefühl, zu Hause zu sein, in meinem wahren Zuhause. Das war tröstlich und traurig zugleich, weil ich mir vorkam, als gehörte ich nirgendwohin ganz. Weder arm noch reich, weder weiß noch schwarz, sondern – wie soll ich 's sagen – wie zwischen zwei Stühlen. Ungefähr so. Meine Familie wohnte im Bout, und das war damals so angenehm, als lebte man mitten in der städtischen Müllkippe.«

Tatsächlich war The Bout bis Ende der neunziger Jahre mit seinen müllübersäten Straßen, den defekten Straßenlaternen, den Reihen heruntergekommener Häuser, den abgearbeiteten, von Alkohol oder Drogen zerrütteten Einwohnern das Elendsviertel von Tusitala gewesen. An den Fassaden hatten die wuchernden Tags der achtziger und neunziger Jahre die Graffiti aus den Sechzigern und Siebzigern überdeckt, so wie Letztere die obszönen Kalkzeichnungen aus der Vorkriegszeit abgelöst hatten. Die Bevölkerung des Bout war die ganze Zeit über schwarz und in der Mehrzahl wenig gebildet gewesen – bis im Jahr des Heils 1998 die Bulldozer kamen und die Gegend dem Erdboden gleichmachten, und jetzt standen hier hübsche kleine Wohnhäuser sowie die städtische Turnhalle. Das Viertel hatte sozusagen seine Jungfräulichkeit zurückgewonnen, und an jedem 4. Juli erbebten auch hier die Häuser wie überall sonst in der Stadt unter den Klängen der städtischen Blaskapelle.

Sarah trank einen Schluck und fuhr sich mit der Zungenspitze genießerisch über die Lippen.

»Kennen Sie Bloody Bulls?«

»Nie getrunken. Es muss auch in Boston Hinterwälder geben.«

»Natürlich erlaube ich Ihnen, dieses Element in Ihrem nächsten Roman zu verarbeiten.«

»Sehr gut. Damit bleiben wir bei der blutrünstigen Tonart der Ereignisse«, bemerkte er mit nur vorgeschütztem Zynismus.

Sie schluckte. Ihr Gesicht verdüsterte sich.

»Was im Schwimmbad passiert ist … das war entsetzlich«, sagte sie mit gesenktem Blick.

»Waren Sie am Schauplatz?«

»Man hat die Journalisten nicht vorgelassen, aber …«

»Aber Sie, Sarah, haben's geschafft, sich einzuschleichen, nicht wahr?«

Sie nickte knapp.

»Es war überall Blut, an den Wänden, auf dem Boden, im Wasser. Als ich hereinkam, waren die Kinder schon fortgebracht worden, und während das Wasser abgelassen wurde, umstand die Polizei das Becken, um auf das Ungeheuer zu schießen, sobald es seine Schwanzspitze zeigte …« Wieder nahm sie einen Schluck und fuhr leiser fort: »Es hat ziemlich lang gedauert, bis dieses ganze blutige Wasser abgelaufen war.«

»Und Sie haben weder einen Hai noch sonst ein haiähnliches Ungeheuer gesehen?«

»Nein. Nur diese entsetzlichen Blutspuren. Die Polizisten waren völlig entgeistert. Ein Raubtier in einem öffentlichen Schwimmbad ist schon nicht gerade häufig, aber ein Raubtier, das sich in Luft auflöst, ist noch viel unglaublicher. Ich hab den Sheriff beobachtet und begriffen, dass er bereits Lighton als Urheber des Gemetzels im Verdacht hatte. Ehrlich gesagt, es deutete alles auf ihn hin.«

»Und Sie dachten ebenfalls, dass Lighton der Täter sein könnte?«

»Nein.«

»Was?«

»Nein. Lighton wäre nie und nimmer fähig gewesen, ein derartiges Blutbad anzurichten. Da war irgendwas im Becken, das die Kinder massakriert hat, da bin ich mir ganz sicher. Allerdings habe ich keine Ahnung, wie das Ding ins Wasser geraten und vor allem, wie es wieder herausgekommen ist, ohne gesehen zu werden. Es war vermutlich kein Hai. Vielleicht ein Krokodil? Durch die Lüftungsrohre, wer weiß?«

Sie lächelte kurz, dann beugte sie sich vor und umfasste mit bciden Händen ihr beschlagenes Glas.

»Sie fragen sich sicher, wie ich es nach alledem noch fertigbringe, Bloody Bulls zu trinken, oder? Tja, vielleicht um mir zu beweisen, dass ich eine bin, die was wegstecken kann.«

Stanley dachte an den Surfer, der sich nach der Begegnung mit einem Hai gezwungen hatte, so schnell wie möglich wieder auf sein Brett zu steigen, weil er fürchtete, er brächte es sonst nie mehr fertig. Zu der Sorte gehörte auch Sarah.

»Und Sie, Stanley, was ist Ihnen passiert?«, fragte sie endlich ohne Umschweife und musterte ihn bohrend.

»Ich weiß es nicht. Wirklich, ich weiß es nicht.«

Eine Journalistin, auch wenn sie nur für *Tusitala News* arbeitete, war ganz bestimmt die allerletzte Person, der er sich anvertraut hätte. Davon abgesehen aber, war die Antwort, die ihm spontan eingefallen war, die reine Wahrheit.

»Sie wirken so verloren«, bemerkte Sarah. »So weit fort, ja, weit fort. Wie jenseits des Unglücks. Kann das sein?«

Statt einer Antwort trank er einen Schluck. Der Alkohol brannte ihm in der Kehle, und das tat ungeheuer wohl.

»Jenseits einer bestimmten Art von Schmerz gibt es keinen Schmerz mehr«, fuhr Sarah mit gerunzelter Stirn nach einer Pause fort, den Blick unverwandt auf ihr Glas geheftet. »Man hat einen Annapurna der Gefühllosigkeit erreicht, oberhalb der Wolken, der Kälte, des Schwindels. Das ist so was wie unfreiwilliges Fakirtum«, fügte sie mit einem nervösen Auflachen hinzu. »Der Schmerz betäubt dermaßen, dass man eine andere Sicht aufs Leben bekommt. Glassplitter, Flaschenscherben, glühende Kohle: Darauf liegt man ausgestreckt, schaut in den Himmel. Aber nichts, keine schmerzverzerrte Grimasse. Man spürt nichts mehr. Dann ist es der Himmel, der schwer zu ertragen ist. Ja, das Blau des Himmels. Das intakte Blau des Himmels.«

Stanley sah sie erstaunt an. Was sie da sagte, verriet eine persönliche Erfahrung mit Schmerz, am eigenen Leib erlebtes Leiden. Er war derjenige, der das eingetretene Schweigen schließlich brach:

»Karen Lighton sagt, sie wisse sehr zu schätzen, was Sie für sie und ihren Mann getan hätten.«

»Karen ist mir zwar sympathisch, aber ich hab's nicht ihretwegen getan. Ich habe lediglich meine Zweifel an Harrys angeblicher Schuld geäußert, weiter nichts. Wir schulden unseren Lesern die Wahrheit – die *Wahrheit,* und nicht die erstbeste Erklärung. Jeder, der halbwegs bei Verstand ist, hätte sich genauso verhalten. Mir hat das Beschimpfungen bis hin zu Morddrohungen eingetragen, und mein Chefredakteur hat mir den freundlichen Rat gegeben, ich möge mich künftig für anderes Getier als den Menschen interessieren. Auch er hatte Harry Lighton bereits verurteilt. In fünfundneunzig Prozent der Fälle ist es Angst, was einen treibt, die Wahrheit zu leugnen. Wenn wir von Harrys Unschuld ausgehen, müssen wir uns eingestehen, dass *irgendetwas* sehr wohl bei den Kindern im Becken war, und dazu sind die wenigsten bereit.«

»Dostojewski hat geschrieben, die Angst sei der Fluch des Menschen. Er meinte es im Zusammenhang mit dem Tod, aber ich denke, das gilt für alles mögliche Angsteinflößende.«

»Dann sind wir für sehr lange verflucht.«

»Vielleicht war das die Vertreibung aus dem Paradies: die Entdeckung der Angst. Jedenfalls stell ich 's mir so vor – der Mann bekam Angst vor den Bäumen, die sich im Wind bewegen, Angst vor der nackten Frau neben ihm, die ihm immer fremder wurde, auch Angst vor sich selber, diesem vertrauten Unbekannten. Für mich war Angst die längste Zeit nichts anderes als Etüden für die Fantasie. Eine mehr oder weniger gesunde, mehr oder weniger pathologische Fähigkeit des Hirns. Was für ein Irrtum. Alles, was wir zustande gebracht haben, ist ein armseliger Unterstand gegen die Angst, der ohnehin nur illusorisch ist. Das Haus mit allem Komfort, die Superwaffen mit Overkillpotenzial, die Polizei, das Berufsethos der Polizei, die tüchtigen Hunde, die inbrünstigen Liebesbriefe – zumindest früher, als man noch welche geschrieben hat –, die willigen Körper von Liebenden, die Kirchen – vor allem die Kirchen! – und die übervollen Bibliotheken und die hell erleuchteten Lokale neben den Autobahnen. Der Mensch häuft die Welt rings um sich an wie Sanddämme gegen die steigende Flut. Früher oder später kommt die Flut doch, und sie ist immer die Stärkere.«

Er verstummte. Und wunderte sich selbst, dass er so viel geredet hatte.

»Wir würden immer weiter neue Paradiese errichten, um gegen die alte Hölle anzukämpfen, nicht wahr, Stanley? Der Gedanke scheint mir richtig.«

»Karen Lighton hat mir schon gesagt, Sie seien intelligent.«

Sarahs Gesichtszüge erstarrten.

»Ich weiß, dass ich intelligent bin, Stanley«, antwortete sie mit einem Anflug von Gereiztheit. »Nicht nötig, mich drauf hinzuweisen. Ich weiß es. Als mein Vater es allmählich auch mitgekriegt hat, wollte er mich aus der Schule nehmen. Um die Katastrophe im Keim zu ersticken, verstehst du? Ein Mädchen, noch dazu schwarz, braucht nicht zu glänzen. Das wär reine Blasphemie, eine Beleidigung des Negerpapas, der auf allen vieren vor seinem weißen Herrn hockt. Diese Katastrophe galt es im Keim zu ersticken. Bloß keine intelligente Tochter im Haus haben. Für ihn war das schlimmer als zugeben zu müssen, dass seine Tochter eine astreine Lesbe ist. Verstehst du – es war eine Obszönität, ein Skandal, völlig inakzeptabel. Ein Verstoß gegen die göttliche Ordnung. Ein Blaustrumpf hatte in seinem Haus nichts zu suchen – das mochte einem fortschrittsgläubigen Menschen wie Norman Jarrett noch so sehr missfallen. Die Katastrophe im Keim ersticken, um jeden Preis, darum ging es ihm, dem Vater. Ich war in der Zehnten, als er mich aus der Klasse nahm, mitten im Schuljahr, einfach so, trotz der Proteste meiner Lehrer. Bügeln, Fußböden schrubben, kochen, das waren die gesunden Beschäftigungen, die er für mich im Sinn hatte. Dann griff Norman der Großherzige ein. Es hatte was Komisches, wie Norman Jarrett da im Bout auftauchte – das war so abwegig, wie wenn man ihn plötzlich im Sexshop erwischt hätte. Wie auch immer, die beiden Männer saßen über eine Stunde in der Küche unserer elenden Behausung und redeten miteinander. Für mich war das entsetzlich demütigend, wie zwei derart grundverschiedene Leute über meine Zukunft verhandelten, als wäre ich irgendeine Ware. Soweit ich mithören konnte, setzte mein scheinheiliger Vater abwechselnd auf selbstmitleidiges Gejammer und Pseudowutanfälle. Ich kriegte mit, dass Norman beides nicht übermäßig ernst nahm, sein Tonfall blieb immer gleich, versöhnlich, aber entschlossen. Dann schien sich ein Kompromiss abzuzeichnen, mein Vater hörte auf zu kläffen und verzichtete tatsächlich, man höre und staune, auf die fantastische Dienstmädchenzukunft, die er für mich vorgesehen hatte. Ich habe, offen gestanden, nie *direkt* erfahren, mit welchen Argumenten Norman ihn schließlich herumgekriegt hat. Zu mir sagte er nur: Mach dir keine Sorgen, Sarah, die Sache ist jetzt geregelt. Du kannst auf die Schule zurück. Du lieber Gott, wie ich mich gedemütigt fühlte! Die Sache war geregelt! Und das Schlimmste war, dass ich mir sehr wohl denken konnte, wie sie die Sache geregelt hatten, die beiden Männer: mit Geld. Daran gab es für mich nicht den Schatten eines Zweifels. Mein Vater hatte sich mit Geld beschwichtigen lassen. Norman hatte meine Ausbildung ›erkauft‹.«

Mit zitternder Hand stellte Sarah ihr noch halb volles Glas auf dem Tisch ab. Dann stand sie auf und trat ans Fenster, das zur Straße hinausging.

»Nach der Highschool ging ich nach Grambling aufs College. Wieder war es Norman, der mir geholfen hat, ein Stipendium zu kriegen und eine Bude zu finden, und er war's, der mich hingefahren hat in seinem schönen Auto. Er war richtig glücklich, mich als angehende Studentin zu sehen, als wär ich seine Tochter. Und noch glücklicher war er, dass ich von Tusitala und dem Bout fortkam. Das sei kein Viertel und keine Stadt für mich, sagte er im Auto. Als wir uns voneinander verabschiedeten, erklärte ich ihm, ich würde ihm nie verzeihen, dass er mich ›gekauft‹ hatte. In Grambling wollte ich einen Schlussstrich ziehen, mit meiner Vergangenheit abschließen – auch um den Preis, Norman gegenüber undankbar zu scheinen; mit ist klar, dass ich ihn verletzt habe. Während meiner ganzen fünf Jahre an der Uni habe ich ihn nicht gesehen. Kein Anruf, kein Besuch bei ihm, nichts. Totale Funkstille, während ich Zeugnis auf Zeugnis häufte, wie süchtig. Und dann … dann bin ich nach Tusitala zurückgekommen, als gäbe es nur einen einzigen Ort auf Erden, an dem wir leben können, ich und meine verfluchten grauen Zellen. Jetzt sag ich mir nie wieder, ich sei intelligent. Ich weiß es, das reicht. Ich muss es von niemandem hören, weder von dir noch von allen Normans der Welt. Ich weiß es.«

Sie hatte sich zu ihm umgedreht, und Stanley sah in ihren Augen den dunklen Blick der Verzweiflung. Er stand ebenfalls auf.

»Sarah«, sagte er.

Er trat auf sie zu und legte ihr die Hände auf die Schultern.

»Sarah …«

Herausfordernd, trotzig, wild blickte sie zu ihm auf.

»Nimm mich, Stanley. Wenn ich wütend bin, hab ich eine wahnsinnige Lust auf Sex.«

»Sarah, bitte …«, sagte er sanft.

Er spürte den Schmerz dieser jungen Frau, und er konnte ihn verstehen. Zu sehr erinnerte sie ihn an diese andere freiwillig Gefangene dieser Stadt, seine Großmutter Rose.

»Nimm mich!«

»Bitte, nicht das.«

Sie wandte sich von ihm ab.

»Verstehst du nicht, Stanley? Erst Sex, dann Hinrichtung. So sind wir quitt.«

Stanley runzelte die Stirn.

»Wie bitte?«

»Morgen wird auf der Titelseite der renommierten *Tusitala News* ein Artikel über dich erscheinen samt Foto, und zwar genau in dem Moment, in dem dir Karen Lighton in Monroe die Tür aufmacht.« Während sie sprach, knöpfte sie ihre Bluse auf. »Verstehst du? Morgen werden es alle wissen.«

Die Bluse fiel zu Boden. Sie trug einen BH aus rosa Satin.

»Zieh dich wieder an, Sarah.«

Er wich ihr aus, bückte sich und hob ihre Bluse auf, reichte sie ihr. »Ich kann dich verstehen«, sagte er. »Und … und ich bin dir nicht böse, ich möchte, dass du das weißt.«

»Hör doch auf mit dem Quatsch! Ich will weder deine Komplimente noch dein Mitleid, Stanley, ich will nur dich. Also nimm mich.«

»Hör zu, Sarah. Ich kann dir unter die Arme greifen, ich kenne etliche Leute beim Fernsehen. Ich kann dir helfen, von hier wegzukommen. Wenn ich selber mit meinen Gespenstern fertig bin.«

»Diane Sawyers Stelle für mein Schweigen?«, warf sie ihm beleidigt hin.

»Nein. Nicht für dein Schweigen. Ob du schweigst oder nicht, ist mir komplett egal. Ich öffne dir eine Tür, das ist alles. Nur eine Chance. Ich verlange keine Gegenleistung dafür.«

»Gar nichts?«

Die Bluse zusammengeknüllt in den Händen, schien sie angestrengt nachzudenken.

»Nein danke«, sagte sie nach einem Moment.

»Warum, Sarah? Warum?«

»Ich will sie nicht. Dafür ist es zu spät. Außerdem brauch ich kein Mitleid von einem weißen Intellektuellen.«

»Du willst einen Liebhaber für eine Nacht, und am nächsten Tag bist du seine Feindin … Rächst du dich an deinem Vater?«

»Kann schon sein«, räumte sie ein, während sie ihre Bluse wieder anzog. »Das ist Freud für Anfänger, aber vielleicht hat es einen wahren Kern. Die Wahrheit ist immer geschmacklos. Eine Taktlosigkeit.« Sie lächelte flüchtig. »Vermischte Nachrichten von der Sorte ›Mann erwürgt seine Frau mit Stacheldraht‹ sagen mehr über eheliche Beziehungen als mehrere Jahrhunderte Literatur zusammen. Morgen, Stanley, zerreiße ich dich in drei Spalten auf der Titelseite.«

»Ich weiß. Du bist eine echte Ida Tarbell«, sagte er mit bitterem Lächeln.

»Du wirst nicht länger in der Stadt bleiben können. Die Leute werden dich anspucken.« Sie fingerte nervös an den Knöpfen ihrer Bluse. »Er soll seine Scheiße anderswo schreiben, werden sie sagen, er soll sich was anderes dafür aussuchen als unsere toten Kinder. Die Frauen werden dich ohrfeigen und die Männer dir mit der Faust drohen. Du wirst keinen Tag länger in Tusitala bleiben können, Stanley.«

»Ich weiß. Eine echte Ida Tarbell.«

5

Scotty war in die Wäschekammer im zweiten Stock hinaufgestiegen und lag der Länge nach auf dem großen Haufen sauberer Wäsche, die darauf wartete, von seiner Mutter gebügelt zu werden. Er liebte dieses Zimmer, das Gegenstück zu dem Gästezimmer jenseits der Treppe, in dem jetzt Stanley Holder wohnte, und kam oft zum Spielen hier herauf. Grünlich fiel das Licht durch ein großes Erkerfenster, das zum Garten hinausging, und der Duft frischer Wäsche mischte sich mit dem warmen Holzgeruch der Schränke. Im ersten Stock, direkt unter ihm, hörte er seine Mutter in den unbewohnten Zimmern Staub saugen. Sie so nahe zu wissen fand er beruhigend.

In der Küche begann das Telefon zu läuten. Laureen drückte auf die Stopptaste des Staubsaugers, der stöhnend erstarb.

Über das Treppengeländer gebeugt, rief sie zu ihm herauf: »Ich bin unten am Telefon, Scotty!«

Er hörte sie mit klappernden Absätzen die Treppe hinunterhasten. Mit zunehmender Entfernung über die Stufen, durch die Halle verklangen ihre Schritte, bis sie in der Küche war; schließlich war es wieder still.

»Hei, Scotty.«

Scotty schrak auf und fuhr herum. Direkt neben ihm stand Virgil mit seinem verbundenen Kopf.

»Hast du mich erschreckt!«, sagte er und setzte sich auf.

»Hör zu, Scotty. Du darfst auf keinen Fall noch länger hier bleiben. Du musst schleunigst aus diesem Haus fort, bevor es zu spät ist.«

Virgils Ton war freundlich und sanft, doch es schwang eine Sorge darin mit, die Scotty nicht entging. Er zwinkerte.

»Wie, zu spät?«

»Du bist in Gefahr.«

»Hier? Aber …«

»Ach, Scotty, glaub mir, Kleiner, ich weiß, was ich sage!«

Kleiner? Scotty ahnte auf einmal, dass Virgil nur dem Anschein nach ein fünfjähriger Junge war. Sein Blick wanderte zu der elastischen Binde um Virgils Kopf, die ihm die ernste Würde eines morgenländischen Weisen verlieh.

»Hab ich dich nicht vor dem Schwimmbad gewarnt?«

»Doch«, gab Scotty flüsternd zu.

Auf einmal wurde es ringsum düster, und es ertönte ein metallisches Klirren, kurz nur, doch seltsam hallend. Es klang wie das Klicken eines Riegels, der zurückgezogen wird. Zehnfach verstärkt.

Scotty blickte zur Tür und spitzte die Ohren wie ein alarmiertes Rehkitz.

»Oje!«, stöhnte Virgil, und aus seiner Miene sprach blanke Verzweiflung. »Hör zu, Kleiner, du und deine Eltern, ihr müsst so schnell wie möglich aus diesem Haus verschwinden, hast du mich verstanden? Er ist jetzt da. Ganz nahe. Und bald wird er ernsthaft angreifen.«

Scotty ließ sich vom Wäschestapel rollen, und als er auf den Beinen war und sich umsah, war Virgil in den schräg über den Fußboden fallenden Sonnenstrahlen verschwunden.

»Virgil?«, flüsterte Scotty und verkrampfte sich vor Angst.

Ganz langsam ging er auf die Tür zu, die er vorhin weit offen stehen lassen hatte. Mit vorgebeugtem Kopf, die Stirn ängstlich gerunzelt, starrte er auf den Treppenabsatz hinaus, dessen gebohnertes Parkett matt vor ihm schimmerte. Alles schien ruhig und friedlich, nicht anders als sonst.

Seine Brust blähte sich und sank mit einem tiefen Seufzer der Erleichterung wieder in sich zusammen. Er hob den Blick zu dem Fenster in der Wand des Treppenhauses – und erstarrte. Denn dort oben, eine Treppe höher, stand die Tür zum Dachboden einen Spalt offen. Und dahinter lauerte eine Welt der Finsternis.

Kalt lief es ihm über den Rücken. Am ganzen Körper spürte er die Gänsehaut, und im Nacken sträubten sich sämtliche Härchen. Niemand ging je in den Speicher, nicht mal seine Eltern. Niemand! Dort oben gab es nichts Interessantes. Absolut nichts!, sagte Papa. Der Dachboden war leer und roch muffig, und sicherheitshalber hatte Papa die Tür mit einem Vorhängeschloss abgesperrt. Jetzt aber war das Vorhängeschloss verschwunden. Und die Klinke war niedergedrückt!

Scotty zweifelte keine Sekunde, dass nicht Virgil diese Tür geöffnet hatte. Er wusste mit absoluter Sicherheit, dass Virgil nicht gekommen war, um ihm Angst einzujagen, sondern im Gegenteil: um ihn zu warnen. Damit er auf der Hut war. Auch sein Vater konnte es nicht gewesen sein, sagte sich Scotty, denn dann hätte er ihn ja sehen müssen, er wäre am Wäschezimmer vorbeigekommen.

Er fuhr sich mit der Zunge über die Lippen und trat zögernd, ohne den Blick von dem schwarzen Spalt dort oben zu wenden, aus dem eine unheilverheißende Finsternis quoll, auf den Treppenabsatz hinaus. Es war, als riefe ihn etwas vom Dachboden herab, zöge ihn unwiderstehlich an, ein Umgarnen und Drohen zugleich, eine heimtückische und furchterregende Einladung. Mit keuchendem Atem und wild klopfendem Herzen stand Scotty reglos am Fuß der Treppe zum Speicher.

Wie die schwarze Tiefe eines bodenlosen Schachts saugte die Finsternis seinen Blick ein. Sie schien ihn hypnotisieren, anlocken, mit Haut und Haaren verschlingen zu wollen. Auf einmal merkte er, dass er schon die ersten Stufen hinaufgestiegen war und blieb wie vor den Kopf geschlagen stehen. Mit geöffnetem Mund starrte er weiter unverwandt auf den Türspalt.

Nun begann sich der Türflügel in den Angeln zu drehen, ganz langsam ging der Spalt ein Stück weiter auf. Jetzt passte ein Mensch hindurch. Jetzt konnte das Ungeheuer kommen.

Scottys Mund war ausgedörrt. Er schloss die Augen und betete inständig, dass seine Angst aufhörte. Das Herz hämmerte wild in seiner Brust wie ein Widerhall der Schritte, die jetzt von oben auf ihn zukamen.

Er wollte kehrtmachen und so schnell er konnte die Treppe hinunterlaufen, bis in die Küche zu seiner Mutter, wo er in Sicherheit war. Doch er stand wie versteinert. Seine Beine rührten sich nicht, als wären sie in Beton eingegossen.

Virgil, bitte …

Die Schritte hielten inne.

Scotty war nahe daran, die Augen zu öffnen, als er in seinen Haaren einen leisen Lufthauch spürte. Es roch ekelhaft nach Fäulnis und eisiger Kälte, und noch ein anderer Geruch mischte sich hinein, den Scotty kannte, aber im Moment nicht benennen konnte. Eine Gänsehaut überlief ihn. Ein Luftzug? Nein, das konnte es nicht sein, der Hauch richtete sich auf die Haarsträhnen über seiner Stirn, als ob …

Mit einem Schlag begriff er und begann am ganzen Körper zu zittern. Er kniff die Lider so fest zu, wie er konnte, und sein Kopf zuckte voller Abscheu zurück.

Nein, das war kein Luftzug. Das war Atem, der Atem einer Person, deren Gesicht sich nur wenige Zentimeter vor dem seinen befand. Das Ungeheuer stand direkt vor ihm. Scotty brauchte nur die Augen zu öffnen, um es zu sehen.

Mama, betete er flehentlich.

Der Atem wehte über seine Stirn, um dann über seine Lider zu streichen, als klopfte er an eine Tür, als versuchte er einzutreten.

Tock, tock, tock. Ich bin da, Scotty, schien er zu sagen. *Wie beim letzten Mal – da war ich mit dir im Schwimmbad. Du erinnerst dich vielleicht?*

Scotty öffnete die Augen nicht. Doch im nächsten Moment spürte er warmen Urin seine Schenkel entlangrinnen. Kraftlos sank er an den Stäben des Geländers zu Boden und rollte sich, gelähmt vor Panik, wie ein Kätzchen zusammen.

6

Selbst oben in den Hügeln, mitten im Wald war die schwüle Hitze unerträglich, und Stanley war, kaum seinem klimatisierten BMW entstiegen, schweißgebadet. Er war zum Grand Magnolia zurückgekehrt und hatte seinen Wagen im Schatten der Bäume neben einem Erdwall abgestellt, nachdem ihn ein mitten auf dem Parkplatz stehender Pontiac zu einem Ausweichmanöver gezwungen hatte. In dem Pontiac erkannte er Collins und Weekley, die beiden Beamten der DEA, die ihn zwei Monate zuvor in seinem Motel in Connecticut aufgesucht hatten.

»Hübsche Ecke, nicht?«, bemerkte Tom Collins' raue Stimme.

Mit aufgekrempelten Hemdsärmeln hatte er sich aus dem Pontiac geschält und kam, den unvermeidlichen Zahnstocher im Mund, auf Stanley zu.

»Meine Herren«, grüßte Stanley knapp und versenkte die Wagenschlüssel in der Hosentasche.

»Mr. Holder«, antwortete Malcolm Weekley, während er zu seinem Kollegen trat. »Würden Sie uns bitte einen Moment anhören?«

»Hier?«

»Ja, hier.«

Stanley fühlte sich von Collins unverhohlen gemustert. Das Einzige, was ihn mit ihm verband, war das Gefühl gegenseitiger Antipathie, das die Umstände noch erheblich steigerten. Die DEA hatte sich geschworen, den von 10–13 zu Tode gefolterten Beamten zu rächen, doch nun hatte sich 10–13 offensichtlich auf die Suche nach dem Gespenst eines Südstaatengenerals gemacht und überraschend in Luft aufgelöst. Und mit dieser neuen Entwicklung war Collins ganz und gar nicht einverstanden.

»Es dauert nicht lang. Wir haben nur zwei, drei Fragen an Sie, Mr. Holder, natürlich nur, wenn's Ihnen nichts ausmacht.«

Sichtlich verlegen, warf der Bundesbeamte Weekley einen Seitenblick auf seinen Kollegen, dann wandte er sich wieder an Stanley.

»Tja«, sagte er, während er sich mit einem Taschentuch den Nacken abwischte, »unser Verdächtiger ist uns leider in Boston durch die Lappen gegangen.«

»Der berühmte und immer unsichtbare 10–13?«, fragte Stanley leicht sarkastisch.

»Bitte, Mr. Holder«, sagte Weekley in dem müden Tonfall, mit dem man sich unter wohlerzogenen Menschen an die guten Manieren gemahnt.

Einen Moment lang musterte er sein schweißnasses Taschentuch und betrachtete dann Stanley von unten herauf.

»Sie haben ihn nicht zufällig getroffen, oder?«

»Nein, meine Herren«, antwortete Stanley und konnte sich ein Lächeln nicht verkneifen.

»Hat er nicht versucht, Kontakt mit Ihnen aufzunehmen?«

»Auch nicht. Bedaure.«

Es war die reine Wahrheit.

»Was machen Sie denn hier, Mr. Holder, fern von zu Hause und Ihrer Frau?«

Stanley verging das Lächeln. »Das geht Sie gar nichts an, Mr. …?«, begann er und merkte, dass er ihre Namen vergessen hatte.

»Special Agent Malcolm Weekley, Mr. Holder, und mein Kollege hier ist Agent Collins.«

Collins verlor die Geduld. »Jetzt hören Sie mal gut zu, Holder«, fing er an. »Ihre Fresse passt mir nicht. Absolut nicht. Jedes Mal, wenn Sie Ihren Arsch irgendwohin bewegen, sind die Straßen mit Leichen gepflastert. Sind Sie einfach ein Unglücksrabe, Holder, oder holt Sie allmählich diese blutrünstige Scheiße ein, die Sie zu schreiben pflegen?«

»Ihr Verhalten, Mr. Holder, scheint meinen Kollegen zu reizen«, stellte Weekley mit scheinheiliger Zerknirschung fest und wischte sich den Schweiß von der Stirn. »Sie sollten ein bisschen kooperativer sein.«

»Verkaufen Sie uns nicht für blöd, Holder«, fuhr Collins im selben Ton fort wie zuvor. »Wir wissen, dass der melancholische Sheriff Marker nur noch Augen für Sie hat. Dass er davon träumt, Sie so lange in einer seiner sonnigen Zellen einzubuchten, bis er halbwegs durchblickt, was los ist. Der Schnellste ist er nicht, dieser Marker, außerdem trauert er, und er ist tief deprimiert. Uns wiederum wär's ein Leichtes, ihm mal die Unterlagen über Ihre Tochter rüberzuschieben. Einfach, um Sie einander näherzubringen.«

»Sagen Sie, meine Herren, laufen Sie in der Kategorie Schweinereien aller Art?«

Collins spuckte seinen zerfaserten Zahnstocher aus.

»Also bitte, Holder«, protestierte er, »lassen wir doch die gegenseitigen Komplimente! Am Ende werd ich noch rot. *Ihn* wollen wir haben. Also: Wenn Sie ihm irgendwo über den Weg laufen sollten, hauen Sie sofort ab, ohne sich umzudrehen, und rufen uns an, solang Sie noch schnaufen können, kapiert?«

»Sehen *Sie* lieber zu, dass Sie Ihren Atem sparen, Agent Collins«, antwortete Stanley, »damit Sie noch schnaufen können, wenn Ihnen die richtige Beute begegnet: Ich bin's nicht. Wenn Sie mich ausfragen wollen, bestellen Sie mich gefälligst mit einer ordnungsgemäßen Vorladung zu sich, kapiert? Meinem Anwalt wird es sicher ein Vergnügen sein, Sie über die juristischen Verfahrensvorschriften aufzuklären.«

Collins musterte ihn einen Moment mit einer Miene, als sei er drauf und dran, ihn niederzuschlagen. Weekley seufzte, dann zog er aus der Innentasche seines Sakkos zwei Visitenkarten und reichte sie Stanley.

»Wir sind im Imperial abgestiegen«, sagte er, »Sie wissen schon, gegenüber dem Rathaus. Dort können Sie uns rund um die Uhr entweder persönlich antreffen oder eine Nachricht hinterlassen. Hier auf der anderen Karte stehen unsere Handynummern. Ich geb sie Ihnen noch mal, weil ich fürchte, Sie haben sie seit Hartford verlegt.«

Er wollte noch etwas hinzufügen, besann sich aber.

»Schönen Tag noch, Mr. Holder, und bis hoffentlich bald.«

Collins sagte nichts, sondern stieß nur ein dumpfes Grunzen aus, dann kehrten beide zu ihrem Wagen zurück, Collins schlurfend. Auf halbem Weg drehte er sich noch einmal um:

»Dorothy Fielding war *nicht* in diesem Zimmer. Ihre Tochter war auf Drogen, Holder. Sie ist ausgerastet, und die beiden Mädels haben sich gegenseitig abgemurkst. Es war niemand anders im Zimmer als diese beiden, die Pillen eingeworfen haben und auf einem absolut mörderischen Trip waren, Punkt, basta. Irgendwann werden Sie sich damit abfinden müssen, Holder. Die Wahrheit zu akzeptieren ist der erste Schritt der Trauerarbeit.«

Stanley ballte die Fäuste. Der Mann versuchte ihn zu provozieren, bis er einen Fehler machte. Aber den Gefallen tat er ihm nicht.

»Mit anderen Worten, Sie und ich, Collins, haben keine Ahnung, wie gewisse Prozeduren ablaufen«, gab er zurück.

Collins warf ihm einen eisigen Blick zu, in dem in Großbuchstaben seine gesamte Verachtung für Anwälte stand, aber zwischen den Zeilen auch der gekränkte Zorn darüber, durchschaut worden zu sein. Auch er würde nie in der Lage sein, zu trauern, das war die Wahrheit. Das Gesicht seines Kollegen, das 10–13 mit dem Skalpell gehäutet hatte, war für Collins ein entscheidender Punkt des Horrors, der ihn nachts im Schlaf heimsuchte und tagsüber sein Tun und Denken beherrschte. Dieses gemarterte Gesicht hatte sein Vertrauen in die Justiz von Grund auf erschüttert (welche Strafe könnte je ein Verbrechen wie dieses sühnen?), und seither hatte sich die Angst in ihm eingenistet, eine unausrottbare, alles durchdringende Angst. Er hatte versucht, die Scherben so schnell wie möglich zu kitten, indem er verbissener denn je die Verfolgung von 10–13 aufgenommen hatte. Doch im Grunde wusste er sehr genau, dass der Kitt nichts taugte, dass er den abstoßenden Geschmack der Fäulnis hatte, dass er nicht lang halten würde. Und dass er dann abermals in dieses Gesicht blicken musste.

Collins zuckte die Schultern und zwängte sich in den Pontiac.

Der Motor sprang an, der Wagen fuhr ein Stück rückwärts.

»Wenigstens renne ich keinen Gespenstern nach«, murmelte Collins durch das offene Wagenfenster.

Der Pontiac bog in die Old Pine Lane ein und wirbelte im Davonfahren eine Staubwolke auf, die lange über der Straße schwebte.

Stanley Holder stand noch eine Weile da und starrte den wieder menschenleeren Weg hinab.

7

In der angenehm kühlen Halle hörte er Laureens Stimme aus der Küche. Soweit er verstand, wollte ihr Gesprächspartner im Oktober ein Zimmer reservieren, und Laureen beschrieb jetzt das Hotel und die Umgebung.

Die Beamten der DEA in der Nähe zu wissen störte ihn mehr, als er sich hatte anmerken lassen. Natürlich wären sie ihm keinerlei Hilfe, wenn es der Zufall wollte und auf einmal einer von Fenryders Wölfen (im vorliegenden Fall dachte er an Charlie McNeice) vor ihm stand. Stanley war sich vollkommen darüber im Klaren, dass Collins und Weekley in ihrer Besessenheit, diesen 10–13 zur Strecke zu bringen, keinen Finger rühren würden, sofern es nicht ihrer persönlichen Sache nutzte. Das war bedauerlich, aber so war es nun mal, damit musste man sich abfinden. Charlie McNeice oder die übrigen Mitglieder der Fenryder-Gesellschaft interessierten sie nicht die Bohne. Für die DEA war der Fall längst erledigt und ad acta gelegt. Die DEA verfolgte Drogenhändler, keine Reminiszenzen aus den einstigen Südstaaten, und schon gar keine Gespenster. So weit hatte Collins immerhin Recht.

»Sollen sie sich doch zum Teufel scheren, diese zwei«, murmelte Stanley vor sich hin, während er den ersten Treppenlauf hinaufstieg.

Auf jeden Fall war es ein schwerwiegender Irrtum, wenn diese beiden Ermittler sich einbildeten, er werde ihnen als Köder dienen. Er hatte weiß Gott andere Sorgen als diesen unauffindbaren 10–13. Wenn ihre Mission darin bestand, Drogenhändler zu jagen, um sie hinter Gitter zu bringen, dann war es die seine – oder vielmehr die Aufgabe, vor die das Schicksal ihn gestellt hatte –, den Wolf McNeice dingfest zu machen, der Page ermordet und ein paar Wochen später im Schwimmbad von Tusitala ein Blutbad angerichtet hatte.

McNeice finden, ja, und ihn vernichten. Mit dieser Absicht war er der Aufforderung der beiden Fotos gefolgt und zu dem Stelldichein nach Tusitala gekommen.

Er umrundete den Treppenabsatz im ersten Stock und ging die Stufen zum zweiten hinauf.

Er hatte vor, sich die Zeit bis zum Abend damit zu vertreiben, in seinem Zimmer die letzten Informationen, die er hatte zusammentragen können – wenig genug –, in sein Notebook einzugeben. Was ihm Norman Jarrett bald offenbaren würde, war zweifellos schwerwiegender; ob er sich darüber freuen sollte, wusste er nicht.

Als er im zweiten Stock angelangt war und auf sein Zimmer zugehen wollte, fiel sein Blick auf eine kleine Gestalt auf der anderen Seite des Flurs, und als er genauer hinsah, erkannte er die am Fuß der Treppe zum Speicher zusammengekauerte Gestalt des kleinen Baldwin: Der Junge war anscheinend unter Schock, seine Augen starrten halb geschlossen vor sich hin, und er rührte sich nicht.

»He, Scotty«, rief Stanley.

Er beugte sich zu ihm hinunter und hob ihn auf. Prüfend sah er sich um.

Er konnte nichts Auffälliges entdecken, keine feindselige Gegenwart in der Wäschekammer, durch deren offene Tür er spähte, und die Speichertür, fand er, als er aufblickte, mit einem Vorhängeschloss abgesperrt.

Stanley hielt den Jungen ein Stück von sich ab, um ihn genauer in Augenschein zu nehmen. Scotty war leichenblass, seine Augen waren glasig, und über seine Stirn zogen sich Schmutzschlieren, aus dem Mundwinkel spitzte die Zunge. In Wellen lief ein Zittern durch seinen Körper, und den Nackenmuskeln gelang es nicht mehr, den Kopf zu tragen, der schlaff zur Seite fiel.

»Hast du dir was gebrochen, Scotty?«

Der Junge gab keine Antwort, er war weit fort, verirrt in einer undurchsichtigen Welt voller namenloser Schrecken, in die kein Lichtstrahl drang. Wie lange hatte das Kind in diesem Zustand hier gelegen?

Für einen Sekundenbruchteil dachte Stanley fast mit Erleichterung, es konnte nur das Ergebnis eines bösen Sturzes sein – ja, wieso nicht: Die Treppe zum Speicher war sehr steil, das Kind konnte ohne weiteres gefallen sein. Doch fast im selben Moment schlich sich das Wort *Angriff* in seine Gedanken und ließ sich nicht mehr vertreiben. Ja, hier musste ein Angriff stattgefunden haben – wenige Minuten, bevor Stanley heraufgekommen war, während Laureen unten am Telefon aufgehalten wurde.

Es ist genau dort passiert, Stanley, hatte ihm Norman am Morgen anvertraut. In gewisser Weise war es immer noch das Haus von Charlie McNeice, sein Jagdrevier, seine Höhle des Schreckens.

Aber warum hat dieser Elendskerl schon wieder ein Kind angegriffen? Schließlich bin ich hier, bin zu dem Treffen, zu dem er mich bestellt hat, erschienen, reicht ihm das etwa nicht? Wieso hält er Scotty und seine Familie nicht heraus? Dieser Konflikt ist nur zwischen uns, sie haben damit nicht das Geringste zu tun!

Weil er ein Wolf des Generals Fenryder ist, antwortete ein anderer Teil von Stanleys Gehirn. *Ein Monster mit der Kraft eines außergewöhnlichen Raubtiers. Er spielt mit deinen Nerven, und sobald er findet, dass du mürbe genug bist, bläst er zum großen Halali und zerfetzt dich in Stücke.*

Er drückte das Kind an sich und trug es die Treppen hinunter.

Scotty roch nicht nur nach dem Urin, der ihm in seiner Panik ausgekommen war, sondern auch nach etwas anderem. Wonach?

Als Stanley zur Küchentür kam, drehte sich Laureen, die in dem Moment aufgelegt hatte, zu ihm um, und das herzliche Lächeln, das auf ihre Lippen trat, erstarb augenblicklich, als sie Scotty in seinen Armen sah. Bleich stürzte sie zu ihm hin.

»Um Gottes willen! Was ist passiert?«

Mit angstverzerrter Miene riss sie das Kind an sich, und Stanley sah sie am ganzen Leib zittern.

»Ich hab ihn am Fuß der Treppe zum Speicher gefunden«, sagte er tonlos. Er fühlte sich unerträglich schuldig. Hätte er die alte Geschichte von Fenryders Wölfen nicht wieder ausgegraben, wäre weder seiner Tochter noch den Baldwins ein Haar gekrümmt worden.

Er ging zum Spülbecken, füllte ein Glas mit Wasser und hielt es an Scottys Lippen, die sich einen Spalt öffneten, doch er trank nicht, keinen Tropfen.

»Scotty, mein Schatz, was ist los, was hast du erlebt? Sag's mir«, flehte Laureen.

Keinesfalls hätte sie ihn allein dort oben lassen dürfen, als das Telefon geläutet hatte. Das passiert, wenn man seine Mutterpflichten vergisst, dachte sie voller Zorn auf sich selbst.

Mit nervöser Hand fuhr sie ihrem Sohn übers Haar und strich ihm die schweißfeuchten Strähnen aus der Stirn. Er war eiskalt. Er hatte schmierige Flecken im Gesicht, wie Spuren von – Fingern …

»Lieber Gott!«, stammelte sie in jähem Entsetzen und warf Stanley einen hilflosen Blick zu.

Ihr Kind war angegriffen worden. Schon wieder war er Opfer eines Angriffs geworden!

Sie drückte Scotty noch fester an sich, fuhr herum und riss die Gartentür auf, und im nächsten Moment schrie sie mit tränenerstickter Stimme zum Wald hinüber nach Johnny.

Stanley sah sie an. Laureens Verzweiflung lähmte ihn. Durch sie konnte er nachfühlen, was Barbara beim Tod ihrer Tochter gelitten haben musste. Aber Scotty, Gott sei gelobt, war noch immer am Leben. *Wie lange noch?*, fragte er sich in ratloser Wut.

Wann würde dieser McNeice sich endlich bei Tageslicht zeigen? Wann würde er sich endlich zum Kampf von Mann zu Mann stellen? *Von Mann zu Mann?*

Vielmehr von Gespenst zu Gespenst, korrigierte er sich in Gedanken. *Weitaus passender, wenn man bedachte, was sein Feind war und was aus ihm selbst geworden war.*

Im nächsten Moment stürzte Johnny durch die Gartentür in die Küche.

»Scotty?!«, rief er, und in seinem Gesicht stand blanke Angst.

In seiner Latzhose aus verwaschenem Jeansstoff und dem schweißfleckigen Rippenshirt, mit der kakifarbenen Kappe auf dem Kopf und den kniehohen Gummistiefeln sah John Baldwin wie der Inbegriff des Bauern aus Louisiana aus. Doch wie er in diesem Aufzug wirkte, die verwirrende Ähnlichkeit mit einem gewissen Arthur Kingston, dem alten Tankstellenbesitzer, hätte ihm gleichgültiger nicht sein können.

Er riss sich die grün-gelb gestreiften Arbeitshandschuhe herunter und nahm Scotty aus den Armen seiner Mutter.

»Cowboy! Um Gottes willen, was ist mit dir passiert?«, rief er und setzte das Kind vor sich auf die Tischkante.

Ein leichtes Zittern war in seiner Stimme. Auch er hatte Angst. *Es fängt wieder an, verdammt! Es fängt schon wieder an!*, hatte er ununterbrochen vor sich hin gesagt, während er zum Haus lief. Nein, schon vorher, schon in dem Augenblick, als er Laureen hatte schreien hören, hatte ihn ein eisiger Schrecken durchzuckt, und er war so schnell, wie es seine klobigen Stiefel zuließen, mit langen, schweren Schritten quer durch den Park gerannt.

Er zog Scotty das T-Shirt aus und begann seinen Körper auf mögliche Verletzungen zu untersuchen, betastete ihn hier und dort, ohne aber den kleinsten blauen Fleck, den geringsten Kratzer zu entdecken. Das war immerhin beruhigend.

Laureen stand mit geröteten, tränengestriemten Wangen daneben und streichelte Scottys Stirn.

»Stanley hat ihn vor der Wäschekammer gefunden«, schluchzte sie.

Johnny hob kurz den Kopf und warf Stanley einen harten, beinahe anklagenden Blick über die Schulter zu. Dann drehte er sich wieder um und blickte forschend in das verstörte Gesicht seines Sohnes.

»Cowboy, sag, tut dir was weh? Was ist passiert?«

Doch Scotty rührte sich nicht. Unter den halb geschlossenen Lidern starrten die Augen glasig und reglos vor sich hin.

»Hat dir jemand was getan? Sag es uns. Du musst es uns sagen, Scotty! Wer war es?«

Lighton ist tot. Tot und begraben. Wer ist also dieser neue Hurensohn, der es gewagt hat, Scotty etwas anzutun? Und noch dazu in unserem Haus!

In unserem Haus!! Dieser Gedanke vor allem war es, der ihn halb wahnsinnig machte.

Auf die Idee, dass Stanley Holder ihm etwas hätte antun können, kam er nicht. Perverse, die Kinder quälen, machen sich nicht die Mühe, sie nachher zu ihren Eltern zurückzubringen. Ganz sicher nicht. *Wer also, verdammt?* Um diese Zeit war sonst niemand im Haus. Die Steiners waren am Morgen abgereist, und der Franzosenclan, der seinerseits auf dem Sprung war, unternahm einen letzten Spaziergang rund um den See.

Seine Hände umklammerten die Schultern seines Sohnes. Er fühlte sich verantwortlich. Auf grässliche Weise verantwortlich. Welcher Teufel hatte ihn geritten, dass er in dieses Kaff gezogen war, um seine narzisstischen Wunden zu lecken! Er hatte immer nur an sein eigenes kleines Ego gedacht und keinen Gedanken an Scotty verschwendet, der in Kalifornien seine Freunde gehabt hatte, den Strand, Kinos … Und diesen Mistkerl von Onkel Bill, der ihn anbetete.

»Cowboy? In Gottes Namen, antworte, ich bitte dich!«, rief er und schüttelte ihn an den Schultern.

Scotty schien aus seiner traumatisierten Starre zu erwachen, seine Lider zwinkerten, und es kam Leben in seine Augen.

»Es war …«, begann er mit bebenden Lippen, »… es war derselbe Mann wie … wie letztes Mal … am Tag vor dem Schwimmbad …«

»Wer, Scotty? Sag's mir!«

»Der Mann, der … mir das … das Monster im Wasser gezeigt hat. Virgil war da … und wollte mich warnen … wie letztes Mal … aber es war zu spät, er … er war schon da.«

Johnny wechselte einen Blick mit Laureen. Eine lähmende Furcht beschlich ihn, drang ihm durch sämtliche Poren. Es fing tatsächlich wieder an! Mit schalem Geschmack im Mund vertiefte er sich wieder in das Gesicht seines Sohnes.

»Bist du sicher, Cowboy?«

»Ja, ja! … Er war im Dachboden versteckt und …«

»Und?«

»Er hat auf mich gewartet.«

»Warst du auf dem Speicher?«, fragte Johnny, obwohl er wusste, dass es unmöglich war: Die Tür war mit einem Vorhängeschloss abgesperrt.

»Nein, das … das Wesen ist zu mir heruntergekommen.«

»Was für ein Wesen?«

»Na, das Wesen, dem er Befehle gibt. Aber es war diesmal kein Hai. Es war etwas anderes. Ein neues Wesen.«

»Ein neues We… Aber warum ist es zu dir gekommen, Schatz, weißt du das?«, fragte Laureen, eine zitternde Hand vor dem Mund.

»Es … es wollte mir was tun.«

Aus Laureens Gesicht wich alle Farbe.

»Es will mir was tun … und dir will es auch was tun, Mama, und dir, Papa.«

»Es will uns was tun?«, wiederholte Laureen entgeistert. »Aber wieso denn? Warum?«

Johnny sah den Jungen wieder fest an, um ihn zum Weitersprechen zu ermutigen.

»Cowboy, wie hat er ausgesehen, dieser Mann? Kannst du ihn beschreiben, ihn und das Wesen?«

»Nein …«

»Nein?«, wiederholte Johnny mit gerunzelten Brauen.

»Ich hab die Augen zugemacht.«

»Du hast sie nicht gesehen, weil du die Augen zugemacht hast, ja?«

»Ja, aber … ich hab sie gehört und …«

Scottys Blick wurde wieder glasig, und seine Stimme versagte. Johnny ließ nicht locker. »Und?«, bedrängte er ihn sanft. »Du hast sie gehört und was noch? Bitte, Scotty!«

»Gerochen. Es hat gestunken, das Wesen. Es hat furchtbar gestunken.«

»Nach was, Scotty? Versuch's zu beschreiben!«

»Nach … nach dem flüssigen Zeug, das du in die Motorsäge tust.«

»Benzin. Es hat nach Benzin gerochen, stimmt das, Scotty?«

»Ja, ja, Benzin.«

»Nach Benzin!«, wiederholte Johnny verständnislos. Es gab kein Benzin in der Wäschekammer, auch nicht im Speicher, überhaupt nirgends im Haus. Der einzige Benzinkanister, den es auf dem gesamten Anwesen gab, stand neben dem Rasenmäher und den übrigen Gartengeräten im Schuppen hinten am See. Und der war so abgesperrt wie der Speicher.

»Weißt du das bestimmt, Cowboy?«, fragte Johnny noch einmal ungläubig.

Doch Laureen hatte nur zu gut begriffen. Ein nervöser Krampf ließ ihre blutleeren Lippen beben.

»Oh Gott!«, stöhnte sie und legte die Hand auf den Mund, um das entsetzte Schluchzen zu unterdrücken, das ihr die Kehle zuschnürte.

Konnte es sein, dass er Ben gesehen hatte? Ben, Laureens Bruder, der zur lebenden Fackel geworden war? Nein, ganz unmöglich – Ben war seit vielen Jahren tot. Es war so unmöglich wie ein Hai, der aus dem Nichts in einem Schwimmbad auftaucht und spurlos wieder verschwindet, nachdem er sich an Frischfleisch satt gefressen hat …

»Virgil hat gesagt, dass das Wesen und derjenige, der es beherrscht, bald wiederkommen, und dass es dann ernst wird. Virgil hat gesagt, wir sollen nicht hier bleiben, es ist gefährlich, und wir …«

Auf einmal verzerrte sich Scottys Mund, er begann zu weinen und zu schluchzen, sein Körper wurde von Krämpfen geschüttelt. Sein Ausbruch erschütterte Laureen noch mehr, Johnny und Stanley hingegen fanden ihn eher beruhigend. Es war immerhin eine gesunde Reaktion – Scotty begann den Schrecken, der ihn für eine Weile in gefühlloser, blinder Erstarrung eingemauert hatte, allmählich herauszulassen.

Die Tränen strömten, und er konnte vor Schluchzen kaum atmen. »Mama! Mama!«, stieß er hervor, woraufhin Laureen ihrerseits wieder zu weinen begann und Johnny zur Seite schob, um

Scotty an sich zu drücken. Sie hob ihn vom Tisch auf, wiegte ihn in den Armen und strich ihm immer wieder über die feuchten Haare, während Johnny beiden den Rücken rieb, um sie zu beruhigen.

»Wir sind da, Cowboy«, sagte er, »musst keine Angst mehr haben, ich versprech's dir.«

Aus seinem Mund war es weniger eine Feststellung als ein Versprechen für die Zukunft seiner kleinen Familie. Ja, von nun an würde er über seinen Sohn wachen, notfalls Tag und Nacht. Er hatte keine Ahnung, wer es auf sie drei abgesehen hatte, aber eines wusste er mit Bestimmtheit: dass er, John Baldwin, das nächste Mal zur Stelle wäre, wenn ein Verbrecher – oder mehrere Verbrecher – oder böswillige … Wesen, verdammt! – es wagten, sich seinem Sohn zu nähern. Und dieses Versprechen würde er halten, um jeden Preis. Das sagte er sich, und es war wie ein dünner Film Balsam auf die frisch aufgerissenen Wunden.

Johnny wollte sie beide umarmen, doch Laureen zuckte zurück wie nach einem elektrischen Schlag. Sie wandte sich ab, und in ihren Augen stand, deutlich sichtbar, der gesamte Groll, den sie gegen ihn hegte. An alldem war niemand anders schuld als er! Schließlich hatte *er* unbedingt hierher kommen müssen, Tusitala war *seine* idiotische Idee gewesen!

Johnnys Arme sackten herab, einen Moment lang war er sprachlos, sein trüber Blick glitt von Laureens Augen, in denen er die schlimmsten Vorwürfe las, zu Scottys tränennassen Wangen.

»Laureen, es tut mir leid«, murmelte er.

Scotty drückte sein Gesicht an die Schulter seiner Mutter, die ihn hielt und streichelte, und schien sich nach und nach zu beruhigen.

Stanley räusperte sich. »Entschuldigung«, begann er, »ist es das erste Mal, dass Scotty solche … Visionen hat?«

Laureen betrachtete ihren Sohn und streichelte seine Wange. »Nein«, murmelte sie. »Nicht das erste Mal.«

»Das letzte Mal war vor dem Drama im Dezember, ja?«

»Laureen«, schaltete sich Johnny ein, »ich finde, du solltest mit

Scotty zu Dr. Springfield. Nur zur Sicherheit, damit wir wissen, dass er sich wirklich nichts gebrochen hat. Okay?«

Sie nickte. Sicher war es besser, mit Scotty kurz das Haus zu verlassen und sich zu vergewissern, dass er keine anderen, schwerwiegenderen Misshandlungen erlitten hatte.

»Ich gehe jetzt auf den Speicher und schau mich um«, fuhr Johnny fort. »Stanley, wollen Sie mitkommen?«

»Ich habe niemanden dort oben gesehen, und wenn jemand heruntergekommen wäre, hätte es Laureen – oder auch ich selber – sofort gemerkt. Aber ich komme gern mit.«

»Komm, mein Schatz«, sagte Laureen. Sie trug ihren Sohn ins Bad, wo sie ihm mit warmem Wasser Gesicht und Unterarme wusch und ihm rasch frische Sachen anzog. Als sie in die Küche zurückkamen, stellten Johnny und Stanley fest, dass Scotty schon wieder ein bisschen mehr Farbe hatte. Laureen nahm die Autoschlüssel von dem Bord neben dem Kühlschrank.

»Ich habe Scotty versprochen, dass wir nachher bei Wilder vorbeischauen«, sagte sie, wieder den Tränen nahe, beherrschte sich aber und warf dem Jungen ein verschwörerisches Lächeln zu, das ihr halbwegs gelang. Alles besser als zu jammern und zu weinen, sagte sie sich in einem Anflug von Zorn über ihre offenkundige Unfähigkeit, ihr Kind zu beschützen.

Gary Wilder hatte den größten Spielzeugladen der Stadt. Wenn Scotty zu Dr. Springfield musste, drängte sich ein kleiner Abstecher zu Wilder geradezu auf – als Belohnung für seine Tapferkeit.

»Sehr gut«, stimmte Johnny zu und versetzte Scotty lächelnd einen leichten Nasenstüber.

8

Mit nacktem Oberkörper rutschte Scotty vom Untersuchungstisch, während Dr. Springfield, das Stethoskop um den Hals, mitsamt seinem Stuhl zum Schreibtisch zurückrollte.

»Perfekt, perfekt«, wiederholte der Arzt wie schon zuvor, als er Scottys Blutdruck und seine Temperatur gemessen hatte.

Laureen, die während der Untersuchung angespannt auf ihrem Stuhl gesessen hatte, stand jetzt auf, um Scotty wieder in sein T-Shirt zu helfen. Sie küsste ihn auf die Stirn, dann tippte sie ihm mit dem Zeigefinger auf die Nasenspitze, wie es Johnny zu tun pflegte.

»Alles klar?«, fragte sie halblaut.

Scotty strahlte sie an, und sie sah, dass er es eilig hatte, in den Spielzeugladen zu kommen.

»Ich hab dich sehr lieb, mein Schatz«, flüsterte sie ihm zu.

Springfield nutzte die Gelegenheit, während die junge Frau ihm den Rücken zudrehte, um ihre langen sonnengebräunten Beine und ihren hübschen Hintern zu beäugen, den der kurze, knapp sitzende rostrote Rock hervorragend zur Geltung brachte. Ja, sie war entschieden nach seinem Geschmack, diese Laureen Baldwin, und der goldene Ehering an ihrer linken Hand wirkte nur als zusätzliches Stimulans auf seine Libido: Verheiratete Frauen waren doch wesentlich reizvoller als die alleinstehenden jungen Mädchen von der Art dieser dummen kleinen Rita Herbert, das war nicht zu leugnen. Und so kehrte man endlich zum bewährten Klassiker des Ehebruchs zurück …

Ohne den Blick von dem erhebenden Anblick zu wenden, bückte sich Springfield zur unteren Schublade seines Schreibtisches, holte seinen Ehering heraus und steckte ihn rasch an.

Endlich drehte Laureen sich wieder um und kehrte mit dem Kind an der Hand zum Schreibtisch des Arztes zurück. Scotty entwand sich seiner Mutter, um wie ein großer Junge auf dem Stuhl neben ihr Platz zu nehmen. Dann sahen sie ihn beide in Erwartung seiner Diagnose an.

Mit lüsternem Lächeln schob Springfield seine Schublade zu. Schlank und hochgewachsen, die halblangen Haare zurückgekämmt, war er auch mit vierundfünfzig Jahren noch ein gut aussehender Mann. Über ihm an der Wand hing eine große Tafel mit Buchstaben und Zahlen in abnehmender Größe, anhand deren er die Sehschärfe seiner kleinen Patienten zu prüfen pflegte. Rechts und links der Tafel hingen, in Kupfer gestochen, die Porträts zweier Vollbluthengste im Profil; eine kleine Plakette am unteren Rand jedes Holzrahmens verriet den Namen des Pferds und das Jahr seines Sieges auf der Rennbahn von Shreveport. Beide, bemerkte Laureen, lagen schon ein gutes Jahrzehnt zurück.

Springfield räusperte sich.

»Mrs. Baldwin«, sagte er, »wie es aussieht, ist Scotty bei blendender Gesundheit. Um ganz sicherzugehen, werden wir natürlich noch eine Laboruntersuchung machen. Dazu müssen wir ihm Blut abnehmen …:«

Scotty verzog das Gesicht. Er fand es schrecklich, mit einer Nadel gestochen zu werden, auch wenn sein Vater ihm erklärt hatte, dass er bei weitem nicht der Einzige war, dem es so erging.

Laureen begann zu nicken, bereit, alles zu akzeptieren, was man ihr empfahl, nur um die Gewissheit zu haben, dass ihr Kind gesund war.

Hör mit diesem dämlichen Nicken auf – er wird dich noch für schwachsinnig halten, schalt sie sich in Gedanken, doch es war wie ein nervöser Tick und ließ sich nicht unterdrücken. Ihre Angst war so groß gewesen, dass sie eine Art Betäubung zurückgelassen hatte.

»… und rein vorsorglich machen wir auch ein EEG: Hm, Scotty, würdest du deine Mutter und mich wohl zwei Minuten allein lassen? Im Wartezimmer sind jede Menge Spielsachen, die nur auf dich warten, außerdem gibt es ein paar spannende Comics.«

»Echt?«, fragte Scotty, der gar nichts dagegen hatte, das Sprechzimmer zu verlassen.

»Wenn ich 's dir doch sage, Junge. Wenn dir ein Comicheft gefällt, darfst du 's sogar mitnehmen.«

Sehr zufrieden mit dem Angebot, ließ sich Scotty vom Stuhl gleiten.

»Ich komm gleich nach«, sagte Laureen, als er an ihr vorbei zur Tür ging.

Der Arzt nahm seine Brille mit dem schmalen schwarzen Metallrahmen ab und massierte sich die Lider. Er musste dringend aufs Klo, aber das konnte er Laureen Baldwin natürlich unmöglich eingestehen. Weibliche Reaktionen waren immer völlig unvorhersehbar. Außerdem sagte ihm seine Würde als Mann in den besten Jahren, dass Geständnisse solcher Art ein denkbar schlechter Beginn für eine amouröse Affäre waren, weshalb er sich darauf beschränkte, die Beine übereinanderzuschlagen, obwohl seine Blase zu platzen drohte, und insgeheim Simmons, den Klempner, verfluchte, der sich mit der Reparatur der verstopften Toilette endlos Zeit ließ, so dass er, Springfield, derzeit gezwungen war, in Fällen wie diesem den Drugstore gegenüber aufzusuchen. Mrs. Baldwin hier warten zu lassen, während er kurz über die Straße sprang, kam natürlich nicht infrage – zumal sie ihn von ihrem Platz aus hätte sehen können.

»Sie wollen also ein EEG machen?«, fragte Laureen, als Scotty draußen war, neuerlich beunruhigt: Zu gut kannte sie den Zweck neurologischer Untersuchungen dieser Art.

»Ja, nur um sicherzugehen, dass ihm kein Gehirntumor wächst, verstehen Sie? Wir müssen uns bald wiedersehen, Mrs. Baldwin.«

Die Einladung erfolgte mit einem flüchtigen Lächeln, während seine Hand beiläufig mit dem Ehering spielte.

Springfields Verführungstaktik bestand darin, gegenüber seiner Beute scheinbare Gleichgültigkeit zu demonstrieren, indem er ihr indirekt in Erinnerung rief, dass sie beide dem jeweiligen Ehegespons unauflösliche Treue geschworen hatten.

»Sie wohnen in Tusitala, nicht wahr?«

»Ja, mein Mann und ich haben vor kurzem eine Pension auf dem Anderson Hill aufgemacht.«

»Oh, sehr gut.«

Ein Schweigen trat ein.

»Gefällt es Ihnen dort oben?«

»Es läuft ganz gut.« Noch im selben Moment war ihr klar, dass es wohl nicht ganz die richtige Antwort war, aber zu spät. Außerdem ging es nicht um sie, sondern um Scotty. Meine Güte, worauf wollte er denn hinaus? In abwehrendem Ton fügte sie hinzu: »Wollen Sie vielleicht wissen, ob mein Mann und ich uns gut verstehen? Denken Sie etwa, Scotty könnte unter einem Ehekrach leiden?«

»Leider muss man alle Möglichkeiten ins Auge fassen, liebe gnädige Frau.« Die *liebe gnädige Frau* war jetzt absolut angebracht. »Aber keine Sorge, ich halte Scotty durchaus nicht für ein unglückliches Kind. Wirklich – machen Sie sich keine Gedanken, dazu besteht gar kein Grund.« Mit sichtlichem Behagen ließ er sich tiefer in die Polsterung seines Drehsessels sinken. »Wissen Sie, in neunzig Prozent der Fälle sind bizarre Erscheinungen, von denen Kinder erzählen, pure Fantasie. Um sich interessant zu machen, verstehen Sie? Oft sind das Kinder, die, wie soll ich sagen – vielleicht ein bisschen zu behütet aufwachsen. Sollten die Ergebnisse der weiteren Untersuchungen meine Diagnose bestätigen, nämlich dass Scotty unter keiner organischen Störung leidet, dann müssten Sie, Mrs. Baldwin, dafür sorgen, dass der Junge selbstständiger wird. Sie müssen ihn loslassen, weniger gefühlsbetont und fürsorglich ihm gegenüber sein. Sie schicken ihn nicht in den Kindergarten, oder?«

»Nein, das heißt …«

»Sie sollten das wirklich tun, Mrs. Baldwin. Glauben Sie mir – mit gleichaltrigen Kindern zusammen zu sein wird ihm ausgesprochen guttun. Sicher hat er selbst das Bedürfnis danach und drückt es eben auf indirekte Weise aus, durch seine erfundenen Geschichten. Das würde auch von Ihnen einigen Druck nehmen.«

»Herr Doktor«, begann sie, den Tränen nahe, und musste tief Luft holen, bevor sie weitersprechen konnte. »Scotty war an dem Tag im Schwimmbad, als …«

Mehr brachte sie nicht heraus. Springfield verstand einen Rückschlag einzustecken. Er ließ sich von seiner Verärgerung nichts anmerken.

»Oh … verstehe. Das tut mir leid.«

Er setzte eine dem Umstand angemessene Miene auf, behielt aber einen distanzierten Tonfall bei. Unzählige Male hatten ihm Patienten mit Lighton die Ohren voll gejammert, bis er schließlich fast vergessen hatte, dass seitdem kaum ein halbes Jahr vergangen war. Außerdem hatte er am Tag des Dramas, als die Bullen aufgekreuzt waren, um ihn dienstzuverpflichten, sich rittlings auf der dummen kleinen Rita Herbert befunden. Auch sie wollte er lieber vergessen.

»Wer hat sich nach dem Drama um Ihren Sohn gekümmert?«

»Dr. Wellington, ein Psychologe aus Shreveport.«

»Ah, sehr gut. Mel ist ein Freund von mir. Ausgezeichneter Mann.«

In Wahrheit verachtete er Mel Wellington und seine angebliche Wissenschaft von ganzem Herzen, nachdem der ihm gegenüber behauptet hatte, jeder Schürzenjäger habe einen unverkennbaren Hang zur Homosexualität. Wahrscheinlich, sagte sich Springfield, war Wellington selber schwul, denn er witterte überall Schwule, so wie die *Akte X*-Fans überall kleine grüne Männchen sehen.

»Da hatte Ihr Kleiner sicher viele schlimme Albträume.«

»Ja, das stimmt. In letzter Zeit allerdings kaum noch.«

»Das bedeutet nicht, dass das Erlebnis heute Nachmittag *kein* Albtraum war, Mrs. Baldwin. Verstehen Sie – bei der Hitze, die wir momentan haben, kann er sehr wohl auf dem Wäschestapel eingenickt sein.«

Er schlug die Beine in der anderen Richtung übereinander. Der brennende Druck auf der Blase ließ nicht nach. Vielleicht liegt es an der Prostata, gestand er sich unfreiwillig, mit einem Anflug von Beklommenheit ein. Tatsächlich waren diese Beschwerden schon seit geraumer Zeit seine ständigen Begleiter – schon einmal an diesem Tag hatte er mitten in der Untersuchung kurz verschwinden müssen –, und wenn die Blase entleert war, empfand er im ersten Moment ein Gefühl intensiver Wollust, doch unmittelbar darauf folgte ein schleichendes Unbehagen. Ja, allmählich musste man sich wohl Sorgen machen: Am Ende lag es tatsächlich an der Prostata, die nicht mehr auf der Höhe war.

Er stellte die Beine nebeneinander, richtete sich im Sessel auf und versuchte, das Problem durch Willensanstrengung in den Griff zu bekommen.

»Hören Sie, Mrs. Baldwin, ich bin kein Psychiater«, begann er und fügte in Gedanken Gott sei Dank! hinzu, »aber es kann schon sein, dass Scotty in seinen Träumen Lighton zu entlasten versucht und die Schuld stattdessen auf eine imaginäre Person schiebt. Eine wirklich böse Gestalt. Verstehen Sie, die meisten Kinder haben Lighton idealisiert wie einen Vater …«

Hat Lighton die dumme kleine Rita Herbert gevögelt?, fragte er sich plötzlich. *Aber man muss die Frage anders stellen: Gibt es jemanden, mit dem sie nicht gevögelt hat, diese Nymphomanin? Noch auf einer menschenleeren Insel brächte sie es fertig, sich von den Palmen vögeln zu lassen.*

Er verscheuchte Rita Herbert aus seinen Gedanken. »Der Vater als solcher ist aber über jeden Verdacht erhaben«, fuhr er fort. »Folglich muss der Täter, der die Kinder auf dem Gewissen hat, also jemand anders sein, verstehen Sie?«

Wie bedauerlich, dass seine Blase ihm derart zu schaffen machte, denn Springfield hätte liebend gern mit diesem Psychokram à la Wellington weitergemacht.

»Für die Flecken hingegen, die Sie in seinem Gesicht gefunden haben, gibt es sicher eine ganz rationale Erklärung, Mrs. Baldwin. Vermutlich hat Ihr Mann kürzlich die Türen geölt, und als Ihr Sohn vom Wäschestapel purzelte, hat er mit der Stirn eine noch ölige Türangel gestreift.«

»Und der Benzingeruch?«, protestierte Laureen matt, während ihr die Tränen den Blick trübten.

»Moment, Mrs. Baldwin, Sie und Ihr Sohn *denken,* dass es nach Benzin gerochen hat. Das heißt nicht, dass es tatsächlich so war, verstehen Sie? Sehr gut möglich, dass es sich um eine simple Assoziation handelt – das eine löst das andere aus, wie es in extrem angstbesetzten Situationen gang und gäbe ist. Gut, ich werde Ihnen beiden ein Beruhigungsmittel verschreiben. Das wird auch Sie ein bisschen entlasten, in Ordnung?«

Er beugte sich vor, um nach seinem Stift zu greifen, und warf bei der Gelegenheit noch einmal einen Blick auf Laureens Schenkel. Zugegeben, in ganz Tusitala gab es kein zweites Paar Beine wie dieses. Abgesehen vielleicht von der Nymphomanin Rita Herbert, die auch ziemlich traumhaft gebaut war. Aber nein, kein Gedanke mehr daran. Rita hatte ihn wegen eines Fernfahrers sitzen lassen, und das reichte: Für ihn war sie gestorben.

9

Um dieselbe Zeit saß am anderen Ende der Stadt, im Crazy Paul, »die dumme kleine Rita Herbert« in einer Ecke des riesigen lauten, verrauchten Saals, ihr gegenüber George Priest. In dem Lokal traf sich alles, was in Tusitala auf Durchreise war, also vorzugsweise Fernfahrer, aber auch Zuhälter und Gescheiterte aller Art. George trug eine flaschengrüne gesteppte Daunenweste auf der nackten Haut und eine über den Knien zerrissene, ausgewaschene Jeans, was ihm eine gewisse Ähnlichkeit mit Crocodile Dundee verlieh. Die ausgeprägten Armmuskeln bestätigten das Image des Abenteurers, den ihm die Mehrzahl seiner Mitmenschen ohne weiteres abkaufte.

... Verdammter Scheißkerl ...

Rita hatte ein volles Glas Cola gegen die Wand hinter ihm geschleudert ... *wie ich dich liebe, Rita ... Wie oft hatte er es ihr geschworen, hundertmal, tausendmal? Oft genug jedenfalls, dass sie es glaubte, oft genug, dass sie ...* und sah die braunen Schlieren die Tapete hinabrinnen; nicht ohne Schadenfreude dachte sie, dass man jetzt sicher neu tapezieren musste, und das würde das fette Schwein Paul Carter, den Besitzer des Autohofs, eine Stange Geld kosten. Die Flüssigkeit tropfte auf die Fliesen und bildete eine kleine bräunliche, immer noch sprudelnde Pfütze.

... Verdammter Scheißkerl ...

Rita hob ein wenig den Kopf, um einen Blick auf George zu werfen. Er saß da, starrte gedankenverloren auf die Pinien, die hinter dem Parkplatz ihre Äste ausbreiteten, und seine Augen wirkten völlig kraftlos, als wäre alles Leben daraus gewichen. Ritas Lippen verzogen sich zu einem mechanischen Lächeln, das sofort wieder verschwand. Es gefiel ihr, Männer mit besorgtem Ernst nachdenken zu sehen. Das erinnerte sie an ihren Vater, den zu früh Verstorbenen, den sie wie die tausendfältigen Erscheinungsformen einer Hindugottheit verehrte und in einer endlosen Reihe männlicher Inkarnationen suchte. George hingegen war jetzt eher mitleiderregend. Sein abwesender Blick sagte, dass er lieber auf der Stelle sein gesamtes Bankkonto abgeräumt hätte als noch länger mit seiner Exgeliebten in dieser Raststätte zu sitzen. Mit wachsender Wut spürte Rita, dass sie, trotz der erbärmlichen Feigheit dieses Mannes, in einer Weise an ihm hing, die sie als erniedrigende, vermutlich auch eine Spur masochistische Abhängigkeit erkennen musste, und ahnte mit zorniger Beklommenheit, dass sie nicht ohne ihn leben konnte. Sie wusste es im Grunde ihrer Seele. Wenn er sie verließ, wie er beschlossen hatte, was würde dann aus ihr, Rita Herbert, der kleinen Kassiererin im Supermarkt an der Ecke, die nur zum Vögeln taugte? Es schauderte sie.

… Das kannst du mir nicht antun, das ist eine bodenlose Gemeinheit, das ist …

Rita Herbert stand auf … *nein, du kannst mich doch nicht* … und sah ihn eindringlich an; er aber starrte nur, aller menschlichen Gefühle beraubt, mit abwesendem Blick in den Nadelwald hinaus. Kein Wort würde er sagen … *ich liebe dich, Rita, nie werd ich dir wehtun* … vergebens flehte sie um ein Wort, einen Blick, er würde keinen Finger mehr rühren. Ihre Kehle war zugeschnürt, als sie sich mit nervösen Ellenbogen den Weg durch die Männergruppen zum Ausgang bahnte. Sie spürte die schweißfeuchten Körper ringsum, roch die Bier- und Tabakschwaden und wusste, dass George nicht aufspringen, sie nicht aufhalten würde – es war aus zwischen ihnen … *vorbei, vorbei, vorbei* … Den Pinien draußen war es grenzenlos egal. Es war endgültig aus.

George, der Abschiedsszenen gar nicht mochte, hatte sich so glänzend aus der Affäre gezogen, dass er sich ein weiteres Dixie verdient hatte. Er hob die Hand, um der Kellnerin zu winken, und stellte erleichtert fest, dass Rita inzwischen den Ausgang am anderen Ende des Saals erreicht hatte. *Bingo!*, sagte er sich mit einem breiten Lächeln seiner nikotingelben Zähne. Jetzt war es vorbei. Jetzt konnte er abends ohne schlechtes Gewissen nach Hause zurückkehren, mit seinen Kindern spielen und Elaine, seine Ehefrau, in die Arme nehmen.

Kaum war Rita durch die Tür getreten, traf sie die Hitze wie eine Ohrfeige. Von der Sonne geblendet … *dieser verdammte Scheißkerl* … kniff sie die Lider zusammen und schnappte nach Luft, und die auf ihren heißen Wangen trocknenden Tränenspuren fühlten sich an, als risse die Haut netzartig auf.

Der Parkplatz war der reinste Glutofen, als hätte sich die gesamte Nachmittagshitze hier gestaut, um ihn auf Weißglut zu bringen. Vor Rita … *muss jetzt zu Fuß zurück* … standen die mit Aufklebern übersäten Sattelschlepper und LKW friedlich in der Sonnenglut schräg nebeneinander und reckten stolz funkelnd ihre hohen verchromten Auspuffrohre in die Höhe. Doch Rita blickte über sie hinweg und durch die flimmernde Luft auf den Asphaltstreifen, der durch den Wald nach Tusitala hinunterführte. *Zu Hause werd ich duschen, dann leg ich mich ins Bett … und dann … Verdammter Scheißkerl, krepieren sollst du* … Ja, jetzt musste sie zu Fuß in die Stadt zurück. Denn diesmal würde George sie nicht mit seinem Lastwagen, in der mit Pin-up-Fotos tapezierten Kabine heimfahren. Als sie das erste Mal zu ihm eingestiegen war, hatten diese Fotos sie nicht schockiert, ganz im Gegenteil. Schließlich sagte alle Welt und allen voran ihre Mutter: Rita Herbert ist nicht zimperlich. Und wenn sie sich doch einmal zierte, dann nur, um einen Kerl anzumachen. Sie hatte auf der Liste ihrer Erfolge eine beeindruckende Zahl von Ehemännern stehen, die sie mit bösem Vergnügen nach zweiwöchiger, als heiß zu bezeichnender Affäre wieder abzuservieren pflegte. Aber diesmal war es umgekehrt, diesmal hatte George sie in die Wüste geschickt … *nie werd ich dir wehtun, Rita. Verdammter Dreckskerl. Verdammter Dreckskerl* …

Rita Herbert raste auf ihren neunzehn Jahren dahin wie ein führerloser Wagen, der auf eine Mauer zuhält. Wenn sie einmal eine Idee im Kopf hatte, dann war nicht schwer zu erraten, dass diese

Idee auf ein Bettgestell zielte, mit einer Matratze darauf und als einzige Decke einen Typen aus der Gegend.

Dass Rita Herbert ein verdammt hübsches Ding war, daran bestand nicht der Hauch eines Zweifels. Ziemlich groß und wie geschaffen für den Laufsteg (oder das Trottoir, wie ihre Mutter bisweilen bemerkte), trug sie an diesem traurigen Tag ihren wohlgeformten Hintern in hautengen hellbeigen Baumwollshorts und ihre Brust in eine schrille Korsage geschnürt, die wie leuchtende Neonbuchstaben sämtliche Blicke auf die Reize ihres jugendlichen Alters und ihres Geschlechts lenkten. Wie ihre zartfühlende Mutter ständig zu wiederholen beliebte, ging Rita grundsätzlich so spärlich bekleidet unter die Leute, dass sie, für sich wie für die Männer, die sie anglotzten, genauso gut splitternackt hätte sein können. Sheriff Marker sah es ähnlich aus seiner Perspektive: Die ideale Beute für jeden Vergewaltiger, tobte er innerlich, wenn er sie am Arm des nächstbesten Mannes einherstolzieren sah. Noch mehr verabscheute er sie, seitdem er erfahren hatte, dass seine eigene Tochter mit ihr herumzog und die beiden Mädchen auf dem Klo der städtischen Bücherei heimlich Joints rauchten.

Während Rita Herbert sich normalerweise nicht das Geringste aus der Meinung anderer Leute machte, geschweige denn aus den Ansichten ihrer Mutter und dieses Hinterwäldlers Marker, war sie in diesem Augenblick ihres Lebens, als sie sich unter der stechenden Sonne um drei Uhr nachmittags auf den Weg machte, nahe daran, sich aus der Welt zu wünschen. In den Ausdünstungen von geschmolzenem Teer und Schwaden von altem Urin ging sie den Parkplatz entlang, stieg über das Umfassungsmäuerchen und überquerte die Straße, um wenigstens im Schatten der Bäume zu gehen. Sollte ein Wagen denselben Weg haben, wolltc sic zu trampen versuchen, aber im Moment war die Straße menschenleer, und sie trottete schweren Herzens im Schutz der Bäume die stille Straße entlang. Im schlimmsten Fall hatte sie eine halbe Stunde Fußmarsch vor sich.

Ihr Körper sehnte sich nur nach zweierlei: nach einer kühlen Dusche und Schlaf, um diesen Dreckskerl George zu vergessen. Und morgen würde sie Springfield besuchen … *mit ihm vögeln* … er wenigstens stand auf sie … *du wirst es noch bereuen, George, das versprech ich dir, du wirst* … Fast stahl sich schon ein rachlustiges Lächeln in Ritas Gesicht, als in ihrem Blickfeld ein Karmann Ghia auftauchte. Rita blieb stehen, streckte den Arm aus, hob den Daumen, knickte mit dem linken Bein ein, so dass sich die rechte Hüfte seitwärts schwang. Der Wagen, ein Kabrio, raste in Richtung Tusitala, und sie dachte, bei dem Tempo, mit dem er unterwegs war, würde er nie anhalten. Das schwarze Verdeck war zugeklappt, und das Wageninnere verbargen getönte Scheiben, so dass sich Rita schon fragte, ob vielleicht mehrere Personen darin saßen, und inständig hoffte, es sei eine Frau am Steuer. An diesem schrecklichen Tag war sie fertig mit der Welt und hatte auf gar nichts Lust, sie konnte keinen Mann mehr sehen … *aber morgen? Ah, morgen wirst du 's mir büßen, dreckiger Scheißkerl* …

Der Karmann Ghia hielt neben ihr an, und auf der Fahrerseite glitt mit leisem elektrischem Surren die Scheibe herab.

»Wo wollen Sie hin?«

Kein Glück: eine männliche Stimme.

»Nach Tusitala. Und Sie?«, fragte sie.

Statt einer Antwort hörte sie ein Klicken. Die Beifahrertür hatte sich einen Spalt geöffnet.

»Vielen Dank«, sagte sie, als sie einstieg.

Was sie auf den ersten Blick faszinierte, waren die langen Hände, die männlich locker auf dem Lenkrad auflagen; die rechte steckte in einem schwarzen Handschuh. Dann sah sie sein Gesicht, ein reifes und doch ganz faltenloses Gesicht mit fleischigen Lippen, die gesunde Zähne sehen ließen, die Augen hinter einer Ray-Ban-Brille verborgen. Rita erwiderte sein Lächeln:

»Danke, das ist super!«

Der Mann warf einen Blick in den Rückspiegel und brauste mit durchgedrücktem Gaspedal davon.

Rita konnte kaum die Augen von seinem Profil wenden. Wenn sie sich sonst einmal mitnehmen ließ, starrte sie stur auf die Straße oder die zu beiden Seiten vorüberziehenden Wälder, selbst wenn es vorkam, dass die Hand des Fahrers sich zu ihren bernsteinbraunen Schenkeln verirrte. Dieser Typ hingegen war wirklich unglaublich, und er fuhr keine vulgäre Limousine oder einen LKW wie dieses Aas George. Sie malte sich aus, wie sie an der Seite dieses Fremden verreiste, möglichst weit fort. Sie malte sich seinen Körper neben dem ihren aus – und Georges Gesicht bei diesem Anblick.

Nach ein paar Minuten fragte der Mann mit dem Handschuh, ohne den Blick von der Straße zu wenden:

»Ist es nicht gefährlich, in deinem Alter in dieser menschenleeren Gegend zu trampen?«

»Oh nein! Die Leute hier sind ziemlich nett«, sagte sie selbstsicher. »Wohnen Sie in der Nähe?«

»Gewissermaßen.«

Sie warf einen flüchtigen Blick nach hinten. *Fantastisches Auto,* dachte sie, dann kehrte ihre Aufmerksamkeit wieder zum Profil des Fahrers zurück.

»Du erinnerst mich an eine sehr gute Freundin von früher«, sagte der Mann, noch immer ohne sie anzusehen.

»Ach ja?«

»Macht's dir was aus, wenn ich dich Rita nenne? Meine Freundin hieß Rita.«

»Nicht zu fassen!«

»Was?«

»Ich heiße auch Rita! Ich schwör's!«

Auf den Lippen des Fremden erschien ein sonderbares Lächeln.

»Damit enden die Ähnlichkeiten wohl auch, fürchte ich. Meine Freundin Rita war – wie soll ich sagen – ein eher leichtfertiges Mädchen.«

Rita Herbert färbte sich purpurrot. Zum Glück sah er sie noch immer nicht an.

»Das scheint nicht deine Art zu sein.«

»Nein, das ist nicht meine Art«, hauchte sie und wandte den Blick zum Straßenrand.

»Oh, Sie fahren ganz falsch!«, rief sie auf einmal aus.

»Du meinst, ich habe mich verfahren?«

»Aber ja! An Tusitala sind wir jetzt schon vorbei!«

Sie drehte sich um. Durch das Rückfenster sah sie noch die Abzweigung, die sie verpasst hatten, und die Rückseite des Wegweisers, der Tusitala in zwei Meilen Entfernung ankündigte. Der Karmann Ghia war keine Spur langsamer geworden und fuhr jetzt nach Norden. Sie presste sich in ihren Sitz.

»Macht nichts. Wenn Sie die nächste rechts abbiegen, ist es kaum ein Umweg. Das ist eine Forststraße, die ein Stück weiter wieder auf die Landstraße nach Tusitala trifft.«

Aus dem Augenwinkel sah sie die behandschuhte Hand den Blinker betätigen und fühlte sich zutiefst erleichtert: Bald konnte sie duschen und schlafen. *Und George vergessen.* Noch nie, seitdem sie erwachsen war, hatte sie sich derart nach Hause zu ihrer Mutter gesehnt.

Das Kabrio bog nach rechts ab und fuhr die Forststraße entlang durch den Wald. An einer Lichtung erhaschte sie einen flüchtigen Blick auf die Stadt unter ihr.

Am Morgen im Supermarkt hatte Elton Webster mit Mrs. Stuart über eine Grabschändung auf dem Friedhof gesprochen. Rita hatte nur mit halbem Ohr zugehört, weil sie in Gedanken bei ihrem Treffen mit George im Crazy Paul war, jetzt aber fiel ihr die Szene plötzlich wieder ein, ohne dass sie wusste weshalb, und sie versuchte sich an Details zu erinnern. Die alte Stuart hatte direkt hinter Webster an der Kasse gestanden. Während er den Inhalt seines Einkaufswagens auf das Band legte, breitete er auch den neuesten Lokaltratsch aus. Aber was hatte er eigentlich gesagt? Von einer neben dem Grab gefundenen Schaufel hatte er gesprochen. Einer Schaufel, ja, die in einem ausgehobenen Erdhaufen steckte. Der Grabschänder hatte sich nicht mal die Mühe gemacht, sie verschwinden zu lassen. Und auf dem Stiel hatte er jede Menge Fingerabdrücke hinterlassen – gerade so, als wollte er unbedingt identifiziert werden. Völlig durchgeknallt. Durchgeknallte gebe es hier ebenso wie überall sonst, bemerkte Mrs. Stuart und heftete ihre kleinen faltigen Augen auf Rita.

Allerdings habe nur die linke Hand des Typen schöne Fingerabdrücke hinterlassen, antwortete Elton Webster, anscheinend sei der Irre einhändig gewesen.

Oder er trug rechts einen Handschuh, ergänzte Rita Herbert in Gedanken und stöhnte innerlich auf. Sie saß im Auto eines Irren! Und das ausgerechnet auf einer Forststraße mitten im Wald. Heute war wirklich ihr Glückstag. Ein nekrophiler Wahnsinniger. *Ach du Scheiße!*

»Mein kleiner Finger sagt mir, dass du dich nicht ganz wohl fühlst«, sagte der Mann.

»Doch, doch, mir geht's prima«, versicherte sie.

Das Herz hämmerte ihr bis zum Hals.

»Alles in Ordnung, ganz sicher«, wiederholte sie. »Wieso soll's mir denn nicht gut gehen?«

Doch ihre Furcht überschlug sich.

Die Sonne sickerte durch das Laubdach der Bäume, breite Strahlen fielen schräg auf den Weg und zeichneten ein fleckiges Muster aus Licht und Schatten.

»Entschuldigung«, stieß sie auf einmal hervor, »halten Sie bitte an, ich muss ein paar Schritte gehen, mir ist schlecht, ich …«

»Du willst aussteigen? Hier?«

»Ja, bitte.«

Ich liebe dich, Rita. Nie werd ich dir wehtun. Ach George! …

»Mitten im Wald?«

»Ja, bitte, ich glaube, ich muss gleich kotzen.«

Sie stand am Rande eines hysterischen Nervenzusammenbruchs, aber diesem Mann war das völlig egal. Genau wie George, der sicher schon bei seiner Frau zu Hause war.

»In diesem Aufzug mitten im Wald?«

Die Welt stand Kopf. War es nicht vielmehr an ihr, sich Sorgen zu machen? Was hatte er vor, dieser Irre? Hatte er nicht gehört, was sie gesagt hatte? Doch, er hatte sehr wohl gehört … *Jetzt steig schon aus diesem verdammten Auto aus, Rita* … und sie war auf einmal überzeugt, dass er nur so tat, als bemerkte er nichts von ihrer Angst. Was heißt Angst – sie war halb gelähmt vor Panik!

Es ging jetzt bergauf. Nach dem Scheitelpunkt würde die Forststraße in einer Linkskurve wieder abwärts führen, bis sie in die Landstraße einmündete.

»Beruhig dich, Rita. Wir sind bald da. Schau doch mal, was im Handschuhfach ist. Das ist für dich.«

Wie ein geprügelter Hund starrte sie auf die Klappe des Handschuhfachs. Was konnte schon darin sein – eine Pornozeitschrift? Koks? Sie wollte es nicht wissen. Mit bebenden Lippen fragte sie:

»Was ... was ist denn drin?«

»Was Lustiges. Schau nach.«

Mach ja nicht auf, Idiotin, mach nicht auf. Ach, George! George! ...

»Mir ist wirklich sehr schlecht, bitte halten Sie an!«, flehte sie inständig.

Mit seiner behandschuhten Hand begann er ihren Schenkel zu streicheln. Sie erstarrte bei der Berührung des Leders, schob aber seine Hand nicht fort. Vielleicht wollte er ja doch nur ein bisschen Spaß haben, wie alle anderen ... *Schweine* ... Aber er war nicht wie alle anderen. Das spürte sie.

»Was Lustiges?«, fragte sie.

»Meine Rita war ein prächtiges Mädchen. Sie hatte Beine wie du, Beine, die ganze Generationen von Männern zum Schwärmen brachten. Allerdings hatte Rita ein Problem. Ein ernstes Problem.«

»Was denn?«, fragte sie zaghaft.

»Tja – sie konnte meine Ratten nicht ausstehen!«

Er hatte in amüsiertem Ton gesprochen. Rita Herbert war ganz und gar nicht zum Lachen zumute.

»Ratten!«, stieß sie kreidebleich hervor.

Nicht dass dieses andere Mädchen Ratten hasste, stürzte Rita in Verzweiflung – schließlich fürchten sich Millionen von Menschen auf der Welt vor Ratten. Nein, für Rita selbst waren Ratten der schlimmste Horror, den sie sich vorstellen konnte, seitdem sie einmal, als sie hinter dem Supermarkt die Mülleimer ausgeleert hatte, ein Weibchen mit Jungen überrascht hatte und daraufhin angefallen worden war. Jetzt genügte schon der Anblick einer Ratte, selbst einer überfahrenen Ratte aus dreihundert Metern Entfernung, um ihr derartige Übelkeit zu verursachen, dass sie sich einen ganzen Tag lag zitternd und sterbenselend ins Bett verkroch.

Die behandschuhte Hand begrabschte weiter ihren Schenkel, und sie empfand äußersten Widerwillen bei der Berührung. Nein, nicht vor dem ledernen Handschuh, sondern vor dem, was darin war. Sie hätte nicht genau sagen können, was hier nicht stimmte, aber sie spürte sehr wohl, dass die Hand des Typen nicht normal war. Ganz und gar nicht normal!

Rita richtete sich ein wenig auf und tat, als wollte sie das Handschuhfach öffnen. Es wirkte: Die Hand entfernte sich und legte sich wieder aufs Steuer, parallel zur anderen.

Der Wagen fuhr weiter. In fünf Minuten musste die Landstraße zu sehen sein.

»Was Lustiges«, wiederholte sie noch einmal, wie um sich zu überzeugen.

Sie streckte eine Hand nach der Klappe aus.

»Ja. Gus.«

»Gus?«

Das ist wohl der Titel eines neuen Pornomagazins?, höhnte es in Ritas Hirn.

»Ähm, was ist das, Gus?«

»Gus? Oh, das ist eine Ratte, die mindestens drei Kilo schwer ist.«

Wie elektrisiert fuhr sie zurück und legte beide Hände auf ihren Bauch.

»Sag bloß nicht, dass du dich fürchtest, Rita.«

Der Typ amüsierte sich prächtig!

»Sie nehmen mich auf den Arm, oder?«, fragte sie unsicher.

Eine Ratte hätte da drin nie und nimmer Platz, versuchte sie sich einzureden, doch die höhnische Stimme in ihrem Kopf belehrte sie eines Besseren: *Doch, natürlich passt da eine Ratte rein.* Ja, ganz sicher hatte eine Ratte in diesem Handschuhfach Platz – sie hätte es sogar sehr bequem, und wenn die Klappe aufging, konnte sie mit gefletschten Zähnen herausspringen wie der Teufel aus der Schachtel.

»Du hast dir das Recht erworben, nachzusehen«, sagte der Mann.

»Nein. Ich möchte jetzt lieber aussteigen. Mir ist wirklich sehr schlecht. Bitte!«

Ein kleines Lächeln auf den Lippen, wandte er ihr das Gesicht zu. *Oh, George! Es wird mir was passieren, ich spür's, es wird mir* … Mit einem Mal näherte sich ihr der Handschuh. Mit einem leisen Aufschrei kauerte sich Rita an die Wagentür. Doch die Hand legte sich nicht auf sie. Sie steuerte auf das Handschuhfach zu. Rita folgte ihr mit dem Blick.

… etwas passieren …

»Nein, bitte nicht«, sagte sie mit wild klopfendem Herzen.

Mit einem Klicken öffnete sich die Klappe, und darin lag, der Länge nach auf einer Straßenkarte ausgestreckt, Gus in Person. Es war eine Walt-Disney-Figur aus Plastik, etwa zwanzig Zentimeter hoch.

»Erkennst du ihn nicht? Du liebe Güte, hast du nie *Cinderella* gesehen? Na los, greif zu, er gehört dir.«

Sie entspannte sich ein wenig und richtete sich wieder auf. Sie streckte die Hand nach der Figur aus, ergriff sie, inspizierte sie von allen Seiten. Gus mit seinem dicken Bauch und seiner roten Schnauze war tatsächlich recht komisch. Er trug eine grüne Mütze und ein gelbes T-Shirt.

»Den schenken Sie mir?«

»Ja, Süße. Ihn und seine kleinen Freunde da hinten.«

Der Karmann Ghia bremste und hielt, gut zweihundert Meter vor der Einmündung in die Landstraße, am Straßenrand.

»Aber …?«

Sie wollte nach dem Grund des Geschenks fragen, besann sich jedoch eines Besseren. Mit Irren soll man lieber nicht diskutieren, sondern aussteigen, sobald sie einem Gelegenheit dazu geben.

Los, steig aus! …

»Na, dann vielen Dank«, stieß sie stammelnd hervor, die Hand auf dem Türgriff.

Die Tür öffnete sich so jäh, dass Rita beinahe hinausfiel. Als sie einen Fuß auf die Straße setzte, hörte sie die Stimme des Mannes:

»Und die anderen da hinten willst du nicht?«

»Welche anderen?«

Mit einem verkrampften, süßsauren Lächeln auf den Lippen drehte sie sich um. Ihr Blick fiel auf die Rückbank, und zuerst glaubte sie an eine optische Täuschung … *vorhin war die Bank doch völlig leer* … wie wenn die Sonne durch die Blätter fällt und ihr Abglanz dem Unterholz einen seltsamen Schimmer verleiht, der ihm nicht von Natur aus gehört … *erinnere dich! die Bank war völlig leer* … Doch dort hinten bewegte es sich, nein: es wimmelte. Sie waren überall, diese Wesen, auf der Bank, auf der Hutablage, auf den Lehnen, sogar auf den Kopfstützen. Vor Überraschung, dann vor Grauen weiteten sich ihre Augen und traten aus den Höhlen wie Porzellankugeln. Von Furcht überwältigt, konnte Rita Herbert nur die Augen aufreißen.

»Jesus!«, ächzte sie, ohne den Blick abwenden zu können.

Auch die Wesen starrten mit funkelnden Äuglein.

»Das sind … Das sind … Oh nein! Oh nein! Das sind …«

Im Zurückweichen stieß sie mit dem Rücken gegen die Tür, die sich knarrend ein Stück weiter öffnete, stellte den zweiten Fuß auf den Boden und begann sich so behutsam aufzurichten, als wäre sie auf ein Minenfeld getreten. Ihr Kopf, der noch im Wagen war, streifte in Türnähe das Verdeck. Ein tödliches Schweigen war eingetreten, in dem das leise, vielstimmige Quieken und ihr Herzschlag umso deutlicher zu hören waren. Auch der Mann sah sie an. Er hatte seine Sonnenbrille abgenommen, und seine Augen – *oh George!* –, seine Augen leuchteten rot wie glühendes Metall. Rita Herbert stockte der Atem. In ihrem Entsetzen biss sie sich auf die Lippe. Ein Fehler: Es war wie ein Signal – von allen Seiten wuselten die Ratten herbei.

10

»Sagen Sie mir jetzt, wieso Sie in Tusitala sind?«

Johnny war, nachdem Frau und Sohn in die Stadt gefahren waren, mit schwerem Schritt ins Haus zurückgekehrt. Er war sehr versucht gewesen, sie zu begleiten, aber es ging ja nicht: Die Franzosen waren im Begriff abzureisen, und als Hausherr, der etwas auf sich hielt, war er es sich schuldig, seine Pflichten bis zuletzt zu erfüllen. Außerdem musste er auf den Speicher und nach dem Rechten sehen, obwohl er im Voraus wusste, dass er dort nichts und niemanden finden würde. Und schließlich war eine offene Aussprache mit dem Schriftsteller fällig. Also war Johnny auf seinem Posten geblieben, aber wie erwartet, hatte auch die gründlichste Untersuchung der oberen Etagen nichts ergeben. Die Speichertür am oberen Ende der kleinen Treppe war abgesperrt, das Vorhängeschloss unangetastet; und natürlich fand sich im ganzen Haus kein Benzinkanister. Was die beiden Männer freilich nicht beruhigte. Sie kehrten in die Küche zurück, um ein Bier zu trinken; Stanley saß am Tisch, Johnny stand an den Kühlschrank gelehnt.

»Zuerst dachte ich«, fuhr Johnny fort, »Sie seien hier, um das Drama im letzten Dezember für einen Roman auszuschlachten. Aber seit unserem gemeinsamen Abendessen gestern denke ich das nicht mehr.«

»Was hat Sie umgestimmt?«, fragte Stanley, während er seine Bierdose aufriss. Er setzte sie an die Lippen und nahm einen tüchtigen Schluck.

»Sie haben gar nichts gefragt …«, antwortete Johnny. »Trotzdem würde ich gern wissen, wie es Sie hierher verschlagen hat.«

»Na gut, dann werd ich mal versuchen, Sie aufzuklären.«

Und Stanley begann zu erzählen, was im vergangenen November in seinem Haus in Boston geschehen war: wie sie in harmonischer, angenehmer Atmosphäre mit Freunden Thanksgiving gefeiert hatten, wie seine Tochter Page mit Alice Dill in ihr Zimmer hinaufgegangen war, wie er auf die entsetzten Schreie der Mädchen die Treppe hinaufgestürmt war und das blanke Grauen erlebt hatte – das Gespenst Dorothy Fielding mit dem Messer in der Hand, die Todesangst, das Blutbad, die Enthauptung, der Sprung aus dem Fenster, der Krankenhausaufenthalt; und dann, im Dezember, das Drama im Schwimmbad von Tusitala. Stanley blickte erst wieder auf, als er mit seiner Geschichte fertig war, und begegnete Johnnys fassungsloser Miene: Er hatte zugehört, ohne ein einziges Mal zu unterbrechen.

Eine Zeit lang sagte keiner ein Wort.

»Hab ich Sie richtig verstanden«, fragte Johnny schließlich, »Sie sagen, dass diese Dorothy Fielding, die nachweislich sieben Jahre tot und begraben war, wieder zurückgekehrt ist?«

»Ja, John. So haarsträubend das klingt: Die Gestalt im Zimmer meiner Tochter, das war sie.«

Johnny trank einen Schluck Bier. Er fühlte sich mit dem Rücken an der Wand. Er hatte sich nichts sehnlicher gewünscht als zu vergessen. Vergessen, was an einem bestimmten Samstagmorgen im Dezember geschehen war. Lighton vergessen. Das entsetzliche wutschäumende, todbringende Monster vergessen, das Scotty im Becken gesehen zu haben meinte (gesehen hatte). Ja, es wäre so einfach gewesen zu vergessen, so willkommen. Das blutige Wasser, Scottys angststarre Augen, diesen Blick, aus dem alles Leben gewichen war. Aber es hatte wieder angefangen, hier in seinem Haus. Und jetzt gab es keinen Lighton mehr, den man dafür verantwortlich machen konnte.

»Ihr Sohn hat ja etwas Ähnliches erlebt. Bei diesem ersten Mal im Schwimmbad.«

Sind wir also wieder so weit, dachte Johnny, und eine ohnmächtige Wut ergriff ihn. Seine Hand umklammerte die Bierdose, bis sie in der Mitte nachgab.

»Moment mal!«, fuhr er ungestüm auf. »Da besteht überhaupt kein Zusammenhang! Was hat Scotty mit dieser irren Geschichte zu tun! Du lieber Himmel, er ist doch ein Kind!«

Noch im selben Moment aber war ihm klar, dass sein Einwand keiner war. Auch Brett Sullivan war ein Kind gewesen und war doch dabei umgekommen, zerfleischt von einem Hai, der aus dem

Nichts aufgetaucht war. Tod und Horror machten vor Kindern nicht Halt. Im Gegenteil: Anscheinend hatten sie es gerade auf die Kinder abgesehen! Lieber Gott, wieso gab es kein gesetzliches Mindestalter für solche traumatischen Erfahrungen?

Nein, keine Altersgrenze. Denk an den kleinen Sullivan. Und an die leblosen Augen deines Sohnes. Man ist nie zu jung für den Tod, nie.

»Von Lighton möchte ich lieber nicht mehr sprechen«, setzte er scharf hinzu.

Er leerte den Rest seiner Bierdose in den Ausguss. Sein Durst war ihm vergangen, er verspürte eine schleichende Übelkeit.

»Wissen Sie, dass Lighton panische Angst vor Haien hatte?«, fragte Stanley. »Ich weiß es von seiner Witwe.«

»Hören Sie«, sagte Johnny. Auf den Rand des Spülbeckens gestützt, sah er das bräunliche Rinnsal durch das Abflussloch verschwinden. »Es war kein Hai im Becken, und ich versichere Ihnen, dass es in Tusitala noch niemals Haie gegeben hat.«

»John, Sie haben Harry Lighton doch gekannt – zwar nicht sehr lange, aber immerhin lange genug, um zu wissen, dass er nie und nimmer fähig gewesen wäre, einem Kind etwas zuleide zu tun. Außerdem passen weder sein Selbstmord noch die Erklärung, die er der Polizei hinterlassen hat, zum typischen Verhalten eines Verbrechers, und das wissen Sie so gut wie ich.«

Das Argument war nicht von der Hand zu weisen. Johnny seufzte, ohne sich umzudrehen. Er hatte viel Respekt vor Lighton gehabt, das wohl – jedenfalls bis zu jenem Tag. Oh, natürlich war es für die Leute das Bequemste, Lighton zum Sündenbock zu machen. *Für die Leute und für dich ebenfalls, Alter, gib's zu! Je höher der Sockel, desto tiefer der Sturz.* Ja, auch er hatte sich nur zu gern mit Lightons Schuld abgefunden, so unwahrscheinlich sie sein mochte. Aber wer sonst als der Schwimmlehrer hätte denn Gelegenheit gehabt, dieses Blutbad anzurichten? Schließlich war er der einzige Erwachsene, der an dem Morgen mit den Kindern im Schwimmbad war! Es konnte also gar niemand anders gewesen sein – es sei denn … Es sei denn, man stellte eine andere, noch unwahrscheinlichere Hypothese auf als das – zugegeben schauerliche – Szenario des Schwimmlehrers, der die Kinder von Tusitala massakriert, um nach getaner Tat geradewegs zur Hölle zu fahren und Satan & Co. Rechenschaft abzulegen.

Stanley spürte die Zweifel des Mannes, der ihm den Rücken zukehrte. Johnny hatte, wenn er ehrlich war, nie hundertprozentig an Lightons Schuld geglaubt, auch wenn er sich so verbissen daran klammerte wie an die Fetzen eines zerrissenen Fallschirms, weil die Alternative noch unerträglicher war. Laureen hingegen, davon hatte sich Stanley bei dem morgendlichen Gespräch mit ihr überzeugen können, sah das Geschehene ohnehin völlig anders. Sie hatte sich nicht urplötzlich zu der Hai-Theorie bekehrt, weil sie ohnehin schon längst – eigentlich von Anfang an – keinen Zweifel hegte, dass es nicht anders gewesen sein konnte. Die Kommunikation zwischen ihr und ihrem Sohn war nicht verbal verlaufen, es hatte keiner rationalen, in mehrbändigen Analysen entwickelter Argumente bedurft, um sie von der Wahrheit zu überzeugen: ein sich trübender Blick, eine sich jäh verkrampfende Kinderhand in der ihren – das waren für die feinfühlige Mutter, die sie war, untrügliche Zeichen, die keinen Zweifel zuließen und nach keinem Beweis verlangten. In irgendeiner anderen, zusätzlichen Dimension außerhalb der verlässlichen und beruhigenden Naturgesetze *musste* dieser Hai unweigerlich existieren.

Von dieser Erkenntnis war Johnny noch weit entfernt. Stanley beschloss seinen Zweifel zu schüren:

»Haben Sie nicht den Artikel in der *New York Times* gelesen, in dem aus dem Gutachten der Sachverständigen zitiert wird? Die mit dem Fall betrauten Gerichtsmediziner sprachen unmissverständlich von Bisswunden, die durch den Kiefer einer Spezies aus der Familie der Carcharhinidae, der so genannten Requiemhaie, verursacht worden sein müssen.«

Johnny zuckte die Achseln.

»Journalisten fahren auf Sensationsmeldungen ab, das wissen wir ja – und *Sie* wissen es besser als jeder andere. Die Presse übertreibt immer. Das ist ihre Natur.«

»Wieso haben Polizei und Staatsanwaltschaft dieser Darstellung dann nicht formell widersprochen?«

»Was weiß denn ich. War ja nur eine Bemerkung, bevor der Fall für immer zu den Akten gelegt wurde. Wenn tatsächlich dieser … dieser Hai im Becken gewesen wäre, wie kommt's, dass er nach dem Drama plötzlich spurlos verschwunden war? Glauben Sie mir, Stanley, ich hätte das Vieh liebend gern mit eigenen Händen zerfleischt.«

Johnny hatte sich herumgedreht und starrte Stanley wild an. Seine in Bedrängnis geratene Logik tischte immer nur wieder dieselben Argumente auf, mit denen sich von Anfang an die ganze Stadt an Harry Lighton als Schuldigem festgeklammert hatte.

»Tut mir leid, Stanley, aber das geht mir nicht in den Kopf. In meinem Weltbild lösen sich Haie nicht in Luft auf, und Tote kehren nicht auf die Erde zurück.«

Aus Johnnys von Angst und Zweifeln zerfurchter Miene las Stanley die inständige Hoffnung, von ihm die Bestätigung zu hören, dass auch der Hai als Meereswesen den geltenden Gesetzen der Physik unterworfen war und keine nachgewiesene Tendenz zu spurlosem Verschwinden hatte, weshalb Lighton in Ermangelung anderer auch nur ansatzweise plausibler Hypothesen (also bis auf weiteres) zwangsläufig der einzig Schuldige sein musste.

Doch Stanley hatte sich auf dieses Gespräch nicht eingelassen, um zu beschwichtigen oder zu lügen. Er nahm kein Blatt mehr vor den Mund:

»Der Hai war so real wie die Erscheinung der Dorothy Fielding«, sagte er. »Diese Wesen gewinnen ihre materielle Gestalt nur durch die Macht unseres Unterbewusstseins, das mithilfe irgendeines haarsträubenden Zaubertricks, den ich mir nicht erklären kann, dazu gebracht wird, die Erinnerung an ein traumatisches Erlebnis nach außen zu projizieren. Harry Lighton hatte eine extreme Abneigung gegen Haie, John. Die Vorstellung eines Hais in einem Becken voller kleiner Kinder, die das Schwimmen lernen, muss ihm genauso unerträglich gewesen sein wie mir der Gedanke, es könnte sich eines Tages der Albtraum einer Dorothy Fielding meiner Tochter nähern.«

»Wollen Sie damit sagen, diese Phänomene seien *lebende* Projektionen unserer tiefsten Ängste?«

»Ja. Ich weiß nicht, *wie* es funktioniert, aber es muss irgendeine verheerende Syntonie sein, eine ungeheuerliche Übereinstimmung von Wellenlängen.«

Sie schwiegen. Beide dachten an das blutige Wasser im Schwimmbad, an die kreuz und quer durchs Becken schießende Rückenflosse, an Dorothy Fieldings blitzende Messerklinge, an das nach Benzin stinkende Wesen, das Scotty am Fuß der Speichertreppe angegriffen und keine andere Spur hinterlassen hatte als Schmierflecken in seinem Gesicht und panische Furcht in seiner Seele.

»Und Scottys Erlebnis vorhin, was mag das gewesen sein? Sicher nicht Lightons geheime Angst, denn Lighton ist tot, und auch nicht Ihre Angst vor Dorothy Fielding.«

»Nein. Er hat Ben gesehen, den toten Bruder Ihrer Frau. Das wissen Sie sehr gut, John. Also hören Sie bitte auf, die Augen zu verschließen und sich in die Tasche zu lügen – Ihrem Sohn tun Sie damit keinen Gefallen.«

Einen Moment lang musterte Johnny ihn stumm, dann senkte er den Blick und murmelte: »Sie haben Recht. Das war auch mein Gedanke, als ich diesen Benzingeruch an Scotty wahrgenommen habe. Aber ich wollte ihn nicht zulassen. Wahrscheinlich hat es auch Laureen begriffen.«

Das Schwierigste wäre also gesagt, dachte Stanley fast erleichtert, aber er wusste auch, dass es nicht weniger schwierig würde, einen gewissen Charlie McNeice als Meister dieser okkulten Zeremonien zur Sprache zu bringen. Als Wolf des Generals Fenryder stellte McNeice in diesem geschlossenen Kreislauf des Terrors sozusagen den zweiten Pol dar. Stanley verzichtete vorerst darauf, das Thema anzuschneiden: Die Verwirrung der Baldwins war ohnehin groß genug.

Johnny fuhr sich mit der Hand über die Augen. Mit verkrampftem Unterkiefer, der sich anfühlte, als wollte er sich nie wieder lockern, stieß er zwischen den Zähnen hervor: »Dieses Syntodingsbums-Phänomen, von dem Sie gesprochen haben – kann sich das wiederholen?«

»Ja«, antwortete Stanley widerwillig. »Leider scheinen sämtliche Voraussetzungen gegeben zu sein. Aber jetzt sind Sie mit ein paar Auskünften an der Reihe: Wer ist dieser Virgil, von dem Scotty geredet hat?«

»Virgil Fortier«, antwortete Johnny dumpf. »Ein Junge, der hier auf dem Anwesen zu Tode gekommen ist. Das ist Jahre her. Ein Unfall. Anscheinend wird Scotty von seinem Geist besucht. Angeblich hat ihn Virgil vor …« – er musste schlucken, bevor er fortfahren konnte – »… vor der Gefahr gewarnt.«

Beim ersten Mal, erinnerte sich Johnny, hatte Virgil Fortier Scotty empfohlen, sich vom Schwimmbad fernzuhalten, und der Tipp war goldrichtig gewesen. Diesmal hatte er ihnen allen geraten, so schnell wie möglich aus dem Grand Magnolia auszuziehen, bevor es endgültig losging. Johnny brauchte keine schriftliche Einladung: Die Warnung war ernst zu nehmen.

»Jesus Maria! Womit haben wir das verdient …«

Er brach abrupt ab und starrte ins Leere, als hätte sich plötzlich ein klaffender Abgrund vor ihm aufgetan.

Das Schicksal ist blind, hörst du. BLIND! Deine kleine Familie hat einfach Pech gehabt und in der großen Lotterie der Hölle sämtliche Nieten gezogen, weiter nichts. Es ist nichts Persönliches – du selber kannst nichts dafür. NICHTS.

Dennoch wurde er den Gedanken nicht los, dass er irgendwo in seinem Leben eine Rechnung offen hatte und bezahlen musste – dass also doch alles seine Schuld war. Seine Schuld, ganz allein seine Schuld. Dass er versucht hatte, dieses Arschloch Bill Turner hereinzulegen. Dass er seinen kleinen Clan in dieses gottverlassene Nest in Louisiana verschleppt hatte. Dass er nie irgendwas rechtzeitig kapiert hatte: alles seine Schuld. Sein Stolz hatte ihn geblendet, das war's, und jetzt musste er dafür büßen. Nein, nicht er musste dafür büßen, sondern sein Sohn. Sein Sohn musste seine Fehler ausbaden … Dieser Gedanke war das Unerträglichste.

11

Seitdem die Straße bergauf ging, steckten sie hinter einem Greyhound-Bus fest, der sich mühsam die Steigung hinaufquälte. Sicher hätte der Tahoe kein Problem, ihn abzuhängen, wenn sie ein bisschen Anlauf nahm und ordentlich Gas gab, doch Laureen verzichtete aufs Überholen: Besser war es, sich noch bis zur Kreuzung auf halber Höhe des Anderson Hill zu gedulden. Mit Scotty im Auto wollte sie kein Risiko eingehen. Sie hatten für den Tag schon genügend Aufregungen gehabt, die ihr für wenigstens hundert Jahre reichten; ein Überholmanöver bei sehr eingeschränkter Sicht ersparte sie sich lieber.

Als sie wieder einen Blick in den Rückspiegel warf, sah sie den auf dem Rücksitz angegurteten Scotty sein Blue-Bunny-Schokoeis verspeisen und mit nachdenklicher Miene auf die vorüberziehende bewaldete Landschaft hinausstarren. Auf seinem Schoß lag der bei Wilder erstandene neue Pokémon. Scotty hatte lange zwischen Glumanda und Rattfratz gezögert und sich schließlich für Schiggy entschieden. Er bedauerte seine Wahl nicht, doch vorerst vernachlässigte er sein neues Spielzeug und widmete seine gesamte Aufmerksamkeit dem allgegenwärtigen Wald.

»Alles klar, Scotty?«

Sie hatte sich um einen lockeren Tonfall bemüht, konnte aber nicht verhindern, dass ihre tiefe Besorgnis in ihrer Stimme mitschwang. *Wann wirst du endlich aufhören, dir dauernd Sorgen um Scotty zu machen? Jetzt ist doch alles besser. Er isst sein Eis, träumt vor sich hin, und dir fällt nichts Besseres ein, als ihn ständig zu nerven, ob auch* wirklich *alles in Ordnung ist! Was soll er denn darauf antworten?* Ja, Mama, reg dich nicht auf, alles okay. Ich sehe keinen Lighton am Horizont und keinen bösen Fisch mit Rasiermesserzähnen. Außerdem hab ich nicht Harry Lightons Gespenst auf dem Dachboden gesehen, das war jemand anders … Jemand, den du nur zu gut kennst …

Hör auf, verdammt!, schalt sich Laureen und dachte an die Erleichterung, die sie nach dem Besuch beim Arzt empfunden hatte *(war es nicht das, was du wolltest, Heuchlerin? Du hattest derartige Angst um Scotty, dass du gierig nach jeder Art von Trost warst. Von jedem hättest du dich trösten lassen, jeder x-Beliebige wär dir recht gewesen …)*, und bis zur Rückfahrt hatte sie sich diesem Gefühl blinder und tauber Beschwichtigung hingegeben, und dies umso lieber, als sie insgeheim schon ahnte, dass es nicht lange vorhalten würde.

Scotty hat nichts, versuchte sie sich einzureden. *Es war ein Albtraum. Ein schlichter Albtraum, weiter nichts.*

Nach dem obligatorischen Besuch bei Wilder hatten sie ein paar Einkäufe erledigt. Sie wollte ihm ein Eis kaufen und die Gelegenheit nutzen, um eine Schachtel Kakao für Scottys Frühstück mitzunehmen und sonst noch allerlei zu besorgen. Sie hatten es beide nicht eilig, nach Hause zurückzukehren, und trödelten lange in den klimatisierten Räumen des Supermarkts herum, denn die Routine des Einkaufens übte einen sehr willkommenen betäubenden Effekt aus. In der wohlgeordneten Welt der Tiefkühlregale und Cracker-Gondeln ließen sich die Schreckensvisionen für einen kurzen Moment vergessen.

Doch je weiter sie sich von der Stadt entfernten, desto näher rückten die altbekannten Ängste und legten sich ihr schwer aufs Herz.

Ein böser Traum, sagte sie sich wieder und wieder und wischte sich die feuchten Handflächen am Rock ab.

Natürlich war sie zum Supermarkt einen Umweg über die Lamar Avenue gefahren, um die Lafayette Street und das so furchteinflößende Schwimmbad zu meiden. Es war viel weiter, doch um nichts auf der Welt hätte sie sich noch einmal in die Nähe des städtischen Bads gewagt. Und auf der Lamar Avenue, als sie schon auf dem Rückweg waren, hatte sie Stanley Holder vor dem Haus des pensionierten Arztes Norman Jarrett stehen sehen.

Was hat ihn bloß nach Tusitala geführt?

Als Hausgast hatte sie Stanley eigentlich nichts vorzuwerfen. Er war trotz des ihm widerfahrenen Unglücks ein höflicher, solider Mensch, aber sie musste zugeben, dass es ihr lieber gewesen wäre, wenn er sich nicht ausgerechnet im Grand Magnolia eingemietet hätte. Ganz bestimmt hatte der wahre Grund seines Hierseins auf die eine oder andere Weise mit den Ereignissen im Schwimmbad zu tun. Bei dem Gedanken verspürte Laureen einen Adrenalinschub, der alle ihre mütterlichen Instinkte in Alarmbereitschaft versetzte.

Was will er nur in Tusitala? Und was wird ihm der alte Arzt wohl erzählen?

Allem Anschein nach entging ihnen etwas Wesentliches, ihr und Johnny, etwas, das für ihren Sohn lebensbedrohlich war, ohne dass sie auch nur den Schatten einer Ahnung hatten, weshalb und warum. Genauer betrachtet, war das mehr als erschreckend. Ihre kleine Familie kam ihr vor wie ein winziger Strohhalm, der in der mächtigen Strömung eines ebenso unerbittlichen wie heimtückischen Verhängnisses trieb, und sie verwünschte ihre Ohnmacht, die sie zwang, untätig und zerquält vor Angst auf den nächsten Schicksalsschlag zu warten. Auch war ihr klar, dass sie irgendwo tief in ihrem Inneren, ob sie wollte oder nicht, Johnny die Schuld gab.

Wären wir nur in L.A. geblieben, bei Suzanne und Onkel Bill. Wären wir nur …

Der verhasste Name Joyce Hanson kam ihr nicht einmal flüchtig in den Sinn. Ihr Leben in L.A. war so unendlich fern …

Am Ende der Steigung wurde der Greyhound-Bus noch langsamer, fast als wagte er sich nicht weiter. Auf der hinteren Bank turnten zehn-, elfjährige Kinder wie Äffchen im Käfig herum und machten sich einen Spaß daraus, Laureen Grimassen zu schneiden.

Wieder warf sie im Rückspiegel einen Blick auf Scotty. Er starrte unverändert in den parallel zur Straße verlaufenden Wald. Scotty machte nie solche Faxen, nicht mal zu Hause, und Laureen sagte sich mit schmerzlichem Stolz, dass er schon reifer sei als all diese Kinder im Bus. Was angesichts seiner Erlebnisse auch kein Wunder war. Dieser entsetzliche Dezember, und jetzt heute …

Hör doch endlich auf! Es war nur ein schlimmer Traum!

Dr. Springfield könnte schon Recht haben: Dass Scotty im Wäschezimmer kurz eingenickt war und einen Albtraum gehabt hatte, war keine abwegige Erklärung. Er war müde gewesen und hatte sich auf den Stapel Bügelwäsche gelegt, obendrein war es so schrecklich heiß – sicher war er kurz eingeschlafen und sein Geist ins Land der Träume davongeglitten …

Aber Stanley hatte ihn am Fuß der Treppe zum Speicher gefunden, nicht im Wäschezimmer, sagte sie sich, ans Steuer geklammert, als fürchtete sie, den Boden unter den Füßen zu verlieren.

Es war Ben, den er gesehen hat, das weißt du besser als jeder andere. Nach Benzin und verbranntem Fleisch stinkend.

NEIN, protestierte ein anderer Teil ihres Gehirns, *NEIN!*

Sicher war Scotty einfach eingeschlafen und hatte diesen schrecklichen Albtraum gehabt, und dann … dann war er wie ein Schlafwandler auf die Treppe zugegangen. *Das* war der Grund, weshalb Stanley ihn draußen im Flur und nicht im Wäschezimmer gefunden hatte.

Er hat schlimm geträumt. Geht das vielleicht endlich in deinen Kopf rein! Nur ein böser Traum!

Laureen holte tief Luft. Ihr Griff um das Steuer lockerte sich ein wenig.

Eine Zeit lang ging es jetzt eben dahin, und der Wald wich im stumpfen Winkel von der Straße zurück. Laureen drückte kurz auf die Hupe, als sie an Arthur Kingstons Tankstelle vorbeikam. Sie sah ihn hinter einem roten Beetle stehen, den er volltankte, und freundlich zurückwinken. Über das Dach des Wagens hinweg blickte er dem Geländewagen im Schlepptau des Busses nach.

»Wir müssen Arthur wirklich bald mal zum Essen einladen, was meinst du, Scotty?«

»Ja, den mag ich gern«, antwortete der Junge, ohne den Wald aus den Augen zu lassen.

»Ich glaub, er mag dich auch«, sagte sie und nickte bestätigend.

An der Abzweigung setzte sie den Blinker, winkte noch einmal erleichtert den lustigen kleinen Burschen im Bus, der ohne sie auf der Ruston Road weiterfuhr, und bog in die Gemeindestraße ein.

Schnurgerade führte sie auf das Waldesdickicht zu, das wie eine Mauer in der Ferne aufragte.

Nachdem sie endlich Gas geben konnte, hatten sie die zweihundert Meter, die sie von der Kreuzung auf der Lichtung noch trennten, im Handumdrehen hinter sich. Dann ging es hinein in den Wald.

Zum letzten Mal.

12

Auf Scottys Kinderbett sitzend, grübelte Johnny über die Schrecken nach, die seinen Sohn heimsuchten. Er fühlte sich von der Situation heillos überfordert und darum nur noch ratloser. Er watete im Abscheu, stand bis zum Hals im Grauen. Sein rationaler Verstand hatte ihn ganz und gar nicht darauf vorbereitet, dass er eines Tages Bekanntschaft mit paranormalen Erscheinungen machen würde – jetzt hatte es das Leben übernommen, sein Lehrmeister in Sachen Parapsychologie zu sein, und die Lektion war hart.

Er beugte sich zum Fußende des Bettes und griff nach dem Playskool-Zauberkreisel, den er sich auf die Knie stellte. Ohne rechte Überzeugung drückte er auf den dicken gelben Knopf, woraufhin die vier bunten Kugeln jäh in die Höhe schossen und durcheinanderwirbelten, ungestüm von den Wänden abprallten und wieder zusammenstießen.

Wie hypnotisiert folgte er trockenen Auges den Kapriolen der Plastikkugeln.

In Hollywood hatte er bis zum Überdruss Gefühle gemimt, hatte auf Kommando gelacht und nach Belieben geweint wie ein tüchtiger Automat. Jetzt hätte er gern echte Tränen vergossen – welche Wohltat wäre es gewesen, sich auszuweinen, sich diesen Moment des Selbstmitleids zu gönnen, das spürte er: sein Leben zu beklagen, in dem alles den Bach hinunterging, während er nichts dagegen tun konnte. Doch seine Augen blieben trocken.

Ach John, was passiert nur mit euch, dir und deiner kleinen Fa-

milie. Da hast du dir eingebildet, du hättest endlich deinen Frieden, wenn du dich hier vergräbst, müsstest nie wieder irgendetwas von Hollywood hören, von den Produzenten, den neidischen Kollegen, diesem Arschloch Bill Turner mit seinen Versace-Hemden. Davongelaufen bist du, hast die Flucht ergriffen wie der letzte Feigling. Vielleicht weil dir das alles zu viel geworden ist – immer nur ans Morgen denken zu müssen, immer nur unterwürfig zu lächeln und Hände zu schütteln und dabei zu fürchten, dass sie dich irgendwann auffressen und Laureen sich eines Tages mit Bill aus dem Staub macht.

Und er erinnerte sich, als wäre es eben erst gewesen, an Bill Turners bestürzte, flehentliche Stimme am Telefon, als er ihm seinen Entschluss mitgeteilt hatte, die Segel zu streichen. »Das darf doch nicht wahr sein, Johnny, das ist doch hoffentlich nicht dein Ernst?!«

Den armen abgeklärten Idioten hast du gespielt, der die ganze so genannte Heuchelei nicht mehr erträgt. Die einfachste Lösung. Richtig wäre gewesen, dich am Riemen zu reißen, die Zähne zusammenzubeißen und weiter zu lächeln und Hände zu schütteln. Aber nein, du musstest ja unbedingt ein ganz neues Drehbuch haben. Praktisches Scheitern auf der ganzen Linie, bravo, Alter, herzlichen Glückwunsch. Dr. Freud hätte seine Freud' an dir gehabt.

Die blaue und die weiße Kugel kamen als Erste zur Ruhe und ließen sich jede in einem Loch im Fuß des Kreisels nieder, dann folgten die rote und endlich die schwarze.

Von einem Gleichgewichtszustand zum anderen, dachte er. Das war der Lauf des Lebens, die Ordnung der Dinge: zwischen den Phasen der Ruhe ein irres Chaos, in dem nichts anderes sein konnte. Für sie als Familie aber schien es überhaupt nichts anderes mehr zu geben als Chaos, sie steckten in dieser Phase fest, diesem wahnsinnigen Reigen aus Angst und Tod, der keine Atempause kannte.

Er stellte den Kreisel auf dem Boden ab und begann mechanisch den Bettüberwurf zu glätten.

Dabei hätte sich das alles vielleicht vermeiden lassen. Arthur Kingston hatte wirklich nichts getan, um sie zum Kauf des Grand Magnolia zu ermutigen, eher im Gegenteil. Aber Johnny hatte sich ja auf den ersten Blick unsterblich in das Haus verliebt. Er hatte Kingstons Bedenken sehr wohl gespürt, aber sich leichtherzig darüber hinweggesetzt. Offensichtlich wusste Arthur Kingston sehr viel mehr, als er sagte. Verdammt – wieso hatte er nicht wenigstens so viel Neugier aufgebracht, um einmal unter vier Augen mit dem Alten zu reden? Weil er sich vor der Wahrheit gefürchtet hatte? Ja – bloß nichts erfahren müssen, das einen zu unliebsamen Konsequenzen zwingt, lieber sein Leben lang in gnädiger Ahnungslosigkeit bleiben. *Angst hattest du, Johnny, und jetzt siehst du, wohin das führt.* Aber vielleicht war es letztlich besser, nichts zu wissen?

Kaum gedacht, wies er den Gedanken wieder von sich. Kleinmut führt zu nichts. Es war an der Zeit, die Verantwortung zu tragen. Er konnte nicht länger den verwöhnten Knaben spielen, der beleidigt schmollt, wenn er nicht kriegt, was er haben will. Damit war es vorbei. Jetzt hatte er selbst einen Sohn und musste sich um ihn kümmern. Um ihn zu schützen. Um ihn zu retten.

Mit beiden Händen fuhr er sich wild durch die Haare, als wollte er sie ausreißen.

Hätte er nur die Macht, die Zeit zurückzudrehen! Dann würde er alle Zumutungen ertragen, ohne mit der Wimper zu zucken: Scotty zuliebe. Ach, ließe sich nur die Zeit zurückdrehen … Er würde alles ungeschehen machen.

Mit griesgrämiger Genugtuung dachte er an die Hektoliter Schweiß, die er in seinem Power-Rangers-Anzug vergossen hatte, als er zwei Wochen seines Lebens auf einem schäbigen Parkplatz in L.A. vergeudet hatte, weil er für eine Folge dieser höllischen Serie engagiert worden war. Der Geruch des Asphalts, der unter der bleiernen Sonne schmilzt, war ihm für immer im Gedächtnis geblieben.

Vor allen Power Rangers und allen Bill Turners dieser Welt bist du davongelaufen, und wofür, Alter? Um mit deinem Sohn in der Titelrolle, einem kinderfressenden Haifisch im Schwimmbad, einem gespenstersehenden Schreiberling und anderen prickelnden Überraschungen deinen privaten Horrorfilm zu drehen. Glückwunsch, Johnny, wirklich ein tolles Drehbuch.

Er stand auf und trat ans Fenster, das auf den Stellplatz für die Wagen der Gäste hinausging. Mit einem Finger schob er den Vorhang ein Stück beiseite und sah Stanley Holder in sein Auto steigen. Daneben stand mit offenen Türen und aufgeklapptem Kofferraum, umringt von Delsey-Koffern und Reisetaschen, der Leihwagen der Franzosen. Holders BMW wendete mit einer energischen Rückwärtskurve und war gleich darauf im tiefen Schatten der Old Pine Lane verschwunden.

Johnny stellte sich unter die Dusche und versuchte nicht mehr an die Vergangenheit zu denken. Mit der Gartenarbeit war er an diesem Nachmittag sehr gut vorangekommen – noch eine Woche wie diese, und er hatte für längere Zeit Ruhe vor dem wuchernden Gestrüpp. Letzte Woche war gut fünfzig Meilen von hier im Süden ein Waldbrand ausgebrochen, den die Feuerwehr erfreulicherweise sehr schnell unter Kontrolle gebracht hatte, bevor er größere Schäden anrichten konnte. *Bei dieser anhaltenden Hitze – und vor allem bei meinem Glück in der letzten Zeit – muss ich besonders vorsichtig sein …* Allerdings schwante ihm, dass sich ein Unglück in der näheren Umgebung nicht unbedingt im Wald abspielen musste. Und auch nicht unbedingt mit Feuer zu tun haben musste.

Sakrament, fluchte er innerlich, während er den Duschhahn abstellte, *könnte ich nur die Zeit zurückdrehen.*

Als er sich ein frisches Polohemd über den Kopf zog, hörte er in der Küche den Franzosen rufen, ob jemand da sei. Ein Handtuch um den Nacken, die noch nassen Haare zurückgestrichen, trat Johnny in die Küche.

»Wir reisen ab«, verkündete Bassour mit zufriedenem Lächeln, während draußen im Flur seine beiden Gremlins unter indianischem Kriegsgeschrei die Treppe hinauf und hinunter tobten. *Himmelherrgott, mach, dass es wahr ist!,* flehte Johnny innerlich, während er sich die Haare frottierte. Er hatte das Gefühl, dass eine Jahrhundertmigräne im Anmarsch war.

»Wir müssen heute noch nach Alexandria, und morgen sind wir in New Orleans.«

Zeit wird's!

Bassour reichte ihm die Zimmerschlüssel.

»Ich weiß, was Sie denken«, fügte er nach einer Pause in gedämpftem Ton hinzu.

»Ach ja?«, fragte Johnny überrascht.

»Und Sie haben ganz Recht. Ich … Nun, mein Entschluss steht fest. Ich werde die Scheidung einreichen, Mr. Baldwin. Ja. Sobald wir wieder zu Hause sind.«

»Moment! Aber doch nicht wegen der Kinder, oder?!«, rief Johnny bestürzt.

»Nein.«

In der Halle ertönte Madame Bassours schwaches Stimmchen, das sich bemühte, die Gremlins auf einen etwas erträglicheren Dezibelwert herunterzuschrauben. Ihr Gatte stand unterdessen in der Tür und zerrte an seinem Lacoste-Hemd, das sich über seiner Wampe wölbte.

»Es war unser letzter gemeinsamer Urlaub, wissen Sie. Es gibt eine andere Frau in meinem Leben.«

Johnny starrte ihn sprachlos an. Er traute seinen Ohren nicht. Hatte er sich verhört? Das unvermutete Geständnis ließ das Wenige an Sympathie, das er dem Mann während der einen Woche ihres Aufenthalts hier entgegengebracht hatte, mit einem Schlag verpuffen. Wie kam dieser Trottel bloß auf die Idee, ausgerechnet ihm sein Herz auszuschütten? Was versprach er sich davon?

»Ich brauche frische Luft. In dieser Familie ersticke ich … Sie verstehen das bestimmt.«

Wieder zerrte er an seinem blau-weiß gestreiften Lacoste-Hemd. Das kleine Krokodil schnitt eine Grimasse.

»Und Ihre Frau, haben Sie ihr schon …«, begann Johnny.

»Sie weiß nichts. Das heißt, noch nicht. Sie verstehen mich, nicht wahr?«

»Was Sie tun oder nicht tun, geht mich nichts an«, fiel ihm Johnny ins Wort. »Und unter uns gesagt: Nein, ich versteh Sie nicht.«

Vor allem *wollte* er kein Verständnis aufbringen. Sicher hatte sein Vater seiner armen Mutter mehr oder weniger dasselbe öde, graue Bild präsentiert, um seine Flucht zu rechtfertigen. *Ich gehe, ich brauche frische Luft. Ein neues Leben wartet auf mich, eine neue Frau und wer weiß – vielleicht bald auch schon neue Kinder.*

Bassour zog dieselbe Masche ab: das dringende Bedürfnis nach frischer Luft und am Horizont die Sonne. Wie einfach. Wie abstoßend.

Johnny spürte ein Kribbeln in der Rechten: Es juckte ihn sehr, dem Mann die Faust in die Fresse zu schlagen und ihn auf den Fliesen niederzustrecken. Madame Bassour wäre vermutlich befremdet gewesen, aber irgendwann hätte sie es ihm gedankt. Und ihr Zahntechniker ebenfalls.

Doch Bassour gönnte Johnny nicht die Gelegenheit, auf seine Kosten die offene Rechnung mit seinem Idioten von Vater zu begleichen. Er hob ein wenig die Arme und ließ sie wieder neben seinen breiten Hüften niedersinken.

»Macht nichts. Ich wollte es einfach jemandem sagen. Tut mir leid!«

Johnny folgte ihm in die Halle hinaus, wo die Gattin wartete, in einen touristischen Prospekt vertieft, als sei sie gerade erst angekommen. Auf dem Boden neben ihr stand ein kleiner schwarzer Koffer mit Air-France-Aufkleber, das restliche Gepäck war schon im Wagen verstaut. Sie blickte den beiden Männern entgegen und lächelte Johnny an. Bassour rief ins Treppenhaus hinauf nach den beiden Gremlins, die unter schrillem Gekreisch die Treppe herunterpolterten. Unten angelangt, hoben sie ihre vor Aufregung geröteten Gesichter und schenkten Johnny ein vergleichsweise engelhaftes Lächeln. Die beiden Männer gaben einander die Hand, dann trat Madame vor, um sich ebenfalls zu verabschieden, und Johnny drückte ihre Hand in herzlicher Anteilnahme. Kein Zweifel, sie war tatsächlich völlig ahnungslos.

Einen Augenblick später stieg die Familie ins Auto, die Türen schlugen zu, der Motor wurde angelassen, und kurz darauf war alles still. Die Hände in den Jeanstaschen vergraben, kehrte Johnny in die Küche zurück. Seine Kehle war ausgedörrt. Er nahm eine Dose Lone Star aus dem Kühlschrank und leerte sie in großen Zügen, während ihm das widerliche Gerede des Franzosen durch den

Kopf ging. Die Migräne war ihm erspart geblieben – aber die tiefe Niedergeschlagenheit blieb.

Aus seiner persönlichen Erfahrung als unzulänglicher Ehemann heraus und angesichts des kaum brillanteren Verhaltens seiner Geschlechtsgenossen war Johnny zunehmend überzeugt, dass die Frauen nichts zu gewinnen hatten, wenn sie sich mit den männlichen Exemplaren der Spezies einließen. Wie gut konnte er die lesbische Verlockung verstehen, der manche Ehefrauen irgendwann erlagen! Ganz besonders verachtete er den arroganten Quatsch, an dem sich die Männer so gern berauschten – Sprüche von der Art: »Die Frau ist die Zukunft des Mannes«, die sie im selben inspirierten Ton verzapften wie »Der Hund ist der beste Freund des Menschen und das Pferd seine edelste Eroberung«. Johnny hielt den Mann überhaupt für ein Auslaufmodell: Wer auf eine männliche Zukunft setzte, konnte ebenso gut mit einem Krebskranken im Endstadium Pläne schmieden. Nein, wenn der Mann für die Frau noch irgendwas war, dann allenfalls ihre Vergangenheit, und es war keine nostalgische Vergangenheit, sondern eine prähistorische Ära der Naturkatastrophen.

Die Bierdose war leer, Johnny stützte sich auf die Arbeitsplatte, und sein Blick fiel auf einen Block gelber Post-its. Auf das oberste Blatt hatte Laureen, zweifach unterstrichen, *Kakao für Scotty* gekritzelt. Mit einem Finger strich er über den Vornamen des Jungen. Mein Gott, wie sie ihren Sohn liebten! Ganz allein in dem leeren Haus, überschwemmte ihn die Schwermut wie eine Flutwelle, und er betete darum, dass seine kleine Sippe möglichst lange beisammenbliebe.

Los, jetzt mach schon, ruf Kingston an! Vielleicht hat er ja eine Idee, was hier eigentlich vor sich geht.

Schließlich lebte Arthur Kingston schon seit Urzeiten hier in der Gegend, hinter seiner Tankstelle. Er hatte einen in mehrere Räume aufgeteilten Wohnwagen mit eigenem Generator und Parabolantenne auf dem Dach, und ein Schild an der Tankstelle verkündete wahrheitsgemäß: »24 h geöffnet«. Sommers wie winters. Und sommers wie winters lief Kingston in derselben geflickten

Latzhose herum und trug dieselbe grimmige Miene zur Schau. Alt mochte er sein, aber er war immer noch unglaublich stolz. Und Manieren waren ein Fremdwort für ihn: Wenn ihm jemand nicht passte, ließ er es ihn sehr deutlich spüren. Hatte man umgekehrt das Glück, sein Wohlgefallen zu erregen (wie es auf Johnny zuzutreffen schien), rührte er keinen Finger, um den Eindruck gegenseitiger Sympathie zu bestätigten. Wirklich keine Manieren, dieser Arthur Kingston, nie. Andererseits gehörte er der überaus seltenen Kategorie von Menschen an, die man mitten in der Nacht wegen einer Lappalie aus dem Bett holen darf.

Und was willst du ihm sagen, Idiot? Wissen Sie, Arthur, ich bin schon seit ein paar Monaten im Blindflug unterwegs. Sie hätten nicht zufällig ein Radargerät für mich, das mich beizeiten auf die Hindernisse und Hürden aufmerksam macht?

Die Hände wieder in den Taschen, stand Johnny vor dem Wandtelefon und starrte unschlüssig auf den Apparat.

Worauf wartest du? Auf die nächste Lektion in Parapsychologie mit deinem Sohn als Versuchskaninchen und dir selber als Faulpelz in der letzten Reihe? Los, mach, ruf ihn an.

Zögernd hob er den Hörer ab und wählte.

Hallo, Arthur? Entschuldigung, aber Sie müssen mir sagen, was hier vor sich geht. Ich weiß, dass Sie 's wissen. Sagen Sie mir alles, bitte. Ich bin auf alles gefasst. Verschweigen Sie mir nichts.

Und Arthur Kingston legte los. In seinem schleppenden Ton fing er an zu erzählen: Johnny hatte mit allem Möglichen gerechnet, aber nicht damit. Arthur hörte gar nicht mehr auf, als hätte er nur auf diesen Moment gewartet, um sich endlich mit den Worten zu versöhnen. Obwohl um Gleichmut bemüht, verriet seine Stimme eine tiefe Angst. Johnny und seine Familie müssten auf der Stelle dieses Haus verlassen. Die Polizei würde bald eintreffen. Und das Wesen unschädlich gemacht. Und …

Am anderen Ende der Leitung läutete es regelmäßig und ungehört.

Johnny wollte noch drei Signale abwarten und dann auflegen. Eins … zwei … Er war im Begriff, »drei« zu sagen, als der Hörer abgehoben wurde. Eine atemlose Stimme brüllte: »Kingston hier, ich höre!«, während im Hintergrund das infernalische Kreischen hydraulischer Bremsen ertönte.

»Hallo? Hier ist die Tankstelle von …«

Johnny hatte den Mund geöffnet – und legte im nächsten Moment hastig auf: In der Küchentür war Scotty aufgetaucht, und Laureen folgte ihm auf den Fersen. Für diesmal war es zu spät. Aber er nahm sich fest vor, es bei der nächsten Gelegenheit, sobald Laureen und Scotty aus dem Haus wären, erneut zu versuchen.

13

Als Stanley auf der schmalen Zufahrt zwischen zwei makellosen Rasenvierecken parkte, musste er zugeben, dass Normans Haus an der Ecke Lamar Avenue und Forsythe Street – mit ihren kunstvollen Villen und zwanghaft ordentlichen Gärten die mit Abstand bürgerlichsten Arterien von Tusitala – noch immer das schönste in der ganzen Stadt war.

Er wappnete sich mental gegen die Gluthitze und stieg aus. Auf der Stelle brach ihm der Schweiß aus, sein marineblaues Baumwollhemd unter dem beigefarbenen Sakko wurde feucht und klebte an seinem Rücken. Obwohl es schon nach sechs Uhr abends war, zeigte das Thermometer immer noch fast 40 Grad im Schatten. Über der kochend heißen Fahrbahn flirrte die Luft.

Im Vorgarten gegenüber jagten sich drei halb nackte Kinder, zwei Jungen und ein Mädchen, zwischen zwei sich zischend drehenden Rasensprengern hin und her. Stanley sah ihrer seltsam lautlosen Verfolgungsjagd eine Weile zu, während er erfolglos zu erkennen versuchte, wer wen jagte, und dachte daran, dass auch Rose und Norman einmal Kinder gewesen waren. Dann wandte er sich ab und ging auf das Haus zu. In der Hand hielt er das Kuvert mit den Fotos von Charlie McNeice.

Oben auf der von Zypressen flankierten Freitreppe fiel ihm

zweierlei auf. Zum einen, wie er nicht ohne eine Spur von Wehmut bemerkte, dass von dem Kupferschild mit der gravierten Inschrift *Dr. Norman Jarrett, Allgemeinarzt,* das bis zur Aufgabe seiner Praxis an dem rechten Pfeiler gehangen hatte, ein Negativabdruck zurückgeblieben war. Das andere entdeckte er, als er sich an der Tür noch einmal umdrehte und die Augen mit der Hand gegen das Sonnenlicht abschirmte, das sich als eine Aufeinanderfolge gleißender Flecken auf der Fahrbahn fortsetzte: Von hier aus fiel der Blick durch eine Lücke in den Pinien direkt auf das majestätisch über der Stadt thronende Grand Magnolia.

Von jähem Unbehagen erfasst, wandte Stanley sich ab und drückte ungeduldig auf die Türglocke, deren Klingeltöne er drinnen durch die Diele hallen hörte.

Eine Zeit lang geschah nichts. Als er schon im Begriff war, ein zweites Mal zu läuten, ging die Tür auf.

»Dr. Jarrett?«, fragte er, plötzlich unsicher, weil er Mühe hatte, in dem krummen Greis vor ihm den einstigen Arzt wiederzuerkennen.

»Der Doktor ist pensioniert. Was Norman Jarrett betrifft, so ist das, was vor dir steht, Stan, der Rest, den der Zahn der Zeit mir freundlicherweise gelassen hat.«

Norman trug einen perlgrauen Anzug mit passender Weste und ekrüfarbene Mokassins. Die personifizierte Eleganz, hatten die Leute seit jeher über ihn gesagt. Die Eleganz war noch unversehrt, ihre Verkörperung jedoch ging tief gebeugt unter der Last der Jahre, die Norman bucklig und zerknittert hatten werden lassen wie ein Stück Krepppapier. Doch in diesem Wrack mit den schneeweißen Haaren wohnte ein unverändert wacher Geist, der aus den saphirblauen Augen hinter den goldgerahmten Brillengläsern hervorblitzte.

Norman stieß ein bitteres Schnauben aus. »Nicht besonders gut erhalten für einen Arzt, oder? Aber komm rein, Stan, komm rein.«

Die beiden Männer umarmten einander.

Norman schien das Wiedersehen sehr zu Herzen zu gehen: Seine Augen funkelten verdächtig im Halbdunkel des Flurs, und tatsächlich rann ihm eine dicke Träne über die Wange, die er hastig abwischte. Im hohen Alter war dieser Mann, der seiner Lebtage nie geweint hatte, leicht sentimental geworden.

Mit langsamen Trippelschritten ging er Stanley voraus auf eine halb offen stehende kassettierte Eichentür zu. Durch den Spalt fiel ein Strahl Tageslicht in die dämmrige Diele. Eine wunderbare Kühle herrschte im Haus.

Die Hand auf dem Türknauf, hielt der alte Mann inne und richtete über seine runden Augengläser hinweg einen verschmitzten Blick auf Stanley.

»Ihr habt euch immer ordentlich lustig gemacht über mich, du und dein Kumpel – wie hieß er noch mal? Der Knabe Ringwood?«

»Stevie. Wir waren fest überzeugt, dass Sie in meine Großmutter verknallt waren. Hatten wir wirklich Unrecht?«

Sie betraten das Zimmer, Bibliothek und Salon zugleich, in dem Stanley seine Liebe zu den Büchern entdeckt hatte. Durch die Gardinen vor dem weiten Erkerfenster drang das Licht gefiltert und diffus herein, und hinter dem Chesterfield-Kanapee stand noch immer der behäbige Mahagonischreibtisch als unversehrter Zeuge einer anderen, längst vergangenen Zeit zwischen der nicht weniger betagten Holztäfelung.

»Bah, der Knabe Ringwood hatte schon immer eine schmutzige Fantasie«, erwiderte Norman als Antwort auf Stanleys Frage. »Und was soll's – ist doch alles Schnee von gestern.« Er hatte sich abgewandt und beugte sich angelegentlich zum Fenster, um die Gardine zu richten, als wäre ihm das Thema peinlich. »Noch nie war's so heiß wie momentan«, fuhr er ausweichend fort. »Und dazu nicht ein einziger Regentropfen.«

Er ging auf die Bar in einer Ecke des Raumes zu, die aus mehreren mit Gläsern und Flaschen bestückten Regalen über einem kleinen Einbaukühlschrank bestand.

»Was trinkst du?«

»Ein Whisky *on the rocks* wär jetzt recht«, sagte Stanley sehnsüchtig. Dann ließ er seinen Blick gerührt über die vielen Reihen alter Bücher entlang den Wänden wandern. »Unglaublich. Hier hat sich überhaupt nichts verändert.«

»Und das dort«, sagte Norman mit einer kleinen Geste, »das ist mein guter alter Arztkoffer.«

Die geräumige Ledertasche stand in sich zusammengesunken auf dem dunklen Eichentischchen neben dem Kamin. Aus der grauen Staubschicht schloss Stanley, dass die Bibliothek der vermutlich einzige Ort war, der für die von der resoluten Nancy Cray befehligte Armee der Staubwedel und Lappen verbotenes Terrain war.

»Da ist alles noch drin wie früher, als ich noch praktiziert habe. Stethoskop, Skalpelle, Valium- und Morphiumampullen, nicht zu vergessen die herzstärkenden und die entzündungshemmenden Mittel – alles noch da. Kann ja sein, dass ein Pensionär wie ich doch noch mal für irgendwas gut ist, wer weiß. Der Alte ist jedenfalls bereit. Immer.«

In den Händen je ein großes, halb mit Whisky, halb mit Eis gefülltes, von der Kälte beschlagenes Glas, kam er zum Schreibtisch zurück. Das eine reichte er Stanley, der in einem der komfortablen Ledersessel Platz genommen hatte.

»Jawohl, allezeit bereit«, wiederholte Norman wie ein Pfadfinder.

Er stellte sein Glas auf dem Beistelltisch neben seinem Sessel ab und ließ sich bedächtig nieder. Sein Rücken machte ihm schwer zu schaffen, doch er wahrte stoisches Schweigen und ließ sich nichts anmerken. Nur seine Hände klammerten sich für einen Moment in die ledernen Armlehnen.

»Zu meiner Zeit«, fuhr er fort und griff nach seinem Glas, »waren wir nur zu zweit für Angina, Grippefälle und sonstige Infekte in der Gegend zuständig. Jetzt streiten sich ein halbes Dutzend Ärzte um den Kuchen. Und eines kannst du mir glauben, sie nehmen sich nicht mal die Zeit, hin und wieder mit ihren Patienten einen zu heben, wie wir 's damals so gern gemacht haben.«

Norman schnitt eine Grimasse. Er saß sehr aufrecht, mit beiden Händen das Glas umschließend, in seinem Sessel.

»Aber ich rede und rede … Sag, Stan, wie findest du die Stadt?«

»Sie hat sich ziemlich verändert, nicht?«

»Allerdings, das ist wahr«, stimmte Norman zu, in die Betrachtung der goldbraunen Lichtreflexe in seinem Glas vertieft. »Der Bürgermeister kriegt sich gar nicht mehr ein und platzt vor Stolz. Nach Jahrzehnten des freien Falls beginnt die Bevölkerung endlich wieder zu wachsen. Die Geburten steigen, und in letzter Zeit haben sich sogar ein paar waschechte Großstadt-Bobos hier niedergelassen. Da hat's die längste Zeit so ausgesehen, als würde Tusitala mit uns Alten begraben, aber weit gefehlt – wir erleben eine echte Renaissance.«

Stanley ließ die Eiswürfel in seinem Glas kreisen, dann nahm er zwei ordentliche Schlucke.

Gut. Sehr schön, Norman, dachte er, während er zuhörte, *handeln wir also sämtliche spannenden Themen der Gegenwart ab – nach der Bevölkerungsstatistik könnten wir uns vielleicht der guten alten Meteorologie zuwenden? Auf die Weise gewinnen wir immer Zeit. Und vermeiden, eine gewisse Rose zur Sprache zu bringen.*

Stanley konnte den Grund dieser Ausflüchte sehr gut verstehen.

Er hat Angst. Norman hat ganz einfach Angst. Und das ist auch kein Wunder.

»Stan, ich muss dir sagen – was mit deiner Tochter passiert ist, tut mir unsäglich leid«, sagte der alte Arzt endlich, als hätte er Stanleys Gedanken gelesen. »Ich habe versucht, dich im Krankenhaus zu erreichen, aber man hat mich nicht zu dir durchstellen wollen. Dann habe ich bei euch zu Hause angerufen und mit deiner Frau gesprochen, aber in der Verfassung, in der sie war, hat sie mich wahrscheinlich gar nicht erkannt. Was nur zu verständlich ist – nichts ist grausamer als das eigene Kind zu verlieren. Meine Beileidsbekundungen waren ziemlich unbeholfen. Ich hatte nie ein Talent für so etwas, und ich lege offen gestanden auch gar keinen Wert darauf.«

Er verstummte und starrte auf seine runzeligen Hände, an denen die Adern hervortraten.

»Ich habe … vor kurzem erfahren, was sie mit Rose getan haben. Entsetzlich. Da muss einer doch komplett irr sein, um sich an einer Toten zu vergreifen.«

»Der Sheriff vermutet eher einen Satanistenclub, zu dessen Gründung ich sozusagen den Ausschlag gegeben hätte. Jedenfalls gesteht er mir großzügig die geistige Urheberschaft zu.«

»Verstehe. Scharfsinnig wie immer, unser Marker. Und deine persönliche Version, Stan?«, fragte Norman aufblickend.

Also gut, sagte sich Stanley. *Die Stunde der Wahrheit hat geschlagen. Jetzt kommt keiner mehr raus.*

»Was ich glaube?«

»Ja, was glaubst du?«

»Ich denke, dass … dass ein Zusammenhang mit meinem letzten Buch besteht.«

Er beobachtete Norman, während er die Worte sagte. Der nickte nur leicht, worüber Stanley größere Erleichterung empfand, als wenn er lebhaft zum Weitersprechen aufgefordert worden wäre.

»Genauer gesagt, mit dem Interview, das ich *Newsweek* gegeben habe. Sie haben's gelesen, oder? Sie wissen, dass ich darin von meiner Großmutter gesprochen habe, die mir von einem gewissen Tag im Jahr 1933 in Tusitala erzählt hat.«

»Ja, Stan, das weiß ich alles, leider. Ich war«, fügte er nach einer Pause hinzu, »einer der drei Jugendlichen, die das Massaker dort oben heimlich beobachtet haben.«

»Das wusste ich. Aber warum, Norman, haben Sie mir nie verraten, dass die Geschichte wahr ist – auf entsetzliche Weise wahr? Sie hätten mich warnen sollen vor diesen berühmten Wölfen – ich hatte wirklich nicht die leiseste Ahnung, was für ein entsetzliches Räderwerk ich da in Bewegung gesetzt habe.«

»Hättest du mir denn geglaubt? Hättest du mich nicht für einen durchgeknallten alten Trottel gehalten? Aber wenn es dir hilft – ja, Stan, ich bedaure es ungemein, dass ich nichts getan habe, um dich vor der Gefahr zu warnen. Ich hätte es tun sollen, schon lange. Allerdings war ich natürlich selber ziemlich sicher, dass Fenryders Wölfe schon längst nicht mehr existierten.«

Er schluckte schwer und sah ihn betrübt an.

»Als ich erfahren habe, was mit deiner Tochter passiert ist, sagte ich mir, das sei bestimmt nur ein grauenhafter Zufall und zwischen ihrem Tod und Fenryders Geheimgesellschaft bestehe keinerlei Verbindung. Ich habe jeden möglichen Zusammenhang weit von mir gewiesen, weil mich allein der Gedanke in Angst und Schrecken versetzt hat. Erst nach dem, was hier im Schwimmbad passiert ist, wurde mir das Ausmaß meiner Fehleinschätzung bewusst. Die Wölfe sind noch immer von dieser Welt. Der Zusammenhang war mir auf Anhieb klar, verstehst du? Eine derart entfesselte Gewalt, eine derart sinnlose Grausamkeit – das konnte nur die Handschrift von McNeice sein, Charlie McNeice. Er ist zurückgekehrt. Der Mörder der eigenen Familie und fast der Hälfte des Großbürgertums aus dem Louisiana der dreißiger Jahre ist wieder da. Das Schlimmste dabei war, dass ich meinen Verdacht für mich behalten musste. Natürlich habe ich Lighton vehement verteidigt, wann immer ich Zeuge war, wie jemand *ihm* die Schuld an dem Massaker aufzuhalsen versuchte, aber mir waren ja die Hände gebunden, ich konnte nicht sagen, was ich wusste, denn sie hätten mich subito ins Irrenhaus gesperrt, wo ich niemandem mehr von Nutzen gewesen wäre. Unter diesen Umständen war es Marker und den anderen ein Leichtes, diesen armen Lighton zum Metzger des Jahres und Sieger in allen Kategorien zu ernennen. Diese Idioten haben ihm den einzigen Titel zuerkannt, den der anständige Kerl ganz bestimmt nicht verdient hat. Stan, ich hab den Sheriff schon als Kind erlebt und kann dir versichern, dass er schon damals keine Leuchte war, aber dass er dermaßen dämlich sein könnte, hätte ich mir nicht träumen lassen. Schon klar – nicht jeder kann ein Genie sein, aber diese galoppierende Dummheit ist einfach unvorstellbar.«

Bei diesem letzten Satz musste Stanley lächeln – er hätte direkt von seiner Großmutter stammen können. Er wusste, dass Norman nicht gut auf den Sheriff zu sprechen war, und das lag an einer kleinen Unkorrektheit, die er sich einmal vor langer Zeit gegenüber Rose erlaubt hatte. Norman hatte, obwohl sie seit jenem entsetzlichen Abend im Jahr 1933 kein Wort mehr miteinander gewechselt hatten, stets vehement ihre Partei ergriffen, und niemand, heute so wenig wie gestern, hatte das Recht, in seiner Gegenwart dem Idol seiner Jugend zu nahe zu treten. Das Alter hatte ihn zwar nicht verbittert, aber leider auch nicht nachsichtiger gegenüber dem Verbrechen der Majestätsbeleidigung gestimmt. Immer war er zur Stelle, um sie zu verteidigen, selbst als Tote, selbst als Skelett. Und wenn er heute sein Schweigen brach, ahnte Stanley aufgewühlt, dann nur deshalb, weil Charlie McNeice es gewagt hatte, sich an Roses sterblichen Überresten zu vergreifen.

»Ich hab mich gefragt«, fuhr der alte Mann fort, »was Charlies Rückkehr bedeuten mag. Meine Vermutung ist, dass er jemanden auf seine Gegenwart aufmerksam machen will: Ich bin hier in dieser Stadt, wenn Sie mich sehen wollen, kommen Sie, ich warte. Und derjenige, an den sich diese scheußliche Botschaft richtet, das bist du, Stan. Ja, du hast mit deinem Interview eine uralte Geschichte wieder hervorgeholt, die auf dem tiefsten Grund unserer Erinnerung vergraben war. Und eines muss man leider sagen: Fenryders Wölfe lieben es nicht, sich zu erinnern. Als mir der Ernst der Lage klar wurde, hab ich mehrfach versucht, dich zu kontaktieren, aber immer ohne Erfolg. Als du aus dem Krankenhaus entlassen warst, wusste deine Frau nicht, wo sie dich suchen sollte, sie war völlig ratlos, und ich konnte nichts für euch tun. – Aber du, Stan, wie bist du draufgekommen?«

»Auf den Weg gebracht hat mich eigentlich das Wesen, das in Gestalt von Dorothy Fielding im Zimmer meiner Tochter erschienen ist. Sie – oder es – sagte, das sei erst der Anfang, Erscheinungen dieser Art würden immer wieder auftreten, und schuld daran sei ich. In dem Moment hab ich natürlich überhaupt nichts kapiert, aber das Drama in Tusitala ein paar Wochen später hat ihre Vorhersage bestätigt. Da wurde mir klar, dass das alles in enger Beziehung zu dem Tag im Juli 1933 steht. Und vor ein paar Tagen hat mir McNeice diese Fotos zukommen lassen – samt einer Einladung ins Grand Magnolia.«

Stanley reichte ihm die Abzüge. Norman schob die Brille auf die Stirn und betrachtete die Bilder aus der Nähe.

»Das ist ja unser Schwimmbad!«, rief er schließlich aus. »Mit Lighton und den Kindern!«

»Ja, und wenn Sie ganz genau hinschauen, Norman, dann sehen Sie die Spitze einer Haiflosse aus dem Wasser ragen.«

»Lighton hat also die Wahrheit gesagt. Ich wusste es, ich war mir ganz sicher. Es war zu gewaltig, um erfunden zu sein.«

»Man könnte glauben, Tertullian zu hören. Aber er hat das über Gott gesagt.«

»Und wir reden vom Teufel.« Norman deutete auf das andere Foto. »Und das, was stellt das dar?«

»Das ist mein Haus in Boston, und zwar genau in dem Moment, als ich aus dem Fenster gesprungen bin.«

»Du lieber Gott!« Norman nahm die Brille ab und steckte gedankenverloren ein Bügelende zwischen seine Zähne.

»Diese Fotos«, fuhr Stanley fort, »beweisen, dass Charlie McNeice in beiden Fällen am Schauplatz des Dramas anwesend war und auf irgendeine Weise die Ereignisse ferngesteuert hat.«

»Ferngesteuert?«

»Ja. Offensichtlich hat McNeice die Fähigkeit, im Geist seiner Opfer zu lesen und ihre tiefsten Ängste daraus zutage zu förden. Er ist eine Art böser Dämon, der nicht die geheimsten Wünsche, sondern den größten Horror der Menschen Wirklichkeit werden lässt ...«

Stanley runzelte die Stirn.

»Eines kann ich mir allerdings nicht erklären«, sagte er nach einer nachdenklichen Pause. »Wieso hat er mich extra ins Grand Magnolia bestellt? Schließlich hätte er mich, statt Fotos zu schicken und so weiter, schon längst in Boston umbringen können?«

»Du vergisst, dass das Grand Magnolia für Fenryders Wölfe eine heilige Stätte ist. Für Charlie hat es dort angefangen, und in seinem kranken Geist muss anscheinend dort auch alles enden ... für uns, die unerwünschten kleinen Naseweise.«

Nach kurzem Klopfen flog, ohne Aufforderung einzutreten, die Tür auf, und Nancy Cray stürmte herein. »Oh, Stanley!«, sprudelte sie überschäumend mit ihrer geblümten Schürze und ihren achtzig Lenzen.

Aus Stanleys Zügen wich alle Angespanntheit, und seine Miene leuchtete auf: »Nancy!«, rief er begeistert.

Sie hatte sich kaum verändert, stellte er fest. Ihr Haar begann gerade erst grau zu werden, und sie bewegte sich noch mit derselben lebhaften Anmut wie zu der Zeit, als sie Dr. Jarretts emsige Sprechstundenhilfe gewesen war. Sie stürzte auf Stanley zu, der aufgesprungen war, und fiel ihm um den Hals.

»Nancy! Wie geht's Ihnen?« Er drückte sie zärtlich an sich.

»Sagen wir so – es ginge mir ein bisschen besser, wenn dieser alte Griesgram eine Spur liebenswürdiger wäre«, gestand sie ihm, als wäre Norman gar nicht im Zimmer.

»Verdammt, Nancy!«, warf Norman ein. »Verschon uns wenigstens heute Abend mit deinen ewigen Vorwürfen!«

»Da hörst du ihn, Stan. – Sei bloß still, du alter Tattergreis.« Nancy Cray wusste sehr genau, wie sie ihn traf, und sie nutzte es aus. »Kann kaum noch stehen, aber will befehlen. Der Mann, der mir Befehle erteilt, Norman Jarrett, der muss erst noch geboren werden!«

Norman zuckte die Achseln und sank tiefer in seinen Sessel.

»Tut mir furchtbar leid wegen deiner Großmutter«, sagte Nancy, wieder an Stanley gewandt.

»Ja, danke, Nancy.«

»Ich hoffe, sie finden den Scheißkerl.«

»Das hoffen wir alle, Nancy, das hoffen wir alle«, fiel ihr Norman ins Wort. »Na gut, schön, du könntest jetzt eigentlich Schluss machen und nach Hause gehen. König Harvey wird sicher wieder schimpfen, weil du hier Überstunden machst, und mir reichen schon deine Klagen, ich muss mir nicht auch noch die Beschwerden deines Gatten von göttlichen Gnaden anhören.«

»Jesus Maria! Das wär wirklich das erste Mal, dass du dir wegen meinem Mann den Kopf zerbrichst, Norman Jarrett!« Sie wandte ihm demonstrativ den Rücken zu und lächelte Stanley strahlend an. »Jedenfalls ist alles bereit, meine Herren. Ihr braucht euch nur zu bedienen. Stan, du wirst begeistert sein von meinem Filet mignon mit Champignonfüllung, Ehrenwort!«

»Von *unserem* Filet mignon!«, korrigierte Norman leicht pikiert. »Immerhin habe ich mitgearbeitet.«

»Na, hört euch den an! Ich bin anscheinend die Einzige, die nicht weiß, dass er hier alles selber macht. Pah, Norman, du lügst wirklich wie gedruckt!«

Sie umarmte Stanley noch einmal, der sie auf beide Wangen küsste.

»Und lasst das Geschirr einfach stehen, bitte! Das Faktotum – ich nämlich – wird morgen früh aufräumen. Abgemacht, meine Herren?«

»Harvey wird mich demnächst standrechtlich erschießen, und ich glaube, ich werde ihm dankbar dafür sein«, murmelte Norman aus der Tiefe seines Sessels.

»Vor allem soll er nicht zu spät ins Bett gehen, der alte Miesepeter. Ich verlass mich auf dich, Stan – bleib nicht zu lang. Er ist nicht mehr jung, weißt du. In seinem Alter muss man allmählich vorsichtig sein.«

»Ich bin nicht älter als du, Nancy«, erwiderte Norman beleidigt. »Und wenn's mir passt, gehe ich um drei Uhr morgens ins Bett.«

Sie sah ihn an wie einen halsstarrigen Knaben, den man nicht ganz ernst nehmen kann, dann wandte sie sich wieder an Stanley. »Bitte!«, sagte sie eindringlich.

Norman verdrehte die Augen zum Himmel und seufzte.

»Vertrauen Sie mir«, sagte Stanley. »Ich pass auf ihn auf. Wir machen nicht mehr als zwei Diskos, und mit dem Koksen halten wir uns auch zurück.«

Sie fing zu lachen an, machte kehrt und trippelte mit kleinen Schritten davon wie eine humorvolle Maus, die erfolgreich einen altersschwachen Kater geärgert hat.

»Na gut, nachdem das junge Gemüse endlich fort ist«, höhnte Norman, während er sich mühselig aus dem Sessel wuchtete, »können wir essen, der Weg ist frei.«

14

Beim Abendessen erwähnte Johnny sein Gespräch mit Stanley und seinen verpassten Anruf bei Arthur Kingston mit keinem Wort, so wenig wie den Frischluftbedarf des geständnissüchtigen Bassour. Keines der wichtigen Themen kam zur Sprache; stattdessen wetteiferte er mit Laureen in den Banalitäten, mit denen sie versuchten, die gedrückte Stimmung, die schwer auf ihnen allen lastete, ein wenig zu heben.

»Könnte ich die Salatschüssel haben?«

»Ja, sicher, Schatz.«

»Der Cheddar ist ausgezeichnet, nicht, Scotty?«

»Iss deine Tomaten, davon wird man groß und stark.«

Sie klammerten sich an dieses Wechselspiel höflicher Plattitüden, wie Camper nachts am Feuer einander plötzlich schlechte Witze erzählen, um die näher rückende Furcht zu bannen.

Johnny fiel jedoch auf, dass Laureen nur Scotty zuliebe das Wort an ihn richtete und ansonsten seinen Blick strikt mied: Für alles, was ihrem Sohn zustieß, gab sie ihm die Schuld. Das war sicher ungerecht, doch er kannte seine Fehler ja selbst nur zu gut.

Trotz der beruhigenden Diagnose von Dr. Springfield wussten sie jetzt beide, dass Harry Lighton nicht der Urheber des Gemetzels im Schwimmbad war und dass Ben Powells Gespenst irgendwo im zweiten Stockwerk ihres Hauses seinen Neffen heimgesucht hatte. In Tusitala ereigneten sich widernatürliche Phänomene. Den Kopf in den Sand – oder vielmehr in die unumstößlichen Gesetze der Vernunft – zu stecken war nicht nur sinnlos, sondern gefährlich für Leib und Leben. Daher hatte Johnny sehr wohl die Absicht, im Lauf des Abends, sobald Scotty im Bett wäre, ein ernstes Gespräch mit Laureen zu führen; angesichts der jüngsten Ereignisse ließ es sich nicht vermeiden: Sie würden von Tusitala fortziehen, Johnny hatte keine Einwände mehr, ganz im Gegenteil. Sie hatten hier innerhalb weniger Monate zu viel Schlimmes erlebt, als dass es vertretbar war, noch länger zu zögern. Das Anwesen war jetzt zu neunzig Prozent instand gesetzt; sicher ließ es sich zu einem guten Preis verkaufen. Natürlich war zu hoffen, dass sich rasch ein Käufer fand: Sie würden es hier keine zwei Monate mehr aushalten. Vielleicht war es auch sinnvoll, Scotty und Laureen fernab von Tusitala, bei ihren Eltern in Kalifornien in Sicherheit zu bringen, während Johnny noch blieb und einen Käufer suchte: War das erst geschafft, würde bestimmt alles besser. Mit dem Geld aus dem Verkauf konnten sie sich anderswo, weit fort von hier niederlassen und noch einmal neu anfangen. Vielleicht an der Ostküste, im Staat New York oder in Connecticut. Wie die Eltern von David Dudley.

Das Wesentliche lässt sich noch retten, überlegte er, während er Tomaten kaute. Ja, es war möglich, davon war er überzeugt.

Laureens Gedanken waren bei der Abreise der Franzosen.

Sie war ihnen auf dem Rückweg aus der Stadt auf der Old Pine Lane begegnet und auf die grasbewachsene Bankette ausgewichen, um sie vorbeizulassen. Durch die offenen Fenster hatten sie und Scotty der Familie »Hunderttausend Volt« zugewinkt.

»Tja, jetzt sind sie fort, die Gremlins«, hatte sie gesagt. »Und wir haben wieder unsere Ruhe.«

Und das Haus wird uns leer und traurig vorkommen, hatte sie in Gedanken hinzugefügt, während ihr die Angst in die Glieder kroch und die Kehle zuschnürte.

Hinter ihr zerrte Scotty am Sicherheitsgurt, um sich in seinem Sitz umzudrehen. Die Arme auf die Rücklehne gestützt, sah er dem Mietwagen der Franzosen nach, der schon fast außer Sichtweite war. Laureen brauchte ihn nicht anzusehen, um zu wissen, dass sein hübsches Gesichtchen sich jäh verdüstert hatte.

Ja, seltsam, aber es ist wirklich deprimierend, dass sie fort sind, dachte sie später in der Küche, als sie Scotty die Serviette um den Hals band. Sie hatte, solange die Franzosen mit ihrem fröhlichen Lärm das Haus belebt hatten, ihre Familie als mehr oder weniger beschützt empfunden – was völlig irrational war, das war ihr schon klar, aber so war es. Und Scotty hatte anscheinend dasselbe Gefühl von Verletzlichkeit verspürt, als er ihnen in mürrischem Schweigen nachgeblickt hatte. Ohne die Gäste war das Haus tot, wie ausgeblutet. Jetzt lag es offen da – alles konnte Besitz von ihm ergreifen.

Laureen fühlte ihr Herz sich zusammenziehen, als sie Scottys Blick begegnete, der sie traurig, mit schief gelegtem Kopf ansah.

»Ich geh abspülen«, sagte sie mit einem kurzen, nervösen Lächeln.

Ihr Teller war noch voll. Sie hatte nichts angerührt.

»Lass, ich mach das schon«, sagte Johnny.

»Nein, nein, es macht mir nichts aus«, antwortete sie.

Mit verkrampfter Miene sprang sie auf, stapelte rasch die Teller übereinander und flüchtete sich zum Spülbecken, um ihre Tränen zu verbergen.

Immerhin wohnte Stanley Holder noch hier. Zwar hatte er Bescheid gesagt, dass er spät zurückkommen würde, aber sie würden einander morgen früh wiedersehen, und das war beruhigend. Wenigstens waren sie nicht ganz allein in dem großen Haus.

Johnny nahm Scotty auf den Schoß und, um ihn und sich zu trösten, um nicht noch tiefer in der Depression zu versinken, erzählte er von den nächsten Gästen, die irgendwann am nächsten Tag gegen Abend eintreffen sollten: Keine ausländischen Touristen diesmal, sondern ein Pensionär aus Ohio, der mit seiner Frau und drei seiner Enkel eine Woche hier verbringen wollte.

»Einer von denen ist genauso alt wie du, Cowboy«, erklärte Johnny.

Scotty nickte nur abwesend, und Johnny begriff, dass er ihn nicht länger anlügen durfte.

»Hör zu, Scotty. Deine Mutter und ich, wir werden es noch in aller Ruhe besprechen, aber ich denke, es ist für uns alle besser, wenn Mama und du schon mal auszieht, während ich mich bemühe, einen Käufer für das Haus zu finden. Ihr könntet vorerst zu den Großeltern nach Palmdale gehen, was meinst du?« Da Scotty nickte, fügte er hinzu: »Okay, dann rufen wir sie nachher an, und ich bring euch morgen früh zum Flughafen.«

»Ich will nicht, dass du hier bleibst, Papa«, flehte Sotty. »Virgil hat gesagt, es ist gefährlich.«

»Wir werden nicht lang getrennt sein, ich versprech's dir. Ich muss nur ein bisschen Ordnung in unsere Angelegenheiten bringen, verstehst du? Glaub mir, Scotty, so ist es für alle am besten.«

Lächelnd tippte er ihm auf die Nasenspitze und warf über Scottys Kopf einen Blick zu Laureen. Sie kehrte ihnen den Rücken zu und schrubbte mit dem groben Schwamm Töpfe und Teller, doch er sah ihre Schultern beben. Seine Frau weinte, und wieder sagte sich Johnny, dass alles seine Schuld sei.

15

Sie betraten das Esszimmer, in dem Nancy mit dem Festtagsgeschirr den Tisch gedeckt und Blumen in passenden Vasen aufgestellt hatte. Auf ihren Tellern erwartete sie ein üppiger Salat mit griechischem Käse und Kräutern. Stanley setzte sich auf den Platz, den Norman ihm anwies, und betrachtete die Position der Gläser – das Weinglas millimetergenau rechts neben dem Wasserglas – und lächelte: Nancy hatte sich wirklich nicht verändert. Auch in ihrem Alter und unabhängig von den äußeren Umständen hielt sie sich streng an die Regeln der feinen Lebensart. Er registrierte auch die kristallenen Messerbänkchen, die sie eigens hervorgeholt hatte, damit die »Herren« nicht zwischen den Gängen das Besteck wechseln mussten. Nancy hatte wahrhaftig an alles gedacht.

Norman umrundete den Tisch und ließ sich mühsam Stanley gegenüber nieder.

»Es nervt mich wahnsinnig, wie sie mir immer mein Alter vorhält«, sagte er, während er mit einem Ruck die gestreifte Leinenserviette auseinanderschüttelte. »Der Gipfel ist natürlich, dass sie älter ist als ich.«

Stanley, der den Wein einschenkte, lächelte nur. Nancy kam ihm so munter und lebenssprühend vor, wie Norman eingeschrumpft schien.

»Zwei Wochen, um genau zu sein«, betonte Norman, als hätte

er wieder seine Gedanken gelesen. »Jenseits der achtzig fallen zwei Wochen ganz schön ins Gewicht!«

Sie begannen mit dem Salat und unterhielten sich über dies und jenes. Aus Respekt vor Nancys Kochkünsten zogen sie es vor, die unvermeidliche Fortsetzung des in der Bibliothek unterbrochenen Gesprächs noch eine Weile vor sich herzuschieben.

Als sie mit der Vorspeise fertig waren, bot sich Stanley an, das Filet mignon aus der Küche zu holen. Ehe sie die beiden sich selbst überließ, hatte Nancy in gewohnter Umsicht die beiden Teller, auf denen das Fleisch schon aufgetragen war, sowie die Platte mit *penne al pesto e pomodoro* ins schwach geheizte Backrohr geschoben.

»Nancy wird noch Emeril Lagasse in den Schatten stellen«, kommentierte Stanley, als er mit vollen Händen zurückkam.

Er stellte den einen Teller vor Norman hin und kehrte mit dem anderen an seinen Platz zurück. Norman schnupperte voller Behagen.

»Bei ihrem Talent«, stimmte er zu, »hätte sie in New Orleans schnell ein Vermögen gemacht. Aber diese Eselin wollte ja lieber hier verschimmeln, um ihren Idioten Harvey und mich alten Knochen zu bedienen.«

Stanley meinte aus der Betonung des »Idioten Harvey« einen winzigen Anflug von Eifersucht und aus dem »alten Knochen« eine dunkle Traurigkeit herauszuhören.

»Wo ist eigentlich Ihre Frau, Norman?«

»Vermutlich irgendwo bei Freunden. Aber, ich gesteh's, ich bin ganz froh, dass ich nichts Genaues weiß. Ich habe Betty als einmalige Langweilerin in Erinnerung. Und ihre Freunde waren noch um einiges schlimmer.«

»An eine endgültige Trennung haben Sie nie gedacht?«

»Scheidung in unserem Alter?!« Normans Gabel stockte auf halbem Weg zum Mund. »Meine Güte, nein. Zu unserer Zeit hat man sich nicht einfach so scheiden lassen wie heute. Vermutlich waren wir nicht besonders originell, Betty und ich.«

Stanley dachte an seine Frau. Die unglückliche Barbara, mutterseelenallein in dem großen Haus in Boston …

Er war so in Gedanken versunken, dass er nicht mitbekam, was Norman sagte. »Wie bitte?«, fragte er, jäh aufgeschreckt.

»Dein Glas, Junge«, wiederholte der alte Mann mit erhobener Weinflasche.

Für einen Moment trafen sich ihre Blicke, und sie erkannten, dass sie beide wie betäubt vor Traurigkeit waren und sich nur um Nancys willen zum Essen zwangen.

Für das Dessert musste Stanley nicht eigens in die Küche: Auf der Nussbaumkredenz hinter ihm thronte ein prachtvoller Schokoladenpudding. Stanley stand auf, um ihn zu holen, und versprach, Nancy am nächsten Tag unbedingt anzurufen, um sich persönlich zu bedanken. Insgeheim war er vor allem erleichtert, dass sich eine Frau wie Nancy um Norman kümmerte, und dafür war er ihr noch dankbarer als für alles andere.

Als sie mit dem Essen fertig waren, kehrten sie in den Salon zurück und setzten sich wieder in ihre Sessel. Ein Glas Cognac in der Hand, fasste sich Stanley ein Herz und brachte das Gespräch wieder auf Rose und ihre gefährlichen Geheimnisse. »Norman«, begann er, »ich muss die ganze Wahrheit wissen: Was ist an diesem Juliabend im Jahr 1933 dort oben passiert? Ich weiß – oder vielmehr, wir wissen beide –, dass das Wesen, das meine Tochter getötet hat, mit diesem weit zurückliegenden Ereignis in Zusammenhang steht. Wollen Sie mir helfen, zu verstehen?«

Norman starrte in sein Glas und seufzte müde. »Wo sollen wir anfangen?«

»Sagen Sie mir erst mal, wer der Dritte in eurem Bunde damals war. Den Sie den Krebs genannt haben.«

»Krebs? Ach ja, natürlich, das war ja sein Spitzname – und es ist wahr, er passt ihm noch heute wie angegossen.«

»Was – lebt er noch?«

»Ist das etwa so verwunderlich? Du legst es drauf an, dass ich mich wie eine lebende Reliquie fühle, Stan, wie? Er und ich, wir sind praktisch gleich alt. Um genau zu sein, er wird in fünf Monaten fünfundachtzig.«

Immer diese zwanghafte Beschäftigung mit dem Alter, dachte Stanley. Drei Monate älter, zwei Tage jünger … Er musste lächeln.

»Und wer ist es?«

»Na, Arthur natürlich. Arthur Kingston.«

»Der Mann von der Tankstelle am Anderson Hill?«

»Exakt. Krebs nannten wir ihn wegen seiner schlaksigen Gestalt und seinen Armen, die so lang waren wie Krebsscheren.« Normans Lächeln wich rasch einer bitteren Miene. »Wir waren noch Kinder damals. Wenn ich nur dran denke, was geschehen ist, überläuft mich eine Gänsehaut …«

Er sah Stanley zerfahren an und holte tief Luft, ehe er, den Blick wieder auf das anscheinend als hilfreich empfundene Glas geheftet, fortfuhr:

»Wir hatten gehört, dass die Familie McNeice, die damals, wie du weißt, die Spitze der feinen Gesellschaft in unserer Region war, einen Empfang mit Ball und allen Schikanen plante. Das Fest versprach die luxuriöseste Veranstaltung zu werden, die je auf Erden stattgefunden hat. Natürlich waren nur die Schönen und Reichen eingeladen – unsereiner hatte dort nichts zu suchen. Unsere Familien waren zwar arm, aber ich betone, dass wir darum keineswegs unglücklich waren. Im Unterschied zu dem jungen Hampton, den seine Eltern im Suff – also täglich! – verprügelten, oder zu der Jüngsten der Dexters, die von ihrem Vater missbraucht wurde, waren wir drei weitgehend gefeit gegen solche sozialen Grausamkeiten und hatten eine bemerkenswert sorglose Kindheit. Wir wurden von unseren Eltern geliebt. Das Gefühl, arm zu sein, ersparten sie uns, so gut sie konnten, obwohl es sicher nicht immer einfach war. Auch wenn die Geldbörse nie voll war – das Herz war es umso mehr, das kannst du mir glauben. Dies alles, um dir zu sagen, dass für uns drei, Rose, Arthur und mich, diese gemeinsamen Kinderjahre zweifellos die glücklichsten unseres Lebens waren.

Natürlich hatten wir auf dem Fest der McNeices nichts zu suchen, aber Rose war das egal – sie hatte beschlossen, dass wir uns aufs Grundstück schleichen würden, um die *Crème de la Crème* in all ihrer Pracht zu bewundern. Schon Wochen vor dem besagten Abend lag sie uns damit in den Ohren. Sie war aufgeregt wie ein Floh und stauchte uns bei jeder Gelegenheit zusammen, und Gelegenheiten gab es massenhaft. Eigentlich war sie von Natur aus eine ziemlich rabiate Person, und mit Arthur und mir machte sie keine Ausnahme. Tatsache ist, dass wir total unter ihrer Fuchtel standen und sie das schamlos ausnutzte. Deine Großmutter war damals ein verdammt hübsches Ding, und das wirkte sich ganz enorm zu ihren Gunsten aus. So jung und ahnungslos, wie wir waren, platzten Arthur und ich natürlich vor Stolz, dass sie uns als ihre Leibwächter auserkoren hatte, obwohl sie, wie gesagt, charakterlich nicht gerade einfach war. Wenn du am wenigsten damit gerechnet hast, hat sie dir eine reingewürgt, dass du erst mal eine Zeit lang dran zu knabbern hattest. Wer sich mit ihr zusammentat, musste einstecken können.

Außerdem bestand in unserer Dreierbande ein stillschweigendes Einverständnis, das wir umso stärker empfanden, als wir alle mitten in der Pubertät steckten und unsere Hormone komplett verrückt spielten; es war eigentlich eine Gewissheit: nämlich dass Rose nie einen anderen heiraten würde als Arthur oder mich. Diese Perspektive bildete sozusagen den unüberschreitbaren Horizont unserer Freundschaft. Natürlich war klar, dass einer von uns – also Arthur oder ich – irgendwann der unglückliche Verlierer würde, aber einstweilen schwebten wir mitten im Liebestraum, und weder er noch ich stellten uns auch nur eine Sekunde lang vor, wir könnten *nicht* der Erwählte ihres Herzens sein – ungefähr so, wie sich keiner wirklich den eigenen Tod vorstellt.

Ich war unheimlich fasziniert von Rose, aber Arthur, muss ich zugeben, war der Verliebtere von uns beiden. Er war zwei Jahre jünger als sie und ein Jahr jünger als ich, aber mit seiner Größe machte er den Altersunterschied wett. Er betete sie an, trieb einen regelrechten Kult mir ihr, mit Zeremoniell und allem – geradezu krankhaft verliebt war er, der Ärmste, während Rose in Wahrheit gar niemanden lieben konnte. Das wusste Arthur so gut wie ich, trotzdem hat er sein ganzes verdammtes Leben lang nur eine einzige Frau vergöttert, und zu seinem Unglück war das die stachelgespickte Rose.

Aber zum Fürchten war an deiner Großmutter nicht nur ihre Schönheit. Im Grunde ihres Herzens war sie ein Junge. Das Gerede der Leute war ihr komplett egal. Sie wollte hoch hinaus, und das ging ihrer Meinung nach über eine ganz persönliche Praxis der Befreiung. Ich weiß noch, dass sie ungefähr bis zu ihrem zehnten Jahr verbissen das Pinkeln im Stehen übte. Mit vierzehn machte sie sich einen Spaß draus, mit uns in den Bout zu gehen, hinter der River Street, wo damals die Schwarzen lebten. Das war mit Abstand das heruntergekommenste und infolgedessen das berüchtigtste Viertel der Stadt. Im Vergleich dazu wirkten die Hütten, in denen unsereins lebte, wie Paläste. Der Bout, das war das Storyville von Tusitala, wie unsere armen Eltern gern sagten. Dort gab es ein Lokal, in dem schlechter Jazz gespielt wurde, und zwei Huren, die Rose namentlich kannte und denen wir auf ihre Anweisungen hin Sträuße weißer Blumen schenken mussten. Wenn ich daran denke, dass Arthur und ich gerade mal den ersten Bartflaum hatten!

Aber so war das immer mit Rose. Ihre wilde Romantik, die sie wer weiß woher hatte, forderte von uns ›Heldentaten‹ dieser Art. Ansonsten wiederholte sie bis zum Abwinken, dass für sie nur Schmutz oder Luxus infrage kämen: Zwischenstufen existierten nicht, waren wertlos, weil ihnen der große Wind des Abenteuers fehlte, der an den beiden Extremen der sozialen Leiter wehte … Komplett verrückt, aber so war sie.«

Norman lächelte vage und nippte an seinem Cognac, ehe er weitersprach.

»Überhaupt war alles an ihr von diesem Wunsch bestimmt, sich von den anderen abzugrenzen und so intensiv wie möglich zu leben. Sie war ungestüm bis hin zur Brutalität. Einen schrecklichen Engel nannte sie der alte Dunwick, der die Metzgerei an der Main Street hatte. Besonders gern lief sie mit einer Kippe im Mundwinkel herum, womit sie unheimlich verrucht aussah und eine umwerfende Wirkung auf die dreizehnjährigen Knaben ausübte. Ich bin nach wie vor überzeugt, dass sie später auch eine dieser Feministinnen hätte werden können, die zum Kreuzzug gegen die Phallokraten aller Art und ihre kleinkarierte Welt aufriefen – sie hatte das Zeug dazu, schon gut eine Generation vor ihren Schwestern.

Aber das Drama hat sie völlig aus der Bahn geworfen. Es hat sie vernichtet, Stan. Weißt du, wie wir da an dem unseligen Abend auf den Hügel zum Grand Magnolia hinaufgestiegen sind, war das für sie so etwas wie der Berg Sinai – sie stieg hinauf, um die Gesetzestafeln der mondänen Welt zu empfangen: in Goldbuchstaben in die Netzhaut eingebrannt. In Wahrheit haben wir dort oben den Teufel getroffen, und das wurde uns leider viel zu spät klar. Rose ist nie Seite an Seite mit Betty Friedan marschiert, und Arthur und mich hat sie abserviert. Damit kehrte sie nicht nur der Vergangenheit den Rücken, sondern auch ihrer Zukunft. Ich behaupte nicht, dass sie mit Arthur oder mir die glücklichste Frau der Welt geworden wäre, das wäre idiotisch, aber sie hätte gewiss ein ganz anderes Leben geführt als … als dieser langsame Verfall, für den sie sich entschieden hat.

Das Jämmerlichste an der Geschichte ist, dass ich von Anfang an, kaum waren wir wieder zurück, das unbehagliche Gefühl hatte, dass dieses Drama ihre Verachtung gegenüber den Menschen, den Regeln und dem Leben im Allgemeinen auf irreparable Weise vertiefen würde. Und so kam es ja auch, ohne dass ich irgendwas hätte verhindern können. Verstehst du – was konnte jetzt, nachdem die Maske gefallen war, ein Universum noch wert sein, das derartiges Grauen zuließ und, schlimmer noch als das Grauen: Feigheit? Ja, sie hat uns verachtet, dass wir Feiglinge waren damals, und mehr als alles andere auf der Welt hat sie sich selber verachtet, weil sie genauso feig war wie wir, sie, die Tapfere, die ausziehen wollte, um die Welt zu erobern, und sich ständig damit brüstete, dass sie weder Gott noch den Teufel fürchtete. Kann man sich vorstellen, wie es für sie gewesen sein muss? Nein, wohl nicht, wir haben wohl keine Ahnung. Vor der Katastrophe hatte deine Großmutter mit der Überzeugung gelebt, dass jede Existenz ihre Würde hat, selbst die erbärmlichste, solange sie nur authentisch ist. Nach dem Drama noch über lebenswertes Leben zu reden wäre gewesen, als unterhielte man sich mit einem SS-Mann über Strickmuster. Total sinnlos, verstehst du. Ihr Vertrauen in die Menschheit hat sich davon nicht mehr erholt. Sie, die frei und stark sein wollte, musste einsehen, dass sie auch nicht mehr taugte als die anderen, denn sie war nicht minder gefeit gegen die Angst. Diese Erkenntnis war schrecklich für sie, vielleicht genauso schrecklich wie das Verbrechen, das Charlie McNeice an dem Abend vor unseren Augen beging.

Natürlich könnte man zu unserer Entlastung einwenden, dass wir ja noch Kinder waren. Aber in Roses Denken gab es eine Form der Feigheit, die unverzeihlich war, egal, wie jung oder alt man war, egal, wie viele dürftige Ausreden man vorbringen konnte. Mildernde Umstände lassen sich ohnehin immer finden, nicht? Aber inwieweit rehabilitieren sie uns wirklich? Gar nicht. Überhaupt nicht. Wir wussten alle drei, tief in unserem Inneren, dass wir hätten versuchen müssen, diese armen Menschen zu retten. Aber wir rührten keinen Finger, und weißt du, warum? Weil wir ganz erbärmliche Angsthasen waren.«

Wieder nahm er einen Schluck Cognac und sah Stanley grenzenlos traurig an.

»An diesem verfluchten Abend haben Angst und Abscheu von uns Besitz ergriffen und uns nie wieder verlassen. Ich selbst habe mich von einem Tag auf den anderen verwandelt, als hätte sich in dem Moment, als Charlie McNeice die Villa auf dem Anderson Hill in Brand setzte, mit einem Knopfdruck sozusagen mein gesamtes Betriebssystem umgestellt. Die Schule, die bis dahin nicht so sehr meine Sache gewesen war, wurde mir praktisch über Nacht zum einzigen Lebensinhalt. Ferien waren mir ein Dorn im Auge, und ich freute mich auf den Schulanfang wie auf Weihnachten. Ich klammerte mich ans Lernen wie an eine Rettungsboje, nie wieder mussten mich meine Eltern zum Lernen ermahnen. Auf einmal war ich ein Streber, wie er im Buch steht. Eigentlich ein echtes Wunder. Sicher war das der Grund, weshalb meine Eltern so viel auf sich genommen haben, um mich aufs Gymnasium zu schicken und dann an der Medical School in Dallas studieren zu lassen. Tatsache ist, dass ich ohne dieses Drama nie Arzt geworden wäre, und manchmal sage ich mir, dass dieser verfluchte Ball wenigstens *ein* Gutes hatte. Rose hingegen … sie hat auf ihre Art reagiert …«

»Und ihre Art«, fuhr Stanley an seiner Stelle fort, »das waren die Jungs, nicht?«

»Ja, die Jungs«, stimmte Norman dumpf zu.

Er schwieg einen Moment, dann räusperte er sich und fuhr fort:

»Deine Großmutter, Stan, fing an mit Männern zu verkehren, mit vielen, vielen. Sie waren alle wesentlich älter als wir, und wie du dir vorstellen kannst, ging es dadurch mit dem Verhältnis zwischen Rose und ihren Eltern sehr schnell bergab, was sie freilich nicht dran hinderte, von einem Mann zum nächsten zu schwirren, ganz im Gegenteil. Als hätte sie 's im Blut gehabt und den Ball der McNeices nur als Katalysator gebraucht … Ich stelle mir vor, dass sie sich auf diese Weise zu schützen versuchte, aber sie hat es auch aus Trotz getan, um uns, Arthur und mich, fertigzumachen. So als wären wir irgendwie an der ganzen Scheiße schuld. Sich mit ›echten‹ Männern herumzutreiben, das war ihre Art, sich abzuschotten, Vergessen zu suchen und zugleich die falsche Unschuld der Welt zu zertrümmern. Lang hat Rose nach dem Mann gesucht, der in der Lage wäre, die Finsternis und die Ängste zu vertreiben, gewissermaßen ihre Erinnerung reinzuwaschen. Siehst du, je länger ich darüber nachdenke, desto mehr kommt mir vor, dass ihre Liebschaften etwas von einer unersättlichen Gier hatten, von dem verzweifelten Wunsch, an einen irgendwo existierenden Ausweg zu glauben. Aber dem Anspruch konnte natürlich kein Mann gerecht werden, keiner war der große Retter, auf den sie wartete. Als sie sich von dieser Hoffnung verabschiedete, wurden Männer und Alkohol eine Form des Nihilismus für sie, sie waren das geplatzte Reserverad ihrer unglücklichen Seele, und sie fing an, diesen perversen Nihilismus mit einer wirklich selbstmörderischen Zielstrebigkeit zu praktizieren – sie fuhr mit platten Reifen, einfach deshalb, weil sie platt waren und das die schlimmste Art des Fahrens war. Wenn das Böse zuschlägt, glaubt man besser an gar nichts mehr, um eventuell überleben zu können. Das war's, was deine Großmutter getan hat, Stan, das war es.

Der arme Arthur ist nahezu vollständig verstummt. Er war schon vorher nicht gerade redselig, aber danach hat er sämtliche Rekorde im Schweigen gebrochen. Vermutlich war das Schweigen für ihn genauso ein Bollwerk wie für Rose die Männer und für mich mein Medizinstudium.

Die Jahre vergingen, und eigentlich haben wir alle drei unser Leben verpfuscht. Meine Ehe ging durch technischen K. o. in die Brüche, und was Arthur und Rose betrifft, so sind sie beide, meine ich, jeder auf seine Weise, beziehungslos geblieben, Rose mit einer Legion von Männern und Arthur als Einsiedler in seiner Tankstelle am Waldrand. In der Gegend erzählt man sich, dass er bis vor kurzem noch nach Shreveport ins Bordell ging … Was für ein Schlamassel. Aber genug von den Nachwirkungen, davon kannst du schließlich selber ein Lied singen, nicht?«

Stanley nickte und beugte sich, die Hände um sein Glas gefaltet, in seinem Sessel vor.

»Was Rose dir über den Abend erzählt hat, stimmt, Stan. Sie hat dir bloß nicht alles erzählt, weil sie, im Unterschied zum Krebs und mir, nicht alles gesehen hat. Den Handschuh hat sie dir verschwiegen.«

»Was für einen Handschuh?«

»Fangen wir lieber von vorn an. Als der lang erwartete Abend endlich da war, trafen wir uns vor dem Haus von Arthurs Eltern am Fuß des Anderson Hill. Rose hatte sich so schön gemacht, dass ich es meiner Lebtage nicht vergessen werde. Sie trug ein Kleid mit einer großen Schleife im Rücken, die ihre schmale Taille wunderbar zur Geltung brachte, und sah so überwältigend aus, dass ich mich heute noch wundere, wie ich es fertig gebracht habe, sie nicht zu küssen. Wahrscheinlich hätte ich mir eine unvergessliche Ohrfeige eingefangen, aber immerhin hätte ich sie wenigstens ein einziges Mal in meinem verdammten Leben geküsst. Sie versprühte alle Funken der Schönheit und der Jugend, und ich glaube wohl, dass sie niemals so schön war wie an jenem Abend.

Arthur hatte sich auch nicht lumpen lassen und trug seine besten Schuhe. Seine Mutter hatte sich krummgelegt, um ihm diese Schuhe zu kaufen, und er hatte nur auf einen speziellen Anlass gewartet, um sie einzuweihen. Wir waren kleine Hinterwäldler damals, und der Anblick meiner beiden ausstaffierten Freunde provozierte mich zur Häme. Stiegen sie etwa auf diesen Hügel, um sich da oben das Jawort zu geben, fragte ich mich und war hin- und hergerissen zwischen Spott und einem Anflug von Eifersucht. Aber Rose war trotz ihrer Aufmachung immer noch die Alte und ließ sich von Arthur nicht weiter beeindrucken, im Gegenteil, sie behandelte ihn besonders gemein. Und er, der große Dummkopf, ließ sich alles gefallen, ohne mit der Wimper zu zucken. Ich hätte es an seiner Stelle nicht anders gemacht. Genau genommen war das wohl eine Form von ritterlichem Masochismus, unser Verhalten gegenüber Rose, nicht?«

Sein flüchtiges Lächeln erstarb gleich wieder.

»Kurz und gut, nach diesen Ermutigungen brachen wir auf. Wir hatten uns auf eine Abkürzung geeinigt und kletterten den Steilhang hinter der Stanford-Hecke hinauf, wo wir auf den offiziellen Weg stießen. Von Anfang an stand unser Ausflug unter negativen Vorzeichen: Arthur rutschte wegen seiner brandneuen Ledersohlen ständig auf dem Hang aus, aber Rose weigerte sich, ihr Tempo auch nur eine Spur zu drosseln, damit der arme Kerl mitkam. Mit Ach und Krach schafften wir es bis zum Weg; dort ging es dann ein bisschen gemächlicher bergauf. Der Wald roch in der letzten Hitze des Tages intensiv nach Harz, und seltsamerweise erinnerte mich dieser Geruch an meine Lieblingsbonbons, die meine Mutter zu Hause in einem Glasgefäß aufbewahrte. Dass mir plötzlich diese Bonbons einfielen, empfand ich wie einen merkwürdigen Appell an die Vernunft, das weiß ich noch genau, und einen Moment lang war ich drauf und dran, kehrtzumachen und heimzugehen. Man mag so etwas eine Vorahnung nennen, jedenfalls gab ich der Verlockung nicht nach, sondern folgte Rose und schlug mir diese komische Lust auf Bonbons wieder aus dem Kopf.

Auf halbem Weg hat deine Großmutter endgültig die Geduld

verloren und trotz der Proteste des stolpernden und rutschenden Krebses das Tempo noch gesteigert. Der Ärmste hatte schon Blasen an den Füßen, und ich musste ihn ein paar Mal stützen. Rückblickend kommt es mir fast so vor, als wären wir angeschossene Soldaten gewesen, die versuchen, hinter die Front zurückzugelangen, während ihr überheblicher Kommandant sie keines Blickes würdigt. Mit dem Unterschied, dass wir das Massaker noch vor uns hatten, aber das wussten wir nicht.

Eine halbe Stunde später hatten wir 's trotz allem geschafft und waren im Park. In der Deckung des Waldes schlichen wir auf das Haus zu. Als der Haupteingang in Sicht kam, war Rose erst einmal wahnsinnig enttäuscht. Arthur und ich waren wegen der Autos gekommen, aber Rose wollte die Abendkleider sehen, und dafür waren wir eindeutig zu spät – die Gäste waren schon alle im Haus, ohne dass wir auch nur einen Rockzipfel erspäht hatten. Rose kochte vor Wut. Wie nicht anders zu erwarten, ließ sie ihren Frust natürlich an den beiden Vollidioten an ihrer Seite aus, vor allem an dem einen, der nicht mal in der Lage war, sich das passende Schuhwerk auszusuchen … Der arme Arthur musste sich die übelsten Tiraden anhören, dabei hatten wir zwei, er und ich, allen Grund zur Freude, denn entlang der breiten Allee, die zum Haus führte, standen eine hinter der anderen die fantastischsten Luxuskarossen, von denen wir uns nicht hatten träumen lassen, dass wir sie je mit eigenen Augen erblicken würden. Stell dir vor, Stan: Vor unserem entzückten Blick standen die neuesten Duesenberg-Modelle, Cord Coupés, nicht weniger als drei Cadillacs und ein Bugatti Royale Baujahr 28 und ein wirklich atemberaubender Rolls-Royce Silver Ghost. Wenn du mich fragst, Stan, sind seither nie mehr so schöne Autos gebaut worden.«

Norman lächelte in melancholischer Wehmut vor sich hin.

»Nie werde ich diesen Anblick vergessen, all diese Limousinen, wie sie Stoßstange an Stoßstange dastanden und in den späten Strahlen der untergehenden Julisonne blitzten. Uns wunderte nur, dass nirgends eine Menschenseele war. Nach einer Weile sagten wir uns, dass die Chauffeure wahrscheinlich auf eine Erfrischung in die Küche eingeladen waren; was uns zuerst natürlich riesig freute, später bedauerten wir es. Nachdem wir uns vergewissert hatten, dass niemand in der Nähe war, der uns erwischen konnte, verließen wir die Deckung des Waldes, liefen die Böschung hinunter und duckten uns hinter die Autos, wo wir uns von einem Wagen zum nächsten weiterschlichen, bis wir vielleicht noch zwanzig Meter von der Fassade entfernt waren. Rose hatte sich unterdessen wieder gefangen. Gut, wir hatten die Ankunft der schönen Damen verpasst, von unserem Versteck aus konnten wir aber durch die offenen Fenster Blicke erhaschen – auf ein vorbeitanzendes Abendkleid, eine Zigarre, die angezündet wird, ein Kristallglas –, und das war schließlich auch nicht schlecht. Von Zeit zu Zeit kamen die Kinder der Reichen heraus, gefolgt von livrierten Dienstboten, drehten eine auseinandergerissene Polonaise rund ums Haus und tanzten unter viel Gelächter wieder hinein. Selbst aus der Ferne betrachtet, kam uns dieser Ball einfach nur märchenhaft vor. Für uns war das wie *Tausendundeine Nacht,* verstehst du? Es sollte unser schönster Abend sein, sagten wir uns und nahmen uns vor, nicht eher heimzugehen, als bis das Fest vorbei wäre – was nach unserer Vorstellung möglichst tief in der Nacht sein sollte –, selbst wenn uns zu Hause eine Abreibung erwartete.

Nach einer Weile reichte der verwegenen Rose und ihrer verfluchten Neugier unser vorgeschobener Beobachtungsposten nicht mehr. Sie ließ uns plötzlich stehen und stahl sich bis zum Haus – ehe wir den Mund aufmachen konnten, um sie davon abzubringen, kauerte sie schon unter einem der Fenster des Tanzsaals, und Arthur und ich waren starr vor Schreck. Wenn jetzt jemand auf die Freitreppe herauskam, dann konnten wir was erleben. Aber Rose schien das völlig egal zu sein. Sie richtete sich auf und spähte durchs Fenster. Der Anblick muss fantastisch gewesen sein, denn sie war wie angeklebt, gut fünf Minuten lang, die mir vorkamen wie eine Ewigkeit auf glühenden Kohlen. Arthur und ich behielten unterdessen das Haus im Auge und beteten, dass niemand käme, aber wir rechneten mit dem Schlimmsten. Innerlich hab ich sie verflucht, deine Großmutter, wegen der irrwitzigen Risiken, in die sie uns mitzog. Gleichzeitig musste ich sie für ihren wahnsinnigen Schneid irgendwie auch bewundern. Glaub mir, auch von den dreistesten Jungen, die wir kannten, hätte keiner den Mumm gehabt, bei den McNeices durchs Fenster zu schauen. Ich war geplättet von so viel Verwegenheit.«

Stanley meinte in Normans Blick einen Rest der alten Bewunderung zu erkennen. Dann schlug der alte Mann die Augen nieder und versank in seinen Erinnerungen.

»Die Sonne war schon lang hinter den Pinien verschwunden, aber die Wolken am Himmel hatten noch alle Farben des Sonnenuntergangs – Orange, Purpur, Violett, Blau. Je tiefer die Dunkelheit herabsank, desto dichter wurde der Wald ringsum, bis er für unseren Blick undurchdringlich wurde, und die Nadelbäume dufteten immer betörender. Zum letzten Mal tauchte das Bild des Glaskrugs voller Bonbons im Küchenregal vor mir auf, fast wie ein Bedauern, während aus dem Haus die Klänge eines Walzers ertönten, ich erinnere mich noch genau, ein Straußwalzer war es.«

Melancholisch begann Norman *Künstlerleben* zu summen, und Stanley, der die Melodie erkannte, nickte. Nach vier oder fünf Takten brach Norman wieder ab.

»Und dann …«, setzte er seinen Bericht fort, »dann stieß mir Arthur den Ellenbogen in die Rippen und deutete mit dem Kinn zur Treppe vor dem Portal. Das war damals eine majestätische Freitreppe im italienischen Stil mit zwei einander entgegengesetzten geraden Aufgängen. In dem Säulenvorbau oben waren jetzt zwei Männer erschienen und wollten offensichtlich die Treppe hinuntersteigen. Wären sie über den linken Treppenaufgang gekommen, hätten sie sehr bald Rose entdeckt, die durchs Fenster spähte, und mit unserem Ausflug ins Wunderland wäre es vorbei gewesen. Ich betete inständig, dass sie sich 's anders überlegten und ins Haus zurückkehrten oder wenigstens, falls sie unbedingt im Park spazieren gehen mussten, den Treppenlauf gegenüber nahmen. Selbst dann mussten sie Rose auf jeden Fall sehen, sobald sie erst unten und ein Stück die Allee entlanggegangen wären – es brauchte sich nur der eine oder andere umzudrehen. Rose musste also sofort von ihrem Posten verschwinden und sich wieder hinter den Autos verstecken.

Die beiden Männer standen eine Weile im Säulenvorbau herum und unterhielten sich, dann begannen sie wie befürchtet die Treppe hinunterzugehen, allerdings auf der für Rose weniger ungünstigen Seite, das heißt, sie kehrten ihr den Rücken, so dass sie Zeit hatte, sich aus dem Staub zu machen. Zum Glück drehte sie sich zu uns um, während wir wie verrückt gestikulierten, und kapierte sofort, dass es höchste Zeit war zu verschwinden. Ausnahmsweise versuchte sie nicht, ihren Kopf durchzusetzen, sondern flitzte geduckt quer durch den Innenhof. Im selben Moment, als die beiden Männer die letzten zwei Stufen herabkamen, war sie wieder hinter der Reihe der Autos verschwunden.

In dem Moment sah ich, dass der eine der beiden kein anderer war als Charlie, der einzige Sohn und Erbe der McNeices. Er war herausgeputzt wie ein Lord: maßgeschneiderter Frack, Fliege und so weiter und so fort, die Festkleidung eben, die sich für einen Spross seines Kalibers ziemt. Er war damals ein hochgewachsener, schlanker, erschreckend schöner junger Mann. Seine Eleganz war so etwas wie eine zusätzliche gesellschaftliche Provokation, wie eine weitere Demütigung für die Arbeiterklasse, zu der wir gehörten. Er war der Inbegriff des Märchenprinzen auf der Suche nach seinem Dornröschen, das er wachküssen konnte … Tja, so hatte ich mir das vorgestellt in meiner Unbedarftheit. Der andere, sein Begleiter, war uns unbekannt, wir hatten ihn bis dahin nie gesehen, und er hat sich seither Gott sei Dank auch nicht wieder hier blicken lassen. Er war so groß wie Charlie, aber älter und breitschultriger, überhaupt stämmiger. An seiner Aufmachung fiel mir eines sofort ins Auge: Der Typ trug einen einzelnen Handschuh, nur rechts, was ich in dem Moment für die neueste modische Extravaganz der Reichen hielt.

Wie die Indianer auf Kriegspfad, die von Busch zu Busch schleichen, so huschten Arthur und ich geduckt und immer im Schutz der Autos den Straßenrand entlang. Irgendwann hielten wir inne, um auf Rose zu warten. Als sie hinter dem ersten Wagen in Deckung war, hatte sie die gute Idee, erst mal zu bleiben, wo sie war. Es trennten uns fünf oder sechs Autos, und zwischen den Autos war eine Lücke von jeweils gut einem Meter: Rose war sich offensichtlich darüber im Klaren, dass sie unweigerlich die Männer auf sich aufmerksam machte, wenn sie diese Lücken passierte, zumal die ersten Autos der Schlange jetzt direkt im Gesichtsfeld der beiden waren. Rose verzichtete also darauf, ihr Schicksal herauszufordern – es war ohnehin ein Wunder, dass sie es zu den Autos zurück geschafft hatte, ohne entdeckt zu werden. Mit einem Blick forderte sie uns auf, weiter zu fliehen, und wir gehorchten – duckten uns erst hinter einen olivgrünen Cadillac, dann hinter einen Cord L 29, immer wie echte Sioux auf Erkundungsgang.

Rose wartete unterdessen, bis die Männer an ihr vorbei waren. Sie ließ ihnen zwei Autolängen Vorsprung und schlich sich dann die Reihe der Wagen entlang, immer im selben Abstand zu ihnen. Die beiden gingen ziemlich flott dahin und waren bald auf unserer Höhe, das heißt auf halbem Weg zwischen dem Haus und der Böschung, die in den Wald führte. Wir drückten uns an die Flanke eines rot-schwarzen Duesenberg J, und von unserem Versteck aus konnten wir hören, was sie sagten, während wir sie durch die Fensterscheiben des Wagens beobachteten. Ein paar Schritte vor dem chromblitzenden Silver Ghost waren sie stehen geblieben – der Rolls-Royce war das einzige Auto, das am gegenüberliegenden Straßenrand geparkt hatte; wir hatten ihn voll im Blick.

›Mr. Fenryder beauftragt mich, Ihnen dies zu geben‹, sagte der Unbekannte. ›Sobald Sie die vereinbarte Aufgabe erfüllt haben, werden Sie endgültig einer der Unsrigen sein.‹

Aus einer Schatulle aus rotem Sandelholz nahm er einen Handschuh aus edlem schwarzem, sehr weichem Leder heraus – der übrigens genauso aussah wie der Handschuh, den er selbst trug – und reichte ihn Charlie mit einer Behutsamkeit, die mir auf Anhieb irgendwie verdächtig vorkam. Es war schließlich nur ein Handschuh, aber der Typ behandelte ihn, als wäre er Nitroglyzerin oder jedenfalls irgendetwas von der Sorte. Nicht weniger befremdlich war die Art, wie Charlie McNeice den Handschuh entgegennahm: mit derselben tiefen Ehrfurcht und Scheu, die mir wirklich absonderlich schien. Dann begann er feierlich, seine rechte Hand hineinzuschieben. Kaum waren die ersten Fingerglieder drin, wurde Charlie bleich wie die Wand, wie ausgeblutet. Das war ein wirklich merkwürdiger Anblick, und spätestens jetzt dämmerte mir, dass hier etwas nicht stimmte. Charlie biss wie unter unsäglichen Schmerzen die Zähne zusammen, und auf seine Stirn traten Schweißperlen. Der andere beobachtete ihn dabei mit einem Blick – du lieber Gott, wie in innigster Andacht, wie gläubige Inbrunst kam mir das vor, ich fand aus dem Staunen nicht mehr heraus und fragte mich, was da wohl abging zwischen den beiden.

Das fragten wir uns beide: Arthur und ich sahen uns ratlos an und verstanden nur Bahnhof. In dem Moment hatten wir nicht die leiseste Ahnung, dass wir einer Art Ritterschlag beiwohnten. Aber auch Arthur spürte, das hätte ich schwören können, dass in diesem Handschuh etwas Ungeheuerliches steckte. Wieso überhaupt nur einer und nicht ein Paar, wie es sich gehörte? Und wieso war es eine derartige Folter, ihn anzuziehen?

›Das ist schmerzhaft, nicht?‹, kommentierte der Typ mit einem widerlichen Lächeln. ›Atmen Sie. Es geht wieder vorbei.‹

Er schien tatsächlich auf dem Gipfel der Ekstase. Er weidete sich geradezu an Charlies Schmerzen, an der mühsamen Selbstbeherrschung des wohlerzogenen Südstaaten-Gentlemans, seiner gespenstischen Blässe, die einem tuberkulösen russischen Fürsten gut zu Gesicht gestanden hätte, wenn du verstehst, was ich meine. Charlie litt wie ein Hund, aber er riss sich zusammen und gab keinen Laut von sich. Schließlich hatte er den Handschuh vollständig angezogen, und es gab ein abstoßendes Geräusch – völlig krank: Es war, als heftete das Leder sich unter Schmatzen und Saugen selbsttätig an die Hand, auch darunter war eine Bewegung wie ein unsichtbares Gewimmel. Und dazu tropfte ihm das Blut vom Gelenk, als hätte McNeice die Hand in einen Stacheldrahtverhau gerammt. Es war ein scheußlicher Anblick.

›Jetzt bist du einer der Unsrigen‹, sagte der Typ nach einer Weile. ›Ein Wolf, ein echter Wolf. Nun musst du es *uns* nur noch beweisen, Charlie.‹

Der Kerl benahm sich Charlie gegenüber wie eine liebende Amme. Mit seiner ebenfalls behandschuhten Rechten strich er ihm eine Haarsträhne aus der Stirn, tupfte ihm den Schweiß ab, und in seinem Ton war etwas total Krankes, eine Zärtlichkeit voller sanfter Bewunderung, in die sich gleichzeitig eine ungeheure Brutalität mischte.

›Spürst du es, Charlie? Spürst du es?‹, fragte der Typ mit bebenden Nasenflügeln. ›Sie haben Angst, Charlie. Sie tanzen, sie lachen, aber tief in ihrem Inneren haben sie Angst. Den meisten ist es gar nicht bewusst. Sie verdrängen die Angst, aber dir ist es fortan gegeben, den betörenden Geruch ihrer Angst zu wittern und sie zu benutzen, wie es sein muss … Das heißt: wie es sich für einen Wolf gehört. All diese Angst ist unser Territorium, Charlie. Das ist ein immenser Schatz an wilden und furchterregenden Empfindungen, den zu heben und zu beherrschen du lernen musst. Die äußerste Grausamkeit ist unsere Antwort auf ihre Angst. *Die Welt ist ein riesiger Schafstall …*‹

›*Und wir*‹, fuhr Charlie mit derselben Inbrunst fort, ›*befinden uns mitten darin. Die Herren sind keine Herren. Die Wahren sind die Wölfe, die der Welt heulen. Die Wahren sind die Wölfe, deren Augen die Große Nacht herbeizwingen, die Nacht, in der die Menschen nur noch kopflose Angst sind und die falschen Herren an ihrer Furcht zugrunde gehen.*‹

›Du erinnerst dich sehr gut an die Worte unseres Meisters und Gebieters‹, kommentierte der Typ zufrieden.

›Fenryder ist der bemerkenswerteste Mann, dem zu begegnen ich das Glück hatte. Wenn man einen Mann wie ihn trifft, kann man ihm nur folgen oder sterben.‹

›Ja. Ihm folgen oder sterben, das ist wahr. Ich empfinde für ihn nicht anders als du. Er ist der Wolf der Wölfe, unser aller Herr und Gebieter, deiner, meiner und der übrigen Wölfe. Der Wahre der Wahren. Der die Große Nacht herbeizwingen wird.‹

›Wie viele sind wir, sagen Sie 's mir, Hasty?‹

›Du wirst es bald genug erfahren, wenn du zu uns stößt … nachdem du getan hast, was noch zu tun ist. Das Leben ist zu keinem Zeitpunkt so ungestüm wie im Augenblick seines Beginns. Heute Abend bist du gestorben und wiedergeboren, und was du dort siehst, ist nur noch eine unbedeutende Dämmerung; allfällige Reste an Sehnsucht danach musst du aus deinem Geist verbannen. Tilge mit Lust und gutem Gewissen den letzten schwachen Schein der Alten Anmaßung. Töte diese Menschen mit wilder Liebe, Charlie. Möge man sich erzählen, dass sie zumindest des Appetits eines Wolfes würdig waren.‹

Mit seiner behandschuhten Rechten öffnete der Mann namens Hasty den Wagenschlag und wandte sich dann noch einmal an Charlie.

›Ich wiederhole es: Lass nichts zurück. Denk daran, du beginnst ein neues Leben. Du darfst keinen Beweis, keinen Zeugen, nicht die geringste Spur hinterlassen.‹

›Ich habe bereits alle nötigen Vorkehrungen getroffen, Hasty. Alle Chauffeure und Domestiken halten sich in der Küche auf. Niemand wird entkommen. Dafür gebe ich Ihnen mein Wort.‹

›Gut, gut, halte dein Versprechen, Charlie. Wir sehen uns wieder im Starken Wind.‹«

»Was ist das?«, warf Stanley mit gerunzelter Stirn ein.

»Keine Ahnung. Das wird wohl ihr Versteck sein, ihre Höhle, aber frag mich nicht, wo dieser verfluchte Ort ist. Weder Arthur noch ich haben je davon gehört, und ich weiß bis heute nicht, wo oder was das sein kann.

Na gut. Damit verabschiedeten sich die beiden voneinander, McNeice sah zu, wie dieser Hasty in seinen Silver Ghost stieg und davonfuhr. Dann lehnte er sich an eine alte Eiche. Rose nutzte die Gelegenheit, um sich zu uns hinter den rot-schwarzen Duesenberg zu schleichen.

›Was haben diese zwei ausgeheckt?‹, flüsterte sie aufgeregt. Und Arthur zischte zwischen den Zähnen: ›Weiß es nicht.‹

Wir richteten uns ein bisschen auf, um über die Motorhaube zu spähen. Charlie wirkte außerordentlich besorgt. Er betrachtete seine behandschuhte Hand, als hätte man ihm ein neues Körperteil aufgepflanzt. Dann hob er den Kopf und blickte zu dem Haus hinüber, aus dem die Klänge der Tanzmusik drangen, und in seine Augen trat ein Ausdruck derart grausamer Härte, derart unerbittlichen Hasses, dass alles Menschliche von ihm abfiel. Die schwärzeste Rache stand in diesem wahnsinnigen Blick, der sich las wie ein Buch des Grauens. Und dann begann die Katastrophe.«

Norman unterbrach sich. Sein Adamsapfel hob und senkte sich. Stanley betrachtete ihn stumm. Der alte Mann war aschfahl, und Stanley sah das Glas in seinen Händen zittern.

»Zuerst schrie drinnen im Haus eine Frau«, fuhr er endlich fort, »dann schrien viele, Frauen, Kinder, Männer. Alle begannen zu schreien, wie sie noch eine Sekunde zuvor gelacht und getanzt hatten. Uns sträubten sich die Haare, und wir blickten zu dem Haus hinüber, von dem in der Verlängerung der Wagenkolonne noch ein ganzer Flügel zu sehen war. Im nächsten Moment barsten mit einem höllischen Lärm sämtliche Scheiben, und aus den Fenstern sahen wir riesige, donnernde Flammen schlagen. Jahre früher, als Kind, hatte ich einmal ein Haus abbrennen sehen, aber ganz anders als dieses, nicht mit dieser irrsinnigen Gewalt. Hier war es, als wäre im Inneren des Hauses ein weißglühender Glutofen entstanden, vor dem selbst die Flammen zu fliehen schienen.

Ich dachte im ersten Moment an eine explodierte Gasleitung oder irgendetwas in der Art, dann vermutete ich, dass Charlie in verschiedenen Räumen Sprengsätze deponiert und gezündet hatte. Aber ich musste mich noch mal korrigieren, denn auch das konnte nicht sein: Erstens hatten wir keine Detonation gehört, auch keine gedämpfte, nur das Klirren, mit dem die Fensterscheiben zerborsten waren, und das Röhren der hervorschießenden Flammen. Zweitens: Nichts war explodiert, und doch war der Brand überall *exakt zur selben Zeit* ausgebrochen, in allen Stockwerken, und er breitete sich von innen her aus. Die Flammen tobten wie Furien, rafften alles auf ihrem Weg dahin und leckten jetzt mit infernalischer Gefräßigkeit an allen vier Seiten der Fassade empor, reckten sich wie Windhosen in den Himmel und entfalteten dabei eine

Hitze wie in einem Hochofen. Nein, Stan, das war keine Explosion gewesen. Das sah tatsächlich nach Selbstentzündung aus – sofern sich dieser Begriff überhaupt auf Mauern anwenden lässt.

Wir hatten uns schon bei den ersten Schreien an den Wagen gedrückt. Wir waren wie vom Donner gerührt, das kannst du dir vorstellen. Rose presste sich an mich, und in ihrem Blick erkannte ich die ersten Anzeichen kopfloser Panik – zu meinem Entsetzen, muss ich sagen: Denn was würde aus uns, wenn Rose jetzt den Kopf verlor? Eigentlich wäre es an ihr gewesen, uns aus dem Schlamassel wieder herauszuholen – schließlich hatte sie uns die Sache eingebrockt.

Nach einer Weile reckte ich mich ein bisschen und sah, dass Charlie McNeice fasziniert das Inferno betrachtete: Der Kerl wollte sich keine Sekunde dieses Anblicks entgehen lassen. Auf seinen Lippen lag ein kleines Lächeln boshafter Befriedigung, und seine Augen – Stan!, seine Augen leuchteten rot wie glühende Kohlen! Das bilde ich mir nicht ein: völlig unwirklich, diese Augen, völlig wahnsinnig. Ich war wie hypnotisiert, und Arthur musste mich am Ärmel packen, damit ich mich wieder duckte.

Ich weiß nicht, wie lang wir dort ausharrten. Zitternd wie Espenlaub sahen wir zu, wie das Haus vor unseren Augen bis auf die Grundmauern niederbrannte, und wagten uns nicht zu rühren. Aber eins kann ich dir sagen, Stan, ich hatte eine derartige Angst, dass ich mir in die Hosen gemacht habe, und in dem Moment konnte ich mich nicht mal schämen, denn die Todesangst war so beherrschend, dass Gefühle wie Scham, Verlegenheit, Männlichkeit daneben keinen Wert und keine Bedeutung mehr hatten. Ich hörte meine Zähne klappern, und meine Beine waren weich wie Spaghetti. Rose und Arthur waren nicht in besserer Verfassung, sah ich. Die Augen quollen ihnen aus den Höhlen, und sie waren weiß wie die Wand, Arthur saß zusammengekauert wie eine Kugel und murmelte tonlos irgendwelche armseligen Gebete, die natürlich völlig wirkungslos waren. Sämtliche Stockwerke des Hauses brannten wie Zunder, Balken und Säulen stürzten mit ohrenbetäubendem Poltern und Splittern übereinander, aber das Schlimmste, das Allerschlimmste, Stan, das waren die Schreie dieser armen Menschen, Herrschaften wie Dienstboten, die in ihrer Qual zu einem erbarmungslosen Gott flehten, der keinen Finger rührte. In den leeren nächtlichen Himmel stoben die Funken empor wie knisternde Schauer, wie feuerspeiende Drachen. Der Glutofen loderte derart, dass er Brandfackeln hervorschleuderte, die wir in stummem Entsetzen sich am Boden winden und krümmen sahen wie sterbende Insekten. Aber es waren keine Insekten – was da starb, waren Menschen. Menschen, deren brennende Silhouetten in Trauben aus den Fenstern sprangen und unter grässlichen Zuckungen verreckten. Und was tat dieser Abschaum McNeice unterdessen? Er lachte. Er lachte aus vollem Hals, kannst du dir das vorstellen? Und sein Lachen übertönte selbst diesen Lärm. Er lachte und lachte. Es war die Hölle auf Erden, die Hölle! – und da erkannte ich, dass dieser Mann einer der apokalyptischen Reiter sein musste.«

Norman blickte von seinem Glas auf. »Ich hätte Jahre meines Lebens gegeben«, sagte er, »um anderswo zu sein, weit fort von hier, zu Hause in meinem Bett. Aber nein, wir waren da und mussten alles mit ansehen, aus der ersten Reihe noch dazu. Heimlich hatten wir uns angeschlichen, um als Zaungäste den Ball des Jahrhunderts zu sehen, und bekamen als Zugabe einen ersten Eindruck von den pyrotechnischen Fähigkeiten des Charlie McNeice – was für ein Programm.«

Norman holte tief Luft. Der Atem rasselte in seiner Kehle.

»Geht's noch?«, fragte Stanley besorgt.

»Ja, ja, sicher. Jetzt muss ich dir schon die ganze Geschichte erzählen, nicht? Ich erinnere mich, dass …«, wieder holte er pfeifend Luft, »… dass uns trotz der Entfernung die Hitze ins Gesicht fuhr und die heiße Luft unsere Lungen verbrannte. Man konnte nicht mehr atmen. Wir husteten in unsere Armbeugen, wir röchelten, wir stöhnten, aber wir konnten uns nicht von der Stelle rühren. Der Rauch biss uns in die Augen, wir blieben, wo wir waren, und sahen das gesamte Grauen, denn wir waren wie gelähmt. Das Haus, die schöne Villa war ein einziges brüllendes Flammenmeer, aus dem schwarzer Rauch emporquoll. Wie das Tor zur Hölle stand es vor uns. Und dieses Tor hatte sich für uns aufgetan, ja, Stan, für uns. Aber das begriff ich erst später.

Arthur hat als Erster reagiert. Demnächst würden die Autos in die Luft fliegen, dann würde das Feuer auf den Wald überspringen – wir mussten weg von dort. Später erfuhren wir, dass nur das Haus und die Autos vernichtet wurden – der Wald blieb völlig unversehrt. Es war wahrhaftig wie eine riesige Selbstentzündung, der nur das Zentrum des McNeice'schen Anwesens zum Opfer fiel, während alles ringsum wie durch ein Wunder unangetastet blieb.

Was uns letztlich auch in die Flucht schlug, war, dass wir Schiss vor dem Sheriff hatten, der sicher schon mit einer Armada von freiwilligen Feuerwehrmännern anrückte: Wenn der uns hier erwischte, standen wir am Ende mit einer Anklage wegen Brandstiftung da. Oder noch schlimmer – wir würden gefragt, was wir gesehen hatten. Und das war das Allerletzte, wozu wir bereit waren; das brauchten wir uns gar nicht einzugestehen. Zumal uns schwante, dass uns Charlie McNeice auf die schlimmste Weise bestrafen würde, falls ihm irgendwie zu Ohren käme, dass wir Augenzeugen seiner Tat waren. Also schlichen wir uns über die Böschung und suchten das Weite wie die Diebe. Im Wald war es stockfinster, aber hinter uns war der Himmel rot vom Widerschein des Feuers, und über unseren Köpfen, zwischen dem dunklen Laub, das ist mir noch deutlich in Erinnerung, leuchtete der Mond herunter wie ein höhnischer Kobold.

Wir sprachen auf dem ganzen Weg kein einziges Wort. Arthur fiel mehrmals hin, aber kein Fluch kam über seine Lippen, und Rose fuhr ihn nicht wegen seiner Tollpatschigkeit an. Tatsächlich existierten wir füreinander schon nicht mehr. Es gab kein schönes Sonntagskleid mehr und keine schönen Lackschuhe, keinen Arthur, keine Rose, keinen Norman, alles vorbei. Das alles war dort oben gestorben.

Ich ging nach Hause. Mein Vater war auf der Veranda. Wie alle in der Stadt starrte er zum brennenden McNeice-Anwesen hinauf, das vor dem sternenübersäten Nachthimmel glutrot leuchtete. Ich wusste, dass Rose und Arthur eine Tracht Prügel erwartete, aber ich hatte nichts zu befürchten. Mein Vater hat mich nie geschlagen, auch nicht an diesem Abend. Er sagte nur in seinem strengsten Ton, ich solle auf der Stelle ins Bett verschwinden, er werde mich am nächsten Tag in die Mangel nehmen. Er kam nicht auf die Idee, dass ich eben noch dort oben gewesen sein könnte, aber er konnte sich denken, dass ich mit Rose unterwegs gewesen war, und obwohl ich erst dreizehn war, unterstellte er mir bereits intensive und durchaus unkindliche Gelüste.

Mein Vater spannte seine Maultiere an, um zusammen mit etlichen Nachbarn und einem Haufen Eimern hinaufzufahren. Alle kräftigen Männer waren gekommen, um beim Löschen zu helfen, während die Frauen schweigend vor den Häusern standen. Alle hatten Angst um die McNeices, aber auch um die eigene Zukunft. Das McNeice'sche Geld hielt damals ganz Tusitala am Leben, und viele ahnten bereits, dass sich die Stadt nicht so bald von dieser Katastrophe erholen würde. Am nächsten Tag, als bekannt wurde, dass die McNeices in den Flammen umgekommen waren, zweifelte kaum noch einer, dass sich diese Befürchtungen bewahrheiten würden. Es war das Jahr eins des unaufhaltsamen Niedergangs – unaufhaltsam zumindest bis in die jüngste Zeit, als es der neue Bürgermeister fertiggebracht hat, den Trend wieder umzukehren. Aber in den dreißiger Jahren folgte auf den ersten psychologischen Schock ein für den gesamten Sprengel Blackwell und Umgebung beispielloses ökonomisches Erdbeben. Nicht wenige Geschäftsleute gingen pleite. Für die Stadt war es wirklich hart, aber für Rose, Arthur und mich war es furchtbar.«

Norman verstummte. Tiefe bittere Falten furchten seine Stirn. Als er den Faden wieder aufnahm, war ein Zittern in seiner Stimme.

»Wären wir nur nie zum Grand Magnolia hinaufgegangen. Das hat uns vernichtet, Stan. Alle drei. Danach war keiner von uns mehr wie zuvor. Von einem Tag auf den anderen hörten wir auf, uns zu treffen, miteinander zu reden, wir haben seither kein einziges Wort mehr gewechselt. Verrückt, nicht? Wir waren danach wirklich von Grund auf verwandelt. Das Böse existierte eben doch und in konkreter Gestalt, und wir hatten nun einen seiner Namen erfahren: Charlie McNeice – vier Silben, die bis dahin Synonym für Glück und Wohlstand und die guten Manieren des alten Südens gewesen waren. Was für ein Hohn, du lieber Gott. Und wir fühlten uns dreifach schuldig: dass wir da gewesen waren, dass wir keine Hand gerührt hatten, um den Opfern zu helfen, dass wir später dem Sheriff kein Wort gesagt hatten. McNeice hat uns – ohne dass er selbst es wusste – an jenem Abend die Todesangst gelehrt, hat sie uns wie eine beschämende Krankheit so gründlich eingeimpft, dass wir von ihr bis ans Ende unserer Tage infiziert sein werden. Dieses Geheimnis war sehr schwer zu tragen, sehr schwer. Es hätte nicht schlimmer sein können, wenn wir selbst die Brandstifter gewesen wären, wenn wir selbst das verfluchte Feuer gelegt hätten ...«

Norman schüttelte selbstvergessen den Kopf und fügte nach einer Pause hinzu: »Wir haben nicht nur mit der Last der Schuld gelebt, sondern auch mit der Furcht, eines Tages Charlie McNeice wieder auftauchen zu sehen, McNeice mit seinem Handschuh, den er vom Teufel persönlich hatte. Als ich noch ein Junge war, sah ich ihn in meinen Albträumen auf uns zukommen, aber er blickte immer nur auf Rose, die zwischen Arthur und mir war, und sagte: ›Du warst also da. Na schön, dann sollten wir einander jetzt näher kennen lernen.‹ Dabei wurden seine Augen rot wie glühende Kohlen, und ich fuhr schweißgebadet aus dem Schlaf. Du wirst es nicht glauben, aber ich habe noch als Jugendlicher nach solchen Albträumen gelegentlich ins Bett gemacht. Ich weiß nicht, wie es den beiden anderen erging, aber ich kann mir vorstellen, dass sie sehr ähnliche Träume hatten.«

»Eines verstehe ich nicht«, sagte Stanley. »Warum sind die beiden nicht fortgezogen?«

»Was willst du, Stan, diese gottverdammte Stadt hat uns in ihren Bann geschlagen, und daran hat sich bis heute nichts geändert. Rose und Arthur waren nicht imstande, sich vom Zugriff des Todes auf ihr Leben zu befreien. Es ist, als wären wir alle verflucht. Zuschauer beim Massaker des Jahrhunderts zu sein, das übersteht man nicht unbeschadet, Stan, wir mussten dafür büßen. Und wir haben gebüßt.«

»Aber Sie, Norman, Sie haben sich doch losgerissen und sind fortgegangen.«

»Mit sehr bescheidenem Erfolg – wie du siehst, bin ich jetzt wieder hier. Und meine Rückkehr ist weniger mit Nostalgie zu erklären als vielmehr mit dem, was die katholische Theologie *delectatio morosa* nennt, die Lust am sündigen Gedanken. Es hat mich hierher zurückgetrieben, ich musste den Schauplatz des Dramas wiedersehen, dieser Zwang war übermächtig. Mit der Zeit fand ich mich mit dem Gedanken ab, dass ich zweifellos hier sterben werde und meine Leiche in der Familiengruft auf dem Green Hill beigesetzt wird, zwei Reihen weiter als Rose.«

»Und Charlie McNeice? Hat wirklich niemand je wieder von ihm gehört?«

»Jedenfalls nicht bis zum heutigen Tag. Hier in der Stadt war man der einhelligen Meinung, er sei zusammen mit dem Rest seiner Familie und den Gästen umgekommen. Nur wir kannten die unvorstellbare Wahrheit. Und glaub mir, wir hätten lieber nichts davon gewusst. Zwar gingen manche Gerüchte um, die von Gespenstern hier in der Gegend erzählten und behaupteten, eines der Gespenster sei Charlie. Aber das waren eben nur Gerüchte ohne jede Grundlage, denn niemand hat Charlie mit eigenen Augen je wieder gesehen, auch nicht in körperloser Form über dem Boden schwebend.«

»Warum haben Sie dann so lange geschwiegen?«

»Zuallererst aus Angst; deswegen konnten wir nicht anders als schweigen. Dann wohl auch, vermute ich, aus Scham – aus Scham, geschwiegen zu haben, davongelaufen zu sein wie Hasenfüße. Diese Scham hat uns dazu verleitet, unser Geheimnis niemals zu lüften. Idiotisch, nicht? Und doch ist es die traurige Wahrheit, Stan. Das Leben hat mich gelehrt, dass der Mensch an seinen Schwächen verbissener festhält als an den Stärken.«

»Meine Großmutter hat's mir dann aber doch erzählt, das Geheimnis«, sagte Stanley.

»Vielleicht war es für sie dadurch ein bisschen leichter zu tragen. Dass sie damit – durch deine Person – die Wölfe wieder aufwecken, dass alles wieder anfangen würde, konnte sie ja nicht ahnen.«

Aus Normans Worten klang ein leicht vorwurfsvoller Unterton.

16

Der Peterson Hill in der Ferne war in falbes Abendlicht getaucht, der Himmel, orange und purpurn und schwarz gestriemt, leuchtete karamellfarben und … blutrot, musste Arthur Kingston zugeben, der mit einem Glas in der Hand auf der kleinen Veranda seines Wohnwagens stand und in die abendliche Hitze hinausblickte, in der sich ein Gewitter zusammenbraute. Er musste nur nach rechts blicken, um sich zu vergewissern: Die Pinien jenseits der Ruston Road schienen schon enger zusammenzurücken und würden bald eine formlose dunkle Masse bilden. Schon jetzt war der Verlauf der schmalen Straße, die grau in den Wald hineinführte, nur noch mit Mühe zu erkennen.

Am frühen Abend, mit gut zehn Minuten Verspätung, war Peter Zarkowski erschienen, um ihn an der Kasse abzulösen. Er hatte seinen Plymouth Cuda Baujahr 71 neben dem Tankstellenshop abgestellt, wo er jetzt immer parkte, um das Auto im Auge zu behalten. Es war nicht Misstrauen, eher Vorsicht. Erst in der vergangenen Woche hatte er 28 500 Dollar für den Wagen bezahlt, und natürlich wollte er ihn noch länger behalten.

Verlegen hatte er den Laden betreten, wo Kingston in dem Moment die Zahlung eines Kunden entgegennahm, bevor er die Zapfsäule freigab. Drinnen hatte er sich sehr kleingemacht und war, in unsicherem Ton »Abend, Mr. Kingston« murmelnd, hinter den Ladentisch geschlichen. Arthur Kingston würdigte ihn selbstverständlich keiner Antwort, sondern plauderte weiter unbeirrt mit seinem Kunden, einem baumlangen Lincoln-Fahrer. In Wirklichkeit wartete er nur darauf, dass der Kunde verschwand, um seinen

Angestellten zur Schnecke zu machen. Vergebens berief sich Peter auf die Jungfrau Maria und eine ganze Litanei obskurer polnischer Heiliger, um seine Verspätung zu rechtfertigen – es half nichts, der Rüffel war fällig und fiel dadurch nicht milder aus. Im Gegenteil, es wurde ein ordentlicher Anschiss daraus.

Kingston kam es nicht auf die zehn Minuten an – es erwartete ihn ja nichts und niemand in seinem Wohnwagen, der im rechten Winkel direkt hinter dem Shop seiner Tankstelle stand –, nein, ihm ging es ums Prinzip, und wenn eine bestimmte Zeit ausgemacht war, dann hatte man sich daran zu halten, daran änderten auch die Jungfrau Maria und alle Heerscharen polnischer Heiliger nichts, und wenn Peter Zarkowski weder lesen noch schreiben konnte, so sollte er doch zumindest in der Lage sein, eine verdammte Uhr zu entziffern.

Hinter der Theke versank Peter noch tiefer in seine Zerknirschung.

Für gewöhnlich blieben die beiden Männer mindestens eine halbe Stunde zusammen, schwatzten über dies und jenes, sahen sich die Nachrichten in dem über der Kasse an der Decke hängenden kleinen Fernseher an und würzten die Meldungen je nach Laune mit missmutigen Kommentaren oder leicht anzüglichen Scherzen. An diesem Abend aber war Kingston viel zu geladen, um auch nur eine Minute länger zu bleiben. Er hob die Klappe der Theke an, marschierte zwischen den Regalen hindurch zu den Kühlvitrinen am hinteren Ende des Ladens, schnappte sich ein Sixpack und verschwand ohne einen Blick oder ein Wort für seinen Angestellten. Also, dachte Peter, gab es heute Abend auch kein gemeinsames Bier. Seufzend nahm er auf dem frei gewordenen Platz hinter der Kasse Platz.

Auf der Ruston Road näherte sich ein Sattelschlepper, und Kingston, der sich auf das Geländer seiner Veranda stützte, sah ihn donnernd vorbeibrausen und über die steil abfallende Straße nach Tusitala verschwinden.

Insgeheim liebte er Peter wie den Sohn, den er nie gehabt hatte, und hatte ihn sogar testamentarisch als Erben des hübschen

Sümmchens eingesetzt, das auf der Bank vor sich hin döste, aber er war nicht der Mann, der gelegentliche Anwandlungen von Zärtlichkeit äußerte, so wenig wie er das Gejammer anderer Leute ertrug. Mit fünfundachtzig fühlte er sich zu alt, um seinen Charakter zu ändern. Das wäre so lächerlich, sagte er, wie sich in diesem Alter die Nase richten zu lassen.

Den Blick wieder auf den Waldrand gerichtet, der noch schwärzer geworden war, verspürte er einen plötzlichen Anflug von Furcht. Er nahm einen Schluck Absolut Vodka.

»Du bist auf dem besten Weg, dich zu besaufen, Alter«, sagte er sich. »Und du pichelst gewiss nicht wegen diesem kleinen Idioten Peter.«

Er hatte mit zwei Bieren angefangen, war jetzt beim Wodka und würde den Abend wahrscheinlich mit den restlichen Bieren ausklingen lassen. Nettes Programm. Nie hatte ihn eine solche Lust zu trinken überkommen wie an diesem Abend. Vernünftig war es nicht, das war ihm klar, aber das Bedürfnis war übermächtig. Nein, nicht Bedürfnis: Trieb. Trieb war das richtige, das geeignete Wort, das auch alles entschuldigte. Zum letzten Mal hatte der Trieb sich gemeldet, als Rose beerdigt worden war. Er war nicht auf dem Friedhof gewesen, weil er es nicht ertragen hätte, aber er hatte sich betrunken wie noch nie. Alle Alkoholvorräte in seinem Laden hatten dran glauben müssen, ohne Unterschied und ohne Vorliebe. Und jetzt packte es ihn wieder.

Eine ungute Ahnung hatte ihn beschlichen, als er am späten Nachmittag dem zwischen den Pinien verschwindenden Tahoe der Baldwins nachblickte. Er hatte sich die Hände an einem Lappen abgewischt, den er danach auf der nächstbesten Zapfsäule ablegte, und eine heftige Reue erfasste ihn, dass er John Baldwin nicht vom Kauf des Fortier-Anwesens abgeraten hatte. *Wieso sagst du nicht: das McNeice-Haus, alter Feigling?* Die ungute Ahnung hatte mit hellseherischen Fähigkeiten nichts zu tun. Vielmehr hatte ihm Elton Webster kurz zuvor von Rose Holders jüngstem »Ausreißer« berichtet. Und sich die Bemerkung nicht verkneifen können, diese »Nervensäge« werde wohl nicht so bald aufhören, ihr Unwesen zu treiben. Arthur fand das ganz und gar nicht witzig. Wortlos hatte er Elton Websters Geldscheine kassiert und nichts unternommen, um den Eindruck von Eiseskälte, der sich seines Kunden bemächtigt hatte, wieder zu vertreiben. An Websters normalerweise eher beschränktem Horizont zuckte der Geistesblitz auf, dass er vielleicht künftig besser anderswo tankte.

Arthur Kingston hatte sofort den Zusammenhang zwischen der Grabschändung und der Ankunft von Roses Enkel in Tusitala hergestellt. Stanley hatte im Lauf des Vormittags bei ihm getankt. Sie kannten einander nicht, aber der alte Mann hatte ihn ohne weiteres erkannt, und es hatte ihn sehr nachdenklich gestimmt, dass der Schriftsteller auf einmal hier aufgetaucht war. Als er obendrein erfuhr, dass er bei den Baldwins im Grand Magnolia wohnte, verschlug es ihm vollends die Sprache. Und seine ungute Ahnung wuchs.

Jesus Maria, je länger er darüber nachdachte, desto deutlicher stand es ihm vor Augen. Ja, auch auf die Gefahr hin, die verkaufsfördernden Maßnahmen des alten Betrügers William Adam zu durchkreuzen, hätte er die Baldwins damals, bei ihrer ersten Begegnung, unbedingt von der Idee abbringen müssen, sich hier im Wald niederzulassen.

In *diesem* Wald. In *diesem* Haus.

Und diese Reue, das spürte Arthur bereits, würde ihm wohl seine restlichen Tage verderben.

17

Scotty wachte auf. Mit Erleichterung nahm er wahr, dass seine Nachttischlampe brannte wie jede Nacht seit Dezember. Schweißfeucht am ganzen Körper schlug er die Decke zur Seite und hob ein Stück den Kopf, um auf den Wecker zu blicken. Mickeys weiße Handschuhe zeigten auf dem Zifferblatt mit den phosphoreszierenden arabischen Zahlen zweiundzwanzig Uhr fünfzig. Scotty konnte die Uhr noch nicht lesen, schätzte aber ganz richtig, dass es ziemlich spät war und er normalerweise um diese Zeit längst schlief.

Draußen hinter dem Fenster war es noch schwärzer geworden. Erst jetzt begann es allmählich ein wenig aufzufrischen. Im dunklen Laub der Bäume spielten Lichtreflexe des Mondes, und über die hintere Wand seines Zimmers glitten sacht wogend die Schatten der Äste.

Die Begegnung am Nachmittag vor der Wäschekammer ging ihm nicht aus dem Sinn. Sein Herz begann laut zu schlagen. Er schmiegte sich tiefer in sein Bett und sah sich verstohlen im Zimmer um.

Ich muss ja bloß nicht mehr zur Wäschekammer hinaufgehen, sagte er sich. Schließlich hatte es auch gereicht, nicht mehr an den See zu gehen, um kein Monster mehr im Wasser zu sehen.

Es verging eine Weile. Nach und nach beruhigte sich sein Herz, Scotty konnte normal atmen. Seine Lider waren schwer; bald würde er wieder in den Schlaf davongleiten. Er drückte Onkel Bills Pavian fester an sich.

Ich muss ja … bloß nicht …

Die Augen fielen ihm zu. Sein Atem wurde langsamer, regelmäßiger. Der Schlaf hatte ihn wieder übermannt.

18

Johnny lag neben Laureen auf der Seite und bewachte ihren Schlaf. Sie hatte lange nicht einschlafen können, bis endlich die Erschöpfung nach diesem ereignis- und aufregungsreichen Tag die Oberhand über ihre Nervosität gewann. Jetzt schlief sie tief; er aber würde die ganze Nacht kein Auge schließen. Er hatte sich geschworen, wach zu bleiben, und er blieb wach. Diesmal würde er Wort halten.

Gegen einundzwanzig Uhr hatte Laureen ihre Eltern verständigt, dass sie mit Scotty nach Palmdale kommen werde. Johnny, der sie am nächsten Morgen zum Flughafen nach Shreveport bringen wollte, empfand bei dem Gedanken, dass sie beide bald so weit fort wären, eine eigenartige Mischung aus Erleichterung und Beklommenheit.

Er legte die Hände unter die Wange und schloss die Augen, um seine wirren und widersprüchlichen Gedanken zu ordnen. Seine Skepsis meldete sich wieder und versuchte die Fakten, die doch unabweislich waren, kurzerhand für absurd zu erklären, Trotz kämpfte wider bessere Einsicht und die Hoffnung gegen die Ahnung, dass ihnen das Schlimmste noch bevorstand.

Könnte ich nur den Lauf der Dinge steuern. Könnte ich nur umkehren und das Böse ungeschehen machen, sagte er sich. Dann: *Vielleicht ist das alles nur Wahnsinn. Es muss doch eine rationale Erklärung für die Ereignisse des heutigen Tages geben.* Dann: *Hör auf, dir was vorzumachen, du musst mit diesen Holzarbeiten fertig werden.* Er war im Wald, durch das Blätterdach hoch über ihm fiel das Sonnenlicht und sprenkelte den Boden mit hellen Flecken. Er zweifelte, ob er mit dieser Rodungsarbeit je fertig würde.

Als er die Augen aufschlug, um auf die Uhr zu sehen, stellte er mit zorniger Verblüffung fest, dass eine gute halbe Stunde vergangen war. Er war unbemerkt eingenickt.

Du sitzt am Steuer, John! Wenn du nur so zum Spaß die Augen zumachst, wirst du deine kleine Familie direkt in den Graben chauffieren. Denk mal drüber nach!

Er drehte sich auf den Rücken und machte sich Vorwürfe. Nein, er würde nichts zurücknehmen. Diese Nacht blieb er wach, Punkt.

Doch der Schlaf lauerte vor den Toren seines Bewusstseins, das spürte er wie eine erquickende Verlockung, einen Aufruf zu seligem Vergessen, ein willkommenes Verwehen ins Nichts. Eine laue Mattigkeit belagerte ihn von allen Seiten … Doch er war fest entschlossen, nicht zu erliegen.

Kapitulation kam nicht infrage, die Tore blieben versperrt. Es gab noch so viel, worum er sich kümmern musste, so viel Gelände war noch zu roden.

Jetzt verstärkte die Müdigkeit ihren Angriff. Seine Lider waren schwer, aus den Muskeln wich nach und nach alle Spannung.

Ich nehme nichts zurück, wiederholte er sich.

Um dreiundzwanzig Uhr vierundvierzig schnarchte John Baldwin leise vor sich hin und träumte von Gestrüpp und Gräben.

19

»Charlie McNeice hätte also die Macht, unsere größten Ängste Wirklichkeit werden zu lassen, ja?«, fragte Norman.

»Harry Lighton ist bei einem Tauchgang vor der südafrikanischen Küste um ein Haar einem Hai entkommen …«, begann Stanley.

»Und im Schwimmbad ist ein Hai aufgetaucht«, beendete Norman. Er nickte nachdenklich.

»Dasselbe war mit mir und Dorothy Fielding«, fuhr Stanley fort. »Aus den Ereignissen von 1933 lässt sich also leicht folgern, was die allergrößte Furcht der McNeices war: dass ihr Anwesen durch Feuer vernichtet würde.«

»Mein Gott, Stan, ja, das ist absolut richtig! Ich erinnere mich noch sehr gut, dass Mrs. McNeice in ihrer Jugend in New Orleans einen Großbrand überlebte. Anscheinend war in ihrem Elternhaus mitten in der Nacht ein Feuer ausgebrochen. Erst gerieten die Ställe in Brand, von dort griffen die Flammen aufs Wohnhaus über. Übrigens hat McNeice senior, Charlies Vater, den See hinter dem Haus nur um der Seelenruhe seiner Frau willen anlegen lassen: für den Fall, dass ein ähnliches Unglück passieren sollte.«

»Nach dem, was Sie erzählt haben, ist es sehr wahrscheinlich, dass die Anhänger dieses Fenryder ihre tödliche Macht dem Handschuh verdanken, den sie an der rechten Hand tragen.«

»Das scheint mir auch so«, stimmte Norman zu.

»Bleibt festzustellen, ob diese Dämonen nicht doch irgendwo eine Schwachstelle haben. Das fehlte noch, dass sie unzerstörbar sind.«

»Ihre Achillesferse ist vielleicht genau dort, wo sie ihre Kraft herhaben?«

»In ihrem Handschuh, meinen Sie? Kann sein, aber ob es stimmt, werden wir leider erst im letzten, entscheidenden Augenblick erfahren. Und das ist es, was mir Sorgen macht.«

Schweigend starrten die beiden Männer in ihre leeren Gläser.

»Willst du noch einen?«, fragte Norman nach einer Weile.

»Ich glaube, wir haben für heute genug getrunken«, antwortete Stanley.

Norman griff nach der Cognacflasche auf dem Beistelltischchen.

»Du hast Recht, trotzdem trinke ich noch einen«, sagte er, während er sich einschenkte. »In letzter Zeit trinke ich mehr, als gut für mich ist, das stimmt. Wenn ich so weitermache, wird mich Nancy noch aus meinem eigenen Haus rausschmeißen. Trinker konnte sie nie ausstehen.«

»Meine Großmutter hat sie demnach nicht leiden können, was?«

»Nein. Dafür hattest du immer einen Stein bei ihr im Brett. Wenn das Leben ihr Kinder geschenkt hätte, wäre sie selig gewesen, einen Enkel wie dich zu haben.«

»Wenn Großmutter betrunken war, nannte sie mich Douglas, oder Doug, und ich habe nie herausbekommen, mit wem sie mich eigentlich verwechselt hat.«

Normans Gesicht verfinsterte sich. Er nahm einen Schluck Cognac, ehe er antwortete: »Douglas war ein Landarbeiter, der bei einem Farmer in der Gegend in Dienst war. Er war gut fünfzehn Jahre älter als wir und der Kerl, den Rose sich unmittelbar nach dem Unglück ausgesucht hatte, um Arthur und mich abzuservieren und wahrscheinlich auch zu demütigen. Ich weiß nicht viel drüber, nur dass ihr Verhältnis nicht lang gedauert hat. Romantisches Beiwerk war seine Sache nicht. Und Rose hat sich sehr schnell anderswo umgesehen. Bei Arthur lagen sämtliche Nerven blank, und als er einsehen musste, dass Rose das alles tat, um uns zu vergessen, war er völlig fertig. Damals hat er wohl versucht, sich das Leben zu nehmen, aber anscheinend ist das Seil unter seinem Gewicht gerissen, und der Arme hat weitergelebt und -gelitten.«

Norman verstummte wieder, und einen Moment lang betrachtete er Stanley fast mit Eifersucht: Ihn hatte Rose geliebt, hatte ihn umarmt, geküsst, gehätschelt. Ihn hatte sie nie zur Schnecke gemacht, nie behandelt wie einen verfaulten Fisch, niemals vergessen. Er war der Einzige gewesen, den sie in ihre private Welt eingelassen hatte, die sonst nur aus scharfen Zurückweisungen und schwindelerregenden Fluchten bestand …

Er nahm sich zusammen und sagte: »Stan, hör mal, ich halte es für keine gute Idee, dass du dort oben wohnst. Wenn du hier bleiben willst – ich habe mehrere Gästezimmer, du brauchst dir nur eines auszusuchen.«

»Ja, Sie haben Recht. Die Vorstellung, dass die Baldwins schon wieder Opfer eines Zusammentreffens unglücklicher Umstände werden, ist mir schrecklich. Ich frage mich allerdings, ob dann nicht etwa *Sie* ein großes Risiko eingehen, Norman, wenn ich …«

»Stan, mein Junge«, fiel ihm Norman ins Wort, »ich bin schließlich verantwortlich für diese verfluchte Geschichte. Letztlich ist es meine Schuld. Lass mich dir diesmal helfen. Ich habe das dringende Bedürfnis mir zu beweisen, dass ich nicht als Angsthase sterben werde.«

»Na gut, dann gern. Morgen ziehe ich zu Ihnen. Das ist bestimmt besser für alle, aber …«

Die durch die Diele hallende Türglocke unterbrach ihn. Die beiden Männer sahen einander fragend an.

»Ziemlich spät für einen Besuch«, sagte Norman.

»Wenn es McNeice wäre, würde er sich wohl nicht die Mühe machen zu läuten«, bemerkte Stanley.

»Na klar. Da muss ich dir Recht geben!«

Mühsam und mit schmerzverzerrtem Gesicht stemmte sich Norman aus seinem Sessel (»dieser Scheißrücken!«, knurrte er), stellte sein Glas auf dem Tisch ab und trat ans Fenster, um einen Blick hinauszuwerfen.

»Es ist Sarah!«, verkündete er überrascht.

»Was, schon wieder diese Sarah Widar? Die gibt anscheinend nie auf!«

»Bleib hier. Ich schaue nach, was sie will.«

Er verließ den Salon und ging mit klopfendem Herzen durch den Flur zur Haustür. Dort zog er den Riegel zurück und öffnete.

Es war tatsächlich Sarah. Unverändert.

Sie fielen einander stumm um den Hals, zu Tränen gerührt. Endlich fragte Sarah mit leicht belegter Stimme: »Geht's Ihnen gut, Norman?«

»Ich bin uralt geworden«, stellte er sachlich fest.

Sie rückte von ihm ab und starrte ihn mit geweitetem, besorgtem Blick an.

»Nein, das stimmt nicht, Sie haben sich gar nicht verändert«, protestierte sie sanft und versuchte den schmerzlichen Augenschein zu leugnen. Norman schien an einem Punkt ohne Wiederkehr angelangt zu sein: Er hing nur noch mit einem Faden am Leben wie eine zerschlissene Marionette.

Er sah, wie sie sich bemühte, ihre Bestürzung zu verbergen, und lächelte ihr zu. »Ach was, ist nicht weiter schlimm. Und du, meine Schöne, was ist aus dir geworden?«

»Na ja – ich bin wieder in Tusitala …« Das sagte sie, als sei sie erst gestern zurückgekommen und nicht schon vor etlichen Jahren. »Sie haben mir gefehlt, Norman.«

»Das sind jetzt schon zwei fromme Lügen in weniger als fünf Minuten. Was ist aus deiner Direktverbindung zur linken Gehirnhälfte geworden, meine Liebe?«

Sie rang sich ein Lächeln ab. In diesem letzten Punkt irrte er sich: Er hatte ihr schrecklich gefehlt. Auch wenn sie selbst sich die längste Zeit – aus Stolz, aus Dummheit – das Gegenteil eingeredet hatte.

»Auch ich werde alt«, sagte sie.

»Du, Sarah? So ein Quatsch – nie warst du so strahlend wie heute!« Er nahm ihre beiden Hände und führte sie an seine Lippen, um sie zu küssen. »Na komm, stehen wir nicht hier herum.«

Arm in Arm betraten sie den Salon.

Stanley stand auf. Er sah Norman vor Freude strahlen und hatte plötzlich das erschütternde Gefühl, einen alten Vater vor sich zu sehen, der an der Schwelle des Todes endlich seine zwei verloren geglaubten, so sehnlich erwarteten Kinder wiedergefunden hat. Und jetzt begriff er auch, wie sehr es Norman gequält hatte, dass Sarah und er selbst sich, jeder auf seine Weise, so lang von ihm ferngehalten hatten.

Sarah fiel mit der Tür ins Haus. »Ich habe heute aus berufener Quelle erfahren, dass Rita Herbert tot ist«, erklärte sie übergangslos.

Norman neben ihr zuckte zusammen.

»Was … was? Bist du sicher?«

»Ja, leider. Der Sheriff hat mir erlaubt, die Leiche zu sehen. Es tut mir wirklich sehr leid, Norman.«

Sie strich ihm zärtlich mehrmals über den Unterarm, dann blickte sie Stanley an.

»Ich dachte, das interessiert Sie vielleicht«, sagte sie. »Gestern findet man das Grab Ihrer Großmutter verwüstet, und heute wird eine Kassiererin tot aufgefunden. Ziemlich viel für eine so kleine Stadt, nicht?«

Stanley runzelte die Stirn. »Wer war diese Rita Herbert?«

»Rita ist … vielmehr war … ein recht pfiffiges junges Mädchen«, erklärte Norman heiser. »Sie wohnte bei ihrer Mutter, einer alten Ziege, und arbeitete bei Bruce, im Supermarkt am Stadtrand. Wenn wir uns begegnet sind, plauderten wir immer ein bisschen miteinander. Nichts Tiefschürfendes, natürlich nicht, aber ich mochte sie gern, die Kleine.«

»Also dann halten Sie sich jetzt bitte fest«, sagte Sarah, ohne den Blick von Stanley zu wenden. »Die Leiche wurde am Rand einer Forststraße nicht weit vom Crazy Paul gefunden. Es sieht sehr danach aus, dass sie von einer Horde Ratten angegriffen wurde.«

»Ratten?! Wie entsetzlich!«, stieß Norman entgeistert hervor. »Das arme Mädchen hatte eine Heidenangst vor Ratten.«

»Genauso wie der verstorbene Harry Lighton vor menschenfressenden Haien«, bemerkte Stanley gedankenverloren.

»Du meinst …? Aber welcher Zusammenhang könnte zwischen Rita und Rose bestehen?«, protestierte Norman kläglich.

»Haben Sie nicht gesagt, das Opfer heißt Rita Herbert?«

»Genau«, antwortete Sarah.

»Ich verstehe noch immer nicht«, versicherte Norman perplex.

»Die Initialen«, erklärte Stanley. »R. H. – für Rita Herbert und … für Rose Holder.«

»Stan, das sind doch nur Buchstaben. Mordet dieser Unhold jetzt etwa schon wegen simpler Buchstaben?«

»Das ist wohl eine symbolische Rache. Bevor er ihren leiblichen Nachkommen angreift. Er will uns panisch sehen, Norman, uns zermürben. Schließlich sind wir hier auf seinem ehemaligen Jagdrevier, oder? Er will uns zittern sehen, bevor er uns den Gnadenstoß gibt.«

»Moment mal bitte«, mischte sich Sarah ein. »*Wer* rächt sich? Stanley, Norman« – sie blickte die beiden nacheinander an – »*wer* rächt sich? Und wofür, an wem? Stanley, diese Auskunft sind Sie mir schuldig. Sie sind sie mir schuldig!«, wiederholte sie.

»Hören Sie, Sarah, das zu erzählen wäre jetzt zu lang. Außerdem haben Norman und ich gerade erst angefangen, ein bisschen Klarheit in die Sache zu bringen. Kommen Sie morgen wieder, dann erfahren Sie, worum es geht, ich versprech's Ihnen.«

20

In den acht Jahren, seit er für ihn arbeitete, hatte er seinen Chef nie derart übellaunig erlebt. Sicher, redselig war Mr. Kingston von Haus aus nicht, der war keiner von der Sorte, die einen Stunden zuschwallt und alle naslang grinst wie ein Politprofi auf Wahlkampf. Wenn der mal was von sich gab, dann knappe, aber absolut treffende Kommentare, und genau deswegen mochte ihn Peter. An dem Abend aber war der Chef wirklich merkwürdig gewesen. Nicht einfach nur wütend, nein. Da war noch was anderes, das ihm zu schaffen machte.

In der angenehmen Kühle des klimatisierten Ladens schaufelte sich Peter Zarkowski eine weitere Hand voll M&Ms mit Hochgenuss in den Mund. Die Probleme des Chefs, sagte er sich, waren nicht sein Bier, darüber musste er sich wahrlich nicht den Kopf zerbrechen. Soll sich jeder um den eigenen Kram kümmern.

Tommy Mitchell, ein Fernfahrer aus Arkansas, hatte wie immer auf dem Weg zum Hafen von New Orleans einen Zwischenstopp an der Tankstelle eingelegt. Mit ausführlichen, schlüpfrigen Kommentaren hatte er ihm Fotos von seiner Verlobten gezeigt, und Peter stellte sich vor, wie er eines Tages selber eine nette Tussi in seinem Bett hätte, und das wäre dann fürs Leben. Dies ließ ihn die Laune seines Chefs vergessen; er begann von Rita Herbert zu träumen, von ihren wogenden Brüsten unter dem Top (Jesus, dieses Mädel trug niemals einen BH!), dann von Laureen Baldwin, die ihm auch sehr gefiel. Sie pflegte allerdings BHs zu tragen. Aber, bitte sehr, mit allem drin, was es brauchte. Ja, eine wie die Baldwin, das wär das Richtige für ihn.

Wenn er das Glück gehabt hätte, sann er weiter, die Hauptrolle in einer Fernsehserie zu haben, hätte er sich, sehr im Unterschied zu diesem bekloppten John Baldwin, alle zehn Finger abgeleckt.

»Kommt aus Hollywood und vergräbt sich in diesem Kaff hier, nicht zu fassen«, murmelte er beinahe empört.

Ja, eine wie die Baldwin, die wär ihm wunderbar recht. *Auf Gedeih, aber sicher nicht auf Verderb,* sagte er sich, und da er allein im Laden war, genehmigte er sich ein Lächeln für diese geistvolle Formulierung.

Er drehte sich auf dem Sitz herum und warf einen Blick auf die von Natriumdampflampen beleuchteten Zapfsäulen. Draußen warf eine große, ziemlich gut gebaute Brünette die Tür ihres Pinto zu, während Tommys Sattelschlepper mit hydraulischem Schnauben und Bremsenquietschen aus der Tankstelle in die Straße einbog. Das Mädchen kam jetzt, in der Handtasche kramend, auf den Laden zu. Sicher würde sie nicht nur das Benzin bezahlen, sondern eine Cola Light und ein Päckchen zuckerfreien Kaugummi oder irgendwas von der Art kaufen. Das sah er ihr von weitem an: Sie war eine, die an ihre Linie dachte. Sich fett- und kalorienarm ernährte. Zuckerfrei, aber mit Vitaminen bis zum Abwinken.

Danach würde sie mit zartem Stimmchen nach den Toiletten fragen. Natürlich würde er ihr zulächeln – die Chance auf eine solche Eroberung ließ er sich bestimmt nicht entgehen. Peter Zarkowski wischte sich die Hand an der Hose ab und beeilte sich, die M&Ms hinunterzuschlucken.

II

Die Nacht des Charlie McNeice

Si monumentum requiris, circumspice.
»Wenn du ein Grabmal suchst, sieh dich um.«
Epitaph für Sir Christopher Wren, † 1723, in der
St. Paul's Cathedral

1

Als Norman seine Besucher zur Tür begleitete, stellte er fest, dass Sarah in offenkundiger Missachtung sämtlicher Verkehrsregeln – was ihn freilich nicht weiter verwunderte – quer über dem Gehsteig geparkt hatte. Wie ein Polizeiauto während der Razzia bei einem Drogendealer stand der Dodge Caravan da. Stanleys Kofferraum war um Haaresbreite verschont geblieben, diesmal hatte sie lediglich eine Ecke der Stoßstange geschrammt.

Sie würgte den Rückwärtsgang hinein, was dem Getriebe ein unschönes Kreischen entlockte, und fuhr holpernd auf die Fahrbahn. Den Kopf aus dem Fenster gestreckt, presste sie Stanley noch einmal das Ehrenwort ab, ihr am nächsten Tag in aller Frühe die ganze Geschichte bis ins letzte Detail zu erzählen. Im Gegenzug versprach sie ihm, diskret zu sein – und vorsichtig. Darauf hatte Stanley besonders bestanden.

Seite an Seite sahen die beiden Männer ihr nach, bis sie über der Kuppe der Lamar Avenue verschwunden war. Dann machte sich Stanley ebenfalls auf den Weg, und der alte Arzt blieb noch eine Weile, die Hände in den Hosentaschen, auf dem Gehsteig stehen und blickte dem BMW nach, der in der entgegengesetzten Richtung zum Anderson Hill davonfuhr.

Der Tod der »kleinen Herbert«, wie er sie beharrlich genannt hatte, ging ihm mehr zu Herzen, als er sich hatte anmerken lassen. Dank tatkräftiger Mithilfe der Lokalzeitungen würde morgen die ganze Stadt von nichts anderem reden. Und das war ihm das Unangenehmste. Auch für diesen Tod fühlte er sich verantwortlich.

Am Ende der Avenue bog der BMW nach links ab, und Norman verlor ihn aus den Augen. Er legte den Kopf in den Nacken und blickte lange zum Himmel hinauf. Die Sterne funkelten schwach und winzig in der hellen Nacht. Irgendwo in der Ferne bellte heiser und abgehackt wieder der Hund der Chambers: Rocco musste an die sechzehn Jahre sein, uralt für einen Spaniel. Norman hätte ihn gern gestreichelt und beruhigt.

Streng dich nicht so furchtbar an, Rocco. Du und ich, wir sind am Ende des Rennens. Da muss man sparsam mit seinen Kräften umgehen, Alter.

Norman versenkte sich wieder in den Anblick der langen, jetzt völlig leeren Avenue. Hübsche Ziegel- und Holzhäuser mit gepflegten, vom städtischen Laternenlicht beleuchteten Rasenflächen davor säumten die Straße, und Norman musste zugeben, dass er trotz allem Entsetzlichen, das er hier erlebt hatte, mit zärtlicher Liebe an seiner Heimatstadt hing. So war das eben, er konnte nichts dafür. Mit zunehmendem Alter und aus langer Gewohnheit liebt man am Ende auch sein Kreuz.

Der Hund der Chambers sah endlich ein, dass es besser war, seinen Atem zu sparen, statt den Mond anzubellen. Es war wieder still. Norman tappte die Zufahrt zu seinem Haus hinauf. Als er die Tür aufschob, beschloss er, gleich am nächsten Morgen Arthur Kingston anzurufen, obwohl ihn die Vorstellung nicht begeisterte. Arthur und er waren jeder für sich alt geworden, und dass sie so streng getrennt nebeneinanderher lebten, hatte etwas Trauriges und Unwiederbringliches. Sie hatten immer peinlich darauf geachtet, sich möglichst aus dem Weg zu gehen, und wenn sie sich versehentlich doch einmal begegneten, wie vorgestern im Drugstore in der Harley Street, taten sie, als sähen sie einander nicht, und gingen ihrer Wege.

In den frühen Morgenstunden würde er Arthur bestimmt erreichen. Ob es ihn begeisterte oder nicht, er musste es tun. Zumal heute wieder ein Mensch gestorben war und McNeices nächste Beute vielleicht schon Stan selbst wäre, vielleicht auch die gesamte Familie Baldwin. Eines war sicher in den Niederungen dieser Welt: Charlie McNeice war ein Irrer, und dieser Irre würde niemanden schonen. Der Tod, den er seinen Opfern bereitete (*jedem sein persönlicher Albtraum,* lautete anscheinend seine kriminelle Devise), war so entsetzlich, dass man ihn seinem schlimmsten Feind nicht wünschen konnte.

Arthur und Norman waren mit schuld an den Ereignissen in Tusitala, und sie wussten es beide. Hätten sie damals, als Kinder, zu reden gewagt, hätten sie gesagt, was sie in jener Schreckensnacht beobachtet hatten, wäre es vielleicht einer der drei Generationen von Sheriffs der Familie Marker gelungen, den Mörder Charlie McNeice dingfest zu machen. Aber sie hatten geschwiegen, hatten das Geheimnis in sich vergraben und auf gnädiges Vergessen gehofft; tief in ihrem Inneren hatte es jedoch seine finsteren Strahlen ausgesandt, die sie langsam vergifteten: jeden Tag ein bisschen mehr. Alles in allem konnte wohl kein Zweifel mehr bestehen, dass ihre Feigheit die Ursache dessen war, was den Kindern im Schwimmbad und heute der armen Rita Herbert, nicht zu vergessen natürlich Stans Tochter in Boston zugestoßen war.

Wir waren doch nur kleine Feiglinge damals.

Als er das Esszimmer betrat, klangen ihm diese Worte wieder in den Ohren wie eine verzweifelte Stimme, die Einspruch, Euer Ehren! ruft. Doch vor dem Jüngsten Gericht hätte dieser Einspruch kein Gewicht, das wusste er. Ihre Jugend würde dort nicht als mildernder Umstand gewertet. Rose hatte es begriffen – vielleicht war das der Grund, weshalb sie es wenigstens ihrem Enkel erzählt hatte.

Norman hatte es ihr wider Willen sehr übel genommen, als er von ihrem Verrat erfahren hatte. Regelrecht entrüstet war er gewesen, wie sie nur so verantwortungslos hatte sein können, und doppelt verantwortungslos, denn sie hatte nicht nur ihr Leben, sondern auch das ihres Enkels aufs Spiel gesetzt. Sie waren immer überzeugt gewesen, dass die geringste Indiskretion gleichbedeutend mit Tod war – einem schrecklichen Tod. Doch im Nachhinein betrachtet, war er ihr sogar dankbar dafür. Mit Stan darüber reden zu können war eine unverhoffte Befreiung gewesen, fast ein Segen. So lange hatte ihm das Geheimnis schwer auf der Seele gelegen – hätte er selbst ein unsägliches Verbrechen begangen, wäre die Erleichterung, endlich gestehen zu können, nicht größer gewesen. Er hätte sich nur gewünscht, dass auch Arthur Kingston an diesem Abend im Salon dabei gewesen wäre, zugehört und seinerseits geredet, an dieser Art Gruppentherapie teilgenommen hätte, die zwar spät erfolgte, aber umso notwendiger war, als Norman bald sterben würde und gern mit leichterem Gewissen gehen wollte. Die ihm verbleibende Zeit maß sich nicht mehr in Jahren, sondern in Monaten, das wusste er, und wenn Nancy ihm immer wieder seinen schlechten Zustand vorhielt, dann deshalb, weil sie eine für sie typische Form der Verdrängung praktizierte, die von dem Grundsatz ausgeht, dass man über das, was *wirklich* schlimm ist, nicht lacht. Natürlich stand es ihr frei, sich nach Herzenslust zu belügen, er aber wollte nicht länger den Kopf in den Sand stecken. Es war höchste Zeit, Ordnung in die Vergangenheit zu bringen.

Er betrachtete das benutzte Geschirr auf dem Tisch, das ihm bestätigte, dass er den Abend mit Stan nicht geträumt hatte. Er nahm ein Messer in die Hand und drehte es nachdenklich hin und her.

Mit ein wenig Glück würde er im Schlaf sterben, und der Tod käme so sanft, dass er ihn gar nicht bemerkte. Es sei denn, Charlie McNeice mischte sich ein.

»Wann immer du willst, McNeice, aber bitte nicht heute Nacht«, murmelte Norman.

Der Abend mit Stanley und Sarah war so schön gewesen, dass er ihn sich durch nichts und niemand verderben lassen wollte.

»Nein, nicht heute Nacht«, wiederholte er.

2

Etwa auf halber Höhe des Hügels tauchte hinter Stanleys BMW ein Wagen auf. Mit Fernlicht und Höllentempo holte er auf und saß ihm nun praktisch auf der Stoßstange. Die Augen gegen das grelle Licht zusammengekniffen, warf Stanley einen beunruhigten Blick in den Rückspiegel und überlegte, ob es Sarah sein konnte, die ihn verfolgte, weil sie vergessen hatte, ihm gute Nacht zu sagen, oder auch die ebenfalls unter Schlaflosigkeit leidenden DEA-Leute. Doch irgendetwas sagte ihm, dass Sarah Widar nach Hause gefahren war und Fiesling und Superfiesling in bleiernem Schlaf lagen.

Im nächsten Moment setzte der Wagen – ein beiger Oldsmobile Minivan mit eingedrückter Beifahrerseite – mit quietschenden Reifen zum Überholen an, stellte sich gleich darauf unter abruptem Bremsen quer zur Straße und zwang Stanley auf diese Weise zu einer Notbremsung am Straßenrand. Fast gleichzeitig brach aus einem stockfinsteren Forstweg ein schwarzer G-Wagen mit kugelsicherer Karosserie hervor und stellte sich hinter den BMW, der jetzt in der Zange war.

Aus dem vorderen Wagen sprangen vier Männer, alle in Schwarz und mit M16-Gewehren bewaffnet, und umstellten den BMW. Einer forderte Stanley mit einer Handbewegung zum Aussteigen auf. Dem blieb nichts anderes übrig als zu gehorchen. Grob wurde er auf den G-Wagen zugestoßen, dessen hintere Tür sich von innen öffnete.

»Mr. Holder, wenn Sie bitte so freundlich wären, Platz zu nehmen«, tönte eine schmeichelnde Stimme aus dem Wageninneren.

Stanley stieg ein, und sofort schloss sich die Tür hinter ihm. Die vier Männer in Schwarz kehrten im Laufschritt zu ihrem Minivan zurück. Im Dämmerlicht sah Stanley drei männliche Gestalten in dem luxuriösen Mercedes-Geländewagen sitzen und zog den logischen Schluss, dass der Mann neben ihm auf dem lederbespannten Rücksitz offensichtlich der Leiter der Unternehmung sein musste.

»Wenn Sie wüssten, wie ich Sie gesucht habe, Mr. Holder.«

»Dann sind Sie vermutlich 10–13«, sagte Stanley trocken.

Im Dunkeln schimmerten zwei Reihen weißer Zähne, die anscheinend auf ein Lächeln hinwiesen. Mehr ließ das Mondlicht von seinem Gesprächspartner nicht sehen.

»Sie verzeihen mir sicher, dass ich nicht vor Ihnen erzittere«, sagte Stanley. »Ich bin furchtbar müde. Ich würde gern ins Hotel zurückkehren.«

»Keine Sorge, Mr. Holder. Wir werden Ihre Zeit nicht über Gebühr in Anspruch nehmen. Ich will Sie nicht lang aufhalten. Vor allem will ich nicht, dass wir Charlie McNeice versetzen.«

»Wir?«

»Ja, Sie und ich, Mr. Holder. Es passiert Ihnen nichts, wenn Sie mir geben, was ich will, und was ich will, ist Fenryder persönlich. Sie wissen schon: General Fenryder.«

»Tut mir leid, wir jagen nicht denselben Hasen.«

»Da täuschen Sie sich, fürchte ich, Mr. Holder. Charlie McNeice ist hinter Ihnen her, und ich bin hinter McNeice her. Er ist einer von Fenryders Wölfen. Er wird mich zum General führen. Sehen Sie – passt doch alles zusammen.«

Stanley begriff auf einmal, weshalb ihn die Bundesbeamten unbedingt davon hatten abhalten wollen, mit 10–13 in Kontakt zu treten: Seine Stimme, sein Tonfall hatten etwas schleichend Verführerisches, das an Betörung grenzte und sicher nicht wenigen, die ihm etwas zu nahegekommen waren, komplett den Kopf verdreht hatte.

Auch das Böse kennt seinen Weg nach Damaskus, dachte Stanley unwillkürlich und versuchte mit zusammengekniffenen Augen die Dunkelheit zu durchdringen.

»Was bringt Sie auf den Gedanken, dass ich Ihnen helfe?«

»Ihr ureigenes Interesse, Mr. Holder. Nicht zu vergessen das der anderen.«

»Welcher anderen?«

»Na, kommen Sie, Mr. Holder, machen wir uns doch nichts vor. Es dürfte Ihnen nicht unbekannt sein, dass die Familie Baldwin in Lebensgefahr schwebt.«

Stanley fühlte sich mit einem Mal zutiefst mutlos. Die Baldwins schliefen auf einem Vulkan. Es war die reine Wahrheit.

»Rund um ihr Haus herrscht eine Atmosphäre der Bedrohung, die nur darauf wartet, sich in einer Tragödie zu entladen, glauben Sie mir, Mr. Holder. Aber es sind nicht nur die Baldwins. Überlegen Sie: McNeice hat Sie zu dem einzigen Zweck nach Tusitala gelockt, damit Sie ihm auf die eine oder andere Weise mitteilen, welche Augenzeugen von damals noch am Leben sind. Das ist geschehen. Jetzt wird er Sie umbringen, Sie und die Baldwins, dann wird er Norman Jarrett umbringen, dem Sie einen einigermaßen kompromittierenden Besuch abgestattet haben, und zu guter Letzt wird er sich noch diese Journalistin vornehmen, diese Sarah Widar, die ein bisschen zu neugierig ist. McNeice giert nach Rache. Ihre Großmutter hat ihm die Aufnahme in den Kreis von Fenryders Schergen versaut, und Sie können sich darauf verlassen, dass er entschlossen ist, verbrannte Erde zurückzulassen.«

Stanley dachte an sein Notebook, auf dessen Festplatte er alles gespeichert hatte, was er bis zu diesem Abend über Fenryders Wölfe in Erfahrung gebracht hatte; er dachte an Sarah Widars Bekenntnis »Ich wär gern die neue Ida Tarbell«; an Norman, der murmelte: »Dieser Abend hat uns vernichtet, Stan.«

»Die Bundesbeamten sind hinter Ihnen her«, sagte er nach kurzem Schweigen.

»Ach! Collins und Weekley meinen Sie. Tja, diese beiden haben sich bis zur letzten Gehirnzelle auf die Geheimnisse der Psychologie eingelassen. Noch sind sie bei den Grundlagen, aber ich meine zu wissen, dass sie gut vorankommen. Der eine der beiden ist in Analyse. Haben Sie gewusst, dass Terry Collins als Kind von seiner Mama gezwungen wurde, ihr jeden Morgen vor der Schule den BH zuzumachen? Darunter leidet er bis heute. Aber um auf Ihren Einwand zurückzukommen – denn es war doch ein Einwand, oder? –, keine Sorge, Mr. Holder, die DEA wird sich bestimmt nicht zwischen Sie und mich stellen.«

»Und darüber soll ich mich freuen?«, fragte sich Stanley laut.

»Mr. Holder, diese Bundesknaben sind für solche Fälle völlig ungeeignet. Sehen Sie sich Collins und Weekley an, sie reagieren einzig und allein auf das Psychogefasel. Wie sollten sie in der Lage sein, das Verbrechen mit dem ›Übernatürlichen‹ in Verbindung zu bringen? Schlagen Sie sich das aus dem Kopf. Die Agenten Mulder und Scully gibt's nur im Fernsehen. Ich biete Ihnen an, was das FBI Ihnen ganz sicher verweigern wird: Schutz für Sie und die Familie Baldwin.«

»Sie sind auf Ihre Weise auch eine Art Wolf.«

»Die DEA hält mich für gefährlich, aber im Vergleich zu Fenryders Handlangern bin ich ein Chorknabe. Ich garantiere Ihnen Ihre Sicherheit im Tausch gegen McNeice. Sie bringen mich zu ihm, und er führt mich zu Fenryder.«

»Wie wollen Sie denn für unsere ... Sicherheit sorgen?«

»Ich habe mir erlaubt, einige meiner Männer rund um die Pension zu postieren. Ich hoffe, Sie nehmen mir diese Maßnahmen nicht übel. Falls McNeice Sie heute oder in den kommenden Tagen aufsuchen sollte, werden wir ihn abfangen und sehr weit fortbringen, weit fort von Ihnen. Sie werden nie mehr von ihm hören, und Ihre Tochter wird gerächt sein, vertrauen Sie mir. Wenn ich mit Charlie McNeice fertig bin, wird sogar sein schlimmster Feind beim Anblick seines Kadavers einen Anflug von Mitleid verspüren.«

Trotz der Dunkelheit sah Stanley in den Augen von 10–13 ein Funkeln, das ihm überzeugender schien als seine Worte.

»Wieso interessieren Sie sich eigentlich für Fenryders Wölfe?«, fragte Stanley.

»Sagen wir so, Mr. Holder, ich habe ein kleines Hühnchen mit ihnen zu rupfen, und das würde ich gern so bald wie möglich erledigen.«

»Dieser Konflikt heißt Matthew Beals, richtig? Der Junge, der tot in seinem Zimmer aufgefunden wurde – vor Angst gestorben«, rief sich Stanley in Erinnerung.

»Aha – das FBI hält seine Akten auf neuestem Stand.«

»Was ist ihm eigentlich passiert?«

10–13 seufzte. »Matthew war ein begnadeter Junge. Leider dachte er, in meiner Nähe könnte ihm niemand was anhaben, und das war ein Fehler. Ich selber fühle mich durchaus nicht gefeit. Im Gegenteil. Das zwingt einen zur Wachsamkeit.«

Er schwieg einen Moment und blickte zum Fenster hinaus.

»Am Tag vor seinem Tod«, sprach er mit abgewandtem Gesicht weiter, »hat Matthew der Kanzlei eines Anwalts einen *Besuch* abgestattet, um sich aus dem Safe ein paar Unterlagen zu beschaffen, die einen unserer kleinen Konflikte mit dem Staat betreffen. Leider ist bei diesem Haufen Papier auch eine CD, die mit unserem Fall nichts zu tun hat, sondern Daten über bestimmte Operationen von Fenryders Wölfen enthält. In unserem letzten Telefonat sagt Matthew, er fühlt sich bedroht, und ich muss so schnell wie möglich zu ihm kommen, er braucht meinen Schutz. Er redet von einem General Fenryder, über den er irrsinnige Sachen herausgefunden hat. Er fleht mich an, so schnell wie möglich zu kommen. Er hat irgendwas Fürchterliches geträumt und ist noch ganz aufgewühlt. Matthew hat Todesangst, das höre ich an seiner Stimme. Ich sage ihm, er soll bleiben, wo er ist, und auf mich warten. Dreiundvierzig Minuten später bin ich da und offensichtlich genau zehn Minuten zu spät.«

Er drehte sich wieder zu Stanley.

»Sein Gesicht war um circa dreißig Jahre gealtert, als ich ihn fand. Nicht wiederzuerkennen, die Augen aufgerissen, Zähne gefletscht, Unterkiefer verkrampft. Grauenhafter Anblick. Aber kein Anzeichen äußerer Gewalteinwirkung: Offensichtlich ist ihm das Herz stehen geblieben, so jung, wie er war. Man konnte nichts mehr für ihn tun. Nichts mehr.«

Wieder blickte er in den Wald hinaus.

»Sämtliche Dokumente, die er dem Anwalt geklaut hat, liegen auf dem Fußboden verstreut, die erwähnte CD aber fehlt. Der- oder diejenigen, die Matthews Tod verursacht haben, sind ihretwegen gekommen; der Zusammenhang war nicht zu übersehen. Ich schicke also sofort eine Truppe los, die den Anwalt in die Mangel nehmen soll, aber auch bei ihm ist schon aufgeräumt. Unmittelbar bevor die Wölfe zwecks Abrechnung bei ihm auftauchen, hat sich der Anwalt mit seinem Revolver das Hirn rausgeblasen.«

»Hat Ihnen Matthew Beals bei diesem Telefonat noch irgendwas gesagt?«

10–13 antwortete mit einer Gegenfrage: »Schließe ich aus Ihren Fragen, dass wir im Geschäft sind?«

»Ich muss es wissen«, erwiderte Stanley knapp.

10–13 schwieg eine Weile, als wäre er unschlüssig, wie viel er preisgeben sollte. Dann sagte er, die Falten seiner Hose glättend: »Er hat nicht viel mehr gesagt als das, was Sie bereits wissen.«

»Na, dann verraten Sie mir doch bitte dieses kleine bisschen mehr!«, beharrte Stanley. »Was war denn so Brisantes auf dieser CD?«

»Eine zwei Minuten fünfzehn Sekunden lange Videoaufnahme. Matthew sagt, die Bilder sind verwackelt und die Qualität schlecht. Fakt ist, dass der Anwalt im Sold des Generals und seiner Wölfe stand, aber anscheinend traute er ihnen nicht und fürchtete um sein Leben. Vor fünf Jahren jedenfalls hat er sie ohne ihr Wissen in einer aufgelassenen Fabrik in Chicago bei einer ihrer – *Versammlungen* gefilmt. Als guter Anwalt hat er das Dokument in seinem Safe eingeschlossen, zweifellos für den Fall, dass er selbst ein mysteriöses Ende findet ...«

»Und was war da zu sehen?«

»Die Wölfe, wie sie sich mit einem Mann ›amüsieren‹. Mit einem Bullen, um genau zu sein. Haben sich nicht die Mühe gemacht, ihm seine 45er abzunehmen. Der Typ wurde in Einzelteile zerlegt.«

Jesus Maria!, stöhnte Stanley innerlich und schluckte.

»Hat Ihnen Matthew Beals seinen Traum erzählt?«

»Nein, nicht wirklich. Er hatte eine Riesenangst, wie gesagt. Er hat ziemlich unzusammenhängendes Zeug gefaselt, aus den paar Bruchstücken schließe ich aber, dass sein Traum eine Vorahnung war.«

Stanley dachte an Scottys Visionen, die ebenfalls sehr präzise Vorahnungen waren. Das Übernatürliche rief nach Übernatürlichem. Bestimmte Personen, die empfänglicher oder medial begabter waren als die meisten, schienen den Aktionsradius der Wölfe bis ins eigene Unterbewusstsein hinein zu erweitern.

»Mr. Holder, ich habe beschlossen, dem Fall Fenryder absolute Priorität einzuräumen. Ich habe selbst Erkundigungen über seine Wölfe angestellt und meine besten Bluthunde auf ihre Fährte angesetzt; dabei bin ich auf Dinge gestoßen, die anscheinend sogar den staatlichen Ermittlern entgangen sind. Hinweise, Spuren, Namen. Natürlich wenden meine Bluthunde nicht ganz orthodoxe Methoden an, um ihr Ziel zu erreichen. Sie schaffen's immerhin, einen Taubstummen in weniger als zehn Minuten zum Absingen der Nationalhymne zu bringen. Auch Gewalt wirkt Wunder. Blut hat vielleicht dieselbe Macht, die Welt zu verändern, wie die Tinte Ihrer Literatur oder der Berge versetzende Glaube des Hirten.«

»Und wohin haben Sie diese Spuren und Namen geführt?«, fiel ihm Stanley ins Wort, der wenig Lust hatte, Näheres über 10–13s psychotische Perversionen zu erfahren.

»Auf die Fährte von Starker Wind.«

»Das ist Fenryders Hauptquartier? Seine Festung?«

»Das dachte ich zunächst auch. Aber es ist keine Festung im eigentlich Sinn.«

»Sondern? Könnten Sie vielleicht etwas deutlicher werden?«

»Zuerst ein wenig Geschichte, wenn Sie gestatten. Wie Sie aus der einschlägigen Literatur wissen dürften, ist Fenryder 1865 einem Hinterhalt der Yankees nicht weit von hier zum Opfer gefallen. Die Unionisten hassten den General ebenso, wie sie ihn wegen seiner Grausamkeit im Kampf fürchteten. Was Sie wahrscheinlich nicht wissen, ist, dass sich die Yankees, nachdem sie ihn endlich umgelegt hatten, einen Spaß draus machten, ausgiebig seine Leiche zu schänden. Ein Kavallerist schleppte ihn an den Füßen durch die Straßen von Shreveport, dann hängten sie ihn am Stadtrand an einen Baum und ließen ihn in der Sonne verrotten. So weit, so gut. Es ist also aus und vorbei mit dem verhassten Südstaatengeneral. Drei Tage vergehen. Dann erhält ein Soldat aus Fenryders zerschlagenen Truppen auf Anweisung von Washington die Erlaubnis, den

Kadaver abzunehmen. Der Soldat macht sich mit einem Karren auf den Weg, nimmt den halb verwesten Fenryder vom Baum herunter und bringt ihn in eine abgelegene Gegend, wo er vor der Neugier der Kinder und dem Hass der Yankees sicher ist. Dort begräbt er ihn nicht etwa am Fuß eines Baums, sondern legt ihn in einen komischen Sarkophag aus schwarzem Metall, in dem sich eine ebenso mysteriöse Flüssigkeit befindet. Diese Operation hat die höchst erstaunliche Wirkung, dass der General wieder zum Leben erwacht. Oder, besser gesagt, zu einer Art Halbleben: Irgendwie lebt er, aus dem Sarkophag aber kommt er nicht wieder raus. Kaum hat die Wiedererweckung geklappt, versammelt der General eine Anzahl Leute um sich, die er zu seinen dienstbaren Wölfen macht. Immer Söhne aus gutem Haus und, bitte sehr, immer gut betuchte Erben: Achten Sie darauf, das ist wichtig. Das Aufnahmeritual ist für alle Wölfe dasselbe: Wie Charlie McNeice müssen sie ihre Eltern abmurksen und dann in der Versenkung verschwinden, ohne Spuren zu hinterlassen. Die Gründe liegen auf der Hand: Erstens zerstört es die ursprünglichen Bindungen – Familie, Vermögen, Haus etc. – und schneidet die Eingeweihten damit von ihrer menschlichen Vergangenheit ab. Zweitens macht es großen Finanzimperien den Garaus.«

»Also zwei Fliegen auf einen Streich«, warf Stanley ein.

»Ein Krieger mehr für ihn, ein Kapitalist weniger für das Land. Das ist eine der Methoden, die sich Fenryder hat einfallen lassen, um sich an Lincolns Amerika zu rächen.«

»Und was für eine Rolle spielt seine Festung bei dem Ganzen?«, fragte Stanley.

»Fälschlicherweise dachte ich erst, dass sich Fenryders Territorium an einem bestimmten Ort in Amerika befindet. Fakt ist, dass die Festung dort ist, wo sich der schwarze Sarkophag aufhält.«

»Der Sarkophag ist der Starke Wind?«

»Der Sarkophag ist das Zentrum des Starken Winds. Wenn sich Fenryder irgendwohin bringen lässt, dann verlagert sich auch sein Territorium, das heißt der Starke Wind. – Sagt Ihnen die Thule-Gesellschaft was?«

Stanley dachte einen Moment nach. »Wenn ich mich nicht irre«, antwortete er dann, »war das eine rassistische Geheimgesellschaft, die irgendwann Anfang des zwanzigsten Jahrhunderts in Deutschland gegründet wurde.«

»Exakt. Die Chefideologen des okkultistischen Zirkels waren der Schriftsteller Dietrich Eckart und ein Artilleriegeneral namens Karl Haushofer. Andere Mitglieder waren ein gewisser Rudolf Heß sowie ein kleiner Gefreiter der Reichswehr, der später Karriere machte: Adolf Hitler. Der Leiter des Freikorps ›Oberland‹, das die Garde der Thule-Gesellschaft stellte, hat eine äußerst aufschlussreiche Korrespondenz über die Aktivitäten seiner Chefs Eckart und Haushofer hinterlassen. Äußerst aufschlussreiche Lektüre, kann ich nur sagen.«

»Was steht drin?«

»Zum Beispiel dass ein gewisser Walter Skoll, ein amerikanischer Geschäftsmann, Anfang der zwanziger Jahre an mehreren Versammlungen der Thule-Gesellschaft teilgenommen hat. Diese Versammlungen fanden in einem Hotel in München statt, im Vier Jahreszeiten. Außerdem steht drin, dass eine andere europäische Geheimgesellschaft, die berühmte Golden Dawn, diesem Thule-Verein den Walter Skoll dringend ans Herz gelegt hat. Schon beim ersten Gespräch waren Eckart und Haushofer schwer beeindruckt von dem Amerikaner. Offensichtlich hat er eine kleine Demonstration seiner Fähigkeiten veranstaltet, um die Thule-Leute zu den Ansichten des Mannes zu bekehren, der ihn nach Europa geschickt hat. Denn Walter Skoll war natürlich ein Botschafter. Er war ein Wolf des Generals Fenryder.«

»Sakrament!«, entfuhr es Stanley, der sich zunehmend unbehaglich fühlte.

»Ja, die Welt ist klein. Nach meinen Erkenntnissen hat Fenryder Skoll mit dem Auftrag losgeschickt, alles zu tun, damit Hitler an die Macht kommt. Leute wie Eckart und Haushofer, auch Heß sollten als Treibriemen zwischen der Fenryder-Bruderschaft und dem künftigen Diktator fungieren. Walter Skoll hat seine Aufgabe ziemlich gut erledigt, denn bekanntlich hat Hitler 1933 in

Deutschland die Macht ergriffen. Ende der dreißiger Jahre wollte sich der ›Führer‹ dann seinem geheimnisvollen amerikanischen Mentor erkenntlich zeigen und hat ihn über Skoll in den Berghof einladen lassen – Sie wissen schon, seinen ›Adlerhorst‹ auf dem Obersalzberg. General Fenryder nahm die Einladung an, und zwei seiner besten Wölfe, der eine ebendieser Walter Skoll, machten mit ihm die Überfahrt. Acht schwarze Dienstboten waren dabei, um den dreihundert Kilo schweren Sarkophag zu schleppen. Von Ende 1938 bis Anfang 1941 waren der Großmeister Fenryder und seine Wölfe Gäste auf dem Obersalzberg. Die Wölfe des Generals waren das Ideal des Neuen Menschen, den Hitler anstrebte: fanatische Krieger, unverwundbar, frei von Angst und Schwächen aller Art. In diesem Sinn entstanden die ›Junkerschulen‹, diese Kaderschmieden, in denen die SS-Elite zu Soldaten ausgebildet wurde, die Fenryders Eingeweihten würdig waren. Der Meister beschränkte seinen Einfluss allerdings nicht auf die Organisation des NS-Staates, sondern trat anscheinend auch als strategischer Berater auf: Die Idee zum Polenfeldzug kam von ihm, und es dürfte ihm ein Leichtes gewesen sein, seinen Schüler zu überreden – die Fortsetzung kennen Sie. Interessant ist, dass Fenryder ausgerechnet 1941, als der Krieg in vollem Gange war, plötzlich in die Staaten zurückwollte. Hitler versuchte ihn natürlich davon abzubringen, erst durch List, dann mit Zwang, das heißt, er ließ seinen Sarkophag von einem SS-Sonderkommando bewachen – klar, dass er Deutschland die Zauberkräfte des Starken Windes erhalten wollte, die bis dahin so vorteilhaft für ihn waren. Aber der General erteilte ihm eine kleine Lektion, indem er das SS-Kommando, das ihn bewachte, auf beeindruckende Weise vernichtete: Rund um den Sarkophag hat sich auf einmal die Luft *verhärtet,* sie wurde *schneidend* wie gläserne Klingen, und die SS-Leute zerfielen auf einen Schlag in Einzelteile – Kopf ab, Arme ab, Beine ab, Bauch ausgeweidet und so weiter. An dem Tag musste Hitler zu seinem Leidwesen erfahren, wieso das Territorium um den Sarkophag ›Starker Wind‹ genannt wird. Gleich nach dem Gemetzel kamen Fenryders schwarze Lakaien, um den Sarkophag auf einen Lastwagen zu laden und den General zur Nordseeküste zu bringen, wo er an Bord eines Schiffs in die Staaten zurückkehrte. Rudolf Heß soll sich, nachdem ihm die Nachricht zu Ohren gekommen war, nach Schottland abgesetzt haben. Heß war einer der übelsten Fantasten des vergangenen Jahrhunderts, aber blöd war er nicht. Ihm war gleich klar, dass Deutschland ohne die Hilfe des Generals nur untergehen konnte.«

»War denn Hitler auch ein Wolf?«, fragte Stanley.

»Nein. Zum Glück für Roosevelts und Stalins Arsch. Offensichtlich hat der General Hitlers Wunsch, wenigstens die Besten seiner SS-Elite in den Kult der Großen Nacht einzuweihen, strikt abgelehnt. Klar, mit einem Regiment aus Wölfen wäre Hitler unbesiegbar gewesen, und das war eindeutig nicht in Fenryders Sinn. Fakt ist, dass ihn Fenryder, zum Schaden Deutschlands, für seine Zwecke instrumentalisiert hat. Durch Hitler ließ er ganz Europa ausbluten, um Amerika zur Weltmacht Nummer eins zu machen. Das war von Anfang an Fenryders eigentliches Ziel.«

»Das ist doch nicht logisch«, bemerkte Stanley. »Vorhin sagten Sie, Fenryder habe den Vereinigten Staaten Rache geschworen: Das wäre doch eine einmalige Gelegenheit gewesen!«

»Mr. Holder! Das ›Flickwerk‹, das unsere Nation heute ist, hat für Fenryder absolut nichts mit dem ›wahren Amerika‹ zu tun, wie er es nennt. Außerdem … Außerdem ist da noch seine Prophezeiung, oder was das sein soll … Jedenfalls hat er kurz nach seinem Tod durch die Kugeln der Yankees und seiner Wiederauferstehung vorhergesagt, dass die Regierung der Föderierten von den Wölfen vernichtet werden wird, nachdem – erst nachdem, wohlgemerkt – sie auf dem Gipfel ihrer Macht gestanden hat. Diesen neuen Absturz des Ikarus sollen bestimmte Vorzeichen ankündigen – darin ist die Prophezeiung übrigens total eindeutig: ›Verflucht seien Lincoln und seine siegreichen Söhne. Wenn ihr ungeheuerliches Reich aus Blut und Lügen ins Wanken gerät, dann ist die Zeit der Großen Nacht nahe. Das Getöse zweier stolzer Schwestern wird den Beginn des Endes ankündigen. Während dreier Tage wird Dunkelheit herrschen. Dann wird Babel seine

Söhne verschlingen und in die Herzen der Mütter Verzweiflung säen. Dann werde ich in Erscheinung treten, bewaffnet mit meinem Schwert der Gerechtigkeit. Ich, der Wahre, werde ihre bestürzten Sinne mit Entsetzen strafen, und meine Wölfe werden sich am Blut dieser Schafe im Wolfspelz weiden.‹ Diese Worte, Mr. Holder, wurden 1865 gesprochen und aufgeschrieben. Mit ein bisschen Aufmerksamkeit wird man einsehen, dass mit den ›zwei stolzen Schwestern‹ die Zwillingstürme des World Trade Center gemeint sind.«

»Und Babel, das ist das heutige Bagdad ... Wollen Sie damit sagen, dass Fenryder den 11. September und die verfahrene Situation im Irak vorausgesagt hat?«

»Es gibt Voraussagen und Erwartungen, Mr. Holder. Seit hundertvierzig Jahren ist Fenryder in dem Sarkophag Starker Wind eingesperrt. Er hat nie aufgehört, über das Schicksal seiner Bruderschaft zu wachen. Er wartet ab, bis die historischen Umstände günstig für ihn sind, um wieder aufzutauchen und unserer geschätzten Nation die Strafe seiner Großen Nacht aufzuerlegen. Es sieht so aus, als wäre dieser Zeitpunkt nahe ...«

Eine Zeit lang schwiegen beide.

Wieder wandte sich 10–13 dem in Mondlicht getauchten Waldrand zu.

»Sie lieben die Natur, Mr. Holder?« Da Stanley, in seine Gedanken vertieft, keine Antwort gab, fuhr 10–13 fort: »Ich hab die Natur im Fernsehen kennen gelernt, durch Walnut Grove – Sie wissen schon, diese Kleinstadt in ›Unsere kleine Farm‹. Die Serie hab ich als Kind gesehen. Das allen Anfechtungen zum Trotz friedliche Familienleben der Ingalls. Hund, Farm, die grünen Wiesen von Minnesota, die großen Wälder. Sogar die liebe Mrs. Olson mit ihrem grotesken Haarknoten und ihren Grimassen war mir sympathisch. Ich selber bin bloß ein Zombie aus der South Bronx, dem Scheißhaus von Amerika, wo es nach Pisse stinkt und nicht mal die Ratten alt werden. Wo sind Sie her?«

»Aus Vermont«, seufzte Stanley und fuhr sich müde mit der Hand über die Augen.

»Ah, der rote Ahorn im Herbst, der sich in den Flüssen spiegelt. Herrlich!«, murmelte 10–13 beinahe ekstatisch.

Wieder, und auch diesmal vergeblich, versuchte Stanley im Dunkeln die Gesichtszüge des Mannes zu sehen. Nach Auskunft der DEA musste er asiatischer Herkunft sein – jedenfalls vermittelte er den seltsamen Eindruck eines Bonzen von unerschütterlicher Gelassenheit. Was umso merkwürdiger war, als Stanley hinter der äußeren Ruhe, hinter der hypnotischen Sanftheit seiner Stimme eine wie ein bloßgelegtes Organ pulsierende Brutalität zu spüren meinte.

Ein Bonze, der nicht in der Leugnung des Chaos, sondern erst durch das Chaos Frieden fand. Durch vergossenes Blut, durch den Tod. Durch die Zurschaustellung ihrer perversen Wunder.

In der Dunkelheit, die ihn noch geheimnisvoller erscheinen ließ, fuhr 10–13 halblaut fort: »Vermont ist eine Landschaft, die einen direkt zu Tränen rührt. Aber der Natur ist das egal, sie scheißt auf uns. Du kannst ein Heiliger sein oder das größte Arschloch, die Natur schert das nicht. Kann man sie je reinlegen, die Natur, was? Wie?«

Abermals verstummte er. Dann sagte er, wieder lauter: »Matthew war das Salz der Erde. Oder vielmehr der Pfeffer, wie er selber gern sagte.« Er lachte kurz auf. »Eine Sorte gefallener Engel, verstehen Sie, zu quirlig, um auf diese Weise kaltgemacht zu werden. Fakt ist, dass Matthew überhaupt nicht hätte sterben dürfen, das sag ich. Und dass ich seine hübsche Fresse in dem Zustand sehen musste, das macht mich echt krank. Damit eines klar ist: Ich scheiß auf unsere Nation und ihr kurz-, mittel- oder langfristiges Überleben, aber wenn ich diesen Fenryder in die Hände kriege, dann werde ich der Amerikaner sein, der ihn zutiefst bereuen lässt, dass er nicht beizeiten abgekratzt ist.«

»Sie vergessen, dass ich extra hergekommen bin, um mich persönlich um McNeice zu kümmern.«

»Und Sie vergessen, dass ich Ihnen anbiete, Ihre Tochter zu rächen und gleichzeitig Sie und die Baldwins zu schützen. Glauben Sie mir, für McNeice sind Sie ein Klacks. Er wird Sie einfach wegblasen, und Ihr Tod war völlig umsonst. Hier handelt es sich nicht um Literatur, Mr. Holder, sondern um die Realität, sofern sich das Wort auf unsere Lage überhaupt anwenden lässt.«

»Tut mir leid, ich stehe sehr ungern als Köder zur Verfügung.«

»Ich schätze Ihre Entschlossenheit, Mr. Holder, so wie ich Ihre Verblendung bedaure. Aber ich warne Sie: Ich kriege McNeice, mit oder ohne Ihre Hilfe.«

10–13 tippte dem Muskelpaket neben dem Fahrer auf die Schulter. Der Mann stieg aus und öffnete die rückwärtige Tür. Kaum hatte Stanley einen Fuß auf dem Boden, hielt ihn 10–13 am Arm fest.

»Noch was, Mr. Holder: Ich rate Ihnen dringend, die Finger vom Telefon zu lassen, wenn Sie nachher in Ihrem Pensionszimmer sind, und sich nicht mit Fiesling und Superfiesling in Verbindung zu setzen, wozu die beiden Sie sicher aufgefordert haben. Gönnen Sie ihnen den Schlaf, sie müssen sich von ihrem anstrengenden Psychostudium erholen – sind schließlich nicht mehr die Jüngsten. Von mir erfahren sie bestimmt nicht, dass ich mit Ihnen gesprochen habe, darauf haben Sie mein Wort. Also lassen wir sie draußen, einverstanden? Für Ihr Leben wie für das der aufstrebenden Freudianer ist das auf jeden Fall besser.«

Stanley nickte und stieg aus. Er ging zu seinem Wagen. Hinter ihm wendete der G-Wagen und steuerte auf die Fahrbahn. Das Rückfenster glitt herab.

»Wenn sich zu viele Köter um einen Knochen streiten, ist der, der sich abseits hält, fein raus«, sagte die einschmeichelnde Stimme von 10–13, dessen Gesicht noch immer unsichtbar war. »Denken Sie über meine Worte nach und hören Sie auf die Stimme der Weisheit.«

3

Von ihrem Versteck tief im Wald, wo sie vom beharrlichen Zirpen der Grillen eingeschlossen waren, konnten sie nicht nur den Parkplatz beobachten, sondern gleichzeitig den Fußweg im Auge behalten, falls die Beute auf die abwegige Idee käme, zu Fuß aufzukreuzen. Der Ansitz, den sie sich ausgesucht hatten, war eine von hohen Büschen umschlossene, von dunklen Pinien mit freiliegenden Wurzeln überwölbte Anhöhe. Ein Stück zurückgesetzt stand eine Bretterhütte. Moz hatte diese Kuppe nach ausgiebiger Geländeerkundung gewählt. Von hier aus würden sie McNeice mit Sicherheit entdecken, sobald er kam, und um ihn zur Strecke zu bringen, genügte der Manurhin MR 35. Der in Frankreich hergestellte halbautomatische Revolver war phänomenal: Mit seinen großen kautschukummantelten Kugeln fällte der *flash-ball* ein Wildschwein im gestreckten Galopp.

Moz, der es nicht gewohnt war, im Wald zu arbeiten, spürte beinahe schaudernd im ganzen Körper die Erregung des ersten Mals. In New York war es zugleich einfacher und komplizierter, ein »Paket« abzuholen. Man bahnte sich einen Weg durch die Menge, pirschte sich ans Ziel an, und sobald es groggy war, lud man es in einen fingierten Krankenwagen oder gab sich als Angehöriger aus. Die Sache war im Handumdrehen gelaufen, und die ganz oberflächliche, an Gleichgültigkeit grenzende Neugier der Menge war kalkulierbar. Hier aber, inmitten der Natur, gewann die Jagd einen ganz anderen Reiz, alles war offener, statt Schläue und Verstellung brauchte es Stille und Aufmerksamkeit. Im Schutz des Waldes und der Nacht hingegen hatte Moz in gewisser Weise das Gefühl, ganz ohne Deckung zu arbeiten, und er war froh, dass er als Vorsichtsmaßnahme das zweite, ebenfalls aus zwei Mann bestehende Team am Beginn der Old Pine Lane postiert hatte: Sie sollten jede verdächtige Bewegung über Mobiltelefon melden. Moz würde den Anruf lediglich zur Kenntnis nehmen: Sobald das Telefon an seiner Brust vibrierte, wüsste er, dass die Beute jeden Moment aufkreuzen konnte, und sobald sie in Sicht war, genügten ein, zwei

Plastikkugeln, um sie außer Gefecht zu setzen. Woraufhin Mike und Antonio sofort mit dem Auto kämen, um das »Paket« einzuladen und an sein endgültiges Ziel zu bringen. Der Plan war einfach; er würde zügig umgesetzt werden.

Mit über vierzig und gut zwanzig Jahren Berufserfahrung war und blieb Moz der beste Schütze unter den Männern von 10–13, und obwohl er sich nichts Besonderes darauf einbildete, war er sich seines Status durchaus bewusst und verstand es, ihn zu seinem Vorteil einzusetzen, um seine Entscheidungen bei seinen Mitarbeitern durchzudrücken. Als die vier Männer sich getrennt hatten, um ihre jeweiligen Posten zu beziehen, hatte Moz in letzter Minute die Zusammensetzung der Teams geändert und Mike durch Greg ersetzt.

»Greg, du kommst mit mir«, hatte er verkündet und war im Wald verschwunden, ohne sich noch einmal umzudrehen.

»Äh … Moz?«, stammelte Greg, der über die Planänderung alles andere als erfreut war.

Eigentlich war er sogar ziemlich erleichtert gewesen, dass er mit Antonio, dem Fahrer, im Auto bleiben sollte, während Mike mit dem Chef durch die Botanik stiefelte. Die viele Natur überall, das war einfach nichts für ihn. Er war so allergisch gegen sie, wie er sich vor Moz fürchtete. In seinen Augen waren die Natur und Moz beide gleich: grausam, gefühllos und ein bisschen heimtückisch. Er, Greg, war ein absoluter Städter, wie geschaffen für müllübersäte Straßen, Autofahrten, Abgase, Lärm – die industrielle Zivilisation eben. Und ganz bestimmt nicht für Landpartien mit Moz als Anführer.

»Wird's bald oder nicht?«

»Wieso ich?«, stöhnte Greg.

»Komm schon!«

»Aber wieso? Mike hat gesagt, er kommt mit dir, und ich bleibe im Auto.«

Mike zuckte die Achseln und grinste kurz. Es hatte keinen Sinn, mit Moz zu diskutieren, und er legte Wert darauf, möglichst lang zu überleben.

»Ist mir scheißegal, was Mike sagt, Arschloch«, fuhr ihn Moz, der zum Auto zurückgestapft kam, wutschnaubend an. »Hier zählt, was *ich* sage, und ich sage, dass du mit mir kommst, Arschloch.«

»Nimm doch lieber Mike. Wieso nimmst du nicht lieber Mike?«

»Du kommst mit mir, Arschloch, basta. Los, mach hin!«

Er packte Greg am Kragen und stieß ihn von der Straße herunter in Richtung Wald.

»Fass mich nicht an!«

»Fass mich nicht an«, ahmte ihn Moz mit Fistelstimme nach. »Ich befehle dem Arschloch mitzukommen, und das Arschloch kommt mit.« Mit dem Zeigefinger, der hart wie eine Eisenstange war, stach er ihm mehrmals in den Rücken. »Flenn ruhig, wenn dir danach ist, aber du marschierst jetzt. Genug Zeit vergeudet, Arschloch.«

Moz hatte Mike den Sack mit dem Material aus der Hand genommen, ihn Greg zugeworfen und sich dann in den Wald davongemacht, und Greg das Arschloch hatte ihm wohl oder übel folgen müssen, während er innerlich sein Schicksal beklagte. Mike sah ihnen mit einem müden Seufzen nach. Wenn Moz plötzlich den Plan geändert hatte, dann nicht um diesen Idioten Greg zu nerven, sondern um ihn, Mike, wieder mal zu demütigen. Schon seit einiger Zeit versuchte ihm Moz ständig zu beweisen, dass er sehr gut auf ihn verzichten und ihn jederzeit ersetzen konnte, sogar durch einen ausgemachten Trottel wie Greg.

Mike setzte sich wieder ins Auto neben Antonio, der sich mit hämischem Grinsen auf das Steuer stützte.

»Halt bloß die Fresse, Antonio«, fuhr er ihn an, klappte die Lehne zurück und legte die Füße auf das Armaturenbrett.

Antonio hob nur kurz zwei Finger. Die Flut unflätiger Bemerkungen, die ihm in den Sinn kam, sparte er sich, doch das kleine wissende Lächeln auf seinen Lippen wog allen Hohn auf.

Es war stockfinstere Nacht. Seit gut drei Stunden beobachtete Moz die Umgebung der Pension und lauerte auf alle verdächtigen Bewegungen. Das ohrenbetäubende Gezirpe der Grillen, das wie die schrille Begleitung eines unsichtbaren Chors klang, verstummte keinen Moment. Der Mond tauchte das Dach des Hauses und einen großen Teil des Parkplatzes in ein diffuses, unwirklich blaues Licht. Von ihrer Anhöhe aus sahen sie von der Straße nur ein paar Meter graue Fahrbahn, der Rest verschwand in undurchdringlicher Dunkelheit, die wie ein schwarzes Loch gierig alles verschluckte, was sich ihr näherte. Man konnte jede Wette eingehen, dass McNeices Karmann Ghia, falls er auf diesem Weg kam, ohne Licht jäh aus der Dunkelheit auftauchen würde wie ein Krokodil, das sich als treibender Baumstamm tarnt. Vielleicht war McNeice aber auch schon seit einer ganzen Weile in der Nähe und beobachtete sie, ohne dass sie es bemerkt hatten.

Spinn dich aus, rief sich Moz zur Ordnung. *Er ist noch nicht da, und womöglich kommt er heute Nacht gar nicht, sondern erst morgen oder übermorgen. Wir kundschaften nur die Gegend aus, Punkt.*

Konzentration, darauf kam es an. Bei dieser Beute, das war klar, gab es keine zweite Chance. Es musste beim ersten Mal klappen, sonst … Sonst hatten sie zum ersten und letzten Mal die Jagd im Wald geübt.

Auf der Kuppe lehnte er sich mit einer Schulter an eine Pinie. Der Tahoe der Baldwins stand allein auf dem Parkplatz, der Schreiberling war noch nicht wieder zurück. Moz blickte zu dem sternenfunkelnden Himmel hinauf. Mückenwolken schwirrten kreuz und quer durch die schwüle Nacht.

Diese Viecher hatten es jedenfalls auf Greg das Arschloch abgesehen, so viel stand fest: Wann immer er in der Nähe war, fielen sie über ihn her, und Moz hatte seine Ruhe. Sehr angenehm.

Ich hasse diesen verdammten Wald, dachte Greg mit umso größerer Verbitterung, als er sie nicht äußern durfte. Mike und Antonio konnten gemütlich im Auto sitzen, wo sie vor diesen Scheißmücken sicher waren, durften die Schuhe ausziehen und Radio hören. Nein, es war nicht gerecht. Er, der aus der Zivilisation kam und eine zarte Haut hatte, war von dieser Herumkriecherei in der Wildnis von oben bis unten zerschrammt, und jetzt fielen auch noch diese widerlichen Insekten über ihn her. Warum hatte der

Sadist Moz ausgerechnet ihn dabeihaben müssen! Hätte dieser Dreckskerl wenigstens Bescheid gesagt, was anstand, bevor sie sich auf den Weg gemacht hatten – er wäre doch nie im Leben mit bloß einem T-Shirt und Mokassins, die sich dauernd mit Erde füllten, nachts durch den Wald geschlichen! Zumindest hätte er seine Nylonweste angezogen und anständige Schuhe, und er hätte sich dick mit Antimückencreme eingeschmiert …

Greg richtete seinen missmutigen Blick nach rechts, auf die Lichtung im Wald, wo ein kleines Stück des Weges zu sehen war. Die im Mondlicht schimmernden Kieselsteine bildeten ein silbriges gewundenes Band, alles andere lag im tiefen Schatten des Dickichts, das reglos war, undurchdringlich … heimtückisch. Unwillkürlich überlief ihn ein Schaudern. Wieso hatte Moz bloß ihn mitgenommen und nicht Mike?

4

Sie stand allein in der hell erleuchteten Halle des Hauses. Durch die halb offene Küchentür gegenüber sah sie das unbeschreibliche Chaos, das dort herrschte. Auch in der Küche brannten alle Lampen. In der hinteren Ecke des Raums, neben der Tür zu ihrer Privatwohnung, schien über die perlgraue Arbeitsplatte ein Taifun hinweggegangen zu sein. Der Brotkasten, der Obstkorb waren umgekippt und ausgeleert, auch der kleine Tupperware-Stapel war umgestürzt, und aus dem Durcheinander leuchtete ihr zitronengelber Post-it-Block heraus. Im beunruhigenden milchig gelben Widerschein des Lichts auf den Bodenfliesen lagen Fleischmesser, Schneebesen, Spachtel, ein hölzerner Korkenzieher durcheinander – der Inhalt einer der beiden großen Schubladen, die offenbar jemand ausgeleert hatte. Bei dem Anblick wurde Laureen mit Entsetzen bewusst, wie wirklichkeitsgetreu ihr Traum war, wie überzeugend realistisch, und diese unerhörte, bis ins kleinste Detail gehende Präzision hatte etwas Erschreckendes, weil sie den Verdacht weckte, es könnte ebenso gut Realität sein.

Doch, natürlich, hörte sie sich protestieren, *natürlich träume ich. Natürlich ist das nur ein Traum, was denn sonst.*

Sie wollte die Küchentür ganz aufschieben und streckte die Hand aus, doch irgendetwas in ihr flehte sie an, es nicht zu tun. Es schien alles zu wahr, um ein Traum zu sein. Sie ließ die Hand wieder sinken, machte auf dem Absatz kehrt und ging durch die Halle auf die Treppe zu. Auch im Treppenhaus brannten alle Lichter, und dieses große, hell erleuchtete Haus, in dem außer dem Chaos in der Küche keine Spur von Leben war, schien ihr in höchstem Maße beunruhigend.

Mit zugeschnürter Kehle rief sie nach Scotty.

Sie suchte ihn. Er musste doch irgendwo sein. In der Mitte der Halle lag etwas, eine unbestimmte längliche Form, über die sie mit abgewandtem Blick hinwegstieg: Sie wagte nicht hinzusehen, denn sie fürchtete, dass sie dann nicht weitergehen konnte. *Nicht jetzt. Später. Später schau ich 's mir an.* Am Fuß der Treppe blieb sie stehen und beugte sich vor, um ins Treppenhaus hinaufzuspähen.

Im Haus herrschte eine verdächtige Stille, wie ein unheilverkündendes Omen. Laureen spitzte die Ohren, horchte auf *irgendeinen* Laut, nahm aber nur das rasende Hämmern ihres Herzens bis hinauf in die Kehle und ihren fliegenden Atem wahr. Abermals meldete sich dumpf ihr sechster Sinn und riet ihr zu bleiben, wo sie war, auf keinen Fall die Treppe hinaufzusteigen, doch irgendwo über ihr ertönte jetzt eine fremde Stimme, die ihr heraufzukommen befahl.

»Komm«, sagte die Stimme. *»Komm rauf und schau, was dich hier erwartet, meine Schöne.«*

Es war ein heimtückisches Murmeln, eine übel wollende Aufforderung, die aus dem hell erleuchteten Zentrum des Hauses kam. Etwas Unbekanntes wartete dort oben auf Laureen, und es verhieß nichts Gutes. Laureen musste so schnell wie möglich Scotty finden. Scotty brauchte ihre Hilfe – sie glaubte ihn weinen zu hören.

»Scotty! … Wo bist du, Schatz?«, rief sie angstvoll am Fuß der Stiege.

Unschlüssig legte sie die Hand auf die kupferne Kugel am unteren Pfeiler des Geländers, und bei der Berührung überlief es sie eiskalt.

»*Na los, komm rauf, meine Schöne. Komm*«, wiederholte die Stimme des Eindringlings.

Zögernd setzte Laureen einen Fuß auf die erste Stufe.

»Scotty! Ich bin's, Mama. Wo bist du?«

Ihre klagende Stimme hörte sich lächerlich an, wie von ihrer Angst im schmalen Schacht der Kehle gefangen.

»Scotty, antworte! Bitte!«

Jetzt hör schon auf zu jammern und geh!, schalt sie sich innerlich. Sie stieg eine weitere Stufe hinauf. Das Holz knarzte unter ihren Füßen. *Wie schrecklich realistisch ist dieser Traum! Dennoch ist es nur ein Traum*, beschwichtigte ihre Vernunft. Sie konnte ihn stoppen, wann immer sie wollte, dazu brauchte sie nur aufzuwachen. Sie brauchte nur …

»KOMM!«

Die Stimme des Eindringlings war jetzt ein unheilvolles Poltern …

»KOMM! KOMM!«

… das immer lauter wurde, sich immer weiter, bis zu einem unerträglichen Hassausbruch steigerte.

»KOMM RAUF, SCHLAMPE!«

Und dann war es auf einmal wieder totenstill.

Zu Tode erschrocken, mit rasendem Herzen war Laureen unterdessen immer höher gestiegen. Ihrem Sohn zuliebe. Auf halber Höhe angelangt, blickte sie nach rechts und sah: In dem Geländer, das den Flur im ersten Stock gegen die Halle abgrenzte, klaffte eine breite Lücke, die Holzstäbe waren teils gesplittert, teils herausgerissen. Laureen stockte der Atem.

Du lieber Gott, Scotty! Er ist gestürzt!

Das war ihr erster Gedanke; doch seltsamerweise sagte sie sich im selben Moment, dass Scotty mit seinem geringen Gewicht niemals mit solcher Wucht durch das Geländer hätte brechen können – wenn hier jemand abgestürzt war, dann jedenfalls nicht Scotty. Sie setzte sich wieder in Bewegung, langsam, den Blick auf die Lücke im Geländer geheftet, und, je näher sie kam, mit immer heftiger klopfendem Herzen.

Unter ihr, auf den glänzenden Fliesen der Halle, tauchte am Rand ihres Blickfelds wie ein Spuk immer wieder die reglose Form auf, über die sie ohne einen Blick hinweggestiegen war.

Jetzt stand sie oben im Flur.

Auch hier brannten, wie unten, die Lichter in allen Zimmern, und die Türen standen weit offen wie gierige Mäuler.

»Scotty?! Antworte, ich fleh dich an!«, sagte sie atemlos vor Angst.

Sie trat auf die Lücke zu. Eine Hand auf dem geborstenen Geländer, die andere in den Stoff ihres Nachthemds gekrallt, beugte sie sich zaghaft vor.

Es ist bloß ein Traum, sagte sie sich wieder und wieder, *bloß ein Traum.*

Und sie senkte den Blick.

Nein, Scotty war nicht gestürzt. Das war nicht Scotty.

Sie stieß einen Seufzer der Erleichterung aus, und der Schraubstock, der ihren Brustkorb umklammert hatte, lockerte sich ein wenig. Was dort unten lag, war ein Erwachsener, eine Frau. Der zerschlagene Körper einer Frau. Er lag reglos auf dem Rücken. In einer Blutlache. Die Frau trug ein kurzes weißes Hemd mit schmalen Trägern, ein Nachthemd. Blutbefleckt. Ihre langen nackten Beine waren nicht nur übersät von blauen Striemen, sondern in haarsträubender Verrenkung abgespreizt. Ein sichtlich gebrochener Arm lag quer über dem Gesicht, von dem ein dünnes Rinnsal Blut floss. Die weit aufgerissenen Augen starrten auf einen Punkt direkt über Laureen.

Nein, nicht über ihr. Die Tote starrte *sie* an, Laureen Baldwin.

»Um Gottes willen!«, stieß sie hervor und fuhr zurück.

Die Angst hatte wieder vollständig Besitz von ihr ergriffen, und um nicht zu schreien, sagte sie sich wieder, es sei nur ein böser Traum, nichts weiter. Als sie sich ein wenig gefasst hatte, beugte sie sich mit einem halb unterdrückten nervösen Schluchzen abermals vor. Die Frau dort unten war gestürzt, ja, und hatte sich dabei den

Hals gebrochen. Laureen sah, dass sie das gleiche Nachthemd trug wie sie selbst. Wieder überkam sie eine jähe Übelkeit, diesmal aber wich sie nicht zurück, sondern starrte mit wachsendem Grauen die Tote an. Das Gesicht kam ihr seltsam bekannt vor.

Und während ihr Verstand sich noch weigerte zu glauben, was sie sah, hatte ein anderer Teil ihres Gehirns die Leiche identifiziert.

Sie wollte schreien, brachte aber keinen Ton heraus. Das Entsetzen lähmte sie.

Die leblose Gestalt, die dort unten in einer Blutlache lag, das war sie selbst, Laureen. Das war ihr Körper, zertrümmert, verrenkt. Das waren ihre Beine, ihre Arme, ihre Augen. Und sie war tot.

Tot!

In diesem Moment fuhr Laureen schweißgebadet und nach Luft ringend aus dem Schlaf.

Neben ihr schlief Johnny tief und fest. Er lag auf der Seite und kehrte ihr den Rücken zu. Wie betäubt starrte sie auf seinen Nacken, die breiten, entblößten Schultern, die Decke, die sich mit seinem Atem hob und senkte.

Schlaf nur, Johnny! Mach dir bloß keine Sorgen! Es ist ja nur deine Frau, die hier endgültig den Verstand verliert. Mach dir bloß keine Sorgen. War ja nicht anders zu erwarten.

Sie warf einen Blick auf den elektronischen Wecker, der mit roten, eckigen Ziffern mitteilte, dass es erst ein Uhr fünfzehn war. Nein: ein Uhr sechzehn.

Sie stellte sich die schöne Todesanzeige vor, die an Tanten, Onkel, Vettern und Kusinen verschickt würde: *Mit großer Freude teilen wir euch mit, dass Laureen Baldwin, geborene Powell, in diesem glücklichen Jahr zu ihrem Bruder ins Reich der Großen Wahnsinnigen eingegangen ist. Richtet eure Glückwünsche bitte ans Irrenhaus. Laureen wird euch mit ihrem schönsten Gebrüll antworten.*

Sehr witzig. Nach Lachen war ihr allerdings ganz und gar nicht zumute.

So behutsam wie möglich, als müsste sie fürchten, von einem

heftigen Schwindel gefällt zu werden, stellte sie erst einen, dann den zweiten Fuß auf den dicken Teppichboden und stand auf. Kaum aufgerichtet, spürte sie nicht Schwindel, sondern ein unaufhaltsames Magma aus der Tiefe ihres Magens emporsteigen. Barfuß stürzte sie zur Toilette und konnte gerade noch den Deckel aufklappen, bevor sie sich übergab.

Ihre Hand tastete eine Zeit lang nach dem Lichtschalter. Als sie ihn schließlich fand, warf die kleine Neonröhre ein kaltes Licht auf das verwüstete Gesicht im Spiegel des Medizinschränkchens. *Eine Verrückte, ja, das irre Gesicht einer Verrückten.* Sie erinnerte sich an Bens Gesicht in dem Moment, ehe er das Feuerzeug anzündete und wie ein Ballen Werg in Flammen aufging.

Sie spülte sich den Mund aus, wusch sich mit kaltem Wasser das Gesicht.

»Jetzt geht's wieder«, sagte sie laut.

Sie löschte das Licht und ging zu Scottys Zimmer, um sich zu vergewissern, dass alles in Ordnung war. Die Tür stand wie immer einen Spalt offen, und Laureen huschte hinein. Scotty schlief, die Beine leicht gespreizt, auf dem Bauch. Sie bückte sich zu ihm hinunter, um ihn zuzudecken.

Was er wohl träumte? Er sah so friedlich aus. Nur seine Lider und Lippen zuckten manchmal leicht.

Mit zwei Fingern blies sie ihm einen Kuss zu, dann zog sie sich auf Zehenspitzen in den Flur zurück und ging zur Küche. Statt der Deckenlampe schaltete sie die kleine Spotleuchte über dem Spülbecken ein. Sie nahm eine Flasche Mineralwasser aus dem Kühlschrank und schenkte sich ein halbes Glas ein. Als ihre Lippen in die kalte Flüssigkeit eintauchten, fühlte sie sich augenblicklich beruhigt. Sie schloss die Augen.

Gegen neun Uhr, als Scotty im Bett war, hatte sie ihre Eltern angerufen. Ihre Mutter, die eben von einer Partie Scrabble bei einer Freundin zurückkam, war erst begeistert, dass Laureen und Scotty nach Palmdale kommen wollten, aber gleich darauf hatte sie besorgt gefragt: »Und Johnny?«

Denn Georgia Powell gehörte zu der winzigen Minderheit von

Schwiegermüttern, die um ihren Schwiegersohn sehr viel Aufhebens machen – in diesem Fall vielleicht deshalb, weil Johnny in Georgias Herz den Platz ihres armen Ben eingenommen hatte.

»Johnny geht's prima, Mum.«

»Warum kommt er dann nicht mit?«

Oh, Mum, bitte!, hatte Laureen innerlich gestöhnt, während ihr fast die Tränen kamen.

»Ihr lasst euch doch nicht etwa scheiden?«

»Was malst du wieder den Teufel an die Wand, Georgia!«, schimpfte Norbert Powell im Hintergrund.

Ihre Mutter stellte das Telefon auf Lautsprecher um, und Laureen stellte sich vor, wie ihre Eltern in der großen Diele ihres Hauses einander wie Keramikhunde über das Telefon hinweg anstarrten.

»Guten Abend, Dad.«

»Geht's dir gut, Mädchen?«, erkundigte er sich, während Georgia gleichzeitig spitz kommentierte: »Dir muss man sowieso immer alles extra erklären, bis du was kapierst! Als ich dir prophezeit habe, dass sich die Gordons demnächst trennen würden, hast du mir auch nicht geglaubt – und was ist? Haben sie sich etwa *nicht* scheiden lassen?« Dann, wieder zu Laureen gewandt, in sanfterem Ton: »Schatz, du sagst es mir, wenn's ein Problem gibt, ja? Ich hoffe, es ist nicht wegen dieser entsetzlichen Sache im Winter …«

»Mum! Es gibt kein Problem!«

Sie zog es vor zu lügen, aber ebenso gut hätte sie ihnen den Weltuntergang binnen vierundzwanzig Stunden ankündigen können, sie hörten ihr ohnehin nicht zu. Norbert Powell fiel wiederum seiner Frau ins Wort: Wenn die Gordons sich getrennt hätten, dann nur wegen Leuten wie Georgia, die sich in alles einmischten, was sie nichts angehe; Georgia antwortete im selben Ton, und gleich waren sie im schönsten Streit. Laureen brach in Tränen aus, doch die beiden am anderen Ende der Leitung bekamen nichts davon mit. Nun nahm Johnny ihr den Hörer aus der Hand, und wie durch ein Wunder verstummte das Gezanke augenblicklich, die Kommunikation wurde wieder normal und sachlich. Danach rief Johnny bei Delta Airlines an und buchte zwei Plätze für den Flug um 10.55 Uhr von Shreveport nach L.A. Norbert und Georgia würden Laureen und Scotty mit ihrem alten Buick vom Flughafen abholen.

Laureen schenkte ihr Glas noch einmal voll. In dem Moment, als sie es an die Lippen hob, hörte sie an der Haustür einen Schlüssel im Schloss. Sie beugte sich hastig vor und dachte, als sie das Licht draußen sah, dass es Stanley Holder sein musste, der jetzt erst zurückkehrte. Wenn er auf dieselbe Idee kam, sich noch ein Glas Wasser zu holen, würde er sie ertappen, wie sie wie Wendie Torrance in *Shining* spärlich bekleidet durchs nächtliche Haus schlich. Ans Spülbecken gedrückt, hielt sie den Atem an und lauschte. Die Schritte entfernten sich treppauf. Nach einer Weile spähte sie noch einmal in die Halle, wo es jetzt dunkel war. Stanley war in sein Zimmer hinaufgegangen.

5

Eine Mückenwolke umschwirrte ihn mit nervtötendem Gesumme, und zum x-ten Mal fluchte Greg innerlich vor sich hin: Ich hasse diesen Scheißwald. Mit wildem Fuchteln versuchte er die Angreifer zu verscheuchen. Diese Saubande fraß ihn bei lebendigem Leib auf! Er schlug sich auf den Nacken und betrachtete dann seine Handfläche in der Hoffnung auf einen zerquetschten Feind. Vergebens. Die verdammten Viecher hatten im Sturzflug ihre Bomben abgesetzt und waren unbeschadet zur Basis zurückgekehrt.

Moz hatte, sobald die Dunkelheit unter den Bäumen undurchdringlich geworden war, seine mit Wärmedetektor ausgestattete Schützenbrille aufgesetzt und sich, den geladenen MR 35 schussbereit in der Hand, flach auf den Boden gelegt. Auch Greg-das-Arschloch hatte er ungeachtet aller Proteste wegen seiner schönen Leinenhose gezwungen, sich niederzulegen.

Rund alle fünf Minuten inspizierte Moz mit einer langsamen Drehung des Kopfes die Umgebung durch seine Infrarotbrille. Bis jetzt war alles ruhig in dieser schwülheißen Nacht, nur die Grillen lärmten.

»Jetzt halt endlich still, Arschloch.«

»Bitte, Moz, nenn mich nicht immer so!«, protestierte Greg, während er sich wild erst im Nacken, dann an den Unterarmen kratzte. Die Mücken veranstalteten ein Festmahl auf ihm.

Moz fixierte ihn mit seiner Schützenbrille. »Nenn mich nicht immer sooooo«, ahmte er ihn böse nach.

»Ich kann das echt nicht haben, Mann!«

»Ich bin untröstlich, Arschloch. Wie hättest du 's denn gern? Mr. Asshole? Oder vielleicht Eure Durchlaucht Arschloch meines Arsches? Das ist besser, oder? Seine durchlauchtigste Hoheit Arschloch meines Arsches?«

Moz ließ seinen Terminatorblick Gregs ausgestreckten Körper entlangwandern. Hier und dort tanzten farbige Flecken, und Moz schnaubte verächtlich: Dieser Trottel Greg hatte in der Hose noch weniger als in der Birne.

»Du hast echt einen Knall«, sagte Greg, der wider Willen lächeln musste, halb bewundernd, halb ratlos.

»Klar. Genie und Wahnsinn gehn Hand in Hand.«

So oder so, hatte er seinen Spitznamen nach dem österreichischen Wunderknaben; manchmal – selten – nannten sie ihn auch Amadeus. 10–13 persönlich hatte ihn mit der Ernennung zu seinem ersten Stellvertreter in den Adelsstand eines Maestro des Abzugs erhoben. Sein erstes Meisterwerk hatte Moz mit fünfzehn vollbracht, und zwar auf dem Parkplatz eines Howard Johnson Inn nahe Chicaco, wo er einen Lexus abgepasst hatte und dessen Besitzer mit der freundlichen Überzeugungskraft einer Beretta 9 Millimeter aufgefordert hatte, ihm den Wagen augenblicklich abzutreten. Der Typ hatte widerspruchslos gehorcht und die Beine in die Hand genommen. Die Limousine hatten sie dann, entbeint wie ein Suppenhuhn, in Einzelteilen an zwielichtige Werkstätten verschachert. Der Coup war verblüffend einfach gewesen.

Wieder suchte er mit seiner Schützenbrille die Umgebung ab.

»Hey, Moz, hast du nicht ein Steckerlpferd?«, fragte Greg, der sich nach Unterhaltung sehnte, und erschlug eine Mücke auf seiner Wange.

»Was, bitte?«, fragte Moz entgeistert.

»Was was?«

»Was soll der Scheiß?«

»He, kennst du den Ausdruck etwa nicht?«

»Wer hier was nicht kennt, bist du, Vollidiot. ›Steckenpferd‹ meinst du wohl.«

»Ja, sag ich doch.«

»Sicher. Hör zu, Arschloch, du machst dich jetzt mal nützlich. Hol mir meinen Kaugummi, ich hab ihn im Auto liegen lassen. Warte!« Er hielt Greg, der sich schon aufrappelte, am Arm fest. »Du gehst hintenrum, klar? Auf keinen Fall auf dem Weg. Und hin genauso wie zurück, kapiert, Arschloch? Oder ich setze dich mit dem da außer Gefecht«, sagte er und zeigte auf den Revolverlauf.

Greg war viel zu erleichtert, dass er für eine Weile den Posten verlassen durfte, um aufzumucken. Er sprang die Rückseite der Anhöhe hinunter und verschwand in der Dunkelheit zwischen schwarzen Nadelbäumen und dem Gekreisch der Grillen. Moz blickte auf die Uhr. Es war fünf Minuten vor eins.

Eine halbe Stunde später hatte Moz seinen Kaugummi noch immer nicht, aber zwei Scheinwerfer stachen durch die Dunkelheit. Es war Holder, der endlich in seinem BMW in den Schoß der Familie zurückkehrte. Irgendwo auf dem Rückweg musste ihn 10–13 gestellt haben, um ihn aufzuklären, was lief, und ihm wohl auch von diesem Knaben Matthew zu erzählen. Er sah Holder aussteigen und ungehindert im Haus verschwinden.

Stirnrunzelnd dachte Moz darüber nach, was für eine Beziehung zwischen dem Chef und Matthew Beals wohl bestanden haben mochte. Fragen konnte er ihn natürlich nicht! Im Magen ausgehungerter Köter zu landen zählte nicht zu seinen Plänen. Allerdings ging ihm die Sache nicht aus dem Sinn. Man hörte gewisse Gerüchte – das waren freilich nur Gerüchte, trotzdem …

Plötzlich alarmiert von einem leisen Knacken, blickte Moz

durch die Infrarotbrille zur Straße hinunter. In seinem Gesichtsfeld tauchte eine Wärmequelle geringer Größe auf, die am Fuß eines Gestrüpps innehielt.

»Bah. Ratte oder Kaninchen«, sagte er sich und zielte zum Spaß mit dem Revolverlauf in die Richtung.

In ihrer Kautschukhülle ähnelte die Munition des MR 35 harmlosen Jokari-Bällen. »Humanitäre Kugeln« nannte man sie, und darüber musste Moz lächeln, während er sich fragte, welche Wirkung die Geschosse wohl auf das kleine reglose Tier dort unten hätten. So sicher wie ein Schlag mit dem Hammer würden sie ihm das Rückgrat brechen, dachte er. Der Boss würde solche Späße ganz und gar nicht schätzen.

Plötzlich sauste die kleine Wärmequelle wie der Blitz davon.

»Scheiße!«, murmelte Moz.

Etwas hatte das Tier erschreckt. Etwas näherte sich. Wahrscheinlich Greg das Arschloch, das endlich zurückkam.

Er schob die Brille auf die Stirn und massierte sich die Lider. Was hat er bloß so lang getrieben, der Volltrottel. Moz hatte allmählich die Schnauze voll von diesem Hornochsen, der nicht mal imstande war, die einfachsten Aufträge zu erledigen.

Am Rand seines Blickfelds registrierte er eine leichte Bewegung, er fuhr herum und zielte mit dem MR 35 auf die dunkle Gestalt, die auf ihn zukam.

»Seine durchlauchtigste Hoheit Arschloch trifft endlich ein!«, zischte er ungehalten.

Er zog die Brille von der Stirn auf die Nase und wandte sich wieder dem Parkplatz zu.

Im nächsten Moment begann seine Kopfhaut zu kribbeln, was Moz augenblicklich als schlechtes Zeichen deutete. Mit dieser simplen physiologischen Reaktion machte ihn sein Verstand normalerweise auf ein noch nicht erkanntes Problem aufmerksam, und bisher hatte er sich nie getäuscht. Nie! Eine Gänsehaut überlief ihn. Im Bruchteil einer Sekunde hatte er begriffen, worin das Problem bestand. Es war beträchtlich. In dem sehr kurzen Moment, nachdem er die Brille wieder aufgesetzt hatte und sich zum Parkplatz umdrehte, hatte er Greg im Blickfeld gehabt. Beziehungsweise hätte ihn im Blickfeld haben müssen, die Wärmedetektoren aber hatten in dieser Richtung keine Wärmequelle registriert. Das konnte nicht sein! Vielleicht war er nicht aufmerksam genug gewesen. Jeder lebendige Körper hat ein bewegtes thermisches Feld, so was lernt man schon in der Schule. Um sich zu vergewissern, drehte er sich noch einmal um. Jesus! Die Brille signalisierte keinerlei Wärme, obwohl er dem, was da näher kam, direkt entgegenblickte. Er riss sie herunter. Das Ding funktionierte anscheinend nicht.

»He, bist du 's, Arschloch?«, murmelte er tonlos der sich nähernden dunklen Gestalt zu.

6

In seinem Zimmer angelangt, bestand sein erster Handgriff darin, den Koffer zu packen. Er wollte die Baldwins nicht weiter in Gefahr bringen. Seinetwegen war die Familie von einer beispiellosen Welle der Gewalt erfasst worden, die allein ihm, dem Enkel der allzu neugierigen Rose Holder, galt. Sein Entschluss stand fest: Gleich am nächsten Morgen würde er umziehen, sicher zu Norman. Wenn 10–13 die Lage richtig einschätzte, war es ohnehin zu spät, um Norman noch aus der Schusslinie zu halten.

Kopflos bist du losgerannt, Augen zu und durch, und jetzt sitzt du mittendrin in Teufels Küche, gestand er sich in ohnmächtiger Wut ein. Der erste Fehler war gewesen, dass er überhaupt ins Grand Magnolia, den ehemaligen Besitz der McNeices gekommen war; der zweite, dass er Norman Jarrett zu Hause aufgesucht hatte. *Es hätte nicht schlimmer sein können, wenn du dem alten Mann eine Zielscheibe auf die Stirn gezeichnet hättest.*

Er setzte sich an den Sekretär in seinem Zimmer und begann alles, was er von Norman und 10–13 erfahren hatte, in seinen Toshiba einzugeben. Zuletzt tippte er sein Fazit des Abends: »Fenryders Wölfe sind in der Lage, in die Tiefen unseres Unterbewusstseins vorzudringen und selbst gründlich Verschüttetes zutage zu fördern. Sogar unseren schlimmsten Albträumen ist der Zugang zu der Quelle des Schreckens verwehrt, von der Charlie McNeice und die Seinen sich speisen.«

Er blickte auf. Seine Finger schwebten über der Tastatur.

Und wovor hast du *Angst, Stanley Holder?*, fragte er sich bang. *Was wird dir McNeice vorführen, wenn die Stunde der Wahrheit geschlagen hat? Haie? Ratten? Den Gevatter Tod mit der Sense?*

Stanley schaltete sein Notebook ab und stand auf.

Mitten in Teufels Küche.

Es war keine Übertreibung. Er spürte seine Furcht anschwellen, bis sie vollkommen von ihm Besitz ergriffen hatte. Die Wut des leidenden Vaters hatte nachgelassen, hatte sich entzogen, war geflohen; zurückgeblieben war die ratlose Verzweiflung eines Neugeborenen in pechschwarzer Einsamkeit.

Pack deine Sachen und fahr nach Hause, flüsterte ihm sein Instinkt zu. *Ihr könnt gegen ihn nichts ausrichten, weder du noch Norman. Nichts. Versuch nicht zu sehen, was nicht gesehen werden darf. 10–13 und seine Leute werden sich um ihn kümmern – vielleicht bringen sie es ja zuwege, die Pforten der Hölle wieder zu schließen. Vielleicht muss man selber ein bisschen Hölle in sich haben, um gegen die Hölle zu kämpfen.*

Die Ohnmacht war der Schwäche gewichen, auch die Feigheit schlich sich in ihn ein, ohne ihren Namen zu nennen. Er wollte jetzt nur noch schlafen, Vergessen finden, Ruhe. Vergessen, sich einen Moment ausruhen, nur einen Moment …

Er öffnete das Fenster zum dunklen Park und atmete tief die von den Düften des Waldes gesättigte laue Luft ein. Er lebte, fühlte sich seltsam lebendig. Wie lange noch?

Ach Page, mein Kind, ich fürchte mich sehr.

Er setzte sich aufs Bett und betrachtete das Foto seiner Tochter, das einzige, das er auf die Reise mitgenommen hatte. Es war ein Klassenfoto: Page in der zweiten Reihe, lächelnd, leicht zu einer Freundin hin geneigt. Er liebte dieses Foto, weil es fern von zu Hause entstanden, weil Page darauf glücklich war, ohne ihn.

Schmerz und Wut kehrten jetzt wieder zurück und vertrieben Erschöpfung und Furcht.

»Page«, murmelte er vor sich hin.

Er ballte die Fäuste und bereute seinen kurzen Anflug von Feigheit. Er war bereit für McNeice. Jetzt fühlte er sich bereit. Bereit, ihn zu töten, bereit zu sterben.

Er stand auf und trat wieder ans offene Fenster. Vor ihm stand das undurchdringliche Bollwerk des Waldes, und darüber funkelte das ewige sternenübersäte Firmament. Der Gleichmut der Natur. Ihre Gleichgültigkeit.

»Wir sind nichts als ein Stück Materie für sie, die sowieso bald verrotten wird«, murmelte er ohne jede Bitterkeit.

Er dachte an 10–13 im Halbdunkel seines gepanzerten Wagens. Die Natur scheißt auf uns, hatte er gesagt. Richtig, dachte Stanley, erst wenn wir tot sind, hat sie Verwendung für uns.

Er blickte zum Dachvorsprung hinauf und entdeckte zwischen Dachrinne und Mauer ein riesiges Spinnennetz. Eine Mücke hatte sich darin verfangen, zum Tod verurteilt.

Er meinte, sich selbst zu sehen. Auch er saß mitten in einem Spinnennetz, einem unermesslichen, finsteren Netz. Wenn er die falsche Entscheidung traf, die falsche Richtung einschlug, geriet er nur tiefer hinein in die Falle, würde sich immer mehr verstricken. Das war ihm klar. Der Mittelpunkt dieses Netzes war das Grand Magnolia. Das Zentrum eines Reichs der Schrecken, einer gnadenlosen Jagd.

7

Laureen knipste die Lampe aus. Die Arme vor der Brust gekreuzt, blieb sie noch einen Moment an der Tür stehen und warf einen letzten Blick in die vom blauen Mondlicht erfüllte Küche. *Na gut, ich geh wieder ins Bett,* dachte sie. Doch in dem Moment, als sie sich abwandte und die Tür zuzog, hörte sie ein Geräusch. Sie schob die Tür weit auf und sah sich furchtsam in der Küche um.

Ein Geräusch war es eigentlich nicht gewesen, es war etwas viel Schlimmeres: Sie hatte gehört – oder geglaubt zu hören –, wie jemand ihren Vornamen rief, zweimal *(Laureen, psst! Laureen).* Jemand hatte sie gerufen – so war es ihr jedenfalls für einen Sekundenbruchteil vorgekommen. Jetzt war alles vollkommen still, es war niemand da. Anscheinend hörte sie schon Stimmen … *Geh zurück in dein …*

»Pssst!«, machte es wieder, und sie erstarrte. Lauschte mit angehaltenem Atem. Sie schloss die Arme enger um ihre Brust, wie um sich zu schützten. Mit äußerster Vorsicht löste sie sich von der Tür und durchquerte den Raum auf die Gartentür zu, durch die das Mondlicht hereinfiel. Sie wollte lieber kein Licht machen: So konnte sie besser sehen, zumal ihre Augen jetzt an die Dunkelheit gewöhnt waren. Hier und dort lag ein weiches Schimmern auf den Fliesen, es sah aus wie milchige Pfützen. Unter ihren bloßen Füßen schien der Boden auf einmal kälter als zuvor. Sie trat an die Glasscheibe, drückte die Stirn an eine der Fenstersprossen und spähte in den Park hinaus. Draußen war nichts, niemand.

Wer soll da auch sein, dumme Kuh? Du bist mit den Nerven am Ende und hörst Stimmen, so ist das.

Der Park döste in der lauen Nacht. Hin und wieder erzitterten die Blätter der knorrigen Eichen in einer Brise, und die dunkle Silhouette des Sommerpavillons am Ende der Allee sah aus wie die reglose Gestalt eines alten Natchez, der im Sitzen schläft; vor ihm die wie Aluminium glänzende Fläche des Sees. Laureen atmete auf, und ihre Hände glitten die Arme aufwärts bis zu den Schultern. Niemand trieb sich dort draußen herum.

Dennoch wurde sie das Gefühl nicht los, dass etwas nicht stimmte.

In der Fensterscheibe spiegelten sich matt die perlgraue Arbeitsplatte und die weiße Fläche der Kühlschranktür hinter ihr. Am Rand des Blickfelds war das dunkle Viereck der Küchentür zu erkennen.

Etwas stimmte nicht. Etwas war nicht mehr an seinem Platz, und Laureen wusste nicht, was es war.

Ohne sich umzudrehen – dazu fühlte sie sich nicht mehr imstande; eine noch unnennbare, aber sehr reale Furcht machte sich in ihr breit und lähmte sie –, begann sie den gespiegelten Raum in der Fensterscheibe zu erkunden. Etwas war nicht mehr an seinem Platz, und ihr Verstand konnte nicht sagen, was. Etwas war nicht mehr an seinem Platz … Mit einer Mischung aus Ungläubigkeit und Entsetzen spürte sie, dass sie die Antwort direkt vor Augen hatte. *Etwas war nicht mehr an seinem Platz, aber was?*

Mit Gewalt riss sie sich von der Fensterscheibe los und drehte sich um. *Etwas* … Im selben Moment fiel ihr wieder der Albtraum ein, der sie geweckt hatte, und das Herz schlug ihr bis zum Hals.

»Oh nein!«, stöhnte sie.

Der Albtraum, die verwüstete Küche. *Etwas* würde diese Nacht geschehen. Das wusste sie jetzt. Der Traum hatte sie gewarnt. Scotty war in Gefahr. Und nicht nur Scotty. Sie alle waren in Gefahr. *Beeil dich, ruf die Polizei an. Erzähl ihnen irgendwas, aber sorg dafür, dass sie so schnell wie möglich herkommen.*

Sie musste sich überwinden, um einen Fuß vor den anderen zu setzen, auf das Telefon zuzugehen. Im nächsten Moment traf es sie wie ein Schlag. Der Atem stockte ihr. Das Telefon war es, das sie im Spiegelbild gesucht hatte. Das Telefon war von der Wand neben dem Kühlschrank verschwunden. Für einen Moment versuchte sie sich einzureden, dass es sich gelockert und samt Halterung von der Wand gefallen war. Laureen schluckte schwer und zwang sich, mit den Augen die Fliesen abzusuchen. Der Boden war leer.

Sie blickte wieder auf. Ihre Lippen zitterten unkontrolliert.

Rechts von ihr gähnte das schwarze Viereck der Tür zur Halle. Dort draußen war undurchdringliche Schwärze. Eine formlose Bedrohung. Sie ahnte, dass sie, wenn sie sich nur bemühte, zweifellos etwas darin entdecken würde: eine Form, eine Gestalt. Die von den Fliesen aufsteigende Kälte kroch ihr heimtückisch die Beine hinauf und erzeugte ein Gefühl von Taubheit. Sie stand wie angewurzelt vor Grauen.

Dann nahm sie den Geruch wahr.

Es roch nach gegrilltem Fleisch. Nein: nach verbranntem Fleisch.

Oh nein, nein!, dachte sie schreckensstarr.

Eine Hand vor dem Mund, wich sie zurück.

Das war Ben. Er stand in der Tür wie eine aus ihrem letzten Schlaf gerissene, von ihren Bandagen befreite Mumie. Seine Augen funkelten aus der Dunkelheit wie bei einem wütenden Hund.

»Grüß dich, Schwesterherz«, sagte er mit breitem, theatralischem Grinsen.

Er rührte sich nicht, ließ ihr Zeit, ihn ausgiebig zu betrachten.

Vor ihr stand eine aus verkohlten, von aufgeworfenen Blasen übersäte, faulende Masse, aus der hier und dort ein Knochen ragte. Von den weißen Tennisshorts, die er am Tag seines Feuertods getragen hatte, waren noch ein paar versengte Fetzen übrig. Wo der Reißverschluss gewesen war, wölbte sich in Höhe des Bauchnabels eine schwärzliche Protuberanz. Sein Kopf hatte keine Haare, keine Wimpern, keine Brauen mehr; er war von blutroten, suppenden Wunden bedeckt. Die zu bräunlichen Wülsten geschrumpften Lippen entblößten zwei Reihen angesengter Zähne zu dem breiten Grinsen eines Skeletts. Die süßlichen Schwaden der Zersetzung entströmten diesem infernalischen Kadaver: der Geschmack des Todes.

Laureen wollte schreien, sie wollte nach Johnny rufen. Johnny, der wie ein Murmeltier schlief, während seine Frau ihrem toten Bruder gegenüberstand. Doch es kam kein Laut aus ihrer Kehle.

»Ben«, flüsterte sie entsetzt.

Das war das Signal: Mit raschem Schritt kam das verkohlte Gespenst auf sie zu. Sie hatte keine Zeit zu reagieren. Es packte sie an der Kehle und stieß sie brutal gegen die Küchenelemente. Laureen stolperte, verlor das Gleichgewicht. Von der Wucht des Stoßes fortgerissen, landete sie unsanft auf der Arbeitsplatte, und Ben hielt sie fest: Wie ein Schraubstock umklammerten seine Hände ihren Hals.

»Ben!«, flehte sie halb erstickt.

Die stinkenden Ausdünstungen des Wesens gaben ihr einen Vorgeschmack auf den Tod. Hilflos zappelnd lag sie rücklings mit dem Oberkörper auf der Arbeitsplatte, und ihre Kehle glühte wie geschmolzenes Metall. Es wurde ihr schwarz vor den Augen, und sie hörte sich röcheln. Dem Ersticken nahe, starrte sie in die abscheuliche Fratze, die sich über sie beugte wie ein dämonischer Chirurg, und flehte in Gedanken um Erbarmen, doch aus dem verwüsteten Gesicht schlug ihr ein unmenschlicher Hass entgegen, der nur in Folterqualen und Gemetzel Befriedigung fand. Er würde sie langsam und genüsslich erwürgen. Und dann … und dann würde er über Scotty herfallen.

Oh mein Gott! Nein, NEIN!!!

Ein heißer Schrecken durchzuckte sie wie ein Stromstoß. Sie rammte dem Wesen mehrmals ein Knie in die Seite, was völlig wirkungslos blieb, riss an seinen verbrannten Händen und versuchte den Würgegriff um ihren Hals zu lockern, doch ihre Finger glitten ab. Sie sah ein, dass sie nur ihre Kräfte vergeudete, und ließ los. Mit der konfusen Panik einer halb zerquetschten Spinne begannen ihre Hände hektisch auf der Arbeitsplatte umherzuwandern. Die Linke ertastete den Zettelblock, auf dem sie zu erledigende Einkäufe notierte, stieß dann, ein Stück weiter, auf den Obstkorb aus geflochtenem Weidenrohr, kippte mit einem energischen Stoß Kiwis und Orangen auf den Boden, packte ihn fester und stieß ihn Ben mit Wucht mehrmals ins Gesicht. Es hatte nicht die geringste Wirkung.

Am Ende ihrer Kraft ließ Laureen den Arm auf die Arbeitsplatte fallen, ein krampfhaftes Zucken lief durch ihre Finger. Unter dem Blutandrang drohte ihr Kopf zu explodieren wie ein Dampfdrucktopf mit verstopftem Ventil. In ihren Ohren dröhnte es, und ihr Herz hämmerte in wahnsinnigem Galopp.

In einem Geistesblitz fielen ihr die aufgereihten Glasgefäße mit Paul-Prudhommes-Gewürzen im Eckregal hinter ihr ein. *Jeder Louisianer, der auf sich hält, braucht Paul Prudhommes in der Küche,* hatte man ihr in der Stadt bestätigt, und sie hatte, als vorbildliche Hausfrau, ein halbes Dutzend erstanden.

Wenn sie es schaffte, ein paar Gläser herunterzustoßen, würde sie zwar weder einen Teddybären gewinnen noch den Titel der besten Louisianerin davontragen, aber etwas tausendmal Besseres bewirken: Der Lärm würde Johnny aus dem Schlaf reißen.

Johnny, wach auf!, flehte sie innerlich.

Es war ihre Hoffnung, ihre einzige Hoffnung.

Abermals schlossen sich ihre Finger um den Korb, und mit der letzten verbliebenen Kraft schleuderte Laureen den Korb hinter sich und betete zu allen Heiligen des Himmels und der Erde um Glück und Geschick.

Mit einem dumpfen Laut prallte der Korb hinter ihr vom Regal ab und landete auf den Fliesen, ohne mehr Lärm zu verursachen als eine zu Boden fallende Zeitschrift. Laureen hatte ihn sicher zu hoch geworfen. Hatte nur die obere Kante des Regals getroffen und die Gläser bestenfalls gestreift, aber nicht weiter erschüttert. Alle Heiligen des Himmels und der Erde? Sie hatten sie schmählich im Stich gelassen …

Ihre Hoffnung, ihre einzige Hoffnung. *Oh Johnny …*

Mit aufgerissenem Mund rang Laureen nach Luft. Sie bekam keine mehr. Die Zunge hing ihr über die Unterlippe, und ihre aus den Höhlen quellenden Augen verdrehten sich nach hinten. Tod durch Erdrosselung, würde der Gerichtsmediziner feststellen und den Sack über ihrer Leiche schließen.

Von hinten drang ein kaum hörbares Klingen in ihr Bewusstsein. Ein leichtes Aneinanderstoßen von Glas, beinahe nichts. Kaum noch bei Sinnen, horchte Laureen mit verzweifelter Gier.

Johnny …

Das Wunder geschah: Das Klirren von zerbrechendem Glas erfüllte den Raum. Wie umstürzende Dominosteine begannen die Gewürzbehälter eines nach dem anderen vom Regal zu purzeln.

8

Eine knappe Dreiviertelstunde vor diesen Ereignissen hörten Mike und Antonio, die auf dem Seitenstreifen der Gemeindestraße 15, ein paar hundert Meter vor der Abzweigung der Old Pine Lane in ihrem Wagen saßen, mit halbem Ohr den neuesten Britney Spears-Song, der leise vor sich hin dudelte. Ringsum war, verstärkt durch das dichte Gehölz rechts und links und die fast übernatürliche Stille, nichts als unzivilisierte Finsternis. Um diese Zeit wagte sich kein Autofahrer mehr auf diese abgelegene Straße mitten im Wald, es sei denn, er wollte zum Grand Magnolia.

»Was für ein Vollidiot!«, murrte Mike vor sich hin.

Die jüngste Kränkung, die Moz ihm zugefügt hatte, machte ihm immer noch zu schaffen, und mit wachsendem Zorn erkannte er, dass die Nadelstiche, die der Chef ihm ständig versetzte, ihm persönlich galten; inzwischen lagen seine Nerven blank. Wenn das so weiterging, war eine Aussprache von Mann zu Mann unausweichlich – obwohl ihn die Aussicht darauf wenig begeisterte.

»Was für ein Riesenidiot«, wiederholte er. Wie eine hochkochende Flüssigkeit spürte er seinen Adrenalinspiegel steigen.

»Wie meinen?«, fragte Antonio, der lässig die Handgelenke über das Steuer gehängt hatte.

»Nix. Leck mich am Arsch.«

Auch Antonio war ein Vollidiot, auch das war leider nicht zu leugnen. Das Beste war wohl, ein paar Takte mit 10–13 zu reden, er würde ihn sicher verstehen und ihn bald in eine andere »Einheit« versetzen. Mit ein bisschen Glück wäre dann er derjenige, der die Befehle gab: Mike fühlte sich jetzt in der Lage dazu. Acht Jahre guter und treuer Dienste, das war nicht wenig. Er hatte sich verändert, seitdem er zum Milieu gestoßen war, hatte bei sehr vielen Coups mitgemacht und viel gelernt. Mike Truman war jetzt so weit, dass sein gestählter Körper nicht einmal mehr zusammenzuckte, wenn ihm die Kugeln um die Ohren pfiffen.

»Irgendwas ist da faul«, sagte Antonio schleppend.

Er nahm die Hände vom Lenkrad, ohne den Blick von der Straße zu wenden. Mike drehte die Musik ab und schaltete sämtliche Sinne auf Alarm. In erster Linie war er Profi, alles andere kam später. Jedenfalls bemühte er sich, Beziehungs- und Gefühlsdinge hintanzustellen.

»Hast du was gesehen?«

»Eben nicht.«

»Was?!«, fuhr ihn Mike überreizt an. Wenn Antonio ihn verarschte, würde er es bereuen.

»Denk doch nach, Mann«, fuhr Antonio ungerührt fort. »Seit drei Stunden sitzen wir hier rum, und …«

»Was, und? Spuck's schon aus, fuck!«

»Und Greg ist noch nicht wieder da.«

Antonio ließ sich nicht aus der Ruhe bringen, sein Tonfall war völlig gelassen. Er hatte mit sich selber gewettet, dass Greg nicht lang durchhalten und Moz ihn vor der Zeit zum Auto zurückschicken würde. Greg war einer, der es nirgendwo lang aushielt und schnell unruhig wurde, und Moz wiederum konnte Ungeduld nicht ausstehen. Aber jetzt war es fast ein Uhr morgens, und vom verlorenen Sohn war noch immer nichts zu sehen.

»Greg?«, wiederholte Mike.

Mit gerunzelten Brauen musterte er das Profil seines Nebenmanns, der auf die Straße hinausstarrte. Der Trottel hatte natürlich Recht. Er hatte denselben Gedanken gehabt, als Greg hinter Moz in den Wald gestapft war, und musste sich beinahe schamvoll eingestehen, dass sein Ärger darüber, wie seine Gewissheit ins Wanken geriet, mit der Zeit immer mehr zunahm. Im Grunde, das sah er jetzt ein, war sein Zorn nichts anderes als Eifersucht.

»Vielleicht sollte ich mal nachschauen«, sagte er laut, ohne den Blick von Antonios Profil zu wenden.

Moz hatte sie ausdrücklich angewiesen, das Handy nur dann zu benutzen, wenn McNeice im Anmarsch war. Anzurufen und zu fragen, ob Moz den Blödmann Greg innerhalb der letzten drei Stunden kaltgemacht hatte oder nicht, war also völlig ausgeschlossen.

»Du rührst dich nicht von der Stelle. Wenn der Karmann Ghia auftaucht, sagst du Bescheid wie vereinbart.«

Antonio drehte den Kopf und sah ihn an. Einen Moment lang musterten sie einander; ihre Augen funkelten im Dunkel des Wagens.

»Kapiert?«, knurrte Mike.

»Sicher.«

Antonios Stimme verriet keinerlei Nervosität, und Mike juckte es, ihm die Faust in die Fresse zu rammen, einfach um ihn ein bisschen aus seiner verdammten Ruhe zu bringen. Aber er riss sich zusammen, öffnete die Tür und stieg aus. Er zog seine Jacke an. Mit einer Hand vergewisserte er sich, dass seine Waffe, eine 45er, im Halfter war, mit der anderen warf er das Mobiltelefon, mit dem sie Moz alarmieren sollten, auf den Beifahrersitz.

»Gut. Taschenlampe?«

»Was?«

»Wo sie ist, will ich wissen!«

»Ah. Kofferraum.«

Mike musterte Antonio mit einem verächtlichen Blick, dann warf er abrupt die Tür zu. Auf dem Weg zum Kofferraum blickte er zum Himmel hinauf: Durch das Laubdach der Bäume blickte ein runder Mond zu ihm herab, der ihm höhnisch schien. Ja, er war jetzt sicher, dass er bei 10–13 auf Verständnis hoffen durfte. Er hatte die Schnauze gestrichen voll – unter solchen Umständen konnte man nicht arbeiten. Er klappte den Kofferraum auf und kramte in dem Chaos aus Decken und – meist leeren – Bierdosen nach der Taschenlampe. Er platzte vor Wut auf diesen Drückeberger Antonio. Als er hinter sich ein leises Knirschen von Sohlen vernahm, war es zu spät, um zu reagieren. Im Nacken spürte er den Lauf einer Waffe, die bereit war, ihren Zweck zu erfüllen.

»Wenn du nur einen Finger rührst, blas ich dir das Hirn raus«, raunte ihm der Agent Terry Collins ins Ohr.

Aus dem Augenwinkel sah Mike eine zweite Gestalt, die sich geduckt den Wagen entlangschlich. Das war Malcolm Weekley. Lautlos näherte er sich Antonio, der sich ahnungslos an die Wagentür lehnte und auf das dunkle Band der Straße vor ihm hinausstarrte.

»Sie sind festgenommen, Antonio Pesato«, sagte Weekley leise, um nicht den irgendwo im Wald versteckten »Mozart« zu alarmieren, und zielte mit seiner Waffe auf die Schläfe des Mannes. »Sie haben das Recht, die Aussage zu verweigern; alles, was Sie sagen, kann gegen Sie verwendet werden ...«

Reflexartig griff Pesato zur Seite, um seine 45er zu zücken, doch Weekley war eine Spur schneller und knallte ihm den Kopf ans Steuer.

»... Sie haben das Recht, einen Anwalt hinzuzuziehen«, fuhr er ungerührt fort, »der Sie bei jeder Einvernahme unterstützt; wenn Sie sich keinen Anwalt leisten können, kann Ihnen auf Wunsch einer zugewiesen werden.«

Er zerrte Antonio aus dem Auto, stieß ihn gegen die hintere Tür und spreizte ihm mit einem Fußtritt die Beine. Nachdem er ihm seine 45er und ein Klappmesser abgenommen hatte, drehte er ihm grob die Arme auf den Rücken und legte ihm Handschellen an. An die Karrosserie gequetscht, verzog Antonio Pesato das Gesicht, gönnte dem Bullen aber nicht die Genugtuung eines Schmerzenslauts. Der Agent stopfte ihm einen Knebel in den Mund, riss die hintere Wagentür auf und warf ihn auf die Rückbank. Dann ging er zu Collins, der unterdessen Mike Truman derselben Behandlung unterzogen hatte und ihm noch einmal einschärfte: »Halt bloß dein Maul, sonst bist du ein Kandidat für den finalen Rettungsschuss. Ist das klar?«

Damit zog Collins aus der Innentasche seines Sakkos gemächlich einen neuen Zahnstocher und steckte ihn sich zwischen die Zähne. Mit scheelem Blick musterte er den Rücken seines Gefangenen, dann drehte er ihn brutal zu sich herum.

»So, wir zwei unterhalten uns jetzt mal. Wo hat sich dieser Mozart verkrochen?«

Nachdem ihnen Antonio Pesato und Mike Truman ins Netz gegangen waren, fanden die beiden DEA-Agenten ihren Fang an sich schon interessant genug, aber wenn ihnen jetzt auch noch Mozart in die Hände fiel, hatten sie wirklich das große Los gezogen – wer weiß, vielleicht stand ihnen der Große Tag der Verhaftung von 10–13 persönlich bevor. Erkühnt durch ihren Wagemut, der sie so weit gebracht hatte, waren Terry Collins und Malcolm Weekley fest entschlossen, sich jetzt, wo sie dem Ziel so nahe waren, nicht aufhalten zu lassen. Allerdings lag ihnen beiden sehr daran, die Risiken, die sie eingingen, wenn sie Mozart lebendig zu fangen versuchten, zumal in diesem Wald und mitten in der Nacht, so gering wie möglich zu halten. Das größte Risiko war natürlich, dass ihr Mann, der ein exzellenter Schütze war, sich irgendwo ganz in der Nähe versteckte – selbstverständlich bewaffnet.

»Bist du taub? Wo hat sich Mozart versteckt?«, wiederholte Collins.

Mit einem höhnischen kleinen Lächeln erwiderte Mike seinen Blick.

»Sorry, ich steh nicht auf Klassik.«

Terry Collins' Geduld war sprichwörtlich und sein Humor bei aller Welt geschätzt. Mit zerknirschter Miene stopfte er diesem Scherzbold von einem Gefangenen einen Knebel aus Verbandmull in den Mund. Dann rammte er ihm ohne Vorwarnung ein Knie in die Weichteile. Mike Truman klappte zusammen, verharrte einen Moment auf den Knien und fiel bäuchlings zu Boden. Mit erstickten Schmerzenslauten, die Hände geschwollen vom Blutandrang unter den Fesseln, krümmte er sich auf dem Asphalt und rieb die Beine aneinander, um auf diese Weise den Schmerz ein wenig zu lindern.

»Gut«, sagte Collins, »ich frag dich also noch mal. Die Alternative ist: Mozart oder deine Eier. Kapierst du das?«

Er zerrte ihn vom Boden hoch und klopfte ihm entgegenkommend die Hose ab.

»Na, ganz blöd bist du ja nicht, Truman. Deshalb bin ich zuversichtlich, dass du dich richtig entscheiden wirst.«

Mit der einen Hand packte er ihn an den Haaren und riss ihm mit der anderen den Knebel aus dem Mund. Truman atmete tief und keuchend, sein Adamsapfel fuhr auf und nieder wie ein Jojo, und an den Schläfend traten pulsierend die Adern hervor. Ein Schwall Speichel schoss aus seinem Mund und landete auf Collins' Hemd.

»Ein echter Witzbold!«, sagte Collins beinahe bewundernd.

Mit ein und derselben Bewegung steckte er Truman den Lauf seines 38er Colts in den Mund und rammte ihm das Knie in dieselbe Stelle wie zuvor.

»Denk mal an deine Mum, wenn sie im Leichenschauhaus deine Fresse sieht«, stieß er zwischen den Zähnen hervor.

Um die Wogen ein wenig zu glätten, versuchte Weekley seinen Kollegen abzulenken. Die Situation konnte jeden Moment aus dem Ruder laufen, und wenn das geschah, war Collins der Auslöser, so viel stand fest.

»Lass mich mit ihm reden«, schlug er leise vor.

Collins warf ihm einen mörderischen Blick zu.

»Du halt's Maul! Mit dem Arschloch werd ich schon fertig. Du glaubst doch nicht, dass wir hier Meter für Meter den Wald durchkämmen, bloß weil dieser Drecksack sich weigert zu kooperieren?«

Er nahm Mike den Revolverlauf aus dem Mund.

»Schluss mit lustig. Wo ist Mozart?«

»In Salzburg begraben vielleicht?«, antwortete Mike schweißüberströmt.

Collins näherte sich ihm auf zwei Zentimeter und schnüffelte. »Du stinkst nach Scheiße, Kerl, aber dagegen weiß ich ein Mittel.« Und er stopfte ihm wieder den Knebel in den Mund.

Antonio, der gefesselt auf der Rückbank des Wagens lag, musste die Szene hilflos mit ansehen. Aus Respekt vor Mike Truman zog er es vor, den Blick abzuwenden. Collins rückte ein wenig von seinem Opfer ab und trat ihm zum dritten Mal in die Hoden. Mit einem erstickten Schrei brach Mike zusammen, wälzte sich auf die Seite und wand sich auf dem Boden wie eine entzweigeschnittene Schlange.

»Tut weh, was?«, erkundigte sich Collins nachsichtig.

Weekley griff nach seinem Arm: »Jetzt mach halblang, Terry.«

Mit einem Ruck schüttelte Collins die Hand ab und fuhr zu seinem Kollegen herum: »Is was, Malcolm?«

»Na komm, wir werden ihn hier nicht umlegen, oder? Sei doch vernünftig, Terry.«

»Wer redet von Umlegen, Mann?« Und ohne mit der Wimper zu zucken, trat er mit dem Absatz auf Mikes Finger, bis es knackte. »Na gut, du kannst diese Scheiße aufheben.«

Erleichtert half Weekley Mike Truman auf die Beine. Den nächsten Schlag sah keiner von ihnen kommen: Collins' Faust landete in Mikes Körpermitte und brach ihm mindestens drei Rippen.

Weekley verlor die Geduld. »Scheiße, Terry! Es reicht jetzt, und das ist ein Befehl!«

»Okay, okay, wie du meinst. Aber es fällt mir im Traum nicht ein, durch diesen Scheißwald hier zu kriechen und mich von diesem Mozartarsch durchlöchern zu lassen.«

»Nein, wir werden schön brav hier auf ihn warten. Das ist sicher die beste Lösung, findest du nicht? Ich wette zehn Dollar mit dir, dass er sehr bald hier aufkreuzt.«

Angewidert begutachtete Collins den Speichelfleck auf seinem Hemd und wischte mit einem gebrauchten Papiertaschentuch daran herum.

»Hurensöhne wie diese gehören auf den elektrischen Stuhl«, sagte er im Brustton der Überzeugung.

Weekley hob Mike, der unterdessen wieder zusammengesackt war, erneut auf und schob ihn auf den Beifahrersitz. Er selbst nahm auf der Rückbank Platz, nachdem er Antonio wieder aufgerichtet hatte. Collins setzte sich schließlich wutschnaubend hinters Steuer.

Kaum eine Viertelstunde später sah sich Weekley auf dem besten Weg, seine Wette zu gewinnen: Dreißig Meter vor ihnen bahnte sich eine Gestalt den Weg durch das Unterholz auf die Straße zu. Weekley packte Antonio an den Haaren und drückte seinen Kopf nach unten, dann duckte er sich hinter die Lehne des Vordersitzes und entsicherte seine Waffe: Mozart durfte nicht sehen, dass statt der erwarteten zwei, vier Personen im Auto saßen, sonst war der Effekt dahin. Collins nahm seinen Zahnstocher aus dem Mund.

Die Gestalt kam auf sie zu. Ungedeckt betrat sie die im Mondlicht bläulich schimmernde Fahrbahn. Jetzt sahen sie, dass sie sich durchaus nicht normal fortbewegte, sondern wankte, als wäre sie sturzbetrunken.

»Scheiße!«, murmelte Collins und steckte den Zahnstocher wieder zwischen die Zähne.

Die sonderbare Gestalt ließ jetzt in Richtung des Wagens die Arme kreisen, und Weekley hätte geschworen, dass es eine Geste der Verzweiflung war, die zu überstürzter Flucht aufforderte. Im nächsten Moment fiel der Mann auf die Knie und brach gleich darauf mit dem Kopf voraus auf dem Boden zusammen. Collins warf einen beunruhigten Blick zu Weekley, der sich wieder aufrichtete und fassungslos murmelte: »Was ist das? Was soll das bedeuten?«

»Ich schau nach«, sagte Terry Collins.

Es schien ihm nicht unbedingt eine gute Idee und sollte sich in der Folge sogar als Vorschlag der Kategorie katastrophal erweisen, immerhin aber blieb Collins kaum Zeit, seine Initiative zu bereuen.

Die Tür knarzte in den Angeln. Collins stellte beinahe furchtsam, als könnte sie ihn verbrennen oder verschlingen, einen Fuß auf die Fahrbahn.

»Du bleibst hier. Du passt auf diese beiden auf«, sagte er, als er neben dem Wagen stand und mit dem Blick die Distanz zu der liegenden Gestalt in der Fahrbahnmitte abschätzte.

Zwanzig Meter, höchstens, sagte er sich zur eigenen Beruhigung. Er zog seine Waffe und suchte mit den Augen den Waldrand ab.

»Also los«, murmelte er, beinahe lässig.

Er spuckte den Rest seines Zahnstochers ins Gras und setzte sich langsam in Bewegung. Im Gehen behielt er ständig den Wald im Auge, der für seinen Geschmack viel zu schwarz war. Er bereute jetzt, dass er das Maul aufgemacht hatte, besser wär's gewesen, im Wagen zu bleiben. Schließlich war Weekley der Verantwortliche in dieser Sache, nicht er. Er ging weiter. Nach vielleicht fünfzehn Metern drehte er sich um und warf einen beunruhigten Blick zurück. Der Wagen schien ihm bereits Lichtjahre entfernt, seine Umrisse lösten sich in verschiedenen Schattierungen von Dunkelblau auf; gleich wären sie vollends verschluckt.

Mit feuchten Händen ging Collins weiter. Nie war ihm sein Colt derart lächerlich erschienen. Er versuchte dieses ebenso plötzliche wie alberne Gefühl zu verdrängen, was ihm jedoch nur halb gelang. Ohne Zwischenfall gelangte er zu der bäuchlings auf der Straße liegenden reglosen Gestalt. Er ging in die Hocke und streckte eine zögernde Hand aus, während die andere mit der Waffe auf den Kopf zielte. Seine Finger packten die Schulter und drehten den Körper mit einem Ruck zur Seite. Es war nicht Mozart, sondern Greg, und sein Kopf sah aus, als hätte ihm jemand die Schädelknochen abgefeilt: Zwischen vereinzelten Haarbüscheln quoll weißliche Hirnmasse hervor.

Aus Collins' Gesicht wich alles Blut. Seine ausgedörrten Lippen klafften zitternd auseinander, als wäre die Temperatur der Umgebung jäh abgesackt, und gleich darauf zerriss ein Heulen die Nacht, ein erbärmliches, verzweifeltes Heulen. Von namenloser Verblüffung gepackt fuhr Terry Collins zusammen: Nicht er hatte geschrien. Nein, das war Weekley, dort hinten im Auto, und er brüllte vor Schmerz, flennte wie eine Frau.

9

Gelbes Licht ergoss sich in die Küche; Laureen war geblendet: Jemand hatte die Deckenlampe eingeschaltet. Sie spürte plötzlich, wie Ben Powells Griff um ihren Hals sich ein wenig lockerte.

»Laureen! Was …«

Die Hand auf dem Lichtschalter, schlaftrunken, zerzaust und blinzelnd stand Johnny in rot-schwarz karierten Boxershorts und mit nacktem Oberkörper an der Tür, und es blieb ihm keine Zeit, seine Frage zu beenden, denn Ben Powell hatte sich bereits auf ihn gestürzt und bereitete ihm einen gebührenden Empfang, indem er ihn rücklings in den Flur der Wohnung zurückschleuderte.

Laureen wälzte sich zur Seite und ließ sich auf die Knie fallen.

Mit pfeifendem Röcheln rang sie nach Luft und begann zu husten wie eine Tuberkulosekranke. Ihr gemarterter Hals war eine einzige Wunde und brannte wie mit dem Lötkolben versengt. Als sie endlich schlucken konnte, rannen ihr Tränen übers Gesicht und trübten ihren Blick.

Am Spülbecken zog sie sich hoch. Ein raues, asthmatisches Pfeifen drang aus ihrer Kehle, und ihr Herz raste. Um ein Haar wäre sie draufgegangen, aber für Selbstmitleid war jetzt keine Zeit. Sie wusste, dass ihr toter Bruder, vielmehr das Wesen, das sich Bens Erscheinung angeeignet hatte, Johnny umbringen würde, um anschließend ihr den Garaus zu machen und endlich auch Scotty zu töten. Der aus der Finsternis erwachte Ben Powell war nicht wegen eines Familientreffens erschienen, ihm stand der Sinn nach Blutvergießen. Es galt keine Zeit zu verlieren, Johnny und sie mussten alles tun, um das Wesen von ihrem Sohn fernzuhalten, es zu vernichten, abzuschlachten: Dazu fühlte sie sich jetzt in der Lage. Von dieser Erkenntnis und ihrer Entschlossenheit hing Scottys Leben ab.

Sie stürzte zu einer Schublade und riss sie auf. Die Schublade kippte aus den Schienen, und wie in ihrem Traum fielen Stahlmesser unterschiedlicher Größe, hölzerne Kochlöffel, Metallsiebe auf den Boden. Sie bückte sich und suchte fieberhaft nach dem stärksten, größten Messer – sie musste sich beeilen! Instinktiv entschied sie sich für ein Messer mit Wellenschliff, von dem sie sich erhoffte, dass es das Fleisch beim Eindringen ebenso wie beim Herausziehen zerfaserte, und hastete in den Flur.

Johnny lag in sehr ungünstiger Position auf dem Boden, und Ben Powell, der auf ihm hockte, drosch in rasender Wut mit den Fäusten auf ihn ein. Eine Ausgeburt der Hölle, ein fleischgewordener Albtraum, der nach Blut, nach Leiden, nach Tod gierte. Eine Bestie, die man vernichten musste, so schnell wie möglich.

Pulverisieren, korrigierte sich Laureen.

Blind vor Raserei merkte Ben Powell nicht, dass sich von hinten die Frau näherte, die in einem anderen Leben seine kleine Schwester gewesen war.

»Dreckiger Abschaum!«, schrie sie, als sie ihm die lange Klinge bis zum Heft zwischen die Schulterblätter rammte.

Ben stieß einen schrillen Schrei aus und versteifte sich, wie von einem Elektroschock getroffen, unter dem Schmerz, der sich ihm in den Rücken bohrte. Voller Abscheu packte Laureen seinen Kopf und riss ihn zurück, um ihn aus dem Gleichgewicht zu bringen, dann sprang sie über ihn hinweg zu Johnny, der sich mühsam aufrappelte.

Bens Geschrei war gleich wieder verstummt. Jetzt tastete er mit einer Hand nach der Klinge in seinem Rücken.

»Ah, Schwesterherz!«, knurrte er und starrte sie hasserfüllt an, und im nächsten Moment hatte er das Messer gepackt und riss es heraus. Laureen beobachtete ihn angstvoll.

Johnny packten, als er wieder auf den Beinen war, ein heftiger Schwindel und eine nicht minder heftige Übelkeit. Aus heiterem Himmel war er überfallen und böse verprügelt worden. Während ihm aus einer Braue das Blut in die Augen rann, versuchte er, umwabert vom Geruch des Todes, die Situation auszuloten. Er starrte das Wesen an, das nichts Menschliches an sich hatte.

»Das ist Ben, Johnny, Ben!«, kreischte Laureens Stimme in ungläubigem Entsetzen.

Ben Powell hatte sich wieder aufgerichtet, und seine hohe unförmige Gestalt füllte die Tür zur Küche aus. Offensichtlich genoss er den Anblick seines Schwagers, der wie ein Betrunkener schwankte.

Am anderen Ende des Gangs hörten sie Scotty weinen.

»Was willst du?«, herrschte Johnny den Eindringling an, während er sich das Blut aus dem Auge wischte.

»Das ist Ben, Johnny!«, wiederholte Laureen.

»Mama! Mama!«, rief Scotty tränenerstickt hinter ihnen.

Erst der Hai und jetzt Ben, sagte sich Johnny in abgrundtiefer Ratlosigkeit. *Nett, dich kennen zu lernen, Schwager. Setzen wir uns doch auf ein Bier ins Wohnzimmer, was meinst du? Es sei denn, natürlich, du ziehst es vor, den Intensivkurs im Catchen fortzusetzen.*

»Laureen, sperr Scotty in sein Zimmer ein«, sagte er, ohne sie anzusehen. »Ich kümmere mich um … um … das.«

Unschlüssig legte ihm Laureen eine Hand auf die Schulter.

»Du brauchst Hilfe, Johnny. Es ist besser, wenn wir zu zweit …«

»Tu, was ich dir sage, verdammt!«, unterbrach Johnny sie. »Geh zu Scotty. Los!«

Sie begriff, dass er selbst voller Angst war, und wich rückwärts durch den Flur bis zum Zimmer ihres Sohnes. Auf der Schwelle stand mit zerzausten Haaren und tränenüberströmten Wangen Scotty in seinem Baumwollschlafanzug. Sie umfing ihn. »Scotty, ach Scotty!«, stieß sie mit gebrochener Stimme hervor.

»Mama!«

Sie beugte sich zu ihm hinunter, und er schmiegte sich keuchend vor Angst in ihre Arme. Johnny warf ihnen über die Schulter schnell einen drängenden Blick zu.

»Los, Laureen«, befahl er. »Sperr die Tür ab!«

Sie hob Scotty auf und trat ins Zimmer. Die Hand auf dem Türknauf, drehte sie sich noch einmal zu Johnny um. Einen Moment lang starrte sie ihn über Scottys Kopf hinweg verstört an. »Johnny …«, schluchzte sie.

»Mach schon!«, rief er und wandte sich ab.

Laureen gehorchte, und Johnny, der in Ben Powells tote Augen starrte, hörte erleichtert, wie sich der Schlüssel im Schloss drehte.

»Deine Freddy-Krueger-Maske ist ziemlich gut«, schleuderte er ihm entgegen, um Unerschrockenheit bemüht. »Aber bis Fasching ist es noch lang hin. Also tu mir den Gefallen und verpiss dich mitsamt deiner scheußlichen Verkleidung.«

Kein höflicher Empfang für einen Schwager, aber es richtete ihn ein wenig auf; er hatte es dringend nötig.

10

Nachdem er Teller, Besteck und Gläser in die Spülmaschine geräumt hatte, ging Norman in sein Schlafzimmer hinauf. Er wusste, dass ihm eine Szene von Nancy bevorstand, wenn sie den abgeräumten Tisch sah, woraufhin sie wahrscheinlich den ganzen

Tag kein Wort miteinander reden würden, doch er brachte es nicht übers Herz, das Chaos in der Küche ihr allein zu überlassen, und vermutlich lag ihm auch daran, zu demonstrieren, dass in dem Klappergreis noch ein Rest Energie steckte. Vor allem aber hatte ihn das Gespräch mit Stanley hellwach werden lassen, alle Müdigkeit war wie fortgeblasen. Die Erinnerung an das Gemetzel im Sommer 1933 hatte ihn aufgeputscht wie ein ganzes Röhrchen Vitamin C.

In seinem Zimmer legte Norman sein Sakko ab und hängte es sorgfältig auf einen der wenigen noch freien Kleiderbügel in seinen Spiegelschrank. Er löste den Knoten seiner Krawatte, nahm sie aber nicht ab, so dass die Enden auf die Brust herabhingen. Dann schloss er die Schranktür, die leise in den Angeln quietschte, und betrachtete einen Moment lang voller Verlangen sein Bett hinter sich im Spiegel. Ja, das Bett war tatsächlich das Begehrenswerteste in seinem Leben geworden, wie es, jedes zu seiner Zeit, erst ein Frauenkörper, später ein Glas guter Gin gewesen waren. Doch seitdem ihm sein Rücken derart zu schaffen machte, waren eine Matratze unter dem Bauch und der Duft frischer Bettwäsche unter der Nase eine Lust, die ihm verwehrt blieb.

Mürrisch schlurfte er zu dem großen Ohrensessel, der vor einem der Fenster stand. Schon seit Monaten diente ihm der Sessel als Nachtlager, und Norman hatte sich schließlich, freilich schweren Herzens, daran gewöhnt. Mühsam, vorsichtig auf jede Bewegung achtend, ließ er sich im Sessel nieder. Trotzdem protestierten seine Lendenwirbel, was er, um nicht zu stöhnen, hinter einem ärgerlichen Brummen verbarg, und erstarrte mitten in der Bewegung, als drückte ihm jemand den Lauf einer Pistole in den Nacken. Was für ein teuflischer Schmerz. Er saß noch nicht, hatte aber bereits eine zu schräge Lage eingenommen, um jetzt noch einmal aufzustehen. Also ließ er sich mit der Grazie eines trägen Affen noch tiefer hinabsinken, und nach einer, wie ihm schien, quälenden Ewigkeit spürte er endlich das weiche Sesselpolster unter sich, wie ein Floß auf stürmischer See. Mit schweißfeuchter Stirn lehnte er sich zurück und schloss die Augen. So saß er etliche Minuten, lauschte seinem Herzschlag und sagte sich, dass ihn nichts und niemand vor dem Morgengrauen von hier wieder fortbrachte. Aufatmend wischte er sich die Stirn.

Nach einer Weile öffnete er die Augen, und sein Blick fiel instinktiv auf das Haus der Baldwins, das er von seinem Fenster aus in der Lücke im Wald oberhalb der Stadt sehen konnte. Er hatte seinen Sessel absichtlich vor dieses Fenster gestellt, das genau nach Süden, auf den Hügel hinausging, und seine Rückenschmerzen waren nur *ein* Grund, weshalb er seine Nächte hier verbrachte: Wenn er ehrlich war, lag er seit den Ereignissen im vergangenen Winter auf der Lauer.

Die Nacht war klar. Vor einem violetten Himmel zeichnete sich die dunkle Silhouette des Grand Magnolia ab. Kein Fenster war dort oben erleuchtet. Alles wirkte normal, ruhig. War es der Eindruck von Ruhe vor dem Sturm? Nein, diese Nacht würde nichts geschehen. Das hoffte er jedenfalls, von ganzem Herzen.

Es war halb eins, und in gut vier Stunden würde es wieder hell. Diese Aussicht fand er beruhigend, obwohl er natürlich sehr genau wusste, dass Charlie McNeice bei Tag ebenso gut angreifen konnte wie bei Nacht, dieses abscheuliche Raubtier hatte keinerlei Präferenzen. Norman hingegen würde sich weniger hilflos fühlen, sobald der Tag anbrach. Die Nacht war nicht sein Element, sie erinnerte ihn zu sehr an jenen Abend im Juli 1933. Ein Schauder überlief ihn, und ihm lag der bittere Geschmack der Furcht auf der Zunge. Er befeuchtete seine trockenen Lippen und senkte den Blick zum Fuß des Hügels, wo eine Biegung des Grey River im Mondschein wie ein silbernes Band aus der Schwärze der Umgebung hervorleuchtete. Das war ungeheuer romantisch, diese schöne laue Nacht, in der alles zur Ruhe gekommen schien, sogar dieser Fluss, der sich doch weiter unverdrossen durch die Stadt schlängelte. An seinen Ufern umschlangen sich jetzt wahrscheinlich junge Paare und wechselten Worte ewiger Schlichtheit und größter Zärtlichkeit. Und Charlie McNeice, was trieb er um diese Stunde? Schlief er schon, weil er noch satt war von Rita Herberts Blut, oder …

Nachdenklich nahm Norman die Brille ab, behauchte die Gläser und polierte sie an seinem Ärmel.

... Oder war er bereits auf dem Anderson Hill und suchte nach dem Enkel derjenigen, die ihn einst, vor sehr langer Zeit, auf dem Höhepunkt seines ersten Blutrausches beobachtet hatte?

Du bist auf dem besten Weg, dich hineinzusteigern, sagte er sich, *dabei braucht es jetzt vor allem einen kühlen Kopf.*

Dennoch setzte er gleich wieder die Brille auf und blickte zum Anderson Hill hinauf. Nach wie vor waren alle Fenster dunkel. Dort oben schien alles zu schlafen. Stanley war sicher im Bett, dachte er halb beruhigt. Ohne das Haus aus den Augen zu lassen, massierte sich Norman den Nacken und seufzte: Wollte er etwa die ganze Nacht den Wachhund spielen? *Ja, wieso nicht?* Na, wenn die Baldwins ein ernstes Problem hatten, würden sie bestimmt den Sheriff verständigen. Marker war zwar ein sturer Hund, doch wenn Not am Mann war, dann war er zur Stelle. Natürlich würde er die Baldwins im Fall eines Falles nicht im Stich lassen. Wenn sie aber nicht anriefen? Wenn sie außerstande waren, anzurufen? Vielleicht war Charlie McNeice dem zuvorgekommen und hatte hier und dort bereits ein paar Kabel durchtrennt ... Normans Hand erstarrte in seinem Nacken. Er erinnerte sich nicht, die Baldwins je mit einem Mobiltelefon gesehen zu haben. Aber Stanley hatte doch eines! Wenn sie nicht vom Festnetz aus anrufen konnten, gab es immer noch Stanleys Handy im Haus. Sie waren nicht von der Welt abgeschnitten.

Norman hätte jetzt gerne den gelben Post-it-Zettel zur Hand gehabt, auf dem ihm Stanley seine Nummer notiert hatte. Er hatte ihn unten in der Küche unter das Wandtelefon geklebt, um die Nummer parat zu haben, falls er sie brauchte. Ja, in dem Moment hätte er es tröstlich gefunden, den lächerlichen Papierfetzen in der Hand halten zu können.

Er wandte den Blick vom Grand Magnolia ab und ließ ihn durchs Zimmer wandern. Auf der von Nancy erst kürzlich mit Wachs eingelassenen Kommode standen die Fotos, die seine lange Existenz zusammenfassten – das unvermeidliche Foto von der Hochzeit mit Betty und die Porträts ihrer beiden Kinder in unterschiedlichem Alter: Ian und Rachel auf dem Schoß ihres Vaters, Ian und Rachel als Jugendliche, dann jeweils bei ihrer Hochzeit an der Seite ihrer Mutter, und schließlich Ian und Rachel mit ihren Partnern und Kindern. Ganz hinten in der Ecke stand außerdem ein Foto von Rose. Es war eine der wenigen Aufnahmen der jugendlichen Rose, sepiafarben, entstanden im Jahr 1932, ein Jahr vor dem Drama: Frech lächelte sie in die Kamera und wirkte mit ihren zerzausten Haaren ein wenig androgyn, wie ein Engel; ihre Schönheit umhüllte sie wie ein Strahlenkranz der Verklärung. Dieses Lächeln und diese Schönheit waren eine Verheißung unsäglichen Glücks (oder eines Wandels?) für die Welt (hatte nicht Dostojewski geschrieben, die Schönheit werde die Menschheit retten?), doch das Versprechen war nicht in Erfüllung gegangen, und für Norman war die Trauer darüber grenzenlos, wie die Trauer um ein totes Kind … Auf der anderen Seite der Kommode zeigte ein wesentlich jüngeres Foto eine fröhliche Nancy Cray in geblümter Schürze. Darauf sprühte sie vor Lebenslust und Unverwüstlichkeit, auch vor Vertrauen auf das Beste, was die Welt ihr zu bieten hatte.

Norman lächelte melancholisch. Obwohl keine der drei wirklich »seine« Frau gewesen war, hatten Rose, Betty und Nancy, jede auf ihre Weise, eine große Rolle in seinem Leben gespielt, und er war ihnen dankbar dafür.

Die Frauen bringen uns immer wieder neu auf die Welt, dachte er. *Wir Männer sind nichts als Embryonen, die nie fertig sind, die immer wieder von vorn anfangen.*

Seine jüngste Geburt mit Nancy als letzter Leihmutter war die schmerzhafteste von allen, vielleicht eben weil es die letzte und nach ihr nichts weiter zu erwarten war: Wenn er Nancys Schoß verließ, dann um dem Tod zu begegnen.

Seltsam – im Dämmerlicht solcher eher morbider Überlegungen schien ihm sein Leben gar nicht mehr verpfuscht. Es war doch eigentlich recht erfüllt gewesen – drei Frauen (nicht drei *Mutter-Frauen)* waren ihm nah gewesen, in seinem Beruf hatte er viel mit Menschen zu tun gehabt, und was am meisten für ihn zählte, manchmal hatte er sogar helfen können. Sarah und Stanley würden ihm da sicher nicht widersprechen. So wenig wie seine ehemaligen Patienten.

Schreibst du im Geist schon deine Grabrede, höhnte er, *um dir das Herz zu erleichtern, wenn du gehst …*

Jetzt wurden ihm die Lider doch noch schwer. Er spürte, dass er in dieser desillusionierten Seligkeit aufsteigender Erinnerungen nahe daran war einzunicken, und gab sich diesem zarten, wie Aluminium glänzenden Flussmäander hin, ließ sich von der Lethargie der Müdigkeit ins Land der Träume treiben, in dem Rose immer noch schön und grausam war; und Betty ein launisches Mädchen, das nie hätte heiraten sollen; und Nancy die robuste Frau, die er schließlich geheiratet hatte – denn in seinem Traum war er nie aus Tusitala fortgegangen, und Nancy war nie diesem Idioten Harvey begegnet. Das Leben hätte der Traum Gottes sein sollen, nicht sein Albtraum; dennoch sagte sich Norman, als er unter vielstimmigem Glockengeläute und einem Schauer von Reiskörnern die Kirchenstufen hinabschritt, dass er ein glücklicher Mann sei. Es war ein strahlender Tag, am wolkenlosen Himmel stand die Sonne im Zenith. Nach der Trauung hatte der Pastor ihm ans Herz gelegt, seine Frau glücklich zu machen, und dazu war er von ganzem Herzen bereit. Nancy hatte etwas Besseres verdient als einen Harvey Cray. Norman betrat jetzt das eheliche Schlafzimmer, hauchzarte Tüllgardinen wehten im Luftzug wie die Spinnenfäden des Altweibersommers. Nancy lag im Brautkleid auf dem Bett und blickte ihm freudestrahlend entgegen. Sehnsüchtig streckte sie ihm die Arme entgegen.

»So lange habe ich auf dich gewartet«, sagte sie aufgewühlt.

An Nancys linker Hand sah er den Ring funkeln, den er ihr in der Kirche angesteckt hatte, und er betrachtete überrascht seine ebenfalls beringte Hand.

»Komm«, sagte sie, noch immer mit ausgebreiteten Armen.

Bebend trat er näher. Doch dieses Beben war, merkte er jetzt, nicht Erregung, wie er sich einzureden versuchte. Nein, es war etwas anderes.

»Ich weiß nicht, ob Sarah und Stanley uns eines Tages verzeihen werden«, gestand er.

»Bestimmt. Aber das Risiko«, sagte Nancy, »das gehen sie beide selber ein. Jetzt komm, Norman, komm her.«

Welches Risiko meinte sie? Er ahnte, dass sie ganz und gar nicht von Verzeihen sprach.

Er setzte sich zu ihr und beugte sich nieder, um sie auf die Lippen zu küssen. Als er sich wieder aufrichtete, fiel ihm ein eigenartiger Lichtreflex in Nancys Augen auf, und er sah, dass ihr Blick auf das Fenster hinter ihm gerichtet war. Gleichzeitig rief sie aus: »Sieh doch, Norman, da oben steht alles in Flammen!«

Er drehte sich um und sah das Feuer – vielmehr sah er es wieder so, wie er es im Juli 1933 gesehen hatte, und bei dem Anblick gefror ihm das Blut in den Adern.

»Der Teufel ist bestimmt einer der Ihren«, sagte Nancy.

»Du meinst ein Wolf?«

Er betrachtete seine frischgebackene Ehefrau mit einem von Sorge und Furcht verdunkelten Blick. Und jetzt war nicht mehr Nancy neben ihm, sondern Rose, wie sie als junges Mädchen gewesen war, Rose in ihrer unermesslichen, grausamen, verhängnisvollen Schönheit. Sie zog die Beine an, schwang sich anmutig herum und setzte sich neben Norman schräg auf die Kante des breiten Bettes. Ein Teil ihres Gesichts war von der plötzlichen Dunkelheit im Zimmer verschattet, auf die andere Hälfte aber fiel der rote Widerschein des Feuers.

»Wir hätten dort oben sterben sollen, nicht?«, sagte sie betont langsam.

»Ja, da magst du Recht haben. Es wäre besser gewesen.«

Rose war nun vollständig in das rötliche Licht eingehüllt, und Norman sah, dass ihre andere Gesichtshälfte weitgehend verwest und so fleischlos war, dass hier und dort schon die Knochen hervorstanden, Knochen von unglaublich grellem Weiß.

»Ach, Rose! Was ist nur mit uns passiert?«

Ihr Anblick entsetzte ihn nicht: Rose war tot, das wusste er sehr gut. Er erinnerte sich, als wäre es gestern gewesen, an die Beerdigung, als er sich, wie einen Zauberspruch, um den Schmerz zu bannen, mit feuchten Augen immer wieder vorgesagt hatte, er wäre gewiss bald bei ihr unter der Erde. Aber so schnell ging es nicht, der vermeintliche Zauberspruch war keiner, und diese Erkenntnis stürzte ihn in düstere Trauer. Norman merkte plötzlich, dass er in Wahrheit im Zentrum des Irrgartens angelangt war, in der Kammer der Schrecken seines inneren Labyrinths, und wunderte sich, weshalb er sein Herz noch schlagen hörte.

»Wir waren jung, Norman, das war's. Das Leben ist ein Risiko, vor dem die meisten zurückscheuen.«

»Wir auch?«, fragte er traurig.

Die Frage war sinnlos. Tief in seinem Inneren kannte er die bittere Wahrheit: Sie waren das Risiko nicht eingegangen, weder er noch Rose noch der Krebs. Keiner von ihnen. Sie waren Hals über Kopf in die Nacht davongelaufen. Hals über Kopf wie Diebe. Die Augen blutunterlaufen und vom Bild der Flammen versengt.

»Ach Rose!« In seiner Verzweiflung lag beinahe Inbrunst, als er fragte: »Kann es denn sein, dass wir nie existiert haben?«

Norman fuhr aus dem Schlaf.

Ohne Vorankündigung war ihm ein Schmerz wie ein Dolch in die Lendenwirbel geschossen und hatte ihn aus seinen Träumen gerissen. Seine Kehle war ausgedörrt, und sein Herz pochte spürbar in seiner betrübten Brust. Von seinem Traum wusste er nur noch den letzten, so verzweifelten Satz, der ihm wie ein fernes Angelusläuten in den Ohren klang. Eine knappe Stunde hatte er geschlafen. Müde streckte er die Hand aus, um den Vorhang etwas weiter beiseitezuschieben. Draußen war es sternenklar wie zuvor, Mückenschwadronen umschwirrten die Straßenlaternen. Die Kreuzung Lamar Avenue und Forsythe Street war menschenleer. Nur sehr selten kam ein Wagen vorbei und war gleich wieder verschwunden.

Er nahm die Brille ab und rieb sich die Lider, was sehr wohltuend war, ließ es doch die nervöse Spannung ein wenig abklingen.

Der Traum hatte eine merkwürdige Leere in ihm hinterlassen. Er fühlte sich unabweislich am Ende seines Lebens angelangt.

Ach Rose, kann es denn sein, dass wir nie existiert haben?

Dennoch hatte er, als er nach Tusitala zurückgekehrt war und Rose noch gelebt hatte – fett und hässlich zwar, aber immer noch lebendig –, sich sehr wohl imstande gefühlt, im Angesicht der Gefahr, sollte sie ihm je wieder begegnen, endlich Mut zu zeigen. Doch auf eine Gelegenheit, Rose diesen Beweis zu erbringen, hatte er vergeblich gewartet. Grausam und höhnisch waren die Jahre vergangen und hatten ihn verschlissen, bis nicht mehr viel von ihm übrig war, und Rose ruhte in der undankbaren Erde des Friedhofs auf dem Green Hill. Und jetzt, nachdem Charlie McNeice sich zur Rückkehr entschlossen hatte, jetzt, wo es galt, ihm gewachsen zu sein, fühlte er sich absolut hilflos, absolut überfordert, als wäre er sogar zum Sterben zu alt. Unwillkürlich nickte er vor sich hin. *Ja, sogar zum Sterben zu alt* … Es war zu spät. McNeice kam zu spät für ihn. Wie sollte er sich jetzt noch nützlich erweisen? Schon sich in einen Sessel zu setzen war ein Martyrium – was sollte ein Wrack wie er gegen eine Macht aus der Hölle ausrichten?

Mit aufwallendem Zorn wurde ihm plötzlich bewusst, dass er im Begriff war, Ausreden zu suchen. Als Kind war er feig gewesen, und jetzt, im Augenblick einer etwaigen Wiedergutmachung, versuchte er sich auf sein Alter zu berufen, um sich vor der Bewährung zu drücken. Also waren siebzig lange Jahre umsonst vergangen. Alles in allem blieb er ein mieser Feigling, ein Taugenichts, der den Schwanz einzog und Reißaus nahm … Nein, damit konnte er sich nicht zufriedengeben, durfte es nicht. Um Stanleys willen. Um Roses willen. Was hatte er zu verlieren? Die Zeit des Jammerns und der hasenherzigen Ausreden war vorbei. Er war noch nicht vollständig verkrustet, ein Rest an Willen war ihm immerhin geblieben. Und wie um es sich zu beweisen, nahm er seine Kräfte zusammen und schüttelte den Kopf, um die lauernde Erstarrung zu vertreiben. Jetzt war nicht der richtige Zeitpunkt, um einzuschlafen. Bleib wach, Norman Jarrett, pass auf und halte dich bereit.

Seufzend setzte er die Brille wieder auf und blickte über die Dächer der Stadt hinweg zum Grand Magnolia. Und fuhr zusammen: Das Haus war auf einmal hell erleuchtet! In allen Fenstern brannte Licht, im Erdgeschoss wie in den oberen Stockwerken. Verwirrt blickte er auf die Standuhr, dann auf seine Armbanduhr. Beide zeigten dieselbe Zeit: 1 Uhr 37.

Was tun die da oben bloß? Veranstalten sie einen Ball oder was?

Das Wort »Ball«, das unaufgefordert aus den Tiefen seines Unterbewusstseins aufgetaucht war, hatte auf seine Nerven dieselbe Wirkung wie ein Eimer kaltes Wasser mitten ins Gesicht.

Jesus Maria!

Norman Jarrett rappelte sich aus dem Sessel auf, den er nie mehr hatte verlassen wollen.

11

Ben Powell breitete die Arme aus wie ein Christus der Unterwelt, der seine Schäfchen zu sich ruft.

»Ich bin extra euretwegen gekommen«, raunte er mit perverser, falscher Freundlichkeit.

Bei diesen Worten senkte sich ein roter Schleier der Wut vor Johnnys Augen.

Was ist diese Scheußlichkeit? Eine wandelnde Reklame für Halloween-Masken?

Ohne zu überlegen, packte er den Schaft des Garderobenständers neben ihm … *Der Kerl heißt Freddy, und ich schlafe und träume, oder?* … und ging, die Kiefermuskeln kampfeslustig angespannt, zum Angriff über.

Der Mann, der einst Ben Powell gewesen war, wich der Attacke mit irritierender Leichtigkeit aus. Er ließ Johnny kommen, und im letzten Moment, unmittelbar vor der Kollision, entzog er sich mit einer flinken Drehung des Oberkörpers in die Küche. Der Garderobenständer krachte gegen die Wand, so dass vier seiner sechs geschwungenen Arme absplitterten. Im nächsten Moment war Ben

Powell wieder da. Er rammte Johnny ein Knie in den Bauch, und als der sich krümmte, schlug er ihm brutal in den Nacken. Johnny wurde gegen die Wand geschleudert. Seine Hände ließen den Kleiderständer los, und er brach nach Atem ringend zusammen. Die Kraft dieses Irren war phänomenal und seine Geschicklichkeit dämonisch.

Ein Freddy, der Jiu-Jitsu beherrscht?, schoss es Johnny durch den Kopf.

Dabei hatte es gerade erst angefangen. Was er noch nicht ahnte.

Mit zusammengebissenen Zähnen versuchte er wieder aufzustehen, um die nächsten Schläge zu parieren. In seinem Kopf drehte sich alles, er musste sich an der Wand festhalten, um nicht zu stolpern. Doch ein blitzschneller Fausthieb renkte ihm den Unterkiefer aus, und wieder lag er am Boden.

Verdammte Scheiße, dachte er, halb betäubt von rasendem Schmerz.

Ben Powell gab sich der Schlägerei mit wahrer Lust hin. Seine Wildheit hatte etwas Akkurates und zugleich Bösartiges. Blinde Brutalität im Verein mit einer ebenso blinden Entschlossenheit. Purer Wahnsinn, nur aufs Töten ausgerichtet.

Ein gewaltiger Fußtritt traf Johnnys linke Seite und brach ihm mehrere Rippen, doch es folgte noch ein zweiter, dann ein dritter, ein vierter, und bei jedem Tritt zuckte Johnnys Körper wie unter mächtigen Stromstößen. Dann war der Kopf an der Reihe. Unter einem gezielten Tritt mit der Ferse zersplitterte der Nasenrücken, und sein Hirn versank unter einem Funkenschauer.

Johnny streckte aufs Geratewohl die Hände aus und bekam einen Fuß seines Angreifers zu fassen, klammerte sich verzweifelt daran fest, doch Ben Powell riss ihm mit seinem freien Fuß das linke Ohr ab und schlug mit den Fäusten, schlug, schlug, wieder und wieder, bis Johnnys Gesicht nur noch ein blutiger Brei war. Nahezu ohnmächtig vor Schmerz ließ Johnny los und krümmte sich zusammen.

Der Hagel der Schläge hörte auf.

Johnny rollte sich zusammen. Heiß rann ihm das Blut in die

Augen und über das verwüstete Gesicht, das eine einzige grausame Wunde war. Seine Hände waren schwer und starr, als wären sie in Beton getaucht worden, und seine gebrochenen Finger spreizten sich in absonderlichen Winkeln ab. Er sah aus wie das Opfer eines entsetzlichen Verkehrsunfalls, das noch kilometerweit gekrochen war, um Hilfe zu finden … Mit dem Unterschied, dass es für ihn keine Hilfe mehr gab: Er war am Ende der Straße angelangt.

Der Angreifer hielt still und betrachtete sein Werk mit einem Lächeln, als vernähme er Engelsgesang. Dann war dieser kurze Moment der Ekstase vorbei, es folgte der nächste Angriff, und der war noch schlimmer als alles Vorhergehende.

Johnny Baldwin brüllte. Er brüllte ein letztes Mal, vor Wut, Verzweiflung, vor unsäglichem Schmerz. Dann zersplitterte sein Brustkorb in tausend Bruchstücke.

»Laureen«, röchelte er mühsam.

Er spürte seine Eingeweide durch den Schlund emporsteigen und sich in einem Schwall von Blut aus dem Mund ergießen.

Zwischen grellweißen Blitzlichtern erschienen ihm die lächelnden Gesichter seiner Eltern und verschwanden wieder. Tauchten von Neuem auf. Er sah Laureens nackten Körper, als sie zum ersten Mal miteinander geschlafen hatten. Er sah Scotty, schreiend, mit noch nicht durchtrennter Nabelschnur. *Machen Sie 's,* sagte der Arzt und reichte ihm die Schere. *Das ist das Ende,* begriff Johnny, *ich sterbe.* Dann kam Bill Turner mit seinen feinen Anzügen, seiner launischen Gönnerhaftigkeit eines Krösus. Und die Brüste von Joyce Hanson unter ihrem nassen T-Shirt. Und Scottys erste Schritte. Scotty, der hinfällt, am Knie blutet. Das ist nichts, Schatz, das ist nichts. Papa stirbt. Ist nur ein bisschen Blut.

Lieber Gott, nein, nicht jetzt schon!

Er lag auf dem Boden und konnte sich nicht mehr rühren. Er spürte seine Gliedmaßen nicht mehr. Nichts reagierte auf die verzweifelten Befehle aus seinem Gehirn: weder sein Körper noch das göttliche Erbarmen, und langsam drang die Erkenntnis in ihn ein, dass ihm der Wahnsinnige das Rückgrat gebrochen hatte. Er war verloren, er würde nie wieder laufen können, würde niemanden retten, weder seine Frau noch seinen Sohn. Aber gebrochen war auch sein Wille: Er sehnte nur noch das Ende herbei. *Lieber Gott, mach, dass es aufhört …*

Durch einen Schleier aus Blut und Tränen sah er Ben wieder vor sich. Was hielt er in seinen Zombiehänden? Eine Motorsäge, eine Axt? Nein, nur den Garderobenständer. Ben hatte ihn um die Schaftmitte gepackt und holte aus, um den Fuß als Hammer zu gebrauchen. Um ihm den Schädel zu spalten.

»Schlag zu«, murmelte Johnny mit seiner letzten Lebenskraft. »Los, schlag zu.«

Und Ben Powell schlug zu.

Und als er endlich wieder aufhörte, hatte Johnnys Kopf keinerlei Ähnlichkeit mehr mit einer menschlichen Form. Schönheit, Leben, Schmerz, Verzweiflung, Liebe, Bedauern, das alles hatte ihn verlassen. Für immer.

Ben warf den Garderobenständer fort wie ein Gladiator seinen Dreizack. Dann richtete er sich auf und betrachtete die geschlossene Tür am anderen Ende des Flurs mit einem Grinsen der Vorfreude. Jetzt waren *sie* an der Reihe. Laureen würde seine Trophäe, Scotty sein Triumph.

12

Nachdem sich Norman aus seinem Sessel gehievt hatte, war er in die Küche hinuntergegangen und hatte den gelben Zettel mit Stanleys Telefonnummer von der Wand genommen, während er mit der anderen Hand seine Hemdtasche nach der Brille abtastete. »Scheiße!«, entfuhr es ihm. »Allmählich wirst du dement, Alter.«

Seine Brille war oben im Schlafzimmer auf der Armlehne seines Sessels geblieben. Er hatte sie abgelegt, bevor er den Kampf gegen seine Lendenwirbel aufgenommen und sich aus dem Sessel gestemmt hatte. Wenn er jetzt wieder hinaufmusste, würde er doppelt und dreifach dafür büßen. Ganz zu schweigen davon, dass er mit dem Treppensteigen wertvolle Zeit vergeudete.

Er hielt sich den Zettel dicht vor die Augen. Vergeblich. Verschwommen, nicht zu entziffern tanzten die Zahlen vor seiner Nase. Er zerknüllte den Zettel und verfluchte sein Alter, seine erbärmlichen Augen, seinen ruinierten Rücken und dieses verdammte Haus, das nicht ebenerdig war. Er nahm den Hörer ab und rief die Auskunft an.

Eine Frauenstimme antwortete auf seinen Anruf.

»Ich hätte gern die Nummer der Familie McNeice in Tusitala. Es ist dringend.«

Sie bat ihn, den Namen zu buchstabieren, und während er es tat, hörte er am anderen Ende der Leitung das Klappern einer Tastatur. Dann war einen Moment Stille. Schließlich teilte die Dame ihm mit, er müsse sich im Wohnort irren, für Tusitala gebe es keinen Eintrag dieses Namens.

»Hören Sie, Fräulein, das ist völlig unmöglich. Bitte schauen Sie noch mal nach.«

»Tut mir leid. Es gibt keinen McNeice in Tusitala.«

»Aber wer redet denn von McNeice«, schnaubte er erbost und verstummte gleich wieder, als ihm sein Fehler bewusst wurde. »Verzeihung bitte«, fuhr er dann fort, »ich habe mich geirrt. Der Name ist Baldwin. John und Laureen Baldwin. Bitte. John und Laureen Baldwin.«

Er hörte sie seufzen, und wieder ertönte ein verhaltenes Klappern.

»John und Laureen Baldwin?«, fragte die Dame in säuerlichem Ton.

»Ja, genau«, bestätigte Norman.

Dann war die Telefonistin verschwunden, und eine Computerstimme sagte ihm die Nummer auf. Er notierte sie im Geist, legte auf, nahm den Hörer sofort wieder ab und wählte, wobei er sich die Zahlen laut vorsagte. Er hörte die Wähltöne, während die Verbindung aufgebaut wurde, gefolgt von anderen, unerwarteten Signalen.

»Das darf doch nicht wahr sein!«, stöhnte er.

Die Telefonleitung der Baldwins sei infolge einer Störung unterbrochen, teilte ihm eine andere Computerstimme mit.

Norman legte fluchend auf und sah ein, dass er wieder hinauf und seine Brille holen musste.

13

Sie hatte Scotty in den Armen gewiegt, hatte ihn getröstet, so gut es eben ging in einer Situation wie dieser, und sein Geschrei war endlich einem angststarren Schweigen gewichen, das sich im nächsten Moment in einem noch herzzerreißenderen Gebrüll zu entladen drohte.

Durch den sich schließenden Türspalt hatte sie einen letzten Blick auf Johnny geworfen, dann schob sich die Eichenplatte davor wie ein Sargdeckel, und die Tränen trübten ihren Blick. Mit zitternder Hand (war das wirklich noch ihre Hand?) hatte sie den Schlüssel herumgedreht. Scotty in den Armen, hatte sie sich verstört in die entgegensetzte Zimmerecke geflüchtet und war bei jedem Schlag, der dumpf und unerträglich durch den Flur hallte, zusammengezuckt. Nach einer endlosen Weile hatte sie Johnnys röchelnde Stimme gehört: »Schlag zu, los, schlag zu.« Es folgte ein letzter Hagel von Schlägen, und seither waren mehrere lange Minuten ohne irgendeinen Laut vergangen. Diese jähe Stille war beinahe noch schlimmer als der erbitterte Kampfeslärm zuvor.

»Oh Johnny«, murmelte Laureen, und über ihre Wangen, die wie Feuer brannten, rannen dicke Tränen. Johnny war tot. Ben hatte ihn umgebracht.

Sie holte tief Luft. Ein stechender Schmerz schoss ihr in die Brust, als wäre sie kurz vor dem Ertrinken ins Leben zurückgeholt worden. Sie hatte Johnny gehorcht, hatte sich mit ihrem Sohn im Zimmer eingeschlossen, und jetzt war sie wie gelähmt, völlig außerstande, irgendwie zu reagieren, geschweige denn ihn und sich zu verteidigen.

Johnny, Johnny, flehte es in ihr.

Sie spürte Scotty an ihrer Brust sich bewegen, und das war wie ein Schlag mit der Spitzhacke mitten ins Herz. Jäh kehrte ihr die Dringlichkeit der Lage ins Bewusstsein zurück. Sie *musste* das Leben ihres Sohnes retten! Und es galt keine Sekunde zu verlieren.

Sie stürzte zum Fenster und stellte Scotty ab. Sofort klammerte er sich panisch an ihre Beine. Sie drehte den Fenstergriff und zog mit einem Ruck. Das Fenster rührte sich nicht. Sie versuchte es wieder, diesmal mit beiden Händen. Verklemmt! Dieses verfluchte Fenster hatte sich verklemmt! Das konnte doch nicht sein – noch heute Morgen hatte sie es mühelos geöffnet. Sie drehte den Griff bis zum Anschlag, zog noch einmal an, und mit kaltem Schrecken wurde ihr klar, dass nicht eine zufällige mechanische Ursache das Fenster blockiert hatte, sondern eine so unfassliche wie entsetzliche mentale Kraft, dieselbe, die Ben von den Toten auferweckt und vor einem halben Jahr einen Hai im städtischen Schwimmbad hatte auftauchen lassen.

Hinter ihr rüttelte es plötzlich ungestüm an der Tür, und Laureen fuhr zusammen. Ben Powell wollte herein! Sie begegnete Scottys Blick und sah ihm an, dass er gleich wieder losbrüllen würde.

»Oh Scotty«, flüsterte sie, hob ihn auf und wiegte ihn in den Armen. Beide zitterten.

»Beruhig dich, Schatz, bitte, alles wird wieder gut! Bitte beruhig dich!«

Scotty schniefte und nahm sich sichtlich zusammen. Er weinte nicht; er schlang die Arme um ihren Hals, versteckte das Gesicht an ihrer Schulter und presste sich an sie.

BUMM! Sie zuckten gleichzeitig zusammen. Ben begann, auf die Tür einzudreschen, die unter seinen Hieben erbebte. *BUMM!*

Laureen verharrte einen Moment unschlüssig, und bei jedem Schlag sprang ihr das Herz in den Hals. *Johnny,* flehte sie innerlich. Aber er war ja tot, ermordert, massakriert, das wusste sie. Sie musste sich allein der Gefahr stellen.

Wenn sie es schafften, durchs Fenster in den Park zu entkommen, überlegte sie panisch, würde Ben Powell sie mühelos einholen, und es wäre ihm ein Kinderspiel, sie beide hinzurichten. Also war es wohl vernünftiger, hier zu bleiben und sich im Zimmer zu verbarrikadieren, wie Johnny verlangt hatte. Vielleicht verlor das Gespenst irgendwann die Lust, an die Tür zu hämmern? Schließlich war die Tür aus Eichenholz und ziemlich robust. Außerdem hatten Krawall und Geschrei sicher schon Stanley Holder alarmiert, der ganz bestimmt gleich herunterkommen und sie aus dieser Hölle befreien würde – nicht wahr? …

… und was, wenn nicht?

BUMM! Wieder erzitterte die Tür. Diesmal fielen Putzbrocken herab, und auf der Höhe des Türschlosses begann sich der Rahmen aus dem Mauerwerk zu lösen.

Laureen traf eine Entscheidung, und sie flehte zum Himmel, dass es die richtige sein möge. Hastig trug sie Scotty zum Wandschrank und schob eine der auf Schienen laufenden Lamellentüren zur Seite. Das Kind in ihren Armen hatte den Daumen im Mund und weinte lautlos und mit starrem Blick, und Laureen ahnte, dass es nur eine kurze Ruhe vor dem nächsten Ausbruch von Panik und Verzweiflung war. Sie musste die Gelegenheit nutzen. Behutsam setzte sie ihn zwischen Jacken und Mänteln nieder.

»Scotty«, sagte sie, flüsternd, damit Ben sie nicht hörte, »du versteckst dich jetzt, wie mit …« – ihre Stimme drohte zu versagen – »… mit Papa … in Los Angeles, weißt du noch, Scotty? Auch dort hast du dich im Schrank versteckt, und Papa hat dich gesucht und gesucht und nie gefunden. Du bist superstark, Cowboy!« Das waren Johnnys Worte gewesen. »Du musst unsichtbar werden … wie der Unsichtbare Mann«, fügte sie hinzu, einen weiteren Ausspruch Johnnys zitierend.

Ja, Johnny hatte immer so getan, als wüsste er nicht, wo Scotty sich versteckt hatte, war vor dem Schrank auf und ab gegangen, ohne ihn zu entdecken, bis Scotty selig mit einem lauten »Huuu!«, seinem Vater einen – vermeintlichen – Riesenschreck einjagend, aus seinem Versteck hervorgestürmt war. Diesmal allerdings ging es um Leben und Tod: Falls es das Unglück wollte, dass die Tür nachgab und das Gespenst Ben Powell hereinließ, musste Scotty wirklich unsichtbar werden.

»Scotty, Schatz, hör mir gut zu.« Sie nahm sein Gesicht in beide Hände und sah ihn eindringlich an. »Wenn der Mann ... wenn dieser Mann es schaffen sollte, hier hereinzukommen, darfst du ihn auf keinen Fall merken lassen, dass du hier bist, hörst du?«

Scotty nickte kaum merklich.

»Ich will versuchen, ihn von der Tür fortzulocken, verstehst du, mein Schatz?«

Er runzelte die Stirn und nahm den Daumen aus dem Mund. Nein, er verstand nicht.

»Hör mir gut zu, Schatz. Du musst aus deinem Versteck rauskommen und in ein anderes Versteck gehen, eines, das sicherer ist. Aber du musst den richtigen Augenblick dafür abwarten, verstehst du? Er darf dich auf keinen Fall sehen!«

»Woandershin ...?

»Ja, Scotty. In die Hütte, die Papa dir gebaut hat.«

»Die Hütte«, wiederholte er mit weit aufgerissenen Augen. Die Mama schien nicht zu wissen, dass die Hütte im Wald und dass es draußen stockfinster war. Doch er begriff, dass die eigentliche Gefahr weder der Wald noch die Dunkelheit war, sondern der Mann hinter der Tür.

»Ja, Scotty, in die Hütte. Hör mir gut zu. Du musst dann aus dem Schrank kommen und so schnell rennen, wie du kannst, verstehst du? In der Hütte bist du in Sicherheit, und ich komm dann gleich zu dir.«

Wenn ich noch lebe, fügte sie in Gedanken hinzu.

Wieder donnerte es gegen die Tür, die besorgniserregend bebte. Wieder fielen Putzbrocken von der Wand und sprangen bis weit ins Zimmer hinein. Laureen drückte ihren Sohn noch einmal an sich und bedeckte sein Gesicht mit Küssen, dann zog sie ihm seine Basketballschuhe an, die er notwendig brauchen würde, wenn er um sein Leben rannte. Mit einem doppelten Knoten band sie die Schnürsenkel zu, beugte sich vor und küsste ihn ein letztes Mal.

»Ich hab dich lieb, Schatz, sehr, sehr lieb«, sagte sie, während sie die Schranktür schloss.

Wieder zuckte sie zusammen, als Ben Powell draußen an die Tür hämmerte. Sie packte Scottys Zauberkreisel und schlug damit die Fensterscheibe ein.

Die Zimmertür würde nicht mehr lang standhalten. Hatte Ben sie erst aufgebrochen, konnte nichts mehr das Massaker aufhalten.

Laureen pflückte hastig die größten noch feststeckenden Glassplitter aus dem Rahmen, stürzte dann zur Tür und stemmte sich mit ausgebreiteten Armen und der Kraft der Verzweiflung just in dem Moment dagegen, als Ben Powell erneut mit der Faust gegen das Holz hämmerte. In ihrem Kopf überschlugen sich die Gedanken. Würde Ben die Tür aufbrechen, und wenn ja, würde er sich, sobald er im Zimmer war, von dem zertrümmerten Fenster irreführen lassen? Würde er wirklich glauben, dass Scotty allein in die Nacht geflohen war? Gleichzeitig fragte sie sich, was der Schriftsteller wohl oben in seinem Zimmer machte – hatte er denn gar nichts gehört? Oder stellte er sich vor, dass Baldwin im Suff seine uneinsichtige Gattin fäustlings belehrte? Vielleicht schlief er ganz einfach? Sofern er nicht gelähmt vor Angst in einer Ecke hockte. So was kommt vor. Es sei denn …

Es sei denn, er war bereits tot. Massakriert wie Johnny. In welchem Fall keinerlei Hilfe zu erwarten war.

Beklommen betrachtete sie die Tür.

Die Angeln waren halb aus dem Türblatt gerissen, und das ebenfalls sehr mitgenommene Schließblech begann sich aus dem Rahmen zu lösen. Über die Tapete ringsum liefen Risse, die mit jedem Schlag tiefer wurden, während eine Gipswolke Laureens Kopf und Schultern überstäubte. Sie musste husten. Dann drehte sie sich um und presste sich, beide Füße in den Boden gestemmt, mit dem Rücken gegen die Tür. Die nächste Erschütterung brachte sie fast aus dem Gleichgewicht, doch sie bezog augenblicklich wieder Stellung. Dabei fiel ihr Blick auf Scottys kleinen Schreibtisch, und sie streckte die Hand danach aus, packte das Möbelstück und zog es zu sich her. In der Hoffnung auf einen Gegenstand, der als Waffe dienen konnte, leerte sie die Schubladen eine nach der anderen. Doch da waren nur Ausmalbücher, Buntstifte in allen Farben, eine Tube Klebstoff, Märchenbücher …

War ja auch nicht zu erwarten, dass ich ein Jagdmesser hier finde …

Ihre Hand fand eine kleine blaue Plastikschere mit abgerundeten Spitzen, und Laureen wäre fast in ein nervöses Kichern ausgebrochen, als sie danach griff. Sie fühlte sich in derselben hoffnungslosen Lage wie die polnische Armee, die gegen Hitlers Panzerdivisionen zu Pferd kämpfte. Zweifellos sehr tapfer, aber wohin es geführt hatte, war bekannt.

Bei diesem Gedanken traf sie ein Stoß, heftiger als alle vorhergehenden, der sie nach vorn und über den Schreibtisch hinweg ins Zimmer schleuderte.

Die Tür war aus Schloss und Angeln gesprungen. Jetzt stand Ben Powell im Zimmer.

Auf allen vieren wich Laureen hastig zurück. Sie warf einen flüchtigen Blick zum Schrank hinüber. *Noch nicht, Schatz, warte noch!* Ben Powell blickte seinerseits zu den Schiebetüren, dann wieder auf sie, und der lippenlose Mund öffnete sich zu seinem Totenschädelgrinsen.

»Was hast du mit deinem Blag angestellt, Laureen?«

»Scotty ist durchs Fenster, Hilfe holen«, stammelte sie bebend, während sie wieder auf die Füße kam und weiter ins Zimmer zurückwich, um Ben von der Tür fortzubringen.

Ben warf einen argwöhnischen Blick auf die zerbrochene Scheibe und richtete seine Aufmerksamkeit dann gleich wieder auf Laureen.

»So empfangt ihr also eure Familienangehörigen, bravo, Schwesterherz, meinen Glückwunsch. Erst will dein Mann verhindern, dass ich dich küsse, dann kommst du daher und rammst mir ein Messer in den Rücken, und schließlich, nachdem ich deinen Typen endlich zu besseren Manieren bekehrt habe, schlägst du mir die verdammte Tür vor der Nase zu.« Sein entstelltes Gesicht verzog sich zu einer Grimasse theatralischer Empörung. »Was ist denn das für ein Benehmen, Schwesterchen? Das gefällt mir ganz und gar nicht.«

»Trau dich, du abscheuliches Ungeheuer«, drohte Laureen und hielt ihm ihre lächerliche Schere entgegen.

Ben grinste nur.

»Du hasst deine Familie, Laureen, das ist die traurige Wahrheit.«

Er seufzte … und machte einen jähen Schritt in ihre Richtung.

Ein nervöses Aufschluchzen stieg Laureen in die Kehle, und sie wich noch weiter zurück.

»Was soll ich davon halten, Schwesterchen, sag? Wie soll ich diese Zurückweisung auslegen?«

Sich rückwärts tastend umrundete Laureen jetzt Scottys Bett. Nur zwei Meter weiter, und sie stand mit dem Rücken an der Wand. Spätestens dann war die Auseinandersetzung unvermeidlich, doch zumindest wäre für Scotty der Weg frei.

Ben ging noch einen Schritt auf sie zu. Hinter ihm öffnete sich die Schranktür einen Spalt, und Scottys Gesicht erschien.

Lieber Gott, mach, dass er sich nicht umdreht!, flehte Laureen.

Ben Powell drehte sich nicht um. Er kam auf sie zu.

»Du bist nicht mein Bruder! Du bist nicht mein Bruder, du Scheusal!«, rief sie, um sein Interesse auf sich zu lenken.

»Was sag ich! Du hasst deine eigene Familie, Laureen.« Und ohne einen Blick nach hinten, setzte er hinzu: »Wenn dein Blag sich einbildet, ich hätte es nicht gesehen, täuscht es sich gewaltig.«

Daraufhin schob sich die Lamellentür ganz zur Seite, und Scotty sprang heraus. Er stolperte, purzelte auf den Teppich, hatte sich aber sofort wieder aufgerappelt und rannte Hals über Kopf zur Tür.

Schnell wie ein Dämon war Ben herumgefahren.

»Lauf, Scotty!«, schrie Laureen.

Und stürzte sich im selben Moment mit ausgestreckten Krallen auf den Rücken des Ungeheuers. Unmittelbar vor der Kollision sah sie Scotty durch den Flur verschwinden.

Ben Powell drehte sich wieder um. Er versetzte Laureen einen Fausthieb, der sie rücklings gegen das Bett schleuderte.

»Er kann ruhig noch ein bisschen warten«, sagte er. »Erst kümmere ich mich um dich, Schwesterchen. Danach werd ich deinem Rotzlöffel den nötigen Respekt vor der Familie einbläuen.«

Rücklings auf dem Boden, die Beine an den Bauch gezogen, rang Laureen vor Schmerz nach Luft. Ben setzte sich auf sie. Er holte aus und ließ seine rechte Faust auf ihr Gesicht niederfahren. Sie konnte dem Schlag nicht mehr ausweichen, ja sie sah ihn nicht einmal kommen. Wie ein glühender Dolch fuhr der Schmerz durch ihre gesamte linke Seite.

»Die Familie ist nämlich heilig, Schwesterchen.«

Ben Powell holte abermals aus, doch in dem Moment ertönte eine Salve von Schüssen, unter der er zu zucken begann, als hätte er eine Hochspannungsleitung berührt.

14

In seinem Zimmer angelangt, stürzte Norman auf seinen Schlafsessel zu, auf dessen Armlehne unübersehbar die Brille lag. Auf dem Weg dorthin schlug er sich ein Knie derart an der Bettkante an, dass er Sternchen vor den Augen tanzen sah, während der Schmerz durch das gesamte Bein ausstrahlte. Er musste sich kurz am Bettpfosten festhalten und tief durchatmen, um nicht umzukippen. Hinkend schleppte er sich zum Sessel, setzte die Brille auf und hinkte schließlich wieder in die Küche hinunter.

Neben dem Telefon kramte er den zerknüllten gelben Zettel aus der Tasche und glättete ihn an der Wand. Mit fieberhaftem Finger begann er Stanleys Mobilnummer zu wählen. Er hatte das seltsame Gefühl, mit Fausthandschuhen Klavier zu spielen, doch es ging. Den Hörer ans Ohr gepresst, trat er, während er den Wähltönen lauschte, an das kleine Küchenfenster. Auf dem Anderson Hill strahlte das Haus der Baldwins mit tausenden Watt in die helle Sommernacht. Am anderen Ende der Leitung läutete es. Zehn Sekunden vergingen, dann zwanzig … Eine Ewigkeit.

Norman legte auf und wählte sofort noch einmal.

Wieder läutete es, lange – eine Ewigkeit.

»Stanley, geh ran, verdammt!«

Er wandte sich vom Fenster ab und ließ seine Augen besorgt durch die Küche wandern, als ließe sich hier eine andere Lösung finden. Um diese Uhrzeit den Trottel Marker aus dem Bett holen, bloß um ihm seine Befürchtungen mitzuteilen, war sinnlos: Schließlich waren die Baldwins freie Menschen und durften auch um zwei Uhr morgens sämtliche Lichter in ihrem Haus einschalten, wenn ihnen danach war. Mit irgendeiner Binsenweisheit dieser Art hätte der Sheriff ihn abgespeist, dafür hätte Norman die Hand ins Feuer gelegt, und ihm anschließend geraten, sich wieder schlafen zu legen. Wie jedermann.

Schleich nicht länger um den Brei herum, sondern komm endlich zur Sache, Feigling. Du weißt sehr genau, wen du alarmieren musst! Ruf Arthur an, und zwar schnell, sonst ist es für die da oben zu spät!

Norman merkte, dass er Arthurs Telefonnummern auswendig kannte, sowohl die der Tankstelle als auch die vom Wohnwagen, obwohl er sie niemals gewählt hatte, seitdem sich Arthur dort oben am Waldrand niedergelassen hatte. Tief in seinem Inneren hatte er immer gewusst, dass es eines Tages wieder anfangen würde, und aus diesem Wissen heraus hatten sich ihm in einem Winkel seines Gedächtnisses Kingstons Telefonnummern eingeprägt. Arthur würde den Ernst der Lage ohne viele Worte begreifen und ihn nicht wieder ins Bett zurückschicken.

Norman wählte. Es meldete sich Peter Zarkowski.

»Hallo, hier Norman Jarrett. Wo ist dein Chef?«

»Um die Uhrzeit, Doktor, ist er im Bett, das wette ich.«

»Na gut.« Er wollte schon wieder auflegen, um Arthur zu Hause anzurufen, überlegte es sich aber anders und fragte: »Sag mal, du hast nicht zufällig das Auto der Baldwins gesehen? Ich meine: heute Nacht?«

»Heute Nacht?«

»Ja, heute Nacht!«

»Nein, ich hab um acht meine Schicht angefangen, und die

Ruston Road ist ziemlich ruhig. Allerhöchstens zehn Kunden bisher. Das Auto der Baldwins hab ich nicht gesehen, tut mir leid.«

»Ich frage nur, weil bei ihnen noch alle Lichter brennen.«

»Ach was, denken Sie sich nix dabei, Doktor. Manche Leute gehen spät ins Bett. Schauen Sie mich an.«

»Danke, Peter. Ich ruf deinen Chef an.«

»Mann, Doktor, Sie sind wohl lebensmüde?«

»Was faselst du da, Junge?!«

»Na ja, ich mein nur, Sie haben vielleicht nicht gesehen, wie viel Uhr es ist?«

Peter hatte keine Lust, auch am nächsten Tag die miese Laune des alten Kingston ertragen zu müssen, bloß weil ihn ein Komiker, der nicht schlafen konnte, mitten in der Nacht aus dem Bett gescheucht hatte, um ein bisschen zu plaudern.

»Doch, hab ich«, erwiderte Norman kühl. *Als wüsste ich nicht, wie spät es ist!* »Na gut, Wiedersehen, Peter.«

»Ich hab Sie gewarnt, Doktor! Der Chef hat in letzter Zeit dauernd eine Stink…«

Aber Norman hatte schon aufgelegt und wählte jetzt die Nummer des Wohnwagens.

15

Erst als das Wesen, das ihrem Bruder ähnelte, reglos neben ihr zusammenbrach, begann Laureen zu begreifen, dass in der Tür direkt dahinter, das Hemd halb offen und mit nassen Haaren, Stanley Holder stand. Er hatte das gesamte Magazin seiner P230 auf Ben Powell abgefeuert.

Stanley hatte unter der Dusche gestanden und das Getöse im Erdgeschoss gehört, nachdem er den Wasserhahn abgestellt hatte. Tropfnass war er in Hemd und Hose gefahren, hatte hastig seine Waffe aus ihrem Versteck geholt und geladen und war, zwei Stufen auf einmal nehmend, die Treppe hinuntergerannt. Als er in die Küche stürzte, wäre er fast mit Scotty zusammengestoßen, der im selben Moment aus dem Flur der elterlichen Wohnung hervorschoss. Er hatte ihn aufgefangen und festgehalten, doch das Kind hatte in seiner Panik nur wild um sich geschlagen.

»Scotty, ich bin's, Stanley«, hatte er eindringlich geflüstert. »Wo sind deine Eltern, Scotty? Sag, wo sind sie?«

Beim Klang der vertrauten Stimme beruhigte der Junge sich ein wenig, und Stanley ließ ihn wieder los. »Warte hier auf mich, Scotty, bitte, ich bin gleich wieder da!«, sagte er und betrat so geräuschlos wie möglich den Flur, wo sein Blick als Erstes auf die bis zur Unkenntlichkeit verstümmelte Leiche von John Baldwin fiel. Scotty hatte an ihr vorbeilaufen müssen, um in die Küche zu gelangen, und Stanley begann das Ausmaß des Grauens zu ahnen, das den Jungen erfasst hatte.

In Scottys Zimmer angelangt, begann er ohne Vorwarnung auf den Angreifer zu schießen. Angesichts dieses Massakers wäre selbst eine abgefeuerte Bazooka in die Kategorie Notwehr gefallen.

Die ersten drei Kugeln trafen den Angreifer an der rechten Schulter und schleuderten herausgerissene Fleischfetzen auf die über die Tapete marschierende Eisbärenparade. Das Ungeheuer zuckte bei jedem Einschuss zusammen, ließ sich aber nicht von seinem Vorhaben abbringen: Mit drohend erhobener Faust kauerte es über Laureen. Jetzt zielte Stanley direkt auf den Kopf. Die letzten vier Kugeln trafen Ben Powell ins Hirn und machten dem Spuk ein Ende. Noch einen Moment lang fixierte er Laureen mit seinen toten Augen, ein letzter Krampf überlief sein entstelltes Gesicht, dann kippte sein Oberkörper nach vorn und seitwärts auf den Teppich.

»Oh Gott«, stöhnte Laureen und zog in panischem Grauen ihre Beine unter der Leiche hervor.

Stanley beeilte sich, ihr aufzuhelfen. »Fehlt Ihnen was?«, fragte er.

»Oh Gott«, stieß Laureen immer wieder völlig verstört hervor.

Ihr linkes Auge war fast zugeschwollen, die Haut violett unterlaufen, unter ihren zerzausten Haaren rann Blut hervor.

»Wer ist das?«, fragte Stanley.

Doch sie starrte nur mit leerem Blick auf den leblosen Körper des Monsters und brachte keinen Ton heraus.

»Bitte, Laureen!«, rief Stanley, packte sie an der Schulter und schüttelte sie.

»Das war …«, begann sie mit klappernden Zähnen, »… das war Ben.«

»Ben?«

»Mein … toter … Bruder. Er war *tot!*«, schrie sie aufschluchzend. *»Tot!«*

»Kommen Sie, Sie können nicht hier bleiben.«

Er nahm Laureens Arm und legte ihn sich um den Hals, um sie zu stützen. Als er einen Blick auf die Leiche warf, überlief ihn ein Schauder des Abscheus. »Was ist das denn jetzt?«, murmelte er.

Der Kadaver war in sich zusammengesunken und schwand zusehends dahin, zerrieselte wie eine vertrocknende Sandburg. Innerhalb von nicht einmal drei Minuten war nur noch ein Häufchen Asche von ihm übrig.

»Wir müssen Scotty suchen«, flüsterte Laureen erschöpft.

»Er wartet in der Küche auf Sie. Schnell.«

Sie verließen das Zimmer, betraten den Flur. Beim Anblick von Johnnys Leiche versagten Laureen die Beine, sie brach fast zusammen.

»Laureen«, mahnte er, »wir müssen hier raus! John wäre sicher sehr stolz auf Sie gewesen.«

McNeice konnte nicht weit sein: Sie durften keine Zeit verlieren. Laureens Bruder, vielmehr sein wahnsinniges Gespenst, war nur die Vorhut gewesen.

Stanley packte sie fester, und sie ließ sich von ihm in die Küche ziehen. Als Scotty seine Mutter erblickte, stürzte er ihr entgegen und klammerte sich an ihre Beine.

»Mein tapferer Schatz!«, sagte sie erleichtert.

»Ich hol Ihnen Schuhe«, sagte Stanley.

Er kehrte noch einmal in die Wohnung zurück und kam mit einem Paar Sandalen wieder, die Laureen gehorsam anzog. Er legte einen stützenden Arm um ihre Taille, nahm Scotty auf den Arm und drückte ihn an sich. Gemeinsam betraten sie die Halle.

»Wir nehmen meinen Wagen«, sagte er.

Sie würden in die Stadt fahren, den Sheriff alarmieren … Zumindest war das sein Plan.

Daraus wurde nichts, denn als er die Eingangstür öffnete, erblickten sie vor sich den rubinroten Karmann Ghia. Mit geschlossenem Verdeck und ohne Licht stand er mitten auf dem Parkplatz: wie ein Krokodil, das sich tot stellt.

Im nächsten Moment flammten die Scheinwerfer auf und blendeten sie alle drei.

Stanley warf sofort die Tür wieder zu und drehte den Schlüssel herum. »Gehen wir lieber hinauf«, sagte er.

In seinem Zimmer konnte er seine Pistole nachladen und über sein Handy die Polizei verständigen. Es gab sowieso keine Alternative: McNeice mit leerer Waffe und zwei hilflosen Schützlingen entgegenzutreten kam einer bedingungslosen Kapitulation gleich.

»Scotty, wir gehen in mein Zimmer hinauf. Ich hab dort oben ein Telefon, weißt du?«

Das Kind reagierte nicht, klammerte sich nur fester an Stanleys Schulter.

»Schaffen Sie das?«, fragte er Laureen.

Sie nickte. Sie fühlte sich völlig zerschlagen, hatte vielfältige Prellungen, die Schwellung um das linke Auge wuchs von Minute zu Minute, aber natürlich würde sie durchhalten. Sie betrat die Treppe. Stanley folgte mit Scotty dicht hinter ihr, bereit sie aufzufangen, falls sie strauchelte. Auf halber Höhe warf er einen raschen Blick nach unten: Die Eingangstür war geschlossen, von McNeice war nichts zu sehen.

Im ersten Stock bog Laureen bereits nach rechts, zur nächsten Treppe ab, als Stanley sie am Arm festhielt und mit einer stummen Kopfbewegung in den Gang zu ihrer Linken deutete. An dessen Ende befand sich das Zimmer, in dem das deutsche Ehepaar gewohnt hatte, das so genannte blaue Zimmer. Laureen folgte Stanleys Blick und sah die Tür des hell erleuchteten Zimmers weit offen stehen. Die Nachttischlampen warfen ihnen wie ein einfältiges Echo ihre Frage zurück und schienen sie zu verhöhnen.

Dort im Zimmer war etwas. Etwas, das herauswollte.

Laureen erbleichte. Mit belegter Stimme flüsterte sie: »Johnny hatte alle Türen geschlossen.« Kurz nach zwanzig Uhr, um genau zu sein, nachdem er die Betten abgezogen hatte.

»Gehen wir rauf«, riet Stanley.

Ein Geräusch hinter ihnen ließ sie zusammenfahren. Sie drehten sich um: Auch in den beiden Zimmern, die bis zum gestrigen Nachmittag die französische Familie beherbergt hatten, standen die Türen offen, auch hier brannten alle Lichter. Und jetzt sahen sie die schwere, behäbige Nussbaumkommode, das Schmuckstück im größeren der beiden Zimmer, gegen den Türrahmen stoßen, als würde sie von jemandem angeschoben. Aber es war niemand hinter ihr, sie bewegte sich von allein! Mit ungeheurer Wucht sogar, wie ein gefangener, vor Ungeduld stampfender Stier stieß sie immer wieder wütend gegen den Türrahmen, und mit unheilverkündendem Splittern flogen Holzstückchen auf den Treppenabsatz hinaus. Laureen dachte daran, wie Johnny bei ihrem Einzug die Kommode in mehrere Teile zerlegen und die schwere Marmorplatte hatte abnehmen müssen, damit das Möbel überhaupt durch die Tür ging.

Wie vom Donner gerührt beobachteten Laureen und Stanley das Manöver. Es konnte nur ein Albtraum sein. Gleich würden sie erwachen. Ben Powell war seit vielen Jahren tot und begraben, und noch nie hatte ein Möbelstück die Neigung gezeigt, sich von allein fortzubewegen. Ja, ein Albtraum. Gleich würden sie … Die Kommode nahm Anlauf, schwenkte rasend schnell auf ihren kupferbeschlagenen Füßen herum und stürmte im schrägen Winkel auf den Türrahmen zu.

»Bleiben wir nicht hier«, murmelte Stanley. »Gehen wir nach oben.«

Ohne die Kommode aus den Augen zu lassen, gingen sie auf die nächste Treppe zu.

Nun mischte sich in die dumpfen Schläge der Kommode hinter ihnen ein Dröhnen wie von rollenden Rädern, und im nächsten Moment sauste vom anderen Ende des Flurs mit rasender Geschwindigkeit ein gedrungener Sessel heran.

»Achtung!«, schrie Stanley, der sich noch rechtzeitig umgedreht hatte, um den Sessel auf sie zukommen zu sehen, aber nicht schnell genug, um auszuweichen.

Das Möbel mähte Stanley nieder, der mit Scotty auf dem Arm an die Wand geschleudert wurde. Durch die Kollision kaum gebremst, raste der Sessel weiter und Laureen in die Beine, die durch die Wucht des Zusammenpralls zur anderen Seite des Flurs flog.

Der Sessel machte kehrt und hielt wiederum auf Stanley zu, der, noch immer mit Scotty im Arm, gerade wieder auf die Beine gekommen war und um Haaresbreite dem mörderischen Kurs des Sessels entging, indem er sich auf die Treppe zum zweiten Stock flüchtete.

Der Sessel vollführte ein ungestümes Ausweichmanöver, krachte gegen die Wand und prallte wieder ab, brach wie ein Geschoss durch das Geländer und stürzte in die Tiefe. Auf den Fliesen des Erdgeschosses kam er endlich zur Ruhe: kopfüber, die vier Rollen in die Luft gereckt, die sich noch eine Weile mit blechernem Scheppern weiterdrehten.

»Mama!«, brüllte Scotty.

Bäuchlings auf dem Boden liegend, hob Laureen den Kopf und sah mit entsetzt aufgerissenen Augen aus der Tiefe des Flurs die mächtige Kommode, die sich endlich befreit hatte, schwankend auf sich zukommen. Sie hatte bei ihrem Ausbruch aus dem Zimmer einen Fuß verloren, ein Eckpfosten war abgerissen, und die unterste Schublade hing heraus und scharrte unter Höllenlärm über das Parkett, auch die Marmorplatte war rundherum schartig geworden, als hätte ein Vandale mit dem Meißel darauf eingeschlagen, doch ihrer Entschlossenheit tat dies keinen Abbruch.

Ächzend rappelte Laureen sich auf und floh, hinkend und mit dem abscheulichen Gefühl, dass ihre Füße sich durch losen Sand kämpften und kaum von der Stelle kamen, auf die Treppe zu, auf der Scotty und Stanley standen. Das hobelnde Geräusch hinter ihr wurde lauter. Die Kommode hielt direkt auf sie zu.

Stanley setzte Scotty hastig ab und lief die Stufen hinab, um Laureen beizuspringen. Doch die Kommode war schneller als er –

und katapultierte sie vor seinen Augen durch die Lücke im Geländer. Zusammen mit zwei, drei Geländerstäben stürzte Laureen ins Leere. Doch im allerletzten Augenblick erwischte ihre Hand den unteren Querholm des demolierten Geländers und hielt sich daran fest. Jetzt baumelte sie hoch über dem Fliesenboden der Halle.

Der hölzerne Zerberus setzte seine mörderische Jagd fort und rammte Stanley: Mit voller Wucht getroffen, vollführte er einen Salto über die Marmorplatte hinweg, sein Kopf knallte gegen die Wand, und er verlor das Bewusstsein. Laureen hing an einer Hand wie ein Pendel über dem Abgrund. Panisch tastete sie mit der freien Hand nach einem Halt und griff mehrmals ins Leere, bis sie den Holm fand. Wenn ihre Finger sie nicht im Stich ließen und es ihr auch noch gelang, die Beine aufwärts zur Treppe zu schwingen, die vom Erdgeschoss heraufführte, war sie vielleicht gerettet … Zwei Voraussetzungen, die angesichts ihrer körperlichen Verfassung leider recht hypothetisch waren.

»Mama!«

Tränenüberströmt blickte Scotty zwischen den Stäben des Treppengeländers im zweiten Stock zu ihr herunter.

»Scotty … bleib, wo … du … bist«, stieß sie mühsam hervor. Die überdehnten Muskeln ihrer Arme schmerzten scheußlich, und sie spürte nach und nach die Kraft aus ihren Fingern weichen.

Das schleifende Geräusch der Kommode entfernte sich über den Gang, und Laureen nutzte die Atempause, um sich in Pendelbewegung zu versetzen. Bald erreichten ihre Füße die Treppe, rutschten aber ab, und sie schwang in die entgegengesetzte Richtung.

Jetzt kam das Schleifen wieder näher, ungestümer als zuvor, und Laureen begriff mit Schrecken, dass die Kommode nur Anlauf genommen hatte, um besser zustoßen zu können.

Nein!, schrie es stumm in ihr.

Kopflos vor Angst blickte sie zu den Steinfliesen unter ihr hinab, die im hellen Licht des Lüsters schimmerten. Und die Bilder ihres Traums kamen ihr in den Sinn – das Chaos in der Küche, das durchbrochene Geländer im ersten Stock, sie selbst tot am Fuß der Treppe … Was sie erlebte, war ihr Albtraum, der Wirklichkeit wurde.

Ihre Panik wuchs, je näher die Kommode kam.

Mit der Kraft der Verzweiflung schwang sie noch einmal die Beine zur Seite, und ihre Füße berührten just in dem Moment die Treppe, als über ihrem Kopf die dunkle Masse der Kommode auftauchte. Weitere Geländerpartien barsten mit Getöse, und zwischen fliegenden Trümmern kippte das unförmige Möbelstück unaufhaltsam in die Tiefe.

»Allmächtiger«, murmelte Laureen tonlos.

Und ihre Finger ließen los.

16

Eine Bierdose in der Hand, schlief Arthur Kingston vor dem Fernseher, als das Telefon unerträglich laut zu plärren begann.

Benommen stand er auf, so dass die Chipstüte, die er während des Abendfilms zur Hälfte geleert hatte, ihren restlichen Inhalt auf dem Boden ausstreute, und tastete sich, vor Alkohol und Müdigkeit gegen die Möbel torkelnd, die er lauthals beschimpfte, in die Richtung, aus der das schrille Geräusch kam. Wutschnaubend verfluchte er den Volltrottel, der es wagte, ihn um diese Zeit zu stören, und als er den Hörer abnahm, war er bereit, Feuer zu speien. Doch als er die atemlose Stimme von Norman Jarrett hörte, verschlug es ihm die Sprache.

»Hallo? Kingston? Hallo? Bist du da oder was?«

Zweiundsiebzig lange Jahre hatten sie nicht miteinander gesprochen. Durch Kingstons Kopf rasten Erinnerungen in schwindelerregendem Tempo und vertrieben die letzten Schwaden von Alkohol und Schlaf.

»Jarrett?«, stieß er hervor.

»Kingston, höst du mich jetzt endlich?«

»Ja, ja, ich hör dich einwandfrei, du brauchst überhaupt nicht zu brüllen, scheiße!«

»Bei den Baldwins ist was faul.«

»Was?«

Aber er hatte sehr wohl verstanden. Vor einer Ewigkeit der Ball, und jetzt die Familie Baldwin und Stanley Holder.

»Das Haus ist taghell ausgeleuchtet wie der Times Square zu Weihnachten, aber es geht niemand ans Telefon«, fuhr Norman fort. »Ich glaube, Stan steckt in Schwierigkeiten ... Und die Baldwins ebenfalls.«

Arthur Kingston schloss die Augen. Er hatte noch nie gern viele Worte gemacht, doch jetzt wäre er am liebsten taub und stumm gewesen – und blind. Er schluckte schwer. »Wo bist du?«

»In fünfzehn Minuten bin ich an der Tankstelle. Ich mach mich sofort auf den Weg.« Norman Jarrett verstummte. »Arthur«, sagte er dann, »ich denke, du nimmst besser dein Gewehr mit.«

Wieder trat ein Schweigen ein.

»Kingston, bist du noch da?«

»Ja. Das Gewehr.«

Norman Jarrett legte auf. Arthur stand da wie vom Donner gerührt und starrte mit Tränen in den Augen sekundenlang auf den Telefonapparat. Das Herz schlug ihm bis zum Hals.

17

Stanleys Ohnmacht hatte nur ein paar Sekunden gedauert. Als er benommen die Augen aufschlug, konnte er die Kommode gerade noch bei ihrem Sprung in die Tiefe stürzen sehen.

»Oh nein, nein ...«, ächzte er.

Mühsam stemmte er sich vom Boden hoch. Sein Kopf, der Tonnen zu wiegen schien, fiel mit einem dumpfen Laut wieder zurück. Unter Aufbietung aller Kräfte kam er schließlich auf die Beine. Schwindel erfasste ihn. Der Flur, die Wände, die aufgerissenen Türen zu den hell erleuchteten Zimmern drehten sich vor seinen Augen, während er den Flur entlangtaumelte.

»Nein!«, stöhnte er noch einmal.

Vom Geländer, das den Flur gegen die Halle abgrenzte, waren nicht mehr als vier oder fünf Stäbe übrig, die sich dem Abgrund zuneigten. Die Stufen waren von Trümmern übersät.

Er ließ sich auf die Knie fallen, begann zu kriechen. Das Blut pochte in seinen Schläfen. Tränen schossen ihm in die Augen und trübten seinen Blick. Laureen hatte keinen Laut von sich gegeben, als das Möbel über sie hinweg in die Tiefe gestürzt war und sie mitgerissen hatte. *Das auch noch!,* stöhnte er innerlich. Über herumliegende Geländerbruchstücke hinweg kroch er bis zur Kante des Treppenabsatzes und beugte sich darüber.

»Laureen?«, rief er ins Leere.

Unten lag Laureen Baldwins Leiche in einer Blutlache zwischen hölzernen Trümmern.

Stanley schloss die Augen, und sein Atem stockte. *Du lieber Gott, ach du lieber Gott! …*

Er sah noch einmal hin. Das war nicht Laureen. Nein, das waren nur die blutverschmierten Einzelteile der Kommode.

»Ich bin hier«, sagte eine Stimme, und auf der Treppe zum Erdgeschoss richtete Laureen sich auf. Im letzten Augenblick, unmittelbar vor dem Absturz der Kommode, hatte sie sich retten können.

»Laureen, Gott sei Dank!«

Sie kam herauf, nachdem sie sich vergewissert hatte, dass von den Zimmern her nichts mehr zu befürchten war. Mit schmerzverzerrtem Gesicht lehnte sich Stanley an die Wand.

»Gott sei Dank«, seufzte er noch einmal, »Sie haben's geschafft.«

»Ja. Und Sie – wie geht's Ihnen?«

Sie musterte ihn. Am linken Oberschenkel war seine aufgerissene Hose blutdurchtränkt, und darunter klaffte eine hässliche Wunde. Sie half ihm auf. Scotty sprang auf seine Mutter zu und umklammerte ihre Beine, während sie ihm mit der Hand durch die Haare fuhr und ihn an sich drückte.

»Er ist oben«, sagte sie zu Stanley.

»Was? Wer?«

»Er erwartet uns oben. Es ist alles wie in meinem Traum, mit dem dieser ganze Wahnsinn heute Nacht angefangen hat.«

Stanley warf einen argwöhnischen Blick zum zweiten Stock hinauf, dann wandte er sich wieder an Laureen.

»Dann müssen Sie hier weg, Sie und Scotty, so schnell wie möglich! Verstehen Sie?«

»Stanley …«, begann sie.

Doch er nahm ihr Gesicht in beide Hände und sah sie eindringlich an. »Gehen Sie durch die Küche und verschwinden Sie im Wald. Los, gehn Sie schon, Laureen, schnell, ich flehe Sie an. Ich weiß nicht, wie lang ich ihn aufhalten kann. Er hat's ja auf *mich* abgesehen. Also machen Sie schnell, fliehen Sie!«

Laureen wollte gegen seine Selbstaufopferung protestieren: »Wieso gehen wir nicht alle drei?«

»Verschwinden Sie, Laureen. Das ist Ihre einzige Chance, sich und Scotty zu retten. Rasch, bevor's zu spät ist!«

Sie blickte auf Stanleys blutende Wunde, dann wieder in sein Gesicht.

»Es geht schon. Laureen, bitte!«

Sie hob Scotty auf, der sich an sie presste, und drückte wortlos Stanleys Schulter.

An die Wand gelehnt, sah er ihr nach, wie sie die Treppe hinunterging. Mit geschlossenen Augen hörte er sie die Halle durchqueren und wartete, bis sie in der Küche die Tür zum Garten geöffnet hatte, die hinten auf den Park hinausging. Als sie fort und unten alles still war, blickte er zum zweiten Stock hinauf. Wenn er hinaufging, erwartete ihn ein ebenso sicherer wie grässlicher Tod. Aber mit seinem verletzten Bein war an Flucht nicht mehr zu denken.

Hinkend schleppte er sich die Stufen hinauf.

18

Ihren Sohn an sich gepresst, schlich Laureen aus dem Haus. Scotty klammerte sich, die Arme um ihren Hals, die Beine um ihre Taille, krampfhaft an ihr fest.

»Es ist vorbei, Schatz, es ist vorbei«, murmelte sie, um ihn zu trösten.

Sie wandte sich nach rechts und ging an der Fassade mit den erleuchteten Fenstern entlang. An der Hausecke drückte sie Scotty fester an sich und schob ihn ein Stück höher. Jeden Moment gewärtig, ein abscheuliches Wesen auftauchen zu sehen, das ihnen den Weg versperrte oder sie anfiel, lief sie mit einem halb erstickten Angstlaut torkelnd auf den Waldrand zu.

Kein Ungeheuer zeigte sich.

Vornübergebeugt umrundete sie den Magnolienhain, überquerte erst den Pfad, der parallel zum Ostflügel des Hauses verlief, dann den Rasen, der zur schwarzen undurchdringlichen Masse der Pinien anstieg. Ein Seitenstechen bohrte sich heiß in ihre rechte Seite. Scotty, der an ihrem Hals hing wie ein nasser Sack, begann ihr schwer auf den Unterarmen zu lasten. Auf halbem Weg strauchelte sie, wäre fast gefallen, fing sich aber im letzten Moment. Sie begann wieder zu laufen.

»Es ist vorbei«, murmelte sie vor sich hin, außer Atem und bleich wie der Tod.

Sie fühlte sich wie eine Rattenmutter, die ihren Wurf aus dem Nest schleppt, um ihn vor einer ausgehungerten Schlange in Sicherheit zu bringen. Je weiter sie sich entfernten, desto mehr schien ihr, dass die wahre Gefahr, die tödliche Falle das Haus war, der Wald aber Sicherheit und Zuflucht bot, einen gnädigen Aufschub und, wer weiß, vielleicht auch Rettung.

Lieber Gott, hilf uns!, flehte sie stumm.

Der liebe Gott oder irgendwer. Um diese Uhrzeit konnten sich natürlich alle möglichen Gestalten im Wald herumtreiben, nackt unter einem Trenchcoat und mit abwegigen Ideen im Kopf. Angesichts ihrer Not sähe sich so jemand doch wohl gezwungen, seine

Libido hintanzustellen und ihnen zu helfen, nicht? Ja, er würde sich verpflichtet fühlen, wohl oder übel. Mit einem hysterischen Gelächter in der Kehle wurde ihr bewusst, dass sie im kurzen Nachthemdchen ihrem Blind Date mit dem erstbesten Spanner entgegenging.

Keuchend erreichte sie den Wald.

Unter den Pinien herrschte eine nahezu undurchdringliche Finsternis, die sie wie ein Leichentuch einhüllte. Laureen erkannte kaum die Zweige, die unmittelbar vor ihr auftauchten, wie um sie einzufangen, und konnte in ihrer Hast nicht immer ausweichen. Trotz der Dunkelheit und der vielfältigen Hindernisse, trotz des Seitenstechens, das sich jetzt durch ihre gesamte rechte Körperhälfte, vom Unterleib bis in die Brust bohrte, kämpfte sie sich voran.

Auf einmal begann ein Ohrensausen, das alle Außengeräusche ausblendete, als wäre sie in einem Isoliertank. Einen Moment lang glaubte sie von innen her das heisere Pfeifen ihres Atems und das Pulsieren des Blutes in den Adern wahrzunehmen: das Leben – in überhitztem Zustand und im Begriff, endgültig ins Stocken zu geraten, wie ein überstrapaziertes Getriebe.

Atmen, sagte sie sich, während sie stoßweise die Luft ausstieß. *Gleichmäßig atmen!*

Abgestorbene Zweige knackten unter ihren Füßen. Piniennadeln stachen ihr in die Zehen. Doch sie spürte nichts, hörte nichts, die Angst hatte sie gegen jegliche Empfindungen, gegen den Schmerz, gegen die Müdigkeit taub werden lassen.

Atmen.

Sie stolperte. Sah sich vornüberstürzen, und reflexhaft schlossen sich ihre Arme schützend um ihren Sohn. Schwer landeten sie auf dem Waldboden. Laureens Kopf stieß gegen einen Ast. Einen Moment lang war sie betäubt, und wieder halbwegs bei Sinnen, spürte sie eine blutende Wunde an der Stirn, die brannte, als hätte man ihr die Haut mit grobem Sandpapier abgeschliffen. Wie ein Schwall zähflüssiger Teer breitete sich jäh all die angestaute Erschöpfung in ihr aus und bemächtigte sich ihres Körpers. Einer nach dem anderen riefen sich ihr die Muskeln in Erinnnerung und forderten Pause, Erholung, Wiedergutmachung. Sie war eben nicht Superwoman, und das gab ihr Körper ihr jetzt unmissverständlich zu verstehen. Krämpfe verwandelten Waden, Schenkel, Ober- und Unterarme in eisenharte Knoten, und der beißende Geschmack nach Galle füllte ihren Mund.

Atmen!

Das Kinn in den Haaren ihres Sohnes, lag sie mit geschlossenen Augen da. Ihr Herz hämmerte, und unter ihren Lidern tanzten Lichtfunken.

Atmen!

Um weitere Stürze zu vermeiden, musste sie unbedingt sehen, wohin sie die Füße setzte. Es genügte ja, ein paar Sekunden die Augen zu schließen, um sich sehr schnell an die Dunkelheit zu gewöhnen, das wusste sie. Den Trick hatte ihr Vater ihr beigebracht, als sie einmal unvorbereitet in einem stockdunklen Kinosaal standen.

Sie zwang sich, bis zehn zu zählen, dann öffnete sie die Augen.

Jetzt erkannte sie die dunklen Stämme der Bäume ringsum, die völlig gleichgültig gegen ihr Schicksal und ihre verzweifelten Bemühungen waren, das Leben ihres Sohnes zu retten. Weit hinter ihr sah sie die Zwischenräume im Wald in bleichem Licht, das ihr die Ausrichtung des mondbeschienenen Parks anzeigte.

Ächzend zog sie ihre erstarrten Arme unter Scotty hervor und richtete sich auf Händen und Knien auf. Scotty krallte sich noch immer an ihr fest und rührte sich nicht. Steif und zerschlagen setzte sie sich nieder.

Auf einmal schwindelte ihr. »Scotty … du drückst mir die Luft ab«, artikulierte sie mühsam.

Doch Scotty schien nichts wahrzunehmen, sondern klammerte sich mit der ganzen Kraft seiner fünf Jahre wie ein Schraubstock um ihren Hals. Sie nahm seine Arme und lockerte seine Umschlingung, und allmählich bekam sie wieder Luft. Scotty, der jetzt auf ihrem Schoß saß, steckte den Daumen in den Mund und versteckte das Gesicht an ihrer Schulter.

»Was ist, Schatz?«, fragte sie atemlos.

Da er noch immer nicht reagierte, nahm sie ihn sanft bei den Schultern, schob ihn ein wenig von sich und begann ihn nach möglichen Verletzungen abzutasten. Unter dem Baumwollstoff des Pyjamas spürte sie den von Schüttelfrost gebeutelten kleinen Körper und legte ihm beunruhigt eine Hand auf die Stirn: Sie war eiskalt. Der kleine Junge war in besorgniserregendem Zustand.

»Scotty, mein liebster Schatz«, murmelte sie erstickt und drückte ihn fest an sich.

Du hast ja wohl nicht erwartet, dass dein Sohn sich benimmt, als wär nichts passiert, dachte sie bitter. Sein Vater war praktisch vor seinen Augen auf grausamste Weise umgebracht worden, und kurz danach hatte er beinahe auch seine Mutter sterben sehen. Sehr gut möglich, dass das Kind für den Rest seines Lebens traumatisiert bliebe. Angst und Zorn bewirkten eine neuerliche Adrenalinausschüttung, die Seitenstechen, Krämpfe und Erschöpfung vergessen machte. Sie musste Scotty auf schnellstem Weg in Sicherheit bringen! Sie stand auf, wankte einen Augenblick, weil die Knie unter ihr nachzugeben drohten, hatte sich jedoch bald wieder im Griff. Laureen hob ihren Sohn auf und begann sich erneut den Weg durchs Dickicht zu suchen.

Linker Hand entdeckte sie den Pfad, der zur Stadt hinunterführte. Wenn sie ihn einschlug, würden sie gut dreißig Minuten bis zum ersten Haus am Fuß des Anderson Hill brauchen. Scotty hatte nicht mehr die Kraft, um auf eigenen Füßen zu gehen, und sie war selbst war am Rand der totalen Erschöpfung. Nein, besser war es, sich zu Arthur Kingstons Tankstelle durchzuschlagen und von dort die Polizei zu verständigen. Sie ging also nach rechts.

Bald erkannte sie vor sich den dunklen Umriss der Anhöhe, auf der Johnny die Hütte für Scotty gebaut hatte. Natürlich könnte sie die Böschung umrunden und sich den ebenso kräftezehrenden wie vielleicht nutzlosen Anstieg ersparen. Da sie aber wusste, dass Scotty in seiner Hütte allerlei Schätze gehortet hatte, hoffte sie, es könnte sich darunter eine noch funktionierende Taschenlampe befinden. Auf ihrem weiteren Marsch mitten durch den Wald war eine Lampe ein unschätzbares Hilfsmittel, um weiteren Stürzen vorzubeugen. Sie war wirklich am Ende ihrer Kräfte und fürchtete beim nächsten Stolpern in sich zusammenzufallen wie ein Soufflé und einfach liegen zu bleiben.

Am Fuß der Anhöhe musste sie sich an einen Baum lehnen und kurz rasten. Wieder summte es in ihren Ohren, und das röchelnde Pfeifen ihres Atems gelangte wie durch die leere Weite des Alls zu ihr. *Na los, noch eine kleine Anstrengung,* sprach sie sich Mut zu. Sie mobilisierte ihre letzten Reserven, stützte Scotty, den sie auf der linken Hüfte trug, mit dem linken Arm und und nahm den Aufstieg in Angriff. Mit der Rechten zog sie sich an dünnen Stämmen und Wurzeln hoch, die hier und dort aus dem Boden ragten. Unter ihren Füßen rieselten Kiesel bergab.

Weiter, weiter, gleich sind wir oben …

Fast auf den Knien und hechelnd kam sie oben an. Das Seitenstechen war wieder aufgeflammt, heftiger denn je, der Atem schrammte in ihrer Kehle wie Scheuersand, ihre Lunge stand in Flammen. Die Muskelkrämpfe ließen sie auf die Knie niederfallen. Unfähig zu sprechen, schob sie Scotty von sich, so dass er auf den eigenen Füßen zu stehen kam. Das Kind blieb dicht bei ihr stehen, hatte den Daumen im Mund und starrte sie an. Immer noch keuchend und wortlos streichelte sie ihm die Wangen, um ihn zu beruhigen.

Dann fiel ihr Blick auf einen Gegenstand, der vor ihr auf dem Boden lag, und sie kniff die Augen zusammen. Ungläubig hob sie ihn auf. Es war eine Art Brille; anscheinend ein Nachtsichtgerät, wie es Soldaten benutzten. Wie kam das hierher? Etwa die Ausrüstung eines Spanners, der sich, ganz *up to date,* der neuesten Technik bediente? Sie hob den Kopf und sah sich um – und prallte entsetzt zurück. Neben der Hütte stand, aufrecht und reglos, die Silhouette eines Mannes. Gänsehaut überlief sie. Atemlos stand sie auf. Scotty klammerte sich wieder an ihre Beine. Gemeinsam gingen sie auf die Hütte zu. Die Gestalt rührte sich nicht.

»Hilfe!«, hauchte sie. »Bitte … helfen Sie … uns!«

Er musste taub sein, dass er sie nicht schon längst gehört hatte. Für den Fall, dass er ihre verzweifelte Situation nicht gleich erfassen sollte, bewaffnete sie sich mit einem abgebrochenen Ast. Sie standen jetzt fast vor ihm.

»Bitte …«

Der Ton blieb ihr im Hals stecken. Sie ließ den Ast fallen und wich zurück, eine Hand vor dem Mund, um den Aufschrei des Entsetzens zu unterdrücken, während sie mit der anderen Scotty an sich drückte.

Im bleichen Licht des Mondes war das Gesicht des Mannes – und sie sah es überdeutlich – so aschfahl, dass es zu leuchten schien, die schreckgeweiteten Augen blickten starr, aus dem Mund war eine schwärzliche Flüssigkeit gequollen, die Laureen auf Anhieb als Blut deutete. Es war über das Kinn geronnen und auf das Hemd getropft wie eine Geiferspur. Anscheinend hatte der Mann sich auf die Zunge gebissen, hatte sie vielleicht durchtrennt. Oder sie war ihm herausgerissen worden. Sein steifer Körper hielt sich nur aufrecht, weil er an dichtem Gestrüpp lehnte, in dem er sich bei seinem Fluchtversuch verfangen hatte, ehe sein Herz stehen geblieben war. Etwas hatte ihn buchstäblich zu Tode erschreckt. Und mit plötzlicher Furcht fragte sich Laureen, wie lange ihr eigenes, schon genügend strapaziertes Herz noch durchhielte. Im selben Moment, wie um ihre Widerstandsfähigkeit ein weiteres Mal zu testen, hallten mehrere Schüsse aus dem Haus; Laureen zuckte bei jeder Detonation zusammen. Als wieder Stille eingekehrt war, blickte sie zur erleuchteten Fassade des Hauses hinter den Bäumen hinüber. Offensichtlich war Stanley Holder an seine Munition herangekommen und hatte seine Pistole nachgeladen, was ganz sicher ein Pluspunkt für ihrer aller Überleben war. Aber – denn leider gab es ein *aber!* – er war irgendwo im Haus dem Wesen begegnet, und fürs Erste sprach nichts für einen Ausgang ihres Duells, der Laureen Anlass zu Erleichterung gegeben hätte.

19

»McNeice! Zeig dich, Dreckskerl!«

Das verletzte Bein nachziehend, erklomm Stanley die letzten Stufen. Irgendwo im zweiten Stocke lag McNeice auf der Lauer und wartete auf den günstigsten Augenblick für seine nächste Offensive. Für den letzten Angriff, den Gnadenstoß, der sicher auch der Gipfel des Grauens wäre, die krönende Schlussvorstellung. Er war von überall und jederzeit zu erwarten.

Oben angelangt, prüfte Stanley die Lage: In seinem Zimmer und gegenüber in der Wäschekammer am anderen Ende des Flurs standen wie in allen anderen Räumen die Türen offen, die Lichter brannten. *Die reinste Festbeleuchtung, wie für einen Empfang,* dachte er. Er lauschte, schon darauf gefasst, Walzerklänge als Hommage an den Ball im Juli 1933 zu vernehmen, doch es war alles still. Bis auf das Rasseln seines Atems hörte er keinen Laut.

Auf dem Weg durch den Flur sah er sich immer wieder um, falls McNeice aus der Wäschekammer auftauchen sollte. Einen Moment blieb er unschlüssig vor seinem Zimmer stehen, dann schob er die Tür so weit auf, bis sie an die Wand stieß; sie traf auf keinen Widerstand, was ihn aber nicht beruhigte. Er trat ein.

Auf dem Bettüberwurf lag sein Koffer. Er hatte ihn, bevor er die Treppe hinuntergerannt war, um den Baldwins zu Hilfe zu eilen, unter dem Bett hervorgezerrt und seine Pistole herausgeholt. In der Hast hatte er die zwei weiteren, unter seinen Hemden versteckten Magazine liegen lassen. Er umrundete das Bett, zog die Waffe aus der Hosentasche, nahm das leere Magazin heraus und schob das neue hinein, lud durch. Das Ersatzmagazin verstaute er in seiner Gesäßtasche. Trotz der ziemlich schmerzhaften Wunde am Bein fühlte er sich jetzt gewappnet, um mit Charlie McNeice abzurechnen.

Er ging ins Bad, nahm das Betadinefläschchen aus dem Wandschrank und goss das Desinfektionsmittel gleich durch den Riss in der Hose auf die Wunde. Je länger er darüber nachdachte, desto offensichtlicher schien ihm, dass der ferngesteuerte Angriff der Möbel ein zweifaches Ziel gehabt hatte: erstens Laureen in die Halle hinunterzustürzen und damit aus dem Weg zu schaffen, und zweitens ihn durch eine Verletzung zu behindern, falls ihn die Lust packte, zu türmen. Das erste Ziel war vereitelt, und Stanley hoffte inständig, dass es so bliebe.

In dem Moment ertönte hinter ihm ein silberhelles Lachen. Er fuhr herum – doch im Zimmer war niemand. Es war ein junges, schelmisches Lachen gewesen, und Stanley war schlagartig erbleicht. Denn er hatte es natürlich erkannt.

»Page?«, fragte er mit erstickter Stimme.

Mit klopfendem Herzen ging er zur Tür und trat auf den Treppenabsatz hinaus. Vor ihm erstreckte sich bis zur erleuchteten Wäschekammer der leere Flur. Stanley lauschte. Von oben kam ein leises Getrappel. Mit gerunzelter Stirn blickte er auf. *Natürlich, der Speicher,* dachte er und humpelte den Flur entlang, vorbei an der großen Treppe bis zu der Nische, von der aus die schmale Stiege zum Dachboden führte. Das Vorhängeschloss war verschwunden, die Tür stand einen Spalt offen, doch im Unterschied zu allen übrigen Räumen war dahinter alles dunkel.

In höchster Alarmbereitschaft legte er eine Hand auf das Geländer.

»Page?«, fragte er noch einmal unsicher.

Als Antwort kam von oben ein verhaltenes kleines Lachen, auf das wieder ein gedämpftes Getrappel folgte. Während er zu dem schwarzen Türspalt hinaufstarrte, kam er zu der Überzeugung, dass sich die Konfrontation offensichtlich dort oben abspielen sollte. Er schluckte; dann ging er die Stiege hinauf, deren Stufen unter seinen Füßen knarzten. Auf dem kleinen viereckigen Absatz blieb er stehen und packte seine Waffe fester. Seine Hände waren eiskalt. Mit einem Gefühl totaler Unwirklichkeit spürte er das Blut in den Schläfen pochen.

Er schob die Tür auf.

Ein Schwall übel riechender Hitze schlug ihm entgegen. Dort drinnen mussten trotz fortgeschrittener Nacht an die 40 Grad herrschen. Perplex blieb er in der Tür stehen und versuchte die Dunkelheit zu ergründen. Dann tastete seine Hand an der Wand nach einem Lichtschalter.

»Page, bist du das?«, fragte er mit bebender Stimme.

Die abgestandene Speicherluft roch nach Schimmel, Staub, altem Holz … und nach etwas anderem, das er mit einer Grimasse des Abscheus zur Kenntnis nahm. Heiße, faulige Ausdünstungen. Verwesungsgestank.

Seine Hand fand endlich den Schalter und betätigte ihn. Eine Glühbirne flammte auf. Sie hing etwa fünfzehn Meter vor ihm an einem Kabelgewirr unter einem schmutziggelben zylindrischen Lampenschirm und warf einen Lichtkegel, der nur die Mitte des Dachbodens ausleuchtete, während der Raum ringsum im Schatten blieb. Dieser Dunkelheit entströmte eine bedrückende Feindseligkeit.

Die Hand auf dem Lichtschalter, sah sich Stanley um. Der Dachboden war riesig, ein einziger Raum, der die gesamte Grundfläche des Gebäudes umfasste. Es gab nur ein Fenster, ein auf halber Höhe des Giebels gegenüber eingelassenes Ochsenauge. In die runde Öffnung ragte ein Baumwipfel wie ein Schattenriss auf nachtblauem Grund. Stanley hob den Blick. Über seinem Kopf verliefen ebenso lange wie massive Dachbalken und bildeten ein kompliziertes, aber symmetrisches Gerüst, wie ein riesiges Spinnennetz. Eine durchschnittlich große Person konnte, solange sie sich in der Achse des Dachfirsts aufhielt, mühelos aufrecht stehen, musste sich nach den Seiten hin aber immer tiefer unter die von grob behauenen Streben abgestützten Sparren bücken.

Stanley fuhr sich nervös mit der Zunge über die Lippen, er spürte einen unkontrollierbaren Anfall von Klaustrophobie sich ankündigen. Dennoch ging er auf das Licht zu, darauf bedacht, nur durch den Mund zu atmen, um den schwülen Gestank, der den ganzen Raum ausfüllte, möglichst nicht wahrzunehmen. Auf halbem Weg ächzte eine lose Holzdiele unter seinem Schritt und ließ ihn wie angewurzelt stehen bleiben. Weit hinten in der Dunkelheit nahm er eine flüchtige Bewegung wahr.

»Page? Bist das du, Page?«

Vorsichtig ging er weiter.

Page erschien.

Sie stand, direkt ihm gegenüber, am Rand des Lichtkreises wie an einem Abgrund. Stanley lief es kalt über den Rücken; entgeistert starrte er sie an. Sie sah so aus, wie er sie in Erinnerung hatte – das vollkommene Oval ihres Gesichts, die zarten Züge unberührt von der Zeit. Sie trug dieselben Kleider wie an jenem schrecklichen Thanksgiving-Abend. Es war Page, kein Zweifel, und er betrachtete sie mit Trauer und Wehmut, unfähig, sich zur Ordnung zu rufen und die Erscheinung als das zu begreifen, was sie war. Tränen stiegen ihm in die Augen und verschleierten seinen Blick. *Page ist wieder da. Page.*

Mit einem feinen Lächeln sah sie ihn an.

»Mein Schatz«, sagte er.

»Ja, ich bin's, Papa. Ich bin da.«

Ohne sich von ihrem Platz zu rühren, streckte sie ihm die Hände aus der Dunkelheit entgegen. Stanley ging auf sie zu. Er durchschritt den Lichtkreis, der sie trennte, und trat zu ihr.

»Page! Du kannst dir nicht vorstellen, wie du mir gefehlt hast!«

Er schloss sie in die Arme, presste sie an sich, als fürchtete er, sie jeden Moment wieder zu verlieren. *Lieber Gott! Meine Tochter ist wieder da!* Er floss über vor Dankbarkeit.

Er spürte ihren Kopf an seiner Schulter, den zart duftenden jungen Körper, ihre schmalen Knochen, die ganze gesunde Schönheit, die ihr eigen gewesen war bis zu jener schrecklichen Thanksgiving-Nacht. Jetzt aber hatte diese Nacht gar keine Bedeutung mehr – sie hatte ja nie stattgefunden! Nie war eine Dorothy Fielding aus ihrer letzten Ruhestätte zurückgekehrt, um ein rachsüchtiges Massaker zu verüben. Nie war auf dem North-End-Friedhof eine Grabstele mit dem eingemeißelten Namen Page Holder aufgestellt worden. Denn Page war nicht tot. Sie hatte sich nur eine Auszeit genehmigt, war aus Raum und Zeit entwischt, und nun war sie wieder da. Natürlich, das hörte sich erst einmal völlig wahnsinnig an, aber das spielte keine Rolle, denn schließlich war alles gut ausgegangen: Page war wieder da.

Eine immense Freude überschwemmte ihn, die fast wehtat. Er hatte unendliche Angst gehabt, sie zu verlieren, unendliche Angst! Mit fieberhafter, beinah furchtsamer Hand begann er Pages lange Haare zu streicheln. Er schloss die Augen und überließ sich dem Strom der Zärtlichkeit, der ihn von Tusitala fort nach Hause zurückführte, heim zu Barbara und ihrem Leben zu dritt, zu den alten Gewohnheiten. Page ging wieder zur Schule, er selbst begann wieder zu schreiben. Das Leben ging seinen gewohnten Gang, den es ja nie unterbrochen hatte. Es war alles nur ein entsetzlicher Albtraum gewesen, und der war jetzt endlich vorbei.

»Es ist vorbei«, murmelte er voller Hoffnung. »Es ist vorbei, mein Schatz. Jetzt bin ich da, ich bin an deiner Seite.« Er drückte sie noch fester an sich. »Ich werde dich nie wieder im Stich lassen.«

Matt erwiderte Page seine Umarmung.

»Ich muss dich mit jemandem bekannt machen, Papa.«

Er öffnete die Augen. Im düsteren Hintergrund des Raums meinte er den Umriss eines Kanapees zu erkennen, darauf die Silhouette eines sitzendes Mannes, der zu ihnen hersah, und er erstarrte.

»Das sind meine Freunde«, verkündete Page.

Noch immer lag dieses sonderbare Lächeln auf ihren Lippen.

»Deine Freunde?«

»Ja, schau doch, hier ist Alice Dill. Komm, Alice. Das ist mein Papa.«

Und während sie das sagte, tauchte so dicht neben Page, als wären sie miteinander verbunden, auch die Tochter von Sam und Clara Dill aus dem Dunkel auf. Auch sie hielt sich am äußersten Rand des Lichtkreises, als könnte sie nicht weiter ins Licht hereintreten. Auch sie sah Stanley mit demselben feinen Lächeln an, bei dessen Anblick sich ihm die Haare sträubten.

»Alice?«, sagte er. »Aber …«

In seinem Kopf geriet alles durcheinander, drehte und überschlug sich wie Herbstlaub im Novemberwind.

»Pst, Papa! Pst! Wir sind jetzt zusammen.«

Zusammen, wiederholte Stanley stumm, während er abwechselnd die beiden jungen Mädchen betrachtete. Sie waren gleich groß und von gleicher zarter Statur. Nie hatte er die Ähnlichkeit zwischen ihnen als derart auffällig, derart ausgeprägt wahrgenommen. Fast wie Zwillinge, dachte er mit wachsendem Unbehagen.

Er riss sich zusammen und spähte in die Tiefe des Raums.

»Page, wer ist … wer ist das da?«

Jetzt sah er es deutlich: Jemand saß auf dem Kanapee.

»Na komm, Papa, das weißt du doch! Du hast doch schon so viel von ihm gehört! Allerdings darfst du nicht alles glauben, was dir dieser verbitterte Alte erzählt hat, dieser Jarrett. Er lügt. Sie lügen alle.« Sie schlang die Arme um seinen Hals und zog ihn an sich. »Und du auch, du machst dir was vor«, fügte sie hinzu.

Page beugte seinen Kopf zu sich herab, und er ließ es geschehen. Er wollte ihr in Erwartung eines Kusses die Wange zuwenden. Sie aber hielt seinen Kopf mit einer Kraft, die er ihr nie zugetraut hätte, direkt vor ihr Gesicht. Er sah ihre jungen Lippen sich einen Spalt öffnen und eine rosige Zunge zwischen den Zähnen hervorspitzen und begriff mit jähem Entsetzen, dass sie auf die Lippen geküsst werden wollte. Ungeschickt wehrte er sich, versuchte ihr seinen Kopf zu entziehen. Er war zutiefst bestürzt. Alles in ihm widersetzte sich, und flehentlich bat er: »Nein, Page, nicht!«

Für eine Sekunde befreite er sich, doch sofort hatte sie wieder sein Gesicht gepackt, hielt es zwischen den Händen wie in einem Schraubstock und zog ihn erneut mit boshafter Ungeduld zu sich.

»Was tust du, Page?!«

Es gelang ihm, sich loszureißen, und er wich mehrere Schritte in den Lichtkreis zurück. Was hatte sie vor?

»Page!«, wiederholte er fassungslos.

Immer noch dicht nebeneinander musterten ihn die beiden Mädchen mit unverhohlen spöttischem Lächeln. *Wieso lächeln sie so?,* fragte er sich. Wieder hatte die Angst von ihm Besitz ergriffen, und eine leise Stimme in seinem Kopf warnte ihn: *Pass bloß auf, hier stimmt was ganz und gar nicht. Töchter nehmen sich nicht ihre Väter zum Geliebten, das weißt du so gut, wie du weißt, dass Tote niemals ins Leben zurückkehren. Niemals! Außer in den schlimmsten Albträumen.*

»Das Böse und der Tod sind bloß Bilder, Papa«, sagte Page, als hätte sie seine Gedanken gelesen. »Bloß Bilder, um den Kindern Angst einzujagen. Moral ist nur für die Kleinen eine große Sache, hat uns Charlie erklärt. Und er hat es wieder vom General. Irgendwann muss man erwachsen werden, irgendwann hört man auf, Kind zu sein, nicht?«

Sie lächelte noch immer. Ihre Lippen hatten sich gerötet und glänzten wie übermäßig bemalt.

»Wer seine Seele retten will, wird sie verlieren«, fuhr sie fort. »Das sagte der General im Starken Wind zu Charlie. Und Charlie hat es selbst getan, genau hier, vor zweiundsiebzig Jahren, verstehst du?«

Die beiden Mädchen lächelten einander verständnisinnig zu.

Wieso, um Himmels willen, lächeln die so?

Und wie als Kommentar zu seinen Gedanken kam jetzt von der Gestalt im Hintergrund ein hämisches Gelächter. Stanley warf einen Blick auf Alice Dill: Auch sie hatte gelacht, da war er sich ganz sicher, und das Blut gefror ihm in den Adern.

»Gehen wir nach Hause, Page«, sagte er.

»Wie pathetisch!«, erwiderte der Zuschauer auf dem Kanapee.

»Charlie findet dich pathetisch«, sagte Page, als könnte Stanley ihn nicht selbst hören.

Alice Dill und Charlie McNeice brachen abermals in schallendes Gelächter aus, und Stanley hatte für einen Moment den Eindruck, dass nun auch Page in das Lachen eingestimmt war. Aber nein, unmöglich. *Doch nicht Page. Sie nicht.* Er trat wieder ein wenig näher zu ihnen. Das höhnische Gelächter verstummte.

»Ich fürchte, Holder, Ihnen entgeht der Sinn der Anwesenheit dieser beiden«, tönte Charlie McNeice aus dem Hintergrund. »Sie sind gekommen, um Sie zu holen, *Sie.* Auf Befehl des Generals.«

Diesmal lachten beide Mädchen hell auf – um im selben Augenblick mit demselben kalten Lächeln auf den Lippen zu verstummen. Alice Dill war jetzt diejenige, die das Schweigen brach.

»Charlie sagt, Sie hätten sich nie in unsere Angelegenheiten einmischen dürfen, und es ist Ihre Schuld, dass wir alle hier versammelt sind. Sie haben uns dazu gezwungen, Sie und natürlich diese fette Sau Rose. Charlie sagt, sie hatte nicht genügend Löcher, um sämtliche Schwänze der Gegend aufzunehmen. Er sagt, genauso gut hätte sie mit ganz Mahogany Hall vögeln können.«

»Du bist nicht Alice«, entfuhr es Stanley.

Mit ein und derselben Bewegung wichen Page und Alice ein Stück in den Schatten zurück, wie hungrige Krokodile, die sich knapp unter die Wasseroberfläche zurückziehen, um sich besser auf ihre Beute stürzen zu können. Stanley erkannte nur noch schemenhaft ihre Gestalten, die ihn Schulter an Schulter aufmerksam und eiskalt beobachten. Er ging auf sie zu.

»Wir mögen keine Schmierfinken, verstehen Sie«, spie ihm Alice Dill aus dem Zwielicht entgegen.

»Was ist …«, begann er.

Die beiden Mädchen traten wieder vor ihn hin.

Sie bewegten sich in vollkommener Eintracht; was immer sie taten, erfolgte exakt zum selben Zeitpunkt, so wie sie jetzt genau gleichzeitig, Schulter an Schulter, am Rand des Lichtkreises stehen blieben.

Stanley blickte an ihren Körpern hinunter, und was er sah, war wie ein Faustheib in den Magen. Der Atem stockte ihm.

Die beiden Mädchen standen nicht nur nebeneinander, sie bildeten überhaupt ein Ganzes! – ein und denselben abscheulichen Körper mit vier Armen, vier Beinen, zwei Köpfen, dessen zwei Hälften am Unterleib verwachsen waren.

Stanley traute seinen Augen nicht. *Hau ab,* sagte eine innere Stimme, *hau bloß ab! Schnell!* Er machte zwei unsichere Schritte rückwärts und stieß dabei mit dem Kopf an die Glühbirne, die hin und her zu schwingen begann, so dass der gelbe Lichtkegel unheimlich über den Holzboden huschte.

Die Gesichter der Mädchen beobachteten ihn mit einem höhnischen Lächeln in zweifacher, identischer Ausfertigung. Stanley begann das Schlimmste zu fürchten. Doch statt anzugreifen, glitten sie unversehens zur Seite und zogen sich hüpfend und tänzelnd in die Dunkelheit zurück. Das gedämpfte Getrappel ihrer Füße war das Geräusch, das er schon vorhin unten im Flur gehört hatte. Das Wesen bewegte sich an den Wänden entlang zur Tür. Es versuchte ihm den Ausgang zu versperren! *Diese Abscheulichkeit spielt mit dir!*

Auch Stanley strebte jetzt, so schnell er konnte, auf die Tür zu und versuchte dabei, das dumpfe Trappeln in der Dunkelheit im Auge zu behalten. Als er das Wesen geortet zu haben meinte, hob er seine Pistole, zielte und feuerte – und drückte verzweifelt weiter auf den Abzug, als das Magazin bereits leer war. Der Dachstuhl hallte vom Lärm wider. Stanley hatte sieben Kugeln verschossen. Das Ungeheuer aber bewegte sich unbeeinträchtigt und mit furchterregendem Krinolinenrascheln auf die Tür zu.

Stanley beeilte sich verzweifelt, dieser mörderischen Falle zu entkommen. *Charlie McNeice benutzt nur deine Angst,* versuchte er sich zur Vernunft zu rufen, doch es half wenig.

Als ihn nur noch drei Meter von der Tür trennten, fiel sie mit einem dumpfen Knall ins Schloss. Im nächsten Moment war er dort, packte den Knauf und riss daran. Die Tür rührte sich nicht. Er drehte den Knauf in die andere Richtung – ohne Erfolg, die Tür blieb geschlossen. Er steckte die Waffe in den Gürtel, fasste den Knauf mit beiden Händen und rüttelte, einen panischen Blick über die Schulter werfend, aus Leibeskräften an der Tür.

Er war eingesperrt.

Eingesperrt mit einer grauenvollen Parodie seiner Tochter. *Das ist nicht Page, diese Abscheulichkeit ist nicht Page!* Er ließ den Türknauf los und lauschte mit klopfendem Herzen. Irgendwo links von ihm knarzte eine Diele. Er fuhr herum, sah aber nichts. Die Lampe in der Mitte des Raums pendelte noch immer, und der Lichtkreis glitt gemächlich auf dem Boden hin und her. Mit zusammengekniffenen Augen starrte Stanley in die finsteren Ecken, doch er nahm keine Bewegung mehr wahr. Auch das Rascheln war verstummt. Aber das Ungeheuer war da. Es lauerte irgendwo.

Irgendwo, vielleicht dicht neben ihm.

Schweißüberströmt lehnte sich Stanley mit dem Rücken an die Tür. *Er benutzt deine Angst,* sagte er sich noch einmal, und wieder vergeblich. Mit einem Ruck riss er das leere Magazin aus der Pistole und zog das volle aus der Hosentasche, aber seine Hände zitterten derart, dass er zweimal ansetzen musste, um es in die Waffe zu schieben. *Ruhig Blut! Er verwendet deine Angst gegen dich, das weißt du! Gib ihm keine Gelegenheit dazu, reiß dich zusammen!* Es war ein Kampf auf Leben und Tod, ein psychologischer Krieg, in dem sein Gegner unerklärliche Kräfte einsetzte: Dorothy Fielding zuerst, dann Ben Powell und die sich von selbst bewegenden Möbel, und jetzt auch noch Page, seine eigene Tochter. *Oh Page!* Er lud die Pistole; der Verschluss rastete mit einem kleinen Klicken ein. *Reiß dich zusammen! Denk an Laureen und ihren Sohn!* Ihretwegen musste er durchhalten, des Kindes wegen. Damit sie fliehen konnten. Noch vor kurzem hatte er Scotty versprochen, ihn zu beschützen. *Also tu's auch!* Nach und nach ging sein Atem wieder ruhiger, sein Puls verlangsamte sich ein wenig. Er horchte aufmerksam. Keine gedämpften kleinen Trippelschritte mehr, nur noch Stille. *Na also, es geht doch. Du musst …*

Das Wesen schoss aus der Dunkelheit.

Es geschah so plötzlich, dass er unmöglich ausweichen oder gar ein Abwehrmanöver versuchen konnte. Mit einem aggressiven Zischen stürzte es sich auf ihn und warf ihn rücklings zu Boden. Seine zwei Paar Beine bewegten sich synchron, als es mit schwindelerregendem Tempo über ihn herfiel. In seiner wahnsinnigen Mordgier hatte es die Augen nach hinten verdreht und präsentierte die leuchtend weiße, rot geäderte Lederhaut des Augapfels. Stanleys Kopf knallte auf den Fußboden, die Pistole fiel ihm aus der Hand und schlitterte davon. Das Ungeheuer saß jetzt auf ihm, und an seinen Absichten bestand kein Zweifel. Die Zwillingsköpfe reckten ihre langen sehnigen Hälse nach ihm, und ihre Münder schnappten wie die Schnäbel ausgehungerter Geierjungen nach seiner Kehle. Jetzt ging es los …

Auf dem Rücken liegend, das Monster auf sich, packte er mit der Linken die Höllenversion von Alice Dill an der Gurgel und hielt sie sich mit angewidertem Grauen vom Leib, während er mit der Rechten hektisch den Boden nach der Pistole abtastete. Augenblicklich umfassten drei der vier Monsterhände seinen ausgestreckten Arm und krallten ihm ihre scharfen Nägel ins Fleisch, damit er losließ. Doch Stanley gab nicht nach; er drückte zu, so fest er konnte. Alice Dills Kopf wand sich und tobte wie ein Teufel, um sich aus seinem Griff zu befreien.

Wo war bloß diese verdammte Pistole hingeraten?

Aus dem Augenwinkel bekam Stanley eine Bewegung des zweiten Kopfes mit, hieb mit dem Ellenbogen danach und konnte damit im letzten Moment verhindern, dass er sich herabstürzte und ihm das Gesicht zerfleischte. Wutschnaubend packte ihn die vierte Hand des Ungeheuers an den Haaren und begann seinen Kopf auf den Boden zu schlagen.

In dem Moment berührten Stanleys Fingerspitzen den Lauf seiner Pistole. Er streckte schon den Arm danach, als der Kopf, der wie Page aussah, sich aufbäumte wie ein Pferd und im nächsten Augenblick mit aufgerissenem Kiefer auf ihn herabfuhr. Stanley entging ihm um Haaresbreite und hörte neben seinem Ohr mit wütendem Klappern die Fangzähne zusammenschlagen. *Dieses Monster will mich fressen!*, schoss es ihm durch den Kopf. Mit angehaltenem Atem drehte er den Kopf nach rechts und nach links, um dem schnappenden Maul auszuweichen. Schon wieder holte der Page-Kopf zum nächsten Angriff aus, während Alice Dill immer schwerer im Zaum zu halten war: Zischend vor Wut bäumten sich beide Köpfe auf gleicher Höhe vor ihm auf, drohender denn je.

Fieberhaft fuhr Stanleys Hand auf den Holzdielen hin und her. Wo war diese verfluchte Knarre.

Er warf einen Blick auf die grauenhafte Karikatur seiner Tochter. Jetzt war es ein verwüstetes Gesicht mit violetten Tränensäcken und tiefen, bitteren Furchen auf der Stirn, umrahmt von fettigen Haarsträhnen. Und Stanley erkannte, dass diese Fratze nichts anderes war als das von jahrelangem Drogenmissbrauch gezeichnete Gesicht, das Page mit der Zeit entwickelt hätte. Das Gesicht einer zutiefst Verstörten, einer Verlorenen. Aber die unselige Metamorphose war damit nicht beendet, wieder veränderten sich die Gesichtszüge: Alles Blut wich daraus, es wurde durchscheinend weiß, die Lippen aber färbten sich violett, ohne ihr Lächeln aufzugeben. Stanley sah das Gesicht der toten Page: Schon bekam das Fleisch einen grünlichen Schimmer, überzog sich mit nekrotischen Flecken.

»Nein, nein!«, schrie er, während seine Finger wieder die Pistole berührten, sie aber nicht zu fassen bekamen.

»Du siehst nur, was du haben willst«, artikulierten beide Mädchen wie aus einem Mund. »Was du siehst, ist nur dein eigener, schwärzester Wunsch.«

Und damit stimmten sie ein höllisches Hohngelächter an.

»Dein schwärzester Wunsch!«

Diesmal konnte Stanley nicht mehr ausweichen. Mit der mörderischen Gehässigkeit einer Muräne fuhr der Kopf, der Pages Züge trug, auf ihn herab und schlug ihm die Zähne tief in die Kehle. Er wehrte sich, wand sich in alle Richtungen, doch das Ungeheuer hielt ihn gepackt und beutelte ihn wie ein Hund einen geplatzten Fußball.

Es will mir die Gurgel durchbeißen, dachte Stanley halb betäubt vor Schmerz und Entsetzen.

Doch bevor sie ihn umbrachte, ließ die grässliche Fratze wieder von ihm ab. Hob sich mit blutverschmierten Lippen und bewegte sich lustvoll vor und zurück.

»Ich hab meinen Papa lieb«, sagte sie zufrieden, aber noch nicht gesättigt.

Mehr als der Schmerz war es dieser Anblick, der Stanley an den Rand der Ohnmacht brachte. *Lieber Gott!,* stöhnte er, während er spürte, wie ihn die Kräfte verließen, zu entsetzlich war der Anblick, zu ungleich die Gegner in diesem Kampf. Lieber sterben als derartige Gräuel noch länger ertragen.

Wieder schoss der Kopf auf ihn nieder und riss ihm das linke Ohrläppchen ab. Stanley Holder stand unter Schock, er spürte fast nichts. Der Kopf hob sich und spie ihm lächelnd das Stückchen Fleisch ins Gesicht.

Durchhalten, dachte er. *Lass dich nicht besiegen!*

Er streckte den Arm, so weit es ging, und bekam tatsächlich den Pistolenlauf zu fassen. Zentimeterweise zog er die Waffe zu sich, bis er sie herumdrehen und am Kolben packen konnte.

In dem Augenblick aber gab seine andere Hand nach. Das Alice-Dill-Gesicht des Ungeheuers, beutegieriger denn je, nutzte die Gelegenheit, um ihm die Finger zu zerfleischen. Vom Schmerz elektrisiert hob Stanley die Waffe und drückte aus nächster Nähe ab. Der Kopf zuckte ein wenig und reckte sich dann mit albtraumhafter Langsamkeit in die Höhe. Einen Moment lang dachte Stanley, er habe gar nicht geschossen, keine Kugel sei in den Schädel des Ungeheuers eingedrungen, doch endlich quoll ein Schwall Blut aus der getroffenen Schläfe, und der Kopf fiel nach vorn.

Unter Rachegeschrei stürzte sich die zweite Fratze auf die Hand mit der Pistole. Stanley spürte seine Finger wie Streichhölzer brechen. Mit schmerzverzerrtem Gesicht presste er die Lider zusammen und schoss, schoss, schoss. Als er die Augen wieder öffnete, war das Monster verschwunden – zu Staub zerfallen wie vorhin die Leiche Ben Powells.

Keuchend richtete sich Stanley so weit auf, dass er sich sitzend an die Tür lehnen konnte. Sein Hemd war getränkt vom Blut aus seiner Kehle und dem verstümmelten Ohr. Seine gebrochenen Finger waren taub, er konnte die Pistole nicht mehr halten. Ihm war, als wären seine Hände in einen Mähdrescher geraten. Zwar war nichts abgerissen, doch es lief im Grunde auf dasselbe hinaus: Er konnte keinen einzigen Finger mehr bewegen, aus den zahlreichen Wunden strömte das Blut. Mit der etwas weniger zerschlagenen Linken schaffte er es, sein Taschentuch aus der Hose zu ziehen und mehr schlecht als recht um die andere Hand zu wickeln. Als er wieder aufblickte, sah er Charlie McNeice von seinem Kanapee aufstehen und auf den Lichtkreis zugehen.

Der Wolf kam zu ihm. Er kam, um ihm den Garaus zu machen.

Stanley blickte ihm entgegen. Als der Lichtschein auf McNeices Gesicht fiel, sah er ohne Erstaunen, dass dieses Geschöpf des Todes seine jugendliche Erscheinung bewahrt hatte und noch genauso aussah wie der Zwanzigjährige im Jahr 1933. Das hatten keine Kollageninjektionen und kein Lifting bewirkt – alles nur reine Zauberei, dachte er mit dem verzweifelten Galgenhumor dessen, der nichts zu verlieren hat. In abgewetzter Jeans und weißem Nike-T-Shirt mit der berühmten Devise *Just do it* war Charlie McNeice wie ein beliebiger junger Amerikaner im einundzwanzigsten Jahrhundert gekleidet.

»Warum?«, murmelte Stanley in einem Anfall von Schüttelfrost.

Er dachte an seine Tochter; er dachte an den Ball 1933; er dachte an den im eigenen Haus totgeschlagenen John Baldwin, an die von Ratten gefressene Rita Herbert …

Charlie McNeice hob seine behandschuhte Hand, um die immer noch schwingende Lampe zu stoppen, dann verharrte er in ihrem Lichtkegel.

»Weil die Welt schlecht ist, Holder. Ich meine: wirklich schlecht, grausam. Lassen Sie mich Ihnen von dem Jungen erzählen, der so zartfühlend war, dass er zu weinen anfing, wenn er abends die Neger singen hörte, und dem die florierenden Geschäfte seines Großkapitalisten von Vater der Gipfel skrupellosester Ausbeutung waren. Dieser empfindliche Knabe, Holder, das war ich. Zartbesaitet. Empfindsam wie ein Mädchen. Die Welt war mir verhasst wegen ihrer Grausamkeit, ihrer Brutalität, wegen der Angst, die sie mir machte, bis in meine Träume hinein. Natürlich ist man mit so einer Einstellung nicht gerade lebensfähig. Sie war der Strick, der mich eines schönen Tages erwartet hätte. Stattdessen traf ich den General und wurde gerettet.«

Charlie McNeice verstummte und betrachtete seine behandschuhte Rechte, die er mehrmals öffnete und wieder schloss. In sein Gesicht trat ein Lächeln, das bei jedem, der es sah, berechtigte Zweifel wecken musste, dass das Gute auf Erden jemals existiert hatte.

»Die Angst beherrscht den Menschen, Holder, und sie war einmal auch meine Gebieterin, auch ich stand unter ihrer Fuchtel. Ich schlotterte, flennte, fürchtete mich. Ich war ein Feigling, und meine Feigheit widerte mich an. Ich hatte ganz einfach Angst vor dem Leben, weil ich ahnungslos war und nichts wusste von seiner wilden Pracht, seiner Überfülle. Von der Macht! Der General zeigte mir das wahre Gesicht der Dinge, ihre andere Seite. Er erklärte mir, dass sich gewaltsame Kräfte und dunkle Triebe als schön und freundlich erweisen können, sofern man es will, und dass es ausreicht, sie begreifen und beherrschen zu lernen. Sie haben keine Ahnung, Holder, wie erhebend diese Wildheit sein kann, wenn sie unvorbereitet eines hellen Morgens ausgeübt wird ... oder an einem Ballabend.«

Die Schultern gegen die Tür gestemmt, versuchte Stanley aufzustehen, schaffte es aber nicht, sondern sank kraftlos wieder herab. Er warf einen Blick auf die Pistole neben seinem Bein. *Noch kannst du dich verteidigen,* flüsterte die innere Stimme ihm zu, doch er glaubte ihr nicht mehr. Er wollte sich nichts mehr vormachen. Im Magazin waren allenfalls zwei, vielleicht nur eine einzige Kugel, und mit seinen zerschundenen Händen konnte er die Waffe nicht einmal halten, geschweige denn betätigen. Fliehen? Die Tür hinter ihm war abgesperrt, und selbst wenn sie sich durch ein Wunder öffnen sollte, würde er beim ersten Schritt zusammenbrechen. *Es ist aus.* Das wusste er. Er war am Ende seines Lebens, dies waren seine letzten Augenblicke. *Es ist aus.* Er schloss die Augen. Niemand konnte Charlie McNeice töten. *Aus und vorbei. Gegen schwarze Magie ist nichts auszurichten. Nichts.* Dabei war er überzeugt gewesen, dass eine anständige Schusswaffe ausreichte, um der entfesselten Gewalt ein Ende zu machen, dass die Angelegenheit mit einer Kugel im Kopf des Feindes erledigt wäre. Wie hatte er nur derart überheblich – oder derart naiv – sein können, fragte er sich, musste sich zugleich aber resigniert eingestehen, dass er nur eine einzige Absicht gehabt hatte, als er sich Hals über Kopf in diese hirnverbrannte Sache gestürzt hatte, nämlich selbst dabei umzukommen. Den Tod zu finden, der ihn von aller Qual befreite. *Du hast von vornherein gewusst, dass du nichts gegen ihn ausrichtest, das hast du schon damals, in Pages Zimmer gewusst,* dachte er bitter. Seit dem Tod seiner Tochter hatte er nichts anderes getan, als auf eine entsetzliche Art des Selbstmords hinzuarbeiten.

Besiegt von der vollkommenen Gefühllosigkeit, die sich seiner bemächtigte, ließ er den Kopf zur Seite sinken, bis das Kinn auf dem Schlüsselbein lag. *Aus und vorbei,* ging ihm noch einmal durch den Sinn.

Doch in seine Erstarrung schoben sich plötzlich Normans Worte. *Ihre Achillesferse ist vielleicht genau dort, wo sie ihre Kraft herhaben,* hatte er über Fenryders Wölfe gesagt. Und woher hatten sie ihre tödliche Kraft? Stanley hatte es doch schon einmal gewusst ... aber sein Geist war zu benebelt, um sich zu erinnern.

»Nor... man«, murmelte er, »hilf ... mir ...«

Charlie McNeice lächelte wieder.

»Lassen Sie das alte Fossil seine letzten ruhigen Stunden genießen. Um diesen Jarrett kümmere ich mich, wenn ich mit Ihnen fertig bin, Holder, das versprech ich Ihnen. Und danach ist Ihre Freundin an der Reihe, diese Sarah.«

Stanley öffnete noch einmal die Augen einen Spalt breit. Die Antwort war ihm wieder eingefallen. Von ihrem ledernen Handschuh, das war es: Daher hatten Fenryders Wölfe ihre dämonische Kraft.

Und hier befand sich vielleicht auch ihre Schwachstelle ... sofern sie überhaupt eine hatten.

Stanley griff mit seiner von Krämpfen geschüttelten Hand nach der auf dem Boden liegenden Pistole. Anstelle der Finger gab es nur noch ein rotglühendes Magma aus Blut und Schmerz. Mit der vom Taschentuch umwickelten Handfläche zog er die Waffe zu sich.

Der Wolf Charlie McNeice hörte auf zu lächeln. Auch er hatte begriffen.

»Lassen Sie das Holder«, knurrte er. »Das hat keinen Sinn mehr.«

Er setzte sich ruckartig in Bewegung. Kam auf ihn zu.

»Ich verschone weder die Mutter noch das Balg. Im Gegenteil, ich nehme mir alle Zeit der Welt, um sie hinzurichten, wenn du nicht augenblicklich diese Knarre fallen lässt. Hörst du! LASS SOFORT DIESE KNARRE FALLEN!«

Stanley schob den Zeigefinger in den Abzug und hob stöhnend die Waffe. Blut rann ihm in die Augen und nahm ihm die Sicht, und er musste blinzeln, um sein Ziel im Visier zu behalten.

»LEG DIE KNARRE NIEDER! LEG SOFORT DIE KNARRE NIEDER!«

Der Wolf war nur noch sechs Meter entfernt.

Stanley wurde von heftiger Übelkeit ergriffen, und sein gesamter Körper begann zu zucken. Ein Schwall Blut quoll aus seinem Mund, und er hatte große Angst, er könnte das Bewusstsein verlieren und nie wieder erwachen, so dass Charlie McNeice sein Werk vollenden und, wie versprochen, erst Laureen und Scotty, dann Norman und Sarah töten würde. *Schieß, los, tu's!* Seine Hand sank herab, begann zu schlottern. *Versuch's wenigstens! Los!* Auf einmal breitete sich eine Eiseskälte in seinem Körper aus. *Nein, nicht aufs Geratewohl … es ist nur noch eine Kugel da … nur noch … eine … Kugel …* Mit letzter Anstrengung gelang es ihm, ein Auge zu öffnen – das andere reagierte schon nicht mehr. Durch die blutigen Schlieren tanzte McNeices Bild wie eine Flamme des Höllenfeuers. *Eine … Kugel … eine …* Die Pistole schwankte immer heftiger in seiner entkräfteten Hand. *Schieß …* Der Zeigefinger krümmte sich um den Abzug, und ein letzter Schmerz schoss durch seinen Arm, während die Detonation durch den Raum hallte. Dann fiel seine Hand herab, und alles wurde schwarz.

20

Sie waren mit Kingstons Toyota-Pick-up gefahren. Jarretts Limousine war in der Obhut von Peter zurückgeblieben, der schlaff hinter dem Ladentisch hockte und gähnte, dass er sich fast den Kiefer ausrenkte. Als die beiden im Laden erschienen waren, hatte ihn fast der Schlag getroffen: Wären zwei lebende Tote hereingekommen, hätten sie keine größere Wirkung auf ihn gehabt. Schließlich war es zwei Uhr morgens; normalerweise schnarchte der Chef um diese Zeit, und Kunden waren kaum noch unterwegs. Erst gegen vier, fünf Uhr morgens kam allmählich wieder Leben in die Tankstelle.

Kaum hatte sich Peter von seiner Überraschung erholt, erhielt er den für seinen Geschmack recht sonderbaren Auftrag, Sheriff Marker zu alarmieren, falls sie beide nicht in einer halben Stunde zurück seien. Sie würden kurz bei den Baldwins nach dem Rechten sehen, hatte Kingston nur gesagt. Details und Gründe hatte er verschwiegen, und Peter war klug genug, keine Fragen zu stellen – man wollte ja auch nicht wie ein Idiot dastehen. Aber dass irgendetwas Schlimmes im Gang war, sah man den beiden an. Peter war dankbar, dass Kingston ihn nicht zum Mitkommen aufgefordert hatte: Um nichts auf der Welt hätte er sich um diese Zeit in den pechschwarzen Wald gewagt, der wie eine drohende Mauer in die mondhelle Nacht ragte. Er fühlte sich prima in dem klimatisierten Laden, wo er, vor Hitze und Mücken sicher, obendrein unter dem beruhigenden Schutz der Überwachungskamera und der hellen Neonlampen stand. Peter Zarkowski war zwar nicht ein geborener Angsthase, aber ein Draufgänger war er auch wieder nicht. Seine Jugend war sein bestes Argument gegen sinnlose Risiken: Er wollte schließlich noch länger leben. Sehr lang sogar. Deshalb hätte er, wäre es nach ihm gegangen, erst den Sheriff angerufen und dann … Dann hätte er ihn, Marker, seine Arbeit tun lassen, Punkt.

Durch das große Fenster zu den Zapfsäulen sah er befremdet den beiden Männern nach, die in den Pick-up stiegen, Kingston mit seinem Jagdgewehr. Dr. Jarrett war in einem ungemein eleganten dreiteiligen Sommeranzug erschienen, dem nur noch die Krawatte fehlte, um das Bild des perfekten Gentlemans auf dem Weg zu einem Gesellschaftsempfang abzurunden. Allerdings war es dafür schon ein bisschen spät, und das Gewehr passte dazu natürlich wie die Faust aufs Auge …

Jetzt fuhren die beiden die schmale, im Mondlicht silbrig glänzende Straße entlang, die am Ende des Hochplateaus in den Wald eintauchte. Je näher sie dem Wald kamen, desto tiefer fühlten sie sich in die Zeit zurückversetzt – als verwandelten sie sich wieder in die Jungen, die sie vor so langer Zeit gewesen waren.

Kingston, wieder vollkommen nüchtern, eine Camel im Mund, hielt das Steuer mit beiden Händen. Im Rückspiegel sah er die Lichter der Tankstelle kleiner werden und hatte das unabweisliche Gefühl, dass etwas Verheerendes und Irreparables geschah. Dann schloss sich der Wald hinter ihnen, und schwarze Nacht umfing sie, die ihre Scheinwerfer kaum zu durchdringen vermochten.

Seit ihrem Aufbruch hatten sie kein Wort miteinander gewechselt, und obwohl die Furcht ihnen den Magen zuschnürte, blieben sie stumm; es lief auch kein Radio. Wie hypnotisiert starrten sie auf die unter dem Wagen vorbeiziehende Straße und versuchten sich vorzustellen, was sie dort oben erwartete, wie sie sich zu verhalten hätten. Wozu Nachrichten, Musik und Stimmen aus der Welt, wenn das Erdendasein nur eine Galgenfrist war, die jetzt ablief? Das regelmäßige Brummen des Motors und die Unebenheiten der Straße erinnerten sie ständig daran, dass sie nicht träumten: Gemeinsam waren sie, zum zweiten Mal in ihrem langen Leben, unterwegs zu dem Ort, an dem sich ihr Schicksal entschieden hatte – an dem es jetzt, vielleicht, zu Ende ging.

»Schau«, sagte Arthur Kingston gepresst.

Sie hatten die letzte Kurve hinter sich, und am anderen Ende der Old Pine Lane war das Haus der Baldwins aufgetaucht: hell erleuchtet wie damals zum Ball der McNeices. Norman schauderte; er bedauerte, dass er nicht seine gefütterte Jagdweste angezogen hatte – sie hätte ihm ein wenig das Gefühl genommen, dass er nur ein pensionierter Arzt war –, elegant, aber zu nichts mehr zu gebrauchen. Mit zitternden Händen öffnete er seinen alten Browning-Karabiner, nahm zwei Patronen aus der Sakkotasche und lud beide Läufe. Dabei fragte er sich, ob Silberkugeln vielleicht hilfreicher gewesen wären – und ein Kruzifix und überhaupt etliche Knoblauchknollen. Gewöhnliche Waffen hatten vermutlich ohnehin keine Macht über Fenryders Wölfe. Er seufzte und verfluchte sich innerlich, dass er sich der Aufgabe so wenig gewachsen fühlte.

Aber für solche Überlegungen war es zu spät. Er versuchte an etwas anderes zu denken und warf einen Blick auf Kingston. Scharf stand sein Profil vor den Bäumen, die, von den Scheinwerfern flüchtig erleuchtet, am Straßenrand vorüberzogen. Abgesehen von den Falten und von den, wie ihm im Neonlicht der Tankstelle aufgefallen war, über der Stirn lichter gewordenen Haaren, war ihm dieses unnahbare Gesicht mit den hageren Wangen und der Adlernase so vertraut wie eh und je. Vielleicht hing die Unterlippe etwas mehr herab, doch im Großen und Ganzen hatte Arthur sich praktisch nicht verändert. Anscheinend hatte er lediglich Jahre gehortet, ohne sich von ihnen beeinflussen zu lassen. Sein Blick war noch immer so scharf wie mit dreizehn, auch seine schlaksige Gestalt, die ihm den Spitznamen Krebs eingetragen hatte, hatte er behalten. Norman hingegen hatte sich erheblich verändert. Nichts mehr an ihm erinnerte an den Jugendlichen, der er einmal gewesen war – in einer Zeit, dachte er bitter, die ihm so fern schien wie die Vorgeschichte. Aber er verwarf solche Gedanken gleich wieder, die umso absurder waren, als er ja auf den Tod zuging. Die Zeit hatte ihr Werk getan, in seinem Fall vielleicht schlecht, dennoch war das Altern der natürliche Gang der Dinge, daran war nicht zu rütteln. Arthur und er hatten eben überlebt, mehr oder minder gut erhalten. Aber sie lebten noch – mit dem Bedauern und dem schlechten Gewissen der Überlebenden. Im Grunde seines Herzens wusste er, dass nicht die Gebrechen des Alters ihm zu schaffen machten, sondern das Bewusstsein, den Abend im Juli 1933 überlebt zu haben. Und sicher auch Roses Tod. Der Tag ihrer Beerdigung war der traurigste seines Lebens gewesen. Und dann dachte er, wenn Rose jetzt bei ihnen wäre, hätte sie bestimmt eine ihrer ätzenden Bemerkungen losgelassen, die ihre Spezialität waren. Was ihn daran gehindert hätte, in Selbstmitleid zu schwelgen …

Die Straße mündete auf den vom Licht der Fenster erhellten Parkplatz; sie parkten neben Stanleys BMW. Der Karmann Ghia stand unbeleuchtet quer auf dem Platz. Die Fahrertür stand offen. Der Wagen war leer.

Kingston schaltete den Motor aus.

»McNeice ist im Haus«, überlegte er laut.

Kurz nach dem Drama im Dezember war den Eltern ein altes Kabrio vor dem Schwimmbad aufgefallen, und diese Information war Arthur im Gedächtnis geblieben. Mit nervöser Geste zerdrückte er seine Zigarette im Aschenbecher.

»Gehen wir«, sagte Norman kaum hörbar und öffnete die Tür.

Leise stiegen sie aus und blickten sich mit unguten Vorahnungen um. Die Vorstellung, dass sie, kaum angelangt, deckungslos auf dem Parkplatz abgeknallt wurden wie Karnickel, war beängstigend. Wenn sie heute Nacht sterben mussten, dann wenigstens nicht auf so idiotische Weise.

Norman schloss seinen Browning mit einem harten Klicken und umrundete das Heck des Pick-ups. Der Kies knirschte unter seinen Sohlen, und er hatte das unangenehme Gefühl, keinen Schritt von der Stelle zu kommen. Dennoch stand er irgendwann neben Kingston, der unterdessen sein Gewehr, eine halbautomatische Remington, geladen und, während er den Blick über das Haus gleiten ließ, gespannt hatte.

Einen Moment lang starrten sie beide reglos die hohe Fassade hinauf. Sie waren vor Furcht wie versteinert, und Norman fror trotz der Schwüle der Nacht. Eisige Schauder jagten über seinen Körper, und er meinte, niemals solche Angst verspürt zu haben, auch nicht damals, 1933, als alles angefangen hatte. Er warf einen fragenden Blick auf Kingston, doch der blickte mit angespannten Kiefermuskeln wie hypnotisiert auf die erleuchteten Fenster und reagierte nicht. Auch er war gelähmt vor Angst. Sie hatten einander, als sie sich vorhin an der Tankstelle getroffen hatten, nicht die Hand gegeben, und das tat Norman jetzt leid – ein bitteres, idiotisches Bedauern. Es juckte ihn, seinem Freund die Hand auf die Schulter zu legen – denn sie waren trotz allem immer noch Freunde, jenseits der Zeit und der Prüfungen, jenseits des gespenstischen Waldesdunkels und der Jahre und obwohl dort im Haus der Tod auf sie wartete. Doch er rührte keinen Finger. Er öffnete den Mund, um etwas zu sagen, besann sich aber. Auch Worte waren nur lächerlich. Er war der Erste, der aufs Haus zuging.

Die Tür war verschlossen, und Kingston musste seinen Zweitschlüssel benutzen. Geräuschlos betraten sie die Halle. Tausendmal hätten sie Dunkelheit dieser grellen Festbeleuchtung vorgezogen, die dem Schrecken eine grausame Ironie hinzufügte. Am Fuß der Treppe stießen sie auf die Trümmer der abgestürzten Kommode zwischen herausgerissenen Geländerstäben, und Norman Jarrett bemerkte hier und dort auf dem Holz dunkle Flecken. Er trat näher und beugte sich ungeachtet seiner Kreuzschmerzen hinunter, berührte einen Fleck mit der Fingerspitze und betrachtete sie: Es war tatsächlich Blut. Er sah Kingston an, der, das Gewehr im Anschlag, neben ihm stand. Hinter Arthurs Kopf wanderte sein Blick weiter zum Flur im ersten Stock und der geborstenen Brüstung und ermaß die Höhe des Sturzes.

»Entsetzlich«, flüsterte er.

Arthur sah ihn streng und energisch an.

»Los, Norman, sei ein Mann! Wir müssen sie finden. Es ist keine Zeit zu verlieren!«

Der barsche Ton widerstrebte ihm selbst, doch er konnte ihn nicht verhindern. Über die Reste der Kommode hinweg ging er auf die erleuchteten Zimmer am anderen Ende der Halle zu und dachte dabei: *Sie sind alle tot. Alle, genau wie damals.*

Sie betraten die Küche, die sie in unbeschreiblichem Durcheinander vorfanden. Doch hier war keine Leiche, auch keine Spur von McNeice. Mit schussbereiten Waffen kontrollierten sie den schmalen Flur zur Wohnung der Baldwins. Dort fanden sie den erschlagenen Johnny in einer Blutlache. Das Gesicht war ein unkenntlicher blutiger Brei.

»Das ist John Baldwin«, sagte Kingston tonlos als Antwort auf Normans fragenden Blick. Er hatte ihn an der Goldkette mit dem Anhänger, einem von einem Pfeil durchbohrten Herzen, erkannt. Eine heiße, bittere Reue erfasste ihn. Er dachte an die erste Begegnung mit den Baldwins.

Ich hätte ihnen abraten sollen, als sie hier waren, um das Haus zu besichtigen. Spätestens, als Laureen mit ihrem reizenden Lächeln antwortete, ja, sie hätten einen Sohn, hätt ich es ihnen sagen sollen: Haut bloß schnell ab, das ist kein Haus für euch. Sie hätten mich für einen Irren gehalten, eh klar, aber wenigstens hätt ich 's versucht …

Im Erdgeschoss fanden sie keine weitere Leiche, auch nicht im ersten Stock. Zu guter Letzt stiegen sie die Treppe zum zweiten hinauf, Arthur voraus, der sich immer wieder sagte, dass dieses verfluchte Haus bis ans Ende aller Zeiten hätte leer stehen sollen. Drei Stufen hinter ihm folgte Norman, der seinen alten Karabiner von der Hüfte aus auf das obere Ende der Treppe gerichtet hielt; er war leichenblass. Sein Herz raste, näherte sich dem Kammerflimmern, und er sagte sich, ein Herzinfarkt wäre jetzt nicht das Schlechteste, er würde ihm einiges ersparen. Doch dann blickte er auf Kingston, der unbeirrt weiterging, krumm wie ein alter Indianer auf der Fährte des mörderischen Luchses, und dachte: *Er braucht dich genauso wie du ihn. Also reiß dich gefälligst zusammen.*

Auf der vorletzten Treppenstufe brachte Arthur Kingston seine Remington wieder in Anschlag und beugte sich zur Seite, um erst nach rechts, dann nach links in den Flur zu blicken. Zwei Wandleuchten warfen ein mattes Licht auf den Absatz zu beiden Seiten der Treppe. An den Flurenden fielen aus den offenen Türen zur Wäschekammer und zu Stanleys Zimmer helle Dreiecke aus Licht.

Mit einer Kopfbewegung forderte er Norman auf, ihm zu folgen. Dicht an der Wand entlang schlichen sie durch den Flur, die Waffen schussbereit vor sich, und Norman ging der lächerliche Gedanke durch den Kopf: *Wir sind die Seniorenversion eines Überfallkommandos.* Aber nach Lachen war ihm ganz und gar nicht zumute …

Sie näherten sich der Nische mit der Stiege zum Dachboden, und dort fanden sie Stanley. Er lag in der Türöffnung, halb auf dem Treppenabsatz. Norman vergaß alle Vorsicht und stürzte an Arthur vorbei zu ihm hin.

Lieber Gott, mach, dass er nicht …

Doch was er sah, stoppte ihn jäh; er konnte keinen Schritt weitergehen.

Vor seinen Füßen lag Stanley, über und über blutig. Sein Gesicht war für immer zu einer Grimasse aus Schmerz und Hass erstarrt.

Norman stand da wie vom Donner gerührt. Vergeblich sagte er sich, dass er als Arzt sich wenigstens vergewissern musste, ob Stanley noch atmete, doch die Furcht vor der Wahrheit lähmte ihn. *Lieber Gott, nein, bitte lass es nicht wahr sein …*

Doch sein rationaler Verstand wusste sehr wohl, dass sie zu spät kamen. Es war vorbei.

Hinter ihm kam Arthur Kingston herauf und kauerte sich neben Stanley nieder. Er nahm sein rechtes Handgelenk und fühlte nach einem Puls. Gleich darauf legte er die Hand wieder nieder und richtete sich auf.

»Nichts mehr zu machen.«

»Heißt das, er ist …«, begann Norman und kam nicht weiter.

»Tut mir leid, Norman.«

»Aber das kann nicht sein, das ist doch …«

Fassungslos starrte er Arthur an. Wäre es die Leiche seines eigenen Sohnes gewesen, die hier vor ihm lag, es hätte kein größerer Schock sein können. Arthur legte ihm eine Hand auf die Schulter und drückte sie sanft.

»Wir müssen Laureen und das Kind finden«, sagte er.

Er fasste sein Gewehr mit beiden Händen, stieg über die Leiche hinweg und drückte die Tür ganz auf. Sie öffnete sich ohne Widerstand, und er stand im Speicher, der bis auf den Lichtkreis der einzelnen Glühbirne im Dunkeln lag. Ratlos sah er nach Norman, um sich durch Blicke mit ihm zu verständigen, doch der war, ein Bild des Jammers, untröstlich in die Betrachtung von Stanleys Leiche versunken.

»Was treibt ihr da, Leute?«, tönte aus der schattigen Tiefe des Dachbodens eine vertraute Stimme, die ihnen das Blut in den Adern gerinnen ließ.

Sie erkannten sie beide auf Anhieb. Ohne den Schatten eines Zweifels.

Arthur Kingston packte das kalte Grausen. Mit zusammengekniffenen Augen versuchte er die Dunkelheit zu durchdringen.

»Rose?«, fragten sie beide entgeistert wie aus einem Mund.

Und tatsächlich löste sich Rose Holder aus der Dunkelheit und trat in den Lichtschein der Glühbirne. Es war nicht die alte, fette, von Alkohol und Angst zugrunde gerichtete Rose, sondern das jugendfrische Mädchen mit der schlanken Taille und der atemberaubenden, erschreckenden Schönheit. Nackt von Kopf bis Fuß trat sie vor sie hin und erstrahlte in einer Gloriole der Anmut. Die hinter dem Rücken verschränkten Arme boten dem Blick die Verlockung ihrer festen Brüste und ihres Geschlechts dar. Direkt unter der Glühbirne blieb sie stehen. In ihrem Blick funkelte es boshaft.

»Du lieber Gott, Rose!«, stieß Norman hervor.

Die Kraft schwand aus seinen Armen, und er ließ den Karabiner sinken. Wie von heftigem Schwindel ergriffen, der ihn der magischen Anziehungskraft des Abgrunds hilflos auslieferte, bewegte er sich auf die leuchtende Mitte des Dachbodens zu. Arthur hielt ihn am Arm fest.

»Geh nicht näher, Norman«, murmelte er. »Das ist nicht sie. Rose ist tot, verstehst du? Sie ist tot.«

Norman hielt verwirrt inne. Rose tot? Aber nein, sie war doch hier, stand vor ihm, schön und begehrenswert und überaus lebendig.

»Rose«, murmelte er, und eine Träne lief ihm über die Wange.

»Rose liegt seit vielen Jahren auf dem Friedhof!«, erinnerte Arthur, ebenso an Norman wie an sich selbst gerichtet, denn seine Augen bestätigten ihm das Gegenteil.

Die Erscheinung warf mit halb geschlossenen Lidern den Kopf in den Nacken.

»Na, das ist ja wieder mal typisch«, höhnte sie. »Der Krebs, wie er leibt und lebt.«

Sie musterte ihn mit einem Blick, der in ihm das brennende Gefühl weckte, dass nicht sie, sondern er splitternackt war.

»Hast dich überhaupt nicht verändert, Krebs, immer noch der Schisser, wie er im Buch steht. Man braucht dich ja bloß anzuschauen: noch immer derselbe vertrottelte Bauerntrampel wie eh und je.« Sie stieß ein ätzendes Spottgelächter aus. »Schon mit dreizehn warst du eine Null. Tut mir leid, dass ich dir das sagen muss, ich hätte jedenfalls keinen Cent auf deine Zukunft gesetzt. Du warst immer ein Schlappschwanz, von jeher. Meine Mutter hat das gleich gespannt, und sie hatte verdammt Recht. Sie hielt nix von dir, weißt du. Zu mir sagte sie: Lass dir bloß nicht einfallen, einen wie den zu heiraten. Im Bett ist der keinen Pfifferling wert. Der ist einer von der Sorte, der zu den Huren geht, um vor sich selber die Fassade zu wahren, um sich einzureden, dass mit ihm alles normal ist. Die Huren spielen ihm wenigstens ein Theater vor, da ist der Lack nicht so schnell ab. Klar, wenn er wieder weg ist, dann lachen sie sich erst mal krumm und schief über ihn. Jaja, das war meine Mutter …« Wieder lachte sie ihr kurzes ätzendes Lachen. »He, Krebs, hast du dich nie gefragt, wie die Mädels über dich und deine Leistung reden? Jesus Maria, was für ein Trauerspiel. Wärst du ohne alles auf die Welt gekommen, wär's auch nicht schlimmer gewesen. Verstehst du, Krebs?«

Natürlich wollte sie um jeden Preis verletzend sein, doch die verbale Beleidigung war weniger grausam als die blanke Verachtung in ihrem Blick: Arthur hatte das Gefühl, lebendig gehäutet zu werden. Die Worte brannten wie eine glühende Zigarettenspitze auf Haut.

Dann fasste sie Norman ins Auge.

»Du hingegen bist anders, oder? Du hast im Grunde immer gewusst, dass du mir lieber bist als dieses Weichei da, aber das wolltest du nicht wahrhaben – hattest sicher Zweifel an dir und deinen Fähigkeiten.« Sie warf einen vielsagenden Blick auf Normans Unterleib. »Aber ich sag dir eins, *ich* hab nicht gezweifelt – für mich gab's überhaupt keinen Vergleich zwischen dir und dem Krebs. Nie, das könnt ihr mir glauben. Aber es ist noch nicht zu spät für uns zwei, Norman. Auch ich hab auf dich gewartet, oh ja.« Sie trat einen Schritt vor. Ihre Schönheit war unvergleichlich. »Ich bin sicher, dass du in deinen Träumen mit mir vögelst, stimmt's, kleines Ferkel? Du begehrst mich, oder? Na dann komm, spiel nicht den Schüchternen! Zeig mir, was du wert bist!«

Norman Jarrett erinnerte sich an seinen Traum: Rose im Brautkleid neben ihm auf dem Bett.

Wir hätten dort oben sterben sollen.

Irgendetwas lenkte seinen Blick ab, und er runzelte die Stirn. Hinter Roses Füßen tropfte Blut auf den Boden.

»Das ist nicht Rose«, wiederholte Kingston neben ihm.

Sie zog die Arme hinter dem Rücken hervor, und die beiden sahen, dass ihre rechte Hand in einem Handschuh steckte, aus dem Blut rann. Arthur fiel es wie Schuppen von den Augen. Stanley war es gelungen, den Wolf zu verwunden, und der verschoss jetzt sein letztes Pulver – in der Gestalt der jungen Rose.

»Dein Platz ist in der Hölle, McNeice«, verkündete Arthur und richtete die Remington auf ihn.

Die Illusion zerbrach. Roses Gesichtszüge verwehten, und an ihrer Stelle kam Charlie McNeice zum Vorschein, der wiederum einer wutschnaubenden, zähnefletschenden Wolfsschnauze wich. Seine Augen leuchteten rot wie zwei Tiegel geschmolzenes Metall. Das Ungeheuer stieß ein dumpfes Brüllen aus, unter dem der Boden erzitterte. Seine geifernden Lefzen entblößten Fangzähne, die Leiden und Tod verhießen. Er wirkte wie ein Konzentrat von Wildheit, wie eine ganze Meute ausgehungerter Raubtiere in einem einzigen Körper.

Im nächsten Moment setzte der Wolf zum Sprung an.

»Euch fress ich«, fauchte er.

Norman Jarrett stand da wie zur Salzsäule erstarrt. Seine Arme schienen nur noch der Form halber an seinem Körper zu hängen; sie gehorchten ihm nicht. Der Karabiner fiel ihm aus der Hand, ohne dass er den Versuch machte, ihn aufzufangen oder wenigstens zu fliehen, um seine Haut zu retten. Seine Arme, seine Beine, sein Kopf reagierten nicht mehr. Seine letzte Stunde hatte geschlagen, und Norman fand sich beinahe demütig damit ab. Waren sie nicht ohnehin schon an jenem Abend im Juli 1933 gestorben? Natürlich. Ihr Leben war seither nichts als das unerträgliche Zerrbild einer Existenz voller falscher Glückshoffnungen und falscher Erlösungsversprechen gewesen.

Der Orkan blutrünstiger Wut war direkt vor ihnen. Die Begegnung mit ihm wäre verheerend, dem Zusammenprall hielte nichts stand, und Norman empfand darüber eine düstere Erleichterung. *Na los, Charlie, bringen wir 's hinter uns.*

Doch Arthur Kingstons Hand packte noch einmal seinen Unterarm, Norman wurde zurückgerissen und flog schmerzhaft gegen die Wand. Er sah, dass sich Arthur mit angelegtem Gewehr dem Wolf in den Weg stellte.

»Das ist für alle Leben, die du dir genommen hast«, sagte er und drückte ab.

Charlie McNeice zuckte kaum merklich. Sein Schritt verlangsamte sich. Ein wenig. Die Kugel hatte ihn mitten in die Stirn getroffen. Aber es floss kein Tropfen Blut, und McNeice war nicht im Geringsten beeindruckt.

Arthur drückte noch einmal ab. Diesmal traf die Kugel den Ellenbogen und ließ einen Knochensplitter davonfliegen. Der Wolf ließ sich nicht aufhalten.

Arthur wich bis zur Tür zurück, legte das Gewehr an die Schulter, und der Schuss ging los, gefolgt von einem zweiten, einem dritten. Drei Kugeln mitten in die Brust, und McNeice erfreute sich bester Gesundheit. Arthur konnte schießen und treffen, so viel er wollte, die Kugeln drangen in den Körper ein, ohne ihm etwas anzuhaben: Der Wolf blutete nicht einmal. Er war eine Tötungsmaschine, die sich durch nichts aufhalten ließ.

Arthur zog sich auf den kleinen Treppenabsatz zurück, machte noch einen Schritt … und verlor das Gleichgewicht.

Während er rücklings die Treppe hinunterfiel, sah er den Wolf in der Tür auftauchen, sah ihn gegen den Rahmen prallen, der unter der Wucht splitterte, sah ihn sich im gestreckten Sprung durch die Luft auf ihn stürzen. Um ihn in Stücke zu reißen.

Kaum war Arthur am Fuß der Treppe angelangt, landete McNeice auf seinem Brustkorb. Arthur stockte der Atem. Das Gewehr fiel ihm aus der Hand.

»Hab ich dich, Schäfchen«, knurrte der Wolf, der rittlings auf ihm kauerte.

Dann richtete er sich wieder auf, hob Arthur nur mit der Rechten hoch, als wöge der alte Mann nicht mehr als ein Sack Federn, und rammte ihn brutal gegen die Wand.

Arthur stieß einen erstickten Laut aus. Seine Füße berührten den Boden nicht mehr.

»Pst! Schäfchen!«

Der Wolf fuhr ihm mit der Linken, die keinen Handschuh trug, provozierend vor der Nase hin und her, stieß dann unversehens zu und zertrümmerte Arthurs Schlüsselbein.

Arthur schrie vor Schmerz. Er verlor fast die Besinnung.

»Und jetzt deine Kehle, Schäfchen.«

Mit der rechten Hand, deren lederner Handschuh im Licht der Treppenbeleuchtung düster schimmerte, holte der Wolf weit aus.

In dem Moment, als sie auf ihn herabfahren wollte, krachten mehrere Schüsse.

Der alte Norman Jarrett, der oben auf dem kleinen Treppenabsatz stand, hatte ins Schwarze getroffen.

McNeice betrachtete seine Hand. Im Unterschied zu den übrigen Einschüssen floss aus diesen Wunden Blut. Der Ausdruck ärgerlichster Verblüffung trat in sein Gesicht.

»Was … ist …«

Er brach zusammen. Tot. Der Wolf Charlie McNeice war tot.

Norman stand noch einen Moment mit ausgestreckter Waffe da. Erst als er sah, dass Charlie McNeice sich nicht mehr rührte, ließ er den Lauf sinken.

»Wir haben's geschafft«, sagte er dumpf.

Seine Knie zitterten, doch er hatte es geschafft. Er hatte den Wolf getötet.

Er kam die Treppe herab, trat auf die Leiche zu. Trotz Herzrasen und stechender Rückenschmerzen hieb er mit dem Kolben auf den toten McNeice ein, bis ihm die Luft ausging. Dann erfasste ihn eine heftige Übelkeit, und er wandte sich ab, um Nancy Crays köstliches Abendessen zu erbrechen.

*

Als sie auf den Parkplatz hinaustraten, sahen sie Laureen mit Scotty auf dem Arm aus dem Wald kommen. Die beiden Männer wechselten einen raschen Blick, in dem sich Erleichterung, Trauer und ein brennendes Schuldgefühl mischten; dann eilten sie ihr entgegen.

Der Junge war weißer als sein Schlafanzug und stand unter Schock. Sein Blick war nach innen gekehrt und schien in unbezwingliche Finsternis zu starren, und Arthur dachte beklommen, dass das arme Kind keinerlei Ähnlichkeit mit einem normalen Fünfjährigen mehr hatte. Norman nahm ihn seiner Mutter ab und trug ihn zum Auto, wo er ihn niederlegte und eine Decke über ihn breitete.

Arthur nahm sich Laureens an. Er bot ihr den mageren Trost seiner Arme und drückte sie an sich. Den Kopf an seiner heilen Schulter verborgen, brach sie in ungestümes Schluchzen aus, während er ihr sanft über den Rücken strich, aber kein Wort sagen konnte. Er fühlte sich außerstande, nein, fühlte sich unwürdig zu reden. Laureen war überwältigt von Schmerz, und er spürte ihre Verzweiflung und ihre Erschöpfung mit jeder Faser des eigenen Körpers. So standen sie eine Weile beisammen, aneinandergelehnt, er mit zugeschnürter Kehle, sie von nicht endendem Schluchzen geschüttelt.

Dann kam Norman zurück, und die beiden Männer brachten Mutter und Kind zwischen sich in der Kabine des Pick-ups unter. Norman setzte sich ans Steuer. Mit einem letzten Blick auf die erleuchtete Fassade des Hauses fuhr er los.

Dort oben, im zweiten Stock, begann der Kadaver des Charlie McNeice, wie vor ihm die Imitationen von Ben Powell, Page Holder und Alice Dill, in sich zusammenzufallen, zerfloss und löste sich schließlich zu einem Häufchen Staub auf, dessen Flocken im Licht der Wandleuchten tänzelnd emporschwebten.

EPILOG

Monate sind vergangen, und noch immer fragt man mich: »He, Abel, du weißt doch sonst alles (Abel Walker heiße ich, wohne am Fuß des Anderson Hill an dieser verfluchten Ruston Road, und es stimmt, dass ich einiges weiß), weißt du auch, was aus dem Baldwin-Jungen geworden ist?« Und noch immer kommt es vor, dass dieser Abel Walker, der einiges weiß, antwortet, der Kleine sei als Notfall in eine Spezialklinik an der Westküste nahe San Diego eingeliefert worden, und die Tage, die er dort verbringe, seien alles andere als lustig. Wie es heißt, leidet der Junge unter schweren Verhaltensstörungen und einer laut Aussage des behandelnden Arztes, eines Dr. Miles, möglicherweise irreversiblen traumatischen Aphasie. Mit anderen Worten: Er spricht nicht mehr und wird sein Sprachvermögen vielleicht nie mehr zurückgewinnen. Ein armes Kind, dieser Scotty Baldwin, ein unglückliches Opfer feindlicher Umstände, und das größte Unglück ist, dass ihm alles innerhalb so kurzer Zeit zugestoßen ist – wie soll ein Erwachsener das alles verkraften, geschweige denn ein Fünfjähriger? Aber das Schicksal schlägt nicht nur blindlings zu, sondern völlig erbarmungslos.

Und was weißt du sonst noch, Abel Walker, was deine guten Freunde interessieren könnte?

Na gut, Leute, zwei, drei Dinge weiß ich noch. Folgendes zuerst: Dr. Norman Jarrett ist knapp zwei Monate nach dem Drama dort oben an einem Schlaganfall gestorben, der ihn ereilte, während er mit Nancy Cray im Feinkostgeschäft an der Forsythe Street war. Diejenigen, die seine letzten Augenblicke miterlebten, behaupten, er habe irgendwas wie »Die Wölfe, die Wölfe«, gemurmelt, aber das ist sicher Quatsch: Nancy, sein »Mädchen für alles«, schreibt seine letzten Worte der geistigen Verwirrung zu, der Angst vor dem Tod – was ja alles sehr gut möglich und durchaus menschlich ist. Arme Nancy. Ich mag sie sehr, das ist wahr, und wenn sie 's wollte, würde sie sehen, dass Abel Walker kein schlechter Kerl ist. Aber sie ist viel zu unglücklich, um irgendwas zu sehen. Man hat mir erzählt, dass ihr Ehemann sie erst vor kurzem wieder mal tränenüberströmt in der Küche ihres Häuschens an der River Street überrascht hat, und sie hat nicht Zwiebeln geschnitten, sondern Kartoffeln geschält. Harvey soll sie ordentlich zusammengestaucht und ihr noch mal und endgültig verboten haben, Überstunden für Norman Jarrett zu machen. Elton und Melinda Webster, die ältesten und bösesten Zungen im Umkreis von hundert Meilen, wissen natürlich genau, was sich hinter Mrs. Crays untröstlichem Kummer verbirgt. Aber, großes Ehrenwort von Abel Walker, ihr Geschwätz hier wiederzugeben gehört sich nicht. Ich halte mich also zurück. Tut mir leid, Freunde.

Was ich euch noch verraten kann, ist, dass Sarah Widar nach dem Tod des alten Doktors überstürzt Haus und Möbel verkauft hat und unter Zurücklassung ihrer Klapperkiste, die jetzt weiter vor sich hinrostet, Hals über Kopf nach New York abgereist ist; ihre Chroniken über die Welse hat sie dem gnädigen Vergessen anheimgegeben – obwohl die meisten von ihnen wirklich witzig sind (für manche schockierend), vermitteln sie allesamt nur eine schwache Vorstellung von Sarahs erstaunlichen Fähigkeiten. Ich gehöre zu denjenigen, denen es nicht gerade das Herz bricht, sie weit fort von unserer kleinen Stadt zu wissen, aber lassen wir das, Freunde, und erwähnen wir noch zwei oder drei andere Punkte. In den letzten Wochen vor Normans Hinscheiden führten er und Sarah eine Reihe von Gesprächen, die sie auf Band aufgezeichnet hat. Wie man sich erzählt (aber was erzählen sich ein Elton, eine Melinda Webster in einer kleinen Stadt wie der unseren nicht alles …), liegen ihr die Kassetten derart am Herzen, dass Sarah sie gleich nach der Abschrift in einem Bankschließfach untergebracht hat. Die meisten unserer Mitbürger fanden Sarah ziemlich verändert, seltsam panisch und weniger selbstsicher, als man sie kannte, was die Leute irgendwie aus der Fassung gebracht hat. Ich weiß, und es stimmt mich traurig, dass Gerüchte in der Stadt umgehen, die behaupten, Sarah sei von einem bösartigen Krebs (als gäbe es gutartige Krebsarten!) befallen; andere sagen, sie trage die Frucht ihrer verspäteten Leidenschaft für den uralten Norman … Jesus Maria und Josef! Was für kranke Fantasien! Die boshafte Niedertracht des Menschen kennt wahrhaftig keine Grenzen!

In jüngster Zeit wurde dieser Spitzbube William Adam neuerlich beauftragt, einen Käufer für das Grand Magnolia zu finden. Will trägt einen unverwüstlichen Optimismus zur Schau. Er ist der Meinung, dass John Baldwin und seine »süße kleine Frau« verdammt gute Arbeit geleistet haben. Nie seien das Haus und der Park so schön gewesen wie heute – das stimmt allerdings! –, und unser Immobilienmakler zweifelt keine Sekunde daran, dass er binnen kurzem haufenweise Interessenten beisammenhat. Ich habe drei Sixpacks Corona gegen ihn gewettet, obwohl ich ziemlich sicher bin, dass ich die Wette verliere. Wieso dann überhaupt wetten, fragt ihr mich? Was weiß denn ich. Reiner Widerspruchsgeist, nehme ich an. Vielleicht auch weil ich keine Lust habe, Will derart siegesgewiss zu sehen und feststellen zu müssen, dass die Welt dem Unglück anderer total gleichgültig gegenübersteht.

Der alte Kingston ist immer noch auf dem Damm, und oft sieht man seine große hagere Gestalt auf seiner Veranda stehen und in den Wald jenseits der Straße starren, als gäbe es dort zwischen den Bäumen was zu entdecken, als rechnete er damit, dass die unseligen Pinien des Anderson Hill bald das nächste Drama hervorbringen. Donnerstags gehe ich abends immer zu ihm hinauf und trinke ein Bier mit ihm; dann sitzen wir schweigend nebeneinander (was mit Arthur keine Kunst ist) und schauen in den Wald, er voller Zorn, ich voller Argwohn, und ich frage mich insgeheim: *Bist du dir sicher, dass du alles weißt, Abel Walker?*

Gänsehaut pur! Der neue Thriller von Frankreichs Superstar Grangé

Jean-Christophe Grangé
DAS IMPERIUM
DER WÖLFE
Thriller
448 Seiten
ISBN 978-3-404-15411-1

Im Pariser Türkenviertel, wo illegal eingeschmuggelte Arbeitskräfte unter unmenschlichen Bedingungen schuften, geschehen drei bestialische Morde. Die Opfer: weiblich, rothaarig – und nicht gemeldet. Die Tat eines wahnsinnigen Serienmörders? Oder stehen die Morde in einem größeren Zusammenhang? Zwischen Paris und Istanbul, zwischen Gehirnmanipulation und türkischer Mafia bewegt sich Grangés neuer Mega-Thriller – beklemmend nah an der Realität und von haarsträubender Spannung.

Bastei Lübbe Taschenbuch